Veröffentlicht von
DREAMSPINNER PRESS

5032 Capital Circle SW, Suite 2, PMB# 279, Tallahassee, FL 32305-7886 USA
www.dreamspinnerpress.com

Dies ist eine erfundene Geschichte. Namen, Figuren, Plätze, und Vorfälle entstammen entweder der Fantasie des Autors oder werden fiktiv verwendet. Ähnlichkeiten mit lebenden oder verstorbenen Personen, Firmen, Ereignissen oder Schauplätzen sind vollkommen zufällig.

Erhoffte Versprechen
Urheberrecht der deutschen Ausgabe © 2015 Dreamspinner Press.
Originaltitel: Making Promises
Urheberrecht © 2010 Amy Lane.
Übersetzt von Anna Doe.

Umschlagillustration
© 2021 L.C. Chase.
http://www.lcchase.com
Original Umschlagillustration
© 2010 Paul Richmond.
http://www.paulrichmondstudio.com
Die Illustrationen auf dem Einband bzw. Titelseite werden nur für darstellerische Zwecke genutzt. Jede abgebildete Person ist ein Model.

Alle Rechte vorbehalten. Dieses Buch ist ausschließlich für den Käufer lizensiert. Eine Vervielfältigung oder Weitergabe in jeder Form ist illegal und stellt eine Verletzung des Internationalen Copyright-Rechtes dar. Somit werden diese Tatbestände strafrechtlich verfolgt und bei Verurteilung mit Geld- und oder Haftstrafen geahndet. Dieses eBook kann nicht legal verliehen oder an andere weitergegeben werden. Kein Teil dieses Werkes darf ohne die ausdrückliche Genehmigung des Verlages weder Dritten zugänglich gemacht noch reproduziert werden. Bezüglich einer entsprechenden Genehmigung und aller anderen Fragen wenden Sie sich an den Verlag Dreamspinner Press, 5032 Capital Cir. SW, Ste 2 PMB# 279, Tallahassee, FL 32305-7886, USA oder unter www.dreamspinnerpress.com.

Deutsche ISBN: 978-1-64405-943-2
Deutsche eBook Ausgabe. 978-1-63476-776-7
Deutsche Erstausgabe. Mai 2021
Original Erstausgabe. Juli 2010
v. 1.0

Gedruckt in den Vereinigten Staaten von Amerika.

Erhoffte Versprechen

Amy Lane

Allen Müttern und ihren Jungs gewidmet.
Meine heißen Trystan und Kewyn.
Ich bin ihre Mom, und – Jungs! –
Das wird sich niemals ändern.

Danksagung

VOR UNGEFÄHR tausend Jahren, als ich gerade meine Abschlussprüfung zur Lehrerin bestanden hatte, ging meine Stiefmutter mit mir einkaufen, weil ich ein passendes Outfit für Bewerbungsgespräche brauchte. Ich kam kaum aus der Umkleidekabine zurück, da war Janis – das ist meine Stiefmutter – auch schon da, zog mir die Socken hoch und den BH gerade. Kurz und gut – sie zupfte überall an mir herum. Ich ließ es verlegen über mich ergehen, bis ihr nach einiger Zeit aufging, dass ich dreiundzwanzig, nicht acht Jahre alt war. „Tut mir leid", sagte sie. „Dir ist hoffentlich klar, dass ich das auch noch machen werde, wenn ich achtzig bin und du sechzig."

Meine Stiefmutter ist Krankenpflegerin von Beruf. Sie kümmert sich bei uns zuhause um die älteren Familienmitglieder. Bis zum Schluss war sie für die Mutter meines Vaters, die Mutter ihres früheren Ehemanns und ihre eigene Mutter da.

Sie ist ein Wunder.

Sie hat mir alles beigebracht, was ich über das Leben und den Tod, über Menschlichkeit und Würde weiß. Wenn es an der Beziehung zwischen Mikhail und seiner Mutter Ylena etwas gibt, das Bewunderung und Rührung auslöst, dann ist es Janis zu verdanken.

Es wird Zeit, dass ich mich bei ihr bedanke.

Danke, Janis. Ich habe unglaubliches Glück gehabt.

Prolog

„Just when you think you got it down ..."
Pat Benatar, *Promises in the Dark*

SHANE PERKINS hatte noch nie einen männlichen Geliebten gehabt. Er kannte die Regeln nicht, war sich aber ziemlich sicher, dass zwei Streifenpolizisten, die sich im Umkleideraum einer Polizeiwache in L.A. fickten, gegen mehr als nur eine Vorschrift verstießen.

„Nein", sagte er deshalb, als sein Partner – immer noch bekleidet – die Arme um Shanes nackte, kräftige Brust schlang.

„Nein?" Brandon Ashford ähnelte mehr einem Pin-up, als einem typischen Polizisten. Er war groß und schlank mit ausgeprägten Brustmuskeln. Außerdem hatte er dunkelblonde Haare, blaue Augen, Lachfalten am Mund und Grübchen, mit denen er wahrscheinlich seit seiner Geburt Männer wie Frauen gleichermaßen bezauberte.

‚Nein' war nicht gerade ein Wort, dass er oft zu hören bekam.

„Sie werden uns erwischen. Ich mag keine Fertignudeln. Hamburger sind mir lieber."

Shane hörte das verwirrte Schnauben hinter sich und seufzte leise. Er hatte schon wieder Gedankensprünge gemacht, die niemand nachvollziehen konnte. In seinem Kopf war alles klar – sie wurden erwischt, gefeuert und hatten kein Einkommen mehr. Ohne Geld mussten sie Fertignudeln essen und konnten sich die köstlichen Hamburger nicht mehr leisten, die es an ihrem Lieblingsimbiss im Barrio gab.

Er fühlte hinter sich Brandons frustriertes Kopfschütteln. „Ja, ja, Shane. Schon gut." Brandon legte ihm die Hände auf die Schultern und drückte sich an Shanes Rücken. „Ich rede nicht von unserer Mittagspause, Mann. Ich rede über ... du weißt schon." Brandons Mund näherte sich Shanes Ohr. Shane liebte es, wenn ihm jemand ins Ohr flüsterte. Genau damit hatte Brandon ihn das erste Mal in sein Bett gelockt. Es hatte ganz harmlos angefangen, aber dann hatte ihm Brandon ins Ohr geflüstert und alles war vorbei gewesen.

„Mittagspause ...", flüsterte Brandon und Shane wurde so hart, dass er mit seinem Schwanz ein Loch in den Garderobenschrank vor sich hätte bohren können.

„Jemand wird uns ...", flüsterte er hilflos zurück. Aber eigentlich wollte er sich nur vorbeugen. Shane machte keinen großen Unterschied zwischen Top und Bottom, aber da Brandon nun schon einmal hinter ihm stand, war es so einfacher.

„Niemand wird kommen", erwiderte Brandon grinsend. Er wusste bereits, dass er gewonnen hatte. Dann fummelte er an dem Handtuch, das Shane sich um die Hüften gewickelt hatte. Es fiel zu Boden und legte seinen kräftigen Körper frei. Shane hatte sich noch nie als elegant und zierlich empfunden, von einer Ausnahme abgesehen – wenn er in Brandons Bett lag und dessen magische Hände auf seinem Körper spürte. Die gleichen Hände strichen ihm jetzt über die Oberschenkel und in die dichten, braunen Haare zwischen seinen Beinen.

„Hast du jemals darüber nachgedacht, sie entfernen zu lassen?", schnurrte Brandon und Shane legte ihm den Kopf auf die Schulter.

„Nein", murmelte er, wusste aber selbst nicht, ob er damit die Frage nach den Haaren meinte oder die Unvernunft, während der Arbeit auf der Wache zu ficken.

„Dann wären sie nicht mehr im Weg." Brandon küsste ihn zärtlich in den Nacken und auf die Schulter, wo die Haare tatsächlich abrasiert waren. Dann fing er an, mit seinen scharfen Zähnen an Shanes Hals zu knabbern. Shane war machtlos dagegen und ließ den Kopf wieder nach vorne fallen. Es war so unfair. Brandon konnte das alles mit ihm machen, und wenn Shane selbst etwas von ihm wollte, war jedes Wort vergeudet, weil Brandon nicht darauf hörte.

„Es geht auch so", knurrte Shane. Brandon legte den Arm um ihn und fasste nach seinem Schwanz, der auch ohne Shanes ausdrückliche Zustimmung härter und härter wurde. Na vielen Dank aber auch. „Es ist …" Shane verstummte wieder, weil Brandon jetzt leicht zudrückte und rieb und es einfach zu viel war. „… nicht … nicht richtig … Verdammt!" Shane klammerte sich mit beiden Händen an seinen Verstand und seine Selbstachtung, dann riss er sich los und drehte sich um. Er musste Brandon von seinem Porno-Trip runterholen.

So kam es, dass Shane splitterfasernackt war und einen Ständer hatte, als der Captain den Umkleideraum betrat. Brandon hingegen war komplett bekleidet und wirkte wie das hilflose Opfer einer sexuellen Belästigung am Arbeitsplatz.

Brandon lächelte einnehmend und hielt beschwichtigend die Hände hoch. „Hallo, Partner! Es ist ja nett, dass du an mich denkst, aber du weißt doch, dass ich nicht auf Männer stehe."

Als Shane später daran zurückdachte, erkannte er, dass eine humorvolle Bemerkung wahrscheinlich ausgereicht hätte, um die Situation zu entschärfen und bei dem Captain den Eindruck zu erwecken, dass sie nur gescherzt hatten. Wie zwei ganz normale Kumpels eben.

Aber so schlagfertig war Shane nicht. Er war auch nicht sehr wortgewandt, so wie Brandon. Shane hatte nur seinen etwas unpraktischen Verstand, der entweder wild durch die Gegend sprang und die wichtigsten Details überging, oder aber sich mit Einfällen aufhielt, die man nur im Rahmen einer Doktorarbeit erklären konnte. Shane wurde feuerrot. Am ganzen Körper. Sein dämlicher Schwanz schrumpfte und hing schlaff nach unten, während er den Captain hilflos und unglücklich anstarrte.

„*Titanic*", platzte es aus ihm heraus. Ein wahreres Wort hatte er nie ausgesprochen.

Der Captain sah sie nur wortlos an, dann drehte er sich um und verließ den Raum. Brandon drehte sich verärgert um und stieß die Luft aus, die er gespannt angehalten hatte.

„Mein Gott, Shane. Könntest du nicht ein einziges Mal nicht so verdammt psychopathisch sein?"

„*Titanic*", murmelte Shane wieder, weil sie gerade beide versenkt worden waren.

Aber er hatte sich getäuscht. Sie waren nicht beide versenkt worden. Shane war versenkt worden wie ein Betonklotz. An Brandon blieb nichts, aber auch gar nichts hängen.

Shane hätte es sich denken können, als Brandon versetzt wurde. Er wusste nicht, ob es Brandons Idee gewesen war oder die des Captains, aber da Brand nicht mehr mit ihm sprach – auch nicht am Telefon –, nahm er an, dass Brandon die Versetzung beantragt hatte. Shane wartete eine Woche lang mit bangem Herzen auf einen Anruf der Abteilung für Innere Angelegenheiten. Dann wurde er nachts allein in die Gegend um die Universität geschickt. In diesem Moment wurde ihm klar, dass der Anruf nicht mehr kommen würde.

Deshalb rief er die Innere Angelegenheit selbst an und nahm sich auch die Zeit, Verstärkung anzufordern, bevor er aus dem Wagen stieg, um herauszufinden, wer sich in einer der gefährlichsten Gegenden der Stadt ein Feuergefecht lieferte.

Er nahm sich auch die Zeit, sicherheitshalber noch eine Nachricht auf seinem eigenen Anrufbeantworter zu hinterlassen.

Erst dann stieg er aus dem Wagen, kündigte sich formgemäß an und duckte sich Schutz suchend hinter der Wagentür. Dann betete er.

Einen Monat später hatte er sich wieder halbwegs von den inneren Verletzungen erholt, die man davontrug, wenn man von zu viel Kugeln aus nächster Nähe auf die Schutzweste getroffen wurde. Als sein Anwalt ihm vor dem Eingang des Krankenhauses aus dem Rollstuhl half, wartete schon ein Vertreter der Inneren Angelegenheiten auf sie und hielt einen Scheck in der Hand, mit der sie sein Schweigen erkaufen wollten.

Shane sah auf den Scheck und fragte sich, ob das Blut auf den vielen Nullen nur seiner Einbildung entsprang.

„Was hast du jetzt vor?", fragte Brandon ihn an diesem Abend am Telefon. Brand hatte ihn im Krankenhaus nicht ein einziges Mal besucht und Shane hasste sich dafür, dass er bis zuletzt darauf gehofft hatte. Aber nein, dieser eine, dieser peinliche Anruf, war alles. Shane wünschte sich, dass die Geschichte endlich vorbei wäre. Er wünschte es sich noch mehr, als die nächste Tablette gegen die Schmerzen, die ihm die zahlreichen Operationsnarben verursachten.

„Weggehen", sagte er leise. „Und einen Ort finden, an dem sie mich noch als Polizist nehmen."

Brandon war Polizist in der vierten Generation, hatte den Beruf aber immer als unter seiner Würde empfunden. Er wusste, wie gut er aussah. Er lebte in L.A. Er hatte Besseres zu tun. Deshalb schnaubte er nur verächtlich, als er Shanes Antwort hörte. „Wie typisch für dich, Shane. Du hast Geld genug, um überall leben zu können. Um alles unternehmen zu können, worauf du Lust hast. Hast du denn gar keine Fantasie?"

Shane hatte eine sehr lebhafte Erinnerung. Diese Erinnerung hatte dazu geführt, dass er sich in der Polizeiakademie eingeschrieben hatte. Sie hatte ihm geholfen, zusätzlich zu dem anstrengenden Studium noch zu arbeiten, um eine kleine Wohnung bezahlen zu können und von Fertignudeln zu leben. Sie hatte ihn bis zu seinem Abschluss durchhalten lassen und sie war die Mühe wert gewesen.

Er war acht Jahre alt gewesen und saß mit seinem Vater hinten im Auto. Sein Vater hatte Akten bearbeitet und sie fuhren durch die gleiche Nachbarschaft, in der Shane vor einem Monat niedergeschossen worden war. Shanes Vater war damals Rektor der Universität gewesen und genauso beschäftigt und abwesend wie immer. Dass er Shane mitnahm, um ihn an der Schule abzusetzen, war für den Jungen eine besondere Erfahrung.

Als sie an einer Ampel halten mussten, sah Shane zwei Polizisten, die hinter einem Mann mit einer Pistole herliefen. Der Mann war hektisch und nervös und trug eine Lage Kleidung über der anderen. (Shane lernte später, als er in der gleichen Gegend auf Streife ging, dass dieses Verhalten typisch ist für Drogenabhängige, die Crystal Meth nehmen. Der Mann damals war wahrscheinlich süchtig nach Crack gewesen.)

Die Polizisten waren ... etwas ganz Außergewöhnliches.

Shane hatte mit großen Augen beobachtet, wie sie die Straße entlang liefen, ohne Waffen in der Hand, aber mit vollem Einsatz. Der erste Polizist sprang den Bösewicht (wie Shane den Mann damals in Gedanken nannte) an und riss ihn zu Boden. Dann legten die beiden Polizisten ihm Handschellen an, ohne die geringste Gewalt anzuwenden. Sie standen wieder auf, nahmen den Festgenommenen zwischen sich und führten ihn ab. Shane war sprachlos vor Bewunderung.

Es war so *wirklich* gewesen.

Shane war ein sehr ruhiger und etwas pummeliger Junge gewesen. Er lebte in seiner eigenen Welt, die von Rittern und Drachen bevölkert war und in der es nur Gut und Böse gab. Seine Mutter lebte auf der anderen Seite der Erde, sein Vater war meistens abwesend, und seine Zwillingsschwester hatte nur ihren Tanzunterricht im Kopf. Es war fast, als würden sie gar nicht im gleichen Haus leben. Shanes Gesellschaft waren die Bücher. Sie hatten ihn erzogen und ihm die Werte vermittelt, die sein Leben auch heute noch bestimmten.

Und da draußen auf der Straße waren sie. Echte Ritter in ihren glänzenden Rüstungen, die echte Heldentaten vollbrachten und den drogenabhängigen Drachen zu Fall brachten, um die verführte Prinzessin zu retten, die für den Unhold auf den Strich ging.

Das – und nichts anderes – wollte Shane auch werden, wenn er groß war.

Und daran hatte sich nichts geändert, auch jetzt nicht, zehn Jahre nach seinem Abschluss an der Polizeiakademie und – theoretisch – wenige Monate vor seiner Beförderung zum Detective. Er war immer noch ein Spinner und Tagträumer. Er lebte immer noch mehr in seiner eigenen Welt, als in der Wirklichkeit. Shane hatte gelernt, dass die Grenze zwischen Gut und Böse nicht immer so eindeutig war, dass viele der Bösewichte nur verloren, drogenabhängig oder einfach hungrig waren. Er hatte gelernt, dass es auch unter den sogenannten Guten viele gab, die andere Menschen schikanierten und ausnutzten, die ihre Macht einfach nur deshalb ausnutzten, weil sie ihnen gegeben war.

Aber das Grundprinzip wurde dadurch nicht beeinträchtigt, es blieb unbefleckt und wunderbar. Shane war einer der Guten. Er konnte etwas ändern und die Welt ein bisschen besser machen. Wenn man ihn nur auf der Straße arbeiten und den Menschen helfen ließ, konnten seine Träume ein Stück Wirklichkeit werden.

„Ich habe nie etwas anderes gewollt, Brandon", antwortete er und sah sich in der erdrückenden Enge seiner dunklen, unpersönlichen Wohnung um. *Das sollte ich ändern*, dachte er. Wenn er schon von hier wegging, konnte er sich vielleicht auch ein Haus kaufen und einen Hund ... Er war seit einem Monat nicht mehr in dieser Wohnung gewesen und es gab nicht einmal einen Goldfisch, der mit dem Bauch nach oben verhungert in seinem Aquarium trieb.

Brandon lachte. „Wie typisch für dich, Shane. Lass mich wissen, wo du gelandet bist."

„Ich glaube nicht", erwiderte Shane. „Ich denke, du bist das beste Beispiel für all das, worauf ich in Zukunft in meinem Leben verzichten kann."

Er legte den Hörer auf. Es war die beste Antwort, die er jemals gegeben hatte.

1

„And if I build this fortress around your heart ..."
Sting, *Fortress Around Your Heart*

BENNY FRANCIS hatte zwar selbst schon ein Kind, aber in diesem Augenblick sah sie mit ihren vor Aufregung glänzenden Augen auch nicht viel erwachsener aus.
„Ihr wollt zur Renaissance Faire fahren? Wirklich? Zum Herbstfestival? Ooooohh ... Ich liebe Mittelalterfeste ... das in Fair Oaks in Sommer!" Sie drehte sich zu Andrew, dem jungen Gefreiten, um, den ihr Bruder Crick im Irak kennengelernt hatte. Andrew arbeitete für Deacon, den Partner ihres Bruders, auf deren Pferderanch *The Pulpit* in Levee Oaks. Er gehörte genauso zur Familie, wie Benny und ihre Tochter oder die anderen Menschen, deren Lebensmittelpunkt *The Pulpit* war. Sie umkreisten die Ranch wie Planeten die Sonne. „Drew, erinnerst du dich? Du bist mit mir im Juni hingefahren!"

Andrew nickte bedächtig und musste sich sehr zusammenreißen, um nicht breit zu Grinsen. Er hatte höchst amüsante Erinnerungen an diesen Ausflug, die Benny allerdings wesentlich weniger lustig finden würde.

Shane nickte Benny zu, widmete sich wieder seiner Schokoladentorte und versuchte, sich eine seiner spinnerten Bemerkungen zu verkneifen. *Oh dost thou, Lady Faire, tell tales of knights in days of yore!* Es lag ihm auf der Zunge, komplett mit näselndem britischen Akzent und allem, was dazugehörte. Aber er genoss seine sonntäglichen Besuche auf der Ranch, wenn sie sich alle hier zum Abendessen trafen. Er wollte nicht, dass Deacon oder Crick oder Benny – wer auch immer – ihn so ansah, wie Brandon an diesem verhängnisvollen Tag im Umkleideraum. Shane gab sich alle Mühe, nicht wieder wie ein Psychopath zu wirken.

„Oh sagt mir, holde Dame, schwinden Euch auch die Sinne beim Anblick eines edlen Ritters auf seinem tänzelnden Ross?"

Die Worte – seinen eigenen so ähnlich – wurden in einem *grauenhaften* britischen Akzent vorgetragen. Sie kamen von Jeff, Cricks bestem Freund, und Shane schloss die Augen, um ihn nicht empört anzustarren.

Jeff war so schwul, dass er einen Faschingsumzug wie einen Trauermarsch für Heteros aussehen ließ. Aber Jeff war auch schlagfertig und lustig und kam mit seinem Lady-Faire-Stück durch, das aus Shanes Mund nur dumm oder verrückt oder ungelenk gewirkt hätte. So sehr Shane sich auch danach sehnte, an diesem großen alten Holztisch mit den netten Menschen dazuzugehören, es war einfach nicht fair.

Benny verdrehte die Augen. „Wenn ich einen Ritter in glänzender Rüstung brauche, oh du mein Hofnarr, dann habe ich jederzeit die freie Wahl zwischen Deacon, Jon oder Shane", sagte sie zu Jeff.

Jeff war schlank und geziert bis an die Grenze der Lächerlichkeit. Er war der Typ, der beim Laufen tänzeln konnte und beim Reden trällern, aber wenn er dann unverhofft ernst wurde, wurde er auch ernst *genommen*. Er hatte glänzende, dunkelbraune Haare, so ähnlich wie Shane. Shane vermutete, dass sie auch ähnlich gelockt wären, hätte Jeff nicht eine perfekt geschnittene Frisur und würde eine Art Gel benutzen, das sie bändigte und in Form hielt.

Jeff konnte sich seine Freunde aussuchen. Es war Ironie des Schicksals, dass er sich für die gleichen entschieden hatte wie Shane, der in dieser Beziehung nicht so viel Glück hatte. Weder mit seinen Freunden noch mit seiner Familie. Es war einfach unfair.

Aber … Halt! „Ich soll ein Ritter in glänzender Rüstung sein?", fragte er Benny, die ihn über den Kopf des Babys, das auf ihrem Schoß saß, frech angrinste. Die Kleine war voller Genuss damit beschäftigt, den Kuchen ihrer Mutter zu verspeisen. Shane bewunderte das Geschick, mit dem sie die Schlagsahne aus ihren verstrubbelten Haaren saugte.

„Aber natürlich, Shane! Denk doch nach! Dein Muscle-Car ist dein edles Ross und du vollbringst ständig gute Taten. Kein Mensch käme auf den Gedanken, an deinen guten Absichten zu zweifeln. Jawoll", erklärte Benny fröhlich und schnappte ihrer Tochter das letzte Stück Kuchen vor der Nase weg. „Wenn das kein Ritter in glänzender Rüstung ist!"

„Und was bin ich?", fragte Andrew mit gespielter Entrüstung. Insgeheim war er jedoch tatsächlich etwas verletzt, dass Benny ihn nicht in ihre Liste der Ritter aufgenommen hatte. Selbst Shane war nicht entgangen, dass Andrew, trotz des Altersunterschieds zwischen ihnen, Bennys edler Ritter sein wollte.

Benny grinste Andrew voller Wärme an und sofort änderte sich die Atmosphäre. „Du bist ein Knappe – ein Ritter in Ausbildung. Du wirst auch noch zum Ritter geschlagen."

„Und seid Ihr dann meine holde Dame?", wollte Andrew wissen. Innerhalb eines Sekundenbruchteils verwandelte Benny sich von einem charmanten Teenager in eine Verführerin.

„Wer weiß", scherzte sie und drehte sich zu Shane um, während Andrew sich theatralisch einen imaginären Pfeil aus der Brust zog. „Willst du dir ein Kostüm kaufen?"

„Ein Kostüm?", fragte Shane ungläubig. Benny nickte und Andrew verdrehte die Augen.

„Ja. Du weißt doch, alle werden ein Kostüm tragen. Die Ritterrüstungen sind normalerweise für die Männer mit Pferden reserviert, aber es gibt auch wunderbare Kostüme für Bauern und Händler und …" Sie sah ihr Baby glücklich an. „Wir haben schon eine Grundausstattung. Aber es gibt noch Hüte und Schleier und so."

Benny sagte nichts mehr, warf aber ihrem Bruder Crick, der mit seinem Partner das Geschirr spülte, einen kurzen Blick zu. Deacon – der Partner – war der Besitzer der Ranch. Shane wusste, dass sie in finanziellen Schwierigkeiten steckten. Deacon war auf sehr spektakuläre Weise geoutet worden. Er war von einem örtlichen Polizisten verprügelt worden und der Skandal hatte dann mit einem dramatischen Gerichtsverfahren geendet. Danach hatte die Ranch viele ihrer örtlichen Kunden und Auftraggeber verloren. Als Crick im Mai – verletzt und arbeitsunfähig – aus dem Irak zurückgekehrt war, hing die Zukunft der Ranch schon am seidenen Faden.

Dann war etwas passiert, das ihnen noch einmal einen letzten Aufschub gewährt hatte. Shane wusste, dass es irgendwie mit Cricks Entscheidung zusammenhing, seine Studienpläne aufzugeben. Deacon schien darüber nicht sehr glücklich zu sein, aber Crick machte es offensichtlich nicht das Geringste aus, seine Zukunftspläne komplett über den Haufen geworfen zu haben. Trotzdem hatte es ihnen nur etwas zusätzliche Zeit beschafft, denn die Lage der Ranch hatte sich nicht grundsätzlich gebessert. Einmal im Monat traf sich die Familie – Shane fühlte sich geehrt, jetzt auch dazu zu gehören – und Deacon unterrichtete sie über die aktuelle finanzielle Situation. Er rechnete ihnen die Verluste vor, wie viel Kapital sie noch hatten und ob es noch ausreichte, um woanders neu zu beginnen. Alle wussten, dass der Verlust der Ranch ihn schwer treffen würde. Deacons Vater hatte *The Pulpit* aus dem Nichts aufgebaut und Deacon liebte die Ranch fast so sehr wie er Crick liebte. Aber er blieb hart. Die Familie war wichtiger als die Ranch. Benny und die kleine Parry Angel sollten eine gute Ausbildung bekommen, die beste, die für Geld zu kaufen war. Wenn sie dafür die Ranch verkaufen und an einem anderen Ort neu anfangen mussten, dann würden sie es tun.

Trotzdem waren alle bis zum Äußersten gespannt, wenn Deacon ihnen die monatlichen Geschäftsberichte gab. Sie hofften immer wieder, noch einige Monate Zeit zu haben, um die Ranch doch noch zu retten und wieder auf eigene Füße zu stellen. Deacon war die Belastung deutlich anzusehen und er hatte einige Kilo abgenommen. Sein bester Freund, Jon, bestand jeden Monat darauf, dass er sich vor allen Familienmitgliedern auf die Waage stellte und sein Gewicht kontrollierte. Shane sah Deacon unglücklich an. Neben Cricks einsneunzig wirkte er mit seinen zehn Zentimetern weniger fast klein. Bei ihrer letzten Gewichtskontrolle hatte Deacon etwa achtzig Kilo gewogen, mehr als damals, als Shane das erste Mal auf die Ranch gekommen war und die Familie kennengelernt hatte. Damals war er gerufen worden, weil Crick und Bennys verrückte Eltern beschlossen hatten, der jungen Mutter ihr Baby abzunehmen. Aber trotz der zusätzlichen Kilos wirkte Deacon noch lange nicht so gesund und kräftig, wie Shane ihn sehen wollte.

Shane arbeitete mittlerweile für die Polizei von Levee Oaks. Nach allem, was geschehen war, sollte er eigentlich der Feind sein. Dennoch hatte Deacon ihn als Freund in die Familie aufgenommen. Shane hatte noch nie eine so warmherzige

Familie erlebt. Er brauchte sie hier in Levee Oaks. Und dazu musste es ihnen gut gehen und sie mussten die Ranch retten.

Crick stand hinter Deacon, hatte sich mit dem Kinn auf dessen Schulter gestützt und versuchte, ihn mit einem Stück Kuchen zu füttern. Shane sah gedankenverloren zu, wie Deacon seinen Partner wegscheuchen wollte. Der junge Rancher war ein entschlossener und standhafter Mann, verbarg das aber hinter einem schüchternen Lächeln und einem verlegenen Erröten. Er würde Benny und Parry Angel nie einen Wunsch abschlagen. Wenn Benny also auf der Renaissance Faire nicht alles gekauft hatte, was sie sich wünschte, dann hatte sie das freiwillig getan, um ihre knappen Mittel zu schonen und die Ranch nicht noch mehr zu gefährden.

Shane drehte sich wieder zu Benny um. Ihre Haare waren in diesem Monat leuchtend orange und ihre blauen Augen – sie hatten eine andere Farbe, aber die gleiche Form wie Cricks Augen – blickten nachdenklich und verträumt. Wenn Shane jemals eine Jungfer in Nöten retten würde, wäre sie wohl die beste Kandidatin.

„Was würdest du denn gerne kaufen?", fragte Shane und schaltete in seinen professionellen Aufzeichnungsmodus, um sich alles zu merken. Es stellte sich als ausgesprochen nützlich heraus, denn eine Sechzehnjährige mit einem Baby konnte nach einem Besuch auf der Faire offensichtlich grenzenlos Prinzessinnenträume entwickeln.

Einige Minuten später machte Benny sich auf, um das Baby zu baden. Es wurde zum Familienereignis, da Deacons Freunde Jon und Amy auch gekommen waren und beschlossen, dass die vier Monate alte Lila Lisa ebenfalls ein Bad vertragen könnte. Nachdem sich die Küche durch das bevorstehende Gemeinschaftsbaden halb geleert hatte, fragte Deacon, wer Lust hätte, die Essensreste zu den Schweinen zu bringen. Shane sprang so schnell auf, dass er fast seinen Stuhl umstieß.

Der Schweinestall war zwar in einer dunklen Ecke hinter dem großen Stallgebäude, aber Shane hatte gegen einen kleinen Spaziergang unter den Sternen nichts einzuwenden. Es war erst Oktober und die Abende noch warm genug, um Shorts und ein T-Shirt zu tragen. Nur eine kühle Brise vom Fluss kündigte bereits den November an. Es war ein angenehmer Abend, um draußen zu sein. Das war auch gut so, denn Shane hatte etwas zu erledigen.

Auf dem Rückweg vom Schweinestall ging er zu den großen Heuballen, die von einer kleinen Lampe am Stalltor beleuchtet wurden. Er zog seinen kleinen Notizblock und einen Stift aus der Tasche und fing an zu schreiben. Er notierte sich jeden Wunsch, den Benny geäußert hatte. Shane musste sich konzentrieren, um nichts zu vergessen, deshalb war überrascht, als er aufsah und Jeff erkannte, der auf der Terrasse des Hauses stand und eine Zigarette rauchte.

Shane steckte den Notizblock und den Stift weg, nahm den leeren Abfalleimer vom Boden und ging aufs Haus zu, als wäre nichts geschehen.

Jeff ließ sich nichts vormachen.

„Kannst du dich an den Duft der Handcreme erinnern, die sie sich gewünscht hat?", fragte er, als Shane die Stufen zur Terrasse hochkam.

Shane wurde rot. „Kamille mit Lavendel und einem kleinen Hauch Vanille", sagte er leise. Jeff zog an seiner Zigarette und sah ihn beeindruckt an. „Das ist nicht gut für deine Gesundheit", versuchte Shane, ihn von dem Thema abzulenken.

„Deshalb rauche ich nur eine pro Tag", meine Jeff ungerührt und blies den Rauch in den Abendhimmel. „Es heißt, das Verteidigungsministerium habe jetzt doch die Kosten für Andrews nagelneue Beinprothese übernommen."

Shane gab sich ahnungslos. „Wieso hätten sie das nicht tun sollen?" *Nicht rot werden, nicht rot werden …*

„Zum einen, weil Benny nur einen Tag am Telefon verbracht hat, um die Versicherungsfragen zu klären. Hört sich das vielleicht nicht nach einem Märchen an?"

„Und wieso sollte es nicht so sein?", fragte Shane so gelassen wie möglich.

Jeff betrachtete nachdenklich seinen Zigarettenstummel und drückte ihn an der Schuhsohle aus. „Hmm … Keine Ahnung. Vielleicht hat es mit dem Gerücht zu tun, dass ein ‚Bulle von Polizist' ins Büro gekommen wäre und Andrews neue, dunkel bezogene Prothese bezahlt hätte mit der Anweisung, keinen Ton darüber zu verlieren? Das ist immer ein sicherer Hinweis darauf, dass etwas nicht mit rechten Dingen zugegangen ist, meinst du nicht auch? Ich arbeite im Veteranenhospital, Shane. Hast du wirklich geglaubt, ich erfahre nichts davon?"

Shane fühlte sich zunehmend unwohl und … Ja, er konnte fühlen, wie er rot wurde. „Bitte verrate ihnen nichts", meinte er schließlich. „Sie haben auch ihren Stolz, weißt du?"

„Ich will dich nicht danach fragen, warum du es getan hast", sagte Jeff nach einigem Zögern. „Wir wissen beide, dass Andrew sonst noch Monate auf die Prothese gewartet hätte. Ich hätte vielleicht genauso gehandelt. Wenn ich das Geld dazu gehabt hätte."

Shane blickte verlegen zu Boden und schwieg. Schließlich kam Jeff die Treppe herab und warf seinen Zigarettenstummel in die Mülltonne hinter dem Haus. Während er zu Shane zurückkam, goss er sich aus einer kleinen Flasche Alkohol über die Hände.

„Schreist du mich jetzt an?", wollte er wissen und rieb sich die Hände. Shane zuckte nur mit den Schultern. „Pass auf, Großer. Ich verrate dein Geheimnis nicht. Aber ich will wissen, woher du das Geld hast. Sag mir, dass du nicht Illegales gemacht hast oder auf den Strich gegangen bist, ja?"

Damit brachte er Shane zum Lachen. „Wie komisch."

Jeff zuckte mit den Schultern. „Ich bin immer sehr direkt."

„Das meine ich nicht. Aber glaubst du wirklich, jemand würde für mich bezahlen? Sie hätten wahrscheinlich Angst, sich an meinen Spinnereien anzustecken."

Jeff holte tief Luft und sah ihn eindringlich an. „Die Familie liebt dich, Shane. Ich glaube sogar, sie sorgen sich um dich. Wenn du manchmal merkwürdig bist, dann nur deshalb, weil du zu oft allein bist. Du musst dir nur Deacon ansehen, dann weißt du, wie ungesund das sein kann. Und jetzt verrate mir, woher das Geld kommt, sonst werde ich deine heimliche Weihnachtsmannroutine nicht für mich behalten."

Aua. Shane sah ihn wütend an. „Dir liegt doch gar nichts an mir." Es stimmte. Seit Shanes Aufnahme in die Familie hatte Jeff mit einer fantasievollen Bezeichnung nach der anderen aufgewartet. ‚Großer' war harmlos und definitiv eine Verbesserung, verglichen mit ‚Yeti' oder – nach Shanes Outing am Küchentisch – ‚Shane, der haarige Hoover'.

„Das stimmt nicht", erwiderte Jeff ohne mit der Wimper zu zucken. „Ich mag dich durchaus. Ich war nur eifersüchtig auf dich, aber du bist ganz in Ordnung."

„Eifersüchtig?" Shane blinzelte. „Auf mich?"

Jeff zuckte mit den Schultern. „Du kommst dienstlich hierher und wirst direkt zum Essen eingeladen? Mann, ich musste Cricks Arm behandeln wie ein Wunderheiler, bevor sie mich das erste Mal eingeladen haben."

„Jon hat mich eingeladen", murmelte Shane. „Er war ein ziemliches Arschloch, als ich hier aufgetaucht bin. Es war ihm anschließend peinlich und hat ihm leidgetan."

„Wirklich?", fragte Jeff strahlend. „Es war nur Mitleid? Hervorragend. Nicht böse sein, ja, Großer? Vergeben und Vergessen?"

Warum sollte Shane böse sein? Schließlich hatte Jeff selbst ihm den Olivenzweig überreicht. „Schon gut."

„Danke. Und jetzt verrate mir, woher das Geld kommt. Dann kann ich Deacon beruhigen und wir behalten es für uns."

Shane runzelte die Stirn. „Deacon hat dich zu mir geschickt?", fragte er und fühlte sich plötzlich flau im Magen.

Jeff winkte ab. „Nein. Er wollte dich selbst fragen. Aber bei der Vorstellung, dass ihr beiden hier auf der Terrasse steht und *nicht* redet, ist sogar dem Baby schwummrig geworden. Also ... raus damit, oder die gesamte Familie erfährt es. Sie sind doch deine Familie, oder?"

Mist. Ja. „Meine Kollegen vom LAPD haben mich in einen Hinterhalt laufen lassen. Als mein schwuler Arsch nicht in der Hölle gelandet ist, haben sie mir Geld gegeben, um mir das Schweigen zu versüßen."

Jeff riss die Augen auf und hielt sich theatralisch die Kinnlade fest, die herunterzuklappen drohte. „Willst du mich verarschen? Ist das ein Witz?"

Shane rieb sich über die Brust, wo er unter dem T-Shirt immer noch die Operationsnarben fühlen konnte. „Nee. Wenn die Sicherheitsweste eine gebrochene Rippe durch deine Lunge drückt, wenn dir die Milz und was weiß ich was alles entfernt werden muss ... das würde für einen Witz wirklich zu weit gehen."

Er hatte nicht mit Jeffs Reaktion gerechnet. Weder mit dem Boxhieb unters Kinn, noch damit, dass er so schmerzte. Shane landete auf dem Hintern und sah Jeff mit großen Augen an.

„Was zum Teufel …?" Er war vollkommen perplex. Sprachlos.

„Und du arbeitest immer noch für sie!", rief Jeff aufgeregt und schüttelte mit schmerzverzerrtem Gesicht seine Hand aus. Verdammt, das hatte wehgetan.

„Also …" Shane blinzelte. „Darf ich mich wiederholen? Was zum Teufel soll das?"

„Du Arschloch!", knurrte Jeff. In diesem Moment kam Deacon aus dem Haus, um nach ihnen zu sehen.

„Was zu Teufel soll das?", fragte er und hielt Shane die Hand hin, um ihn vom Boden hoch zu ziehen. Shane nahm die Hilfe an, war aber offensichtlich immer noch total verwirrt.

„Deacon, er hat mir einen Kinnhaken verpasst."

Und Jeff war wütend auf Shane. „Deacon, weißt du, woher er sein Geld hat?"

„Du hast versprochen, es nicht zu verraten!" Irgendwie war diese Unterhaltung absonderlich und doch auch … vertraut. Shane konnte es sich nicht erklären, und das machte die Situation noch surrealer.

„Da wusste ich aber noch nicht, dass du versucht hast, Selbstmord-durch-Dienst zu begehen!", fauchte Jeff ihn an. Shane ließ Deacons Hand los und sich wieder mit dem Hintern auf den Boden fallen.

„Wie bitte?"

„Sie haben in L.A. auf dich geschossen, weil du ein großer, dämlicher, schwuler, arschfickender Bastard bist. Und dann kommst du hierher, wo deswegen sogar Zivilisten verprügelt werden! Und du sagst keinem von uns ein Wort … Du kommst einfach sonntags zum Abendessen, als wäre es das Normalste von der Welt. Dabei bist du eine wandelnde Zielscheibe!"

„Ich bin keine wandelnde Zielscheibe!", widersprach Shane, schaffte sich auf die Knie und fasste wieder nach Deacons Hand. „Und ich wünschte mir, du hättest recht mit dem Ficken."

Deacon Winters hatte ein ausnehmend hübsches Gesicht. Es war leicht oval mit einem kantigen Kinn, einem vollen Mund, grünen Augen und dichten, dunklen Wimpern. Im Moment sahen diese Augen die beiden Männer vor ihm an, wie sie gewöhnlich Crick und Benny ansahen, wenn die beiden sich stritten. In diesem Augenblick fiel bei Shane der Groschen.

Er und Jeff stritten sich wie Brüder. Er sah Jeff an. Der Mann studierte aufmerksam seine kostbaren Fingernägel an der Hand, mit der er Shane den Kinnhaken versetzt hatte. Na gut. Sie hatten gestritten wie Bruder und Schwester. Geschwister. Wie auch immer.

Shane wurde rot und entschied sich, die Wahrheit zu sagen. Das war er Jeff schuldig. „Danke, dass du dir solche Sorgen um mich machst", sagte er leise. Deacon sah ihn fragend an, als ob er mehr erwarten würde. „Wirklich?", beantwortete Shane die unausgesprochene Frage mit einer Gegenfrage. Deacon nickte.

„Ja, wirklich."

Shane atmete tief durch. „Na gut. Fein. Es tut mir leid. Ich hätte euch von meinem Problem erzählen sollen. Ich dachte nur, ihr hättet Besseres zu tun, ja? Reicht das?"

„Nein", erwiderte Deacon streng. „Jeff, wie wäre es, wenn du ins Haus gehst? Benny oder Crick sollen sich um deine Hand kümmern. Shane und ich haben noch etwas unter vier Augen zu besprechen."

„Ja", murmelte Jeff.

„Jeff?" Mann, das war Deacons Kommandostimme. Shane hätte sein linkes Ei dafür gegeben, eine solche Stimme zu haben.

Shane war einunddreißig, Jeff höchstens ein Jahr älter. Deacon war jünger als sie beide. Jeff drehte sich wie auf Befehl zu Deacon um. „Ja, Deacon?", fragte er liebenswert und klimperte den Mann mit seinen dunklen Wimpern an.

Deacon sah ihn mit unbeweglicher Miene an. „Ich glaube, Shane hat sich bei dir entschuldigt."

„Ja-a." Jeff rollte stilecht mit den Augen. „Ja. Tut mir leid, dass ich dir eine reingehauen habe, du großer, dämlicher Bulle. Bitte versuche, dir nicht vor nächstem Sonntag den Arsch abschießen zu lassen, okay?"

„Versprochen", erwiderte Shane ernsthaft und sah ihn überrascht an. Dann ging er unbeholfen auf Jeff zu, aber der fauchte ihn nur an. Jetzt war es an Shane, die Augen zu verdrehen. „Danke, lieber Jeff, dass ich dir nicht scheißegal bin."

„Ja, ja. Wie auch immer und von mir aus." Jeff schnaubte demonstrativ und ging ins Haus zurück. Shane blieb mit Deacon auf der Terrasse zurück.

Er war unerklärlich nervös.

Deacon sah ihn kurz an und strich ihm mit der Fingerspitze übers Kinn. Dann ging er zur Tür und rief: „Crick, ich brauche einen Eisbeutel, verdammt!"

„Fluche nicht vor dem Baby, du Arschloch!", kam die Antwort aus der Küche. Shane hatte trotzdem nicht die geringsten Zweifel, dass Crick gleich mit dem Eis auftauchen würde.

Deacon ging über die Terrasse und lehnte sich an das Geländer, so wie Jeff es vorhin getan hatte. „Auf dich ist also geschossen worden?", fragte er leise. Shane zuckte mit den Schultern.

„Ich … ich wurde ohne Rückendeckung in eine gefährliche Situation geschickt", sagte er zurückhaltend. „Die Schutzweste … Sie schützt nicht vor dem Aufprall."

„Nein. Nein, das tut sie nicht. Hatte Jeff recht? Wusste deine Abteilung über dich Bescheid?"

Shane wurde feuerrot. „Es war keine Absicht", murmelte er. Deacon drehte sich zu ihm um und zog fragend die Augenbrauen hoch. Sie verschwanden fast unter seinem Haaransatz.

„Will ich noch mehr wissen?"

Oh Gott. Nur Deacon nicht diese Geschichte erzählen. Shane hätte sie lieber seinem Vater erzählt, wäre das alte Arschloch noch am Leben. Nur nicht Deacon, der ihn mochte und respektierte.

„Muss ich es dir sagen?"

Deacon sah ihn mitfühlend an. „Shane, ich kann dich zu nichts zwingen. Aber ..." Deacon wirkte verlegen, aber da dieser Gesichtsausdruck bei ihm normal war, passte es irgendwie. „Also gut. Wenn du es nicht sagen willst, dann behalte es für dich. Mir ist alles recht. Aber du weißt auch, ich bin das Vorzeigebeispiel für unterdrückte Gefühle. Und ich sage dir, dass es irgendwann raus muss. Wir machen uns die gleichen Sorgen wie Jeff. Weiß deine Dienststelle über dich Bescheid und bist du deshalb in Gefahr? Oder hast du hier Unterstützung, von der wir nichts wissen? Und wenn wir selbst deine Unterstützung sind, dann ... dann sollten wir über alles Bescheid wissen, nicht wahr?"

Shane schluckte. „Ich bin am nächsten Wochenende nicht da. Könnt ihr meine Tiere füttern?"

Deacon ließ sich keine Überraschung über den unvermittelten Themenwechsel anmerken. „Dann müssen wir uns um sie kümmern, falls dir etwas passiert, ja?"

„Ja. Angel Marie frisst ziemlich viel."

Deacon sah ihn fragend an. „Angel Marie?"

Schulterzucken. „Wenn ich Parry Angel schon gekannt hätte, hätte ich einen anderen Namen für ihn ausgesucht. Ich habe Angst, dass er eine der Katzen frisst, falls ich nicht in ein bis zwei Tagen zurückkomme." Guter Gott. Das hörte sich ja fürchterlich an. Aber Shane konnte es nicht ändern. Angel Marie würde Orlando Bloom oder einen der anderen nicht absichtlich auffressen, aber der Riesentrottel wog über hundertfünfzig Pfund und war nicht sehr wählerisch. Shane war froh, dass er selbst von der Dogge noch nicht zum Frühstück verspeist worden war.

Deacon verzog keine Miene und Shane wurde von einer plötzlichen Welle der Zuneigung für seinen Freund erfasst. Es hatte nichts mit Deacons gutem Aussehen zu tun und auch nicht damit, dass er einmal in der Woche zum Essen eingeladen wurde und die Familie ihn mit offenen Armen aufgenommen hatte. Es hatte mehr damit zu tun, dass er sich in Deacons Gegenwart niemals merkwürdig und absonderlich vorkam, weil Deacon ihn niemals wie einen Spinner behandeln würde.

„In Ordnung. Du zeigst uns, wo du wohnst und worauf wir achten müssen, wenn wir die Tiere füttern. Aber dafür musst du uns versprechen, dass du sofort anrufst, falls du in eine brenzlige Situation gerätst. Wenn du jemals auch nur den geringsten Verdacht hast, dass sie hier etwas Ähnliches mit dir vorhaben, holen wir Jon und kommen zu dir. So einfach ist das."

„Deacon, ihr seid keine Polizisten!"

„Nein, das sind wir nicht. Aber Levee Oaks ist eine Kleinstadt. Wir kennen die örtlichen Unruhestifter und Problemfälle genauso gut wie du. Shane ... für Parry Angel bist du ihr ‚Onkel Shaney'. Du wirst nie wieder ohne Unterstützung in eine solche Lage geraten!"

Shane setzte seine offiziellste Miene auf. „Normale Mitbürger begeben sich nicht in eine gefährliche Situation und ..."

„Vergiss es, Perkins", unterbrach ihn Deacon. „Wir haben alle die Erlaubnis, Waffen zu tragen ..."

„Vigilantentum steht unter Strafe. Es ist verboten."

„Und Diskriminierung ist auch verboten. Du wirst mir jetzt dein Wort geben, Shane."

Wie war dieses Gespräch nur so außer Kontrolle geraten? Shane hatte sich immer um sich selbst gekümmert, seit ... seit ... seit er als Kind gesehen hatte, wie der Bösewicht eingefangen wurde.

„Deacon! Das ist nicht sicher für euch. Es gibt so viele Gründe, warum es falsch ist ..."

„Einen Kollegen ins Feuer zu schicken?" Deacon sah ihn bedächtig an und Shane gab auf. Deacon Winters hatte eine ganz persönliche Art der Gutherzigkeit und Selbstbeherrschung, die es unmöglich machte, ihm in einem solchen Moment zu widersprechen.

Shane knurrte zustimmend. Fantastisch. Da hatte er endlich eine Familie gefunden, und schon glaubte sein großer Bruder, dass er allein nicht zurechtkäme. „Hat Crick schon jemals einen Streit mit dir gewonnen?", fragte er geschlagen und hörte Deacons Gelächter schon im Kopf, bevor es tatsächlich erschallte.

„Ständig, verdammt. Das nervende Arschloch."

„Das dir gerade den gewünschten Eisbeutel bringt!", protestierte Crick, der in diesem Augenblick seinen mächtigen Körper durch die Terrassentür schob. Shane fragte sich, wie lange Crick wohl ihr Gespräch belauscht hatte, bevor er auf Deacons Stichwort reagierte. Dann fiel Crick der kalte Eisbeutel aus der Hand und er vergaß seine Frage wieder.

„Hast du für dich auch Eis mitgebracht?", wollte Deacon wissen, hob den Eisbeutel auf und gab ihn Crick zurück. Crick war von seinem zweijährigen Ausflug in den Irak mit einigen Andenken zurückgekommen, die Shanes Operationsnarben wie harmlose Kratzer aussehen ließen. Der Junge – er war vielleicht dreiundzwanzig – beschwerte sich nur selten.

„Die Hand ist sowieso schon taub", sagte Crick. „Vergiss es, Deacon. Leg ihm den Eisbeutel ans Kinn, bevor es anschwillt."

Deacon hob Cricks verkrüppelte und vernarbte Hand liebevoll an den Mund und küsste sie. Shanes Kehle war wie zugeschnürt, als er die zärtliche Geste sah. In einer Welt, die solche Gesten kannte, konnte man vielleicht auch glücklich werden.

Shane ließ es bewegungslos über sich ergehen, dass Deacon ihm den Eisbeutel vorsichtig ans Kinn presste. Deacons Professionalität war anzumerken, dass er und Crick früher als Sanitäter gearbeitet hatten.

„Wo willst du eigentlich hin?", fragte Deacon. „Wenn wir auch auf deine Tiere aufpassen, meine ich. Wo bist du in der Zeit?"

„In Gilroy", antwortete Shane. Er erwähnte die Renaissance Faire nicht. Wenn Deacon nichts darüber wusste, konnte er Benny auch nicht das Geld anbieten, das Shane ihr geben wollte.

Deacon rümpfte die Nase und zuckte mit den Schultern. Offensichtlich hatte Shanes Antwort ihn nicht zufriedengestellt. Gilroy war nicht gerade ein selbstverständliches Ausflugsziel – viel Farmland, viel Weideland, wenig Siedlung.

„Meine Schwester kommt nach Gilroy", erklärte Shane.

„Du hast eine Schwester?", fragte Crick und ließ sich in den Gartenstuhl fallen, der am Geländer stand. „Wow. Und ich dachte, ich würde dich kennen."

Shane zog sarkastisch eine Augenbraue hoch. Tatsache war, dass er noch weniger sprach als Deacon. Jeder wusste das. „Ich habe sie seit Jahren nicht gesehen", erwiderte er. Nicht seit der Beerdigung seines Vaters; aber sie sprachen ein oder zweimal im Jahr miteinander. Als Shane im Krankenhaus lag, hatte sie ihm Blumen und einen Brief geschickt. *Verdammt, Shaney – such' dir einen anderen Job oder lerne, wie man in Deckung geht. Ich bin viel zu sehr mit meinem eigenen Mist beschäftigt, um die Zeit zu haben, um dich zu trauern. Also darfst du nicht sterben.* Seitdem hatte er einige Postkarten und Anrufe von ihr bekommen, ab und zu hatte er auch zurückgerufen. Sie hatte ihn vor einem Jahr schon zu ihrer Vorstellung eingeladen, und da er noch Urlaub hatte, wurde es Zeit, diese Einladung anzunehmen.

„Was macht sie denn in Gilroy?", wollte Deacon wissen. Gilroy war drei Autostunden entfernt und lag irgendwo zwischen Kleinkleckersdorf und dem Arsch der Welt.

Shane musste lächeln, so unwahrscheinlich würde sich die Antwort auf Deacons Frage anhören. „Glaubst du mir, wenn ich dir sage, dass sie tanzt?"

Er konnte es kaum abwarten, sie wiederzusehen. Sie war wunderschön, wenn sie tanzte.

2

„And so they linked their hands and danced, Round in circles and in rows ..."
Loreena McKennitt, *The Mummers' Dance*

SHANE WAR schon immer gerne gefahren. Das war einer der Gründe, warum er sich den GTO gekauft hatte. Beim Fahren konnte er alles andere vergessen, konnte Rockmusik hören, so laut er wollte, konnte die Kraft des Motors spüren, wenn er über die Straße schoss. Für Shane war es wie eine Form der Meditation.

Ein Teil der Strecke führte ihn über einen zweispurigen Highway, der sich die Küste entlang durch die braunen Hügel windete. Er war früh aufgebrochen und der Verkehr hielt sich noch in Grenzen. Das Geräusch der schweren Reifen, die über den Asphalt brausten, hatte etwas Beruhigendes. Dazu noch Bruce Springsteen in Stereo und Shane war glücklich. Nach einiger Zeit verließ er die Straße und hielt an einer der Attraktionen des Highways an.

Casa de Fruta war ursprünglich nur ein einfacher Obststand am Straßenrand gewesen. Dann hatten die Eigentümer ein Restaurant und einen kleinen Souvenirladen hinzugefügt. Die Kombination übte einen besonderen Charme aus und Shane kam sich vor, als hätte er während einer gefährlichen Reise plötzlich Tom Bombadills Haus entdeckt. Auf dem angrenzenden Gelände fand schon seit einigen Jahren die Renaissance Faire statt, die jeden Herbst ausgerichtet wurde und acht Wochen dauerte. Shane fuhr über den staubigen Schotter. Er hatte extra etwas mehr Geld für einen der VIP-Standplätze bezahlt.

Gilroy war nach einem langen, heißen Sommer ein staubiger, ausgedörrter Landflecken, doch die Renaissance Faire verwandelte es in einen magischen Ort, an dem sich die Fantasie der Menschen auf bewundernswerte Weise Bahn brach. Wieder musste Shane an Tom Bombadills Haus aus *Herr der Ringe* denken.

Shane trug alte Jeans und ein T-Shirt, das er auf einem Konzert von *The Who* gekauft hatte. Die alten Bands wurden wieder populär, aber das hatte er schon immer vorausgesagt. Als er den Wagen abgestellt hatte und sich auf den Weg über den Parkplatz machte, kam er sich etwas fehl am Platz vor. Er war einer der wenigen Menschen hier, der kein Kostüm trug.

Die Kostüme für Männer waren vielfältig. Einige trugen enge Lederhosen, die in hohe Schaftstiefel gesteckt wurden und zu denen ein Leinenhemd mit Lederweste gehörte. Andere waren in weite Pluderhosen aus Baumwolle gekleidet, zu denen sie eine langärmelige, weit geschnittene, blusenartige Tunika und ebenfalls eine Weste trugen. Und jeder – wirklich *jeder* – hatte irgendeine Art von Hut auf. Einige der Kopfbedeckungen waren aus Leder, andere aus Leinen, Cord oder Filz. Und wenn die Materialien schon sehr vielfältig waren, so waren die unzähligen Stilrichtungen noch beeindruckender. Die Farben der Kostüme reichten von bunt und knallig bis zu elegant und neutral. Jedes Ensemble war einmalig und sie waren so unterschiedlich wie die Männer, die sie trugen.

Und das waren nur die Männer.

Die Frauen standen ihnen in nichts nach in ihren Kombinationen aus Rock und geschnürtem Oberteil, das ihre Brüste großzügig zur Schau stellte. Manche der Frauen zeigten auch Schenkel durch ihre Bänderröcke. Shane genoss ihren Anblick; durch seine monatelange Enthaltsamkeit war es ihm egal, für welches Team er spielt – solange er nur spielen konnte. Die vollen Brüste der kostümierten Frauen waren für ihn genauso verführerisch, wie die eine oder andere nackte, behaarte Männerbrust. Hauptsache, es versprach die Chance auf Hautkontakt, und zwar in absehbarer Zukunft.

Er kam an einer Familie vorbei – Mom, Dad und zwei Teenager –, alle perfekt und dem Anlass entsprechend gekleidet. Die mehr als voluminös gebaute Mutter führte noch zwei kleinere Kinder an der Hand, die ebenfalls kostümiert waren. Ihr Busen war nicht mehr so gut in Form wie bei den jüngeren Frauen, aber das hielt ihren Ehemann nicht davon ab, seine Frau anzuhalten, um sie in dem Mieder ‚zurechtzurücken', bis er mit ihrem Sitz zufrieden war.

Shane war froh, dass er seine Sonnenbrille trug und so die glückliche Ren Faire Familie unbemerkt beobachten konnte. Er mochte sie. Die beiden Kleinen wären am Ende des Tages wahrscheinlich übermüdet und quengelig. Als der Teenager seine kleine Schwester in ihrem Prinzessinnenkostüm hochhob und durch die Luft schwang, musste Shane an Deacons kleine Familie in Levee Oaks denken, zu der er jetzt auch gehörte. Er wollte seinen Prinzessinnen – Benny, Parry Angel und der kleinen Lila – die schönsten Sachen mitbringen, die er finden konnte. Und für Drew wollte er eine Mütze kaufen, so wie Robin Hood sie trug. Er freute sich schon darauf, der großzügige Onkel für seine kleine Familie zu sein, und wenn er dafür das ganze Geld, das nutzlos auf seinem Bankkonto lag, auf der Renaissance Faire ausgeben musste.

Seine Erregung legte sich wieder, als er sich an den wahren Zweck seines Besuchs erinnerte.

Er war hier, weil er nicht nur in Levee Oaks eine Familie hatte.

Shane besorgte sich ein Ticket und betrat das Festivalgelände durch einen hohen Bogen aus Holz. Eine fröhliche junge Frau drückte ihm ein Programmheft in die Hand und begrüßte ihn in einem übertriebenen, alten Englisch, das genauso wenig authentisch war wie Shanes Jeans und sein T-Shirt. Es hörte sich trotzdem charmant an.

Shane warf einen Blick auf das Programm und ging dann nach links, wo sich die Stände mit den Speisen und Getränken befanden und wo seine Schwester in fünfzehn Minuten auftreten würde.

Er kaufte sich eine Limonade und einen Imbiss, der ‚Kröte im Loch' hieß und sich als ein eine Art Fleischpastete entpuppte. Dann setzte er sich auf einen Heuballen und beobachtete das Publikum, während er auf den Auftritt seiner Schwester wartete. Es lohnte sich.

„Ein hübsches Kostüm, nicht wahr?"

Shane drehte sich zu der Stimme um und sah sich der korpulenten Mutter gegenüber, die eines ihrer Kinder auf dem Schoß hatte und ihn angrinste. Dann sah er wieder auf das Objekt seiner Bewunderung – einen Riesen von Mann, der eine Lederrüstung trug, die mit silbernen Beschlägen verziert war (oder war es doch nur rostfreier Stahl?). An der Hüfte des Riesen hing ein Langschwert. Er musste über einsneunzig groß sein und seine langen, schwarzen Haare hingen ihm über den Rücken bis auf die Hüften.

Merkwürdigerweise hatte Shane tatsächlich nur das Kostüm bestaunt.

„Es ist wunderbar", sagte er zu der netten Frau. „Wo kann man das wohl kaufen?" Er sah auf ihren bunten Rock, der eigentlich aus mehreren Lagen von Röcken bestand, und ihr mit Blumen bedrucktes Mieder, dessen Farben in keiner – wirklich *keiner* – Weise zu den Farben ihres restlichen Kostüms passen wollten.

„Du wirst es schon finden", meinte sie. „Wenn du gegessen hast, geh den Pfad dort zu den Ständen mit Kleidern und Zubehör. Dort findest du alles, was du für ein Kostüm brauchst; was immer dir auch gefällt. Du bist als normaler Kerl in Jeans und T-Shirt gekommen, aber wenn du willst, kannst du als Ritter in glänzender Rüstung wieder gehen."

Das kleine Mädchen auf ihrem Schoß trank einen Schluck Limonade und strich sich die feuerroten Haare aus dem Gesicht. „Ich will kein Ritter werden. Ich will eine Prinzessin sein!"

„Aber sicher, mein Baby", sagte die Mutter trocken. „Du kannst gar nichts anderes sein, als eine Prinzessin." Sie sah Shane an. „Du kannst auch eine Prinzessin sein", meinte sie nüchtern und er lachte laut, weil sie so nett war und weil sie ihn, wie Deacon, so freundlich willkommen geheißen hatte.

„Vielleicht von beidem etwas", erwiderte er augenzwinkernd und sie lachte. Dann kam ihr Mann, vollbepackt mit Snacks und anderen Köstlichkeiten, und die kurze Illusion, Teil einer kleinen Familie zu sein, zerplatzte wieder. Auf dem Platz vor ihnen begann Musik zu spielen. Shane stand auf und ging durch die versammelten Besucher weiter nach vorne, weil er seine Schwester tanzen sehen wollte.

Kimmy hatte in ihrem letzten Schuljahr einen Wachstumsschub erlebt und war jetzt einen Meter siebzig groß. Es hatte ihr das Herz gebrochen, denn Tänzerinnen mussten klein und zierlich sein, um von ihren Partnern über den Kopf gehoben oder durch die Luft gewirbelt werden zu können. Außerdem belasteten die Größe und das höhere Gewicht die stark beanspruchten Gelenke und Sehnen noch zusätzlich. Trotzdem hatte Kimmy sich nicht entmutigen lassen und weiter getanzt.

Sie hatte auch weiter getanzt nach der Verletzung, die ihre Karriere bei einem der besten Tanzensembles von L.A. beendet hatte. Sie hatte sich Arbeit gesucht, wo immer sie welche finden konnte. Vor zehn Jahren war sie auf die Festivals gestoßen, die rund ums Jahr Tänzer buchten. Es gab Renaissance Faires, Celtic, Tudor, Wikinger und noch alle möglichen anderen Faires. So hatte sie fast an jedem Wochenende Arbeit und konnte weiterhin ihr Geld mit dem verdienen, was sie liebte – dem Tanzen. Kimmy hatte Shane immer wieder erklärt, dass die Faires vor allem einen professionellen Auftritt, Erfahrung und athletische Fähigkeiten erforderten. Es war nicht nötig, einen jugendlichen, unverletzten Körper zu haben, der den ständig wechselnden Moden der städtischen Tanzensembles gewachsen war.

Die sinnliche Frau, die als Titania kostümiert die Rundbühne betrat, erfüllte diese Erfordernisse bis ins letzte Detail. Sie war professionell, erfahren, athletisch und anmutig. Und sie hatte Muskeln und Fleisch auf den Knochen, worüber Shane besonders erleichtert war. Die Zeiten, in denen Kimmy kaum gegessen hatte, um ihr Gewicht zu halten, waren vorbei. Sie war wunderschön. Sie trug ein grünes, eng anliegendes Trikot. Die langen, braunen Haare mit den blonden Strähnen fielen in sanften Wellen über ihren Rücken. Die braunen Augen warfen dem Publikum geheimnisvolle Blicke zu, als sie stehenblieb und kurz abwartete, bevor sie nach einem der langen Tücher griff, die von einem fest verankerten Gestell direkt über der Bühne herabhingen.

Während sie nach oben kletterte, betrat ein kostümierter Tänzer die Bühne. Sein Oberkörper war frei und er trug eine Hose aus Fell. Er hatte spitze, haarige Ohren, lange Haare und stark geschminkte Augenbrauen. Der Mann stellt Puck dar, und als Puck erzählte er die Geschichte von Titania, die von Oberon verführt wurde. Shane war hingerissen. Ihm entging nicht, dass Kimmys Füße und Knie bandagiert waren, weil sie offensichtlich immer noch unter den Folgen ihrer Verletzung litt. Aber ihr Körper bewegte sich wie Seide im Wasser und zeigte deutlich, wie sehr sie ihren Tanz liebte. Ihr geheimnisvolles Lächeln kam nicht einmal ins Wanken, als sie ihren Körper durch die Tücher bewegte und durch die Luft wirbelte. Es war schwere, harte Arbeit, aber Kimmy war immer noch mit ganzem Herzen dabei, wie auch die Haare bewiesen, die in ihrem schweißgebadeten Gesicht klebten. Sie hatte gelernt, dass alles sein Preis kostete, besonders dann, wenn man es wirklich liebte.

Shane sah seiner Schwester mit stolzgeschwellter Brust zu. Er hatte sich immer gewünscht, sich so geschmeidig und elegant bewegen zu können, wie er sich im Herzen fühlte, und dort auf der Bühne machte es ihm seine Zwillingsschwester vor. Es war wunderschön. *Sie* war wunderschön.

Dann kam Oberon und Shanes Verstand setzte aus.

Oberon sollte durch einen Wald tanzen, bevor er Titania erblickte und von ihrem Anblick bezaubert wurde. Shane war bezaubert vom Anblick Oberons.

Er war zierlich und nicht sehr groß, vielleicht vier oder fünf Zentimeter kleiner als Kimmy. Seine blond gelockten Haare fielen ihm zu einer Spitze gekämmt zwischen die mandelförmigen, blaugrauen Augen. Er war … so anmutig, so schön. Er hatte hohe, slawische Wangenknochen, einen Schmollmund und ein spitzes Kinn mit Grübchen, und als er sich über die Bühne bewegte, setzte Shanes Herz einen Schlag lang aus und schmolz dann wie Eis in der Sonne.

Er bewegte sich wie Poesie, wie Musik. Vögel waren tollpatschiger, Katzen waren ungeschickter und Schlangen waren nicht so sinnlich wie Oberon. Die Musik war langsam und Oberon tanzte voller Kraft. Er tanzte nicht, wie auf einer professionellen Bühne, mit Ballettschuhen. Er tanzte barfuß. Seine Füße waren bandagiert, so wie Kimmys, und ließen auf eine Verletzung oder Schmerzen schließen, aber er bewegte sich voller Kraft und Geschmeidigkeit, als würden die Grenzen, die ihm sein Körper setzte, keine Rolle spielen.

Langsam streckte er das Bein parallel zum Boden vor sich aus. Genauso langsam griff er nach seinem Fuß und zog das Bein hoch, bis der Fuß direkt in den Himmel zeigte. Dann beugte er sich nach hinten und fasste nach den Tüchern, um sich nach oben zu ziehen und Kimmy bei ihren Lufteinlagen Gesellschaft zu leisten. Puck erzählte davon, wie Titania sich in den tanzenden Oberon verliebte.

Bitte, Gott, bitte lass ihn Männer lieben.

Shane schämte sich etwas über seine Gedanken. Er hatte sowieso keine Chance. Nicht einmal die Chance einer Chance hatte er bei einem solchen Mann, der jetzt nach Kimmys Hand griff sich dort oben in den Tüchern mit ihr drehte, Hand in Hand, die Beine in die Tücher geschlungen und die Körper über dem Boden ausgestreckt.

Oh Gott. Shane konnte kaum glauben, die gleiche Luft zu atmen.

Aber es wäre ein schöner Traum, dachte er, während er den geschmeidigen Körper mit seinen sehnigen Muskeln nicht aus den Augen ließ. Es kam sich vor wie eine glücklich verheiratete Frau in mittleren Jahren, die herausfand, dass ihr Lieblingsschauspieler schwul war. Es musste ihr das Herz brechen, dass sich ihr Traum selbst in der Fantasie nicht erfüllen ließ.

Shane wollte trotzdem wissen, ob es eine Chance gab, ihn jemals zu berühren. Sein Herz klopfte wie wild. Nur um die Chance zu wissen … zu wissen, dass diese Schönheit ihn auch nur berühren *könnte*, machte die Enthaltsamkeit vielleicht lohnenswert.

Der Tanz ging weiter und die Zeit schien still zu stehen. Als es vorbei war, applaudierten Shane und die anderen Zuschauer den drei Künstlern, die auf der Bühne standen und sich verneigten. Dann sammelten sie mit einem kleinen Korb Trinkgelder ein. Shane wartete ab, bis sich das Publikum etwas verlaufen hatte, dann ging er zur Bühne und warf einen Zwanziger in den Korb, den Kimmy ihm hinhielt. Sie sah überrascht auf.

Als sie ihn erkannte, gab sie den Korb an Oberon weiter und sprang mit einem lauten Schrei in seine Arme. Ihre Begeisterung allein war die dreistündige Fahrt nach Gilroy wert gewesen.

„Du bist gekommen! Oh, mein Gott! Shaney, du bist gekommen!"

Shane lachte und umarmte sie, dann hob er sie hoch und schwang sie im Kreis. „Wie viele Schwestern habe ich denn, mein Herz?", fragte er, während er sie wieder auf den Boden stellte. *Drei,* beantwortete er sich seine Frage, *drei, wenn ich Benny und Amy mitzähle.*

„Hast du es gesehen? Hat es dir gefallen?", fragte Kimmy und sprang aufgeregt auf und ab. Dann blieb sie stehen und wurde rot. „Sorry, ich ... ich sollte nicht immer nur an mich denken." Sie verstummte und dachte nach wie ein Schulmädchen, das sich an seinen Stundenplan erinnern musste. „Wie war die Fahrt? Gefällt dir die Faire? Wie lange kannst du bleiben?"

„Ich kann den ganzen Tag bleiben, Kim. Ich habe ein Hotelzimmer, aber morgen muss ich früh zurückfahren. Ich dachte, wir könnten heute Abend vielleicht zusammen essen gehen oder so. Deine Freunde können ja mitkommen." Er sah Oberon und Puck an, die in der Nähe standen und genau beobachteten, wer der Riese war und was er mit ihrer Titania machte.

Kimmy strahlte ihn an und Shane vergaß für einen kurzen Augenblick ihren hübschen Kollegen. Seine Schwester war wirklich glücklich, ihn hier zu sehen.

„Du bleibst noch?", fragte sie zögernd und Shane lächelte sie an. Er war verdammt froh, gekommen zu sein.

„Ja. Wie oft trittst du heute noch auf?"

„Was ... Mikhail! Noch drei Auftritte?" Sie nahm Shane an der Hand und drehte sich zu Oberon um, der nicht die geringsten Anstalten machte, die beiden allein zu lassen und in dem Trubel zu verschwinden.

„Du hast noch drei Auftritte", sagte er mit einem leichten Akzent in der Stimme. „Ich habe noch einen zusätzlich."

„Oh ja, stimmt", meinte Kimmy und runzelte die Stirn. „Das hatte ich vergessen. Mikhail ist kein normales Mitglied in unserer Truppe. Er ersetzt Kurt, solange der noch nicht wieder ganz gesund ist." Ihre Stimme wurde lauter, als sie den beiden Männern über die Schulter etwas zurief. „Obwohl wir uns freuen würden, wenn er zu uns käme. Stimmt doch, Brett, oder?"

„Ich wäre ganz dafür", erwiderte Brett und wackelte anzüglich mit den Augenbrauen. Mikhail warf Shane einen verstohlenen Blick zu und wurde rot.

Shane gab sich Mühe, weiter nach vorne zu sehen und sich nicht umzudrehen, um ihn anzustarren. Was hatte die Röte zu bedeuten? War es das, was er vermutete? Es war ihm egal, was Brett für Mikhail bedeutete. Aber warum war er rot geworden?

„Ich bin in dieser Saison sehr beschäftigt", sagte Mikhail leise. „Wenn ihr danach noch Platz für mich habt, mache ich gerne bei euch mit. Das weißt du doch, Kim."

Kim sah ihn zärtlich an. „Ja, das weiß ich."

„Wohin gehen wir?", wollte Shane wissen, als er an den Ständen und Zelten vorbei gezogen wurde. Die Verkäufer waren alle in Kostümen und priesen mit lauten Worten ihre Waren an.

„Ich muss mein Kostüm wechseln", erwiderte Kimmy lachend und zog ihn zu einer Gruppe kleiner Zelte, die sich hinter den Ständen am Rand des Geländes befand. „Und danach besorgen wir passende Kleidung für dich. Du fällst hier auf wie ein bunter Hund. War das deine Absicht?"

Shane warf Mikhail aus den Augenwinkeln einen Blick zu und wurde rot. „Nein", sagte er verlegen. „Bunte Hunde sind Freiwild." Gott. Hatte er das wirklich gerade gesagt? *Mein Gott, Shane. Könntest du nicht ein einziges Mal nicht so verdammt psychopathisch sein?* *Vielen Dank auch, Brandon, du Arschloch. Jetzt hast du dich schon in meinem Kopf eingenistet.*

Mikhail hob nur den Kopf und lächelte ihm zu. „*Da*", sagte er und sein Akzent war jetzt noch stärker. „Dann müssen wir diesen Hund in ein feines Kostüm stecken. Ist dein Portemonnaie gut genug gefüllt, damit wir dich dahinter verstecken können?"

Shane grinste. „Es enthält genug grüne Scheine, um mich dahinter zu verstecken", erwiderte er fröhlich. Während Mikhail über seine Antwort lachte, sah Kim ihn mitleidig an.

„Redest du immer noch verschlüsselt, Shaney?"

Shane seufzte aus voller Brust. „Ja, Kimmy. Tut mir leid. Aber ich würde gerne einkaufen gehen. Und wenn wir schon dabei sind, kannst du mir auch mit einigen anderen Einkäufen helfen." Er zog seine Liste aus der Tasche und reichte sie Kimmy, die sie an Mikhail weitergab.

„Du hast eine Freundin?", fragte Mikhail und – verdammt! – die Enttäuschung in seiner Stimme war nicht zu überhören.

„Eher eine kleine Schwester und eine Nichte", verbesserte Shane hastig, und Kimmy rief sofort: „Hey!"

Shane drehte sich schulterzuckend zu ihr um. „Sorry, mein Herz, aber es stimmt. Ich habe gewissermaßen ... ich weiß auch nicht. Eine Familie zuhause. Brüder – einer von ihnen ist ein Dorn in meinem Arsch, aber er liebt mich trotzdem wie ein Bruder. Eine Schwester – eigentlich zwei, und sie haben Babys. Es ist ..." Er verzog das Gesicht und dachte an den Tag zurück, an dem er Deacon und Crick und deren Rasselbande das erste Mal erlebt hatte. Es war ein bunt zusammengewürfelter Haufen, jeder mit seiner eigenen, komplizierten Geschichte. Aber sie waren seine Familie.

„Es ist kompliziert", sagte er schließlich. „Aber sie sind meine Familie und ich liebe sie."

„Und was bin ich?", fragte Kimmy mit einem Gesicht wie in Stein gemeißelt. Sie hatte es noch nie gut vertragen, nicht im Mittelpunkt zu stehen.

„Jederzeit zu den Feiertagen eingeladen", erwiderte Shane ernsthaft und ihre Miene entspannte sich wieder.

„Na gut. Wahrscheinlich ist es auch gut, dass du für die restlichen dreihundertvierundsechzig Tage im Jahr jemanden hast", gab sie widerstrebend zu.

„Warte hier, bis ich mich umgezogen habe." Sie verschwand in einem Zelt, dass groß genug war für vier Personen.

Shane blieb zurück und sah die beiden Männer verlegen an. Er versuchte, Brett mit Puck und Mikhail mit Oberon unter einen Hut zu kriegen.

„Also", sagte er schließlich und wünschte sich, ihm fiele etwas weniger Lahmes ein. „Ihr, äh ... ihr arbeitet also das ganze Jahr auf diesen Festen?"

Mikhail sah ihn hoffnungsvoll an und Brett grummelte nur: „Ich gehe jetzt besser. Vergiss den Auftritt um zwei Uhr nicht. Und warte mit dem Sex, bis der Vorhang gefallen ist." Dann verschwand der Mann mit den langen Haaren und den Fellhosen.

„Arschloch", rief Mikhail ihm nach und drehte sich lächelnd zu Shane um. „Die Festivals sind nicht mein Haupterwerb. Es ist mehr ..." Er suchte nach einem passenden Wort. „Es ist ein zusätzliches Taschengeld. Normalerweise gebe ich Tanzunterricht. Aber ich spare für eine größere Sache, und dafür brauche ich dieses Geld." Er zeigte auf den Korb mit den Trinkgeldern. „Was mich daran erinnert ..."

Der Tänzer ging zum Zelt und öffnete die Klappe. „Kimmy, verwahrst du das nicht für uns?"

„Gott, Mikhail! Kannst du mich nicht vorwarnen?" Kimmys Stimme klang gedämpft durch die Zeltplane und mehrere Lagen Kleidung.

„Als ob ich mich für deine Brüste interessieren würde. Hier, nimm das Geld. Ich will nicht in Versuchung geraten, es auszugeben."

„Schon gut. Ich lasse es im Zelt und Kurt kümmert sich darum, sobald er eintrifft. Verschwinde jetzt! Es ist eine Plage, das Mistding zu schnüren. Ich will keine Zuschauer, ob schwul oder nicht."

Shane führte innerlich einen fröhlichen Siegestanz auf, komplett mit Akrobatik und Kostüm.

Als Mikhail wieder aus dem Zelt auftauchte, trug er eine lange, türkisfarbene Weste auf nacktem Oberkörper. Shane hätte vor Begeisterung fast losgeplappert wie ein Idiot.

„Also, äh ..." Die Zunge blieb ihm am Gaumen kleben und er stellte fest, dass es Schlimmeres gab, als einfach los zu plappern.

„Du bist also Kimmys älterer Bruder?", fragte Mikhail nach einigen Sekunden betretenen Schweigens.

„Zwillingsbruder", erklärte Shane und überlegte, ob er beleidigt sein sollte.

Mikhail blinzelte verblüfft und starrte ihn an, als würde er ihn das erste Mal sehen. „Ihr seht euch aber überhaupt nicht ähnlich", meinte er dann und Shane spürte, wie ihm die Röte ins Gesicht stieg.

„Sie war schon immer sehr anmutig", sagte er und sah zu Boden. „Kostüm. Was für ein Kostüm soll ich mir kaufen?"

„Das bist du auch!", widersprach Mikhail zu Shanes Überraschung. „Aber du bewegst dich, als ob du ein Ziel hättest. Kimmy bewegt sich, als ob die Welt zu *ihr* kommen würde."

„Das habe ich gehört!", rief Kimmy aus dem Zelt. Mikhail verdrehte die Augen.

„Das will ich doch hoffen!", rief er zurück. „Dein Bruder ist hier. Er will einkaufen gehen, und du vergeudest seine Zeit damit, deine Brüste zur Geltung zu bringen. Sie sind nun mal nicht größer. Sei froh darüber. Sie sind dir wenigstens nicht ständig im Weg."

„Jetzt pass aber auf, du schwuler russischer Bastard! Ich habe vierzig Minuten bis zu meinem nächsten Auftritt und soll wie eine dämliche Landfrau aussehen. Könntest du bitte etwas mehr Verständnis aufbringen?"

„Wenn du wie eine dämliche Landfrau aussehen musst, solltest du Kurt um Hilfe bitten. Sonst wird es nur dämlich. Jetzt setz deinen Arsch in Bewegung, Mädel, und begrüße deinen Bruder." Mikhail warf einen bösen Blick auf das Zelt. „Es ist unentschuldbar. Sie redet seit Wochen von nichts anderem als von dir, und jetzt versteckt sie sich wie ein verängstigtes Kind ..."

„Ich verstecke mich nicht!", schnappte Kimmy ihn an, als sie aus dem Zelt kam. Sie war immer noch damit beschäftig, ihr Mieder zu verschnüren. Der Seitenblick, den sie Shane zuwarf, war ihm aus ihrer Kindheit noch in bester Erinnerung und verriet ihm, dass sie nur die halbe Wahrheit gesagt hatte.

„Jetzt nicht mehr", erwiderte Mikhail mit einem befriedigten Grinsen.

Shane lachte. „Du hast schon öfter mit ihr zusammengearbeitet?"

Mikhail zuckte mit den Schultern. „Ich bin schon oft mit ihrer Truppe aufgetreten, wenn sie einen Ersatzmann gebraucht haben. Sie ist sehr schwesterlich, aber sie braucht einen echten Bruder, dem sie ihre Aufmerksamkeit schenken kann."

Kimmy wurde rot und nahm Shane am Arm. „Nun, dann fange ich jetzt gleich damit an", meinte sie brüsk, wich aber Shanes fragendem Blick aus.

„Kommst du auch mit?" Verflixt. Shane konnte nicht glauben, das gefragt zu haben. Es war fast ... fast ein normaler Satz. Als ob er ein anderer Mensch wäre. Oder als ob er mit Deacon oder Crick gesprochen hätte.

Mikhail sah ihn an, als wollte er die Einladung ablehnen, doch Kimmy war schneller. „Bitte, Mikhail. Du bist noch nie über den Festplatz gebummelt. Immer sitzt du nur im Zelt und hörst Musik!"

Shane hörte Mikhails leisen Seufzer, aber dann kam der Tänzer zu ihnen. „Ich habe kein Geld, um mir etwas zu kaufen", murmelte er. Doch dann wurde seine Miene wieder strahlend. „Aber ich muss mir ja nichts kaufen, oder?" Er grinste Shane über sämtliche Backen an. „Ich gebe nur *dein* Geld aus. Hervorragend. Das wird richtig spaßig."

Shane musste lachen. „Stets zu Diensten." Er ließ sich von Kimmy wieder auf den eigentlichen Festplatz führen. Die Zelte der Teilnehmer standen, wie er naserümpfend feststellte, direkt bei den Toiletten. Die Anlage war recht übersichtlich. Alle Stände waren in einem großen Kreis angeordnet. Auf der einen Seite des Rundgangs befanden sich in einer Art Sackgasse die Verpflegungszelte, auf der anderen der Turnierplatz.

„So kommt der Pferdemist wenigstens nicht mit der Nahrung in Kontakt", bemerkte Shane aufmerksam. Mikhail lächelte.

„Kennst du dich mit Pferden aus? Hier. Lass uns in dieses Zelt gehen."

Shane folgte ihm in ein Zelt mit Baumwollkleidung, wo Kimmy und Mikhail ihn in einer Ecke abstellten und ihm auftrugen, zu warten. Dann machten die beiden sich über den Laden her und kamen schließlich mit einem Stapel Hosen – eng und weit geschnitten – sowie Hemden in den unterschiedlichsten Farben zurück.

„Weiß!", sagte Shane vorsichtshalber. „Ich weiß, dass es die Hemden in tausend Farben gibt, aber ..."

„Es heißt Tunika", erwiderte Mikhail unbeeindruckt.

„Wie auch immer. Ich will weiß."

„Gold würde dir verdammt gut stehen", meinte der Tänzer und hielt Shane probeweise ein goldfarbenes Hemd ... nein, eine Tunika vor die Brust.

„Aber weiß passt besser zu einer schwarzen Lederweste", widersprach Shane mit fester Stimme. Bei der Beschreibung blitzten Mikhails Augen auf und Shane wurde für einen kurzen Augenblick schwindelig.

„Ein Wams? Wie ein Burgvogt oder wie ein Raufbold?"

„Ein Burgvogt?", meinte Shane und versuchte sich zu erinnern, was das eigentlich war. „Na klar, ich bin Polizist. Ich kann ein Burgvogt sein. Aber ich brauche ein weißes Hemd unter dem ... Wams? Wirklich? Gibt es das Wort überhaupt?" Er wollte sichergehen, sich nicht verhört zu haben, weil sich das Wort in seinen Ohren irgendwie schmutzig anhörte.

„*Da*", nickte Mikhail ernst, aber seine blaugrauen Augen funkelten scherzhaft. Der kleine Bastard wusste genau, was Shane dachte. Shane dachte noch über eine schlagfertige Antwort nach, da hatte Kimmys Verstand offensichtlich endlich verdaut, was ihre Ohren gehört hatten.

„Du bist ein ... Was?", fragte sie erschrocken.

„Ein Polizist. Ich habe es dir doch gesagt, Kimmy. Deshalb bin ich nach Levee Oaks gezogen. Um den Job dort anzunehmen."

„Du Arschloch", sagte sie tonlos.

„Kimmy!", rief Mikhail, denn im Gegensatz zu vorhin hörte sich ihre Beschimpfung dieses Mal ernst gemeint an.

„Willst du wieder beschossen werden?" Kimmys Stimme klang so zittrig, dass Shane ein schlechtes Gewissen bekam.

„Nein, eigentlich nicht. Ich habe es das letzte Mal auch nicht gewollt, falls ich mich richtig erinnere."

„Auf dich ist geschossen worden? Ich dachte, du hast mit Pferden zu tun!" Mikhail hörte sich ebenfalls sehr besorgt an.

„Meine Freunde handeln mit Pferden. Und ich bin nicht beschossen worden. Die Schutzweste hat die Kugeln abgehalten."

Kimmy legte die Hand auf ihren Bauch, der durch das rotgeblümte Mieder eng zusammengeschürt war. „Das ist nicht komisch, du Idiot. Du hast einen Monat im Krankenhaus gelegen und …"

„Einen Monat? Ohne getroffen worden zu sein?"

Shane zuckte hilflos mit den Schultern. Er wollte nicht darüber reden. Heute nicht. „Na ja, so wichtig ist die Milz nicht. Ich habe gehört, man kann leicht auf sie verzichten. Willst du auch ein Hemd, Mikhail?" Er hielt ein schwarzes Hemd mit geschnürtem V-Ausschnitt hoch. Mikhail griff automatisch zu.

„Sehr schön. Sie haben deine Milz entfernt?"

Mein Gott. Shane war dabei gewesen, wie Deacon von der Familie zur Rede gestellt worden war, weil er zu viel arbeitete oder zu wenig aß. Er hatte erlebt, wie Deacon rot wurde und versucht hatte, die Bedenken seiner Familie und Freunde abzuwiegeln. Shane hatte kein Verständnis für Deacon gehabt.

Jetzt konnte er sich genau vorstellen, wie Deacon sich gefühlt haben musste.

„Passt auf", sagte er so ruhig wie möglich, weil er seine klaren Worte durch das Verständnis in seiner Stimme abmildern wollte. „Es geht mir gut. Ich arbeite in einer Kleinstadt, die in keiner Weise mit Los Angeles vergleichbar ist. Es ist, als hätte ich von Interpol zur Dorfpolizei gewechselt. Es ist nicht gefährlich und ich bin sehr vorsichtig. Macht euch keine Sorgen, ja?"

„Keine Sorgen machen?", erwiderte Kimmy bitter. „Verdammt, als ich dir die Blumen geschickt habe, wussten sie noch nicht, ob du überhaupt überleben wirst."

„Du hast ihn nicht besucht?", fragte Mikhail mit scharfer Stimme.

„Ich war noch im Entzug", schnappte Kimmy ihn an.

Shane blinzelte überrascht. „Im Entzug?"

Jetzt war es Kimmy, die rot wurde. Sie warf ihm den Stapel Hosen ins Gesicht. Shane stellte fest, dass es im Zelt ruhig geworden war und sie plötzlich sehr allein waren. Er fühlte sich unwohl. „Ich wollte es dir heute sagen. Aber dann musst du mir erzählen, dass du dich wieder umbringen lassen willst. Und das ohne high zu sein!"

„Sei nicht so dramatisch, mein Herz." Shane legte die Hosen auf einen Tisch und fasste sie an den Händen. „Beruhige dich wieder. Ich ziehe mich in der Zwischenzeit um. Wir können darüber reden, wenn wir weniger Publikum haben, ja?"

Kimmy sah sich mit einem zittrigen Lachen um. „Sorry. Ich weiß, dass du solche Szenen nicht magst. Aber …" Sie senkte verlegen den Blick. „Ich wollte es dir wirklich erklären. Es gehört dazu, wenn man wieder clean werden will. Man muss den Leuten sagen, warum man so viel Scheiße gebaut hat. Und ich hätte dich wirklich besuchen sollen."

Shane sah sie ehrlich überrascht an. „Kein Problem, Kimmy. Du warst die einzige, die mir Blumen geschickt hat. Es ist alles wieder gut. Darf ich jetzt endlich dieses Hemd anprobieren? Ich will noch die Bude mit den Ledersachen besuchen."

„Na gut", schniefte Kimmy und warf einen Blick über die Schulter. Es war offensichtlich, dass sie hier raus wollte. „Ich suche schon nach dem Kram für die Mädels. Die Sachen auf deiner Liste."

„Ich mag Leder", sagte Mikhail, als sie gegangen war. Sein Schmollmund lächelte verschmitzt und Shane wurde wieder rot.

„Chips", murmelte Shane, weil er an ein Erlebnis mit einer ehemaligen Freundin erinnert wurde.

„Das lohnt sich nur, wenn du sie länger anbehältst", sagte Mikhail fröhlich und Shane musste lachen.

„Probiere das Hemd an", erwiderte er. Mikhail betrachte das Hemd mit kritischem Blick.

„Es ist eine kleine Größe und passt mir bestimmt", sagte er selbstsicher. „Aber ich habe kein Geld."

„Gefällt dir wenigstens die Farbe?", fragte Shane.

„Es passt gut zu meinem Wams und der Hose", gab Mikhail zu. Shane rollte verzweifelt mit den Augen. Mein Gott, da wollte er einmal etwas Nettes tun … Nein, das war nicht ganz ehrlich. Die Wahrheit war, dass Shane ihn in dem Hemd sehen wollte. Er sah Mikhail verlegen an und wurde wieder rot. Andererseits sah Mikhail auch mit nackter Brust verdammt gut aus.

Mikhail sah Shanes Blick und die Röte, die ihm ins Gesicht stieg. Er lächelte ihm gutmütig zu. „Aber ich kann es anprobieren, wenn du es an mir sehen willst."

„Danke", flüsterte Shane und verschwand in einer der Umkleidekabinen. Die Kabinen waren sehr klein und nur durch Vorhänge voneinander getrennt. Er musste sich Mühe geben, nicht ständig gegen die Tücher zu stoßen und halb in einer Nachbarkabine zu landen. Als er und Mikhail durch den Vorhang mit den Hintern aneinander stießen, wachte Shanes vernachlässigte Libido auf und zeigte eindeutiges Interesse. Er musste etwas sagen, um sich abzulenken.

„Äh, dieser Kurt, von dem Kimmy spricht. Ist er ein netter Kerl?"

„Nein", sagte Mikhail. „Erstens nimmt er immer noch Drogen, und zweitens behandelt er deine Schwester wie Scheiße. Ist wirklich auf dich geschossen worden?"

„Was macht er?" Shane wirbelte herum und zog den Vorhang zur Seite. Dann zog er ihn hastig wieder zu. „Du hast mir nicht gesagt, dass du auch eine Hose anprobieren willst", murmelte er und lehnte sich an die Hinterwand der Kabine, die als einzige aus Holz bestand. Der Kerl hatte ihn auch nicht darauf vorbereitet, dass er keine Unterhose trug.

„Du hast mich nicht gefragt", kam die leise Antwort. „Du tust fast so, als hättest du noch nie einen nackten Mann gesehen. Das ist doch nicht wirklich wahr, oder?"

„Einen", platzte es aus Shane heraus. Er starrte wie gebannt auf den Vorhang und wünschte sich, er könnte Mikhails Anblick wieder vergessen – die glatte, gebräunte Haut und die blonden Haare, die ihm zwischen den Beinen und auf der

Brust wuchsen. Das Bild war seinen Hirnfunktionen nicht sehr förderlich. „Aber das ist nicht der Punkt. Meine Schwester ... Du hast gesagt, diese Sache mit Kurt ist keine gute Nachricht?"

„Er gibt mir nicht den vollen Anteil von meinen Trinkgeldern", knurrte Mikhail. „Aber das ist okay. Dafür habe ich sein Dope durch Backpulver ersetzt. Wichser", fügte er dann, schon besser gelaunt, hinzu.

„Mein Gott", murmelte Shane. „Sie war so stolz darauf, dass sie alles im Griff hat."

„Und sie hat dich nicht im Krankenhaus besucht." Mikhail sprach einfach weiter, als würde er mit sich selbst reden. „Wieso ist es deine Schuld, dass auf dich geschossen worden ist?"

„Es war nicht meine Schuld." Shane ging plötzlich ein Licht auf. Mit dem Mann zu reden, war fast, als würde man einem Kätzchen einen Wollknäuel abjagen. Man musste ihn erst wieder entwirren und richtig aufwickeln. „Hör auf, das entwirren zu wollen", sagte er. „Ich will über Kimmy reden."

„Deine Schwester liebt dich", erwiderte Mikhail und die Vorhänge bewegten sich, als er seine Kabine verließ. „Ich bin jetzt nicht mehr nackt. Willst du mich sehen?"

„Ich bin noch nicht angezogen! Einen Augenblick!" Shane verstummte. Mikhail brachte ihn total durcheinander. Er konzentrierte sich auf die Hose und die Tunika, dann verließ er ebenfalls seine Kabine. Und blieb wie festgenagelt stehen.

Mikhail trug das schwarze Hemd mit seiner türkisfarbenen Weste und schwarzen Hosen Er sah aus wie ...

„Wie eine Katze", sagte Shane unzensiert. Dann hätte er am liebsten den Kopf an den Zeltpfosten geschlagen, der die ganze Konstruktion aufrechthielt.

„Eine Katze, die Wollknäuel hinterher jagt", bemerkte Mikhail höchst zufrieden. „Und deine Schwester ist stolz auf ihr Leben hier. Kurt ist nicht der beste Teil davon, aber er ist nur ein Teil. Sie will dir zeigen, dass sie hier glücklich ist. Das ist alles. Du musst das letzte Überbleibsel ihrer Abhängigkeiten nicht mögen, ja?"

„Ich habe den Kerl noch nicht kennengelernt", sagte Shane und sah sich um. Das ganze Zelt war mit Kleidung vollgehängt, die an Schnüren baumelte, die zwischen den Pfosten aufgespannt waren. Und alles war Baumwolle oder ein anderer Stoff. Kein einziges Lederwams war dabei.

„Wir müssen woanders nach einer passenden Hose suchen", meinte Mikhail. Shane sah an sich herab auf die Pluderhose, die um seine Beine waberte.

„Was ist damit nicht in Ordnung?"

„Sie ist zu weit."

„Sie ist bequem", sagte Shane und zupfte an den Hosenbeinen. An diese Art von Kostüm konnte er sich gewöhnen.

Mikhail runzelte die Stirn und fing an, ebenfalls an der Hose zu zupfen. Dann zog er sie über Shanes Leistengegend straff und sah ihn schmunzelnd an.

„Es gibt einen anderen Stil, der dir wesentlich besser steht."

„Ich will das aber nicht jedem vorführen", knurrte Shane und zog Mikhail den Stoff aus der Hand. Mikhail grinste.

„Kein Wunder, dass du erst einen Mann nackt gesehen hast." Mikhails Grinsen war noch breiter geworden und seine weißen Zähne blitzten. Shane rollte mit den Augen.

„Einen *Mann*", betonte er. „Es gab auch einige Frauen."

Mikhail sah ihn mit zusammengekniffenen Augen an. Die Konkurrenz behagte ihm offensichtlich ganz und gar nicht. „Hat es dir gefallen?", fragte er herausfordernd und Shane verspürte unvermittelt das dringende Bedürfnis, einige Dinge über sein Leben klarzustellen.

„Es hat mir durchaus gefallen", antwortete er wahrheitsgemäß. „Aber ich habe einen opportunistischen Schwanz, der nicht nach Geschlecht diskriminiert. So ist es eben."

Mikhail zog spöttisch einen Mundwinkel hoch. „Warum dann so wenig Männer?"

„Weil mein Herz weniger opportunistisch ist und auf seine Chance wartet, ja? Jetzt lass mich die Jeans anziehen, und dann bezahle ich deine Sachen."

Mikhail öffnete überrascht den Mund, wurde dann aber beinahe wütend. „Ich schlafe nicht mit einem opportunistischen Schwanz, nur weil er mir ein Kostüm kauft!", protestierte er laut. Shane sah ihn erschöpft an.

„Darüber wäre ich auch sehr enttäuscht. Ich will nur nett sein. Jetzt halt den Mund, sonst überlege ich es mir wieder anders." Dann drehte er sich um und verschwand in der Kabine, um sich wieder umzuziehen.

Als er damit fertig war – Tunika anlassen, Pluderhose gegen Jeans austauschen, T-Shirt zusammenfalteten –, hatte er seine Gedanken etwas besser sortiert.

Die eine Sache war, dass Kimmy ihn brauchte. Sie hatte es vielleicht nicht zugegeben – und er wäre nicht darauf vorbereitet, zu handeln –, aber Shane hatte keine Zweifel daran, dass sie ihn brauchte. Er war ihre einzige Familie und es gab einen Grund, warum sie mit ihm in Kontakt geblieben war, ihn aber nicht um Hilfe gebeten hatte, als es ihm schlecht ging. Jetzt musste er für sie da sein, so wie Deacon und Crick für ihn da waren.

Die andere Sache war, dass Mikhail für ihn eine Liga zu hoch spielte. Der Mann war … wunderschön, schlagfertig, amüsant und sehr, sehr von sich eingenommen. Wie er es schaffte, seine Arroganz als Charme zu verkaufen, überstieg Shanes Begriffsvermögen. Trotzdem, Shane war davon sehr, sehr angetan.

Und es gab noch eine dritte Sache, die ihm aber erst bewusst wurde, als er auf Kimmy und Mikhail zuging, die ihm Feenflügel und Kleider für kleine und große Mädels entgegenhielten – genau das, was auf seiner Liste für Parry Angel und Benny stand. Mikhail hatte genau verstanden, was Shane mit der Katze und dem Wollknäuel gemeint hatte.

Shane fragte sich, ob man diese Gabe klonen und jemanden damit infizieren konnte, der nicht so wunderschön war, dass ihm bei dem Anblick das Herz stehen blieb.

3

„She don't lie, she don't lie, she don't lie …"
Eric Clapton, *Cocaine*

„Also dann", sagte Shane bedeutungsvoll, nachdem der Verkäufer ihm die prall gefüllte Tasche mit den Einkäufen für Benny und Parry Angel in die Hand gedrückt hatte und sie sich wieder auf den Weg machten. Wenn er durch das Schweigegeld nicht für den Rest seines Lebens ausgesorgt hätte, müsste er sich wahrscheinlich ein Jahr lang von Fertignudeln ernähren. Aber das war schon in Ordnung so. Er hatte ein Hemd für sich gekauft und gleich würden noch einige teure Lederklamotten dazukommen, mit denen er hier nicht mehr so auffiel. Und obwohl es etwas chaotisch verlaufen war, hatte er das erste ernsthafte Gespräch mit seiner Schwester geführt, seit Kimmys Auseinandersetzung mit ihren Eltern. (Shane selbst hatte sich mit seinen Eltern nicht streiten müssen. Er hatte sich einfach auf der Polizeiakademie eingeschrieben und war ausgezogen. Aber Kimmy hatte Geld gebraucht für ihre Tanzausbildung, das war der Unterschied.)

„Was dann?" Kimmy hatte ihn untergehakt und führte ihn zu ihrem nächsten Ziel. Shane konnte sich nicht vorstellen, wie sie und Mikhail bei so vielen Kleiderbuden den Überblick behalten konnten und noch wussten, wer was verkaufte und wo es war. Die beiden hatten sich kurz darüber unterhalten, während er die Einkäufe bezahlte. *Gehen wir zu X? Nein, die haben dieses oder jenes nicht. Wie wäre es mit Y? Ja, aber der ist ein Arschloch. Und Z? Perfekt. Und dann können wir für alles andere noch zu X-minus-1 gehen. Hervorragend. Gut, alles klar.*

Shane war damit zufrieden, ihnen die Führung zu überlassen. Der Platz wimmelte nur so von kostümierten Menschen, die sich in pseudo-mittelalterlichem Englisch unterhielten und einfach glücklich darüber waren, irgendwo – egal, wo – zu sein, wo sie ihren Alltag für kurze Zeit vergessen konnten.

„Du wolltest mir etwas erzählen, Kim?", erinnerte er sie freundlich und sie seufzte.

„Ja. Es ist schlimm geworden mit dem Koks. Seit dem Entzug bin ich clean, aber …" Sie zuckte mit den Schultern. „Ich habe schon sehr jung damit angefangen, weißt du? Es hält dich wach und schlank. Zwei Fliegen mit einer Klatsche. Eine Win-win-Lösung. Dann habe ich gemerkt, dass mir von den Trinkgeldern kaum noch etwas übrig geblieben ist und ich nicht wusste, wo ich schlafen sollte. Ich habe Mom um Geld gebeten, um den Entzug in einer Einrichtung mit gutem Ruf zu bezahlen. Eine von denen, wo man mehr bemitleidet wird, als fertiggemacht oder ruhiggestellt. Aber ... weißt du was?"

„Was?", fragte Shane und wich einigen Kindern aus, die ihren Eltern nachliefen. Das Kleid des kleinen Mädchens war viel zu lang und sie hatte die Schleppe durch den Gürtel gezogen. Sie hatte einen pummeligen Hintern und trug eine Tinkerbell-Unterhose. Shane musste sofort an Parry Angel denken. *Ohh.*

„Aber ich war so allein. So einsam."

Shane wurde an ihre Kindheit erinnert. Ihr Elternhaus war immer kalt und einsam gewesen. Am Ende des Tages hatte sich jeder auf sein eigenes Zimmer zurückgezogen. Shane ging zu seinen Büchern und Geschichten, Kimmy zu ihrem Tanz. Sie beide hatten sich ihre eigene Welt erschaffen, in der es keine Schmerzen gab und sie die Helden ihrer eigenen Geschichten sein konnten.

Plötzlich fiel ihm etwas ein. „Als ich aus dem Krankenhaus nach Hause gekommen bin, war meine Wohnung nicht mehr, als vier weiße Wände mit einigen Postern. Ich habe mir damals vorgenommen, dass – was immer ich auch mit meinem Leben anfange – ich das nächste Mal, wenn jemand auf mich schießt, einen Menschen haben will, der mich vermisst."

„Ich würde dich vermissen, Shaney", sagte Kimmy ernsthaft. Shane lächelte sie an und sie erkannten beide das einsame, verlorene Lächeln ihrer Kindheit.

„Und ich *habe* dich vermisst, Kimmy", erwiderte er. Ihre Unterlippe zitterte verdächtig.

„Ich war früher oft so gemein zu dir", flüsterte sie. „Ich habe dir so fürchterliche Namen gegeben und mich über dich lustig gemacht. Aber als ich im Entzug war und du ... im Krankenhaus, da ist mir klar geworden, dass du meine einzige Familie bist. Aber das hast du nicht gewusst und ich konnte es dir nicht sagen und ... es war alles so falsch."

Shane wandte für einen kurzen Moment den Blick ab und sah, dass Mikhail geduldig vor einem der Stände abwartete, bis sie ihr privates Gespräch zu Ende geführt hatten. Als er Shanes Blick auf sich gerichtet sah, neigte er den Kopf, fluchte leise und kam dann zögernd auf sie zu.

„Kimmy, *Ljubime*, du wirst zu spät zu deinem Auftritt kommen. Lauf jetzt, sonst brüllt mich dein Arschloch von Freund wieder an."

Kimmy gab sich eine Ohrfeige und verzog das Gesicht. „Pass auf Shaney, diesen Auftritt musst du nicht sehen. Es ist eine Gruppenaufführung und ... Also gut. Ich habe keine Solorolle und gebe dir die Erlaubnis, ihn ausfallen zu lassen. Okay? Du kannst mit Mikhail einkaufen gehen und wir treffen uns in einer Stunde auf dem Turnierplatz ..."

„Das reicht nicht, *Ljubime*", entschied Mikhail. „Wir sehen uns vor dem folgenden Auftritt."

„Mikhail!", protestierte sie lachend. „Er ist *mein* Gast!"

„Und ich brauche ihn mindestens ein bis zwei Stunden. Gib schon auf und geh tanzen."

„Bastard", grummelte sie und gab Shane einen Kuss auf die Wange. „Verspätet euch nicht!", rief sie dann und verschwand in der Menge.

Mikhail sah ihr mit einer Mischung aus Amüsement und Befriedigung nach, dann drehte er sich zu Shane um und nahm ihn an der Hand. „Das ist unsere Zeit, Kimmys Bruder. Lass uns gehen und dein Geld verschleudern. Wir können dabei unser Gespräch über Katzen und Wollknäuel fortführen."

Shane betrachtete nachdenklich ihre Hände, die von der Oktobersonne beschienen wurden. „Es ist ein schöner Tag, aber keine Jahreszeit", sagte er und fragte sich, ob Mikhail ihn auch dieses Mal verstehen würde.

Mikhail zog ungeduldig an Shanes Hand und der sah ihm in die blaugrauen Augen. „Keine Jahreszeiten, nur Tage", sagte Mikhail kurz und barsch. Er wollte von Shane nicht missverstanden werden.

„Kein Ohne-Nicht-Stand", erwiderte Shane und sah ihn mit zusammengekniffenen Augen an. „Mein Herz wartet auf seine Chance, erinnerst du dich?"

Mikhail schürzte die Lippen und atmete frustriert aus. Dann lächelte er verschmitzt. „Ein schöner Tag", meinte er nur. „Ich werde an einem schönen Tag mit einem schönen Mann Händchen halten und wir genießen die Faire. Einverstanden?"

Shane lächelte ebenfalls. Mikhail schien ihn – obwohl er noch nie ein Mann mit Geheimnissen gewesen war – für irgendwie rätselhaft zu halten, denn er sah ihn merkwürdig fragend an. „Komm schon, Mickey", sagte Shane und genoss Mikhails Reaktion. Er behielt sonst nie die Oberhand und wollte diesen Moment auskosten. „Wir haben noch viel einzukaufen."

„Ich bin keine Comic-Maus", wehrte sich Mikhail entrüstet, als sie das schattige Zelt betraten.

Shane lachte nur und fing an, einen bekannten Oldie zu singen, um seine Gedanken zu erklären. *„Oh, Mickey, you so fine, you so fine you blow my mind, Hey Mick-ey! Hey, Mickey!"*

Mikhail schnaubte verächtlich und zuckte mit den Schultern. Shane ließ sich nichts vormachen. Er wusste, dass Mikhail sich über das Kompliment freute.

„Was ist?", fragte Mikhail etwas später, als Shane wieder in einer der Umkleidekabinen war und mit den Häkchen und Schnallen an einer *sehr* gut sitzenden Hose kämpfte.

„Was soll sein?" Verdammt, er brauchte eine andere Größe. Er hakte sie trotzdem zu und widmete sich der Auswahl an Wämsern. Gott, was war das nur für ein Wort. Er wollte gar nicht darüber nachdenken.

„Was ist passiert, als auf dich geschossen wurde?" Mikhails Stimme klang gedämpft, weil er die Kleiderständer nach passenden Hosen und Wämsern (nicht schon wieder!) für Shanes Kostüm durchwühlte. (Shane war sich im Klaren, dass er in Zukunft regelmäßig Faires besuchen musste, weil er sich sonst mit den ganzen verrückten Klamotten im Schrank wie ein Idiot vorkäme.)

„Das, was den meisten Menschen in einer solchen Situation passiert. Jemand richtet eine Waffe auf sie und drückt ab", antwortete Shane bewusst vage. Er sah in den Spiegel und studierte seine Erscheinung. Aua. Es gab Körperteile, die mussten wirklich nicht so eindeutig betont werden. Shane seufzte, zog den Vorhang auf und streckte den Kopf nach draußen. „Ich bin zu fett für den Kram, Mickey. Kannst du das gleiche in XXL raussuchen?"

Ein kalter Blick aus blaugrauen Augen begrüßte ihn. „Ich weiß wirklich nicht, was mich mehr irritiert. Dass du meine Fragen nicht beantwortest oder dass du dich ständig für fett hältst." Mikhail streckte den Arm aus und kniff Shane frech in den Bauch. Shane quietschte erschrocken, trat einen Schritt zurück und fiel gegen den Kleiderständer. Hosen und Wämser (!) fielen auf ihn und den Boden, aber Mikhail zeigte keine Reue. „Das ist Haut, kein Fett. Du bist ein starker, großer Mann, aber du bist nicht fett. Jetzt zieh die Dinger aus und gib mir eine ehrliche Antwort, du unerträglicher Kerl! Ich will doch nur wissen, ob ich in absehbarer Zukunft mit deinem Ableben rechnen muss!", fuhr Mikhail mit wütend blitzenden Augen fort.

Shane verdrehte die Augen und wollte sich bücken, um die Kleider aufzuheben. Aber die Hose, die er trug, war so eng, dass er sich schnell wieder aufrichtete, bevor die Nähte aufplatzen konnten. Mikhail scheuchte ihn mit einer resignierten Handbewegung in die Kabine zurück und bückte sich, um die Sachen selbst aufzuheben. Er zeigte dabei die gleiche übernatürliche Anmut, die alle seine Bewegungen auszeichnete. „Versuch nicht wieder, das Thema zu wechseln! Zieh dich um!"

„Kommandier mich nicht so rum, Mann!", grummelte Shane, war aber insgeheim dennoch hingerissen von Mikhails Eskapaden.

„Ich lasse dich hier so lange nackt stehen, bis du mir eine Antwort gibst", erwiderte Mikhail zuckersüß. Shane seufzte.

„Weißt du, was mit einer ‚Blauen Wand' gemeint ist, wenn es um die Polizei geht?", fragte Shane, während er die Schnüre aus dem Wams zog und sich aus dem Ding rausschälte.

„*Da*", antworte Mikhail leise. Shane hörte am Klappern der Kleiderbügel, dass der Tänzer immer noch damit beschäftigt war, wieder Ordnung in die Kleiderregale zu bringen.

„Dann lass es mich so formulieren – die blaue Wand ist nicht sehr erfreut, wenn sie einen rosa Stein in ihrer Fassade entdeckt."

Für einen Augenblick herrschte Schweigen. „Bist du sicher, dass du nicht eher ein lila Stein bist?", fragte Mikhail dann so spitz, dass Shane den Kopf durch den Vorhang steckte.

„Du bist wirklich sauer, nicht wahr?"

Mikhail drehte sich um und scheuchte ihn in die Kabine zurück. „Beeil dich und gib mir die Klamotten zurück, damit ich sie gegen eine passende Größe austauschen kann. Und … Ja, du hast recht. Ich bin sauer. ‚Knie dich hin, Junge.

Aber glaub nicht, dass ich eine Schwuchtel bin. Ich bin verheiratet und habe Kinder'. Was meinst du wohl, wie oft ich das schon gehört habe?"

Shane hängte schweigend die Kleidungsstücke wieder auf, die er gerade ausgezogen hatte. Dann reichte er sie Mikhail durch den Vorhang nach draußen. Als Mikhail nach den Kleiderbügeln griff, fasste Shane ihn an der Hand, um sich seine komplette Aufmerksamkeit zu sichern.

„Ich mag auch Frauen", sagte er ruhig. „Sie sind weich, haben Brüste und riechen gut. Was sollte ich daran nicht mögen? Aber das heißt nicht, dass ich mit einem Mann im Bett weniger wert wäre. Das heißt nicht, dass zwei Menschen, die zusammen sind, plötzlich andere Menschen wären. Und zwei Herzen plötzlich andere Herzen. Ich werde mich genauso wenig dafür entschuldigen, was ich bin, wie ich es von dir erwarte."

„Zwei Herzen!", schnaubte Mikhail, als ob der Gedanke zu unglaublich wäre, um ihn überhaupt in Erwägung zu ziehen. „Hier, probiere das an! Und du hast meine Frage immer noch nicht beantwortet."

„Die Sache ist die", sagte Shane, während er das Wams anzog und sich fragte, wann er Mikhail mit seinen Erklärungen endgültig verlieren würde. „Die meisten Bullen sehen die Welt in schwarz und weiß. Oder in blau und rosa. Lila gibt es für sie nicht. Eine Hure ist eine Hure. Sie kann kein Teenager sein, der versucht, sein Baby zu ernähren. Ein Schläger ist ein Schläger. Er kann kein Mann sein, der seine Familie zusammenhalten will. Ein Junkie ist ein Junkie. Er kann kein verlorener Junge sein, der nur etwas Unterstützung braucht, um wieder auf die Füße zu kommen. Verstehst du mich? Deshalb bin ich ein rosa Stein. Ich bin kein lila Stein, der sich in die blaue Wand einpassen kann. Ich bin verabscheuenswert und muss in eine Hintergasse gelockt werden, wo die wirklich bösen Jungs auf mich schießen können." Shane seufzte. Von der anderen Seite des Vorhangs war kein Ton zu hören. Er hatte Mikhail verloren. Seine Spinnereien hatten ihre vorhersehbare Wirkung gehabt. „Weißt du – ein Bulle ist ein Bulle, und er ist per Definition gut. Er kann kein homophobes Arschloch sein, das andere schikaniert, wenn sie ihm nicht in den Kram passen."

Shane zog den Vorhang zur Seite, um das neue Kostüm offiziell als passend zu erklären. Zu seiner Überraschung sah er Mikhail vor sich stehen, der ihn mit weitaufgerissenen, verdächtig glänzenden Augen anstarrte.

„Das glaubst du wirklich?"

„Was? Den realistischen Teil oder den sarkastischen?"

„Den realistischen. Dass die Menschen, die auf der Straße leben, wirklich Menschen sind, kein … Abfall. Glaubst du das wirklich?" Mikhails Akzent war unüberhörbar und der arrogante Tonfall war vollkommen aus seiner Stimme verschwunden. Er hörte sich weich und zerbrechlich an und seine Unterlippe zitterte leicht.

Shane konnte es kaum fassen. „Na ja, sicher. Einige der nettesten Menschen, die ich jemals kennengelernt habe, haben auf der Straße gelebt. Einige der …" Er wedelte mit den Händen und suchte nach den passenden Worten. „... der zärtlichsten und freundlichsten Menschen sind diejenigen, die nichts mehr zu verlieren haben und sich gegenseitig stützen."

Mikhail sah zu Boden und Shane konnte jetzt deutlich erkennen, dass er weinte. „Du hast das geglaubt und du warst ein rosa Stein und sie haben versucht, dich zu zerschlagen. Diese Schweine."

Shane streckte verlegen die Hand aus, um sie Mikhail auf die Schulter zu legen oder ihm über die Wange zu streicheln; er wusste auch nicht, was er eigentlich vorhatte, aber das war auch egal. Mikhail trat einen Schritt zurück und war plötzlich wieder der kleine Flirt, der nur mit einem schönen Mann einen schönen Tag auf der Faire verbringen wollte.

„Die Größe passt, aber die Farbe ist beschissen. Zieh es wieder aus. Ich habe noch andere ausgesucht."

„Mikhail..."

„Habe ich dir etwa versprochen, meine Lebensgeschichte zu beichten? So bin ich nicht. Mach schon!"

Shane tat, wie ihm befohlen. Er wies Mikhail nicht darauf hin, dass er selbst genau das auf Mikhails Verlangen hin getan hatte. Eine Stunde später waren sie wieder in der Menge unterwegs und versuchten, noch halbwegs pünktlich zu Kimmy und Mikhails Auftritt einzutreffen. Shanes Schätzung, wie viel Geld er ausgeben konnte, war beträchtlich angestiegen.

Er trug eine enge, schwarze Hose, die vorne eine Klappe hatte, die mit Haken an den Seiten geschlossen wurde. Über seinem weißen Hemd trug er ein Wams aus Leder. Mikhail hatte sich gegen schwarz ausgesprochen und sie hatten sich für einen natürlichen Goldton entschieden, der wunderbar mit den grünen Schulterklappen harmonierte. Zusammengehalten wurde das Kostüm durch einen braunen, beschlagenen Ledergürtel mit einer Börse an der Seite, in der Shane sein Portemonnaie verstaut hatte. Dazu trug Shane Stiefel aus weichem Leder, die ihm bis über die Waden reichten. Der grüne Lederhut hatte *genau* die Farbe, wie sie in seiner Vorstellung zu Robin Hood passte.

Mit den anderen Einkäufen, die sie vor wenigen Minuten im Kofferraum seines Wagens verstaut hatten, würden sie wahrscheinlich eine ganze Vorschulklasse für den Kostümball neu einkleiden können.

Der eigentliche Grund für ihre Verspätung war jedoch der Drache.

Sie wollten gerade die Taschen einsammeln, die sie an den verschiedenen Ständen zurückgelassen hatten – sie waren mit Kleidern, Garn, Seife, CDs und Bildern für Parry Angel und Benny gefüllt, sowie, nicht zu vergessen, einer wunderbaren Glasarbeit, die Shane für sich selbst gekauft hatte – als sie an einer Bude vorbeikamen, die ausgestopfte Stoffpuppen und Stofftiere verkaufte. Shane verliebte sich sofort.

„Den dreiköpfigen roten Drachen", entfuhr ihm, bevor er sich auf die Zunge beißen konnte. Und weil er schon am Geld ausgeben war... „Den blauen auch. Und die Fingerpuppen mit den kleinen Tieren ... und die Engel!" Sie waren perfekt. Sie hatten gelockte, braune Haare und blaue Augen. Wie Parry Angel und Lila, Jon und Amys Baby.

Als Shane nach seiner Kreditkarte suchte, sah er Mikhails amüsierten Blick auf sich gerichtet. Mikhail hatte die Arme vor der Brust verschränkt und die eine Hüfte leicht vorgeschoben.

„Willst du einen Rekord brechen?", fragte er Shane, der prompt rot anlief.

„Manchmal braucht ein Kind eine andere Welt, um ein Kind sein zu können", murmelte Shane und nahm dem begeisterten Budenbesitzer die große Papiertüte mit den teuren Spielsachen ab.

Als er sich wieder zu Mikhail umdrehte, sah der ihn mit dem gleichen verwundbaren und sanften Blick an wie vorhin, als sie in dem Zelt mit der Lederkleidung gewesen waren. „Für mich war diese andere Welt der Tanz", meinte er leise und Shane lächelte.

„Du bist ein wunderbarer Tänzer", sagte er zu Mikhail und spürte die Aufrichtigkeit seiner Worte bis in die Zehenspitzen. Mikhails wunderschönes Gesicht wurde noch verwundbarer, gleichzeitig aber auch auf eine merkwürdige Art unnahbar.

„Das hast du schön gesagt", erwiderte er verlegen. „Komm jetzt, wir sind spät dran."

Und deshalb mussten sie sich jetzt so beeilen, dass sie sich durch die Menge drängelten. Shane sah immer noch Mikhails spitzes Koboldgesicht vor sich, das so zerbrechlich gewirkt hatte, als wäre es aus Glas. Was mochte sich wohl dahinter verbergen?

Kimmy und Mikhails zweite Vorführung stand der ersten in nichts nach. Shane stand in der Sonne und sah Mikhail zu, der mit seinem geschmeidigen Körper in der Requisite hing und durch die Luft schwebte, so wie ein Fisch durch das Wasser schwamm. Es war fast noch schöner als ihr erster Auftritt.

Shane dachte daran, dass das der Mann war, dessen Hand er über eine Stunde lang in seiner gehalten hatte. Sein Herz fing zu klopfen an und ihm wurde so schwindelig, dass er kleine Punkte in der Luft tanzen sah.

Es war der schönste Tag seines Lebens.

Außerdem wusste Shane, wo Mikhail arbeitete. Und es war gar nicht so weit von Levee Oaks entfernt.

„Citrus Heights?", hatte er Mikhail zwischen zwei Löffeln Zitroneneis gefragt. „Wo in Citrus Heights?"

„An der Ecke zwischen Greenback und Sylvan", hatte Mikhail erklärt. Shane hatte ihm ein Limoneneis spendiert, aber Mikhail stahl immer wieder kleine Häppchen von Shanes Zitroneneis. Shane hatte nichts dagegen.

„Das kenne ich. Bei *Car Czar*, nicht wahr?"

Mikhail lächelte. „*Da*. Das Haus gehört Russen. Im hinteren Teil ist ein Tanzstudio. Ich unterrichte an vier Abenden in der Woche."

„Und warum arbeitest du noch auf den Festivals?"

Mikhail hatte mit den Schultern gezuckt und ein Schatten war über seinen Blick gefallen. „Ich spare für etwas. Außerdem kann ich hier richtig auftreten, die Zuschauer sind gerne hier und ich kann sie glücklich machen. Wieso sollte ich es nicht tun?"

Er tanzte also an einigen Wochenenden auf Festivals, aber während der Woche war er genau da, wo Shane ihn finden konnte.

Shane sah wieder zur Bühne. Seine Hände waren schweißnass und er bekam kaum Luft. Falls Mikhail gefunden werden wollte. Der Gedanke war zu fantastisch. Wunderbar und aufregend, aber absurd.

Das hielt Shane jedoch nicht davon ab, den Rest des Tages die Erinnerung an Mikhails schlanke Hand in seiner zu fühlen.

Als die Vorstellung zu Ende war, klatschte und pfiff er begeistert. Kimmy winkte ihm von der Bühne aus zu. Mikhail zog ironisch eine blonde Augenbraue in die Höhe und neigte den Kopf, als würde er Shanes Verehrung huldvoll entgegennehmen. Shane rollte mit den Augen und verehrte ihn.

Als sich das Publikum verzogen hatte, ging Shane zur Bühne. Kimmy bestaunte sein neues Kostüm.

„Sehr schön, Bruderherz. Ich muss ehrlich zugeben, dass Robin Hood besser zu dir passt, als der Sheriff von Nottingham. Vielleicht solltest du auch im richtigen Leben …" Sie verstummte bedeutungsvoll und Shane schüttelte den Kopf.

„Wenn dir etwas anderes einfällt, das wirklich zu mir passt, dann verspreche ich dir, darüber nachzudenken", sagte er.

„Vielleicht irgendeine Art von Pelztier?", schlug Brett vor, der wieder den Puck gespielt hatte.

Shane errötete, weil sein Brusthaar durch den weiten Ausschnitt der Tunika zu sehen war. Es war dunkel und lockig und …

… und Mikhail trat Brett ans Schienbein.

„Besser ein Bär als ein Wiesel", fuhr er ihn an. Shane und Kimmy warfen den beiden erstaunte Blicke zu.

„Liebesgeplänkel", sagte Kimmy entschuldigend, aber Mikhail schüttelte den Kopf und lief los.

„*Njet*. Dazu müsste ich ihn lieben, und das habe ich nie getan. Kommt, wir gehen zu den Pferden, bevor du den Auftritt mit deinem Arschloch von Freund hast", rief er ihnen über die Schulter zu.

„Mikhail!", rief Kimmy ihm erschrocken und verletzt nach. Dann sah sie Shane ratlos an.

Shane zuckte nur mit den Schultern und sich machten sich gemeinsam auf den Weg, Mikhail zu folgen. Sie mussten fast rennen, um ihn nicht aus den Augen zu verlieren.

Mikhail wurde erst langsamer, als sie zu einem Stand kamen, der Shane bisher noch nicht aufgefallen war. Hier wurden Duftöle verkauft, die in kleinen

Glasflakons abgefüllt waren. Mikhail liebte offensichtlich die Düfte, denn er blieb so plötzlich stehen, als hätte ihn jemand mit dem Lasso eingefangen und zu dem Stand gezogen. Er schnüffelte und stellte sich dann auf die Zehenspitzen, weil die Fläschchen hoch oben in einem Regal standen.

Shane seufzte, als Kimmy Mikhail einen bösen Blick zuwarf. Für heute hatte er seinen Job. Friedensstifter.

„Ob sie wohl ‚Stinkiger russischer Bastard' haben?", fragte er grinsend. Auf einem Tisch standen kleine Fläschchen, an denen man Duftproben nehmen konnte. Shane griff sich eines und zog den Glasstab heraus, um daran zu riechen. „Igitt."

Mikhail sah ihm mit einem schwachen Lächeln zu. „Brauner Zucker. Das ist viel zu süß für dich. Du brauchst einen kräftigen, herben Duft."

„Vampir?", überlegte Shane. Jedenfalls stand das auf der nächsten Flasche, die er sich ansah. Ehrlich.

Mikhail winkte ab. „Nein. Das ist trocken und staubig. Und tot. Du bist viel zu lebendig."

„Und ich bin verwirrt."

„Hier – Zedernholz. Das riecht nach dir." Mikhail hielt ihm eine Flasche hin und Shane schnüffelte vorsichtig.

„Wenn du meinst."

„Es ist mir peinlich", sagte Mikhail unvermittelt, packte Shanes Handgelenk und verstrich einen Tropfen Duftöl auf seiner Haut. Dann nahm er die Flasche mit der Aufschrift ‚Kamille' und rieb etwas Öl auf die gleiche Stelle. Er hob Shanes Hand an die Nase und atmete mit geschlossenen Augen ein.

„Das ist es." Mikhail rief nach der Verkäuferin, einer älteren Frau mit Haarnetz und heiterer Miene. „Zwei Flaschen. Je drei Viertel Zeder, ein Viertel Kamille." Als Shane sein Portemonnaie zückte, unterbrach Mikhail ihn sofort. „Nein, nein. Das geht auf meine Rechnung."

Shane sah ihn fragend an. Dann kam er auf das eigentliche Thema zurück. „Peinlich? Hast du auf der Bühne die Hose verloren?"

Mikhails Lächeln wurde noch schöner, weil es so zögernd kam. „Es ist mir peinlich, weil er ein Idiot ist und weil ich mit ihm geschlafen habe. Und weil er es nicht verdient, die gleiche Luft zu atmen wie du. Bist du jetzt zufrieden? Oder sollen wir uns noch schminken und umarmen?"

Shane blinzelte verblüfft. „Wir sollten bei dem Parfüm bleiben", sagte er nach einer kurzen Denkpause. Die Frau kam zurück und überreichte Mikhail die beiden Fläschchen an Lederschnüren. Mikhail gab eines davon an Shane weiter.

„Es riecht nach dir. Es riecht besser *an* dir. Jetzt gieße es dir über den Kopf und trage es, verdammt. Und lass uns endlich zu den Pferden gehen."

Shane warf Kimmy einen auffordernden Blick zu, als Mikhail ihn an der Hand schnappte. Sie zuckte nur mit den Schultern und folgte ihnen über den staubigen Platz.

Der Turnierplatz lag in einer Sackgasse abseits der Verkaufszelte. Es gab Behelfsstallungen für die Pferde, an denen Holzbretter hingen, in die die Namen der Ranches eingebrannt waren, denen die Tiere gehörten. Shane ging mit einem leisen Lachen auf die Pferde zu.

„Sie sind kleiner, als ich erwartet habe", sagte er zu Kimmy, die ihm zustimmte. Sie hatte als Kind Reitunterricht genommen.

„Sie sind aber auch kräftiger", meinte sie nachdenklich. „Mehr wie Ponys, nur etwas größer."

„Die Turnierpferde sind größer", sagte Mikhail und zeigte auf den Ring. Die Tribünen für die Zuschauer waren mit Zeltplanen überdacht, um sie vor der Sonne zu schützen. In der Mitte gab es sogar so etwas wie eine königliche Loge. „Sie müssen kräftig sein, um die Reiter in ihren schweren Rüstungen tragen zu können. Aber sie müssen auch ein sanftmütiges Temperament haben …"

„… weil hier verdammt viel los ist und sie nicht scheuen dürfen", ergänzte Shane. Deacon und Crick hätten die Zuschauermenge und die Männer mit ihren Waffen sofort für zu gefährlich erklärt, um Pferde in ihre Nähe zu bringen. „Deacons Pferd, Shooting Star, hätte mittlerweile wahrscheinlich schon jemanden totgetrampelt."

Mikhail schüttelte sich. „Ich verstehe nicht, wie sie es schaffen", gab er zu. Er stand fast zwei Meter hinter Shane und Kimmy, die direkt bei den Ställen standen und sich die Pferde ansahen. „Sie sind so verdammt groß."

„Ich muss dich unbedingt mit Angel Marie bekannt machen", meinte Shane lachend. Das Pferd vor ihm sah aus, als wollte es ihm gleich die Finger abbeißen. Er zog sie schnell von dem Gatter zurück. Dann gingen sie gemeinsam auf die andere Seite des Rings zu den Tribünen. Es war drei Uhr nachmittags und die Sonne brannte erbarmungslos vom Himmel. Aber sie waren früh dran und wenn sie sich beeilten, konnten sie sich noch einen Platz im Schatten ergattern.

„Angel Marie?", fragte Kimmy lachend. Shane grinste nur.

„Ich habe sechs Hunde. Er ist der größte."

„Du hast einen Rüden Angel Marie genannt?", fragte Mikhail erstaunt. Shane sah verlegen zu Boden.

„Du solltest ihn sehen. Er ist eine Mischung aus Dogge, Mastiff und Neufundländer. Es ist, als hätte jemand sämtliche großen Hunde zusammengemischt, und Angel Marie ist das Ergebnis. Ich musste mich irgendwie zwischen einem Namen wie Big-Fat-Bug-Faced-Baby-Eating-O'Brian oder Angel Marie entscheiden. Ich habe Angel Marie genommen."

Mikhail blinzelte ihn sprachlos an und lächelte dann. Es war ein ehrliches Lächeln, ganz ohne Koketterie, Ironie oder Spott. Wenn Shane nicht schon in ihn verliebt gewesen wäre, hätte es ihn spätestens nach diesem Lächeln erwischt.

„*Die Muppet Schatzinsel*. Ich habe den Film gesehen, kurz nachdem wir in Amerika angekommen sind. Er war sehr lustig." Mikhail nahm Shane wieder an der Hand und führte ihn zur Tribüne, wo sie die nächste Stunde damit verbrachten, Rittern und ihren Pferden zuzusehen.

Shane konnte nicht aufhören, darüber zu reden, als sie sich auf den Rückweg zur Bühne machten, wo Kimmy ihre letzte Vorstellung absolvieren musste. Wo er endlich den mysteriösen Kurt kennenlernen würde, um dann mit den beiden gemeinsam essen zu gehen.

„Deacon wäre begeistert gewesen", sagte er, als sie bei der Bühne ankamen. Kimmy lief um die Heuballen nach hinten, um sich auf ihren Auftritt vorzubereiten. „Er ist ein guter Pferdetrainer und Ausbilder, und er liebt Herausforderungen."

„Woher willst du wissen, wie gut er ist, wenn du selbst keine Ahnung von Pferden hast?", wollte Mikhail wissen. Shane setzte sich auf einen der Heuballen, bevor er ihm eine Antwort gab.

„Man muss ihn nur im Ring sehen. Die Pferde können fast seine Gedanken lesen. Du hörst kaum ein Kommando oder siehst eine Bewegung von ihm. Ich habe noch nie erlebt, dass er die Peitsche eingesetzt hat. Und Shooting Star ist angeblich der gemeinste, sturköpfigste Gaul, der jemals unter einem Sattel gegangen ist. Ich kenne Leute, die haben diese Stute seit Jahren nicht gesehen und reden immer noch über sie. Aber Deacon reitet sie und sie glaubt, er hätte das Heu erfunden und in die Welt gebracht. Er ist einfach gut, das ist alles. Und Crick ist auch gut, aber der redet lieber mit Menschen. Deacon steckt alles in die Pferde."

„Schon gut, es reicht", knurrte Mikhail. „Tut mir leid, an ihm gezweifelt zu haben. Ich will über Deacon, den Gott der Pferde, keinen Ton mehr hören. Rede lieber über Shane, den dämlichen Bullen, mit seinem verrückten Hunderudel."

„Und den Katzen."

„Katzen?"

„Ich habe auch sechs Katzen."

„Von mir aus. Erzähl mir über den Mann, der so etwas tut." Es war schwer, Mikhails Ungeduld von seiner Freundlichkeit zu trennen. Shane musste lächeln. Es machte ihm Spaß, Mikhail zu necken. Aber es fiel ihm schwer, Mikhails Frage zu beantworten.

Seufzend lehnte Shane sich vor und stützte sich mit den Ellbogen auf die Knie. Dann schaute er sich um, weil er sehen wollte, wer zu Kimmys letzter Vorstellung gekommen war. Die Familie, der er zuerst begegnet war – die mit den Teenagern, den kleinen Kindern, der pummeligen Mutter und dem duldsamen Vater –, saß in einer Ecke am Rand des Platzes. Die Kinder knabberten Bretzel und sahen müde aus. Mom und Dad sahen auch müde aus, aber sie waren immer noch gut gelaunt. Die Teenager unterhielten sich angeregt und Mom gab ihrem großen Sohn einige Geldscheine. Der gute Vorsatz, den Nachwuchs nicht zu verwöhnen, verlor genauso an Bedeutung, wie der gute Vorsatz, keine Plätzchen mehr zu essen.

Es war eine nette Familie. Shane liebte sie, obwohl sie ihm vollkommen fremd waren.

„Shane, der dämliche Bulle mit seinen verrückten Streunern, ist kein besonders interessanter Mensch", meinte er schließlich. „Onkel Shane, der nachgiebige Verwöhner von Kindern – der Mann hat wahrscheinlich mehr Potenzial."

Mikhail lehnte sich vor und ahmte Shanes Haltung nach. Er sagte nichts, neigte sich aber leicht zur Seite, bis ihre Oberarme und ihre Beine sich berührten. Mikhail hatte für seinen letzten Auftritt das Hemd ausgezogen. Es war so warm, dass er nur seine türkisfarbene Weste trug. Shane war sich der glatten Haut und des muskulösen Körpers überdeutlich bewusst, der in der Hitze nach Schweiß und Arbeit und nach Zeder und Kamille roch. Die Hitze kroch ihm durch sein neues Kostüm unter die Haut.

Nach einigen Minuten spürte Shane, wie sein Unterleib zum Leben erwachte und sich fröhlichen Herzens auf ein neues Abenteuer zu freuen begann, von dem Shane sich sicher war, dass es heute Abend nicht mehr auf der Liste stand. Er richtete sich wieder auf und sah seinen Begleiter liebevoll an.

Zu seiner Überraschung ergriff Mikhail als erster das Wort.

„Du gehst nach dieser Vorstellung mit deiner Schwester essen, *da?*"

„Ja."

„Ihr nehmt ihr Arschloch von Freund mit und danach bringst du sie hierher zurück?"

„Ja."

„Ich werde hier sein. Ich bin bei den Zelten der Schausteller. Einige von uns haben kein Hotelzimmer und schlafen hier. Kommst du dann noch bei mir vorbei?"

„Ja." Shane sah verlegen auf seine Hände und errötete. „Das wäre schön. Aber ich werde heute Nacht nicht mit dir schlafen."

Er hörte ein empörtes Schnaufen und wagte einen Blick zur Seite auf Mikhails süßen Schmollmund. „Niemand hat dich darum gebeten", kam die herablassende Antwort. „Aber ich bin hier, falls du Lust hast, noch kurz Hallo zu sagen."

„Ich werde dich suchen und Hallo sagen", versprach Shane. Langsam und selbstverständlich, so wie die aufgehende Sonne, schob er seine Hand auf Mikhails Knie und öffnete sie.

Mikhail nahm sie. Dann begann die Musik zu spielen und sie wandten ihre Aufmerksamkeit der Bühne zu.

4

„Now they call you Prince Charming …"
Lynyrd Skynyrd, *That Smell*

SHANE WAR froh, dass er Kimmys zweite Show nur einmal sehen musste. Holzschuhtanz war noch nie seine Sache gewesen. Als die Vorführung ungefähr zur Hälfte vorüber war, hörte er Mikhail an seiner Seite leise lachen. Shane drehte sich um und sah ihn mit ernsten Augen an.

„Tut mir leid", flüsterte Mikhail. „Aber du solltest dein Gesicht sehen! Bei dir kann man sich immer sicher sein, was du denkst, Shane-der-dämliche-Bulle. Und bei diesem Ausdruck wüsste ich immer, dass ich dich bis hart an die Grenze getrieben habe."

„So wie jetzt?", fragte Shane trocken und Mikhail brach wieder in Gelächter aus. Er drückte sein Gesicht an Shanes Arm, um es zu ersticken.

Shane ignorierte ihn und sah pflichtbewusst zu, wie seine Schwester ihre Vorführung zu Ende brachte. Kimmy warf Mikhail von der Bühne einen bitterbösen Blick zu und der fing wieder zu lachen an.

Endlich – endlich! – war es vorbei. Mikhail erhob sich und zog Shane mit einem überraschend starken Griff ebenfalls auf die Beine.

„Erinnere mich daran, dir nie auf die Füße zu treten", kommentierte Shane beeindruckt. Sie warteten geduldig, bis die Zuschauer ihre Trinkgelder in den Korb geworfen hatten (die Ren-Faire-Mom gab ihrer Jüngsten einen Dollar, um ihn dazuzugeben) und gingen dann zu Kimmy und dem außerordentlich gut aussehenden Mann, der an ihrer Seite stand.

„Shaney!", rief Kimmy. Shane fragte sich, wie lange es wohl noch dauern mochte, bis ihm dieser Name genauso auf die Nerven ging, wie er es in ihrer Kindheit getan hatte. „Hier … komm her. Ich möchte dir Kurt vorstellen. Er ist der Chef unserer Truppe, ja? Aber er hat sich die Schulter verrenkt, deshalb muss Mikhail ihn vertreten. Wie auch immer – wir haben zusammen eine kleine Wohnung in Monterey. Dorthin hast du mir immer die Weihnachtskarten geschickt, erinnerst du dich? Also, äh …" Sie verstummte. Für einige Sekunden herrschte betretenes Schweigen. „Shane, das ist Kurt. Kurt, das ist Shane."

„Der mit dem vielen Geld, richtig?" Kurt trug ein Troubadour-Gewand mit Umhang. Er hatte ein schmales Gesicht, hohe Wangenknochen, dunkelblonde Haare, die in einem strähnigen Pferdeschwanz zusammengebunden waren, und Bartstoppel im Gesicht. Shane konnte ihn auf den ersten Blick nicht leiden.

Man musste es Kimmy hoch anrechnen, dass sie sofort rot wurde. „Ich weiß nicht, wie viel Geld er hat", murmelte sie. „Es ist mir auch egal."

„Komm schon, Kim. Ich habe nur einen Witz gemacht."

Kimmy warf ihm von der Seite einen Blick zu, den man nur als ‚gehetzt' bezeichnen konnte. Shane sah Mikhail an, der wortlos die Augenbrauen hochzog. *Nein, ich habe nicht übertrieben.*

Mikhail stieß schnaufend die Luft aus und Kurt hielt ihm die Hand, die nicht auf Kimmys Schulter lag, hin. „Hey, kleiner Mann. Ich habe gehört, du hast mich perfekt vertreten. Gut gemacht."

Mikhail schüttelte ihm flüchtig die Hand und meinte: „Ich habe nachgezählt, wie viel Geld Kimmy dir übergeben hat. Ich erwarte morgen meinen vollen Anteil. Bitte verzähl dich nicht wieder, so wie letzte Woche. Ich brauche das Geld."

Kurt winkte ab. „Kein Problem, Kumpel. Es war ein Versehen. Wird nicht wieder vorkommen."

Mikhail lächelte dünn. „Sorge dafür." Dann drehte er sich zu Shane um, hob dessen Hand an die Lippen und küsste sie mit einem süßen Lächeln. „Und du … Wenn du Zeit findest, musst du auf jeden Fall bei mir vorbeikommen. Jetzt macht euch auf den Weg, bevor draußen das Verkehrschaos ausbricht und ihr feststeckt."

Langsam und widerstrebend ließ er Shanes Hand los, trat einen Schritt zurück und verbeugte sich zum Abschied. Dann drehte er sich um und verschwand in der Menge.

„Er hat recht", meinte Kimmy. „Wir sollten aufbrechen. Wenn die Faire für heute geschlossen wird und wir sind noch hier, müssen wir helfen, die Nachzügler einzusammeln. Lass uns verschwinden, bevor das Chaos ausbricht, ja?"

Sie nahmen Shanes Wagen. Kimmy saß hinten, weil Kurt ihr die Tür aufgehalten und sie auf den Rücksitz gelotst hatte. Dann setzte er selbst sich auf den Beifahrersitz und weigerte sich, den Sicherheitsgurt umzulegen, weil er angeblich seinen Umhang nicht zerknittern wollte.

Shane wäre am liebsten gegen einen Baum gefahren (falls es in Gilroy Bäume gab), nur um das Vergnügen zu haben, den Kerl durch die Windschutzscheibe fliegen zu sehen. Aber er wollte seinem geliebten Auto keinen Schaden zufügen.

Ständig wurde er mit Fragen über sein Geld gelöchert – wie viel er als Entschädigung bekommen hatte, wo er es aufbewahrt oder angelegt hatte. Als er antwortete, er hätte es in einem Bündel hinten in der Schublade mit den Socken versteckt, fing Kimmy zu kichern an. Kurt fuhr ihr über den Mund und befahl ihr, still zu sein, weil sich die Männer unterhalten wollten. Shane fragte sich, was wohl eine neue Karosserie kosten würde. Schließlich hatte er das Geld, wie Kurt nicht müde wurde, ihm zu versichern.

Als Shane auf die Fragen zu dem Geld nicht einging, fing Kurt an, über Mikhail herzuziehen. Shane atmete tief durch, weil er mittlerweile rote Punkte vor seinen Augen tanzen sah.

„Ich wusste nicht, dass du auch eine Schwuchtel bist, Bro – sonst hätte ich dich vor dem kleinen Mann gewarnt. Er ist nämlich eine ziemliche Schlampe, weißt du? Hat noch nie einen Mann gefunden, der ihm nicht gefällt, ja?"

Keine Jahreszeiten, nur Tage. Ja, Shane wusste es. Er wusste aber auch – und sein Instinkt hatte ihn noch nie im Stich gelassen –, dass es dafür einen Grund geben musste. Doch mit dem Arschloch auf dem Beifahrersitz würde er Mikhails Sexualleben mit Sicherheit nicht diskutieren.

„Weißt du, das Wort ‚Schwuchtel' sollten eigentlich nur Betroffene im Scherz benutzen", sagte er stattdessen. „Oder gute Freunde von ‚Schwuchteln'."

Kurt lachte. „Nun, dann ist es ja gut, dass wir beste Freunde sind, stimmt's?"

„Nein."

Kurt lachte weiter und Shane tätschelte traurig das Lenkrad. Er liebte sein Auto wirklich. Und er wollte nicht, dass Kimmy bei einem Unfall verletzt wurde. Aber der Gedanke daran wurde immer verführerischer.

„Shane ist bi", meldete sich Kimmy unerwartet vom Rücksitz. Shane sah in den Rückspiegel und lächelte ihr zu.

„Das stimmt", bestätigte er, als müsste er ein kleines Kind aufmuntern. Die Kimmy, die ihn heute früh laut quietschend begrüßt hatte und die sich jetzt versteckt zu haben schien. Auch die brutal ehrliche Kimmy, die über ihre Sucht und ihre Sehnsucht nach einer Familie gesprochen hatte, war verschwunden. Diese neue Kimmy war eine verängstigte Kimmy, eine eingeschüchterte Kimmy, die auf dem Rücksitz kauerte, als würde sie hier im Nirgendwo aus dem Auto geschmissen werden, wenn sie auch nur ‚Buh' sagte. (War das wirklich die Hauptstraße nach Gilroy? Shane hatte in der kanadischen Wildnis bessere Straßen gesehen.)

„Ich finde, dass du sehr tapfer warst, Shaney", sagte Kimmy und warf dabei Kurt einen verstohlenen Blick zu. „Du hast den Versuch gewagt. Selbst wenn nichts daraus wird, dann ... Du weißt schon. Du kannst jemanden finden, der kein feiges Wiesel ist ..."

„Lass die Scheiße, Kim!", wurde sie von Kurt abgefertigt. „Der Kerl ist gerissen. Man muss sich zuerst um sich selbst kümmern und ... Scheiße! Warum hast du das gemacht?"

„Eichhörnchen", antwortete Shane mit unbewegter Miene. Kurt war über den Sitz gerutscht und hatte sich den Kopf an der Scheibe angeschlagen, als Shane den Wagen unverhofft zur Seite gezogen hatte. Jetzt war er eifrig damit beschäftigt, sich doch noch anzuschnallen.

„Ich habe es auch gesehen", bestätigte Kimmy ernsthaft und zwinkerte Shane über den Rückspiegel zu.

Shane hatte in einem kleinen Steakhaus in Gilroy Plätze reserviert. Er fuhr erleichtert auf den Parkplatz hinter dem Restaurant. Jedenfalls wäre Kurts abgeschmacktes Mundwerk gleich mit essen beschäftigt und würde ihm nicht weiter auf die Nerven fallen können.

Es war ein typisches Steakhaus mit dunklen Tischen, Holztäfelung an den Wänden und grob behauenen Holzpfosten als Raumteiler. Als sie an ihren Tisch geführt wurden, zogen sie mit ihrer Kostümierung weit weniger Blicke auf sich, als Shane erwartet hatte. Aber sie waren auch nicht die einzigen Gäste, die von der Faire kamen. Da sie regelmäßig stattfand, hatten die Einheimischen sich wahrscheinlich schon daran gewöhnt. Shane selbst hatte in dem Motel direkt gegenüber ein Zimmer für die Nacht gebucht. Als er sein Ticket übers Internet bestellt hatte, waren ihm das Motel und das Steakhaus empfohlen worden.

Kurt bestellte das teuerste Gericht auf der Speisekarte. Damit hatte Shane gerechnet und bestellte sich ebenfalls ein T-Bone-Steak. Als Kimmy sich für einen Hühnersalat entschied, rümpfte er missbilligend die Nase.

„Sorry, großer Bruder", meinte sie und verzog das Gesicht. „Seit ich das koksen aufgegeben habe, muss ich auf traditionelle Weise auf meine Linie achten."

„Es funktioniert aber nicht", bemerkte Kurt kritisch. „Du hast fette Beine bekommen, Kim."

„Du bist wunderschön", schnappte Shane zurück und meinte es ernst. „Es ist mir sofort aufgefallen, als ich dich gesehen habe. Du siehst stark und gesund aus. Es steht dir gut."

Kimmy lächelte ihn strahlend an. Aber ihr Lächeln verschwand schnell wieder, als Kurt das Maul aufriss und ihr erklärte, dass sie nie wieder ihr Modelgewicht zurückbekommen könnte.

„Ich mag Models nicht", knurrte Shane. „Ich mag auch keine dreizehnjährigen Jungs."

„Igitt ...", sagte Kurt und sah ihn erschrocken an. „Was hat das miteinander zu tun?"

„Die gleiche Brust, du Idiot."

Dann kam die Kellnerin mit ihrem Essen. Es war die beste Neuigkeit, seit Mikhail sie vorhin auf dem Fest verlassen hatte.

Er aß bedächtig und genießerisch und machte deutlich klar, dass er während des Essens nicht gestört werden wollte. Kimmy machte es genauso. Es hatte wahrscheinlich mit ihrer Kindheit zu tun, als sie beim Essen zwar gesehen, aber nicht gehört werden sollten. Andererseits mochte es aber auch an Kurts erdrückender Anwesenheit liegen.

Sie waren noch beim Essen, als Kurt sich für einen kurzen Augenblick entschuldigte und verschwand. Shane und Kimmy seufzten erleichtert auf.

„Es tut mir leid", sagte Kimmy leise und ihr Blick sagte alles. „Ich ... Er ist ..."

„Wenn du jetzt behauptest, zu dir wäre er netter, dann werfe ich dir den Rest von meinem Steak ins Gesicht. So einen Kerl hast du nicht verdient."

Kimmy sah ihn traurig und verloren an. „Was soll ich dazu sagen, Shane? Ich habe jemanden gebraucht. Er war da. Ich habe ihn genommen. Es ist nicht immer so schlimm."

Shane blickte auf seine Hände. Er dachte daran, dass er den ganzen Tag Mikhails Hand in seiner gehabt hatte. Dann reichte er über den Tisch und griff nach Kimmys Hand. Obwohl sie zugenommen hatte und sehr stark und sportlich war, waren ihre Hände zierlich und kamen ihm in seinen Riesenpranken zerbrechlich vor. Er lächelte.

„Ich bin kein pummeliger Junge mehr, Kim. Ich kann dich beschützen. Du kannst zu mir kommen und bei mir leben, bis du wieder Boden unter den Füßen hast. Du bist nicht auf ein solches Arschloch angewiesen."

Kimmy schluckte und wich seinem Blick aus. „Ich bringe alles in Ordnung", erwiderte sie schroff. „Ich ... ich will es allein schaffen."

Shane dachte an *The Pulpit*, an die vielen Abhängigkeiten, die aus einer Gruppe Menschen eine Familie machten. Traurig streichelte er ihr über die Hand. „Niemand kann so etwas allein schaffen, mein Herz."

Sie seufzte und es hörte sich an, als würde sie sich keinerlei Illusionen mehr machen. Dann entzog sie ihm ihre Hand und tätschelte seine wie bei einem kleinen Kind. „Lass es mich wenigstens versuchen, ja?"

„Nur ... du weißt schon. Du hast meine Nummer. Du – und ich meine *nur* dich, nicht dieses Arschloch – bist jederzeit bei mir willkommen."

Ihre Hand verschwand aus seinem Blickfeld. Als sie wieder zu sehen war, war sie feucht und schwarz verschmiert von ihrem Mascara. „Ich werde es nicht vergessen."

Nach einem kurzen Schweigen seufzte sie irritiert. „Mein Gott. Shane, kannst du bitte nachsehen, wo er bleibt? Er ist schon verdammt lange weg."

Shane hatte kein gutes Gefühl, als er sich auf den Weg zu den Toiletten machte. Der Raum war das Übliche für ein Gasthaus – vier Kabinen und zwei Urinale. Aber die Geräusche aus der letzten Kabine waren nicht sehr beruhigend. Es hörte sich an, als würde jemand eine Überdosis Nasenspray schnüffeln. Shane ließ sich einige Sekunden Zeit, um nicht die Beherrschung zu verlieren. Dann sah er durch den Türspalt in die Kabine.

Kurt schniefte gerade die zweite Linie Koks.

Shane sagte kein Wort, drehte sich nur um und suchte in der Lederbörse an seinem Gürtel nach dem Portemonnaie. Er hatte Glück, als er an ihren Tisch zurückkam. Die Kellnerin war gerade dabei, Kimmy eine Limonade zu bringen. Er zog eine Handvoll Scheine aus dem Portemonnaie und drückte sie der jungen Frau in die Hand.

„Wir müssen gehen", sagte er freundlich. „Könnten Sie dem Herrn, der bei uns war, bitte ausrichten, dass wir nicht auf ihn warten konnten und er sich einen anderen Fahrer suchen muss?" Die überraschte Frau nahm das Geld wortlos an. Shane hielt Kimmy die Hand hin. „Komm jetzt, Kim!", forderte er sie auf.

„Shane!"

„Ich lasse ihn nicht mehr in mein Auto. Wenn du zurückkommen willst, musst du jetzt mit mir fahren."

Kimmy sprang auf und lief ihm zum Auto nach. Shane gab Gas und fuhr mit quietschenden Reifen auf die Straße, als wären sämtliche Dämonen der Kokshölle hinter ihm her.

Für einige Minuten war nur das Brummen des Motors zu hören. Dann hatten sie Gilroy fast hinter sich gelassen und Shane sagte: „Scheiße. Gott, ich habe immer noch Hunger. Wollen wir ein Eis essen gehen oder so, Kim?"

Er hörte ein ersticktes Lachen. „Ja. Warum nicht, zum Teufel."

Sie hielten an einem altmodischen Imbiss und Shane bestellte sich Pommes frites, weil er nicht mehr dazu gekommen war, seine Kartoffeln zu essen. Kimmy bestelle Eiscreme. Sie saßen zusammen auf der ungemütlichen Holzbank und aßen schweigend.

„Ich muss zurück und ihn holen", sagte Kimmy nach einigen Minuten.

„Ja. Aber nicht in meinem Auto. Wenn er mit dem Stoff in meinem Auto erwischt wird, ist meine Karriere zum Teufel. Soweit ich eine habe. Und außerdem will ich ihn nicht mehr in meiner Nähe haben. Es tut mir leid, aber ..."

„Schon gut", unterbrach sie ihn. „Er ist ein Arschloch. Aber er ist mein Arschloch. Ich gehe zurück und kümmere mich um ihn. Wir sind mitten in der Festivalsaison, also werden wir uns wahrscheinlich wieder versöhnen. Aber ..." Sie verstummte und er hasste den hoffnungslosen Unterton in ihrer Stimme. Dann holte sie tief Luft und gab sich den Anschein von Optimismus. „In der Zwischenzeit solltest du dir ein Bananensplit bestellen, wenn du mit den Pommes fertig bist, Shaney. Nur weil du nicht mehr fett bist, musst du nach einem solchen Tag noch lange nicht auf überflüssige Kalorien verzichten."

Shane lächelte ihr zu. „Eigentlich war mein Tag recht gut, wenn man von der koksenden Luftnummer von vorhin absieht."

Kimmy erwiderte sein Lächeln. „Kurt ist ein Arschloch ..."

„Darüber waren wir uns schon einig."

„Was ich sagen wollte, ist, dass du ihm nicht glauben darfst, was er über Mikhail gesagt hat. Es stimmt, er gabelt auf den Festivals gerne Männer auf. Aber er ist ein guter Mensch. Ich glaube, er ist nur einsam. Er gibt sich mit dem zufrieden, was er bekommen kann, weil er nicht weiß, wie er um mehr bitten soll."

Shane sah sie bedeutungsvoll an. „Kein Wunder, dass ihr euch so gut versteht."

Kimmys Grimasse sagte alles. Shane nutze die Gelegenheit, sich das Bananensplit zu besorgen. Kim half ihm dabei, es aufzuessen.

Als sie wieder in Shanes altem Pontiac saßen, hatte sich die ihre Stimmung deutlich aufgehellt.

„Schönes Auto", meinte Kimmy und streichelte über die Lederpolsterung. „Hast du es selbst restauriert?"

Shane nickte. Nachdem er den neuen Job angetreten hatte, wollte er ein neuer Mensch werden, und dazu hatte auch ein neues Hobby gehört. Deshalb der Oldtimer und die Tiere.

„Such dir was auf dem iPod, wenn du Musik hören willst", sagte er und fuhr von dem Parkplatz auf die Straße. „Es ist eine gute Nacht, um die Fenster aufzukurbeln und auf volle Lautstärke zu drehen."

„Gut", meinte Kimmy fröhlich. „Dann werden wir auch den Knoblauchgeruch schneller los."

Es stimmte. Gilroy bezeichnete sich schließlich als ‚Knoblauch-Hauptstadt der Welt'. Warum also nicht?

„Hast du bestimmte Vorlieben?", wollte Kim wissen und scrollte durch das Menü. „Du musst mir schon einen Tipp geben, Shaney. Auf dem Ding sind ja mindestens zehntausend Lieder!"

„Elftausendsechshundertdreiundzwanzig", korrigierte Shane. Musik war ein weiterer Luxus, den er sich gönnte, seit er das Blutgeld bekommen hatte. „Aber es gibt auch doppelte, deshalb ist die Zahl nicht ganz korrekt."

Kimmy lachte und entschied sich dann. „Bruce. Denn haben wir gemeinsam. Hast du einen besonderen Wunsch?"

„*Magic*. Kennst du die CD?"

Kimmy brummte zustimmend und kurz darauf war *I'll work For Your Love* zu hören. Sie kurbelten die Fenster runter und überließen sich der Musik. Eine weitere Sache, die sie gemeinsam hatten und die sie zu einer Familie machte. Shane fühlte sich schon wieder optimistischer.

Ohne die Besucher hatte das Festival viel von seinem Glanz eingebüßt. Shane fuhr um das Gelände herum zum Parkplatz für die Teilnehmer und Aussteller. Alles war ruhig, aber es war nicht mehr der Ort, an dem die Träume von einer unschuldigen, aufregenden Vergangenheit wiederbelebt wurden. Zum ersten Mal sehnte sich Shane wieder nach seinen alten Jeans, und sei es auch nur, weil sie bequem waren und zu ihm gehörten.

Shane fuhr Kimmy zu dem Wohnwagen, mit dem sie und Kurt unterwegs waren. Er entdeckte Mikhail, der mit nacktem Oberkörper und Ohrhörern auf einem Heuballen saß. Sein hübsches Gesicht wirkte nachdenklich und sein Anblick ließ den tristen Platz sofort in einem strahlenderen Licht erscheinen.

Kimmy sah in Mikhails Richtung und lachte auf. „Er tut ganz so, als ob er immer hier sitzen würde. Aber sein kleines Zelt ist auf der gegenüberliegenden Seite und wenn du genau hinsiehst, sind das hier auch nicht die einzigen Heuballen, auf denen man Musik hören kann."

Shane lächelte hoffnungsvoll. „Ich bin niemand, den man auf einem Festival aufgabelt", bekannte er. „Nicht heute Nacht." Aber er stieg trotzdem aus dem Wagen. Er konnte mit dem Mann reden, und das war es wert, auszusteigen. Schließlich war Mikhail einer der wenigen, der seine Witze verstand.

Kimmy kam um den Wagen gelaufen und umarmte ihn. Sie legte den Kopf an seine Schulter und hielt ihn länger als üblich fest.

„Ich bin so froh, dass du gekommen bist", sagte sie leise. „So kaputt, wie ich bin …" Ihre Stimme brach und er brachte sie zum Schweigen. „Schh." Dann wiegte er sie sanft hin und her und gab ihr einen Kuss auf den Kopf.

„Kim, wir sind eine Familie. Versprich mir, dass du das nie wieder vergisst, ja? Du musst nicht erst einen Entzug machen, um mich anzurufen. Es muss auch nicht erst Weihnachten werden. Ich …" Er wurde rot und warf einen sehnsüchtigen Blick auf Mikhail, obwohl er diesbezüglich nicht viel Hoffnung hatte. „Ich habe jetzt endlich eine neue Familie gefunden, und du kannst auch dazugehören. Das wäre schön. Kim. Sie würden dich lieben."

Kimmy rieb sich die Augen an seinem Hemd trocken. „Ich muss erst ein besserer Mensch werden."

„Kim …"

Dann war sie weg, rannte zu dem Wohnwagen und kramte im Laufen den Schlüsselbund aus dem Lederbeutel an ihrer Hüfte. Sie trug immer noch ihr Kostüm und unter dem Saum ihres granatroten Kleides waren die Tanzschuhe zu sehen. Das braune Haar fiel ihr lang den Rücken herab. Sie war wunderschön, wie eine Fee …

Und sie brachte ihn beinahe zum Weinen. Der Motor des Wohnwagens brummte auf, dann verschwand er um die Ecke und ließ nur eine Staubwolke zurück. Shane sah ihr nach und drehte sich dann zu dem Heuballen um, auf dem Mikhail in der Dunkelheit saß.

Mikhail war mittlerweile aufgestanden und kam, barfuß und mit nackter Brust, auf den Pontiac zu. Es überraschte Shane und er freute sich darüber.

„So", sagte Mikhail und seine blaugrauen Augen sahen abfällig in die Richtung, in der der Wohnwagen verschwunden war. „Ich nehme an, das Arschloch von Freund ist zurückgelassen worden?"

„Er hat im Badezimmer des Restaurants gekokst", sagte Shane seufzend. Dann lehnte er sich an die Kühlerhaube und wartete darauf, dass Mikhail es ihm nachmachte. Er war überrascht – schockiert, sprachlos, atemlos –, als Mikhail sich stattdessen vor ihn stellte und sich mit dem Oberkörper an ihn lehnte.

Shane hob die Hände, fasste ihn an den Oberarmen und schloss die Augen, als er die glatte Haut unter seinen Handflächen fühlte. Mikhail war klein genug, um sich mit den Hüften an Shane zu pressen, der halb auf der Kühlerhaube saß. Es passte genau.

Shane stöhnte und drückte die Stirn an Mikhails Kopf. Dann wiederholte er das, was er schon auf dem Festplatz zu ihm gesagt hatte. „Ich werde nicht mit dir schlafen, verdammt. Ich werde dir den Hof machen!"

In Mikhails Knurren war eine geballte Ladung Zynismus zu hören. „Mir macht man nicht den Hof, mein Hübscher. Mich fickt man. Ich stehe zur Verfügung. Kannst du ein freiwilliges Angebot nicht einfach annehmen? Du siehst gut aus, ich bin bereit." Er zuckte mit den Schultern und Shanes Hände rutschten nach unten zu seinen Ellbogen. Abwesend rieb er Mikhail mit dem Daumen über den Arm. Mikhail hielt die Luft an und er schauderte.

„Du bist schön", flüsterte Shane. Er hob den Kopf und sah, wie das gelbe Licht der Lampen Mikhails blonde Haare zum Glänzen brachte und sie fast durchscheinend wirken ließ. „Und du bist der einzige Mensch, der meine Sprache spricht." Er streichelte Mikhail wieder über den Arm, nur weil er sehen wollte, wie ein weiterer Schauer durch dessen Körper lief.

„Du bist eine Hoffnung", fuhr Shane fort und senkte den Kopf, um seine Wange an Mikhails Schläfe zu reiben. „Wenn wir jetzt in dein Zelt gehen und machen, was man so macht, dann bist du morgen wieder fort. Und mit dir die Hoffnung. Wenn wir es sein lassen und ich mache dir den Hof, bleibt die Hoffnung erhalten." Zögernd und fast widerwillig presste Mikhail sich an ihn und rieb sein hartes Glied an Shanes Körper. Shane stöhnte.

„Du kannst so weitermachen, bis ich in meiner Hose komme, du kleiner Bastard. Aber du kannst meine Meinung nicht ändern. Du bist es wert, auf dich zu warten."

Mikhail ließ sich an ihn fallen. „Heute früh bist du mir nicht so stur vorgekommen", sagte er leise und hob den Kopf von Shanes Brust, um ihn anzusehen. Shane streichelte ihm wieder über die sensible, zarte Haut. An Mikhails Unterarm fühlte er kleine Unregelmäßigkeiten und Narben unter den Fingern. Als er den Blick senkte, versteifte Mikhail sich und wollte sich Shanes Griff entziehen.

„Ich habe dich noch nicht gekannt", erwiderte Shane abwesend. „Jetzt weiß ich, was du wert bist … Hey! Bleib hier. Darf ich es sehen?"

Mikhail war einen Schritt zurückgetreten und stand, die Hände zu Fäusten geballt und an die Oberschenkel gedrückt, vor ihm. Er sah Shane unglücklich und abwehrend an.

„Du willst es sehen? Du dummer, sturer Mann …Du willst es wirklich sehen? Was ich wert bin? Welche Hoffnung ich bin? Hier! Komm her und schau es dir an!" Mit diesen Worten streckte er die Arme aus, sodass Shane die nackte Haut sehen konnte, die er eben noch gestreichelt hatte. Unter der Sonnenbräune und dem Staub lagen die verheerenden Folgen einer katastrophalen Liebesaffäre mit der Spritze und dem Tod verborgen.

Shane wurde plötzlich vieles klar. Mikhail wich seinem Blick aus. „Ich will dein Mitleid nicht", fauchte er und schnaubte empört, um sich nicht anmerken zu lassen, dass er den Tränen nahe war.

„Beleidige mich nicht!", schnappte Shane ihn an. Glaubte Mikhail wirklich, es wären alles nur leere Worte gewesen, worüber sie in der Umkleidekabine gesprochen hatten? Leere Worte ohne Bedeutung und ohne Gefühl? „Das liegt schon lange zurück, nicht wahr? Die Einstiche sind sehr alt."

Mikhail warf ihm einen kurzen Blick zu und sah schnell wieder weg. Für Shane war es besser als nichts. „*Da*", sagte er dann. „Zehn … nein, elf Jahre."

„Wie alt bist du? Fünfundzwanzig? Sechsundzwanzig?"

„Fünfundzwanzig."

Shane ging vorsichtig einen Schritt auf ihn zu. Er vermisste die Nähe und die Wärme Mikhails. Er musste sie wieder spüren, bevor er ging. „Du warst noch ein Kind", sagte er sanft. „Wie bist du da wieder raus gekommen?"

Mikhail zuckte mit den Schultern. Shane machte einen weiteren Schritt auf ihn zu. Sie standen jetzt nur noch einen halben Meter voneinander entfernt und Shane beobachtete Mikhails ausdrucksstarkes Gesicht. Aus der Abwehrhaltung wurde Verletzlichkeit, dann riss Mikhail sich wieder zusammen und aus der Abwehr wurde Wut. So viele Emotionen in einem so zierlichen, zynischen und muskulösen kleinen Körper.

„Meine Mutter", sagte Mikhail schließlich, nachdem die Wut wieder verschwunden war und nur noch blanke Verletzlichkeit übrig blieb. „Sie ... sie war Krankenschwester." Der russische Akzent wurde stärker. „Sie hat mir saubere Nadeln und Kondome besorgt." Er zuckte mit den Schultern und ließ es fast sorglos aussehen. „Ich war der einzige Junkie von St. Petersburg, der nicht krank war, *da*?"

„Das freut mich. Hat sie dich in den Entzug gebracht?"

Mikhail lachte humorlos. „Aber erst, nachdem ich total stoned war und sie mich in das Flugzeug ins Gelobte Land setzen konnte."

Shane nickte gelassen. „Das war sicher schlimm für dich."

„Ich kann mich nicht daran erinnern." Es war eine dicke Lüge. Mikhail tat so, als würden sie nicht nah genug beieinander stehen, um den Atem des anderen spüren zu können.

„Wieso hast du damit angefangen?" Shane fasste vorsichtig nach Mikhails Arm und hob ihn hoch, um ihn genauer zu betrachten. Ja, die Venen waren total zerstochen. Sie waren vernarbt und verhärtet, hatten wahrscheinlich kurz vorm Kollaps gestanden. Aber die Haut darum herum war glatt und unbeschädigt.

„Ich war Tänzer. Es ... Für Tänzer ist es nicht ungewöhnlich. Du verletzt dich oft und wenn du weitertanzen willst, musst du die Schmerzen betäuben. So lange, bis du nicht mehr tanzen kannst, weil das, was dich tanzen ließ, dich ruiniert hat." Noch ein verlogenes Schulterzucken. „Und dann gehst du auf den Strich, damit du bezahlen kannst, was dich ruiniert hat und damit deine Mutter nicht verhungert."

Shane nickte und sah ihm in die Augen, damit Mikhail wusste, dass er ihn verstand. Es gab nichts zu beschönigen. Mikhail war ein Junkie und Stricher gewesen. Er starrte Shane herausfordernd an und wartete dessen Reaktion ab – sei es Mitgefühl, Mitleid, Wut oder Abscheu. Shane hob Mikhails Arm an seinen Mund und küsste ihn.

Ein undefinierbares Geräusch entrang sich Mikhails Kehle und Shane küsste die vernarbte Haut, fuhr mit der Zunge die Spur der Verwüstung entlang und dann über Mikhails starken Oberarm bis an die Schulter, über den Hals und an sein Kinn. Erst am Ohr beendete er seine Reise über Mikhails Haut und strich ihm mit der Nase die Haare aus dem Gesicht nach hinten. „Du bist immer noch meine Hoffnung", flüsterte er Mikhail ins Ohr. „Und ich bin jetzt dein Versprechen."

„Versprich mir nichts", flüsterte Mikhail mit der gebrochenen Stimme eines verlassenen Kindes zurück. „Es ist nicht nett."

Shane zog den Kopf zurück und legte ihm einen Finger unters Kinn. „Es ist nur dann nicht nett, wenn ich das Versprechen nicht halte." Dann drückte er ihm einen kurzen, harten Kuss auf den Schmollmund und gerade in dem Moment, indem Mikhail sich von seiner Verblüffung erholt hatte und den Mund öffnete, zog er sich wieder zurück und fing an, in der Börse an seinem Gürtel zu wühlen.

Während Mikhail ihm irritiert – und enttäuscht – zusah, schrieb Shane etwas auf eine alte Rechnung, die er nicht mehr brauchte, und drückte Mikhail das Blatt Papier in die Hand.

„Das ist meine Handynummer. Und meine Festnetznummer. Du wirfst es wahrscheinlich wieder weg, aber darum geht es nicht. Es geht darum, dass ich jetzt von hier verschwinden muss, wenn ich meine guten Vorsätze nicht aufgeben will. Aber wenn dir danach ist, kannst du mich jederzeit anrufen und mir deswegen den Kopf waschen. Es geht darum, dass ich dich wiedersehen werde, wenn nicht in dieser Woche, dann in der nächsten." Er zeigte auf Mikhails Arm. „Du glaubst jetzt vielleicht, dass ich dich deswegen weniger will oder schlechter von dir denke, aber damit täuschst du dich genauso in mir, wie du glaubst, dass ich mich in dir täusche. Jetzt gib mir einen Kuss zum Abschied und sage mir, dass du mich vermissen wirst. Danach setze ich mich in mein Auto und fahre ins Hotel, wie es sich für einen guten Ritter in seiner glänzenden Rüstung gehört, okay?"

Er wunderte sich nicht, für seine Unverschämtheit eine schallende Ohrfeige zu bekommen. Aber es hatte ihm zu viel Spaß gemacht und war es wert gewesen.

„Eher *verschlucke* ich die Nummer, als dass ich sie wähle!", sagte Mikhail und verstaute den Zettel mit mehr Sorgfalt in seinem Beutel, als Shane ihm jemals zugetraut hätte.

„Da bin ich mir ganz sicher", erwiderte er milde und rieb sich über die Wange.

„Und wenn du jetzt denkst, ich gehe in mein Zelt und trauere dir nach, dann hast du dich gewaltig getäuscht!"

„Da bin ich mir ebenfalls sicher", meinte Shane mit einem Kopfnicken. Oh Gott, Mikhail war wunderschön. Seine Augen funkelten und auf seinen Wangen waren rote Flecken, so aufgeregt und wütend war er. Aber er war nicht mehr abwehrend oder unglücklich oder traurig. Er erwartete nicht, abgelehnt zu werden oder bot einen Quickie auf dem Rücksitz von Shanes Wagen an. Er hatte durch den Streit sein Selbstwertgefühl wiedergefunden, und genau so wollte Shane ihn sehen.

„Ich werde einen Fremden ficken!", drohte Mikhail und Shane schnappte nach Luft, musste sich dann aber eingestehen, dass die Drohung nachvollziehbar war und er damit leben musste, wenn er einem Mann mit Mikhails Vergangenheit umwerben wollte. Er musste sich eben irgendwie damit arrangieren, das war alles. Mikhail hatte Shanes Reaktion bemerkt und sah ihm in die Augen. „Ich ficke zehn Fremde!", rief er trotzig und wild. Shane kniff die Augen zusammen.

„Tu das", knurrte er, packte Mikhail an den Schultern und stieß ihn an den Wagen. „Fick so viele Fremde, wie du willst und brauchst, um den Scheiß endgültig loszuwerden." Dann küsste er Mikhail und sein Mickey öffnete sofort den Mund – wütend, erregt und leidenschaftlich – und Shane fiel über ihn her. Er drückte Mikhails nackte Schultern an das Auto hinter ihm und hielt ihn fest, ließ ihn spüren, dass er größer und stärker war, dass er ihn, trotz Mikhails Geschmeidigkeit, jederzeit überwältigen konnte.

Aber das musste Shane nicht tun, denn Mikhails Mund war offen und feucht und ein Wimmern kam aus seiner Kehle und er zerrte frustriert an Shanes Lederwams und den merkwürdig verschnürten Hosen, um nackte Haut unter den Händen zu spüren. Shane nahm Mickeys Kopf zwischen die Hände und strich ihm mit den Daumen über die Wangen.

Als er Mickey losließ und sich zurückzog, war er der Meinung, er hätte sich ein wehendes Cape und ein Trikot mit dem großen ‚S' auf der Brust verdient.

Mikhail wimmerte sogar und Shane lächelte ihn atemlos an. „Tu das", wiederholte er keuchend. „Tu, was immer du auch tun musst, aber vergiss nicht – du wirst dabei ständig an mich denken müssen und ich werde dich wiedersehen. Eines Tages, wenn du Mikhail bist, und nicht Oberon, wenn ich Shane bin, und nicht Robin Hood – dann werde ich zurückkommen und wir fangen neu an."

Mit diesen Worten schob er Mikhail vom Auto weg, stieg ein und ließ den Motor an. Dann verschwand er in einer roten Staubwolke. Aus der Stereoanlage dröhnte *I Came For You.*

5

„Even if we're just dancing in the dark ..."
Bruce Springsteen, *Dancing in the Dark*

MIKHAIL SAH dem Wagen nach und hätte am liebsten mit dem Fuß auf den Boden gestampft wie ein kleines Kind. Er hätte es fast geschafft gehabt und ... Oh Gott, Shane hatte so gut geschmeckt.

„Den Hof machen", murmelte er vor sich hin und stemmte die Hände in die Hüften. „Den Hof machen? Für wen hält der mich eigentlich! Ich bin doch keine Jungfer in Nöten! Scheiß auf die verdammten Jungfern! Scheiß auf dich, wo wir schon dabei sind. Großer, dämlicher Bulle – dafür hältst du dich, nicht wahr? Ja, das bist du auch und ich finde jetzt einen Mann. Jawoll. Und dann denke ich dabei an dich."

Gott, konnte der Mann es denn wirklich nicht verstehen? Alles war gut, wenn man Sex hatte. Die Welt war golden, es gab blumige Versprechen und einen warmen Körper, es gab echte, gute Berührungen. Das war alles, worauf man sich verlassen konnte, alles, was ein Mann brauchte.

Schwer enttäuscht ging Mikhail zu seinem Zelt. Er hatte noch belegte Brote und Limonade in der Kühlbox. Shane hatte ihn heute Nachmittag zum Essen eingeladen, aber Mikhail verbrannte seine Kalorien schnell, besonders an Tagen wie diesen, wenn er tanzte und *den ganzen Tag nach einem Mann Ausschau hielt.* Bastard.

Du bist meine Hoffnung und ich werde dein Versprechen sein.
Blödsinn.

Mikhail kam zu seinem Zelt und setzte sich in den kleinen Klappstuhl, der davor stand. Er sprang schon seit Jahren als Vertretung auf den Festivals ein und hatte bisher noch nie ein Hotel genommen, aber sein Zelt war auch recht komfortabel. Alles ließ sich zusammenfalten und passte in einen Rucksack, darauf war er stolz. Er war unabhängig, und er genoss es, unabhängig zu sein. Schmerzhafte Dinge konnten passieren, wenn man von jemandem abhängig war und sich auf ihn verließ. Unabhängigkeit war überlebenswichtig.

Mit geübten Bewegungen steckte er sich die Hörer ins Ohr und schaltete seinen iPod ein. Er hatte alles – klassische Musik, Jazz, alten und neuen Rock, Rap, Pop, Metal, Streicher, Blechbläser und das Didgeridoo. Mit zwanzig Jahren hatte er genug Geld gespart, um sich ein Laptop zu leisten, dann kam der iPod. Er war schon alt und man konnte nicht so viel darauf speichern, aber er konnte sich stundenlang Programme zusammenstellen, und das war auch nicht schlecht.

Mürrisch lehnte er sich in seinem Klappstuhl zurück und sah in den Nachthimmel. Seine Finger wanderten wie automatisch zu dem Beutel an seinem Gürtel und zogen den Zettel mit den Telefonnummern hervor.

Sie sahen realistisch aus. Schau an. Er kannte Leute – vielleicht sollte er ihnen die Nummern geben und den dämlichen Bullen zum Opfer eines Identitätsdiebstahls machen. Er griff wieder in die Tasche und holte die kleine Flasche mit dem Duftöl hervor, öffnete sie und atmete tief ein.

Seine Augen schlossen sich. Er konnte immer noch den Duft des Öls auf der Haut des dämlichen Bullen riechen, wo es sich mit dem Geruch der Lederweste mischte. Er konnte sehen, wie das breite, freundliche Gesicht sich in der Herbstsonne zu einem Grinsen – einem schüchternen Grinsen – verzog. Er konnte die Stimme hören, die ihm … Wunder erzählte, wenn er ehrlich war. Ein Mann, der ein halbes Vermögen für Kinder ausgab, die er lachen sehen wollte, obwohl sie nicht seine eigenen waren. Ein Mann, der hier in eine für ihn fremde Welt gekommen war und sich vollkommen neu eingekleidet hatte, um eine Schwester zu beeindrucken, die er seit Jahren nicht gesehen hatte. Ein Mann, der ihn angesehen hatte und ihn – mit Einstichnarben und allem – seine Hoffnung genannt hatte.

Ein dummer Mann. Dämlich.

Vorsichtig tröpfelte Mikhail von dem Duftöl auf den Zettel und verschloss das Fläschchen wieder, dann steckte er beides in den Beutel zurück. Zuhause hatte er eine kleine Kiste, in der er solche Dinge aufbewahrte. Er sah wieder in den Nachthimmel. Gilroy war sehr ländlich und die Sterne waren deshalb gut zu sehen. Es wurde langsam kühler – manchmal waren die Winde, die vom Meer kamen, bis hierher zu spüren – und Mikhail holte sich das Hemd aus dem Zelt, das Shane für ihn gekauft hatte.

Es passte sehr gut und er holte das Öl wieder aus seinem Beutel, um einen Tropfen davon auf das Hemd zu geben. Das Versprechen war natürlich eine Lüge, aber es wäre trotzdem schön, sich in der Zukunft an diese Lüge erinnern zu können und so zu tun, als ob es wahr gewesen wäre.

Wieder packte er das Öl weg und wollte sich gerade zurücklehnen, um in den Himmel zu sehen und seine Musik zu hören (heute war Coldplay angesagt, *Kingdom Come* und *Clocks* gehörten zu seinen Lieblingsliedern), als eine dunkle Silhouette ihm die Sicht verstellte.

„Verschwinde", sagte er irritiert. „Ich will heute Nacht nicht mit dir reden."

Brett beugte sich vor und wollte ihn küssen, aber Mikhail rollte aus seinem Stuhl auf den staubigen Boden und stand dann wütend auf.

„Ich habe gesagt, du sollst verschwinden! Glaubst du wirklich, dass ich dich jetzt anfassen will? Nach allem, was du zu dem netten Mann gesagt hast?"

Brett zuckte nur mit den Schultern. „Es war eine Festival-Bekanntschaft, Mikhail. Das ist doch nichts Neues. Wir haben sie und dann kommt das nächste Wochenende und der nächste Mann, nicht wahr?"

„*Njet*." Aber Brett hatte recht, auch wenn Mikhail nicht gefiel, wie er es gesagt hatte.

Brett lächelte, trat hinter ihn und wollte die Arme um ihn legen. „Komm schon, Oberon. Komm zu Puck und lass uns Musik machen, ja?" Mikhail schüttelte ihn ab und drehte sich um.

„Ich glaube nicht", sagte er. Er wollte hinzufügen: „Nicht heute". Aber das ließ er sein. Er musste daran denken, wie Shane vor Verlegenheit rot geworden war, wie er sich selbst als fett bezeichnet hatte und so wenig von sich hielt, trotz seiner Freundlichkeit und Schlagfertigkeit und seinem wunderschönen Lächeln. „Nie wieder", sagte Mikhail stattdessen und verzog keine Miene, als Brett sich verletzt zurückzog.

„Mikhail …"

„Nein. Du warst besitzergreifend. Du sagst solche Gemeinheiten nur, wenn du einen Mann für einen Geliebten oder Freund oder …" Oder ein Versprechen hältst. „Ich empfinde nicht so für dich und du wirst nur noch mehr verletzt werden, wenn wir damit weitermachen."

Mist. Bretts Gesichtsausdruck gab ihm recht. Verdammt. Deshalb war es so wichtig, sich nicht auf einen Mann einzulassen, ihm nichts zu versprechen. Selbst wenn man nichts versprach, gab es Menschen, die dir vertrauten, und dann musstest du sie enttäuschen. Mikhail wandte seufzend den Blick ab.

„Ich habe dich verletzt. Es war …" Mist. „Es war keine Absicht."

Brett rieb sich die Wange an der Schulter und versuchte, männlich und ungerührt zu erscheinen. Sein falsches Ohr fiel ab und er lachte gekünstelt, als wollte er Mikhail beweisen, dass der unrecht hatte und es ihm bestens ging.

Mikhail ging seufzend auf ihn zu, zog ihm das Ohr aus den Haaren und entfernte vorsichtig die Reste des Klebers. Brett roch nach Schweiß, Erde und Patschuli. Der Geruch hatte keine Wirkung mehr auf Mikhail.

„Ich habe gesehen, wie du dich zwischen zwei Auftritten hinter dem Zelt hast ficken lassen, und du bist trotzdem am Abend zu mir gekommen", murmelte Brett kaum hörbar. Sein schmales, Puck-isches Gesicht war staubverschmiert, das Make-up verwischt. Die Tränen, die er sich nicht eingestehen wollte, hinterließen ihre Spuren in dem Schmutz und gaben die blasse Haut darunter zu erkennen. „Ich habe noch nie erlebt, dass du einen Mann so angesehen hast, wie diesen."

„Er hat damit angefangen", sagte Mikhail leise. Er hatte – fast wider Willen – das Gefühl, diesem Mann eine ehrliche Erklärung zu schulden, wenn er ihn schon endgültig aus seinem Bett schmiss.

„Ja, du Eismann. Wer hätte das gedacht?" Merkwürdigerweise hörte sich Brett nicht bitter an. Mikhail wurde seit dem Zwischenfall, den Brett gerade erwähnt hatte, Eismann genannt. Es war damals sein erster Tag auf einem Festival gewesen, er war aufgeregt gewesen und nervös. Und geil. Damals hatte er sich den Ruf erworben, sich von allem ficken zu lassen, das einen Schwanz hatte, und ohne einen Gedanken daran zu verschwenden, was danach passierte.

„Er hat mich angesehen, als wäre ich ein Gott", sagte Mikhail zögerlich. Es war Unsinn, er war alles andere als ein Gott. Dummer, dummer Mann.

„Ja?", fragte Brett und sah ihn von der Seite an, als ob er nur darauf warten würde, dass Mikhail gleich um sich schlug. „Wie fühlt sich das an?"

„Das sage ich dir, sobald der Wahnsinn nachgelassen hat", erwiderte Mikhail schwermütig. Dann, weil er das Gefühl hatte, dass es ihm doch etwas bedeutete, nahm er Bretts Hand und küsste sie galant zum Abschied. „Aber wir waren gute Freunde, nicht wahr?"

„Wir waren offensichtlich nur Fuckbuddies", sagte Brett bitter, aber er zog seine Hand nicht zurück.

„Das auch. Aber können wir auch ohne das Ficken Buddies bleiben?" Er dachte an Shane und stellte sich vor, wie der über das Wortspiel lachen würde. Jeder andere würde denken, dass es nur seine mangelnden Sprachkenntnisse waren, aber Shane würde ihn verstehen.

Brett seufzte und zog widerstrebend seine Hand zurück. „Wie du meinst, Kumpel. Du weißt wo du mich findest, falls der Wahnsinn nachlässt und du deine Meinung änderst."

„Das ist ein großzügiges Angebot", erwiderte Mikhail. „Aber es ist nicht nötig. Gute Nacht, Brett. Schlaf gut."

Mikhail saß in der Dunkelheit, sah in den Himmel und hörte seine Musik. Nach etwa einer Stunde überlegte er, ob er sich schlafen legen sollte. Sich einen runterholen vielleicht. Dann verlor er einen Teil seines Verstandes. Anders konnte er es sich anschließend nicht erklären, warum er plötzlich sein Handy in der Hand hatte und sein Herz wie wild schlug, als die Stimme des Mannes antwortete.

„Ich werde gerade von zehn Halbgöttern um den Verstand gefickt. Wärst du nicht auch gerne dabei?"

Shanes leises Lachen war ... zauberhaft. Heiße Schokolade mit Zimt und Schlagsahne und Karamell am kältesten Tag des Jahres ... „Nein. Wenn du um den Verstand gefickt wirst, will ich der einzige sein, der sich mit dir im Raum aufhält."

„Du hättest es haben können." Seine Irritation kam zurück und er schnaubte verächtlich. „Dummer, närrischer Mann."

„Jawoll."

„Was machst du gerade?" Mikhail war wirklich neugierig. Shanes Stimme ließ ihn an ein dunkles Zimmer denken.

„Ich schaue mir *Kung Fu Panda* an."

„Ich liebe diesen Film!" Er konnte sich seine Begeisterung nicht verkneifen. Kinderfilme faszinierten ihn. Er hatte getanzt, seit er ein kleiner Junge gewesen war. Da war wenig Zeit für Filme geblieben. In der Entzugsklinik in New York waren ihre einzige Unterhaltung Taschenbücher gewesen, die in einer Sprache geschrieben waren, die er noch nicht lesen konnte. Und Regale voller Filme, die er noch nicht kannte.

„Ich auch", sagte Shane leise. Sein Zimmer war wahrscheinlich wirklich dunkel. Mikhail, der sich sonst nicht für sehr fantasievoll hielt, stellte sich Shane vor, wie er in einem alten T-Shirt (grün – es musste grün sein) und einer kurzen Pyjamahose auf einem Hotelbett ausgetreckt in der Dunkelheit lag. Es war ein ansprechendes Bild. Mikhail saß auf seinem Klappstuhl unter den Sternen und beschloss, dass es so sein musste.

„Ja", sagte die warme Stimme jetzt zu Mikhail. „Ich kann mich so gut mit dem verdammten Panda identifizieren, verstehst du?"

„Du bist aber nicht fett." Dummer Mann. Er war groß, warm und stark. Mikhail hatte genug von den dürren, sehnigen Tänzern, den hungrigen Poeten oder den kalten, wohlhabenden Zufallsbekanntschaften, die sich selbst verleugneten.

„Ich bin nicht du", meinte Shane mit ehrlicher Bewunderung in der Stimme. Mikhail fühlte sich demütig. Irritierender Mann.

„Na ja", schniefte er. „Wer könnte das schon sein?"

Shanes tiefes Lachen war eine Wohltat in seinem Ohr. Es sagte ihm, dass Shane seine Gedanken kannte und nicht auf das arrogante Geschwätz hörte, das er von sich gab.

„Was ist dein Lieblingsfilm?", fragte Shane dann und Mikhail kam in die Gegenwart zurück.

„Mein was?", fragte er, weil er nicht richtig zugehört hatte.

„Dein Lieblingsfilm."

Mikhail war baff. „Das bin ich noch nie gefragt worden. Es ist, wie mit der Musik ... Ich liebe alles, nicht nur eine Art von Musik."

„Das hört sich deprimierend an", meinte Shane nachdenklich. „Bist du sicher, dass dir kein Lieblingsfilm einfällt?"

Mikhail konnte sich nicht vorstellen, was Shane daran deprimierend fand, deshalb gab er die Frage zurück. „Nenne mir einen und ich sage dir, was ich davon halte."

„*WALL-E*", antwortete Shane. „Ehrlich, der kleine Roboter hat mir das Herz gebrochen."

Mikhail musste wider Willen lachen. „Wie passend." Das war es auch. *WALL-E*, der glücklose Ritter in seiner verrosteten Rüstung. Allerdings – *WALL-E* war für das Objekt seiner Zuneigung unverzichtbar geworden, oder etwa nicht?

„Was ist denn jetzt dein Lieblingsfilm?", fragte Shane beharrlich. Mikhail seufzte, weil er plötzlich genau wusste, was sein Lieblingsfilm war. Aber er sollte es nicht verraten, weil es ein viel zu persönliches Eingeständnis war.

„*Lilo und Stitch*", sagte er scherzend.

„*Lilo und Stitch*?" Shane schien auf eine Erklärung zu warten.

„Für so ein kleines Persönchen steckt ungewöhnlich viel Bosheit in dir", versuchte Mikhail zu zitieren.

Shane lachte pflichtgemäß. „Jetzt sag mir, was wirklich dein Lieblingsfilm ist", verlangte er dann erneut.

Mikhail wurde rot. „Nein", krächzte er. Ihm viel nichts Witziges mehr ein, um einer Antwort auszuweichen.

„Ich habe dir eine persönliche Frage gestellt."

„*Da* ... Mist!" Damit meinte er den Piepston, den sein Handy von sich gab. Der Akku ging zur Neige.

„Leerer Akku?"

„*Da* ... ja. Und ich muss heute Nacht noch einen anderen Anruf erledigen." Mist. Er ... er hatte das Gespräch genossen. „So, du dämlicher Bulle. Ich muss Schluss machen. Es war ein schöner Tag."

„Bis später dann ..."

„*Njet*. Ich meine ... wahrscheinlich nicht. Ich werde ..."

„Ich gebe keine Versprechen, die ich nicht zu halten gedenke."

„Tschüss." Mikhail beschloss, das Gespräch zu beenden. Das, was er wirklich sagen wollte, konnte er sowieso nicht sagen. Er blieb reglos sitzen. Nach einigen Sekunden fing er zu zittern an. Kalt. Ihm war kalt, obwohl er das Hemd angezogen hatte. Vielleicht sollte er ins Zelt gehen und dem Handy einige Minuten Ruhe gönnen, bevor er seinen anderen Anruf erledigte.

Im Zelt lagen eine Campingmatte aus Schaumstoff, eine Taschenlampe, ein Schlafsack und ein Kissen. Seine oft gewaschene Baumwollkleidung, die er auf den Festivals trug, hatte sich meistens bis zum nächsten Morgen wieder erholt. Mikhail zog die Weste und die Hose aus, dann wühlte er in seinem Rucksack nach einer Unterhose (für den Fall, dass er mitten in der Nacht aus dem Zelt gerufen wurde). Er zitterte immer noch. Sein Verstand sagte ihm, dass es draußen immer noch über zwanzig Grad hatte, aber er brauchte die Wärme seines Schlafsacks und verkroch sich schnell.

Nachdem er es sich gemütlich gemacht hatte, holte er wieder sein Handy aus dem Beutel und wählte. Die Stimme, die den Anruf annahm, war alt und weiblich, heiser und erschöpft und ihm sehr, sehr lieb.

„Hallo, *malenkij Malchik* ... Hattest du einen schönen Tag?" Ah, Mutti. Sie hatte das Flugzeug kaum verlassen, da fing sie auch schon an, Englisch zu lernen. Aber ihre Koseworte und Grüße hatte sie nie aufgegeben. Außerdem sagte sie ihm immer wieder, dass er ihr kleiner Junge bleiben würde, egal, wie alt er wäre.

„Hallo, Mutti", sagte er leise. Im Zelt redete er immer leise. Es war merkwürdig. „Wie war dein Tag?"

„Gut. Das Mädchen ist gekommen und hat mir meine Medikamente gegeben. Ich fühle mich schon besser." Das sagte sie immer, aber sie lag im Sterben. Wie konnte man sich da noch besser fühlen?

„Hast du gegessen?"

„*Da*. Sie hat mir das Essen aus dem Kühlschrank aufgewärmt und mir ein Bad gegeben."

„Gehört das jetzt zum Service?" Seine Mutter war durch ihre Arbeit versichert. Sie hatte in Russland als Krankenschwester gearbeitet und in Amerika ihre Prüfungen wiederholt. Die Versicherung war gut, aber sie galt nur für Mutti. Er war nicht mitversichert.

„Ich glaube nicht. Aber sie ist ein sehr nettes Mädchen. Sie ist alleinstehend. Vielleicht solltest du sie kennenlernen?"

Mikhails Lächeln war bitter, aber das konnte sie nicht sehen. „Nein, Mutti. Besser nicht. Wir würden vielleicht zusammen ausreißen, und was würdest du dann ohne Pflegerin tun?"

„Wenn ich tot bin vielleicht", sagte seine Mutter und schien mit ihrer Antwort sehr zufrieden zu sein.

„Wenn du gestorben bist, ist mein Herz viel zu traurig, um daran zu denken", erwiderte er und gab sich betont fröhlich, obwohl es der ernsteste und wahrste Satz war, den er heute gesagt hatte – wenn man von den überraschenden Wahrheiten absah, die er Shane gegenüber zugegeben hatte.

„Pfft!" Seine Mutter lachte. „Wenn ich tot bin, wirst du auf meinem Grab tanzen, Mikhail Wassiljewitsch. Ich weiß das, weil ich es in mein Testament geschrieben habe."

„Du widerspenstige alte Frau hast das wahrscheinlich tatsächlich getan!" Mikhail blieb nichts anderes übrig, als zu lachen. Seine Mutter ... Gott, seine Mutter. Sie hatte ihr ganzes Leben auf den Kopf gestellt, damit er die Tanzschule besuchen konnte. Als er sich verletzte, hatte er mit den Drogen angefangen, um seine Schmerzen zu betäuben, weil ihr Opfer sonst umsonst gewesen wäre. Sie hatte das Geld genommen, das er auf dem Strich verdiente, und hatte ihm davon Kondome und saubere Nadeln besorgt. Und sie hatte Geld abgezweigt und unter ihrer Matratze versteckt, um die Visa und die Flugtickets bezahlen zu können. Als er vor der Wahl stand, St. Petersburg zu verlassen oder zu sterben, war sie für ihn da gewesen.

Sie hatte ihn so mit Heroin vollgepumpt, dass er drei Tage lang high gewesen war. Es war ein Risiko gewesen. Er konnte sich noch an ihre zitternden Hände erinnern, mit denen sie ihm den Arm abgeschnürt und die Spritze gehalten hatte. Sie hatte die Dosis schriftlich nachgerechnet und dreimal kontrolliert, weil sie sicher sein wollte, dass sie ihm keine Überdosis gab, sondern ihm das Leben rettete.

Aber sie hatte es ohne jedes Zögern getan und dabei noch schräge Witze gerissen. *Wir sitzen im Flugzeug,* Ljubime. *Vielleicht kannst du uns da unten sehen, wenn du von deinem High runterschaust. Musst du auf die Toilette,* Malchik*? Pass auf, dass du nicht das ganze Heroin auspisst. Du wirst es noch brauchen, bevor ich dich in die Klinik bringen kann. Hör auf, den hübschen Männern nachzusehen,* Malchik. *Glaubst du vielleicht, du wärst immer noch auf der Straße?*

So war Ylena Wassiljovna Bayul, die ihm den Namen seines Vaters gegeben hatte, obwohl der sich nie zu ihnen bekannt hatte. Und deshalb war sie wohl auch die einzige Frau, die tatsächlich in ihrem Testament verfügen würde, dass ihr Sohn auf ihrem Grab tanzen sollte. Wie er Ylena kannte, hatte sie auch schon die Musik und die Choreografie festgelegt.

„Selbstverständlich zu Tschaikowsky", sagte seine Mutter in diesem Augenblick übertrieben würdevoll. Er musste wieder lachen.

„*Slawischer Marsch* oder *Der Nussknacker?*", fragte er misstrauisch.

„Etwas Gefälliges fürs Publikum, *Ljubime*. *Ouvertüre 1812* natürlich."

„Oh weh! Mama, hättest du nicht wenigsten etwas auswählen können, zu dem man tanzen kann?" Bei dem Gedanken, zu der *Ouvertüre 1812* eine Choreografie zu schreiben, brummte ihm jetzt schon der Schädel.

„*Njet*", erwiderte Ylena gebieterisch. „Ich will meine Ouvertüre für unsere vielen gemeinsamen Jahre. Und ich erwarte, dass du tanzt wie ein Engel. Versuch gar nicht erst, mich im Stich zu lassen, *Ljubime*, sonst werde ich ein sehr unausstehlicher Geist sein und dich heimsuchen."

„Ich werde es mir merken." Sein Handy piepste wieder und er seufzte frustriert. „Der Akku ist leer, Mama. Ich komme morgen spät nach Hause. Meine Kollegen bringen mich vorbei, wie üblich." Mikhail fuhr nicht Auto. In New York hatten sie es nicht nötig gehabt und hier, in Kalifornien, bereitete es ihm ein perverses Vergnügen, den öffentlichen Personenverkehr bis an seine Grenzen auszunutzen, obwohl der sein Geld wirklich nicht wert war. Unabhängigkeit – das war sein Motto, sein Glaubensbekenntnis und seine Religion.

„Pass auch dich auf, Mikhail Wassiljewitsch. Tanze so schön, wie du es immer tust."

„Für dich tanze ich wie ein Engel, Mama." Er gab immer sein Bestes, das war er seiner Mutter schuldig. Eine Erinnerung schoss ihm durch den Kopf – Shane Perkins, der ihm heute früh zugesehen hatte, als er den Oberon tanzte. *Ich bin nicht du.* Mikhail war froh darüber. Vielleicht würde er morgen auch für diese braunen Augen tanzen, die ihn so warmherzig angesehen hatten.

„Du bist mein Engel, *Ljubime*. Mir tun alle Knochen weh. Die Nächte werden kalt." Die Temperaturen schwankten derzeit zwischen fünfzehn und zwanzig Grad. Für eine Frau, die fast ihr ganzes Leben den eiskalten und schneereichen russischen Winter gewöhnt war, hatte sie sich schnell mit den milden Wintern in Nordkalifornien angefreundet. Jetzt fror sie selbst hier, und das konnte nur an ihrer Krankheit liegen. Ylena hatte Krebs.

„Mutti, ich verspreche dir, dass wir Weihnachten in der Sonne verbringen werden. Sie wird dir die Knochen wärmen und in dein eiskaltes Herz eindringen."

Ylena lachte so warm und lieb, wie Mikhail wohl nie lachen würde. „Das ist ein schönes Versprechen. Und ich verspreche dir, dass ich noch so lange leben werde. Gute Nacht, *Malchik*."

„Gute Nacht, Mutti."

Mikhail schaltete das Handy ab, um den letzten Rest Energie für Notfälle zu sparen. Ihm war im Verlauf des Gesprächs warm geworden in seinem Schlafsack und der Duft des Öls, das er auf sein Hemd getröpfelt hatte, wurde freigesetzt. Shane. Er schloss die Augen und fuhr sich mit der Hand unters Hemd und über die Brust. Er dachte dabei nicht an Masturbation. Er dachte nur an Shanes warmen Körper, der sich an seinen drückte.

Dummer Mann. Und er machte dumme Versprechen. Ein Tag auf der Faire war nur ein flüchtiger Moment im Leben, nicht mehr. Darauf konnte man keine Versprechen aufbauen.

Mikhail hielt die Augen geschlossen und atmete den Duft ein. Er stellte sich vor, Shanes Wärme wäre auch seine. Er wollte sich verwöhnen und träumen. Er wollte die Augen schließen und davon träumen, dass Shane bei ihm geblieben wäre und ihn in der Nacht warmhielt. Vielleicht würde er in seinem Traum auch wieder tanzen und Shane ihn mit seinen warmen, braunen Augen ansehen.

Niemand war für seine Träume verantwortlich, nicht wahr? Ja, so war es. Aber vielleicht würden die Götter sie ihm schenken.

AM NÄCHSTEN Tag tanzten er und Kimmy wundervoll zusammen. Auch Kimmy fiel die außergewöhnliche Spannung auf, die dazu führte, dass die Zuschauer die Luft anhielten und kein Laut zu hören war, während sie und Mikhail ihren Tanz aufführten.

Nachdem sie sich das letzte Mal verbeugt hatten und die letzte Münze in ihren Korb gefallen war (sie war von einem kleinen Kind gekommen, was Kimmy immer besonders niedlich fand), sah sie Mikhail mit zusammengekniffenen Augen abschätzend an. „Mein Bruder sollte öfter zu Besuch kommen", sagte sie dann. Brett stand hinter ihnen und sagte keinen Ton.

„Ich habe keine Ahnung, was du damit meinst", erklärte Mikhail. Kimmy nahm ihn am Arm und zog ihn weg von Bretts missbilligenden Blicken und Kurts schleimigen Versuchen, noch mehr Geld aus den Zuschauern herauszulocken.

Er folgte ihr zu einer Bank, die hinter einem der Zelte stand. „Versprich mir, ihn gut zu behandeln", verlangte sie.

Mikhail konnte ihr nicht in die Augen sehen. „Es ist nichts zwischen uns", sagte er zu der schmutzigen Zeltplane hinter ihrem Rücken. „Es war einfach nur ein wunderbarer Tag."

Kimmys Finger – stark wie bei allen Tänzern – legten sich unter sein Kinn und hoben seinen Kopf. „Verarsch mich nicht, Mikhail. Zwischen euch beiden war was. Mein Bruder kennt keine *Tage*, nicht mit seinen früheren Freundinnen und auch nicht mit dem Arschloch, wegen dem auf ihn geschossen wurde und …"

„Wie bitte?" Das war ihm neu.

„Sein ehemaliger Dienstpartner, der Kerl, der ihn vor seinen Kollegen geoutet und ihn dann im Stich gelassen hat, als auf ihn geschossen wurde …"

„*Mudak*!" Mikhail wurde eiskalt ums Herz. Und da hatte er gedacht, *er* hätte Geheimnisse, *er* hätte alte Wunden. Wie hatte er nicht ahnen können, dass auch andere ihre Geheimnisse und Narben hatten? Kimmy sah ihn überrascht an. Er fiel nur selten in seine Muttersprache zurück. Mikhail wich ihrem Blick aus und versuchte, seine Gefühle wieder unter Kontrolle zu bekommen.

„Er hat von rosa Steinen gesprochen", murmelte er vor sich hin. „Von rosa und blauen Steinen, aber nicht von …" Sein Verstand wehrte sich gegen das Wort. „… Verrat …" Er hätte beinahe mit dem Fuß gestampft. Oh, dieser irritierende Mann! „Natürlich. Warum sollte er es mir auch erzählen?"

„Er redet nicht darüber", sagte Kimmy streng. „Genauso wenig, wie du über bestimmte Sachen redest – außer manchmal mit mir. Habe ich recht, Mikhail?"

Mikhail verzog das Gesicht. „Natürlich hat er es mir nicht gesagt!", schnappte er sie an. Er war sich nicht sicher, auf wenn von beiden er wütender war. „Warum sollte er auch? Wir kennen uns erst seit einem Tag und …"

Kimmys leises Lachen unterbrach seinen Ausbruch. „Schon gut. Pass auf … Er wird dich wiederfinden, das kannst du mir glauben. Und dann überlasse ich es *ihm*, dir die ganze Geschichte zu erzählen. Bis dahin musst du mir nur versprechen …" Sie senkte den Blick. „Mann, versprich mir einfach, dass du ihn ernst nimmst, ja? Shane ist so … ein ernsthafter Mensch, und das wissen heutzutage nur noch wenige zu schätzen. Sie lachen ihn aus und …"

„Dein Bruder ist nicht lächerlich!" Mikhail war immer noch wütend, aber auch bitter. Der Mann war wie ein Sturm durch Mikhails Selbstgefälligkeit gefegt und hatte eine breite Schneise hinterlassen.

Kimmy nickte und tätschelte seine Wange, eine schwesterliche Geste, die sie sich trotz ihrer ernsten Miene nicht verkneifen konnte. „Er geht dir unter die Haut, nicht wahr?"

„Du solltest bei ihm leben", meinte Mikhail ehrlich und küsste ihre Hand. „Er möchte deine Familie sein."

Sie zuckten mit den Schultern, als müsste sie sich dadurch ihre Unabhängigkeit und Entschlusskraft beweisen. Mikhail konnte es ihrer Körpersprache ansehen. Wenn er einen Spiegel in seinem Zelt hätte, er hätte sich heute früh bei genau der gleichen Geste beobachten können. „Ich wäre ihm gern eine bessere Schwester. Aber ich bin froh, dass er dich hat."

Mikhail öffnete den Mund. „Verdammt, er *hat* mich aber nicht!", wollte er sagen. In diesem Moment rief Kurt nach ihnen und er sagte stattdessen: „Können wir dieses Mal darauf achten, dass dein Arschloch von Freund mich nicht wieder um meine Trinkgelder bescheißt?"

Kimmy nickte nüchtern. „Ich schwöre dir, es wird nicht wieder passieren."

Sie hielt ihr Versprechen. Aber es war nicht einfach.

„Das reicht nicht", sagte Mikhail aufgebracht, als Kurt ihm den Umschlag mit seinem Anteil überreichte. Kurt zuckte mit den Schultern.

„Ich habe genau nachgezählt, kleiner Mann!"

„Blödsinn", mischte sich überraschend Kimmy ein. „Du hast ihm den gleichen Anteil zugesagt. Und das ist weniger, als ich bekommen habe. Es ist auch weniger, als Brett bekommen hat. Also ist es nicht der gleiche Anteil."

Kurt rollte mit den Augen. „Die paar Dollar, Babe …"

„Nenn mich nicht Babe! Mikhail braucht das Geld und *du* brauchst nicht noch mehr Koks; also rück seinen Anteil raus, bevor ich meinem Bruder Bescheid sage, dass er sich darum kümmern soll!"

Kurt sah sie mit harten Augen an, als sie Shane erwähnte, griff aber in seine Tasche und zog weitere sechzig Dollar hervor. „Pass gut auf, dass du mich nicht wütend machst, du Biest."

Kimmy warf Mikhail einen fragenden Blick zu und der nickte. Ihm drehte sich der Magen um, als er ihr niedergeschlagenes Lächeln sah.

„Keine Sorge, mein Herz", sagte sie. „Ich helfe nur einem Freund, ja?"

„Wir werden sehen, ob ich dich heute Nacht hierlassen kann." Die Drohung war nur halb im Scherz gemeint. Kimmy schloss die Augen, atmete tief durch und rüstete sich innerlich, bevor sie zu Kurt ging und ihm die Hand in den Nacken legte.

„Sei doch nicht so, Baby. Wie sollen wir gute Tänzer bekommen, wenn wir sie nicht fair behandeln?"

Lächelnd und bettelnd lenkte sie Kurts Aufmerksamkeit ab. Mikhail verdrückte sich leise aus ihrem alten Wohnwagen, in dem die Gagenabrechnung stattgefunden hatte.

Er wäre am liebsten zurückgegangen, hätte dem Kerl einen kräftigen Kinnhaken versetzt und sich Kimmy über die Schulter geworfen, um sie von ihm wegzuholen. Mikhail bebte vor Wut. Kimmy hatte diese Behandlung nicht verdient, diesen … *Mudak*! Er war fast versucht, für ihre Ehre zu kämpfen, so wie er für seine Gage gekämpft hatte. Mit schleppenden Schritten machte er sich auf den Weg zu seinem Zelt. In diesem Augenblick rief Kurt ihn zurück.

„Hey, kleiner Mann! Kommst du nächste Woche zurück?" Seine Haare waren zerzaust und seine Weste halb aufgeschnürt. Mikhail fragte sich, wie Kimmy es geschafft hatte, ihn wieder ins Gleis zu bringen.

Mikhail sah Kurt verächtlich an. Er hätte allerdings nicht sagen können, wen er in diesem Augenblick erbärmlicher fand – Kurt oder sich selbst. „Ja, ich werde am Wochenende hier sein."

Er drehte sich wieder um und ging weiter. Seine Lederstiefel wirbelten kleine Staubwölkchen auf. Hinter ihm im Wohnwagen waren leise Stimmen zu hören, dann rief Kurt ihm zu: „Hey, Kimmy sagt, du sollst ihren Bruder grüßen, den Arschficker!" Dann drehte Kurt sich um, verschwand im Wohnwagen und knallte hinter sich die Tür zu. „Dafür bist du mir was schuldig, du Biest", war das letzte, was Mikhail von ihm hörte.

Mikhail rieb sich mit den Händen übers Gesicht. *Verdammt, Weib! Verdammt!* Sie hatte ein Opfer für ihn gebracht, für ihn und diese dämliche Nachricht an ihren Bruder. Sie wusste genau, was es für Mikhail bedeutete, wenn jemand ein Opfer für ihn brachte. Sie wusste genau, dass es der einzige Weg war, ihn dazu zu bringen, sein Versprechen zu halten.

Schon gut, du große, dumme Kuh-Frau. Wenn dein Bruder mich besuchen kommt, werde ich ihn nicht zum Teufel jagen. Bist du jetzt zufrieden, ja?

Schnaubend und mit einem Auftritt, der an den Staub und den Sonnenschein total verschwendet war, machte Mikhail sich auf den Weg zu seiner Mitfahrgelegenheit.

Mikhail mochte Pferde nicht sonderlich leiden, aber Rose und Arlen MacAvoy kamen aus Grass Valley, um mit ihren Tieren an dem Festival teilzunehmen. Sie waren so nett, ihn mitzunehmen, wenn er in Gilroy auftrat. Er schätzte sich glücklich, dass er nicht in einem der Anhänger fahren musste, in dem die riesigen Tiere untergebracht waren, sondern sich auf den Rücksitz der Fahrerkabine zwängen durfte.

An diesem Abend saß er hinter dem Beifahrersitz und sein Rucksack lag neben ihm. Er zog seinen iPod aus der Tasche und bereitete sich auf die Fahrt vor. Warum er ihn nicht einschaltete, sondern mit den Ohrhörern in der Hand sitzen blieb und auf das ältere Ehepaar wartete, konnte er selbst nicht genau sagen. Die beiden stiegen ein und dann fing der Dieselmotor zu brummen an.

Rosie warf ihm einen merkwürdigen Blick zu und sah dann ihren Mann vielsagend an. Er ärgerte sich, dass er nicht einfach die Hörer in die Ohren gesteckt und sie ignoriert hatte, dann hätten sie ihn auch in Ruhe gelassen.

„Ist alles gut gelaufen, Mikhail?", fragte Rosie kurz darauf und nahm ihren zerbeulten Filzhut ab, um ihre grauen Haare nach hinten zu streichen und zu einem strubbligen Dutt zu verknoten. Sie war eine dünne, sehnige Frau mit einem netten, runden Gesicht. Mikhail wünschte sich oft, es fiele ihm leichter, neue Freundschaften zu schließen, denn Ylena würde sie mögen. „Ich habe dich gestern mit einem netten jungen Mann bei den Pferden gesehen. Ist er ein neuer Freund?"

„Er kennt Pferde", sagte Mikhail verlegen. „Ich kenne sie nicht, aber er hat keine Angst."

Arlen kicherte leise. „Das ist der Schlüssel zum Erfolg, wenn man mit Pferden arbeitet. Wenn du nicht unsicher bist und keine Angst hast, merken sie es und werden auch nicht nervös."

Mikhail nickte. Das passte zu Shane. Seine Gegenwart war … beruhigend. „Ich …" Gott, was hätte er da beinahe gesagt? Er konnte sich diesen Menschen nicht anvertrauen, so gut sie es auch meinten. „Er hat Freunde, die Pferde züchten. Er scheint sie ziemlich zu bewundern."

„Jemand, den wir kennen?", fragte Arlen neugierig. „Wir kennen die meisten Züchter im Norden von Kalifornien."

Mikhail runzelte die Stirn. „Er hat viel über einen Mann namens Deacon gesprochen. Die Ranch heißt *The Pulpit*. Sie haben Probleme. Sie sind wie eine Familie und mein Freund macht sich Sorgen." *Hervorragend, Mikhail. Du traust dich nicht, über deine eigenen Probleme zu reden, aber die von Fremden posaunst du ins Universum. Du bist wirklich ein Genie. Der Mann wird froh sein, dass er zu dir zurückkommen darf.*

Rosie runzelte die Stirn. „Ich glaube, ich habe von ihnen gehört. Deacon Winters, ja? Es gab einen Skandal, in den die Polizei verwickelt war. Ich kenne keine Einzelheiten, aber sie scheinen den Kürzeren gezogen zu haben. Du sagst, sie sind Freunde deines Freundes?"

Mikhail nickte und überlegte, wie er am besten das Thema wechseln konnte. „Ja. Er ... Ihr nehmt mich immer mit. Ich weiß nichts über Pferde. Könnt ihr mir mehr darüber sagen?"

Mikhail kam sich vor wie ein Arschloch der Extraklasse, aber seine Ablenkungsstrategie ging auf. Die nächsten drei Stunden verbrachten Rosie und Arlen damit, ihm alles Mögliche über Pferde zu erzählen – dass es schwere körperliche Arbeit war, aber der Seele gut tat, wie sehr sie die großen Tiere liebten und wodurch sich ein gutes Pferd auszeichnete im Gegensatz zu einem scheuen Pferd oder einem bösartigen Gaul, den man am besten zu Hundefutter verarbeitete.

„Es ist wie mit den Menschen", meinte Arlen pragmatisch. „Einige sind süß, andere sauer, und manche einfach nur böse. Nur zahlenmäßig ist das Verhältnis ein anderes."

„Ja!", rief Rosie lachend. „In der Welt der Pferde gibt es eindeutig weniger bösartige Biester und üble Halunken, als in der Welt der Menschen. Darauf kannst du Gift nehmen."

Arlen nickte zustimmend und sie fingen an, sich über Stuten und Hengste zu unterhalten. Mikhails brummte schon der Schädel und sein Blick war glasig. Ihm fiel auf, dass die beiden sich oft ergänzten und gegenseitig ihre Sätze zu Ende brachten. Sie waren zwei Menschen, die schon so lange zusammen waren, dass sie sich vertrauten und jederzeit aufeinander verlassen konnten. Das ultimative Versprechen. Dann riss ihn Arlen mit seinen nächsten Worten wieder aus seinen Gedanken.

„Ja ... Es wird mir schwerfallen, nicht mehr dabei zu sein."

„Nicht mehr dabei sein?", fragte Mikhail erschrocken. Mit wem sollte er dann nach Hause fahren? „Wann?"

Arlen lachte, als könnte er Mikhails Gedanken lesen. „Nicht in dieser Saison, vielleicht auch noch nicht in der nächsten. Aber Rosie und ich kommen in die Jahre. Es wird Zeit, das Geschäft aufzugeben und sich zur Ruhe zu setzen, zusammen mit einigen Weidepferden vielleicht. Wir müssen langsam kürzertreten, verstehst du?"

Mikhail nickte. „Ja", sagte er und dachte an seine Mutter, die gearbeitet hatte, bis der Krebs sie zum Aufgeben zwang. „Es ist schön, das Leben genießen zu können, so lange man noch Zeit dazu hat." Er würde Arlen und Rosie vermissen, dachte er melancholisch. Sie waren nette Menschen und hatten ihn immer gut behandelt.

Die Rückfahrt verging schneller als sonst. Mikhail fühlte sich schlecht. Er machte sich so selten die Mühe, die Menschen um ihn herum kennenzulernen. Seine Mutter, Kimmy und Anna, seine Chefin im Tanzstudio, waren seine Freunde und die einzigen Menschen, zu denen er regelmäßig Kontakt hatte. Arlen und Rosie hatten ihm ihre Freundschaft angeboten, aber er hatte sie immer nur als Mitfahrgelegenheit gesehen.

Gegen acht Uhr abends kamen sie nach Citrus Heights und als sie sich der ersten Bushaltestelle näherten, packte Mikhail seine Sachen. Hier stieg er normalerweise aus. Zu seinem Erstaunen hielt Arlen nicht an.

„Da wir schon hier sind, Mikhail – zeig uns doch, wo du wohnst. Wir können dich direkt nach Hause fahren."

Mikhail wusste nicht, wie er das Angebot ablehnen sollte, ohne unhöflich zu wirken. Verlegen dirigierte er Arlen über die Greenback zur Sylvan Road, wo sie links abbogen. Es war keine sehr gute Wohngegend, obwohl das Mietshaus, in dem er mit seiner Mutter wohnte, noch einigermaßen respektabel war. Er stieg aus und zog seinen Rucksack aus dem Auto, dann sah er Arlen und Rosie schüchtern an. Er wartete auf ihre Reaktion zu seinen Lebensumständen.

Aber er wartete vergebens. Rosie sprang aus der Fahrerkabine (und zwar recht spritzig für eine Frau, die sich zur Ruhe setzen wollte, weil sie angeblich schon zu alt wäre) und umarmte ihn zum Abschied.

„Es war eine schöne Fahrt, Mikhail. Wir sehen uns nächste Woche. Vergiss in der Zwischenzeit unsere Nummer nicht, ja?"

Mikhail nickte verlegen. Sie war so nett gewesen. „Ich rede normalerweise nicht sehr viel", entschuldigte er sich. Rosie lachte nur. Sie und Arlen lachten oft, das war ihm schon aufgefallen.

„Das wissen wir, mein Süßer. Aber wir freuen uns, dass du uns heute Abend eine Chance gegeben hast." Sie drückte ihn noch einmal und stieg dann wieder ein. Mikhail winkte ihnen nach, als sie (mit ihren großen, stinkigen und furchteinflößenden Tieren) aus der Einfahrt verschwanden und die Sylvan Road hinabfuhren. Dann bogen sie auf die Auburn ab und machten sich auf den Weg zum Freeway.

Er betrat das Haus und stieg über die Treppe in den ersten Stock, wo sich ihre Wohnung befand. Leise schloss er die Tür auf, weil er seine Mutter nicht wecken wollte. Aber er hätte sich denken können, dass sie noch nicht schlief.

„Bist du das, *Malchik*?" Die Krankheit hatte ihre Stimme heiser gemacht. Dass sie jahrelang die schweren, filterlosen russischen Zigaretten geraucht hatte, war auch nicht gerade gut gewesen für ihre Lungen. Sie hatte ihm gesagt, dass sie ihm deshalb seine Drogenabhängigkeit so schnell vergeben hätte – sie wusste, wie es war, abhängig zu sein.

„*Da*, Mutti", antwortete er leise. „Es war ein gutes Wochenende." Er ging ins Wohnzimmer, wo seine Mutter vor dem Fernseher saß. *Der Gigant aus dem All*. Sie liebte Kinderfilme genauso sehr wie er. Mutti war hager geworden und trug einen leuchtend bunten Turban mit Blumenmuster auf dem Kopf, um ihren kahlen Schädel zu verbergen. Früher war sie blond gewesen, auch wenn in den letzten Jahren die Farbe aus der Flasche gekommen war. Aber er hatte alte Fotos gesehen.

Als sie jung war, hatte sie lange, kräftige und wunderschöne Haare gehabt. Und sie selbst war auch wunderschön gewesen. Aber das lag lange zurück. Jetzt war sie nur noch eine Ansammlung Haut und Knochen, die unter ihrer selbstgehäkelten Decke auf dem Sofa lag. Von der Energie, mit der sie früher alles mit Leben erfüllt hatte, war nicht mehr viel übrig geblieben.

„Das ist gut", sagte sie müde. „Mexiko ist ein Wochenende näher gerückt, *da*?"

Oh Gott, wie sehr er das hoffte. Er hatte sich noch nicht getraut, das Geld zu zählen, das er auf den Faires verdient hatte und in der Schublade hinter seinen Socken aufbewahrte. Es würde knapp werden.

„Sicher, Mutti", sagte er laut. Er hatte mit der Reiseagentur und mit ihren Ärzten gesprochen. Alle hatten ihre Zustimmung gegeben, aber erst brauchte er genügend Geld. „Du musst nur lang genug leben. Die Ärzte sagen, für eine zähe alte Katzen-Frau wie dich wäre das kein Problem. Du musst auf sie hören. Sie sind sehr klug."

„Pfft!" Ylena winkte ab. Die Geste ließ die Eleganz und die Anmut erahnen, die sie früher ausgezeichnet hatten. „Ich lebe so lange, bis du eine Frau gefunden hast, die sich um dich kümmert. Du musst nur deinen faulen Arsch heben und sie suchen, *Malchik*. Aber so, wie du dir damit Zeit lässt, werde ich noch als medizinisches Wunder enden, und das kann sehr anstrengend sein."

„Ich glaube, ich halte mich auch in Zukunft lieber an die Männer", meinte Mikhail herablassend und gab ihr einen Kuss auf die Wange. „Wenn du dadurch länger lebst, ist es mir das Opfer wert."

„Ich habe nichts gegen die Männer in deinem Bett", erwiderte sie seufzend. „Aber sie werden sich nicht um dich kümmern. Könntest du nicht wenigstens so tun, als ob du ein hübsches Mädchen magst, damit sie für dich kochen kann?"

„Wenn es dich glücklich macht, Mama, dann versuche ich es", flüsterte er und küsste sie wieder. Dann umarmte er sie so fest, wie es sich traute. Sie wussten beide, dass es ein leeres Versprechen war. Aber Ylena machte sich Sorgen, dass er nach ihrem Tod allein wäre. Sie hatte so viel in ihn investiert und für ihn geopfert. Jetzt wollte sie sicher sein, dass es ihm auch nach ihrem Tod gut gehen würde. Mikhail hatte nicht mehr die Kraft, mit ihr darüber zu streiten, ob er Männer oder Frauen liebte. Seine Mutter würde ihn immer lieben, egal, ob er mit einem Mann oder einer Frau zusammen war. Aber wenn es ihr Gewissen erleichterte, ihn eines Tages verheiratet zu sehen, dann wollte er sie in ihrem Glauben lassen.

„Pfft!", rief sie wieder. „Du stinkst, *Malchik*. Geh duschen und mach dir dann von dem Essen warm, das uns das nette Mädchen vorbereitet hat. Du solltest sie kennenlernen."

Mikhail lachte erschöpft. „Ja, Mutti. Ich werde darüber nachdenken." Dann brachte er den Rucksack in sein Zimmer und sortierte die Schmutzwäsche aus. Sein normales Kostüm ließ sich gut mit der restlichen Wäsche waschen, aber das neue schwarze Hemd musste erst in Essig gespült werden, weil es sonst färben würde.

Mikhail nahm es vom Bett und hielt es sich unter die Nase. Das Duftöl war noch nicht verflogen, aber es roch jetzt nach ihm selbst, nicht mehr nach Shane. Bedauernd legte er es zurück. Dann suchte er in dem Rucksack nach dem Lederbeutel, den er am Gürtel getragen hatte. Vorsichtig zog er das Fläschchen mit dem Öl und den Zettel mit Shanes Telefonnummern daraus hervor. Er hatte die Nummern mittlerweile gespeichert und brauchte den Zettel nicht mehr.

Mit ruhigen Händen öffnete er die kleine Zedernholzkiste, die auf seiner Kommode stand. Es war eines der wenigen Schmuckstücke in seinem Zimmer, wenn man von den Konzertpostern seiner Lieblingsmusiker und seinem Laptop absah. In der Kiste waren nur unwichtige Dinge. Dinge, die er kaum brauchte und an die er nur selten dachte. Die kleine Kiste war wie sein Herz, und auch das öffnete er nur selten.

Vorsichtig stellte er das Fläschchen in ein kleines Fach an der Seite. Wenn er eine Frau wäre, hätte er dort seine Ohrringe aufbewahrt. Er hatte auch einige Ohrringe, aber nicht sehr viele, und es war ein großes Fach. Es war perfekt für das Fläschchen mit dem Duftöl. Den Zettel faltete er zusammen und legte ihn ganz oben in die Kiste, sodass er ihn gleich finden konnte, wenn er den Deckel öffnete. Nach kurzem Überlegen zog der das Fläschchen wieder hervor und träufelte einige Tropfen Öl in den Samtbezug der Dose. Dann schloss er die Augen, senkte den Kopf und atmete tief ein.

Shane. Ja. Da war er, in der Kiste aus Zedernholz.

Mikhail stellte das Fläschchen an seinen Ehrenplatz zurück, beschwerte den Zettel sicherheitshalber mit einem Ohrring, damit er nicht wegfliegen konnte, und klappte dann den Deckel zu.

Er ließ sich Zeit unter der Dusche, weil er den Geruch auf seiner Haut nicht so schnell abwaschen wollte.

6

„What others may want for free ... I'll work for your love"
Bruce Springsteen, *I'll Work For Your Love*

AM MONTAG war Shanes erster Gedanke, dass er Mikhail auf gar keinen Fall sofort anrufen sollte. Der Mann würde schreiend die Flucht ergreifen und zurück nach Russland rennen, wenn Shane ihn so mit seiner Sehnsucht und Anbetung überfiel.

Sein zweiter Gedanke war, welcher Idiot wohl morgens früh um halbsieben an seine Tür hämmerte, wo doch jeder wusste, dass er erst um zehn Uhr wieder zum Dienst erscheinen musste. Und warum seine verdammten Köter nicht zur Tür liefen und den Störenfried zu zerfleischen drohten. Wofür waren die eigentlich da?

Er stolperte in seiner Pyjamahose aus dem Bett – mehr trug er nachts nicht – und zog die Decke mitsamt den Katzen auf den Boden. Dann suchte er sich seinen Weg durch die Fellknäuel und fiel über die kleinste, bevor er endlich die Tür erreichte und sie aufriss. Vor ihm auf der Veranda stand Deacon in Jogginganzug und Laufschuhen. Er warf nur einen kurzen Blick auf Shane mit seinen verschlafenen Augen und nackten Füßen, dann sagte er: „Du hast es vergessen, richtig?"

Oh ja. Shane schloss stöhnend die Augen. „Miiist ... Verdammt, Deacon, komm rein. Nimm dir einen Schluck Wasser oder so. Ich ziehe mich schnell um. Es dauert nur eine Minute", sagte er.

„Kein Problem." Deacon folgte ihm ins Haus und während Shane im Flur verschwand, streichelte er die Hunde und ließ sich von den furchtlosen Kriegern ablecken, die ihn offensichtlich zu ihrem Gott erklärt hatten.

Deacon hatte oft diese Wirkung.

Während Shane sich anzog, musste er an ihr Gespräch von gestern Abend denken. *Es fällt dir etwas spät ein, nicht wahr? Lass den Mist und such deine Schuhe, Arschloch.*

Der Vorschlag war von Deacon gekommen. Als Deacon hier gewesen war, um sich die Hausschlüssel zu holen (Shane hatte ihm einen Zweitschlüssel machen lassen) und die Tiere kennenzulernen, war ihm aufgefallen, dass sie nur gut einen Kilometer voneinander entfernt wohnten, wenn man den Weg über Deacons Felder und Weiden nahm.

Shane hatte sich darüber noch nie Gedanken gemacht. Sein Haus gehörte zu einem Grundstück, das sechs Morgen Land umfasste. Mit dem Auto musste er fast sieben Kilometer fahren, um zu Deacons Ranch zu kommen. Aber Deacon *hatte* darüber nachgedacht. Er hatte seine große Mähmaschine angeworfen und einen

Teil des Wochenendes damit verbracht, die beiden Häuser durch einen Pfad zu verbinden. Nach dem Abendessen hatte er Shane gefragt, ob er Lust hätte, morgens zusammen zu joggen. Er konnte sich auf dem Weg zu Shane warmlaufen und Shane sich auf dem Rückweg abkühlen.

„Dann hat er endlich jemanden, den er quälen kann", hatte Crick sauer angemerkt, als er auf dem Weg zum Spülbecken an Deacon vorbeiging. Deacon hatte hinter sich gelangt und ihm übers Bein gestreichelt. Crick humpelte wegen seiner Kriegsverletzung und balancierte das Geschirr auf seinem gesunden Arm. In diesem Moment war Shane ein Licht aufgegangen.

Crick konnte nach seinen Verletzungen nicht mehr laufen. Er hatte es im Laufe des Sommers geschafft, wieder auf einem Pferd sitzen zu können, aber es fiel ihm schwer, die Tiere wirklich zu kontrollieren, weil sein Körper nicht zu hundert Prozent mitspielte.

„Ich werde nie aufhören, dich zu quälen", sagte Deacon liebevoll. „Aber so werde ich wenigstens nicht fett dabei."

Crick ließ das Geschirr scheppernd in die Spüle fallen, ging zu Deacon zurück und versetzte ihm einen Schlag auf den Hinterkopf.

„Das ist ja wohl der dämlichste Unsinn, den ich jemals gehört habe." Grummelnd ging er zur Spüle zurück und Deacon sah Shane betreten an.

„Schau mich nicht so an", meinte Shane und hob beschwichtigend die Hände. „Ich kann ihm nur recht geben." Deacon hatte seit ihrem ersten Zusammentreffen zugenommen, das stimmte. Aber bis ‚fett' fehlten immer noch gut sechzig Pfund.

„Soll das heißen, du willst nicht mit mir laufen gehen?", fragte Deacon und wurde rot.

„Das habe ich nicht gesagt!" Shane ging mehrmals in der Woche auf den Sportplatz der Oberschule und lief dort einige Runden. Es war langweilig und einsam, aber so konnte er sich guten Gewissens den Hühnchen-Käse-Mayonnaise-Auflauf gönnen (den Benny heute Abend gekocht hatte). Verglichen mit den langweiligen Runden auf dem Sportplatz war es definitiv eine Verbesserung, mit einem Freund durch die Felder zu laufen.

„Bestens. Ich komme um halb sieben vorbei", meinte Deacon und stand auf. „Jetzt muss ich Crick wieder besänftigen."

Das ‚Besänftigen' hatte gut fünfzehn Minuten gedauert, und als er zurückkam, hatten Shane und Jeff schon gespült. Deacon bestätigte ihm noch einmal die Uhrzeit und fragte Jeff, ob er auch mitkommen wollte. Jeff hatte nur erschrocken abgewinkt.

„Oh nein, mein Süßer! Ich trainiere dort, wo jeder anständige Schwule hingeht – im Fitnessstudio."

Das war's dann gewesen.

Danach war Shane nach Hause gekommen, hatte die Hunde gefüttert und mit den Katzen gespielt. Es hatte über eine Stunde gedauert, bis er endlich einschlafen konnte, weil er keine Lösung finden konnte für sein Problem mit Mikhail. Er wollte ihm näherkommen, befürchtete aber, einen Fehler zu machen und ihn zu verjagen. Mikhail hatte offensichtlich Angst vor großen Tieren und Shane kam sich vor, wie der sprichwörtliche Elefant im Porzellanladen von Mikhails Empfindlichkeiten. Anders konnte man es nicht nennen.

Deshalb also war Shane alles andere als ausgeschlafen, als er sich endlich umgezogen hatte, in die Laufschuhe schlüpfte und den Flur hinab humpelte. Deacon hockte immer noch am Boden und spielte mit den Tieren. Die Hunde bemerkten Shanes Eintreffen kaum, so sehr waren sie damit beschäftigt, Deacon ihre Zuneigung zu zeigen und ihn mit schlabbernden Zärtlichkeiten zu überschütten.

„Ich habe dir doch gesagt, du sollst dir Zeit lassen", meinte Deacon und blinzelte ihn vom Boden aus an. „Wir haben es nicht eilig."

Shane errötete. „Ja. Aber ich habe ein schlechtes Gewissen, weil ich unsere Verabredung vergessen habe. Warum hast du eigentlich keinen Hund?"

Deacon zuckte mit den Schultern, kraulte Sophie hinterm Ohr und stand auf. (Sophie war ein Labradoodle und ihre Ohren waren wie gemacht dafür, das musste Shane zugeben.)

„Wegen der vielen Pferde. Ich hätte nichts gegen einen Hund. Sie sind zuverlässige und treue Tiere. Erinnern mich an Crick."

Shane, der gerade seine Schuhe zuschnürte, musste lächeln. Für Deacon gab es nicht Gutes auf der Welt, das nicht auf Crick zurückzuführen war.

„Wie habt ihr euch denn gestern Abend wieder versöhnt?", fragte er und hätte sich dann am liebsten in den Arsch getreten, als Deacon ihn grinsend von der Seite ansah.

„Ich hätte dich nicht für den Typ gehalten, der alle Details wissen will."

Shane zog eine Grimasse und wurde rot. Deacon grinste noch breiter und wurde auch rot. „Ich dachte nur ... Ich meine, ihr ...", stammelte Shane.

„Ich habe ihm gesagt, dass ich gerne laufe", sagte Deacon und machte sich auf den Weg zur Haustür. Und die Hunde – Wunder über Wunder – blieben brav sitzen und liefen ihm nicht nach. Shane dachte ernsthaft darüber nach, mit Crick zu reden und ihn zu fragen, ob er Deacon zu Weihnachten ein Hündchen schenken sollte. Er hatte beste Kontakte zum Tierheim und es war schade, dass Deacon auf Shanes Hunde angewiesen war, wo er doch so offensichtlich einen Draht zu den Tieren hatte.

„Und ...?" Shane stützte sich auf das Geländer der Veranda und machte Dehnübungen. Er war keine zwanzig mehr, auch keine siebenundzwanzig. Er würde noch in diesem Jahr seinen zweiunddreißigsten Geburtstag feiern und musste sich aufwärmen, wenn er mit Deacon mithalten wollte.

Deacon sah ihn geduldig an und leistete ihm bei seinen Übungen Gesellschaft, obwohl er schon über einen Kilometer gelaufen war und es eigentlich nicht mehr nötig hatte.

„Und Crick sagt mir ständig, dass ich mehr an mich selbst denken soll. Können wir jetzt?"

„Welchen Weg wollen wir nehmen?", überlegte Shane.

„Hier entlang", erwiderte Deacon, lief los und bog an der Einfahrt nach rechts ab. „Jon und Amy wohnen nur einen knappen Kilometer entfernt. Mit etwas Glück müssen wir Jon nicht aus dem Bett werfen."

Jon, Deacons bester Freund, erwartete sie sogar schon vor dem Haus, als sie um die Ecke bogen. Er und seine Frau Amy waren Rechtsanwälte. Ihr Haus war geräumig und innen komplett renoviert, aber das Grundstück nicht allzu groß. Jon stand an dem weißen Zaun und streckte und dehnte seinen perfekten Körper, mit dem er jedem Filmstar Konkurrenz machen konnte.

Jon hatte sich als netter Kerl herausgestellt, obwohl er Shane bei ihrem ersten Zusammentreffen nicht gerade freundlich behandelt hatte. Vom Äußeren her ähnelte er Brandon – Grübchen am Kinn, strahlend blaue Augen, blonde Strähnen in den Haaren. Aber Jon war loyal, mutig und treu – sowohl seiner Frau gegenüber, als auch Deacon, seinem besten Freund. Charakterlich war er das genaue Gegenstück zu Brandon. Deshalb mochte Shane ihn sehr, obwohl sie ihre Bekanntschaft auf dem falschen Fuß begonnen hatten.

Zu dritt liefen sie weiter. Deacon lief voraus und Jon unterhielt sie mit seinen humorvollen Geschichten und Scherzen. Shane merkte sofort, dass die beiden schon oft zusammen gelaufen waren. Sie fielen wie natürlich in den gleichen Rhythmus und passten ihre Schritte aneinander an, nahmen aber auch Rücksicht auf Shane, der an Deacons anderer Seite lief. Shane war stolz darauf, mit ihnen mithalten zu können. Die Luft war frisch, aber nicht zu kühl. Sie liefen auf dem frisch gemähten Seitenstreifen, um ihre Gelenke zu schonen. Auf der Straße herrschte kaum Verkehr und selbst die Pferde ignorierten sie, als sie an den Weiden vorbeiliefen.

Eine Stunde später kamen sie zu seinem Haus zurück. Shane war erleichtert und froh, bis zum Ende durchgehalten zu haben.

„Das war … mehr … als ich … sonst laufe", keuchte er und ließ sich mit dem Oberkörper auf das Geländer fallen. Schwarze Flecken tanzten vor seinen Augen.

Jon klopfte ihm aufmunternd auf den Rücken. „Ja. Deacon ist noch über fünf Kilometer gelaufen, als er Drüsenfieber hatte. Sein Dad hätte ihn fast am Bett festbinden müssen, um ihn von der Straße fernzuhalten." Jon war verschwitzt und hörte sich auch ziemlich erschöpft an.

„Ich laufe eben gern", meinte Deacon nur und Jon war erwachsen genug, ihm die Zunge herauszustrecken.

„Was er nicht sagt …", erwiderte Jon in vertraulichem Tonfall, „… ist, dass er emotional ein genauso guter Läufer ist. Und er braucht uns als Helfer. Hättest du vielleicht einen Schluck Wasser für mich, Großer?"

„Ja", keuchte Shane, holte den Hausschlüssel aus seinem Beutel und gab ihn Jon. „Aber lass die Hunde nicht …" In diesem Moment brach das bellende Chaos aus und Jon sprang fluchend zur Seite. „Heiliges Kanonenrohr!"

„Oh. Mist. Hunde." Shane brach sein Versprechen, sich nie wieder von der Stelle zu bewegen. Er lief zum Hoftor und knallte es zu, bevor die verdammten Viecher sich über halb Kalifornien verteilen konnten.

Nachdem die Hunde so zu ihrem vorzeitigen Auslauf gekommen waren, musste Deacon Jon, der sich vor Lachen krümmte, fast vom Boden abkratzen. „Oh Gott", kicherte Jon, als Deacon ihn unter den Armen nahm und ins Haus zog. „Ich könnte schwören, zwei davon waren Deacons Jährlinge. Verdammt, Perkins, hast du etwa eine Kontaktanzeige aufgegeben? Schnorrer mit Pelz bevorzugt?"

In diesem Augenblick kamen die Katzen – von Orlando Bloom bis Judi Dench – angetrottet, weil Auslaufzeit für Hunde ihr Signal war, dass es Futter gab. Jon fing wieder zu lachen an. Deacon ließ ihn mit dem Hintern auf den Flur plumpsen und ging in die Küche, um sich ein Glas Wasser einzuschenken.

„Du liebst Tiere", bemerkte er, während Shane die Fressnäpfe mit Trockenfutter füllte und einige Dosen öffnete. Dame Judi Dench hatte einen empfindlichen Magen und aß in ihrem hohen Alter kein Trockenfutter mehr.

„Sie halten mich wenigstens nicht für einen Spinner", erwiderte Shane seufzend. Ihm fiel nicht zum ersten Mal auf, dass ein Dutzend oder mehr Tiere im Wohnzimmer wahrscheinlich genau das waren, was diese Bezeichnung rechtfertigte.

„Du bist kein Spinner", sagte Deacon zu Shanes Überraschung. „Wie heißen sie?" Die Namen der Hunde hatte er schon erfahren, als er die Tiere übers Wochenende gefüttert hatte.

Shane kniete sich auf den Boden und kraulte die fressenden Katzen hinter den Ohren. „Das ist Orlando Bloom", stellte er den Schildpatt-Tabby mit den weißen Pfoten vor. „Das ist Kirsten Dunst", eine zierliche weiße mit blauen Augen, „Robert Downey Junior", ein grauer Haudegen mit eingerissenem Ohr, „Jensen Ackles", eine hübscher Kater mit braungeflecktem Fell und haselnussbraunen Augen, „Maura Tierney", ein frecher Himalayan-Mischling, „und Judi Dench", eine alte, würdevolle Katzendame mit graugestreiftem Fell.

Jon hatte sich mittlerweile wieder erholt und auch ein Glas Wasser eingeschenkt, aber als Shane die Katzen mit Namen vorstellte, stellte er es vorsichtig ab und kniff sich in den Nasenrücken. „Okay ... Auf das Risiko hin, dass ich wieder loslege, aber ich wüsste zu gern ..."

Shane grinste ihn an. „Die Namen?"

„Ja", sagte Jon. Deacon nickte nur sprachlos.

„Ich dachte mir, wenn sie schon in meinem Bett schlafen, kann ich wenigstens träumen."

Deacon lachte. Es war ein ruhiges, herzliches Lachen und Shane war stolz darauf, dass er es ausgelöst hatte. Aber Jon stellte die Verbindung zuerst her. „Judi Dench?", fragte er.

Shane zog den Kopf ein. „Sie ist schon recht alt", murmelte er. „Ich mag trockenen, sarkastischen Humor."

Jetzt lachten sie beide und klopften ihm auf den Rücken. Sie grinsten sich an und Shane erkannte, dass er sie beeindruckt hatte. Es war ein angenehm warmes Gefühl, Freunde gefunden zu haben, denen selbst seine exzentrischsten Ideen nicht befremdlich vorkamen.

Als die beiden wieder gegangen waren, fiel ihm auf, dass er ihnen alles über seine Schwester, ihren Freund-das-Arschloch, die Renaissance Faire und seinen gestrigen Ausflug zum Strand erzählt hatte. Aber Mikhail hatte er nicht ein einziges Mal erwähnt.

Es war alles so perfekt gewesen, dachte er, als hätte er es ruiniert, indem er darüber sprach. So, wie man Wildblumen ruiniert, wenn man sie pflückt und in eine Vase stellt.

Natürlich musste er nicht darüber reden, um es zu ruinieren. Es gab auch noch andere Möglichkeiten.

„Wofür hast du uns eingetragen?", fragte er Calvin schon zum zweiten Mal.

Calvin Armbruster war so etwas wie sein Partner. Die örtlichen Streifenpolizisten waren meistens allein in ihrem Dienstwagen unterwegs. Aber manchmal, wenn viel Verkehr erwartet wurde oder alle Kräfte gebraucht wurden für einen Einsatz, arbeiteten sie zu zweit. Und dann endete Shane in der Regel mit Calvin als Partner.

Heute waren sie zusammen unterwegs, weil Calvins Wagen zur Inspektion war. Calvin redete wie ein Wasserfall. Er war ein hagerer, blonder Junge, der wahrscheinlich in die Breite gehen würde, wenn er erst die dreißig überschritten hatte. Aber noch war er dürr wie ein Besenstiel. Calvin war vierundzwanzig, also älter als Crick, aber das merkte man ihm nicht an, trotz Frau und Kindern zuhause.

Calvin redete gerne und viel, und weil Shane zurückhaltend war und nicht viel sagte, kamen sie gut miteinander aus.

Jetzt ging es um den Dienstplan und einen Einsatz, für den Calvin sie eingetragen hatte.

„*Wo* sind wir eingeteilt?", fragte Shane entsetzt.

Calvin ließ sich nicht aus der Ruhe bringen. „Du weißt schon – Homecoming. Schulfest. Die ganze Stadt ist dort. Wir sind auf dem Sportplatz eingeteilt und sollen aufpassen, dass während des Spiels nichts aus dem Ruder läuft. Das wird lustig! Wir sind direkt am Spielfeld und können alles sehen! Die Levee Oaks Trojans schaffen es dieses Jahr vielleicht bis zur Landesmeisterschaft. Wahnsinn!"

Die Ampel war noch rot und Shane warf ihm einen verzweifelten Seitenblick zu. Dann schaltete sie auf Grün und er musste wieder auf die Straße achten. Kopfschüttelnd gab er Gas.

„Warum? Was ist denn so schlimm dabei, zu dem Spiel eingeteilt zu werden?"

Shane verzog das Gesicht. Er hatte alles geplant gehabt. Montag war noch zu früh. Dienstag und Mittwoch auch. Aber Donnerstag war genau richtig. Soweit er wusste, musste Mikhail freitags nicht arbeiten, wollte aber am Wochenende wieder nach Gilroy fahren. Shanes Plan stand unter dem Motto ‚Ich bin kein Stalker, ich bin nur hinter dir her', deshalb hing alles davon ab, Mikhail während der Arbeit zu erwischen. Und Dienst während Homecoming hieß mindestens zwei Spiele, und das hieß *Donnerstag*!

Dummerweise konnte er es Calvin so nicht erklären.

Mist.

Seufzend schüttelte Shane den Kopf. „Calvin, bist du vielleicht auf den Gedanken gekommen, ich könnte Donnerstag und Freitag schon etwas vorhaben? Mann, du hättest mich wenigstens vorher fragen können …"

„Na gut. Hast du schon etwas vor?" Calvin hätte es wirklich gern gewusst. Er war mehr als neugierig, was Shanes Privatleben anging. Shane holte tief Luft. Seine Geduld wurde mächtig auf die Probe gestellt.

„Das ist durchaus möglich. Aber es geht nicht nur darum."

Calvin warf ihm einen fragenden Blick zu und Shane seufzte wieder.

„Calvin. Habe ich in den letzten sechs Monaten auch nur einmal angedeutet, ich würde gern ein Footballspiel der Oberschule sehen?"

Calvin blinzelte. „Will das nicht jeder? Ich habe früher auch gespielt. Mann, ich war sogar in der ersten Mannschaft! Wide Receiver. Und du?"

„Ich habe in der Band gespielt, du Idiot. Ich habe Klarinette gespielt und ich war verdammt gut. Und nein, ich interessiere mich nicht für Football. Einige der Jungs sind echte Rüpel und wir haben jedes Wochenende mit ihnen zu tun. Der einzige Grund, warum sie bisher davongekommen sind, ist die Tatsache, dass sie in der Footballmannschaft sind. Ich kann auch nicht verstehen, warum sie deshalb mit Samthandschuhen angefasst werden. Die Jungs mit den Ohrringen und den geschminkten Augen enden ständig wegen Lappalien im Jugendknast, und das ist nicht fair. Ich habe nicht die geringste Lust, das mit dem Rest dieser beschissenen Stadt auch noch zu feiern!"

Calvins Schweigen zeigte, dass er erst nachdenken und sich eine Verteidigung zurechtlegen musste. „Weißt du was?", fragte er nach einer Minute. „Wenn du willst, dass die Leute nett zu dir sind, solltest du nicht ständig bei Deacon Winters rumhängen. Es wird schon darüber geredet."

Shane trat auf die Bremse und zog den Wagen rechts ran. Sie standen direkt vor der Einfahrt zum Parkplatz des Supermarkts, aber das war ihm scheißegal. „Du musst dir einen anderen Partner suchen", sagte er mit eiskalter Stimme.

Calvin starrte ihn mit aufgerissenem Mund an. „Mein Gott, Perkins …"

„Ich meine es verdammt ernst. Diese Scheiß-Stadt ist so zurückgeblieben wie eine Soldatenhure und so kalt wie ein Fisch im Gletscher. Und die einzigen Menschen, die anders sind und mich willkommen geheißen haben, sind dir nicht gut genug? Was stimmt eigentlich nicht mit dir, Calvin?" Er rieb sich über den

Bauch, weil er sich vorkam, als würden Deacons, Kimmys und selbst Mikhails Vorbehalte ihm ein Loch in die Magenwand brennen. Gott, sie hatten recht gehabt. Niemand wollte ihn hier, nicht in diesem Job und nicht in dieser Stadt. Er musste sich etwas anderes suchen.

„Mann, ich sage doch nur, dass sie dort alle schwul sind. Außer Leavens, aber selbst über den sind Gerüchte in Umlauf. Zum Teufel, das kleine Mädchen hat ein Baby bekommen und den Vater dafür in den Knast werfen lassen …"

„Weil die Drecksau sie mit Alkohol abgefüllt und vergewaltigt hat!" Shane gefiel das Wort Drecksau. Es passte genau zu dieser Welt, die er so abscheulich fand.

Calvin zuckte unbehaglich mit den Schultern. „Aber ihr Bruder … Du weißt schon, der Kerl ist auch schwul. Vielleicht hat sie … Ich weiß auch nicht … Signale gegeben oder so."

Shane holte tief Luft und kniff die Lippen zusammen. „Wenn du noch ein Wort über das Mädchen und ihre angeblichen Signale sagst, kannst du dir morgen ein neues Gebiss einsetzen lassen. Und weißt du was? Crick ist ein dekorierter Kriegsheld, und Deacon hat sich den Arsch aufgerissen, um für seine Familie zu sorgen …"

„Aber sie sind nicht seine Familie!"

„Das sind sie sehr wohl! Und du hockst hier auf deinem dürren Arsch und verurteilst sie. Du verurteilst mich, weil ich sie besuche. Aber die besoffenen Dreckskerle vom Footballteam lässt du laufen, weil sie ihre Freund*innen* auf dem Rücksitz ficken und nicht ihre Freunde. Wenn das nicht gequirlte Scheiße ist, weiß ich auch nicht. Und du bist genauso ein Scheißkerl. Das Einzige an dieser Stadt, was nicht ins Klo gespült gehört, sind Deacons Ranch und ihre Bewohner! Und mein Haus, aber das nur, weil die Hunde dort sind. Such dir einen anderen, der dieser Scheiß-Stadt ihre testosterongefüllten Arschlöcher leckt. Ich will damit nichts mehr zu tun haben."

Angespannte Stille. Hinter Shanes Dienstwagen hatte sich mittlerweile eine hupende Schlange gebildet, die auf den Parkplatz wollte. Shane seufzte und ließ den Wagen an, um weiterzufahren. Dann überlegte er, wie er am besten auf die Wache zurückkam und was er dort tun konnte, um nicht mehr mit Calvin im Wagen sitzen zu müssen.

Calvin dachte offensichtlich immer noch über die ‚testosterongefüllten Arschlöcher' nach und überlegte, ob es wohl das heißen sollte, was er vermutete. Shane verkniff sich ein verbittertes Lachen. Vielleicht sollte er sich einen Job suchen, in dem die Leute sich auch mit Worten verständigten, die mehr als zwei Silben umfassten.

Die Stille bekam Flügel, aber Shane hatte nicht vor, sie zu brechen. Umso mehr überraschte es ihn, als Calvin schließlich den Mund aufmachte.

„Hör zu", sagte er bedächtig. „Es tut mir leid, dass ich so respektlos über deine Freunde gesprochen habe. Du hast recht, diese Stadt hat Deacon und Crick nicht sehr gut behandelt. Obwohl Crick ein verdienter Veteran und so … Ich … ich versuche, in Zukunft nicht mehr jeden Unsinn nachzuplappern, den ich an der Bar höre, ja? Wir sind doch noch Partner, oder?"

Shane seufzte. „Warum willst du mich eigentlich unbedingt als Partner, Calvin? Du hältst mich doch auch für einen Spinner."

Calvin sah ihn an, als wäre er überrascht darüber, dass dieses wohlgehütete Geheimnis Shanes Aufmerksamkeit nicht entgangen war. Aber er fühlte sich dennoch ertappt und wurde rot. „Du redest manchmal merkwürdiges Zeug, aber du hast die vielen Hunde, weißt du?" Calvin hatte ihn ab und zu begleitet, um nach den Tieren zu sehen. Shane nickte.

„Ich habe mir immer Hunde gewünscht. Wenn ich nach dem letzten Baby noch Geld gehabt hätte ... Ich weiß auch nicht. Aber ein Mann, der Hunde hat, kann kein schlechter Mann sein."

Shane atmete schwer aus. „Gut. In Ordnung. Das ist ein Anfang."

Es endete damit, dass er Mikhail eine etwas chaotische Nachricht auf dem Anrufbeantworter hinterließ. *Hey, Mikhail? Ich wollte Donnerstag vorbeikommen, um dir keine Angst zu machen, dass ein großer, dämlicher Bulle dich verfolgt. Aber ich muss am Donnerstag arbeiten und schwöre, dass ich nächste Woche komme. Verdammt, ich habe es versprochen und ich halte ...*

In diesem Moment schaltete sich der Anrufbeantworter ab und er kam sich wie der letzte Idiot vor mit seinem Kauderwelsch.

Später erzählte er Deacon alles über das Schulfest. Deacon, der gerade Heu ablud, warf ihm einen kurzen Blick zu und meinte nur: „Cricks alte Kunstlehrerin wird auch da sein. Richte ihr Grüße aus."

„Was will sie denn beim Football?" Shane konnte sich nicht erinnern, dass seine Kunstlehrer jemals zu den Sportveranstaltungen gegangen wären.

„Sie wird den ehemaligen Schülern, die bei der Armee waren, etwas überreichen. Es ist eine Art Gedenkveranstaltung für den jungen Fitzpatrick." Deacon holte einen weiteren Heuballen, der größer war als er selbst, vom Truck. Dann sprang er auf die Ladefläche und warf den nächsten Ballen von oben herunter.

„Sollte Crick dann nicht auch gehen?", fragte Shane und wunderte sich, warum Deacon ihn so sauer ansah.

„Wer sagt denn, dass er das will?"

Shane holte scharf Luft. „Aber er war doch bestimmt eingeladen, oder?"

„Mhmm", brummte Deacon. „Mit allen möglichen Vorbehalten. ‚Wir können nicht für Ihre Sicherheit garantieren'. Der Direktor war schon immer ein Idiot. Ich habe Crick angeboten, ihn zu begleiten. Aber er hat die Schule gehasst. Er ist glücklicher, wenn er zuhause bleibt." Deacon warf den nächsten Ballen von der Ladefläche und wischte sich übers Gesicht. „Ich bin hier noch einige Zeit beschäftigt. Falls du Crick mit dem Abendessen helfen willst, kannst du gerne bleiben."

„Wo ist Benny?" Normalerweise war sie es, die das Abendessen vorbereitete. Aber heute hatte Shane sie noch nicht zu Gesicht bekommen.

Deacon grinste. „Im Gemeinschaftszentrum ist heute ein Tanzlehrer zu Besuch. Sie und Andrew sind mit Parry Angel hingefahren. Mit Tutu und allem Drum und Dran."

Shane lachte herzlich und fühlte sich an diesem Tag das erste Mal wohl. „Sie ist noch keine zwei Jahre alt, Deacon."

Das Grinsen wurde breiter und ging in ein vernarrtes Lächeln über. „Ja. Aber sie liebt dieses verdammte Ballettröckchen."

Shane schüttelte lachend den Kopf und ging ins Haus, wo Crick ihm eine andere Geschichte darüber erzählte, warum er nicht zu dieser Farce von Schulfest und dem Footballspiel ging.

„Ja, sie haben mich gefragt. Dieser Idiot von Arreguin hat so getan, als würde ich die Nationalgarde zu meiner Sicherheit brauchen, damit sie meinen schwulen Arsch nicht über die Schultür nageln. Ich wollte trotzdem gehen – nur, um auf dem Podium zu stehen und der ganzen Stadt zu zeigen, dass sie mich an meinem schwulen weißen Arsch lecken können …" Crick verstummte und konzentrierte sich darauf, die Zwiebeln zu hacken und an das Chili zu geben.

„Warum hast du dich anders entschieden?", fragte Shane neugierig. Crick senkte den Kopf und warf einen vorsichtigen Blick nach draußen. Deacon war immer noch mit dem Heu beschäftigt.

„Er hatte heute einen Gerichtstermin. Er hat vor Aufregung drei Pfund abgenommen und kann immer noch nicht richtig essen." Aha. Deshalb Chili mit Butterbohnen und Maisfladen und ein Kuchen im Backofen. Sie versuchten wieder, Deacon aufzupäppeln.

„Er steht nicht gerne in der öffentlichen Aufmerksamkeit", bemerkte Shane und Crick schüttelte sich.

„Nach seinem Schulabschluss, bevor ich zu Armee gegangen bin, sind wir mit Jon und Amy zu dem Fest gegangen. Die beiden haben beim Umzug mitgemacht, sind auf einem Wagen gefahren und haben den Leuten zugewinkt." Crick warf die Zwiebeln in den Topf und wusch sich die Hände. Dann rieb er sich die Augen ab, weil die Zwiebeln sehr stark waren und sie tränten.

„Wie auch immer … Amy war Homecoming-Queen, Jon der King und Deacon der Abschlussredner. Während die beiden Hof gehalten haben, hat er an meiner Seite gesessen und ist nicht ein einziges Mal aufgestanden, während die Leute gefeiert haben." Crick seufzte und rührte die Bohnen um, dann holte er gehackte Mandeln und Speck und warf alles in den Topf dazu. „Es war, als wäre er nie auf die Schule gegangen, wäre nie der beste Quarterback des Landes gewesen. Sie haben die Namen der Schüler aufgerufen und er hat sich nicht gerührt.

Wir drei waren die einzigen, die wussten, dass er schon zwei Tage vor der Rede vor Nervosität kotzen musste und Stunden vor der Kloschüssel verbracht hat. Sein Dad war kurz davor, die Schule zu bitten, einen anderen Redner zu bestimmen. Deacon hat es ihm ausgeredet, und als er dann seine Rede hielt, war ihm nichts mehr anzumerken. Aber Jon und Amy haben sämtliche Partys abgesagt, um mit mir und seinem Dad hierherzukommen. Wir haben alle so getan, als wäre nicht das Geringste los, nur, damit er sich wieder beruhigen konnte. Er hat eine absolute Scheißangst vor Menschen. Diese Gerichtstermine bringen ihn fast um, aber er hat sich nicht ein einziges Mal beschwert."

Shane legte ihm die Hand auf die Schulter. Es wunderte ihn, dass Crick die Geste akzeptierte.

„Er hat mir angeboten, mich zu dem Schulfest zu begleiten. Ich werde es ihm nicht ins Gesicht sagen, aber das kann ich nicht von ihm verlangen. Ich könnte ihm genauso gut gleich das Messer ins Herz stoßen. Stell dir nur vor, was passieren könnte, wenn er mitten unter all den Leuten steht und irgendjemand beleidigt mich. Wenn er selbst beschimpft wird, kann er das vielleicht noch wegstecken, aber nicht, wenn es um mich geht. Also bleibe ich zuhause und er auch. Aber du richtest Mrs. Thompson meine Grüße aus, ja? Sie ist eine fürchterlich nette Dame."

Crick ging in die Vorratskammer und holte etwas aus dem Kühlschrank. Shane wartete geduldig darauf, dass er wieder in die Küche kam. Cricks Worte hatten ihn nachdenklich gemacht. Die größten Opfer, die Menschen bringen konnten, waren manchmal die, von denen die Welt nie etwas erfuhr und die sie nie anerkannte. Vielleicht war es gerade das, was diese Opfer so bedeutend machte.

DAS SPIEL der jüngsten Mannschaft war in Ordnung. Der Gegner war nicht allzu gut und Levee Oaks gewann das Spiel, was auch in Ordnung war. Aber die beiden nächsten Spiele waren genau das, was Shane erwartet (befürchtet) hatte.

Es war seltsam. Auf den ersten Blick wirkte es so harmlos, so typisch Mittelklasse-Amerika. Aber Shane sah es mit anderen Augen. Er sah die Jungs, die heimlich Alkohol tranken und die Erwachsenen, die schon betrunken zu den Spielen erschienen. Er hörte die Beschimpfungen, die den Schiedsrichtern zugerufen wurden und sah das Posiergehabe der Spieler. Er merkte sich jeden einzelnen von ihnen, der vermutlich nach dem Spiel versuchen würde, seiner Freundin Alkohol einzuflößen und sie zum Sex zu zwingen.

Sicher, Shane sah auch die Begeisterung, die Schönheit des Sports und die gesunden Körper, die im Namen des Spiels Höchstleistungen vollbrachten. Er sah die Freude am Spiel. Aber es kam ihm nicht mehr so erfreulich vor, wenn es unter dem Druck der Öffentlichkeit stand und nur noch der Befriedigung der Zuschauer und ihrer Bedürfnisse diente. Er fragte sich, wie Deacon diesem Druck standgehalten hatte. Dann beobachtete er, wie der Wide Receiver einen spektakulären Ball aus der Luft holte, indem er den Körper eines gegnerischen Spielers als Sprungbrett benutzte. Vermutlich hatte Deacon die Zuschauer einfach ausgeblendet. Vielleicht war es für ihn so gewesen, als ob er ein Pferd vorführte – dann zählte nur, was im Ring passierte und die Welt außerhalb des Gatters verlor ihre Bedeutung.

In der Halbzeit des zweiten Spiels erfuhr er, warum Deacon und Crick den Direktor einen alten Idioten genannt hatten.

„Du wirst doch die abgesprochene und genehmigte Rede halten, Judith?"

Shane und Calvin lehnten an ihrem Dienstwagen, der deutlich sichtbar am Rand des Sportplatzes geparkt war. Dahinter stand ein zweiter Wagen. Die Kollegen waren ebenfalls ausgestiegen, um dem Spiel zuzusehen. Shane übersah eine Gruppe von Jugendlichen, die sich einschleichen wollten, ohne Eintritt zu bezahlen, als sein Blick auf eine junge Frau, etwa Anfang dreißig, und einen korpulenten Mann fiel. Der Mann war in den Fünfzigern, hatte ein blasses Gesicht und seine Brille war beschlagen. Die Frau trug ein buntes Kleid mit Batikmustern und eine braune, handgestrickte Jacke gegen die kühle Herbstluft. Ihre dunklen Haare waren hochgesteckt und einige Strähnen fielen ihr ins Gesicht. Der missmutige Ausdruck, mit dem sie den Mann ansah, wollte nicht zu ihr passen. Shane hatte den Eindruck, dass sie ein Mensch war, der viel und oft lächelte.

„Selbstverständlich, Mark", sagte sie zuckersüß. An Calvins Grinsen erkannte Shane, dass es selbst seinem Partner nicht entgangen war, dass die Frau dem Mann schamlos ins Gesicht log. Dem Mann selbst schien jedoch nicht das Geringste aufzufallen.

Die Frau klimperte mit den Augenlidern und ging auf das Spielfeld, wo einige Schüler ein improvisiertes Podium aufgebaut hatten. Dann wartete sie ab, bis der Ansager hinter dem Mikrofon ihren Namen aufrief.

„Und nun wird Mrs. Thompson unseren ehemaligen Schülern, die in der Armee gedient haben, eine Auszeichnung überreichen."

Der Applaus war ehrlich. Die Erwähnung ihres Namens weckte Shanes Interesse an der Frau. Das also war Mrs. Thompson. Er hatte sie sich älter vorgestellt.

Ihre Rede fing konventionell an. Sie ehrte drei junge Männer, die unter den Zuschauern saßen, und erhielt dafür erneut Applaus. Danach gab es eine Gedenkminute für den Jungen, der nicht mehr nach Hause gekommen war. Was dann passierte, brachte Shanes Welt ins Wanken.

Mrs. Thompson sah sich lächelnd um. „Aber das sind nicht die einzigen unserer Jungs, die in den letzten Jahren für uns Opfer gebracht haben, nicht wahr?", fragte sie die Zuschauer, die bei ihren Worten verstummten. „Nein. Ich war dabei, als unser Herr Direktor einen weiteren Soldaten, der für sein Land verwundet wurde, die Möglichkeit bot, heute zu uns zu kommen und seine Ehrung anzunehmen. Bedauerlicherweise mussten wir dem jungen Mann sagen, dass wir für seine Sicherheit nicht garantieren könnten."

Raunen war zu hören. Shane konnte genau erkennen, wo die Zuschauer saßen, die als erste erkannten, von wem die Rede war. Er erkannte auch, wer sich über Mrs. Thompsons Worte ärgerte und wer Schuldgefühle bekam. Er sah Crick und Deacons ehemalige Lehrerin voller Respekt und Hochachtung an.

„Ich möchte uns alle bitten, darüber nachzudenken, was das bedeutet. Ein Mann, ein ehemaliger Schüler und unser Mitbürger, hat sein Leben für uns riskiert. Aber wir können uns selbst nicht genug vertrauen, um für seine Sicherheit zu garantieren. Denn genau das haben wir gemeint, als wir mit Carrick Francis gesprochen haben. Wir konnten ihn vor uns, vor *Ihnen*, nicht beschützen. Jeder einzelne, der heute hier sitzt, hat Gerüchte verbreitet und schlecht über die zwei Männer gesprochen, hat ihre Arbeit sabotiert. Zwei Männer, die ihr ganzes Leben unter uns verbracht haben und immer nur Gutes getan haben."

„Scheiß Schwuchteln!", war ein Ruf aus dem Publikum zu hören. Mrs. Thompson blickte in die Richtung des Rufers und nickte mit grimmiger Befriedigung, als hätte der Mann ihr ein wichtiges Stichwort gegeben.

„Und genau das ist es, worüber ich hier rede, nicht wahr?", fuhr sie seelenruhig fort. Ihre klare Stimme durchdrang das betretene Schweigen auf den Zuschauertribünen wie ein Lichtstrahl die Dunkelheit. „Wir haben uns hier versammelt, um denjenigen zu danken, die in den Krieg gezogen sind und für unsere Freiheit gekämpft haben. Für eine Freiheit, die wir unseren eigenen Mitbürgern, den Mitgliedern unserer Gemeinschaft, vorenthalten. Ich bin den jungen Männern, die wir heute hier ehren, für ihren Dienst dankbar. Aber ich wünschte mir, wie könnten ihnen auch einen Dienst erweisen und ihnen zeigen, dass ihr Opfer nicht umsonst war. Mehr habe ich nicht zu sagen."

Sie verließ das Podium und ein verunsichertes Publikum. Sporadisch war Applaus zu hören, der dann langsam anschwoll und immer lauter wurde. Doch Shane war sich sicher, dass er nicht der einzige war, dem die vereinzelten Buh-Rufe auffielen, die sich in den Beifall mischten.

Shane warf Calvin einen auffordernden Blick zu und ging der Kunstlehrerin entgegen, die das Spielfeld verließ und auf sie zukam. Zu seiner Erleichterung schloss Calvin sich ihm an.

„Wohin wollt ihr denn?", rief ihnen Mike Williams von seinem Wagen aus nach.

Shane nahm in kaum zur Kenntnis. „Unsere Pflicht tun", murmelte er und hörte Calvin an seiner Seite leise fluchen.

„Dieser Idiot. Glaubt er wirklich, dass sie nach diesem Auftritt unseren Schutz nicht bräuchte?"

„Das war das Couragierteste, was ich jemals erlebt habe", sagte Shane. Calvin brummte zustimmend und Shanes Meinung über ihn besserte sich um einige weitere Punkte. Als sie Mrs. Thompson erreichten, nahmen sie die Kunstlehrerin zwischen sich und begleiteten sie über den Parkplatz zu ihrem Wagen.

„Hallo, meine Herren", begrüßte Mrs. Thompson sie und lächelte so strahlend, dass Shane genau wusste, warum sie bei ihren Schülern so beliebt war. „Womit habe ich mir diese Aufmerksamkeit verdient?"

„Deacon und Crick lassen Sie grüßen", sagte Shane. Sie sah ihn überrascht und dankbar an. Sie hatte sich vor ihrem Auftritt zurückhaltend geschminkt und aus der Nähe konnte Shane die Lachfalten in ihren Augenwinkeln erkennen.

„Ich freue mich, dass es ihnen gut geht", erwiderte sie. Hinter ihnen war ein lauter Knall zu hören und Shane musste sich nicht erst umdrehen, um zu wissen, dass jemand ihr eine leere Bierflasche nachgeworfen hatte. Calvin fluchte.

„Ich habe das Arschloch gesehen, Shane. Ich kümmere mich um ihn. Bring sie hier weg."

Sie waren mittlerweile bei ihren Dienstwagen angekommen und Shane schnauzte die beiden Kollegen wütend an, die nur in Zeitlupe auf die Bierflasche reagierten. „Ihr solltet vielleicht gelegentlich zeigen, wofür ihr bezahlt werdet, verdammt! Und Sie ..." Er drehte sich zu dem Direktor um, der Mrs. Thompson verärgert ansah. „... Sie sollten sich vielleicht hinter sie stellen, damit nicht jeder hier denkt, dass Ihre Schule es akzeptiert, dass Schwule drangsaliert werden! Das wäre doch wirklich eine Schande, nicht wahr?"

Mr. Arreguin warf einen Blick auf das Spielfeld, sah dann in Shanes wütendes Gesicht und machte sich auf den Weg zum Podium. Shane nahm die Lehrerin professionell am Arm. Als sie an dem Imbissstand vorbeikamen, hörte er, wie der Direktor hinter ihnen die Blaskapelle ankündigte. Sie spielten fürchterlich. Mrs. Thompson dirigierte ihn zu der Sporthalle hinter dem Spielfeld, wo sie erstaunlich ruhig einen Schlüssel aus der Tasche zog und das Büro des Trainers aufschloss.

„Wo parken Sie?", fragte Shane, während er ihr in das Büro folgte. Sie knipste das Licht an und er sah das übliche Büro, wie es für Sportlehrer offensichtlich Standard war.

„Auf der anderen Seite des Gebäudes", erwiderte sie. Shanes Funkgerät brummte. Calvin wollte wissen, wo er sich aufhielt. „Im Büro des Trainers. Wenn du draußen vorfährst, können wir die Dame zu ihrem Wagen bringen", antwortete er knapp.

„Verstanden, Shane. Aber wir haben noch die Punks in dem anderen Wagen sitzen und müssen erst auf Verstärkung warten, bevor ich hier wegkann."

„Ist alles in Ordnung bei euch?", fragte Shane nach. Die Hintergrundgeräusche waren zu laut, um sich selbst ein Bild von der Lage zu machen.

„Keine Sorge, Kumpel. Richte Mrs. Thompson meine Grüße aus und sage ihr, dass aus mir kein Idiot geworden wäre, ja?"

Mrs. Thompson hatte Calvins Bemerkung gehört und lächelte Shane an. Er sah sie fragend an. „Ich richte es ihr aus. Melde dich, wenn du von dort aufbrichst. Over."

Er schaltete das Funkgerät ab und die nette Lehrerin lachte leise. „Ich habe das Gefühl, Calvin bewegt sich manchmal hart an der Grenze zur Idiotie."

Shane lachte ebenfalls. „Dieses Gefühl habe ich schon, seit wir Partner sind", meinte er und sie grinste nur. Es gefiel ihm, wie selbstverständlich sie Worte wie ‚Idiot' benutzte.

Mrs. Thompson sah auf sein Namensschild. „Also, Officer Perkins ..."

„Sie können mich Shane nennen", unterbrach er sie und ihr Lächeln wurde noch freundlicher.

„Und du kannst mich Judy nennen, Shane. Ich wollte dich fragen, seit wann du schon in Levee Oaks bist. Ich kenne die meisten hier – sie kommen oft an der Schule vorbei –, aber dich habe ich noch nie gesehen."

Shane zog eine Grimasse. „Wahrscheinlich deshalb, weil ich Einsätze beim Football immer gemieden habe wie die Pest. Ich bin seit Ende April hier."

Judy sah ihn nachdenklich an. „Schade. Dann warst du einige Monate zu spät", meinte sie. „Deacon hätte im Februar einen Freund wie dich gebrauchen können."

Shane nickte. „Ja. Ich glaube, er hat sich immer noch nicht richtig davon erholt. Crick wäre heute wahrscheinlich gekommen. Aber Deacon hätte darauf bestanden, ihn zu begleiten, und das wollte Crick ihm nicht zumuten."

„Gott, die beiden sind wie füreinander gemacht", sagte sie, setzte sich respektlos auf den Schreibtisch und baumelte mit den Beinen. Shane war hingerissen.

„Wie Wölfe oder Adler", erwiderte er und wurde rot. *Mein Gott, Shane, sei nicht schon wieder so psychopathisch.* Aber Judith-nenn-mich-Judy Thompson lachte nur.

„Das stimmt", sagte sie leise. „Ich würde sie mit Pferden vergleichen, aber ich weiß, wie die sich bespringen. Kein sehr schöner Gedanke."

Shane verschluckte sie fast an seiner Zunge, so sehr musste er über ihren Vergleich lachen. Als er sie wieder ansehen konnte, war sie feuerrot im Gesicht.

„Tut mir leid", murmelte sie. „Manchmal rutscht es mir einfach so heraus."

Er grinste sie an. „Willkommen im Club. Mein Mundwerk sollte zum Katastrophengebiet erklärt und fristlos geschlossen werden."

Sie lachten beide. Die nächste halbe Stunde war sehr angenehm und Shane bedauerte es, als Calvin sich meldete, um ihm mitzuteilen, dass er jetzt auf dem Weg zu ihnen wäre. Er schüttelte mit dem Kopf, als sie ihn bedauernd ansah.

„Vielen Dank, Herr Officer. Du hast es fast zu einem Vergnügen gemacht, von den homophoben Arschlöchern bedroht zu werden. Das hätte ich nicht erwartet."

„Wirst du noch Ärger bekommen?", fragte er ernsthaft. Sie zuckte nur mit den Schultern.

„Ich habe eine Festanstellung, und die nutze ich aus. Hey …" Sie sah ihn verlegen an.

Shane war überrascht. In der letzten halben Stunde hatten sie über Bücher, Theater und öffentliche Mittel für die Schule gesprochen. Er konnte sich nicht vorstellen, warum sie plötzlich so nervös wurde.

Sie lächelte zurückhaltend. „Also, ich … ich habe mich noch nicht ganz von meiner Scheidung erholt, aber … täusche ich mich? Du, äh … du findest mich doch nett, oder?"

Er errötete und blickte blinzelnd zu Boden. Oh Gott. Es war ihm gar nicht aufgefallen, aber er hatte mit ihr geflirtet. Da redete er über Versprechen, und dann flirtete er mit dieser hübschen, ungebundenen und sehr netten Frau, und jetzt erwartete sie …

„Mein Gott, ich bin so dumm. Du bist mit Deacon und Crick befreundet und ich wollte nicht unterstellen ..." Sie redete Unsinn und es war ihr peinlich. Er wollte ihr nicht den Eindruck vermitteln, es sei ihre Schuld.

„Nein, nein!", rief er und lächelte sie freundlich an. „Nein, ich finde dich wirklich nett und ich habe einen opportunistischen Schwanz. Also das ist kein Problem, aber ..."

„Was ist dann das Problem?", wollte sie wissen. Seine Bezeichnung für seinen Schwanz schien ihr zu gefallen, denn sie wiederholte sie leise.

„Die Sache ist die ...", begann er verlegen und wurde wieder rot. „Mein Herz ist weniger opportunistisch und hat sich entschieden, jemandem eine Chance zu geben."

Zu seinem großen Erstaunen lachte Judy nur. Ihr Lachen war warm und ehrlich. Sie stand auf, ging auf ihn zu und küsste ihn auf die Wange.

„Hast du ein Handy, Shane Perkins?"

Shane nickte und zog es aus der Tasche. Sie nahm es ihm ab und gab ihre Nummer ein.

„Die Sache ist die ...", wiederholte sie seine Worte, während sie die Tastatur bearbeitete. „Ein Mann mit einem opportunistischen Schwanz und einem Herz, das auf seine Chance wartet, ist es wert, dass man sich in die Warteschlange einreiht. So." Sie gab ihm das Handy zurück. „Warte deine Chance ab. Falls nichts daraus wird, kannst du mich anrufen, ja?"

Shane sah auf ihren Eintrag in seinem Adressbuch. Unter Name hatte sie ‚Für den Fall' eingetragen. Er lachte.

„Du wirst mir doch nicht böse sein, wenn ich es nur benutze, um dich zum Essen bei Deacon einzuladen, oder? Auch dann, wenn aus meiner Chance was wird? Ich glaube, sie würden sich sehr freuen, wenn du kommst."

Judy wusste, was sie in ihm verloren hatte. Sie lächelte etwas traurig und tätschelte seine Wange. „Wie nett. So ein guter Mann. Ich glaube, du hast dir den falschen Beruf ausgesucht, Officer. Aber ich komme gern mit dir zu Deacon und Crick. Ich würde mich sogar freuen ..." Sie sah ihn fragend an. „... ihn oder sie kennenzulernen."

„Ihn", bestätigte Shane.

„Ich würde mich freuen, ihn kennenzulernen und ihm zu sagen, was er für ein verdammter Glückspilz ist."

In diesem Augenblick klopfte Calvin an die Tür und ihr trautes Beisammensein im Büro des Trainers war zu Ende.

7

„Wounded deep in battle, I stand stuffed like some soldier undaunted ..."
Bruce Springsteen, *For You*

MIKHAIL GAB gerade seine letzte Unterrichtsstunde für diesen Tag, als das Telefon auf dem Schreibtisch klingelte. Er wäre vor dem Tanzspiegel fast über sein Herz gestolpert, das ihm plötzlich vor die Füße zu fallen schien.

Noch peinlicher wurde es, als die Siebenjährigen, die er unterrichtete, sein Stolpern nachmachten, weil sie es für eine Schrittfolge hielten. Ihm blieb nichts anderes übrig, als die Musik abzuschalten. Mit einem gezwungenen Lachen wandte er sich seinen Schülern zu und erklärte ihnen, dass es zwar lobenswert sei, ihm alles nachzumachen, er in diesem Fall aber einen Fehler gemacht hätte.

Zu seiner Überraschung sahen ihn die elf Gesichter ehrfurchtsvoll an.

„Aber Sie machen nie Fehler, Herr Bayul", flüsterte Lily, seine Lieblingsschülerin. Sie hatte braune Augen und lange, blonde Locken, die ihr in Pferdeschwänzen über die Ohren fielen.

Dieses Mal war Mikhails Lachen ehrlich gemeint. „Aber natürlich mache ich auch Fehler, *Malenkaja*. Zum Beispiel hätte ich euch nicht anlachen dürfen, weil ihr jetzt denkt, die Stunde wäre schon zu Ende. Also los, dritte Position!"

Sofort drückten seine Schüler die Rücken durch und fielen in die verlangte Position zurück. Ihre kleinen Gesichter waren ernst, aber sie sahen Mikhail mit glänzenden Augen an. Er kam gut mit seinen jungen Schülern zurecht. Wenn er sich ernst gab, gaben sie sich höflich und gehorsam. Und da er gut war im ernst wirken, waren ihre Unterrichtsstunden sehr produktiv und machten allen Spaß.

Mikhail hatte alles aus seinen Kursen verbannt, was ihn an den Tanzunterricht seiner Kindheit erinnerte. Kein Befehlston, keine Beschimpfungen und keine in Tränen aufgelöste Schüler, keine groben Hände, die ihnen die Glieder verbogen, bis sie vor Schmerz schrien. Mikhail hatte mit den Kindern ganz von vorne angefangen.

Wie sich herausstellte, liebte er den Tanz als Lehrer für seine kleinen Schützlinge mehr, als er ihn als Kind selbst geliebt hatte, und das wollte einiges heißen. Er konzentrierte sich wieder auf seine Aufgabe und verdrängte alle störenden Gedanken an Shane.

Er hätte es besser wissen müssen, als sich der falschen Hoffnung auf Shanes Gesellschaft hinzugeben.

Als die Stunde um war, verabschiedete er sich von seinen Schüler (die seinen Gruß mit ernsten Mienen erwiderten) und nickte den Eltern höflich zu. Nachdem alle gegangen waren, warf er einen Blick auf das Telefon. Er wollte die Nachricht nicht hören. Nicht jetzt.

Shanes erste Nachricht war eine schöne Überraschung gewesen, obwohl sie ihm mitteilte, dass Shane erst eine Woche später zu Besuch kommen könnte. Mikhail hatte nicht erwartet, jemals wieder etwas von ihm zu hören. Es hatte ihn zwar etwas traurig gemacht, aber er kannte die Welt und hatte deshalb nicht mit einem Anruf gerechnet.

Die zweite Nachricht sagte, Shane käme am Mittwoch nach der letzten Tanzstunde vorbei. Sie hatte Mikhail schon etwas zuversichtlicher gestimmt. In Shanes warmer Stimme lag ein Versprechen, das verbotene Hoffnungen weckte.

Erst als das Telefon eben wieder geklingelt hatte, war Mikhail bewusst geworden, wie sehr er sich von dieser Hoffnung hatte verführen lassen. Es musste eine Absage sein, sonst hätte Shane nicht angerufen. Mikhail hatte keinen der beiden früheren Anrufe erwidert. Warum sollte ein Mann wie Shane – ein gut aussehender Mann mit Familie und Freunden – seine Zeit mit einem Versager wie Mikhail vergeuden? Es musste eine Absage sein.

Mikhail wollte es nicht hören, wollte sich seine zerstörten Hoffnungen nicht laut bestätigen lassen. Er drückte entschlossen die Schultern durch und ging zur Stereoanlage, um seinen iPod zu programmieren. Etwas Zorniges, etwas, das von verratenen Versprechen erzählte. Kurz darauf dröhnte Pat Benatars Stimme aus den Lautsprechern.

Mikhails Tanz war wütend. Die Verletzung aus seiner Jugend war in den Jahren, in denen er nicht getanzt hatte, verheilt. Er spürte die Schmerzen noch, wenn es kälter wurde, und wenn er sich zu sehr anstrengte, brauchte er einen Stützverband. Aber im Großen und Ganzen erfüllte das Knie seine Dienste. Heute Abend war ein solcher Tag. Seine Sprünge kamen perfekt und er legte alle Kraft in ihre Ausführung. Er sprang und drehte sich, versuchte sogar einen Überschlag. Es fiel ihm schwerer als früher, aber er ließ sich durch die Schmerzen in seinem Handgelenk nicht abhalten. Sein Tanz war bitter und enttäuscht und wütend, aber im Inneren war er die Ruhe selbst, das Auge des Sturms, der Mann mit dem Herz aus Eis.

And you try to be hart but your heart says to try again ...

Das Lied kam zu seinem fulminanten Abschluss und Mikhail nahm keine Rücksicht auf den Körper, mit dem er seinen Lebensunterhalt verdiente. Er war allein, niemand konnte sehen, ob er versagte oder nicht, als er mit versteinertem Gesicht eine Pirouette nach der anderen drehte. Er wollte nicht mehr damit aufhören, bis er die Enttäuschung endlich hinter sich gelassen hatte, die ...

Vier Takte vor Schluss drehte er den Kopf und sah in den Spiegel an der Wand.

Drei Takte vor Schluss, er hatte gerade zur nächsten Pirouette angesetzt, erkannte er das Gesicht, dass ihn im Spiegel ansah. Die ruhigen, braunen Augen folgten jeder seiner Bewegungen.

Als der letzte Ton verhallte, stolperte Mikhail zum zweiten Mal an diesem Abend. Dieses Mal stand er Shanes Spiegelbild gegenüber. Shane sah ihn mit bewunderndem Blick an. Offensichtlich hatte er schon einige Zeit vor der Tür gestanden und ihm durch die Glasscheibe beim Tanzen zugesehen.

Mikhail hockte keuchend und mit schweißnassen Haaren auf dem Boden und sah Shane von unten an. „Du bist gekommen", wisperte er.

Shanes Mund – es war ein schmaler, aber sehr ausdrucksstarker Mund – verzog sich zu einem liebevollen Lächeln. Trotz der lauten Musik und des Straßenlärms, der durch die geschlossenen Fenster drang, konnte Mikhail ihm jedes Wort von den Lippen ablesen. „Es tut mir leid, dass ich mich verspätet habe."

Vielleicht sollte ich das nächste Mal doch den Anrufbeantworter abhören, bevor ich tanze, bis ich vor Schwitzen zerfließe. Ja. Ja, es gibt immer einen besseren Weg, das zu erreichen.

Mikhail erhob sich so würdevoll wie möglich und ging zu der geschlossenen Glastür, um Shane einzulassen. Shane kam in den Raum und schaute sich neugierig um. Er lächelte, als er die Ballettschuhe sah, die an Haken mit den Namensschildern der Schüler an der Wand hingen. Es waren die Schuhe der Schüler, die sich einen Soloauftritt erarbeitet und die Schule abgeschlossen hatten.

„Es tut mir leid, dass ich mich verspätet habe", wiederholte Shane, ohne Mikhail anzusehen. Mikhail nahm ein sauberes Handtuch vom Stapel und wischte sich damit übers Gesicht und die Haare. Er wünschte, er hätte ein frisches Hemd in seinem Fach. Aber er war zum Unterrichten gekommen und nicht, um verschwitzt in sein bestes Hemd zu wechseln.

„Ich dachte, du würdest nicht mehr kommen", gab er zu und hoffte, das Handtuch würde die Gefühle verbergen, die sein reinigender Tanz in ihm hinterlassen hatte.

Shane sah ihn überrascht an. „Wie kommst du denn auf die Idee? Ich habe dir doch eine Nachricht hinterlassen."

Mikhail zuckte mit den Schultern. „Ja, ich weiß. Ich habe sie nicht abgehört. Ich dachte … Warum hast du dich verspätet?"

Shanes Blick sagte alles. Er wusste ganz genau, warum Mikhail die Nachricht nicht abgehört hatte und dann so schnell das Thema wechselte. Aber Shane seufzte nur. Er ignorierte Mikhails scharfen Blick und zuckte ebenfalls mit den Schultern.

„Ich musste meine Katze einschläfern lassen", antwortete er betreten. Mikhail zog fragend die Augenbrauen hoch.

„Wie bitte?" Das hätte er nicht erwartet.

„Eine meiner Katzen. Sie war schon alt, als ich sie aus dem Tierheim geholt habe. Ich bin vom Dienst zurückgekommen und die arme Judi Dench sah gar nicht gut aus. Ihre Nieren haben versagt – einfach so. Ich musste sie einschläfern lassen." Shanes verzog keine Miene, aber Mikhail konnte es ihm trotzdem ansehen. Der große Mann mit der warmen, tiefen Stimme hatte seine Katze geliebt.

„Ich wollte nicht damit warten und sie noch länger leiden lassen. Das wäre nicht richtig gewesen, verstehst du?"

Mikhail nickte. „Mann, so ein Mist", sagte er, als seine Stimme wieder funktionierte. „Wie kann ich dir jetzt noch böse sein für die Verspätung? Das ist nicht fair von dir." Er drehte sich um und warf das Handtuch in den Wäschekorb. Anna, seine Chefin, hatte einen Reinigungsservice, der jeden Morgen die Schmutzwäsche einsammelte. „Selbst schmollen kann ich deswegen nicht." Er warf Shane einen gereizten Blick zu. „Du hättest wenigstens genug Anstand haben können, dich mit einem platten Reifen zu entschuldigen. Oder einfach unpünktlich sein können, weil du ein unsensibler Bastard bist. Aber so? Du hinterlässt eine Nachricht mit einer absolut nachvollziehbaren Erklärung, und ich stehe da wie ein Idiot. Wie soll ich dich jetzt noch zurückweisen?"

Zu seiner Erleichterung brach Shane in ein liebenswertes Grinsen aus. „Du sollst mich gar nicht zurückweisen. Du sollst mit mir zum Abendessen gehen. So sind die Regeln."

Mikhail holte errötend die Jacke von dem Kleiderhaken hinterm Schreibtisch. „Das ist wirklich nicht nötig. Es reicht, wenn du mich nach Hause bringst."

„Willst du mich einladen, mit dir einen Film anzusehen?", fragte Shane dreist. Mikhail brach wieder in Schweiß aus.

„Nein", antwortete er und schüttelte den Kopf, um Shanes Blick ausweichen zu können. „Ich würde ja gerne, weißt du? Wir haben *Oben* gekauft und ich habe ihn noch nicht gesehen. Aber meine Mutter ... Ihre Gesundheit ist nicht die beste. Ich müsste sie auf deinen Besuch vorbereiten, ihr etwas Hübsches anziehen und ihren Turban richten. Das ... das dauert immer recht lange." Er dachte darüber nach, wie es wäre, seine Mutter auf einen Besuch vorzubereiten. Und dann würde sie feststellen, dass der Besuch männlich wäre. Sie wäre enttäuscht darüber, und das konnte er nicht ertragen.

Shane nickte. „Na, dann musst du eben doch mit mir zum Essen ausgehen. Du kannst dir ein Restaurant aussuchen."

Mikhail seufzte. Er war normalerweise ein stolzer Mann. Aber nach dem, was er Shane alles unterstellt hatte, war er es ihm einfach schuldig, die Einladung anzunehmen. Außerdem war er zuhause für die Mahlzeiten zuständig und seine Mutter konnte seine Kochversuche kaum noch ertragen. Er würde die Einladung annehmen. Für seine Mutter, wie er sich fest versicherte.

„Können wir meiner Mutter etwas mitbringen?", fragte er verlegen. „Sie liebt die Gerichte von *Panda Express*. Vielleicht schafft sie es heute, das Essen im Magen zu behalten."

Mikhail gefiel Shanes Auto. Der Motor brummte bei der Fahrt tief vor sich hin, es war groß und schwer und fühlte sich sicher an. Es war auch bequem, nicht so wie die modernen Autos, die kühl und funktional wirkten. Shanes Auto hatte warme, schwarze Ledersitze, die nicht durch eine störende Konsole voneinander getrennt wurden. Er konnte ganz nahe bei Shane sitzen.

„Deine Katze hieß also Judi Dench?", fragte er, während Shane in die Sylvan Road einbog.

„Ja. Sie sind alle nach Filmstars benannt."

„Warum auch nicht. Wenn sie sowieso mit dir schlafen …"

„Genau!", rief Shane aufgeregt. Er drehte sich zu Mikhail um und sah ihn begeistert an. Mikhail zuckte nur mit den Schultern. Es war doch nur logisch. Und außerdem mochte er Katzen. Er konnte sie verstehen. Wenn in ihrem Haus Tiere erlaubt wären, hätten er und seine Mutter auch Katzen.

Shane wurde wieder nüchtern. „Es war mir nicht klar, wie alt sie wirklich schon war. Ich mochte sie sehr gern. Sie hat sich aufgeführt wie eine königliche Hoheit. Am Anfang war ich mir nicht sicher, ob ich Katzen halten kann. Aber das Tierheim hat gemeint, ich hätte schon genug Hunde, und wenn ich schon immer wieder vorbeikommen würde, sollte ich es doch mit einer Katze versuchen. Die alte Judi war ganz allein, weil ihr Frauchen noch älter war und gestorben ist. Judi hat nur einen ruhigen Platz gebraucht, an dem sie ihre Tage verbringen konnte. Und als wir bei mir zuhause waren, habe ich gemerkt, dass sie sich einsam fühlt, wenn ich auf der Arbeit bin. Deshalb habe ich die anderen Katzen geholt. Damit Judi eine Familie hat."

Shane kannte sich in der Gegend offensichtlich aus, denn er fuhr umsichtig und sicher, obwohl er sich mit Mikhail unterhielt. Doch dann verstummte er. Vermutlich war ihm das Thema – seine Katze – peinlich, denn er errötete. Mikhail fand es süß, aber auch dumm.

„Nun", erwiderte er einige Sekunden später etwas unbeholfen, „Ich bin froh, dass du trotzdem gekommen bist." Mist. Shane hatte für seine Ehrlichkeit mehr verdient. „Ich wäre sehr enttäuscht gewesen, wenn du es nicht geschafft hättest."

Sie standen an einer Ampel und Shane drehte sich grinsend zu ihm um. Er sah so lieb und strahlend aus, dass Mikhail den Blick abwandte. „Aber jetzt reicht es mit den Nettigkeiten", meinte er schmollend, obwohl er sich dabei vorkam, wie ein kleiner Rotzbengel. „Es ist, als würde man eine Katze füttern." Shanes leises Lachen zeigte ihm überdeutlich, dass er durchschaut wurde.

„Yup", meinte Shane und bog nach rechts ab in die Sunrise Road mit ihren kleinen Läden. „Zu spät, Mickey. Du hast mich schon angefüttert. Jetzt wirst du mich nicht mehr los."

Mikhail strahlte. „Soll das heißen, es gibt Sex?" Er wäre am Wochenende beinahe auf Bretts Angebot eingegangen, aber zwei Überlegungen hatten ihn zurückgehalten. Erstens, dass Brett es ernster meinte als Mikhail. Es wäre mehr gewesen als ein Quickie im Zelt, um die Spannung abzubauen.

Der zweite Punkt war … die Hoffnung, die wie eine Droge durch seine Adern floss. Und nichts fühlte sich besser an, als in dem dunklen Wagen zu sitzen mit einem Mann, der trotz aller Hindernisse heute Abend seine Verabredung eingehalten hatte.

Shane stöhnte. „Nicht sofort", sagte er mit einem leisen Jammern in der Stimme. „Jedenfalls nicht heute Nacht."

„Warum nicht?" Mikhail sah sich um. Das Innere des Autos war nicht allzu geräumig, aber er war sich sicher, dass man die Rücksitze umklappen konnte.

Shane fuhr auf den Parkplatz des *Panda Express* und warf Mikhail einen wissenden Blick zu. Zu seinem Schrecken wurde Mikhail rot, weil er sich ertappt fühlte. Er wurde nie rot, wenn es um Sex ging. Nie. Der Mann mit dem Herz aus Eis wurde nicht rot. Oder?

„Ich dachte nur ...", stammelte er und fragte sich, woher das Zittern in seiner Stimme kam. „Du weißt doch ... du hast es bewiesen. Du bist kein One-Night-Stand. Wir können jetzt Sex haben."

„Mhmm." Shane nickte und fuhr ihm mit dem Finger übers Kinn. Eine harmlose Berührung. Mikhails Hand fing zu zittern an, als er die Autotür öffnen wollte. „Ich habe noch nicht gegessen. Ich denke, dabei sollten wir es heute belassen und den Rest aufheben bis zum nächsten Mal." Er rieb mit dem Daumen über das Grübchen in Mikhails Kinn und stieg dann aus.

Mikhail blieb noch einen Augenblick sitzen. Er hätte fast vergessen, Luft zu holen. Dann folgte er Shane, der geduldig auf ihn wartete, und sie gingen zusammen ins Restaurant.

„Wann wird es deiner Mutter wieder besser gehen?", fragte Shane einige Minuten später.

Mikhail hätte sich fast an dem Brokkoli verschluckt. „Gegen Februar. So lange hat sie noch ungefähr zu leben." Er studierte den Plastikteller vor sich auf dem Tisch.

Nach einigen Sekunden sah Mikhail auf. Shane hatte kein Wort gesagt und schaute ihn nur an. Dann bewegte er lautlos die Lippen: „Es tut mir leid."

Mikhail zuckte mit den Schultern. „Ihr auch. Sie hatte große Pläne, ihre Enkel noch zu erleben. Du verstehst, was ich meine." Die Überraschung war Shane deutlich anzusehen.

Mikhail seufzte. Offensichtlich war heute die Nacht der Wahrheiten, und das schlug ihm auf die Laune. Er fühlte sich nicht wohl dabei, aber er fühlte sich dem Mann ... *verpflichtet*, so hieß das Wort. Immerhin hatte Shane sein Versprechen gehalten, obwohl Mikhail nur das Schlimmste von ihm gedacht hatte.

„Es ist ein Spiel zwischen uns", gab er zu und beäugte die Spieße, die Shane für sie beide bestellt hatte. Shane legte zwei davon auf Mikhails Teller. „Danke", murmelte Mikhail und dippte sie in die süßsaure Soße. Sie hätten ruhig etwas mehr Schärfe vertragen können.

„Ein Spiel?", fragte Shane leise. Mikhail schluckte erst, bevor er auf die Frage antwortete.

„Sie weiß über mich Bescheid. So, wie wir beide gelebt haben, hätte es sich niemals verheimlichen lassen. Aber ..." Er musste lächeln. „Man muss Russe sein, um es zu verstehen. Niemand kann sich um einen Mann so kümmern, wie eine gute Frau. So denkt sie. Sie will mich nicht alleinlassen, deshalb haben wir diese Fantasie, in der ich ein nettes Mädchen finde – sie muss nicht unbedingt Russin sein –, das für mich kocht und wäscht und meine Kinder bekommt, sodass ich nicht allein bin."

Shane nickte und kaute nachdenklich. Er aß viel, aber trotzdem kam er Mikhail dünner vor, als vor einigen Wochen auf dem Festival. Mikhail schniefte. Dummer Mann. Das war wirklich nicht nötig.

Die Stille war ihm unangenehm. „Du denkst wahrscheinlich, dass ich für amerikanische Verhältnisse ziemlich hinterm Mond lebe", sagte er würdevoll. Shanes Überraschung tat ihm gut.

„Nein, ganz und gar nicht." Shane trank einen Schluck Limonade. Er wirkte immer noch nachdenklich. „Aber ich ..." Jetzt sah er verlegen aus. „...ich dachte nur an meine und Kimmys Mutter. Sie war eigentlich fast nie für uns da, weißt du? Kimmy wollte einen Entzug machen und Mom hat ihr Geld geschickt. Mehr hat sie nie getan. Wir brauchten Aufmerksamkeit, und sie hat Kimmy zum Tanzen angemeldet, wo sie ihre Aufmerksamkeit bekam. Dad wollte perfekte kleine Schüler, und wir haben uns Mühe gegeben. Es gab keine Sorgen, aber auch keine Fantasien. Außer den Fantasien, die Kimmy und ich – jeder in seinem eigenen Zimmer – hatten, dass irgendjemand sich vielleicht doch für uns interessieren könnte."

Shane nahm noch einen Bissen von seinem Spieß und sah nickend durch das Fenster auf den großen Parkplatz. „Es tut mir leid, dass deine Mom so krank ist, Mickey. Aber ich bin trotzdem neidisch auf dich. Du hast jemanden, der dich nicht allein lassen will. Das ist eine gute Sache, nicht wahr?"

Mikhail griff nach seiner Gabel (er konnte nicht mit Stäbchen essen) und stellte fest, dass seine Hände schon wieder zitterten. Er nickte stumm, kaute und versuchte, normal zu atmen. Er wollte an etwas anderes denken, egal, an was. Nur nicht an den Mann gegenüber mit seinen schmerzhaften Einsichten.

„Du hast recht", sagte er schließlich, die Augen immer noch auf den Teller gerichtet. „Manchmal sind selbst leere Versprechen wichtig. Manchmal ist die Fantasie genauso ein Beleg für Liebe, wie die Realität." Er kam sich so dumm vor. Es war ... unhöflich, so über Gefühle zu reden.

„Genau", stimmte Shane ihm mit einem ernsten Kopfnicken zu. Mikhail sah ihn mit glänzenden Augen an und musste kämpfen, um sich nicht zu verschlucken. „Was ist?", fragte Shane besorgt, als hätte er Angst, etwas missverstanden zu haben.

Mikhail schüttelte den Kopf. Wie sollte er es erklären? Kimmy hatte gesagt, er sollte ihren Bruder ernst nehmen. Was sollte Mikhail mit einem Mann anfangen, der ihn mit jedem Wort genau ins Herz traf?

„Du hast recht. Du hast so recht, dass ich mich schon besser fühle", antwortete er mit unsicherer Stimme. Shane wurde schon wieder rot.

„Es tut mir leid. Ich will dich nicht aushorchen. Soll ich dich nach Hause bringen?"

„Nein!" Mikhail konnte nicht glauben, dass der Aufschrei aus seinem eigenen Mund kam. Er fühlte sich ausgetrickst. Erst ging es nur darum, dem netten Mann etwas Zeit zu schenken, damit er sich nicht schlecht fühlte. Und dann endete es damit, dass er sich wünschte, die Zeit würde stillstehen und dieser Augenblick nie mehr enden. *Genau wie auf dem Festival*, dachte er jämmerlich. Es sollte nur einen Herzschlag lang dauern. Es sollte nicht so weitergehen. Es *konnte* nicht so weitergehen. Nichts Gutes dauerte ewig. „Ich meine nur", fuhr er errötend fort, „dass es nicht eilig ist. Meine Mutter muss erst in einer Stunde essen, wir haben also noch Zeit."

Mikhail beobachtete Shanes Reaktion. Er nickte entschlossen, als er die Mischung aus Überraschung und Zufriedenheit in Shanes Miene erkannte.

„Aber vielleicht sollten wir von hier verschwinden. Es ist nicht sehr gemütlich." Seine Mutter liebte das Essen von *Panda Express* zwar, aber es war kalt und laut hier. Shane teilte seine Meinung.

„Im Buchladen ist ein *Starbuck's*. Hast du Lust auf Kaffee?" Shane hörte sich so begeistert an, dass Mikhail ihn nur hilflos ansah. Der Mann war der leibhaftige Satan, voller Verführung und unwiderstehlich. *Was soll schon passieren? Du wirst ihn mit deiner Ehrlichkeit erschrecken und alles ist vorbei. Du kannst ihn nicht an dich binden, auch nicht mit Sex.*

„Ein extra großer Mokka mit viel Milch", sagte Mikhail und richtete sich erwartungsvoll auf. Shane lächelte warmherzig und kleine Lachfältchen erschienen in seinen Augenwinkeln.

„Abgemacht. Ich mag lieber Karamell." Er nahm die braune Lederjacke von der Stuhllehne und zog einen hübschen, handgemachten Schal aus dem Jackenärmel. Sie bezahlten, verstauten Ylenas Abendessen im Auto und gingen über den Parkplatz zur Straße.

„Das ist ein schöner Schal", meinte Mikhail bewundernd. Die Lederjacke sah sehr teuer aus, was nicht recht zu Shane passen wollte. Trotz seines Geldes wirkte er auf Mikhail nicht wie ein Mensch, der verschwenderisch lebte und sich viel Luxus gönnte. Aber der Schal war eine andere Sache. Er war bei weitem nicht perfekt, hatte ungleichmäßige Kanten und einige Fäden waren nicht richtig verwahrt. Aber es war Mitte Oktober und die Nächte wurden kalt. Mikhail beneidete Shane um den Schal.

Shane lächelte schüchtern und strich über die braunmarmorierte Wolle. „Er ist ein Geschenk von Benny, Cricks kleiner Schwester. Ich habe ihr von meinem Dienst während des Footballspiels erzählt und sie meinte, es wäre schon recht kalt. Dann hat sie übers Wochenende den Schal für mich gestrickt. Es war so nett von ihr, dass ich ihr versprochen habe, ihn zu tragen."

„Er sieht warm aus", gab Mikhail neidisch zu. Kaum hatte er sich versehen, lag der Schal schon um seine Schultern und wurde unter den Kragen seiner Jeansjacke gesteckt. Erst hatte er keine Zeit, dagegen zu protestieren, dann wollte er es nicht mehr. Der Schal war weich und vorgewärmt durch Shanes Körperwärme (etwas zu warm, wie Mikhail feststellte, denn Shane schien sich ohne den Schal wohler zu fühlen). Aber er roch nach ... hmm ...

„Du hast das Parfüm benutzt", sagte Mikhail verträumt und steckte den Schal und die Wärme und den Duft in seine Jacke. Das war Shanes Duft, um ihn gewickelt mit Zedern zum Schutz, Kamille zum Wohlfühlen und großem, verschwitztem, schokosüßem Mann ... Oh Gott, das war besser als jede Droge, und damit kannte Mikhail sich aus.

Shane wurde rot. „Na ja, du hast es mir schließlich geschenkt, nicht wahr?"

Mikhail nickte, zu sehr in den Schal und die Wärme versunken, um etwas zu sagen. Aber er war geschmeichelt. Er war sogar mehr als geschmeichelt – er war bezaubert wie ein kleines Kind. Er hatte Angst davor, den Mund aufzumachen, weil seine Selbstsicherheit ihn im Stich zu lassen drohte und er Shane wahrscheinlich angebettelt hätte, mit ihm nach Hause zu kommen.

Shane fing an, Mikhail über das Footballspiel zu erzählen und über die mutige Frau, die für Shanes Freunde eingestanden war. Es lag eine gewisse Bewunderung in Shanes Stimme, die Mikhail nicht gefiel. Er sah ihn scharf an. „War sie hübsch, die Lehrerin?"

Der Seitenblick aus Shanes braunen Augen trug ebenfalls nicht zu Mikhails Beruhigung bei. „Ja. Ja, sie war hübsch."

„Und Single."

„Oh ja."

„Dann muss sie verrückt gewesen sein", erklärte Mikhail, ohne über seine Worte nachzudenken. „Sonst hätte sie sich dich geschnappt."

Shane musste ein breites Grinsen unterdrücken und Mikhail hätte sich am liebsten in den Hintern getreten. Mein Gott, er war offenen Auges in die Falle getapst. „Wer sagt denn, dass sie es nicht versucht hat?"

Mikhail zog den Schal um sich und verschränkte die Arme vor der Brust. „Nun, dann solltest du mit ihr ausgehen. Sie passt wahrscheinlich besser zu dir. Ich kann mir vorstellen, dass sie einen Mann braucht, der sich um sie kümmert. Ich brauche niemanden."

„Natürlich nicht." Mikhail konnte Shanes Tonfall nicht interpretieren. Vielleicht amüsierte er sich ja, aber seine Stimme klang so gelassen, dass Mikhail sich nicht sicher sein konnte.

„Also gehst du mit ihr aus?" Mikhail kam sich sehr großzügig vor. Dieses Zwischenspiel würde enden mit der Erinnerung an einen göttlichen Duft und der Gewissheit, dass Shane glücklich werden würde. Mikhail warf dem großen Mann an seiner Seite einen verstohlenen Blick zu. Shane hatte es verdient, glücklich zu werden.

„Nein", erwiderte Shane, und plötzlich fühlte Mikhail einen starken Arm, der sich um seine Schultern legte. Es hatte nichts mit Sex zu tun, aber es war sehr, sehr persönlich. Mikhail versuchte, seine Schritte an Shanes anzupassen (was nicht sehr einfach war, denn der Mann war über einsachtzig groß. Es war unfair). Dann lehnte er sich etwas zur Seite, um den Arm nicht zu verlieren.

„Nein?" Diese beschissene Hoffnung. Sie würde ihn noch umbringen.

„Nein. Ich habe ihr gesagt, dass ich einen opportunistischen Schwanz habe und ein Herz, das auf seine Chance wartet. Und dass diese Chance nicht sie ist." Shanes klang so selbstzufrieden, dass Mikhail fast in Versuchung geriet, den Arm von seinen Schultern abzuschütteln. Aber nur fast.

„Dann ist sie eine sehr dumme Frau. Sie hätte sich mehr Mühe geben sollen."

„Das hat sie", sagte Shane leise. „Sie hat ihre Nummer in mein Handy eingegeben. Unter ‚Für den Fall'. Ich habe ihr gesagt, dass ich sie gerne zu Deacon zum Abendessen mitnehmen würde, weil sie eine Freundin ist. Sie schien es zu verstehen."

Ich wünschte, ich würde es auch verstehen. Aber das sagte Mikhail nicht laut. Die Worte blieben in seinem Kopf zurück, bis das weitere Gespräch ihre leise Stimme übertönte.

Sie schlenderten mit ihrem Kaffee in der Hand durch den Buchladen. Mikhail ging zu den Reiseführern und zog einen Bildband über Mexiko aus dem Regal. Als er den Preis sah, seufzte er resigniert. „Das würde meiner Mutter gefallen", meinte er. „Aber die wirkliche Reise wird ihr noch besser gefallen."

Shane nahm das Buch und blätterte es durch. „Ihr wollt nach Mexiko?"

„Gott, ja. Jedenfalls hoffe ich es." Und dann verlor Mikhail tatsächlich den Verstand, denn er erzählte Shane alles über sein dummes Versprechen. „Seit wir hier angekommen bin, habe ich meiner Mutter zwei Versprechen gegeben", sagte er am Ende seiner Geschichte. „Das erste war, mich von der Straße und den Drogen fernzuhalten. Das zweite, dass ich sie vor ihrem Tod in ein Land bringe, wo sie in der Sonne baden kann." Er schüttelte den Kopf. „Wenn ich ihr das erste Versprechen nicht gegeben hätte, müsste ich nur ein Wochenende arbeiten, um das zweite zu erfüllen."

Shane war so baff, dass er stolperte und sich an seinem Kaffee verschluckte. Mikhail sah ihn erschrocken an und hätte sich am liebsten die Zunge abgebissen.

„Es war ein Scherz!", rief er verzweifelt, während Shane sich vorbeugte und hustete, um den Kaffee aus der Luftröhre zu bekommen.

„Gott sei Dank!", brachte er dann heraus, aber Mikhail hörte nicht auf, ihm auf den Rücken zu klopfen. „Autsch! Du bist verdammt stark."

„Sorry!" Mikhail hörte sofort auf und fing an, Shane zwischen den Schulterblättern zu massieren. Shane sagte nichts mehr und sein Atem ging wieder regelmäßiger. Dann fing er an zu keuchen und richtete sich abrupt auf.

„Danke", sagte er barsch und trat einen Schritt zur Seite.

„Ich habe dich beleidigt", erwiderte Mikhail unglücklich und sah zu, wie Shane sich mit steifen Schritten weiter entfernte. „Siehst du? Ich kann eben nicht mit Menschen umgehen. Du wirst wieder gehen und die Lehrerin anrufen, und die weiß, wie …" Er verstummte, weil Shane stehengeblieben war, sich zu ihm umdrehte und auf ihn zuging. Eine Mischung aus Verzweiflung und Freude lag in seinen Augen.

Er blieb vor Mikhail stehen. Mikhail hatte den pochenden Puls von Shanes Hals direkt vor Augen. Shane fasste ihn an den Hüften und zog ihn an sich. Und dann fühlte Mikhail es an seinem Bauch und durch Shanes Jeans.

„Wir sind hier nicht in San Francisco, Mickey", keuchte Shane und sah ihn bedeutungsvoll an. „Es war keine so gute Idee, auf dem Parkplatz rumzuknutschen."

Mikhail nickte wortlos. Shanes Atem roch nach Kaffee, seine Bartstoppeln waren dunkel und kratzig, die Haut an seinem Hals weich und seine Lippen – Gott, sie sahen so stark aus. Mikhail zitterte, als Shane ihn wieder losließ. Er sagte immer noch kein Wort, als Shane ihm den starken Arm um die Schultern legte und ihn an sich zog. Sie waren still – zitternd vor Anspannung, aber vollkommen still, als sie sich auf den Rückweg zu Shanes Wagen machten.

„Wohin?", fragte Shane und ließ den Motor an. Mikhail dirigierte ihn von der Sunrise Road zur Auburn, wo sie links abbogen. Die Fahrt war etwas länger als über die Greenback Road, aber Mikhail wollte Shane noch nicht gehen lassen. Es war selbstsüchtig, und das wusste er auch.

„Du solltest deiner Mom sagen dass ich nächste Woche wiederkomme", sagte Shane, als sie sich ihrem Ziel näherten. „Ich hole dich im Tanzstudio ab und bringe unser Abendessen mit. Danach können wir bei euch zusammen *Oben* ansehen."

„Hier wieder links", sagte Mikhail. Shanes Vorschlag hatte ihn so überrascht, dass er fast zu spät reagiert hätte. „Wir sehen uns nächste Woche? Dieses Haus. Unsere Wohnung ist im ersten Stock. Nummer 225."

Shane fand einen freien Parkplatz (was ein Wunder war) und schaltete den Motor ab. „Ja, Mikhail. Was ist? Dachtest du, dass ich bei jedem beliebigen Mann so hart werde? Das letzte Mal ist schon lange her und ich wüsste gern, ob ich noch weiß, was man mit dem Ding anfängt."

„Wie lang?", fragte Mikhail und sah ihn überrascht an.

Shane zuckte mit den Schultern. „Anderthalb Jahre. Aber wer zählt schon die Zeit."

Mikhail fielen fast die Augen aus dem Kopf. „Oh Gott. Anderthalb Jahre? Ich hoffe, du hast dich wenigstens zwischenzeitlich um dich selbst gekümmert, sonst bringst du mich noch um!"

Shane drehte sich lauthals lachend zu ihm um. Er warf den Kopf in den Nacken und seine weißen Zähne glänzten im Licht der Laterne. Mikhail fragte sich, wie ein so wunderbarer Mann auf den Gedanken kommen konnte, ihn zum Essen einzuladen. Oh Gott, ja. Er wollte Shane wiedersehen. Er wollte mit ihm reden und lachen. Shane war lustig und kannte viele gute Geschichten. Er riskierte eine Verabredung, weil er seine Katze nicht leiden sehen konnte, und – vor allem – er hielt seine Versprechen.

Mikhails Mund war wie ausgetrocknet. „Es tut mir leid", sagte er unvermittelt. „Ich ... ich sollte dich nicht dazu ermuntern, mich wieder zu besuchen. Ich ... du könntest mit der Lehrerin sehr glücklich werden. Ich kann dich mit anderen bekannt machen ... Meine Chefin ist Russin. Sie wäre eine perfekte Frau für dich ..."

Shane hörte auf zu lachen und sah ihn resigniert an. Dieses Mal sagte er nichts, nahm Mikhail nur an der Jacke und zog ihn an sich, um ihn zu küssen.

Mikhail verstummte und öffnete den Mund. Hmmm ... so gut ... so verdammt gut. Shanes Lippen waren hart und seine Zunge schmeckte nach Kaffee und Karamell. Mit der einen Hand hielt er immer noch Mikhails Jacke fest, die andere legte er ihm hinter den Kopf und drückte ihn an sich, um ihn besser küssen zu können. Mikhail klammerte sich wimmernd an Shanes Schultern. Es waren starke, breite Schultern und Mikhail schob die Hände unter Shanes Jacke, um durch das gelbe Hemd die Wärme seiner Haut zu spüren. Mikhail wollte mehr. Er suchte nach den Hemdknöpfen und zog sich dann entrüstet zurück.

„Du hast noch ein T-Shirt an!" Shanes Gesicht war nur Zentimeter von seinem entfernt und er konnte im Dämmerlicht erkennen, wie Shanes Mund sich zu einem leichten Lächeln verzog.

„Halt den Mund und küss mich", kommandierte er und Mikhail war hilflos. Er fummelte wieder an den Hemdknöpfen, als Shane ihm unvermutet die Hände auf den Bauch legte und sie unter sein Hemd schob. Sie waren warm und sanft und glitten ihm über die Haut wie Samt. Mikhail schnappte hörbar nach Luft. Shane lachte leise und seine großen Hände fuhren nach hinten auf Mikhails Rücken, wo sie langsam nach unten glitten und sich in den Bund seiner Jeans schoben. Mikhail warf stöhnend den Kopf zurück.

Shane küsste ihn am Kinn und auf den Hals, der immer noch von dem braunen Schal warm gehalten wurde. Mikhail legte den Kopf zur Seite und Shanes Mund wanderte zu seinem Ohr, wo er mit der Zunge an Mikhails Ohrstecker spielte. Dann blies er ihm leicht direkt ins Ohr.

„Mikhail?"

„*Da?*"

„Ich habe nicht vor, dich auf dem Parkplatz vor der Wohnung deiner Mutter zu ficken." Seine Stimme klang keuchend und atemlos, aber sie war unglaublich fest.

„Ich hasse dich sehr und viel." Mikhail unterstrich seine Worte, indem er Shanes Hand nach vorne zog und sich auf den steifen Schwanz legte. Dann presste er sich stöhnend dagegen. Shane drückte Mikhails Hand und Mikhail wusste, dass Shane ihn beobachtete. Dann ließ Shane die Hand los, schloss die Augen und legte den Kopf auf die Rücklehne. So blieb er sitzen, bis er sich wieder halbwegs gefangen hatte.

„Ich bin momentan auch nicht sehr glücklich über mich", gab Shane zu. Mikhail atmete erschöpft aus.

„Nächste Woche?", fragte er unsicher. Shane öffnete die Augen und sah ihn aus den Augenwinkeln an. Mikhails Puls ging wieder schneller.

„Worauf du dich verlassen kannst. Ich bringe das Essen mit. Was soll ich kochen?"

Mikhail starrte ihn verblüfft an und zuckte mit den Schultern. „Keine Ahnung. Ich werde es Mutti sagen. Sie wird froh darüber sein, Besuch zu bekommen, der nicht zur Kirche gehört und sie auffordert, ihre Sünden zu bereuen."

Shane legte ihm die Hand auf die Wange und rieb ihm mit dem Daumen über die kussgeschwollenen Lippen. „Ich werde besonders brav sein, damit sie mich nicht für verrückt hält. Ich verspreche es dir."

Mikhail nahm seine Hand und schloss die Augen. „Du bist nicht verrückt", flüsterte er. Dann nahm er die Tüte mit dem Essen für seine Mutter und sprang aus dem Wagen, bevor er sich noch mehr blamieren konnte. Als er zur Haustür kam, hörte er, wie hinter ihm der Motor zu brummen begann. Er drehte sich um und winkte Shane zu. Durch das heruntergelassene Fenster tauchte Shanes Hand auf und winkte zurück. Mikhail ging ins Haus und stieg die Treppe hinauf in den ersten Stock. Erst als er oben angelangt war, bemerkte er, dass er immer noch den braunen Schal um den Hals trug.

Er kam vom Hausflur direkt in die Küche der kleinen Wohnung, wo er einen Teller und Besteck aus dem Schrank holte.

„Du bist spät, *Malchik*. Ich habe mir Sorgen gemacht."

Ja, sie machte sich Sorgen. „Es tut mir leid, Mutti", rief er und füllte das kalte Essen in eine Schüssel, um es in der Mikrowelle aufzuwärmen. „Ein Freund ist zu Besuch gekommen und wir sind zusammen essen gegangen. Ich habe etwas für dich mitgebracht." Er ging ins Wohnzimmer und begrüßte seine Mutter mit einem Kuss auf die Wange.

„Ein Freund, ja? Was hast du mir mitgebracht?"

Er lächelte und ging zu seinem Zimmer. „*Panda Express*", sagte er stolz und freute sich über das Strahlen in ihren Augen.

„Oh, dann ist er ein guter Freund. Hat er dir den Schal geschenkt?"

Mikhail runzelte die Stirn. „Er hat ihn mir ausgeliehen. Er hat ihn selbst geschenkt bekommen, und ein Geschenk kann man nicht weitergeben, nicht wahr?"

Ylena nickte bedächtig. „Vermutlich nicht. Aber er hat dich zum Essen eingeladen, dir den Schal geliehen und, wenn ich richtig rieche, auch noch mit dir Kaffee getrunken."

Mikhails Grinsen verriet viel, aber er hatte vor seiner Mutter noch nie etwas geheim halten können. „*Da*. Aber er ist nichts für mich." Er drehte sich wieder um, um in seine Zimmer zu gehen.

„Warte! Warum nicht?"

Mikhail sah sie ernst an und seine gute Laune verflog. „Er hält seine Versprechen, Mama. Wir wissen beide, dass ich das nicht tue."

Er wollte wieder gehen, war aber nicht schnell genug. „Du solltest dir endlich selbst verzeihen, *Malchik*", rief sie ihm mit Tränen in den Augen nach.

„Mutti …"

„*Njet!*" Sie wurde so selten wütend, dass er wie angenagelt stehen blieb und sich langsam zu ihr umdrehte.

„Wir können die Vergangenheit nicht ändern", sagte er und verfluchte innerlich seine zittrige Stimme. Das ging nun schon den ganzen Tag so. Es wurde langsam Zeit, dass er sich wieder zusammenriss.

„Aber wir können unser Verständnis der Vergangenheit ändern!", erwiderte sie. „Du warst jung und verzweifelt. Es war nicht deine Schuld!"

„Ich hatte dir versprochen, mich um dich zu kümmern …"

„Ja!", schnappte sie ihn an. „Aber du warst neun Jahre alt, als du mir das versprochen hast! Du hättest in die Schule gehen und spielen sollen, aber stattdessen hast du getanzt, um uns beide zu ernähren!"

„Wir wissen beide, dass die Schule auch nicht der idyllische Ort war, den du daraus machst", sagte er barsch. Nicht dort, wo sie gelebt hatten, bevor sein Tanzen ihnen eine neue Wohnung und die Essensmarken einbrachte.

„Ich hätte wissen müssen, dass du dich verletzt hast!"

„Mutti …"

„Hör auf mit deinem ‚Mutti'! Ich hätte es erkennen müssen. Ich hätte auch die Drogen erkennen müssen, bevor sie deine Karriere beendet haben … Ich hätte erkennen müssen, was sie mit dir anrichten, bevor sie dein Leben beendet haben …"

„Mutti!" Er hasste diese Gespräche. Er hasste sie, weil sie nicht richtig waren. Sie war noch so jung gewesen. Verdammt, aber als er fürs Ballett entdeckt wurde, war sie kaum älter gewesen als er jetzt.

„Wir werden darüber reden", ignorierte sie seinen Protest. „Ich werde dir sagen, was ich zu sagen habe, bevor du noch mehr unter der Geschichte leidest, mein süßer Junge. Wieso bist du eigentlich nie auf den Gedanken gekommen, dass Olegs Tod genauso meine Schuld war, wie deine?"

„*Du* hast ihm aber nichts versprochen!", schrie er. „Das war ich! *Ich* habe ihm versprochen, dass ich zurückkommen werde! *Ich* habe ihm versprochen, dass ich ihn niemals verlassen werde! *Ich* habe ihn belogen und ihm verschwiegen, dass wir Russland verlassen wollen …"

„Und *ich* war es, die dich in dein Zimmer eingeschlossen hat, damit du endlich siehst, was die Drogen mit dir anrichten!", schrie sie zurück. „*Ich* habe dich ans Bett gebunden, damit du die Entzugserscheinungen spüren konntest und erkennst, warum wir da raus mussten, damit du geheilt werden kannst! *Ich* habe nicht auf dich gehört, als du mir gesagt hast, dein Freund wäre allein und unglücklich! *Ich* habe dich erst gehen lassen, als es zu spät war! Ich bin krank und werde bald sterben. Warum kannst du mir nicht meinen Teil der Schuld überlassen, Mikhail? Ich kann es besser ertragen als du, weil ich bald tot sein werde. Du benutzt es nur, um dein Leben zu vergiften!"

Mikhail rieb sich mit zitternder Hand über die Augen, aber sie wollten nicht aufhören zu tränen. „Ich hatte ihm versprochen, ich würde zurückkommen", schluchzte er. Er schloss die Augen und sah Oleg vor sich, die Leichenstarre hatte schon eingesetzt und er lag kalt und blau auf der kleinen Pritsche in dem Schuppen, in dem sie sich ihre Schüsse setzten und die Freier befriedigten. Die Spritze steckte noch in seinem Arm. Oleg hatte sich in einem Schuss das Heroin für eine ganze Woche gespritzt. Neben ihm lag der Zettel, den Mikhail zurückgelassen hatte: *Bin nach Hause gegangen, um meiner Mutter das Geld für die Miete zu bringen. Keine Sorge, in einer Stunde bin ich wieder da. Lass mir was übrig.*

Ja. Ja, der Idiot hatte sein Versprechen gebrochen und sich alles gespritzt. Aber – verdammt – Mikhail hatte sein Versprechen zuerst gebrochen, weil er nicht zurückgekommen war.

Das Klingeln der Mikrowelle durchbrach die Stille und Mikhail ging wie in Trance in die Küche, um das Essen für seine Mutter zu holen. Er stellte es vor ihr auf den Tisch. Sie griff nach seiner Hand und zog ihn zu sich herab. Dann legte sie die Hände um sein tränennasses Gesicht und küsste ihn auf die Wangen.

„Es tut mir so leid, dass dein Freund gestorben ist, *Malchik*. Aber es tut mir nicht leid, dass du noch lebst. Ich habe als Mutter viel falsch gemacht, aber ich werde nie bereuen, dich zum Mann heranwachsen gesehen zu haben."

Mikhail konnte ihr nicht in die Augen sehen. Er küsste sie zurück und richtete sich wieder auf. Er wollte nicht mehr über Oleg reden. Der arme Oleg, der ihm alles beigebracht hatte – wie man sich ficken ließ, um der Einsamkeit zu entgehen und wie man sich einen Schuss setzte, weil die Schmerzen im Knie nicht aufhören wollten, weil Mikhail nach seiner Verletzung zu früh wieder angefangen hatte, zu tanzen. Und dann, als er nicht mehr tanzen konnte, auch, wie man Freier aufgabelte, um das nötige Geld zu verdienen. Oleg, der sein Leben als süßer, rothaariger Junge mit blauen Augen begonnen hatte. Das einzig Böse in seinem Leben war das Heroin gewesen, das ihn schließlich umgebracht hatte. Er hatte gewusst, was Mikhail gegen seine Schmerzen im ‚Jetzt' tun konnte, aber er hatte auch kein Heilmittel gegen die Schmerzen des ‚Später' gekannt. Nun, aus dem ‚Später' war ‚Jetzt' geworden und Mikhail musste einen Weg finden, mit seinen Schmerzen zu leben. Bisher hatte er es geschafft, indem er allein geblieben war und so verhindert hatte, dass er jemals wieder einen geliebten Menschen enttäuschen konnte.

Bis auf seine Mutter.

Und Shane.

„Du bist eine wunderbare Mutter", sagte er. „Du sollst nicht mit der Last meiner Schuld auf den Schultern sterben."

„Und du bist ein guter Mann. Wenn ich tot bin, sollst du dir auch keine Sorgen mehr darüber machen", erwiderte sie mit erstickter Stimme.

Er nickte und ging in sein Zimmer, um sich die Jacke auszuziehen. Dann nahm er den Schal ab und hielt ihn trostsuchend ans Gesicht gepresst. Er roch immer noch nach Shane, nach dem Duftöl und dem chinesischen Essen und dem Kaffee und … Unschuld.

Mikhail konnte nichts dagegen tun. Er hielt den Schal ans Gesicht, atmete den süßen Duft ein und rieb sich die Tränen damit aus den Augen, obwohl die Wolle dazu viel zu kratzig war. Anschließend faltete er ihn sorgfältig zusammen und legte ihn auf die Kiste, weil sie zu klein war, um ihn hinein zu legen.

Vielleicht würde er ihn Shane nächste Woche zurückgeben. Aber nur, wenn er danach gefragt wurde.

8

„… the house is haunted and the ride gets rough …"
Bruce Springsteen, *Tunnel of Love*

SIE SAßEN nebeneinander auf den Fußboden der kleinen Wohnung, hatten die Arme um die Knie geschlungen und sahen *Oben*. In den ersten zehn Minuten des Films musste Shane sich zusammenreißen, um nicht zu heulen wie ein kleines Mädchen. Mikhail hatte ihn nur von der Seite angesehen und mit den Augen gerollt.

Shane hatte ihm an den Arm geboxt und ihn danach ignoriert. Der Kinderfilm schlug sie in seinen Bann. Hinter ihnen auf der Couch lag Mikhails Mutter, die genauso von dem Film bezaubert war wie sie.

Shane mochte sie sehr und war traurig über ihre schwere Krankheit. Er hätte sie gerne länger und besser kennengelernt.

Das Abendessen war gut verlaufen. Er hatte Hühnchen-Käse-Mayonnaise-Auflauf mit Kartoffelchips gekocht. Ylena hatte sich darüber gefreut, auch wenn ihr der Geschmack nicht sonderlich zusagte. Er hatte ihr nicht verraten, welchen Aufwand er getrieben hatte und dass dreimal mit Benny telefonieren musste, um alles richtig zu machen. Es hatte trotzdem mit einer total verwüsteten Küche geendet.

„Es ist doch nur Hühnchen und Kartoffeln mit dem Käse obendrauf, Shane. Gib noch einige Chilis und Mandeln dran, das kann doch nicht so schwer sein."

„Ich kann das nicht!", hatte Shane gejammert und auf das Durcheinander gestarrt, das die gefrorenen Hühnerschenkel angerichtet hatten, als er sie in das kochende Wasser geworfen hatte und alles übergelaufen war. „Ich mache einfach alles falsch, was man nur falsch machen kann."

Er öffnete die Tüte mit den Chips und fing zu essen an. Deacon und Jon hatten sich heute früh für eine längere Strecke entschieden und sie waren über einen Kilometer weiter gelaufen. Shane hatte Hunger wie ein Bär.

„Pass auf", meinte Benny. „Du machst erst sauber und schaltest den Herd ab. Wenn das Wasser verkocht, fängt das Fett sonst zu brennen an."

„Scheiße!" Die Warnung war zu spät gekommen und Benny verbrachte die nächsten Minuten damit, sich über ihn lustig zu machen, während er schnell einen Deckel auf den Topf knallte, um das Feuer zu löschen.

Danach erklärte sie ihm jeden Handgriff, bis endlich alles fertig war. „Also gut, Shane. Ich will jetzt wissen, für wen du kochst", hatte sie dann gefragt.

Shane hatte in der Zwischenzeit eine Flasche Bier aufgemacht – was er sonst nur selten tat – und mehr von den Kartoffelchips gegessen. Aber er war immer noch nicht sehr entspannt und wollte die Frage nicht beantworten.

„Verrate ich nicht", grummelte er trotzig ins Telefon.

„Mein Gott, Perkins! Wie alt bist du eigentlich? Fünf?"

„Das ist es nicht", hatte er geantwortet, obwohl er nicht hätte sagen können, was es stattdessen war. „Es ist … Benny, ich weiß auch nicht, ob es was wird, verstehst du? Ich will nicht … Ihr seid jetzt meine Freunde, nicht irgendwelche Fremden, die vielleicht nie zurückkommen."

Benny hatte geseufzt, und obwohl es ihm schon besser ging, weil er einigermaßen sicher war, dass sein letzter Versuch essbar war, fiel es ihm schwer, auf Bennys Frage zu antworten.

„Die Sache ist nämlich …", sagte das Mädchen am anderen Ende der Leitung nachdenklich, „… dass es deine Freunde sind, die für dich da sein werden, wenn es nichts wird. Es wäre uns eine große Hilfe, wenn wir den Mann kennen würden, weißt du?"

„Wer behauptet denn, dass es ein Mann ist?", erwiderte Shane daraufhin grinsend, weil er die Stimmung etwas aufhellen wollte.

Benny lachte. „Das Mädchen, das mit zwei schwulen Männer in einem Haus wohnt. Männer kochen nicht, um Frauen zu beeindrucken. Jedenfalls ist das sehr selten. Aber ich bin mir ziemlich sicher, dass Crick nur deshalb kochen gelernt hat, weil er für Deacon sorgen wollte."

Shane gab ihr widerwillig recht.

„Also", fuhr Benny aufgeregt fort, „Du wirst uns Bescheid sagen, falls es nicht gut läuft. Falls er dir das Herz bricht. Deacon hätte sich fast umgebracht, als Crick weggegangen ist. Wir brauchen eine rechtzeitige Warnung, falls wir dich wieder auf die Beine bringen müssen, ja?"

Darauf fiel Shane nichts mehr ein. Er dachte an die leere Wohnung, in die er zurückgekommen war, nachdem er im Krankenhaus auf dem Operationstisch fast gestorben wäre, weil sein Herz wortwörtlich stillgestanden hatte. Jetzt hatte er Freunde, die für ihn da waren, wenn es im übertragenen Sinn brechen würde.

„Ich verspreche es", gab er nach und fragte sie, ob Deacon sich zu Weihnachten über einen jungen Hund freuen würde. Und ob sie ihm noch einen Schal, dieses Mal in blau, stricken könnte, er würde ihr auch die Wolle dafür kaufen.

So weit so gut. Es hatte auch geholfen, dass er nicht nur den Auflauf mitgebracht hatte, sondern auch das Buch, das Mikhail letzte Woche gerne für seine Mutter gekauft hätte. Zumindest bei Ylena war es sehr gut angekommen.

Mikhail hatte ihm nur einen bösen Blick zugeworfen, als er es hinten aus dem Wagen holte. Shane hatte es ignoriert und ihn breit angegrinst.

„Hütet euch vor den Spinnern, auch wenn sie Geschenke bringen?" Zugegeben, es war ziemlich lahm, aber es hatte Mikhail dermaßen verwirrt, dass der wütende Ausdruck sofort aus seinem Gesicht verschwunden war.

„Mir ist nur gerade aufgefallen, dass deine Hinterlist deiner Sturheit in nichts nachsteht", sagte Mikhail mit zuckersüßer Stimme. „Ich werde mich zu gegebenem Zeitpunkt daran erinnern müssen. Wenn ich dich wieder wegschicke."

Der Mann war schon gereizt gewesen, als Shane ihn vom Tanzstudio abgeholt hatte. Shane war sich ziemlich sicher, dass dieser Tanz mit Mikhails kopfloser Flucht enden würde. Er war darauf vorbereitet, aber er hatte nicht damit gerechnet, dass es so schnell gehen würde.

„Natürlich wirst du mich wieder wegschicken", antwortete er seufzend schlug mit der Hüfte die Wagentür zu, weil er die Kasserolle mit dem Auflauf und das Buch in den Händen hatte. „Es wäre auch langweilig, jemandem den Hof zu machen, wenn da nicht die ständige Angst vor der Zurückweisung wäre."

Shane ging zur Haustür, ohne weiter auf ihn zu achten. Dann tauchte Mikhail plötzlich an seiner Seite auf. „Willst du dein Auto einfach so hier stehen lassen, ohne die Alarmanlage einzuschalten? In dieser Wohngegend?"

Shane zuckte mit den Schultern. „Ich bleibe ja nicht die ganze Nacht. Außerdem habe ich keine Hand frei." Das entsprach nicht unbedingt der Wahrheit, denn *so* tollpatschig war er wirklich nicht. Aber Mikhail wühlte bereits in seiner Hosentasche nach dem Autoschlüssel und Shane genoss die suchenden Hände. Es war schon komisch, aber Mikhail zog ihm die Schlüssel aus der Tasche, ohne sich der Intimität dieser Geste bewusst zu werden. Erst nachdem er die Alarmanlage eingeschaltet hatte und die Schlüssel wieder zurückstecken musste, schien es ihm zu dämmern.

Mikhail erstarrte und sah ihn erschrocken an. Seine Hand war nur Zentimeter von Shanes Hosentasche entfernt und seine Brust berührte Shanes Oberarm. Sein Schmollmund formte ein fast perfektes ‚O' und passte hervorragend zu den weit aufgerissenen Augen. Shane lächelte ihm liebevoll zu und wartete geduldig darauf, bis Mikhail sich wieder fangen und die Schlüssel zurück in die Hosentasche schieben würde. Für einen Augenblick schien die Welt stillzustehen. Nur das leise Klirren des Schlüsselbunds war zu hören, weil Mikhails Hände zitterten. Shanes war zwar enttäuscht, aber nicht sehr überrascht, als Mikhail ihm die Schlüssel nur wortlos in die Jackentasche fallen ließ.

„Es ist doch nur eine Tasche, Mickey", sagte er leise. Mikhail drehte sich um, ohne ihn eines Blickes zu würdigen.

„Ich habe keine Angst vor dir."

„Selbstverständlich nicht."

„Dummer, unerträglicher Mann." Mikhail ging voraus zur Haustür und Shane folgte ihm. Ihre Schritte hallten durch den Hausflur.

„Ich bin der leibhaftige Satan."

„Ich ficke sechs Männer zwischen heute und Mittwoch."

„Na ja, ich hatte früher eine Freundin, die hat das auch gemacht", meinte Shane seufzend. Es wäre lustiger, wenn es nicht wahr wäre.

Mikhail drehte sich empört zu ihm um. „Wie konnte sie das tun! Wie kann jemand dich so behandeln! Du bist kein Mann, den man betrügen darf!"

Shane war sprachlos. Er hielt das Buch über Cozumel und eine Kasserolle mit Hühnchen-Käse-Mayonnaise-Auflauf in den Händen, der die Bayuls eine Woche lang ernähren konnte, und sah zu, wie Mikhail vor der gelb gestrichenen Haustür stand und seine Ehre verteidigte. Es dauerte fast eine Minute, bis Mikhail sich wieder beruhigt hatte. Shane war mittlerweile rot geworden und hatte betreten den Kopf gesenkt. Sein Blick blieb an den Kratzern hängen, die Angel Maries Pfoten an seiner Lederjacke hinterlassen hatten, als er sich am Haustor von Shane verabschiedet hatte.

„Das war eine fürchterliche Drohung von mir", sagte Mikhail zum Abschluss seiner Tirade, nachdem er sich wieder etwas beruhigt hatte. „Aber es war auch eine leere Drohung, weil ich kein guter Mann bin. Ich halte meine Versprechen nicht. Ich kann wahrscheinlich auch nicht treu sein. Jedenfalls habe ich es noch nie versucht, weil es noch nie jemanden gab, der es von mir erwartet hat. Aber ich würde dich niemals aus Trotz betrügen. Aus Schwäche vielleicht, aber nicht, um dich zu verletzen. Aber ich werde dich verletzen. Das weiß ich ganz genau. Vielleicht sollten wir uns heute das letzte Mal sehen, ja?"

Shane wartete so lange mit seiner Antwort, bis Mikhail den Kopf hob und ihm in die Augen sah.

„Nein."

„Nein?"

„Habe ich gestottert, oder was? Der Auflauf ist heiß. Können wir jetzt ins Haus gehen?"

So hatten sie erst das Essen und dann den Film hinter sich gebracht. Ylena schien ihn zu mögen, denn sie hatte ihm nach dem Film mit einem leisen Lachen den Kopf getätschelt, während Mikhail auf dem Boden sitzen geblieben war, vermutlich, um den Abspann nicht zu verpassen.

„So", sagte Mikhail schließlich, als auch der letzte Ton der Filmmusik verstummt war. „Was meint ihr? War er besser als *WALL-E* oder nur gleich gut?"

Shane grinste ihn an. „Ich weiß nicht. Ich muss den Film wahrscheinlich noch einige Male sehen, bevor ich mir ein Urteil bilden kann."

„Du kannst jederzeit wieder vorbeikommen und wir sehen ihn uns gemeinsam an", meinte Ylena fröhlich. „Aber das nächste Mal muss Mikhail kochen."

Sie hatte recht. Irgendwas an dem Geschmack des Auflaufs war ... merkwürdig gewesen. Er war essbar, aber offensichtlich nur unter besonderen Umständen.

„Ja, das stimmt. Was kannst du kochen, Mikhail?"

Mikhail wurde rot. „Nichts russisches", murmelte er. „Kein Borschtsch oder Kohl oder Fischsuppe. In Russland hat Mutti immer gekocht, und hier wollte ich nur noch amerikanisch essen. Cheeseburger oder Lasagne oder Chili. Ich wollte mit der russischen Küche nichts mehr zu tun haben. Mutti ging es genauso."

„Das ist richtig", sagte Ylena liebevoll. „Daran hat sich auch nichts geändert. Ich bin sicher, deinem Freund ist es egal, was du kochst, ja?"

„Mir?", fragte Shane lächelnd und nahm Ylena den Teller ab. „Ich nehme alles, wenn es umsonst ist. Sieht man das nicht?" Er klopfte sich gut gelaunt den Magen. Mikhail rammte ihm den Ellbogen in die Rippen.

„Du bist nicht fett."

Shane verdrehte die Augen. „Ich bin aber auch nicht unterernährt."

„Nun, Shane", unterbrach Ylena sie, bevor der Streit eskalieren konnte. „Wie lange lebst du schon hier?"

„Seit acht Monaten", meinte Shane mit einem Schulterzucken. Nach seiner Entlassung aus dem Krankenhaus wollte er sich ursprünglich in einen anderen Bezirk von L.A. versetzen lassen. Danach musste er eine Stunde lang heiß duschen, weil sich auf seinem Rücken von den eiskalten Blicken, die ihm sein Ersuchen einbrachte, Permafrost gebildet hatte.

„Bist du Detective?" Ah, ja. Jetzt kam es. Das unvermeidliche Verhör durch die Elternschaft. Ob sie es zugaben oder nicht, aber Mütter knöpften sich die Liebesinteressen ihrer ‚Kleinen' schon seit Anbeginn der Zeiten vor.

„Ich habe kurz vor der Beförderung gestanden", gab er zu. „Aber dann wurde ich verletzt und habe mich danach entschieden, mich woanders zu bewerben."

„Du bist verletzt worden?" Ylena hörte sich besorgt an. Mikhail schnaubte leise und als Shane sich umdrehte, um ihm das schmutzige Geschirr abzunehmen, wurde er von Mikhails eisgrauem Blick durchbohrt.

„Ich bin in eine etwas haarige Situation geraten und die Verstärkung ist nicht rechtzeitig eingetroffen", antwortete er diplomatisch.

„Wie lange?", wollte Mikhail wissen. „Wie lange haben diese feigen Hunde sich Zeit gelassen, bevor sie aufgetaucht sind?"

„Fünfundzwanzig Minuten", flüsterte Shane. „Müssen wir schon wieder darüber reden?" Er warf Ylena einen verstohlenen Blick zu und Mikhail schluckte tief. Dann nickte er mit empörter Miene.

„Wieso bist du von zu Hause weggegangen?", nahm Ylena ihr Verhör wieder auf. Ihr waren die Blicke zwischen den beiden nicht entgangen. Shane wurde rot und drehte den Wasserhahn auf. Aber er antwortete ihr in seiner typischen, ehrlichen Art.

„Als ich aus dem Krankenhaus entlassen wurde, hatte meine Wohnung einen Monat lang leer gestanden, weißt du? Und mir ist aufgefallen, dass es dort nichts gibt – und auf dem Rest der Erde auch nicht –, das mich vermisst hätte, wenn ich nie wieder zurückgekommen wäre. Als ich dann erkannte, dass L.A. nicht gut für mich ist, habe ich mich zu einem Neuanfang entschlossen, verstehst du? Ich wollte einen Ort finden, an dem es Menschen gibt, die mich vermissen würden."

„Oder sechs Hunde und sechs Katzen", meinte Mikhail, als ob er plötzlich das Bindeglied erkannt hätte.

„Fünf Katzen", korrigierte Shane leise. Und mitten in der Küche, vor den Augen seiner Mutter, streichelte Mikhail ihm über die Hand. Es war eine sanfte Berührung, vertraut und tröstend. Shane sehnte sich so danach, ihn zu küssen, dass es ihm die Brust zusammenzog. Aber Mikhail drehte sich einfach um und fing an, das Geschirr abzutrocknen, das Shane auf den Ablauf gestellt hatte.

Das Verhör ging auf diese freundliche Art noch einige Zeit weiter, dann gähnte Ylena und entschuldigte sich, um sich aufs Sofa zu legen und auszuruhen. Shane hatte ihr über Alles Rechenschaft abgelegt – seinen Job auf der kleinen Polizeiwache von Levee Oaks, sein Haus, seine Freundschaft mit Deacons Familie und seine Vorstellungen von der Zukunft. Er hatte alle ihre Fragen ehrlich beantwortet, nur die letzte nicht. Auf die wusste er die Antwort selbst noch nicht. Außerdem konnte er der Mutter seines Dates schlecht sagen, dass er ein Spinner und eigentlich nicht für den Polizeidienst geeignet war. Es hörte sich zu merkwürdig an, und er hatte Mikhail versprochen, dessen Mutter nicht zu erschrecken.

„Nun, ich hoffe, dass wir uns bald wiedersehen", sagte Ylena, bevor sie sich zurückzog. „Ich habe Mikhail schon lange nicht mehr in seiner Ausgehkleidung gesehen. Ich sehe ihn allerdings lieber darin, wenn er nicht ausgeht."

„Mutti ...", grummelte Mikhail beschämt. Er hatte das glänzende, türkisfarbene T-Shirt und die enge, schwarze Hose schon getragen, als Shane ihn vom Tanzstudio abgeholt hatte. Aber Shane fiel jetzt erst auf, dass Mikhail auch letzte Woche schon sehr schick gekleidet gewesen war. Grinsend schnappte er sich seine Jacke und ließ sich von Mikhail vor die Tür begleiten.

„Lass dieses unerträgliche Grinsen!", schnappte Mikhail ihn an. „Vielleicht habe ich es nur angezogen, weil ich nachher noch tanzen gehen will!"

„Willst du das?", fragte Shane, als Mikhail die Wohnungstür hinter ihnen schloss. Keiner von ihnen machte Anstalten, die Treppe hinabzugehen. Stattdessen lehnten sie sich an die gegenüberliegenden Wände des Hausflurs, als wollten sie eine gutnachbarschaftliche Unterhaltung führen.

Mikhail schüttelte den Kopf und sah ihn hoffnungsvoll an. „Du könntest mitkommen." Sein bittender Blick machte Shane fast weich, aber er schüttelte bedauernd den Kopf.

„Ich tanze nicht, Mickey. Ich wäre nur ein tonnenschwerer Klotz an deinem Bein, und das macht keinen Spaß."

„Du tanzt nicht?" Es hörte sich an, als hätte er gefragt: „Du atmest nicht?" Nur noch viel erschrockener.

Shane zuckte verlegen mit den Schultern. „Es tut mir leid. Ich bin ein ziemlich ungelenker Tollpatsch. Ist das ein Deal Breaker?"

„Nein", erwiderte Mikhail. „Ich meine ... du bist kein ungelenker Tollpatsch und es ist kein Deal Breaker." Er hörte auf zu schmollen und sah Shane aus zusammengekniffenen Augen an. „Was war ihre Entschuldigung?", wollte er dann wissen und für jeden anderen wäre die Frage vollkommen unverständlich gewesen, aber Shane wusste sofort, was Mikhail damit meinte.

„Dass sie keine Verstärkung geschickt haben?", fragte er nach und Mikhail nickte. „Die Nachricht wäre von der Funkzentrale nicht weitergegeben worden."

„Stimmt das?"

„Na ja, da ich vor dem Aussteigen sicherheitshalber die Abteilung für Innere Angelegenheiten informiert hatte, war ihre Lüge offensichtlich." Shane wollte nicht mehr an diese Nacht denken, aber zumindest drohte Mikhail ihm nicht mehr damit, einen anderen Mann zu ficken oder wegzulaufen.

Andererseits starrte er Shane jetzt mit aufgerissenem Mund an und sah aus wie ein Fisch auf dem Trockenen, was auch nicht gerade viel besser war.

„Du hast es gewusst?", rief er empört. „Du *wusstest*, dass sie dir eine Falle stellen und bist trotzdem hingefahren? Wie konntest du das tun? Warum hat dich keiner zurückgehalten? Hattest du keinen Partner?"

Shane zuckte mit den Schultern. „Ich habe nicht behauptet, dass es sehr klug gewesen wäre …"

„*Antworte mir!*", Mikhail schrie jetzt und Shane versuchte verzweifelt, ihn zu beruhigen. Er warf einen Blick über die Schulter, als würde er nur darauf warten, dass Ylena im Hausflur auftauchte und ihn beschuldigte, ihren Sohn zu belästigen.

„Sie schläft", schnappte Mikhail ihn an. „Unsere Nachbarn arbeiten nachts und das Ehepaar unter uns ist so alt, dass sie fast taub sind. Also antworte mir! Warum bist du ohne Verstärkung und ohne Partner offenen Auges in eine solche Situation geschliddert? Du hast mir versprochen … Gott, du hast ja keine Vorstellung davon, was du mir versprochen hast. Und dann nimmst du nicht die geringste Rücksicht auf dein eigenes Leben! Wer soll den dein Versprechen halten, wenn du tot bist?"

Shane hob die Arme und ergab sich. „Okay. Gut. Du willst die Wahrheit über diese Nacht wissen? In Ordnung. Du wirst sie bekommen." Mist. Es war ihm so verdammt peinlich. „Die Wahrheit ist, dass mein erster Freund mich im Umkleideraum der Wache begrapscht hat und wir erwischt wurden. Und anstatt einen Scherz daraus zu machen und mich rauszureden, wie er es getan hat, bin ich rot geworden und habe vollkommenen Unsinn geschwätzt. Danach wusste die ganze Abteilung über mich Bescheid und Brandon, Gott verdamme sein pechschwarzes Herz, ist mit einer schneeweißen Weste davon spaziert. Deshalb wusste ich, was mir bevorsteht. Meine ganze Karriere, alles, was ich in meinem Leben jemals erstrebt habe, lag in Trümmern. Mein Liebesleben ist mir um die Ohren geflogen und der Mann, der angeblich mein Partner war – in jeder Beziehung – hatte mich den Wölfen zum Fraß vorgeworfen, um seine eigene Haut zu retten. Ich bin in diesen Hinterhalt gelaufen, weil ich mir vorkam, wie der letzte Cowboy oder Ritter, der sich einer erdrückenden Übermacht entgegenstellt und mit wehenden Fahnen untergeht. *High Noon*. Dieses eine Mal war ich nicht der Clown, sondern konnte den Helden spielen. In dieser Nacht war es mir das wert, dafür zu sterben. Ist das denn so verdammt schwer zu verstehen?"

Dieses Mal war Shane nicht auf die schallende Ohrfeige vorbereitet, die Mikhail ihm versetzte. Verdammt, der Kerl war schnell. Aber er war nicht schnell genug, um mit einer zweiten durchzukommen. Shane packte ihn am Handgelenk.

„Wofür war das?", knurrte er und drückte Mikhail mit der Schulter an die Wand.

„Ja. Ja, es ist schwer zu verstehen", knurrte Mikhail zurück. „Du hast ein … ein so wunderbares Herz und du … du willst es einfach wegwerfen. Wie konntest du das nur tun?"

„Ich weiß es nicht, Mikhail", flüsterte Shane. Er wollte nicht, dass Mikhail sich seinetwegen schlecht fühlte. Es war nicht mehr nötig, denn Shane hatte ein gutes Leben. Er war sogar kurz davor, glücklich zu sein. „Du willst mich doch auch wegwerfen, seit wir uns das erste Mal gesehen haben." Shane seufzte. Der Streit hatte sie beide erschöpft. Sie hatten keine Kraft mehr und ließen resigniert die Schultern hängen. „Wenigstens weißt du jetzt, dass es Schlimmeres gibt, als betrogen zu werden. Stimmt's?"

„Du hast das nicht verdient", murmelte Mikhail und der letzte Rest von Kampfgeist zwischen ihnen verflog. Shanes Körper war wie ein warmer Kokon, der sich in dem kalten Hausflur schützend um Mikhail legte. Er drückte sich zitternd in Shanes Arme.

„Deshalb will ich dich nicht verlieren", flüsterte Shane ihm ins Ohr und rieb sich das Gesicht an Mikhails blonden Locken.

„Ich meine, dass du mehr verdient hast, als …"

Shane küsste ihn. Es hatte schon einmal funktioniert und es funktionierte auch jetzt. Mikhail öffnete den Mund und neigte den Kopf zur Seite und Shane küsste ihn wieder und wieder, bis Mikhail keuchend den Kopf an Shanes Schulter legte. Shane gab sich noch nicht zufrieden. Er küsste Mikhail am Ohr und am Hals, lauschte Mikhails leisem Wimmern und Stöhnen und fuhr ihm sanft mit den Zähnen über die Halsschlagader. Mikhail bebte in Shanes Armen. Shane öffnete den Knopf an Mikhails Hemd, presste die Lippen an die nackte Haut und bedeckte sie mit kleinen Küssen, vom Schlüsselbein bis zum Hals und wieder zurück. Mikhails keuchender Atem war eines der erotischsten Geräusche, die er jemals gehört hatte. Als Mikhail ihm die Hände auf die Schultern legte, konnte er das Zittern fühlen und stöhnte leise.

Plötzlich – *sehr* plötzlich – waren Mikhails Hände an Shanes Gürtelschnalle und er ging in die Knie. Hier im Hausflur.

Shane packte ihn unter den Achseln und zog ihn wieder hoch. Er legte ihm eine große Hand auf die Brust, direkt unterm Hals, hielt ihn fest und küsste ihn wieder. Danach wollte Mikhail sich Shanes Armen entziehen. „Nicht hier", flüsterte Shane.

„Warum nicht?", fragte Mikhail stur. Shane war es leid, sich mit ihm zu streiten. Er schnappte sich Mikhail und drückte ihn in eine Ecke des Hausflurs, und obwohl er viel größer und stärker war, ging es nicht ohne Gegenwehr ab. Mikhail stand keuchend mit dem Gesicht zur Wand und stützte sich mit den Händen rechts und links ab. Shane legte ihm von hinten die Hände auf die Brust und presste sich mit seinem harten Schwanz an ihn. Mikhail drückte zurück und rieb sich mit dem Arsch an Shanes Schwanz, bis Shane ihm warnend in den Nacken biss.

„*Lass das!*"

„Warum?", knurrte Mikhail und machte es wieder. Shane zog frustriert Mikhails Hemd nach oben und legte ihm die Hände auf den Bauch. Mikhail wimmerte wieder – es war so verdammt sexy – und Shane öffnete die schwarzen Jeans und schob die Hand in den Hosenschlitz. Mikhails Schwanz war nicht sehr dick, aber lang. Er fühlte sich genau richtig an in Shanes Hand. Mikhail hörte auf, sich mit dem Arsch an Shane zu reiben. Stattdessen drückte er den Kopf an seinen Arm und stieß laut stöhnend mit dem Schwanz gegen Shanes Hand.

Shane hob seine freie Hand – die, die nicht gerade mit der Eisenstange in Mickeys Hose beschäftigt war – und fasste ihn sanft um die Kehle, was bei Mikhail erneut ein lautes Stöhnen auslöste. Es schien ihm zu gefallen. Er schien es zu lieben, so überwältigt zu werden. Shane spürte es, als Mikhail sich wieder mit dem Schwanz an seine Hand presste.

„Das ist so gut", keuchte Mikhail. „Aber warum darf ich dir keinen Blowjob geben?"

„Darum." Er nahm die Hand von Mikhails Schwanz und schob sie in den Bund der Unterhose, weil er mehr fühlen wollte. Für einen kurzen Augenblick legte er sie um Mikhails schwere Eier, weil es nichts an Mikhail gab, das er nicht fühlen wollte. Dann zog er die Hand wieder zurück, weil ihre Position zu ungünstig war und die Hose ihn einengte.

„Ahh ... warum ..." Shane streichelte ihn wieder und es hörte sich an, als hätte Mikhails Verstand kurzzeitig ausgesetzt. „Verdammt! Ich ... Gott, ich komme und ..."

Shane streichelte weiter, drückte sich mit dem Gesicht in Mikhails Nacken und fuhr ihm mit der anderen Hand über die zarte Haut an der Kehle. Mikhails Schwanz war feucht und schlüpfrig. Shane prägte sich jede Vene, jede Unregelmäßigkeit genau ein, die er in seiner Hand spürte. „Dann komm doch", flüsterte er Mikhail ins Ohr und Mikhail wimmerte wieder. Er beugte den Kopf, nahm Shanes Daumen in den Mund und saugte daran, während er mit dem Schwanz in Shanes Hand stieß. Shane hörte – spürte – das Stöhnen, das sich von Mikhails Schwanz nach oben ausbreitete, über den Bauch und die Kehle. Als es Mikhails Mund entwich, kündigte es einen schnellen, harten Orgasmus an. Mitten im Hausflur.

Mikhail spritzte in Shanes Faust, auf seine schwarzen Jeans und in sein türkisfarbenes Hemd. Shane rieb ihn fester und knurrte befriedigt über jeden Schuss, den er Mikhails Schwanz entlockte.

Als nichts mehr ging, knöpfte er Mikhail mit zitternden Fingern die Hose zu. Er legte ihm die Arme um die Brust, zog ihn an sich und rieb sich mit der Wange an Mikhails lockigen Haaren. Sie waren erstaunlich weich.

„Das ... das war ..." Mikhail keuchte immer noch. „Das war sehr schön. Aber warum durfte ich nicht ..."

„Mir im Hausflur einen blasen?", fragte Shane, ebenfalls keuchend. Seine Eier waren kurz vorm Platzen und er wusste nicht, ob er so noch gehen konnte. Mikhail ließ den Kopf an seine Schultern fallen und Shane schloss die Augen. Es war eine Geste des Vertrauens und sie war Shane mehr wert, als er in Worten ausdrücken konnte.

„Ja, das."

„Weil es das dann gewesen wäre", murmelte Shane. Wenn er etwas wusste, dann das. Mikhail nahm eine seiner Hände von der Wand und hob Shanes feuchte Hand an den Mund. Während sie sich unterhielten, saugte er einen Finger nach dem anderen in den Mund und leckte ihn ab, bis sie alle wieder sauber waren. Shane frage sich, ob er wieder zum Teenager herabgestuft würde, wenn er in der Hose kam.

„Was wäre es gewesen?", fragte Mikhail, als er Shanes Zeigefinger aus dem Mund zog und die Hand zwischen dem Zeigefinger und dem Daumen ableckte.

„Das Ende. Bis zur nächsten Woche wäre dir ein Grund eingefallen, mich abzuservieren. Du hättest meine Anrufe nicht mehr erwidert. Ich wäre in die Kategorie ‚Ex-' abgelegt worden, erledigt und vorbei. Du hättest dir eingeredet, dass du es versucht hast, dass es nicht funktionieren würde und so besser wäre."

Mikhail drückte Shanes Hand an den Mund und seufzte. Die Hand war mittlerweile sauber abgeleckt und er küsste sie zärtlich. Dann ließ er den Kopf nach vorne fallen und drehte sich in Shanes Armen um. Er legte den Kopf an Shanes Brust und rieb mit der Wange über Shanes Hemd, dort, wo die Lederjacke offen stand.

„Woher willst du das wissen? Ich habe selbst noch nicht darüber nachgedacht."

Shane küsste ihn mit einem leisen Lachen auf den Kopf, obwohl es wirklich nicht sehr lustig war. „Mickey, ich kenne dein Ehrgefühl. Du hättest dir eingeredet, dass du mich für meine Aufmerksamkeit entschädigt hättest, wenn ich gekommen wäre. Es ist nicht so schwer, dich zu durchschauen."

Mikhail schwieg. Er legte die Arme um Shanes Hüfte und knuddelte sich an ihn wie ein kleines Kätzchen, das es sich in einem Korb Wolle bequem macht.

„Und wie soll ich dich dann entschädigen?", fragte er schließlich. Shane musste lächeln. Es fühlte sich an wie ein kleiner Sieg.

„In dem du bei mir bleibst, bis du mich nicht mehr ertragen kannst. Ich werde dir früher oder später auf die Nerven gehen, dann kannst du mich immer noch verlassen."

Mikhail gab einen erstickten Ton von sich, der sich wie ein Lachen anhörte, aber keines war. „Du machst es mir nicht sehr leicht, dich zu verlassen. Wer sollte dich noch vor dir selbst in Schutz nehmen, wenn ich nicht mehr bei dir bin?"

„Danke gleichfalls, Mickey. Danke gleichfalls."

9

„I'm begging you to beg me …"
Cheap Trick, *I Want You To Want Me*

„NOCH SO ein Mittwochabend, Mikhail?" Anna saß hinter dem Schreibtisch und erledigte die Abrechnungen, während Mikhail seine Jacke auszog und Shanes Schal abnahm, um sich auf seine Kurse vorzubereiten. Zurzeit war es recht einfach, denn sie arbeiteten vor allem an Routinen. Erst nach Weihnachten würde es anders werden. Dann mussten sie die neue Choreografie für ihre Aufführung im Frühjahr einstudieren.

„*Da*", murmelte Mikhail und sah an sich herab. Er hatte sich wieder schick gemacht, dieses Mal mit einem schwarzen Hemd und einer blau-grau-karierten Hose. Er hatte nicht viel Auswahl, wenn er ausgehen wollte, aber es machte ihm Spaß, sich für einen gut aussehenden Mann schick zu machen.

„Ist er ein netter Mann?", fragte Anna freundlich. Mikhail setzte sich auf den Stuhl vor dem Schreibtisch und zog seine Tanzschuhe mit den weichen Ledersohlen an. „Mikhail?", hakte sie nach. Er sah sie an und versuchte, nicht rot zu werden.

„Er ist der beste Mann. Ich warte nur darauf, dass er erkennt, wie schlecht ich für ihn bin. Dann kann ich mittwochs wieder in Jeans kommen."

„Es ist bereits das sechste Mal, dass du mittwochs mit deiner Ausgehkleidung hier auftauchst. Du solltest nächste Woche eine warme Jacke anziehen. Es ist schon November und recht kalt."

Mikhail wurde nun doch rot. Anna hatte recht. Er hatte auf dem Weg hierher in seiner dünnen Jeansjacke gefroren. Aber er hatte keine große Garderobe, schon gar keine neue Jacke. Sein ganzes Geld floss in den Spartopf für die Kreuzfahrt, die er mit seiner Mutter plante. Er schüttelte sich. Demnächst musste er Kassensturz machen und er befürchtete, dass sein Geld nicht reichen würde.

„Ja", erwiderte er leise. „Es ist ein persönlicher Rekord. Ruf die Nachrichten an, sie werden ein Aufnahmeteam schicken und ich kann den Kameramann ficken. Dann ist es endlich vorbei."

Anna warf ihm einen Blick zu, als hätte er den Verstand verloren. Er war sauer und überlegte, ob Shane es vielleicht lustig gefunden hätte. Aber zu Shane hätte er es nicht gesagt, weil Shane dann wieder gedacht hätte, dass es unvermeidlich wäre. Und das konnte Mikhail nicht mehr ertragen.

Mikhail seufzte und sah Anna in die Augen. „Er ist ein sehr netter Mann und er sollte mit einem Mann ausgehen, der genauso nett ist. Aber er hat sich für mich entschieden. Ich weiß wirklich nicht, wie ich seine Erwartungen erfüllen soll."

„Indem du auch nett bist." Anna zuckte mit den Schultern. Sie war ungefähr zehn Jahre älter als Shane, aber da Shane keine Kinder wollte, sah Mikhail darin kein Hindernis. Anna war mit ihren lockigen Haaren recht hübsch. Aber ihre eigentliche Schönheit verdankte sie ihrer sprühenden Vitalität und den Lachfalten um die Augen. Die Kinder verehrten sie, obwohl sie ihnen nichts durchgehen ließ – selbst dem süßen, dreijährigen Rotschopf nicht, der den Rest der Welt um seine pummeligen Finger wickelte. Shane sollte lieber mit Anna ausgehen, dachte Mikhail niedergeschlagen. Dann fiel ihm ein, dass Anna rauchte. Seine Mutter hatte vor zwei Jahre, als der Krebs festgestellt worden war, mit dem Rauchen aufgehört. Doch der Gestank hatte noch lange in der Wohnung und in seiner Kleidung gehangen.

Nein. Mikhail konnte Shane nicht zumuten, mit einer Raucherin auszugehen. Aber es musste doch jemanden geben, der – oder die – besser zu ihm passte als Mikhail. Bei Anna kam noch dazu, dass Mikhail sie für lesbisch hielt und das war, zusammen mit der Raucherei, dann doch zu viel.

„Nett sein", wiederholte Mikhail. „Aber sicher doch. Warum ist mir das nicht gleich eingefallen? Damit sind natürlich alle Probleme auf einen Schlag gelöst."

Anna rollte mit den Augen über Mikhails sarkastische Antwort. „Wenigstens könntet ihr euch öfter sehen, als nur einmal in der Woche."

Mikhail sah sie erschrocken an und schüttelte den Kopf.

„Hör mir zu, *Ljubime*. Ich weiß, dass es mich nichts angeht. Aber du unterrichtest jetzt seit sieben Jahren hier. Du bist in mein Studio marschiert und hast mich gebeten, beim Unterricht zusehen zu dürfen, weil dir die amerikanische Schule schwergefallen ist und du das Tanzen vermisst hast. Du hast mir nichts versprochen, aber du bist gekommen. Dann hast du den Boden gewischt, damit du tanzen konntest. Und ich habe dich tanzen sehen und dich überredet, zu unterrichten, weil du es der Welt nicht vorenthalten kannst und es weitergeben musst. Du bist nie zu spät gekommen, hast nie gefehlt und mir nie – nicht ein einziges Mal – einen Grund gegeben, dir nicht vertrauen zu können. Warum solltest du in der Liebe anders sein, als bei der Arbeit? Wenn dir an dem Mann auch nur halb so viel liegt wie an deinem Tanz – was kann es dann schaden, wenn du ihn mehr als einmal in der Woche siehst?"

Ich müsste seine Familie kennenlernen. Und sein Zuhause. Ich würde mir vorstellen, vielleicht auch dazugehören zu können. Ich würde in seinem Bett schlafen und mir vorstellen, ein Teil seines Lebens zu sein. Und wenn er es sich dann anders überlegt und mich und meine Probleme nicht mehr will ... Dann würde ich mit der Leere in meiner Seele leben müssen, die er hinterlässt.

„Der Schaden lässt sich nicht in Worte fassen", erklärte er und sie lachte, als hätte er einen Witz gemacht.

Dann war der Unterricht vorüber und die Kinder gegangen. Die letzte, Lily, war noch einmal zurückgerannt gekommen, um ihn zu umarmen. Sie war ein bezauberndes Mädchen. Mikhails gute Laune nahm noch weiter zu, als er draußen auf dem Parkplatz ein vertrautes, schwarzes Auto stehen sah. Shane lehnte am Wagen und Mikhail forderte ihn winkend auf, ins Haus zu kommen. Shane folgte der Aufforderung und kam mit dem gleichen, schüchternen Lächeln auf den Lippen durch die Tür, mit dem er Mikhail immer ansah, wenn er ihn küssen wollte, aber sich nicht sicher war, ob Mikhail es ihm erlauben würde.

Mikhail war so froh, ihn zu sehen, dass er sich auf die Zehenspitzen stellte und Shane einen Kuss gab, kaum dass die Tür hinter ihm ins Schloss gefallen war.

„Wie geht's dir Mickey?", fragte Shane nach dem Kuss. Seine Wangen waren rot, aber dieses Mal lag es nicht daran, dass er verlegen war. Dieses Mal war es die Freude über Mikhails Begrüßungskuss. Mikhail fühlte sich ermutigt und drückte ihm noch einige kleine Küsse auf die Wange. Shane war ein so schöner Mann. Sein Gesicht war kantig, aber nicht lang, und seine Augen konnten so wunderbar strahlen, dass sich kleine Lachfältchen an den Seiten bildeten. Sie machten ihn noch schöner; man musste nur wissen, worauf man zu achten hatte.

„Zieh die Schuhe aus", befahl Mikhail. „Ich möchte dir etwas zeigen." Er ließ sich seine Nervosität nicht anmerken.

Im Übungsraum ging er zur Stereoanlage und programmierte seinen iPod. Er hatte eine besondere Mischung für Shane zusammengestellt, inspiriert durch die Musik, die sie im Auto hörten, wenn Shane ihn nach Hause brachte oder sie zum Markt oder in ein Restaurant fuhren. Aber vor allem hatte er dabei an Shane selbst gedacht. Er wusste, was Shane gefallen würde. Shane war schneller da, als Mikhail erwartet hatte. Plötzlich stand er hinter ihm, legte ihm die Hände auf die Hüften und sah über seine Schulter.

„Ohh, das gefällt mir", sagte er, als Mikhail durch seine Liste scrollte. Mikhail erkannte einen Titel von Springsteen, schüttelte aber den Kopf. „Nicht für den Anfang. Wir nehmen es als zweites Stück."

Schweigen. „Okay ... was hast du vor?", wollte Shane dann wissen.

Mikhail drehte sich um und schloss die Augen, als er sich an die warme Brust lehnte. Sie hatten sich schon oft geküsst – oft und leidenschaftlich. Er kannte das Gefühl von Shanes nackter Brust unter den Händen. Der Mann war nicht eitel, er rasierte oder wachste sich nicht. Seine Brust war so, wie sie war – haarig – und Mikhail liebte es. Die Haare fühlten sich nicht rau an und manchmal, wenn er nach einer ihrer Verabredungen schlafen ging, stellte er sich vor, den Kopf auf Shanes nackte Schulter zu legen und mit den Fingern über die harten Muskeln und die seidenweichen Haare von Shanes Brust zu streicheln wie ein kleines Kind, das seinen Teddybär streichelte. Er fuhr Shane noch einmal über die Brust und öffnete dann die Augen, weil jetzt nicht der richtige Moment für diese Fantasien war.

„Jetzt tanzen wir", sagte er mit einem schelmischen Grinsen.

Es überraschte ihn nicht sonderlich, als sein großer, dummer Bulle erschrocken einen Schritt zurücktrat. „Nein", sagte Shane mit jammernder Stimme. „Mickey, ich kann das nicht. Ich kann schnell laufen und ich bin stark, aber ich bin dabei kein schöner Anblick. Ich bin nicht so wie du ..."

„Das ist Unsinn!" Mikhail lächelte, um seinen Worten den Stachel zu nehmen. „Ich sehe dich ständig tanzen. Du trommelst mit der Hand aufs Steuer oder nickst mit dem Kopf im Takt der Musik. Das ist auch tanzen. Ich bin mir sicher, dass du zu Hause tanzt, nicht wahr?"

Shane wurde rot und Mikhail hätte plötzlich seine Seele dafür gegeben, ihn tanzen zu sehen – allein und unbeobachtet, ohne jede Verlegenheit und Unsicherheit, einfach nur Shane, der in einem Raum voller Hunde und Katzen nach Herzenslust tanzte.

„Wir sind hier unter uns", sagte er zu Shanes Beruhigung, aber der sah ihn mit seinen braunen Augen nur unsicher an. Er hatte Angst, sich zu blamieren, auch und gerade vor Mikhail.

Mikhail fühlte sich geehrt und lächelte ihm zu. „Wir sind hier unter uns", wiederholte er leise. Shane lächelte zurück, schüttelte aber den Kopf. Mikhail schaltete die Anlage an und drehte sie lauter.

Die ersten Takte von Cheap Trick donnerten durch den kleinen Saal. *I waaant you to want me. I neeeeed you to need me. I looove you to love me. I'm begging you to beg me ...*

Mikhail lächelte aufmunternd und hielt Shane die Hand hin. Shane sah ihn kläglich an, ohne mit seinen Gefühlen hinterm Berg zu halten. Er schämte und fürchtete sich. Mikhail schwor sich, ihn nicht im Stich zu lassen.

„Komm, beweg deine Füße ... so." Er machte Shane die Schritte vor und Shane machte sie ihm nach. Mikhail wiederholte sie und Shane folgte ihm auch dieses Mal. „Und jetzt machen wir es im Takt der Musik."

Shane versuchte auch das. Mikhail drehte sich zu ihm um und hielt ihm die Hände hin. Shane griff zu und sie schwangen mit den Armen wie zwei Teenager in den Fünfzigern, dann hob Mikhail Shanes einen Arm hoch und drehte sich darunter um die eigene Achse. Als er wieder vor Shane stand, legte er ihm die Hände auf die Hüften und sie schwangen hin und her. Mit jedem Takt der Musik ließ Shanes Unsicherheit etwas mehr nach. Das war Shanes Musik und sein Puls schlug in ihrem Takt. Er hatte gar keine andere Wahl, als ihr zu folgen. Mikhail wusste das natürlich, denn ihm ging es genauso. Shane hielt sich vielleicht nicht für einen Tänzer, aber Mikhail zweifelte nicht daran, dass Shanes Herz genauso für die Musik schlug wie sein eigenes.

Sie tanzten, wiegten und drehten sich. Als Shane einmal beinahe gestolpert wäre, fing Mikhail ihn auf und sie tanzten einfach weiter. Mikhail hatte das Lied auf Wiederholung gestellt und als es endete, waren sie so atemlos, dass sie beide lachen mussten. Oh, Gott sei Dank. Shane *lachte*. Shane beugte sich vor und stützte sich mit den Händen auf die Knie, um Luft zu schöpfen. Dann richtete er sich wieder auf und Mikhail ging auf ihn zu, um das breite Lachen in Shanes Gesicht besser genießen zu können. Das hatte *er* dahin gezaubert. *Er* hatte Shane zum Lachen gebracht. Für einen kurzen Augenblick sahen sie sich nur an und lachten zusammen.

Dann änderte sich die Musik. Bruce Springsteens sehnsuchtsvolle Stimme hallte durch das Studio. *Worlds Apart*. Mikhail legte Shane mit einem sanften Lächeln die Hände auf die Hüften und zog ihn an sich.

„Ja. Siehst du? Das geht auch."

Es ging. Shane folgte Mikhails Führung, ließ verführerisch die Hüften kreisen und ging etwas in die Knie, um mit Mikhail auf gleicher Höhe zu sein. Es war quälend und fast zu intim, so vor dem großen Fenster zu tanzen, das den Blick ins Studio freigab. Mikhail drehte sich und drückte sich mit dem Rücken an Shanes Brust, den Hintern zwischen dessen Oberschenkel gepresst. Er fasste nach hinten und zog Shane an sich. Shane legte ihm die Hände auf die Hüften und sie bewegten sich im Takt zu Bruce Springsteen, der davon sang, Brücken zu bauen für eine Liebe.

Mikhail erhaschte einen Blick in den großen Wandspiegel. In Shanes starken Armen wirkte er sehr klein – klein und behütet. Beschützt. Nichts konnte diese Wand von Muskeln und Willenskraft durchdringen. Mikhail überlief ein Schauer vor so viel Macht. Er hatte auf der Straße gelebt, hatte Vergewaltigungen und Prügel erlebt, ja. Aber das lag hinter ihm und Shane hatte ihm versichert, dass er es nie wieder erleben musste. In Shanes starken Armen verlor selbst die Erinnerung an die Vergangenheit ihren Schrecken. Er wandte den Blick ab, aus Angst davor, was geschehen würde, wenn er diesem Versprechen zu viel Glauben schenkte.

Shane hatte von all dem nichts bemerkt. Er sah Mikhail mit einer hilflosen Mischung aus Sehnsucht und Zuneigung an, die ihn alles andere vergessen ließ. Mikhail konnte es kaum ertragen.

Als das Lied zu seinem gefühlvollen Abschluss kam, drehte er sich zu Shane um. Shane senkte den Kopf und rieb sich mit dem Gesicht an Mikhails Wange. Dann küssten sie sich. Es war ein verzehrender Kuss, voller Sehnsucht und Verlangen. Shane legte die Hände um Mikhails Gesicht und Mikhail genoss das Gefühl der Geborgenheit, vergaß für einen kurzen Moment die Zweifel und Vorbehalte, die ihn plagten. Sie schmolzen dahin wie Eis in der Sonne und Mikhail erwiderte Shanes Kuss, hungrig und leidenschaftlich und zärtlich, alles in einem. Seine Hände zitterten, als er sich haltsuchend an Shanes Schultern klammerte. Shane zog ihn an sich, als hätte er nur darauf gewartet, dass Mikhail sich nahm, was schon lange auf ihn gewartet hatte.

Mikhail wurde langsam nach hinten geschoben und er ließ es zu. Dann fand er sich hinter der Trennwand des kleinen Büros wieder und konnte durch das große Fenster nur noch den Nachthimmel erkennen. Hier waren sie vor neugierigen Blicken geschützt. Shane hob für einen Augenblick den Kopf. „Dürfen wir hier sein?", fragte er und Mikhail nickte wortlos. Er hätte wahrscheinlich sogar genickt, wenn Shane ihn über die Stange gebeugt und vor dem Spiegel gefickt hätte, aber darüber musste er sich keine Sorgen machen. Shane drehte sich um und zog den kleinen Vorhang vor der Trennwand zu, den Anna extra angebracht hatte, weil sie manchmal Ruhe brauchte, um sich besser auf ihre Arbeit konzentrieren zu können.

Dann schob er Mikhail zu dem Polstersessel, der in einer Ecke stand und für Besucher reserviert war. Als er Mikhail wieder küsste und anfing, ihn an der Zunge zu saugen, gaben Mikhail die Knie nach und er fiel nach hinten in den Sessel, als hätte er keinen Knochen mehr im Leib.

Shane blieb grinsend vor ihm stehen, aber sein Grinsen verschwand schnell wieder, als Mikhail sich an seinem Gürtel zu schaffen machte. „Nein", murmelte er, kniete sich vor den Sessel und zog Mikhail an sich, um ihn wieder zu küssen.

Dieses Mal hielt sich Shane mit den Händen nicht zurück. Er legte sie auf Mikhails Brust und ertastete jeden einzelnen Muskel dort. Er rieb ihm mit den Handflächen über die Nippel, bis Mikhail stöhnend den Kopf in den Nacken legte.

Shanes Grinsen kam zurück und er knöpfte vorsichtig Mikhails Hemd auf. „Es ist ein schönes Hemd", flüsterte er. „Ich will es nicht zerreißen."

Mikhail brachte kein Wort über die Lippen. Sein Blick war starr auf Shanes Hände gerichtet, die ihm zitternd das Hemd öffneten und das T-Shirt nach oben schoben. Dann senkte Shane den Kopf und küsste ihn mitten auf die Brust. Mikhail hielt die Luft an und kam sich vor, als würden sämtliche Nervenenden in seinem Körper explodieren. Shane ließ seine Lippen liebevoll über Mikhails Brust gleiten, bis er einen Nippel erreichte, ihn in den Mund saugte und sanft zwischen die Zähne nahm. Mikhail krallte sich in Shanes Haaren fest und bettelte um mehr, um … alles? Er bettelte einfach. Shane hob den Kopf und leckte ihm spielerisch über den Nippel, dann rutschte er zwischen Mikhails Beine und fing auf seiner anderen Brustseite von vorne an.

„Du Bastard", keuchte Mikhail und bog den Rücken durch. Shane hatte sich über ihn gebeugt und er konnte sich mit dem Schwanz an Shanes Bauch reiben. Aber Shane schob die Hand zwischen ihre Körper und drückte zu, bis Mikhail laut stöhnte und wieder … bettelte.

Dann wollte er protestieren, als er spürte, wie Shane sich an seiner Hose zu schaffen machte.

Er gab Blowjobs. Oh ja. Sie waren sein Job, seine Aufgabe. Es war seine Bezahlung. Und er war gut darin – er konnte einen Mann kommen lassen, noch bevor der richtig merkte, dass da ein Junge an seinem Schwanz lutschte, keine Frau.

Aber er bekam keine Blowjobs. Er versuchte, sich daran zu erinnern, wann ihn das letzte Mal jemand so geliebt hatte, wann er das letzte Mal einen weichen Mund auf der Brust gespürt hatte und ein stoppeliges Kinn, das ihn am Bauch kitzelte. Doch dann drückte Shane auf seinen Schwanz und er konnte nicht mehr denken. Er konnte nur noch fühlen, und er fühlte eine überwältigende Dankbarkeit. Oh … oh … oh Gott. Wie hatte er es nur sein ganzes Leben lang ohne diese Berührungen ausgehalten?

Shane bedeckte ihm den Bauch mit Küssen und Mikhails Kehle entrang sich ein tiefes Stöhnen. Er klammerte seine Hände wieder in die dichten, braunen Haare, massierte Shanes Kopf, weil er zu nichts anderem mehr in der Lage war. Shanes Küsse wurden durch den Hosenbund aufgehalten und Mikhail wimmerte verzweifelt. Aber dann öffnete Shane endlich den Reißverschluss und zog an seiner Hose. Mikhail starrte ihn sprachlos an.

„Los, Mickey", sagte Shane und warf ihm einen ungeduldigen Blick zu. „Hilf mir schon."

Mikhail hob die Hüften vom Sessel und Shane zog ihm die Hose über die Hüften nach unten. Mikhail lag, halb nackt und absolut hilflos, auf dem Sessel seiner Chefin und sah zu, wie Shane ihm zum ersten Mal den Mund um den Schwanz legte.

Mikhail wäre fast von diesem Anblick allein gekommen.

Shane schürzte die Lippen und fuhr ihm über den Schwanz, von der Spitze über den Schaft bis zu den Eiern und wieder zurück. Mikhail wimmerte, als Shane die Vorhaut zurückzog und damit spielte. Er wimmerte immer noch, als Shane seinen Schwanz in die Hand nahm und sich in den Mund schob.

Mikhail warf den Kopf in den Nacken und kniff die Augen so fest zusammen, dass er viele kleine Sternchen sah. Oh ... oh Gott ... er konnte doch nicht jetzt schon ... es hatte doch gerade erst angefangen und ... Oh Gott, nicht schon jetzt! Er zog ein Papiertaschentuch von Annas Schreibtisch und drückte es Shane in die Hand.

„Nicht schlucken", befahl er und Shane nickte wortlos. Dann nahm Shane das Tuch in die andere Hand und verschränkte seine Finger mit Mikhails und Mikhail streichelte ihm mit der freien Hand über die Wange.

Ihre Blicke trafen sich und Mikhail lief es heiß und kalt über den Rücken. *Er will das wirklich. Er will mich berühren. Es gefällt ihm.* Es hätte keine so weltbewegende Erkenntnis sein sollen – Mikhail wusste, dass er einen schönen Körper hatte. Das Tanzen hielt ihn in Form und machte ihn zu einem guten Fick. Aber das war eine Sache. Eine andere war, mit diesem Hunger, dieser Sehnsucht angesehen zu werden, von Händen berührt zu werden, die vor Begehren zitterten und ... Gott ... oh Gott ...

Sie sahen sich immer noch in die Augen, als Shane wieder den Kopf senkte und sich Mikhails Schwanz bis zum Anschlag in den Mund schob. Mikhail spürte, wie sich Shanes Kehle um die Eichel zusammenzog und Shanes Lippen gegen den Schaft pressten, aber er konnte nicht mehr zusehen. Er konnte nicht mehr zusehen, wie er mit so viel Verehrung berührt wurde, als wäre er ein Schatz, etwas so Wertvolles, dass ...

Er legte den Kopf auf die Rückenlehne und starrte durch das Fenster in den Nachthimmel. Dann fühlte er nur noch. Aber es war nicht der Sex, wie er ihn gewohnt war. Er fühlte Shanes Hand, die ihm über die Schenkel streichelte, sich um seine Eier legte und mit dem Daumen über seinen Schwanz rieb. Er fühlte Shanes Haare, dick und kräftig, unter den eigenen Händen und im Hintergrund lief Shanes Musik. *Worlds Apart* wurde abgelöst durch *The Fuse*, ein donnernder, sehnsuchtsvoller Beat, der ihm durch alle Glieder fuhr.

Oh Gott ... du verdammter, dummer Mann. Was hast du mit mir angestellt, dass dein Mund um meinen Schwanz mich mehr in den Wahnsinn treibt als die Kirche?

Ihm fiel ein, dass er mit beidem nicht sehr viel Erfahrung hatte, aber dann spürte er Shanes Zähne, die ihm zärtlich und sanft über die Eichel fuhren, und auch diese Gedanken verflogen wieder.

Mikhail murmelte leise russische Worte vor sich hin, ohne sich dessen bewusst zu sein, bis ihn eine plötzliche Kälte den Kopf heben und nach unten blicken ließ.

„Schau mich an", flüsterte Shane. „Schau mir in die Augen."

Oh Gott ... „Du hast Bitten", krächzte er, aber er sah ihn an, und Shane nahm ihn wieder in den Mund und er spürte Shanes suchende Finger, die ihm zwischen die Arschbacken glitten, und einer von ihnen schob sich – mit Shanes Spucke als Gleitmittel – in seinen Arsch und Mikhails Welt explodierte in einem einzigen Farbenmeer.

Er schaffte es noch rechtzeitig, Shane zu warnen, der den Mund von seinem Schwanz zog und ihn mit dem Papiertuch bedeckte, während er ihn mit seiner starken Hand streichelte. Dann war alles vorbei und Mikhail lag genauso schlaff im Sessel, wie sein Schwanz in Shanes Hand.

Sanfte Hände wischten ihn ab, zogen seine enge, karierte Hose hoch und sein Hemd nach unten, schlossen den Reißverschluss an der Hose und machten ihn präsentabel. Im letzten Moment riss Mikhail seinen Blick von den Händen los und sah Shane ins Gesicht. Es war ein glückliches, strahlendes Gesicht. Mikhail streichelte ihm über die stoppelige Wange.

„Du siehst sehr zufrieden aus", sagte er, nachdem für einige Augenblicke nur die Musik zwischen ihnen zu hören war.

„Es hat dir gefallen", erwiderte Shane selbstgefällig und Mikhail musste darüber lächeln. Der große Mann war so selten arrogant und selbstzufrieden, dass Mikhail gar keine andere Wahl blieb. Es war absolut liebenswert.

„Das hat es." Mikhail konnte sich kaum rühren. „Ich hätte nur gern die Chance, mich irgendwann zu dafür revanchieren."

„Nun, Mickey, das hängt ganz von dir ab", meinte Shane. „Ich bekomme gern Besuch, der zum Frühstück bleibt."

Mikhail nickte und tätschelte ihm abwesend den Hals. „Ich würde gern ... Es ist im Moment etwas schwierig, verstehst du?"

Seine Mutter. Sie hatte noch eine Chemotherapie vor sich, aber der Arzt hatte offen gesagt, dass man auch darauf verzichten konnte, falls es nicht wirklich half oder nötig war, um ihr den versprochenen Urlaub zu ermöglichen. Mikhail wollte sie nicht allein lassen, sonst hätte er Shanes Angebot schon vor Wochen angenommen.

„Natürlich verstehe ich das. Aber wir haben Zeit." Er stand auf und hielt Mikhail die Hand hin. Der griff zu, ließ sich hochziehen und landete direkt in

Shanes Armen, die sich warm und schützend um seinen schlanken Körper legten und ihn vor allem behüteten, das ihn verletzen konnte. Mikhail schmiegte sich an den starken, muskulösen Körper und wusste plötzlich, dass er in Shanes Armen vor mehr beschützt war, als nur äußerlicher Bedrohung. Sie nahmen ihm auch die Angst vor den aufwühlenden Gefühlen, die sein Innerstes erschütterten, nachdem Shane ihn eben geliebt hatte.

Es war wahrscheinlich das erste Mal, dass diese Bezeichnung zutraf. Shane hatte ihn geliebt.

Sie blieben lange so stehen und erst, als Shane ihm fürsorglich die Arme rieb, merkte er, dass er gezittert hatte.

„Warum das Papiertuch?", wollte Shane wissen und Mikhail konnte ihm nicht in die Augen sehen.

„Mein letzter Test war im August", erwiderte er. „Ich bin sehr vorsichtig und benutze immer Kondome, aber ich will kein Risiko eingehen. Ich muss mich erst wieder testen lassen."

Shane drückte ihm einen Kuss auf den Kopf. „Das war sehr lieb und rücksichtsvoll von dir, Mickey."

Mikhail wollte das Lob nicht hören. „Es war doch selbstverständlich", wehrte er ab. „Neunzig Prozent aller russischen Stricher haben HIV. Wenn ich nicht so vorsichtig gewesen wäre, hätte ich die Zeit auf der Straße nicht überlebt."

Sie schwiegen und Stevie Nicks sang darüber, wie es war, endlich siebzehn zu werden. Mikhail fragte sich, ob er sich jemals so jung gefühlt hatte, wie in diesem Moment. Gott, wie konnte er sich von diesem Mann lieben lassen und ihn dann daran erinnern, dass er ein Stricher gewesen war. Was hatte er sich nur dabei gedacht? Kein Wunder, dass er nie über Freier und One-Night-Stands hinausgekommen war. Feste Freunde waren eine furchteinflößende Erfindung.

„Das muss eine sehr schwierige Zeit gewesen sein", sagte Shane und rieb ihm immer noch beruhigend über die Arme. „Wie ist das bei deinem Job und den Männern angekommen?"

„Meistens gut", flüsterte Mikhail und hoffte wider besseres Wissen, dass Shane sich mit dieser Antwort zufriedengeben würde.

„Und wenn es nicht gut ging?"

Mikhail zuckte mit den Schultern. „Einmal bin ich im Krankenhaus gelandet." Er öffnete den Mund und spielte mit der Zunge an zwei Backenzähnen. Sie waren durch Stahlkronen ersetzt worden. „Er hat mir zwei Zähne ausgeschlagen. Als ich aus dem Krankenhaus entlassen worden bin, habe ich meine Mutter fast umgerannt, so schnell wollte ich auf die Straße zurück." Er hatte sie an die Wand gestoßen, und dafür schämte er sich heute noch.

„Warum hattest du es so eilig?" In Shanes Stimme lag nicht die geringste Anklage, darüber war Mikhail sich sicher. Er hatte genau darauf geachtet und es fast vermisst, als seine Erwartung enttäuscht wurde.

„Sie hat mein Drogengeld benutzt, um die Krankenhausrechnung zu bezahlen." Mikhails Lachen klang bitter. „Und das Geld für die Miete auch. Ich hatte nur zwei Tage Zeit, um es wieder zu verdienen. Sie wollte nicht, dass ich wieder arbeiten gehe. Ich glaube beinahe, sie wäre an diesem Tag am liebsten für mich da raus gegangen, aber …" Was jetzt kam, war besonders schlimm, und er senkte beschämt den Kopf.

Shane gab ihm wieder einen Kuss auf den Kopf, aber er sagte nichts. Er hörte nur weiter zu, und das gab Mikhail die Kraft, seine Geschichte zu Ende zu erzählen.

„Es gab jemanden, der auf mich gewartet hat. Wir haben zusammen gearbeitet, weißt du … Er hat mir alles beigebracht. Vom ersten Schuss über den Sex und bis zu der Kunst, auf der Straße zu überleben. Er hatte die Börse von dem Arschloch, das mich zusammengeschlagen hat. Wir wollten uns das Geld teilen. Mein Anteil hätte für Muttis Miete gereicht. Es war ein guter Plan."

Da war es wieder, dieses neugierige, aber geduldige Schweigen. Mikhail gab den letzten Rest an Zurückhaltung auf und legte den Kopf an Shanes Brust.

„Was ist aus dem Plan geworden, Mickey?"

„Oleg war nicht da", sagte Mikhail tonlos. „Ich war noch high von den Schmerzmitteln, ich brauchte keine Drogen. Ich habe das Heroin in unserem Versteck nicht angerührt, aber ich habe ihm eine Nachricht hinterlassen. Ich habe ihm geschrieben, ich wäre bald zurück. Dann bin ich nach Hause gegangen und …" Oh Gott. „Ich hatte Mutti an die Wand gestoßen, hatte sie angebrüllt, weil sie sich um mich kümmern wollte. Aber sie ist eine starke Frau, meine Mutter. Als ich nach Hause kam, warteten hinter der Tür zwei Nachbarn auf mich. Sie haben mich ans Bett gebunden. Dort habe ich zwei Tage lang gelegen, um zu fühlen – *wirklich zu fühlen* – was die Drogen aus mir gemacht haben."

„Mein Gott!", rief Shane überrascht. Überrascht, schockiert und auch etwas zufrieden.

Mikhail war erstaunt genug, um den Kopf zu heben und ihn anzusehen. Shanes Blick verriet Interesse an Mikhails Geschichte, aber vor allem verriet er Mitgefühl und Güte. Shane wurde rot, als er Mikhails Augen auf sich gerichtet sah. „Du hast recht, Mickey. Sie ist eine starke Frau. Dazu gehört verdammt viel Mumm", sagte er.

Mikhail lächelte. „Ja. Feigheit konnte man Ylena noch nie vorwerfen. Und sie wusste Bescheid. Sie wusste, warum ich mit den Drogen angefangen hatte und dass ich nur Geld verdienen wollte, nachdem ich nicht mehr fürs Tanzen bezahlt wurde. Sie war wie du – sie hat nicht verurteilt. Aber sie konnte mich auch nicht so weitermachen lassen. Nachdem ich zwei Tage lange geschwitzt, geschrien und gebettelt habe, hat sie mir eine kleine Dosis Heroin gespritzt, gerade genug, um die schlimmsten Entzugserscheinungen zu mindern. Dann hat sie mich aufgefordert, mich genau anzusehen." Mikhails Gesicht lief feuerrot an. Er konnte sich noch an den Gestank nach Schweiß und Erbrochenem erinnern. Er hatte sich irgendwann in die Hose geschissen, und auch daran erinnerte er sich.

„Es war nicht sehr schön", fuhr er leise fort, ohne Shane in die Augen zu sehen. Shane fasste ihn am Kinn. „Ich habe es selbst schon gesehen, Mickey. Der Entzug ist grauenhaft. Ich verstehe es, ja?"

„Ich weiß. Aber ich bin eitel genug, um von dir nicht so gesehen werden zu wollen, ja?", schnappte Mikhail ihn an. Er war erschöpft und ausgelaugt.

„Ohne Frage", versicherte ihm Shane und Mikhail erzählte weiter.

„Also hat Mutti mit mir geredet. Ich habe in meiner Scheiße gelegen und sie hat mich gefragt, ob ich wirklich so leben möchte und wann ich vorhätte, zu sterben. Die Engel müssen an diesem Tag auf ihrer Seite gewesen sein, denn ich habe ihr tatsächlich zugehört. Sie hatte Geld abgezweigt und auf die Seite gelegt, und sie war klug genug gewesen, mir nichts davon zu sagen. Wir hatten Pässe, Visa und Flugtickets. Ein Cousin von ihr, der in Brighton lebt, hatte mir schon einen Platz in der Entzugsklinik besorgt. Ich musste nur noch zwei Wochen durchhalten. Irgendwie."

Shanes Arm auf seiner Schulter zitterte leicht und Mikhail entschuldigte sich sofort. „Es tut mir leid. Es ist wirklich keine schöne Geschichte. Ich … Wir können jetzt gehen." Er wollte sich Shanes Griff entziehen und tat vollkommen unbeteiligt, als hätten sie nur übers Wetter gesprochen. Shane ließ es nicht zu.

„Erst musst du die Geschichte zu Ende erzählen, Mikhail. Ich halte dich. Alles ist gut."

Mikhail blinzelte sich die Tränen aus den Augen. „Natürlich ist alles gut. Ich bin ein Junkie, ein Stricher. Ich bin der beste Fang aller Zeiten!"

„Halt den Mund." Es war das erste Mal, dass Shane sich wirklich verärgert anhörte. Mikhail wurde hochgehoben und Shane ließ sich mit ihm rückwärts in den Sessel fallen. Mikhail landete auf Shanes starkem Körper. Sie sahen sich in die Augen.

Mikhail fuhr Shane zärtlich mit den Fingerspritzen über die Lippen. „Du bist ein so schöner Mann", murmelte er. „Du könntest jeden haben. Was willst du mit mir?"

Shane grinste ihn schief an. „Du redest schon wieder wie Kätzchen und Garn, Mickey. Finde endlich das Ende des Faden und stricke mir deine Geschichte. Was hat dein Freund dazu gesagt, dass ihr das Land verlassen wolltet?"

Es war eine Antwort ohne Antwort – wie ein Code oder eine Geheimsprache. Mikhail konnte Shanes Sprache besser verstehen, als seine eigene Muttersprache oder Englisch. Es gab ihm die Kraft, zum Ende zu kommen.

„Er hat nicht viel dazu gesagt", meinte er nonchalant. „Es blieb ihm auch nichts anderes übrig. Er war nämlich tot."

Shane knurrte, als hätte er diese Antwort zwar erwartet, wäre aber trotzdem durch die Bestätigung seiner Befürchtung getroffen worden. „Wie ist es passiert?"

Mikhail zuckte mit den Schultern. Ihm gefiel Shanes dunkelrotes Hemd. Er hatte es lange genug aus nächster Nähe studiert, um die Fadenzahl zu kennen. „Ich habe mein Versprechen gebrochen und bin nicht zu ihm zurückgekommen. Er hat sein Versprechen gebrochen und sich den ganzen Drogenvorrat gespritzt. Er war seit drei Tagen tot. Ich weiß auch nicht ... Vielleicht dachte er, ich käme nie wieder zurück. Vielleicht hat er sich nur gelangweilt. Ich weiß nur, dass er tot war und die Nadel noch in seinem Arm steckte. Mutti hat mich aus dem Schuppen gezerrt und in dem Chaos noch den letzten Umschlag mit Heroin gefunden. Der Stoff hat mir geholfen, die nächsten beiden Wochen zu überstehen. Ich hätte sonst wahrscheinlich den Verstand verloren. Jetzt ... jetzt bin ich hier. Ich lebe. Ich bin glücklich. Und Mutti ..."

Was war nur los mit ihm, dass er diesen Satz nicht zu Ende brachte? Wo waren sein Stolz und seine Unabhängigkeit geblieben? Was ihn noch mehr überraschte, war, was er dann sagte.

„Mein Gott, Shane. Was ist, wenn mein Geld nicht reicht?" Diese Angst trieb ihn schon seit Juni um, als die Ärzte ihnen mitgeteilt hatten, dass der Krebs tödlich verlaufen würde. „Sie hat erfahren, dass sie sterben wird. Und weißt du, was ihre ersten Worte waren? ‚Oh Gott, mein Junge. Muss ich wirklich im Winter sterben?' Und ... und ich hätte alles für sie getan und ich habe gesagt: ‚Beschwer dich nicht, alte Frau. Wenn du mir versprichst, Weihnachten zu überleben, bringe ich dich in die Sonne. Also hör mit dem Gejammer auf'."

Shanes Brust bewegte unter ihm und Mikhail hob den Kopf. Die Wärme in Shanes Blick tröstete ihn. „Es war ein gutes Versprechen", meinte Shane nur. „Ich bin mir sicher, dass du es halten kannst."

Mikhail seufzte und stand auf. Er war so fürchterlich müde. „Ich habe nicht genug Geld, *Ljubime*."

Shane ließ sich von ihm aus dem Sessel ziehen und ging zur Tür, um seine Schuhe zu holen. Er zog sie im Stehen an. Offensichtlich hatte er es genauso eilig wie Mikhail, endlich das Studio zu verlassen.

Sie gingen in die Dunkelheit hinaus. Die Tür schloss sich und damit verschwand auch das letzte Licht, das noch vom Flur in den Hof gefallen war. Shane legte Mikhail den Arm um die Schultern. Mikhail dachte sehnsuchtsvoll, dass er sich an so viel Aufmerksamkeit gewöhnen könnte, vor allem, als sie an Shanes Wagen ankamen und Shane ihm den Schal geraderückte und in die Jacke steckte. Shane verlor kein Wort darüber, dass es sein eigener Schal war, obwohl es ihm nicht entgangen sein konnte.

Das hielt Mikhail jedoch nicht davon ab, Shanes nächste Frage mit einer Unwahrheit zu beantworten.

„Mickey?"

„*Da?*"

Was heißt eigentlich ‚*Lju-bie-mie*'?"

Mikhail verschluckte sich fast an dem Nebel, den er einatmete, als er erschrocken Luft holte.

„Wo hast du das denn gehört?", fragte er und klammerte sich haltsuchend an Shanes Arm. Er konnte seinen eigenen Pulsschlag in den Ohren rauschen hören.

„Von dir. Schon zweimal." Shane hörte sich so unbedarft an, aber der Mann war kein Idiot. Er würde sich die Antwort genau merken.

„Zweimal?" Oh Gott. Mikhails Stimme zitterte. Verdammter Mann. Verdammter Mann mit seiner verdammten Freundlichkeit und seinen verdammten Blowjobs und wieso – verdammt! – war der Mann nicht dumm genug, um eine verdammte Liebkosung zu überhören, die Mikhail doch nur so rausgerutscht war und die Shane gar nicht hatte hören sollen. Verdammt.

„Ja. Zweimal. Einmal, als du ... äh ..." Mikhail wurde plötzlich warm ums Herz und er lächelte. Shane war ein solches Unschuldslamm. „Du weißt schon ... als du, äh ... aufgeregt warst. Und gerade eben, als wir aufgebrochen sind. Also, äh ... was heißt es?"

Mikhail schluckte tief und log ihn an. „Mein Freund", sagte er „Es heißt ‚mein Freund'."

„Mhmm. Ich werde es mir merken." Shanes Stimme hörte sich gelassen und unverfänglich an. Mikhail studierte wieder das dunkelrote Hemd. Die Knöpfe passten besonders gut zu der Farbe. Shane beugte den Kopf zu ihm herab und drückte ihm einen Kuss auf den Mund. Mikhail reagierte stärker, als er sich zugetraut hätte. Als sie fertig waren mit Küssen und ihr Keuchen laut durch den nächtlichen Nebel schallte, öffnete Shane ihm die Beifahrertür, setzte sich hinters Steuer und ließ den Motor an.

Mikhail fragte sich, was wohl die üblichen Sanktionen waren, wenn man seinen Geliebten belog. Besonders für diese Art von Lügen. Würde jetzt ein Stern vom Himmel fallen? Mikhail konnte nur hoffen, dass er ihm selbst auf den Kopf fiel und Shane verschonte. Der arme Mann war in ihn verliebt – hatte er nicht schon genug Probleme?

„Also, äh ... Mickey?" Sie waren auf dem Weg zu Mikhails Wohnung. „Wieso weißt du nicht, wie viel Geld du schon gespart hast? Hast du keinen Bankauszug?"

Mikhail wurde rot, aber glücklicherweise war es dunkel. „Ich bin ein russischer Bauerntölpel, du Bulle. Glaubst du wirklich, ich hätte mein Geld auf der Bank?"

Erstauntes Schweigen. „Und wo hast du es?"

Dieses Mal war es nicht schwer, die Wahrheit zu sagen. „Wo alle russischen Bauern ihr Geld aufbewahren. In der Schublade mit den Socken."

Shane lachte immer noch lauthals, als sie auf den Parkplatz des Miethauses einbogen.

10

„… let love give what it gives …"
Bruce Springsteen, *Worlds Apart*

SHANE WAR noch nie ein guter Lügner gewesen, aber heute hoffte er wirklich, damit durchzukommen. Seine Hand zitterte etwas, als er an Mikhails Tür klopfte und geduldig auf Antwort wartete. Er wusste, dass Ylena zuhause war, weil er sie extra danach gefragt hatte, als er das letzte Mal zu Besuch hier gewesen war. Er wusste auch, dass sie nur langsam gehen konnte und deshalb Zeit brauchen würde, um ihn einzulassen.

Während er auf sie wartete, sah er sich um. Es war ein grauer Nebeltag, der die hellbraunen Wände des Hauses durch den Kontrast heller und freundlicher wirken ließ, als sie es tatsächlich waren. Eigentlich war es gar nicht so schlecht hier. Andererseits hatte das Haus weder sechs Morgen Außengelände noch ein Hunderudel. Jedes Mal, wenn er von hier allein nach Hause fuhr, kam es ihm falsch vor, und dieses Gefühl verstärkte sich im Laufe der Zeit beständig.

Er sollte mit Mikhail nach Hause fahren. Es wäre das einzig Richtige, davon war er mehr und mehr überzeugt. Er hatte schon früher mit Freundinnen zusammengelebt und es hatte ihm gefallen. Jedenfalls solange, bis seine Spinnereien oder ihre Betrügereien und Untreue zu viel wurden. Aber er wusste, wie man sich mit Mitbewohnern arrangierte. Er wusste, wann es kaum eine Woche anhalten würde, sodass es sich nicht lohnte, eine neue Zahnbürste zu besorgen. Er wusste auch, wann es länger halten würde und er am Ende ein ganzes Jahr seines Lebens verloren hatte, das er nie wieder zurückbekam. (Na gut, das war nur einmal passiert, und diese Freundin hatte ihn von Anfang an betrogen. Seine einzige Entschuldigung war, dass er frisch von der Polizeiakademie gekommen war und sie einen Golfball durch einen Gartenschlauch saugen konnte. Er hatte nicht geahnt, wie oft sie diese Fertigkeit hinter seinem Rücken übte.) Brandon war selten zu ihm nach Hause gekommen, aber Shane hatte viel Zeit in Brandons Wohnung verbracht. Sie hatte ein breiteres Bett und einen größeren Fernseher. Außerdem hatte Brandon besseres Bier.

Was Brandons Wohnung nicht hatte, war eine persönliche Note. Weder gab es überladene Bücherregale, noch Poster an den Wänden, die seit der dritten Schulklasse gesammelt wurden und an den Ecken schon ausgefranst waren. Es gab auch keine psychotischen, felligen Vierbeiner – wie in Shanes Haus in Levee Oaks –, die sich für die besseren Menschen hielten und zur Familie gehörten.

Ein Geräusch hinter der Tür riss ihn aus seinen Gedanken. Dann ging sie auf und Ylenas lächelndes Gesicht tauchte in der Türspalte auf. Sie freute sich offensichtlich, ihn zu sehen. Er entspannte sich etwas und erinnerte sich an sein Vorhaben. Es war wichtig und er durfte es nicht vermasseln.

„Hallo, Ylena. Tut mir leid, dich so zu überfallen, aber ..."

„Schon gut, Shane." Sie trat einen Schritt zurück und ließ ihn ein. Der Hausflur mochte durch das düstere Licht freundlicher gewirkt haben, aber für die Wohnung traf das nicht zu. Im Gegenteil, das Tageslicht, das durch die Balkontür fiel, ließ sie noch trostloser aussehen, als sie ihm abends bei elektrischer Beleuchtung vorkam. Einige gerahmte Fotos hingen an den Wänden. Sie waren von ziemlich schlechter Qualität, aber liebevoll ausgewählt. Das gleiche traf für die Häkeldecken auf dem Sofa und den Sesseln zu. Aber der Teppichboden war durchgelaufen und die Farbe blätterte von den Wänden. Es war keine allzu schlechte Wohngegend, doch dieses Haus hatte seine besten Zeiten hinter sich.

Trotzdem war es ein besserer Anblick, als die Vorzeigewohnung, die Shane in L.A. hinter sich gelassen hatte.

„Es tut mir leid, dass Mikhail nicht hier ist. Aber er muss arbeiten und ist im Studio."

„Ich weiß. Ich habe ihm das Mittagessen vorbeigebracht." Das war nicht gelogen. Und es war außerdem ein Teil seines sorgfältig ausgetüftelten Plans. Mikhail hatte sich gefreut, ihn zu sehen. Aber es war ihm auch etwas peinlich gewesen und er hatte bedauert, dass sie nicht zusammen essen konnten, weil das Studio voller Tanzschüler im Vorschulalter war, die die Vormittagskurse besuchten. „Und weil ich schon in der Nähe war, dachte ich mir, ich bringe dir auch was vorbei."

Sie lächelte dankbar, doch er konnte erkennen, dass sie keinen rechten Appetit mehr hatte, weil ihre Krankheit schon so weit fortgeschritten war. Dennoch freute sie sich über seinen Besuch und die Mühe, die er sich gemacht hatte. „Nun, dann sollten wir es auch essen", sagte sie freundlich. „Willst du mir Gesellschaft leisten?"

Es war ihm ein Vergnügen. Er packte die Köstlichkeiten von *Panda Express* aus und servierte ihr einen Teller im Wohnzimmer, wo sie sich wieder auf die Couch gelegt hatte. Auf dem Bildschirm war ein Film auf Pause gestellt und er musste lächeln, als er ihn erkannte. *Ritter aus Leidenschaft.*

„Einer meiner Lieblingsfilme", sagte er.

„Ich liebe diesen Film", erwiderte sie lächelnd. „Du und mein Sohn – ihr habt auch guten Geschmack, wenn es um Filme geht. Oder ist es falsch, so viel Zeit in Fantasiewelten zu verbringen?"

Shane schüttelte den Kopf. „Nein. Ich denke mir, dass es dann leichter fällt, sich zu entscheiden, welche Art von Mensch man in dieser Welt sein möchte."

Ylena nahm einen kleinen Bissen von ihrem Teller und lächelte ihn warmherzig an. „*Da.* Mikhail geht es genauso. Es ist schwer, im wirklichen

Leben der Mensch zu sein, den man sich erträumt hat. Aber die Filme können eine Hilfestellung sein. Sie zeigen, was gut und ehrenhaft ist, und was nicht. Ich denke, ihr beiden habt viel daraus gelernt."

Shane wurde rot. „Das war schön gesagt." *Versager. Spinner. Psychopath.* Es gab schlimmere Worte, um ihn zu charakterisieren. Sie sahen den Film gemeinsam zu Ende an. Als AC/DC zum Abspann spielte, setzte er zur größten Lüge seines Lebens an.

„Wo ich schon hier bin, Ylena ... könnte ich kurz etwas aus Mikhails Zimmer holen? Die Schwester eines Freundes hat einen braunen Schal für mich gestrickt, den ich Mikhail geliehen habe. Sie will ihn an mir sehen und ich muss ihn wiederhaben."

Ylenas Blick zeigte ihm deutlich, dass sie ihm die Geschichte nicht abnahm. Aber er kam seit zwei Monaten jeden Mittwochabend zu Besuch. Sogar am Mittwoch vor Thanksgiving war er hier gewesen und hatte Truthahn mit Kartoffelpüree mitgebracht. (Benny hatte ihm wieder geholfen und es war um Klassen besser geworden, als der Hühnchen-Käse-Mayonnaise-Auflauf) Die Bayuls hatten für den nächsten Tag eine Einladung von Ylenas Kirche gehabt, sonst hätte er Mikhail ins Auto gezerrt und mitgenommen zu Deacon und Crick.

„Ich glaube, er hat ihn heute angezogen. Aber du kannst gerne nachsehen", sagte sie lächelnd. „Wir vertrauen dir, Shane."

Shane erwiderte ihr Lächeln erleichtert. Sie vertrauten ihm. Verdammt, das fühlte sich gut an. Er stand auf, brachte das Geschirr in die Küche und spülte es ab. Dann ging er durch den schmalen Flur in Mikhails Zimmer.

Es war aufgeräumt, aber nicht zu ordentlich. In einer Ecke saßen Kleiderstapel, die auf die Waschmaschine warteten. Gefaltete Kleidungsstücke lagen auf dem Bett. Die Bettdecke – blau und grün kariert – war über die Kissen gezogen, aber nicht glattgestrichen. Shane gefiel es. Es bewies Unabhängigkeit und Ordnungssinn, ohne den übertriebenen Ordnungsfanatismus, der sich in Kissenknicks oder Bettwäsche mit Bügelfalten ausdrückte.

Und wo hast du es?

Wo alle russischen Bauern ihr Geld aufbewahren. In der Schublade mit den Socken.

Shane hoffte sehr, dass Mickey keinen Scherz gemacht hatte.

Er stand vor der alten Kommode und wollte gerade die oberste Schublade aufziehen, als er die Kiste sah. Sie war aus Zedernholz – so ähnlich, wie eine große Schmuckschatulle – und genau der Aufbewahrungsort, den jemand, der den Banken nicht vertraute, für sein Geld benutzen würde. Shane entschloss sich, zuerst in der Kiste nachzusehen.

Als erstes bemerkte er einen kurzen, braunen Wollfaden von dem Schal, den Benny ihm gestrickt hatte. Er war sorgfältig abgeschnitten und lag in einem der kleinen Fächer ganz oben in der Kiste. Dann sah er den Rest des Inhalts: Die zerfledderte Rechnung, auf der er seine Telefonnummer notiert hatte; das kleine

Fläschchen mit dem Parfüm – es war nur noch halb voll; ein Buchzeiger aus Pappe, den sie bei ihrem ersten Besuch in dem Buchladen geschenkt bekommen hatten; ein billiges Plastikspielzeug, das Parry Angel vergessen hatte, als er sie und Benny zum Tanzunterricht gefahren hatte. Parry Angel hatte es im Auto liegen lassen und er hatte sich gefragt, wohin es wohl verschwunden war. Jetzt wusste er es.

Ganz unten in der Kiste lagen in dem größten Fach die Fotos. Eine unglaublich junge Ylena mit einem Baby auf den Armen. Ein dreijähriger Junge mit großen Augen und Ballettschuhen an den Füßen. Flugblätter von Ballettauftritten. Ballettschuhe, die selbst für Parry Angel zu klein wären. Zwei Konzerttickets mit kyrillischen Buchstaben, die Shane nicht entziffern konnte.

Vorsichtig klappte er den Deckel zu. Eine Schatztruhe. Die liebevoll aufbewahrten Erinnerungen eines Mannes, der behauptete, auf solche Dinge keinen Wert zu legen. Und die Zeit mit Shane, seien es auch noch so unbedeutende Momente gewesen, hatte einen Ehrenplatz.

Shane holte zitternd Luft und drückte entschlossen den Rücken durch. Dann öffnete er die oberste Schublade der Kommode.

„Hast du ihn schon gefunden?", rief Ylena aus dem Wohnzimmer.

„Nein. Ich schaue noch kurz in der Kommode nach, wenn du nichts dagegen hast." Sie antwortete nicht sofort. Vermutlich überlegte sie, ob er ihr die Wahrheit sagen würde, falls er etwas stehlen wollte. Wohl kaum.

„Mach nur!", rief sie dann. Und er machte weiter. Natürlich hatte er den Schal im Tanzstudio an der Garderobe hängen sehen, sonst wäre die ganze Aktion sowieso unsinnig gewesen.

Dann wurde er endlich fündig. Ein Bündel unsortierte Geldscheine lag, ordentlich zusammengerollt, in der hintersten Ecke der Schublade. Hervorragend. Mist. Sie waren nicht sortiert. Mist, Mist, Mist …

Shane griff in seine Tasche und zog ein Bündel aus Fünfern, Zehnern und Zwanzigern hervor, fast so dick wie das in der Schublade. Mit ungeschickten Fingern mischte er die Scheine in Mikhails Bündel, sodass sie nicht auffielen. Er hatte die Scheine sechsmal mit seinen Jeans und einem Paar Tennisschuhe gewaschen und wieder getrocknet – die Reparaturrechnung für seine Waschmaschine und den Trockner konnte es bezeugen –, aber sie waren immer noch fast wie neu. Er war sich nicht sicher, ob er Mickey damit austricksen konnte, doch ihm blieb nichts anderes übrig, als es zu versuchen. Das Schiff legte am Montag ab und am Freitag musste Mikhail es bezahlen. Er hatte Shane gesagt, dass er das Geld morgen zählen wollte.

Dann bist du hier und ich bin nicht allein, falls es nicht reicht und ich panisch werde. Was meinst du – qualifiziere ich mich damit als Fuckbuddy?

Es war eine bösartige Bemerkung gewesen, aber Shane hatte die Angst in Mikhails Stimme gehört, die seine barschen Worte Lügen strafte. Er hatte die Angst gehört und er war dabei gewesen, als Mikhail ihm seine Vergangenheit gebeichtet hatte. Deshalb war Shane nicht wütend geworden, sondern hatte nur die Hand auf

Mikhails Wange gelegt und ihn gestreichelt, bis die Anspannung nachgelassen hatte und Mikhail von Scham gepackt worden war. *Wenn jemand so mit dir redet, solltest du zum Ausgleich wenigsten auf einem guten Fick bestehen, nicht wahr?*

Ich würde mich nicht darüber beschweren. Shane war gelassen geblieben, aber wenn er ehrlich war, war Sex das letzte, woran er in diesem Moment dachte. Dann war er auf diese verrückte Idee gekommen, die jetzt wahrscheinlich nach hinten losging. Er hatte mit halbem Ohr darauf gewartet, dass Ylena ihm verweigern würde, in der Kommode ihres Sohnes zu wühlen, während der Rest seiner Aufmerksamkeit auf das Geldbündel gerichtet war. Sein Herz schlug wie wild vor Aufregung. Er konnte nicht mehr zurück. Was würde Mickey jetzt tun? Wie würde er reagieren? Würde er ihm Vorwürfe machen, weil er das Geld in die Kommode gesteckt hatte? Welcher dämliche Idiot kam auch auf solche hirnrissigen Ideen?

Seufzend rollte er das Geldbündel wieder zusammen, steckte es in den Gummiring und verstaute es hinten in der Schublade. Seine Hände waren schweißnass und er hatte sich noch nie in seinem Leben so schuldig gefühlt. Trotzdem hielt er sich an sein Manuskript und unterhielt sich mit Ylena, während er sich auf den Weg zur Tür machte.

„Ich habe nichts gefunden", sagte er mit einem freundlichen Lächeln.

„Er trägt ihn wahrscheinlich", erwiderte Ylena. Sie hatte das Sofa nicht verlassen in den gefühlten hundert Jahren, die Shane in Mikhails Zimmer verbracht hatte. Shane fühlte eine unglaubliche Erleichterung. „Er wird ihn vermissen, wenn er ihn dir zurückgeben muss."

Perfekt. Hervorragend. Es war, als hätte sie ihm das richtige Stichwort gegeben.

„Dann sag ihm besser nicht Bescheid, dass ich danach gesucht habe. Benny wird es schon verstehen. Wahrscheinlich freut sie sich sogar, dass ihre Arbeit so geschätzt wird. Es gibt ihr die perfekte Entschuldigung, mir einen neuen Schal zu stricken."

Ylena sah ihn ungerührt an, als wüsste sie genau, was er in dem Zimmer getrieben hatte. Dann nickte sie bedächtig. „Ja. Das ist wohl das Beste." Sie wollte von dem Sofa aufstehen, aber Shane winkte ab. Er ging zu ihr und gab ihr einen Abschiedskuss auf die Wange. Als sie ihm vor Monaten das erste Mal die Wange zum Kuss hinhielt, war er darüber überrascht gewesen, aber mittlerweile würde er es nicht mehr wagen, sie ohne den gebührenden Abschiedskuss zu verlassen. Es war fast, als wäre sie seine eigene Mutter.

„Pass gut auf dich auf, Ylena. Mikhail freut sich sehr auf eure Kreuzfahrt. Sie bedeutet ihm sehr viel, weißt du." Sie hielt ihn am Arm fest und sah ihm in die Augen.

„Ich weiß. Ich lebe nur noch dafür, ihm diesen Wunsch zu erfüllen. Es wird ihm den Abschied erleichtern."

Shane nickte mit trockenem Mund. Sie hatte nie mit ihm über ihren Tod gesprochen, aber sie waren beide keine guten Lügner. „Dein Sohn wird dich sehr vermissen", sagte er mit belegter Stimme. Sie nickte.

„Ich hatte immer gehofft, dass er ein nettes Mädchen findet. Mädchen kümmern sich besser um ihre Männer, als ein anderer Mann, verstehst du?"

Shane wurde rot. „Ja. Mädchen können kochen."

Und ausgerechnet darüber musste sie lachen. Er wurde daran erinnert, wie jung sie noch war – wie jung sie gewesen sein musste, als sie den kleinen Mikhail in den Armen hielt und das Foto gemacht wurde, das er in der Kiste gefunden hatte.

„Es ist mir egal, ob du kochen kannst oder nicht, Officer Perkins. Aber du kannst in das Herz meines Sohnes sehen und dir gefällt, was du dort siehst. Es fällt mir vielleicht leichter, ihn allein zurückzulassen, wenn jemand wie du sich um ihn kümmert."

Jetzt war er nicht mehr rot im Gesicht. Er war feuerrot. Oh Gott, das war so nicht geplant gewesen. Ylena und Mikhail hatten ihr Spiel gespielt. Es war ein sorgfältig einstudierter Tanz gewesen, der zwischen Mikhails unausgesprochener Wahrheit und Ylenas Hoffnung auf eine Familie und ein Heim für ihren Sohn hin und her pendelte.

„Ylena, was heißt ‚Lju-bie-mie'?", fragte er verlegen. Sie gab ihm seine Antwort, ohne auch nur eine Sekunde zu zögern.

„Es heißt ‚Geliebter'."

Shane nickte. Er hatte gewusst, dass Mikhail ihn angelogen hatte. Aber er hatte nicht geahnt, wie weit Mikhail mit seiner Lüge gegangen war. „Dann heißt es nicht so etwas wie ‚Kumpel' oder ‚Freund'?", fragte er sicherheitshalber nach.

Ylena schüttelte lächelnd den Kopf. „Nein. Es heißt ‚Liebster', so wie es eine Mutter zu ihrem Kind oder ein Geliebter zu einem anderen sagt. Wo hast du das Wort gehört?"

„Mikhail hat es benutzt."

Ihr Lächeln war schüchtern, aber sie strahlte jetzt über beide Wangen. „Und er hat dir gesagt, dass es ‚Freund' heißt?"

„Ja. Aber ich habe es ihm nicht geglaubt."

„Das solltest du auch nicht. Mein Sohn hat dich angelogen. Was glaubst du wohl, warum er das getan hat?" Ihr Lächeln wurde noch strahlender und Shane trauerte um ihre verlorene Schönheit. Diese Frau musste atemberaubend gewesen sein.

„Ich denke, er wusste, welche Bedeutung es hat", erwiderte er leise. „Und er hatte Angst davor."

„Ich glaube, damit hast du recht, *Ljubime*", sagte sie. Das Lächeln verschwand aus ihrem Gesicht, aber die Erinnerung an sein Strahlen blieb zurück. „Vergiss nie, ihn daran zu erinnern, welche Bedeutung du für ihn hast, dann wird er eines Tages nicht mehr lügen. Ich freue mich auf diesen Tag, denn dann ist meine Arbeit getan. Dann kann ich sie an einen anderen übergeben und habe keine schlimmen Träume mehr."

„Keine schlimmen Träume, Ylena", flüsterte Shane und küsste sie noch einmal auf die Wange. „Wir sehen uns morgen Abend."

„Ich freue mich darauf." Sie hörte sich begeistert an, aber noch bevor Shane die Wohnung verlassen hatte, legte sie den Kopf aufs Sofa und schlief ein.

AM NÄCHSTEN Tag war Shane mit seinem Streifenwagen unterwegs, als er den Anruf erhielt. Er schaltete die Freisprechanlage ein und hörte Mikhails aufgeregte Stimme, die so schnell auf ihn einredete, dass er kaum ein Wort verstand. Mikhail hätte genauso gut russisch reden können.

Shane fuhr auf den Parkplatz des Spirituosenladens, um die Unterhaltung besser genießen zu können.

„Mach langsam, Mickey. Ich verstehe kein Wort!" Es war das erste Mal, dass Mikhail ihn von sich aus anrief, wenn man von dem einen Gespräch auf der Ren Faire absah, als sie sich gerade erst kennengelernt hatten.

„Geld, Shane! Wir haben Geld! Ich habe nachgezählt und es reicht für die Kreuzfahrt. Sogar für eine teure Kabine. Und ich kann Mutti ein neues Kleid kaufen und ..." Mikhail holte tief Luft, um sich zu sammeln. „Wir haben es geschafft. Wir können am Montag nach Mexiko reisen. Wir sind am 6. Januar wieder zurück. Wir fahren!"

Shane grinste. „Das ist wunderbar, Mickey. Absolut unfassbar. Ich werde dich an Weihnachten vermissen. Ich wollte dich gerne der Familie vorstellen, aber das ist kein Problem. Wir können es nachholen, wenn du wieder zurück bist."

Am anderen Ende herrschte plötzliches Schweigen, als wäre Mikhail erst jetzt bewusst geworden, dass sie die Feiertage nicht zusammen verbringen würden. „Ich ... ich werde dich auch vermissen", sagte Mikhail dann. Shane war froh, dass er auf den Parkplatz gefahren war und sich in aller Ruhe vorstellen konnte, wie Mikhail ausgesehen haben musste, als er das Geld gezählt hatte und es wider Erwarten für ihre Reise reichte. Er hatte diesen Ausdruck schon oft in Mikhails Gesicht gesehen – wenn er mit dem Mittagessen ins Tanzstudio kam, als er das erste Mal zu ihrer Verabredung erschienen war und als er Ylena das erste Mal einen Kuss auf die Wange gab. In letzter Zeit hatte er diesen Gesichtsausdruck gesehen, wenn Mikhail den Kopf in den Nacken legte und die Augen schloss, während Shane seinen Schwanz im Mund hatte.

Dann wollte er Mikhail in die Augen sehen, weil allein dieser Ausdruck ihn kommen ließ.

„Du musst viele Fotos für mich machen", sagte er, und wieder herrschte am anderen Ende der Leitung Schweigen.

„Daran habe ich noch gar nicht gedacht. Mist. Ich muss eine Kamera kaufen ..."

„Kein Problem. Es gibt billige Einwegkameras, die man in jeder Drogerie bekommt."

Ein glückliches Lachen war seine Antwort. „Gott, ja. Na also. Siehst du? Du bist unersetzlich. Du … kommst du mit uns zum Schiff? Ich … Die Leute aus der Kirche fahren uns, falls du keine Zeit hast. Aber … falls du Zeit hast, dann … Es wäre schön."

Shane wollte gar nicht wissen, wie er gerade aussah, so albern kam ihm sein Grinsen vor. Die Welt musste ihn eben ertragen, mit all seinen Spinnereien und Marotten. Er wollte nie wieder anders sein, als er jetzt war. „Ich würde gerne mitkommen, Mickey. Aber ich sollte mir vielleicht ein Auto ausleihen. Der GTO ist nicht sehr bequem für deine Mom und es ist eine lange Fahrt."

Wieder Stille. Es hörte sich an, als würde Mikhail schlucken müssen. „Du bist ein guter Mann, weißt du das eigentlich? Mutti redet schon seit Wochen von dir. Nachdem du ihr gestern das Mittagessen vorbeigebracht hast, ist sie gar nicht mehr zu stoppen."

„Dann verrate ihr besser nicht, welche Pläne ich noch mit dir habe. Mütter hören solche Sachen nicht gern."

Nochmals Stille. Dann, fast schüchtern: „Vielleicht sollte ich dann besser auch nicht sagen, welche Pläne ich mit dir habe?"

Shane wurde rot. „Ich hatte gehofft, dass du auch Pläne hast", sagte er leise. „Vielleicht kannst du sie mir ja direkt sagen, sobald ihr wieder zurück seid, ja?"

„Ich freue mich schon darauf", erwiderte Mikhail aufrichtig.

Shane wollte gerade antworten, als sein Funkgerät sich meldete. „Mist. Einen Augenblick, Mickey." Er schaltete das Telefon stumm und hörte auf die Nachricht. Levee Oaks Ecke L-Street. Mist. Mist, Mist, Mist. Häusliche Auseinandersetzung. Wahrscheinlich Alkohol oder Drogen im Spiel, bei wem auch immer. Es war egal. Die Rivas waren notorisch und hatten beide nicht mehr alle Tassen im Schrank.

Er griff zum Funkgerät. „Officer Perkins hier. Ich bin in fünf Minuten am Einsatzort." Er ließ den Motor an und schaltete das Telefon wieder an. „Mickey, ich muss Schluss machen. Wir sehen uns heute Abend, ja?"

„Auf jeden Fall", sagte Mikhail. „Pass auf dich auf."

„Verlass dich drauf." Shane beendete das Gespräch, als das Funkgerät sich wieder meldete. „Perkins."

„Perkins, hier ist Calvin. Hör zu. Der Notruf hat sich gefährlich angehört. Geh da nicht rein, bevor ich auch da bin. Verstanden?"

„Wie weit bist du entfernt?", fragte Shane. Das Problem war, dass Donny und Rachel Rivas drei Kinder hatten. Wenn die Kinder bei Pflegefamilien wären, wäre das kein Problem. Dann könnte er auf Verstärkung warten, egal, was die beiden in ihrem Rausch miteinander anstellten. Aber wenn eines der Kinder betroffen war, dann war das eine andere Sache.

„Ich bin auf der Elkhorn in der Nähe der Wache."

„Nun, ich bin schon hier. Ich sehe mich etwas um, gehe aber noch nicht zum Haus, bevor du ankommst. Versprochen." Shane schaltete das Funkgerät ab und parkte am Straßenrand vor dem Haus mit seinem zugewucherten Vorgarten. In diesem Winter hatte es nicht genug geregnet, um dem Grün eine Chance zu geben. Die braunen, verdorrten Sträucher passten zum Zustand des heruntergekommenen Hauses.

Shane stieg aus dem Wagen und schlug die Tür zu. Hinter dem Haus hörte er ein Kind schreien. Verdammt.

Im Rückblick musste er sich loben. Er lief nicht einfach mit gezogener Waffe ins Haus. Er schlich an der Hauswand entlang und sah vorsichtig um die Ecke. Der Anblick, der sich ihm hinter dem Haus bot, war der Stoff, aus dem die Albträume von verantwortungsbewussten Polizisten gemacht sind.

Hinter dem Haus stand Donny Rivas. Er hatte seine älteste Tochter – sie war sieben Jahre alt – mit einem Arm an sich gedrückt und hielt in der anderen Hand ein Messer, mit dem er ihr langsam kleine Muster in den nackten Oberschenkel schnitzte.

„Wo ist der Stoff, du kleines Stück Scheißdreck? Er war im Haus und jetzt ist er weg. Du schleichst dich doch immer überall rum – wo hast du ihn versteckt, verdammt?"

Shane sackte das Herz in die Hose. Scheiße, in dieser Situation konnte er nicht auf die Verstärkung warten. Es widersprach zwar jeder Regel, die er jemals eingetrichtert bekommen hatte, aber er musste etwas unternehmen.

„Ich weiß nicht! Ich war es nicht!" Die Schreie des kleinen Mädchens waren entsetzlich. Noch entsetzlicher war, was sie dann sagte. „Das Baby hat es gegessen! Ich konnte nichts machen. Jetzt ist es krank."

Ach du große Scheiße. Scheiße, Scheiße, Scheiße. Shane zog das Funkgerät vom Gürtel und kontaktierte Calvin. „Calvin, wir brauchen einen Rettungswagen. Hier ist ein Kleinkind mit einer Überdosis Crystal Meth."

„Scheiße. Wo bist du?"

„An der Seite des ... *Mist!*"

Rachel Rivas kam kreischend auf ihn zugerannt und schwang ein Küchenmesser. Er ließ das Funkgerät fallen und wich unbeholfen dem Messer aus. Er sah ihre strähnigen Haare und ihre gelben, verrotteten Zähne vor sich, als sie erneut ausholte. Das Messer prallte von der Schutzweste ab, die er unter seiner Uniform trug. Er trat einen Schritt zurück und wollte nach seinem Schlagstock greifen, stieß aber mit dem Ellbogen an einen harten Körper.

Donny Rivas fiel grunzend zu Boden, im gleichen Moment, als Shane Rachel mit dem Schlagstock das Messer aus der Hand schlug. Sie schrie und fiel nach hinten. Shane wollte sich umdrehen, um die Hauswand im Rücken zu haben, aber Donny fasste ihn mit einem Arm um den Oberkörper und stieß mit dem Messer in der anderen Hand zu.

Das Messer fand genau die Lücke zwischen der Schutzweste und Shanes Brustkorb, wo es sich in sein Fleisch bohrte und an einem Knochen abrutschte. Shane brüllte vor Schmerz und ließ sich an die Hauswand fallen. Donny stöhnte, als er zwischen der Wand und Shanes schwerem Körper eingepresst wurde. Der abgemagerte Junkie-Körper bot nicht viel Schutz gegen Shanes Gewicht. Das Messer bohrte sich noch etwas tiefer in Shanes Körper, bevor er sich aufrichten konnte und Donny das Messer loslassen musste. Shane schaffte noch zwei Schritte – nur weg von den beiden keuchenden und heulenden Wracks, die offensichtlich unter starken Entzugssymptomen litten. Er zog seine Waffe aus dem Holster und hielt sie mit zitternden Händen in ihre Richtung.

„Ihr beiden", bellte er sie an. „Ihr haltet jetzt den Mund. Ich bin ein Bulle, verdammt, und ihr seid festgenommen. Und für euer Kind kommt eine Ambulanz. Falls ihr euch noch daran erinnert und es euch nicht scheißegal ist." Er musste den letzten Satz brüllen, weil die Sirenen näher kamen und immer lauter wurden. Das Blut lief ihm an der Seite herab und ihm wurde langsam schwarz vor Augen, aber er hielt die Waffe umklammert, bis er endlich Calvins Stimme hörte.

„Perkins! Perkins! Wo steckst du, zum Teufel?"

„Hier bin ich!", rief er. Das Atmen fiel ihm schwer. Es erinnerte ihn an die durchbohrte Lunge, die er von seiner letzten Begegnung dieser Art davongetragen hatte. Er hörte, wie Calvin auf ihn zugerannt kam und versuchte mühsam, sich auf den Beinen zu halten.

„Calvin?", keuchte er und holte röchelnd Luft. „Wie viele Rettungswagen sind gekommen?"

„Drei", sagte Calvin. „Oh Gott, Shane ... du bist ..." In diesem Moment fing Donny zu wimmern an und Calvin richtete die Waffe auf die beiden Junkies, die sich auf dem Boden wälzten. Das Messer, das zu Donnys Füßen lag, war von Shanes Blut bedeckt. Shane zitterte vor Anstrengung. Er musste einen klaren Kopf behalten.

„Sammle die Waffen ein", sagte er und kämpfte um Luft. „Sofort, Calvin. Wir haben nicht viel Zeit."

Calvin zuckte zusammen und kickte die beiden Messer außer Reichweite. Aus dem Haus waren die Stimmen von Polizisten, Sanitätern und verängstigten Kindern zu hören. Am Rand bekam Shane noch mit, dass weitere Verstärkung eintraf, aber seine ganze Aufmerksamkeit war auf Calvin gerichtet.

„Hast du alles im Griff?", fragte er und seine Stimme hörte sich merkwürdig hoch und fast gelassen an. Calvin nickte nur. „Gut", sagte Shane. Er fühlte sich vollkommen klar und war die Ruhe selbst. Dann kippte er um und verlor das Bewusstsein.

11

„I find it hard to tell you, I find it hard to take ..."
Gary Jules, *Mad World*

MIKHAIL FIEL erst viel später auf, dass er nie auch nur ansatzweise die Befürchtung gehegt hatte, Shane hätte sein Versprechen gebrochen. Als er nach dem letzten Tanzkurs das Auto nicht auf dem Parkplatz stehen sah, war sein erster Gedanke, Shane anzurufen und sich zu erkundigen, was ihn aufgehalten hatte.

Als Shane den Anruf nicht annahm, wurde ihm flau im Magen. Er redete sich ein, dass das kindisch wäre und wählte erneut Shanes Nummer.

Dieses Mal wurde der Anruf angenommen. Im Hintergrund der fremden Stimme waren Schritte zu hören, die durch leere Korridore hallten. Das war insofern gut, als dass Mikhail nicht automatisch annahm, Shane hätte einen fremden Mann im Schlafzimmer. Mikhail erkannte dieses Geräusch. Es war ein Krankenhausgeräusch. Es war ein Krankenhausgeräusch und der Mann an Shanes Telefon war nicht Shane.

„Äh ... Hallo?"

„Shane?" Mikhail sackte das Herz in die Hose. Er kämpfte gegen seinen Fluchtreflex. Er wollte nicht aus Feigheit die Verbindung unterbrechen und nach Hause laufen. Er wollte sich nicht einreden, dass heute nicht Mittwoch wäre und ihre Mittwoche sowieso noch nie viel mehr bedeutet hatten, als dass sie zufällig der Tag mitten in der Woche waren, und auch das war nur von Bedeutung, wenn er am Wochenende auf einem Festival auftreten musste.

„Nein. Nein, er ist noch im OP. Wer spricht da?"

Mikhail hatte das Tanzstudio noch nicht verlassen, und das war auch gut so, denn er musste sich setzen. Der Boden im Studio war sicherer, als der schlecht beleuchtete Parkplatz, auf dem er wahrscheinlich vom nächsten Auto überfahren worden wäre.

„Ein Freund", sagte er mit schwacher Stimme. „Operation?

„Oh Gott ... du wusstest nicht ... Natürlich wusste er nicht Bescheid, sonst hätte er nicht Shanes Nummer gewählt. Jeff, du bist ein Idiot." Der Fremde schien mit sich selbst zu reden. Mikhail wollte ihm eine Frage stellen oder etwas anderes Intelligentes sagen. „Bist du der Jeff, der zum Abendessen auf Deacons Ranch kommt?", war alles, was er herausbrachte.

Es dauerte einen Moment, bis der Mann sich wieder meldete. „Du bist der Mann, von dem Shane nicht zugibt, dass er mit ihm ausgeht, weil er Angst hat, dass du wieder die Flucht ergreifst."

Mikhail schluckte tief. Autsch. Aber es war die Wahrheit. „Der bin ich", erwiderte er und seine Stimme war in dem dunklen Flur kaum zu hören. „Wie ... was ist passiert? Ist er schwer verletzt? Ich ... Oh Gott. Ich kann frühesten morgen kommen, weil so spät keine Busse mehr fahren. Und ich kann meine Mutter nicht allein lassen ..." Er schwätzte Unsinn, plapperte einfach seine Gedanken heraus. Er wurde panisch. „Scheiße", unterbrach er sich. „Bitte ... sag mir, dass alles wieder in Ordnung kommt."

Am anderen Ende war herrschte wieder kurzes Schweigen. „Er kommt wohl durch", kam dann die vorsichtige Antwort. „Das Messer ..."

„Welches Messer?"

„Ja. Jemand hat von hinten mit einem Jagdmesser auf ihn eingestochen. Es ist an der Schutzweste vorbei durch seine Rippen in die Lunge eingedrungen. Ich glaube, es hat noch eine andere lebenswichtige Stelle erwischt. Sie versuchen jetzt, die Blutungen zu stoppen und mit Antibiotika eine Infektion zu verhindern. Mach dir keine Sorgen wegen heute Nacht. Er kommt vor morgen nicht zu Bewusstsein. Wenn du dann kommen könntest, würde er sich sicher freuen."

„Niemand hat mich verständigt", murmelte Mikhail vor sich hin. „Natürlich nicht. Niemand wusste von mir. Niemand wusste von mir, weil ich ihm nie gesagt habe, ob wir uns in der nächsten Woche noch sehen. Ich habe ihm nur gesagt, warum er nicht mehr kommen sollte. Und jetzt ist er verletzt und niemand wusste, wie man mich erreicht ..." Er zitterte am ganzen Leib und wäre wahrscheinlich in einen Schockzustand verfallen, wenn Jeffs Stimme nicht irgendwann doch zu ihm durchgedrungen wäre.

„Mein Süßer ... pass auf, Schätzchen ... *du Idiot!* Vergiss jetzt für einen Augenblick deine verdammten Schuldgefühle und hör mir zu, ja?"

„*Da*", flüsterte Mikhail und dann gab Jeff-die-Stimme-am-anderen-Ende-der-Leitung ihm Anweisungen.

„Als erstes wirst du jetzt eine Jacke oder etwas Ähnliches anziehen. Du hast doch etwas, um dich warm zu halten?"

„*Da*", sagte Mikhail, holte seine Jacke und den Schal und wickelte sich darin ein. Dann ging er in Annas Büro, nahm die Decke vom Sessel und wickelte auch die um sich. So konnte er zwar nicht nach Hause laufen, aber im Studio würde es ihn wärmen und das Zittern unterbinden.

„Gut. Jetzt bist du schon wieder ansprechbar. Toll. Also ... Es stimmt, wir wussten nicht über dich Bescheid. Wir wussten auch nicht, wie du zu erreichen bist, und das sind zwei Dinge, die du so schnell wie möglich ändern solltest. Habe ich recht?"

„*Da* ... ja. Ich verstehe. Ich ... Als er das letzte Mal im Krankenhaus war, hat ihn niemand besucht. Er hat einen Monat im Krankenhaus gelegen und kein Mensch hat ihn besucht. Ich kann es nicht ertragen, dass er da alleine liegt und denkt, niemand kommt zu ihm und ..."

„Mein Gott", murmelte Jeff. „Davon habe ich nichts gewusst. Damit sind wir wohl quitt. Keine Sorge, Mann ... Wie heißt du eigentlich?"

„Mikhail, aber ..." Er wurde rot, weil es ein unbedeutendes Detail war, ihm aber trotzdem so verdammt wichtig vorkam. „... Shane nennt mich Mickey."

„Nun, dann sollte ich dich besser Mikhail nennen, weil er mir sonst die Fresse poliert, sobald er wieder auf eigenen Füßen stehen kann. Also gut, Mikhail. Mach dir keine Sorgen, er ist morgen auch noch hier ..."

„Ganz sicher?" Gott, hörte sich das erbärmlich an. Er kam sich vor, wie ein verängstigtes Kind, konnte es aber nicht ändern.

Jeff – wer immer er auch war – hatte eine Art, die gleichzeitig mitfühlend und forsch war. Mikhail fragte sich, ob Jeff vielleicht ein Arzt war, weil die sich auch oft so anhörten. „Ja, Mikhail. Ich bin mir sicher. Er ist zu stark und fit, um sich davon plattmachen zu lassen. Er wird morgen hier sein und übermorgen auch noch. Du hast also ausreichend Zeit, deine Abwesenheit heute wiedergutzumachen. Wir sind alle hier. Deacon, Crick, Benny, Andrew, Jon, Amy ... mein Gott, selbst das Baby wartet hier auf ihn. Er wird uns nicht los, solange er uns nicht zum Teufel jagt. Und selbst dann muss er sich sehr überzeugende Argumente einfallen lassen, ja?"

Mikhail konnte endlich wieder richtig atmen. „Gut", sagte er, aber es hörte sich immer noch verzagt und verlassen an. Einige Sekunden lang sagte keiner der beiden ein Wort. „Oh Gott, dann muss ich Deacon kennenlernen!", platzte es dann aus Mikhail heraus.

„Die Wahrscheinlichkeit dazu besteht durchaus", erwiderte Jeff trocken. „Obwohl du dem bisher sehr geschickt ausgewichen bist."

„Das verstehst du nicht. Er redet von Deacon wie ... als wäre Deacon sein Vater und Gott in einer Person ... Ich bin der Mann, über den ein Vater oder Gott nie etwas erfahren sollte."

Am anderen Ende der Leitung war ein müdes, aber amüsiertes Prusten zu hören. „Süßer, vor zehn Jahren hätte ich dich mit dieser Empfehlung selbst genommen."

Vor zehn Jahren war ich ein Junkie und Stricher in Russland, der seine Mutter durchs Zimmer geschleudert hat, um wieder auf die Straße zu kommen. „Vor zehn Jahren war ich erst fünfzehn."

Wieder das trockene, amüsierte Prusten. „Nun, dann vielleicht auch nicht."

„Ich will Deacon nicht treffen", flüsterte Mikhail wie zu sich selbst. „Deacon kennenzulernen heißt, dass ich Shanes Erwartungen in mich erfüllen muss."

„Nun, das ist so", meinte Jeff und atmete tief durch. Er hörte sich erschöpft und besorgt an. Mikhail sollte den netten Mann wirklich nicht länger mit seinen dämlichen Ängsten zumüllen. „Aber, mein Süßer ... wenn du der Mann sein willst, der in Notfällen verständigt wird, dann wirst du das nicht vermeiden können."

„Wo ist er? In welchem Krankenhaus?", fragte Mikhail ausweichend, weil er darüber im Moment wirklich nicht nachdenken wollte.

„U.C. Davis", antwortete Jeff und sagte ihm die Zimmernummer. „Das ist auf der Intensivstation, aber wenn alles gut läuft, wird er morgen auf ein normales Zimmer verlegt."

„Gott, das hoffe ich", erwiderte Mikhail. „Ich bin morgen da", fuhr er dann fort. „Wenn … falls er nach mir fragt, könnt ihr es ihm ausrichten. Sagt ihm, es wäre ein Versprechen."

„Wird gemacht. Geht es dir jetzt wieder besser?" Mein Gott, jetzt war selbst dieser Mann mit seiner trockenen, amüsierten Stimme plötzlich nett zu ihm.

„Ja. Ich gehe nach Hause und bereite alles vor. Ich mache Pläne. Ich schaffe das schon." U.C. Davis war zwei Stunden Busfahrt von hier entfernt und seine Mutter hatte morgen einen Termin für die Chemotherapie. Am Nachmittag musste er noch mehrere Kurse geben. Wenn er sein Versprechen halten wollte, musste er den Tag wirklich genau planen.

Mikhail fühlte sich ausgelaugt und abgestumpft, als er das Gespräch beendete und das Tanzstudio verließ. Aber wenigstens hatte er nicht vergessen, die Schuhe anzuziehen und abzuschließen.

Die Weihnachtbeleuchtung spiegelte sich auf dem nassen Asphalt, während er wie in Trance durch die Straßen ging. Dann stand er in der offenen Wohnungstür, ohne so recht zu wissen, wie er nach Hause gekommen war. Erst die heisere, geschwächte Stimme seiner Mutter brachte ihn wieder in die Wirklichkeit zurück.

„Du bist spät, *Ljubime*. Hast du Shane mitgebracht?"

Mikhail blieb wie erstarrt auf der Schwelle stehen. Er überlegte, es seiner Mutter zu verheimlichen. Er konnte ihr sagen, dass Shane ihn verlassen hätte, dass er von einer Beziehung zwischen ihnen nichts mehr wissen wollte. Es würde sie zwar verletzten, aber sie würde sich wenigstens keine Sorgen machen. Er öffnete den Mund, brachte die Worte aber nicht über die Lippen.

„Er ist im Einsatz verwundet worden, Mutti. Er … er wird noch operiert und ich … Sie glauben, dass er wieder gesund wird …" Seine Stimme brach. Er konnte sich nicht erinnern, durch die Wohnung gelaufen zu sein, aber als er wieder klar denken konnte, hatte er den Kopf in den Schoß seiner Mutter gelegt wie ein kleines Kind. Sie streichelte ihm über die Haare und flüsterte ihm auf Russisch tröstende Worte zu. Nach einigen Minuten fasste er sich wieder und richtete sich auf.

„Ruf Olga Divacz an, damit sie mich morgen zum Arzt fahren kann", sagte seine Mutter. Ihre Stimme hat jetzt einen sehr entschiedenen Ton. „Du musst zu ihm ins Krankenhaus fahren, ja?"

Mikhail sah sie an und nickte. „Ja. Aber er hat viele Freunde, die schon bei ihm sind. Vielleicht bemerkt er mich gar nicht."

Die empörte Reaktion seiner Mutter war beruhigend. „Pfft! Das ist Unsinn, *Malchik*. Du bist der erste, den er nach dem Aufwachen sehen will."

Mikhail atmete tief durch und rieb sich die Tränen von den Wangen. „Danke, Mutti. Ich glaube, ich bin manchmal ziemlich dumm und … Ich mache uns das Abendessen."

Ylena fasste nach seiner Hand. „Das darfst du nicht sagen, Mikhail. Bitte ..."
Er wollte aufstehen. „Du darfst dich nicht dumm fühlen. Du hast den Mann in dein Herz geschlossen. Ich hatte Angst, dass du niemals einen Menschen in dein Herz lassen würdest, aber du hast es getan. Ich ... ich bin sehr froh darüber."

Mikhail drehte sich zu ihr um und versuchte es mit seinem erprobten Schelmengesicht. „Auch wenn er kein Mädchen ist, das für mich kochen wird?"

Ylena lachte und wuschelte ihm durch die Haare. „Ich fürchte, in diesem Fall bist du das Mädchen, das für ihn kochen wird, *Malchik*. Aber er ist ein netter Mann und deshalb stört es mich nicht."

AM NÄCHSTEN Tag musste er dreimal umsteigen und brauchte fast den ganzen Vormittag, um von Citrus Heights zum Stockton Boulevard in Sacramento zu gelangen, aber er schaffte es. Er war müde und gereizt, als er im Krankenhaus nach dem Weg zu Shanes Zimmer fragte und durch die langen Korridore ging. Als er sich dem Zimmer näherte, kam er an zwei Männern vorbei – einer auffallend groß, der andere auffallend hübsch und mit einem Cowboyhut. Die beiden unterhielten sich leise über einen dritten Mann, der ihrer Meinung nach verdammt stur war. Mikhails Herz schlug schneller.

Es hörte sich nach Shane an.

Er fand das Zimmer und sah zögernd durch die offene Tür. Ein dunkelhaariger Mann mit einer schicken Jacke und polierten Schuhen stand am Fußende des Betts. Er hielt ein Buch in der Hand und unterhielt sich ungeduldig mit Shane.

„Natürlich sind sie sauer", sagte er und Mikhail erkannte die Stimme. „Du hast uns allen eine Scheißangst eingejagt und jetzt fällt dir nichts Besseres ein, als uns zu fragen, wer deine Tiere füttert? Komm schon, Mann. Du solltest selbst was essen, um Gottes Willen."

„Ich habe keinen Hunger", erklärte Shane aus dem Bett. „Und ich will niemandem zur Last fallen."

„Mein Gott, du bist noch schlimmer als Deacon!", rief Jeff lachend und Shane lächelte müde.

„Niemand ist schlimmer als Deacon." Seine dunklen Haare standen in alle Richtungen ab und sein starker, wunderbarer Körper war in ein weißes Krankenhaushemd gehüllt. Seine Brust war bandagiert und er war bleich im Gesicht. Er war wunderschön.

„Ja. Aber du solltest einfach zugeben, dass es dir schlecht geht und du nichts essen willst. Wir würden es verstehen. Es ist der Unsinn mit dem ‚nicht zur Last fallen', der uns zum Wahnsinn treibt."

„Bitte?", flüsterte Shane. „Ich fühle mich schlecht und will jetzt nichts essen. Mehr als eine Suppe schaffe ich nicht."

Jeff sah ihn grinsend an. „Suppe! Hervorragend. Ich gehe kurz raus und sage Bescheid, dann kann Benny dir Suppe mitbringen."

„Jeff ..."

Aber Jeff war schon aus dem Zimmer verschwunden. Er hätte Mikhail beinahe übersehen, blieb dann aber doch noch stehen.

„Hey ...", sagte er. „Du bist nicht zufällig ..."

„Ja." Mikhail nickte nervös. „Du warst gestern sehr nett am Telefon. Ich muss mich bei dir bedanken."

„Ich bin froh, dass du es geschafft hast, Süßer", antwortete Jeff forsch. „Er hat nach seinem Handy gefragt und ich habe ihm gesagt, dass du kommen willst. Dein Anruf gestern hat mich überrascht. Wir sollten diese Dinger im Krankenhaus nicht benutzen."

Mikhail nickte. „Ja. Also ... nochmals danke." Er stand immer noch unschlüssig in der Tür. Sein Shane ... nein, das war falsch. Es war nicht *sein* Shane, nicht hier. Hier hatte Shane seine Familie, die für ihn da war. Mikhail kam sich überflüssig vor. Dann spürte er Jeffs starke Hände auf den Schultern, die ihn ins Zimmer schoben.

Shane sah auf und erkannte ihn. Das Strahlen in seinem Gesicht erhellte das ganze Zimmer.

„Mickey! Du bist gekommen!"

Mikhail ging die drei Schritte zu Shanes Bett, und weil er ihn nicht von oben bis unten abtasten wollte, um sich zu überzeugen, dass noch alles an ihm dran war, reagierte er auf seine übliche, genervte Art. „Du unerträglicher, irritierender Mann! Erst machst du Pläne mit mir und dann lässt du dich einfach abstechen? Mit einem *Messer*? So was fällt nur dir als Zeitvertreib ein, um einer Verabredung aus dem Weg zu gehen. Dir ist doch hoffentlich klar, dass ich stinksauer bin, oder?"

Mikhail konnte Shane nicht in die Augen schauen, als er das sagte. Er zupfte nervös an Shanes Bettdecke und als er mit seiner Rede fertig war, sah er die blauen Flecken, die die Infusionsnadeln an Shanes Arm hinterlassen hatten. Er streichelte zärtlich mit dem Daumen über Shanes Arm und vermied sorgfältig, die Nadel zu berühren, die noch darin steckte.

Shane nahm seine Hand. „Mickey, es wird alles wieder gut", sagte er, aber Mickey konnte ihn immer noch nicht ansehen.

„Wie konnten sie nur so gefühllos sein, als sie das gemacht haben. Meine Mutter wiegt nur noch neunzig Pfund und bekommt dreimal in der Woche Gift in die Venen gepumpt. Trotzdem sieht sie nicht so schlimm aus wie du."

„Mikhail, schau mich an."

Mikhail schüttelte den Kopf und Shane seufzte.

„Bitte?"

Mikhail stiegen Tränen in die Augen, aber ... zum Teufel. Das war wahrscheinlich das erste Mal, dass Shane ihn um etwas bat. Wie konnte Mikhail ihm die Bitte da noch abschlagen?

Shane wirkte müde und erschöpft. Sein Blick war trüb, wahrscheinlich eine Folge der starken Schmerzmittel. Aber er lächelte. „Du siehst beschissen aus", sagte Mikhail seufzend. Seine Stimme zitterte leicht und er klang nicht sehr überzeugend.

„Im Gegensatz zu dir. Du siehst wunderbar aus", meinte Shane und sein Lächeln wurde breiter. „Wir beide haben uns nicht verändert, oder?"

Mikhail schüttelte den Kopf. „Doch. Ich … Es geht mir nicht gut. Ich verstehe nicht, wie du hier lächelnd im Bett liegen kannst, wo doch … Was hast du dir dabei nur gedacht? Ich habe keine Ahnung, wie das passiert ist, aber ich bin fürchterlich wütend auf dich, weil du es zugelassen hast. Du kannst nicht … Du kannst mir nicht versprechen, immer für mich da zu sein und dann … dann lässt du so was zu."

„Amen!" Mikhail drehte sich um und sah einen schlaksigen jungen Mann in Polizeiuniform ins Zimmer kommen. Endlich hatte er einen passenden Sündenbock.

„Und wer bist du?", fragte er wütend. „Er sollte eure Unterstützung haben. Habt ihr ihn auch ins offene Messer laufen lassen, weil er ein rosa Stein ist? Das wäre absolut nicht …"

Er sah nicht, wie Shane hinter ihm das Gesicht verzog, aber er hörte, wie Shane leise zischend einatmete. Der junge Mann runzelte die Stirn und murmelte leise „rosa Stein" vor sich hin, als hätte er keine Ahnung, wovon Mikhail sprach. Mikhail rätselte immer noch, was diese Reaktion zu bedeuten hatte, als Jeff, der offensichtlich alles gehört hatte, ins Zimmer zurückkam.

„Das ist in der Tat eine gute Frage", sagte er mit harter Stimme. „Bist du nicht sein Partner?"

„Calvin, das sind Mikhail und Jeff. Mikhail und Jeff, das ist Calvin", stellte Shane sie gelassen vor. „Und ihr beiden lasst den armen Jungen jetzt in Ruhe. Es war nicht seine Schuld. Er hat sofort die Kavallerie gerufen. *Ich* war der Idiot, der nicht auf sie gewartet hat. Wie geht es den Kindern, Calvin?"

Calvin warf Mikhail und Jeff einen verstohlenen Blick zu, der ihnen zeigte, dass er einer Antwort aus dem Weg gehen wollte.

„Wie kommt ihr auf den Gedanken, wir hätten ihm nicht helfen wollen?", fragte Calvin sie zurück und überlegte offensichtlich immer noch, was mit dem rosa Stein gemeint sein könnte. „Er ist Polizist, wie ich auch. Er wollte nur nachsehen, was da los war. Dafür hat er einen Tritt in … na ja, in die Nieren bekommen." Er lächelte Shane unsicher an und der lächelte aufmunternd zurück.

„Nun, was Shane angeht, habt ihr Bullen euch bisher nicht mit Ruhm bekleckert, weißt du?", schnappte Jeff ihn an. Shane wurde ernst und stöhnte leise.

Mikhail beobachtete blinzelnd, wie Calvin plötzlich ein Licht aufging. Calvin murmelte wieder „Rosa Stein", danach „Ihr Bullen" vor sich hin.

Dann warf er einen Blick auf Mikhail, der immer noch Shane an der Hand hielt.

Und dann ging ihm ein zweites Licht auf.

„Oh mein Gott! Ihr denkt, ich ... Nein! Das würde ich niemals tun! Es interessiert mich nicht, mit wem ein Mann schläft. Ich lasse niemanden im Stich, der Hunde hat und ..."

„Scheiße", sagte Mikhail leise. "Scheiße", sagte Jeff im selben Augenblick und blinzelte aufgeregt. Danach war nur noch Shanes hilfloses Kichern zu hören.

„Mickey?", fragte Shane schließlich in die peinliche Stille. „Mickey, kannst du mir einen Gefallen tun? Kannst du mir mit Jeff etwas Eiscreme besorgen? Ich muss mit Calvin reden. Lasst uns einige Minuten Zeit, danach können wir weiter über das Thema reden."

Mikhail seufzte. „Ich sollte wohl besser von hier verschwinden."

„Du bist doch gerade erst gekommen!", protestierte Jeff und Mikhail sah ihn niedergeschlagen an.

„Die Busfahrt dauert recht lange. Ich muss in drei Stunden arbeiten und mein Bus fährt in zehn Minuten."

Jeff sah ihn mit einer Mischung aus Überraschung und Bewunderung an. „Wo arbeitest du? Ich kann dich fahren, wenn du dann länger bleiben kannst."

Mikhail lächelte dankbar. „Das wäre wunderbar. Vielen Dank." Er warf dem immer noch sprachlosen Calvin einen misstrauischen Blick zu und drehte sich zu Shane um.

„Ich glaube, ich habe gerade etwas verdammt Dämliches gemacht, *Ljubime*. Ich weiß nicht, wie ich es wieder in Ordnung bringen soll."

Shane lächelte müde und ... lieb. „Kein Problem. Calvin ist schon ein großer Junge. Er kann die Wahrheit vertragen. Stimmt's, Calvin?"

„Ich hoffe nur, du kannst das auch", meinte Calvin und Shane machte ein langes Gesicht. Er drückte Mikhails Hand und sah Jeff an.

„Jungs, seid nett zueinander. Ich trete dir in deinen blütenweißen Arsch, Jeff, wenn du ihn beschimpfst."

„Oh, Süßer! Wieso sollte ich mich mit deinem kleinen Freund abgeben, wenn ich doch dich habe? Willst du jetzt Eiscreme oder nicht, du großer Spinner?"

„Er ist kein Spinner!", rief Mikhail empört und wurde mit einem weiteren Händedruck von Shane belohnt.

Jeff bedachte ihn mit einem überraschend sanftmütigen Blick. „Natürlich nicht, Baby. Mein Fehler. Komm jetzt, ich brauche eine Extraportion Eiscreme."

Mikhail sah Shane unglücklich an. „Tut mir leid", sagte er leise und Shane lächelte wieder sein herzliches Lächeln, das auf einmal zum Mittelpunkt von Mikhails Leben wurde. Oh Gott, sich vorzustellen, dass er es beinahe nie wieder gesehen hätte!

„Nun, Mickey, da du mich gerade vor meinem Kollegen geoutet hast, kannst du mir wenigstens einen Kuss geben, bevor du dich verabschiedest." Shanes Worte wurden immer undeutlicher und Mikhail fragte sich, was Shane so dringend mit Calvin zu bereden hatte, bevor er wieder einschlief. Aber das hielt ihn nicht davon ab, sich über das Bett zu beugen und Shane zu küssen. Es fühlte sich wunderbar an, Shanes Mund an den Lippen zu spüren.

„Wir reden weiter, wenn ich zurück bin", sagte er noch und Shane lächelte, aber ihm fielen schon die Augen zu.

„Das ist das Beste am Tag."

Dann nahm Jeff ihn am Arm und führte ihn aus dem Zimmer. Calvin sah ihnen etwas unglücklich nach. Als sie auf dem Flur waren, fragte Mikhail Jeff, was denn so wichtig wäre, dass sie das Zimmer verlassen mussten.

Jeff seufzte. Der eben noch so leichtfertige, freche Mann wirkte plötzlich erschöpft und sehr, sehr besorgt.

„Weil ich glaube, dass bei dem Einsatz einiges schiefgelaufen ist. Soweit ich es verstanden habe, hat Shane sich ums Haus angeschlichen, um die Lage zu peilen. Dann hat er gehört, dass ein Baby im Haus ist, das gerade eine Überdosis Meth geschluckt hat. Er hat einen Rettungswagen angefordert und dadurch sind sie auf ihn aufmerksam geworden. Danach haben sie versucht, aus unserem großen, dummen Bullen Hackfleisch zu machen."

Mikhail runzelte die Stirn und folgte Jeff nach links, wo es zur Cafeteria ging. „Warum hat er überhaupt den Wagen verlassen? Hätte er nicht auf Verstärkung warten müssen, bevor er sich da eingemischt hat?"

Jeff nickte nur. „Ja. Aber er wusste, dass Kinder im Haus waren, Mikhail. Ich weiß auch nicht, was ich dazu sagen soll. Ich mag den Kerl, aber manchmal hat er mehr Herz als Verstand."

Jeffs Worte trugen wenig dazu bei, Mikhail zu beruhigen. „Er braucht jemanden, der ihn daran erinnert, ab und zu auch an sich selbst zu denken", sagte er, weil es die Wahrheit war. Er dachte an das Festival zurück und an das viele Geld, das Shane ausgegeben hatte, an die Kostüme, die Shane gekauft hatte, nur weil Mikhail es von ihm verlangt hatte, an die vielen Geschenke für seine Freunde. An das Hemd, das er Mikhail geschenkt hatte, obwohl sie sich erst seit einigen Stunden kannten. Wann hatte Shane dabei an sich selbst gedacht und an das, was er selbst wollte?

Offensichtlich warst du es, den Shane wollte.

Mikhail wäre fast ins Krankenzimmer zurückgerannt. Stattdessen drehte er sich zu Jeff um und sagte: „Du willst nicht zufällig ..." Er dachte daran, was Shane ihm über Jeff erzählt hatte – dass sie wie Brüder wären. Nein, dieser nette Mann passte nicht zu seinem Shane. „Vergiss es."

Jeff grinste und seine Laune schien sich wieder zu bessern. „Du kannst ihn mir nicht abtreten, weißt du. Das lässt er nicht zu."

Mikhail schürzte die Lippen. „Ich weiß nicht, was ich mit einem solchen Schatz anfangen soll."

Jeff legte ihm verständnisvoll den Arm um die Schultern. „Süßer, für den Anfang reicht es, dass du ihn nicht zerbrichst. Deacon wird sauer, wenn das passiert."

Als sie zurückkamen, wartete Calvin auf dem Flur auf sie. Jeff warf ihm einen kritischen Blick zu und der junge Polizist senkte errötend den Kopf.

„Shane ist ein guter Kerl. Ihr … ihr müsst euch keine Sorgen machen. Ich werde es nicht verraten. Ihr wisst schon, was. Ich würde ihn nie im Stich lassen. Wer macht denn so was?"

Jeff schnaubte. „Eine komplette Polizeiwache in L.A. macht so was. Aber ich bin froh, dass du nicht vorhast, Klatsch über unseren Freund zu verbreiten. Wenn wir uns nicht solche Sorgen um ihn gemacht hätten, hättest du es nie erfahren."

Calvin nickte nachdenklich. „Es ist … irgendwie nicht richtig", murmelte er vor sich hin. Dann schüttelte er den Kopf und sprach sie direkt an: „Er war ziemlich aufgeregt, bevor er dann eingeschlafen ist. Das Kind – das mit der Überdosis – hat nicht überlebt. Dem Mädchen, das von seinem Vater mit dem Messer bearbeitet worden ist, geht es gut. Gewissermaßen. Ich meine … Wie kann es einem Kind gut gehen, dem sein Vater die Beine aufschneidet, während im Haus die kleine Schwester an einer Überdosis stirbt? Wie auch immer … Shane hat es nicht sehr gut aufgenommen. Ich kann ihm keinen Vorwurf machen. Sie waren schließlich der Grund, warum er sich dort draußen in Gefahr begeben hat."

Mikhail fühlte einen kalten Klumpen im Magen, wo eben noch die Eiscreme gewesen war. „Das ist mehr als schrecklich", sagte er dumpf und Jeff grunzte nur zustimmend. „Entschuldigt mich, ich muss …" Er brachte den Satz nicht zu Ende und lief in Shanes Zimmer. Shane hatte die Augen geschlossen, aber kleine, glänzende Tröpfchen hingen in seinen Wimpern. Mikhail zog seufzend einen Stuhl ans Bett, setzte sich und stützte sich mit dem Kinn auf dem Seitengitter ab.

Einige Minuten später kam Jeff nach und lachte leise, als er ihn sah. „Komm, Baby, ich richte das für dich."

Mit einigen geübten Handgriffen klappte er das Gitter nach unten. Mikhail legte die Arme neben Shanes Kopf auf die Matratze und stützte sein Kinn auf die Hände.

Sie schwiegen einige Minuten, dann fragte Mikhail: „Bist du Arzt, Jeff-der-Freund?"

„Nein, ich bin Physiotherapeut."

„Warum bist du kein Arzt geworden? Du bist gut mit den Sachen, die Ärzte machen", meinte Mikhail. Shanes gleichmäßiges Atmen war beruhigend, aber die Stille im Zimmer machte ihn nervös.

„Du kennst dich mit Ärzten aus", bemerkte Jeff amüsiert.

„Meine Mutter liegt im Sterben. Ich habe schon viele Ärzte kennengelernt." Seine Antwort kam wie automatisch und ihm wurde bewusst, dass sie schon bald nicht mehr stimmen würde.

„Oh je", flüsterte Jeff.

„Du hast meine Frage nicht beantwortet." Schon wieder verlangte er, mehr zu wissen, als ihm zustand.

„Ich bin während des Studiums positiv getestet worden", sagte Jeff leise. „Physiotherapeuten haben nicht so oft mit scharfen und spitzen Instrumenten zu tun wie Ärzte. Sie müssen nicht so lange studieren, wenn sie nicht wissen, wieviel Zeit ihnen noch bleibt."

Mikhail sah ihn überrascht an. „Dann hast du auch eine Vergangenheit. Weiß Deacon darüber Bescheid?"

Jeff hatte sich auf das Fußende des Betts gesetzt, direkt unter die einzige Lampe im Zimmer. Er hielt sein Buch in der Hand – einen Horror/Thriller/Krimi oder so –, hatte Mikhail während ihres Gesprächs aber nicht aus den Augen gelassen. Es schien fast, als wären ihm die vielen Fragen willkommen gewesen.

„Ja", antwortete er. „Ich habe ihnen beiden Bescheid gesagt."

„Dann bin ich also ein Feigling, nicht wahr?", sagte Mikhail mehr zu sich selbst, als zu Jeff. „Wir haben beide eine Vergangenheit, auf die wir nicht stolz sind." Er hatte das plötzliche Bedürfnis, loszulaufen und Deacon zu suchen, um ihm alles zu gestehen. Vielleicht würde er sich dann hier, an Shanes Bett, wohler fühlen und nicht mehr so, als hätte er sich ein Vorrecht erschlichen, für das er später zur Kasse gebeten würde.

„Jeder hat eine Vergangenheit", meinte Jeff verständnisvoll.

„Nur Shane nicht", sagte Mikhail. „Er hat noch nie etwas getan, wofür er sich schämen müsste." Gott, er war so müde. Er hatte die ganze Nacht nicht schlafen können und die Busfahrt war unerträglich gewesen. Er kannte diesen Teil der Stadt nicht und war drei Stunden von zuhause entfernt. Falls die Chemotherapie seiner Mutter heute nicht gut verlief, konnte er nicht rechtzeitig nach Roseville kommen, um sie zu sehen. (Sacramento war, was Krankenhäuser anging, seiner Meinung nach fürchterlich. Sie waren über die ganze Stadt verstreut und lagen viel zu weit auseinander.)

„Da muss ich dir recht geben", meinte Jeff.

„Ja, keine schlimme Vergangenheit." Mikhail streichelte Shane zärtlich über den Arm. Die Haut war so zart unter seinen Fingern, so ... verletzlich. „Nichts, was er bereuen müsste. Nur ein Herz, so groß und rein wie der Sommerhimmel. Und jedes Arschloch kann einen Pfeil hineinschießen und es regnet Blut."

Er schloss die Augen. Jeff schnappte laut nach Luft, aber Mikhail war zu erschöpft, um nachzusehen, was der Grund dafür war. Er schlief ein. Irgendwann wachte er wieder auf, weil jemand den Raum betrat und sich leise mit Jeff unterhielt. Aber er nahm es nur halb wahr und war noch zu erschöpft, um darauf zu reagieren.

„Hallo, Benny. Wo ist Drew? Mmm, Suppe."

„Drew sucht noch einen Parkplatz. Du kannst dich gerne bedienen. Glaubst du, Shane wird etwas davon essen wollen, wenn er aufwacht?" Es war die leise Stimme eines jungen Mädchens. Mikhail hatte das Gefühl, er würde sie mögen, wenn sie sich kennenlernen könnten.

„Ich hoffe es", erwiderte Jeff. „Er hat sich seit heute früh kaum bewegt, aber es war trotzdem ein anstrengender Tag für ihn."

„Ist er das?" Mikhail wollte sich bewegen, aber es ging nicht. Er konnte seine Müdigkeit nicht abschütteln und beschränkte sich darauf, den beiden zuzuhören.

„Shanes geheimer Freund? Ja. Das ist Mikhail."

„Wie ist er?" Rascheln war zu hören und Benny zog den Vorhang auf, der Shanes Bett vom Rest des Raums trennte. Das Nachbarbett war nicht belegt. Mikhail hörte ein Quietschen. Vermutlich hatte Benny sich auf das freie Bett gesetzt.

„Wie er ist?" Jeff hörte sich amüsiert an.

„Ja, wie er ist. Ich versuche schon seit einem Monat, Shane das Kochen beizubringen, weil er den Kerl beeindrucken will. Wie ist er?"

„Schreckhaft wie eine streunende Katze. Hast du mit deinem Kochunterricht Erfolg gehabt?"

„Es läuft beschissen. Letztes Mal musste ich alles heimlich austauschen, weil ich Angst hatte, Shane würde ihn sonst vergiften. Ich kann dir sagen! Shane würde eine Mikrowellenpizza versauen."

In Jeffs müdem, herzlichem Lachen war keine Spur von Schadenfreude zu erkennen. „Kochen, um ihn zu beeindrucken, ja? Oh Mann, er meint es ernst."

„Also, was meinst du? Wird er bleiben?"

Jeff brummte. „Keine Ahnung, Shorty. Ich glaube schon, dass er gern bleiben würde. Ich halte ihn sogar für einen guten Kerl. Aber wir haben alle unsere Probleme. Und er scheint zu glauben, dass seine Probleme zu ernst sind, um bei Shane zu bleiben."

„Mhmm", meinte Benny. „Wir sollten ihn Deacon erst vorstellen, wenn wir uns sicher sein können."

„Meinst du?"

„Jeff, ich bin in meinem Leben von zwei Männern verletzt worden. Deacon hat dafür gesorgt, dass der eine im Knast und der andere im Krankenhaus gelandet ist. Er mag es nicht, wenn jemand von uns verletzt wird."

„Stimmt", sagte Jeff leise. „Er war nicht gerade nett zu dem Kollegen von Shane, der gestern Abend hier war."

„Na ja, falls das der Mann war, der uns verständigt hat ... Seine Anspielungen waren unerträglich."

„Shanes Partner scheint ganz in Ordnung zu sein." Jeff lehnte sich seufzend zurück. Mikhail konnte sich vorstellen, wie Jeff die Augen schloss und die Beine ausstreckte. „Jedenfalls hoffe ich das, weil Mikhail und ich ihn gewissermaßen vor ihm geoutet haben."

„Ohh ... erzähl!"

Während Jeff die Geschichte erzählte, schlief Mikhail wieder ein. Er kam erst wieder zu sich, als er Shanes Hand auf der Schulter spürte.

„Mickey! Mickey, Mann! Es ist Zeit für dich, aufzustehen!"

Verdammt. „Habe ich die Besuchszeit verschlafen?", fragte er blinzelnd. Shane streichelte ihm mit dem Finger über die Wange.

„Ich fürchte, ja. Aber ich bin auch gerade erst aufgewacht, also haben wir beide nichts verpasst."

Mikhail sah ihn unglücklich an. Aus der Nähe sah Shane noch schlechter aus. Noch schlechter und noch teurer. „Ich will noch bleiben", murmelte er. „Ich will die Nacht bei dir im Bett verbringen. Ich will ... ich will derjenige sein, der hier bei dir erwartet wird."

Shane grinste schief. „Du bist doch hier. Das reicht für den Moment. Und du musst noch andere Versprechen erfüllen. Glaub nicht, ich wüsste nicht darüber Bescheid. Ich weiß es und ich respektiere es. Richte deiner Mom Grüße von mir aus, ja?"

Mikhail nickte und beugte sich vor, bis sie sich an der Stirn berührten. Shane war warm und etwas verschwitzt. Oh Gott. Was hatte Jeff gesagt? Hatte er nicht von einer Infektion gesprochen?

„Ich kann morgen wieder kommen. Ich kann meine Tanzkurse absagen. Ich habe mich noch nie krank gemeldet. Anna wird es verstehen."

„Ich weiß nicht, wie es mir morgen gehen wird. Sie haben meine Temperatur gemessen, als du noch geschlafen hast. Ich werde morgen wahrscheinlich fiebrig sein." Shane grinste dümmlich. „Das wird spitze. Aber ich würde dich trotzdem gerne sehen. Ihr reist Montag ab, aber morgen würde ich dich gerne noch sehen."

„Dann komme ich. Und übermorgen auch. Aber danach ..." Er sah sich im Zimmer um und suchte nach Jeff, der ihn nach Hause fahren wollte. Jeff war da und Mikhail nickte. „Ich will der Mann sein, Shane. Ich will der Mann sein, den sie anrufen. Ich will der Mann sein, der Tag und Nacht für dich da ist. Ich weiß nicht, was ich dazu tun muss und ob ich es kann, aber ich will dieser Mann sein."

„Du bist dieser Mann schon, Mickey. Was du für deine Mom tust – das macht dich zu diesem Mann."

„Aber ich muss dich allein lassen ..." Es schmerzte so sehr, dass selbst das Schmollen ihm schwer fiel.

Shane schloss die Augen, aber bevor Mikhail sich richtig schuldig fühlen konnte, öffnete er sie auch schon wieder. „Mickey?"

„*Da?*"

„Ich weiß, was ‚*Lju-bie-mie*' heißt."

Mikhail wurde knallrot. „*Da?*"

„Ja."

„Gut. Ich bin froh, dass du es weißt."

„Dann gib mir jetzt einen Kuss und versprich mir, dass du mich morgen wieder besuchst."

Es war ein süßer Kuss und er wollte nicht enden. Als Mikhail sich wieder aufrichtete, sah er eine Krankenschwester im Zimmer stehen, die ungeduldig darauf wartete, Shanes Infusionen kontrollieren zu können.

„Wir sehen uns morgen, *Ljubime*. Du musst es mir glauben." Jeff führte ihn aus dem Zimmer, ohne ihn dem Mädchen auf dem Bett oder dem dunkelhäutigen Mann vorzustellen, der an der gegenüberliegenden Wand lehnte.

Die Fahrt zum Tanzstudio verging in Jeffs kleinem Mini Cooper viel schneller, als die Herfahrt mit dem Bus. Jeff setzte ihn vor der Tür ab und winkte ihm zu.

„Bis morgen, Mikhail. Ich hole dich gegen zehn Uhr hier ab, okay?"

Mikhail nickte ihm dankbar zu. „Du glaubst gar nicht, was für einen Riesengefallen du mir damit tust. Die Busfahrt … sie zieht sich."

Jeff zog eine Grimasse. „Ja, das kann ich mir denken. Und keine Sorge … Wir werden es irgendwie schaffen, Deacon und Crick aus dem Weg zu gehen. Du fühlst dich immer noch nicht wohl in deiner Haut, wenn du an sie denkst, aber weißt du was?"

„Was?"

Jeff seufzte und zog die Handbremse an. „Pass auf, Mann. Wenn du der Mann sein willst, der angerufen werden will … dann musst du dich auch so verhalten. Das ist alles. Tu es einfach. Geh den Menschen in Shanes Leben nicht aus dem Weg, weil du dich vor ihnen fürchtest. Sei der Mann in seinem Leben, in jedem Teil davon. Ich weiß, dass du im Moment noch andere Sorgen hast, aber wenn du zurückkommst, wirst du dich entscheiden müssen, ja?"

Mikhail nickte. „Ja", antwortete er ruhig. „Wir sehen uns morgen, Jeff-der-Freund. Nochmals vielen Dank."

Jeff nickte, als hätte Mikhail ihm mehr gesagt, als diese wenigen Worte. Dann fuhr er los und verschwand in der Dunkelheit.

12

„You did not desert me ..."
Dire Straits, *Brothers in Arms*

AM NÄCHSTEN Tag brachte Mickey seinen Laptop und einige DVDs mit. Fast den ganzen Vormittag und Teile des Nachmittags verbrachten sie damit, sich Kinderfilme anzusehen. Sie lachten über *WALL-E*, *Oben* und *Lilo und Stitch*. Zwischendurch unterhielten sie sich leise und Shane wollte gar nicht mehr aufhören, aber – verdammt – er hatte Kopfschmerzen und die Operationswunde tat ihm auch weh, trotz der Schmerzmittel. Überhaupt tat ihm eigentlich alles weh. Mehr als einmal vergaß er mitten im Gespräch, worüber sie gerade geredet hatten. Während *Lilo und Stitch* lief, schlief er dann ein und kam erst wieder zu sich, als Mikhail ihm besorgt die Hand auf die Stirn legte.

„Du hast merkwürdige Geräusche gemacht, *Ljubime*", sagte Mikhail. „Ich rufe die Schwester."

„Es geht mir gut", krächzte Shane und Mikhail gab ihm einen Kuss an die Schläfe.

„Natürlich. Wo ist der verdammte Alarmknopf?"

Die Schwester kam um maß Shanes Temperatur, dann spritzte sie ein Medikament in den Infusionsbeutel und holte den Arzt, der Shane ernst ansah. Als Mikhail ihn fragte, was mit Shane los sei, zog der Arzt ihn zur Seite.

Nach dem Gespräch kam Mikhail besorgt und unglücklich an Shanes Bett zurück, tätschelte ihm beruhigend die Hand und fragte ihn nach Deacons Handy-Nummer.

„Die ist in meinem Handy gespeichert. Es liegt hier auf dem Nachttisch."

„Gut. Ich ... ich rufe jetzt Deacon an. Der Doktor sagt, es kommt alles wieder in Ordnung. Aber sie müssen dir irgendwelche fürchterlichen Medikamente geben, von denen dir schlecht wird. Deine Familie muss benachrichtigt werden. Ich bin nicht mehr hier, wenn es dir schlechter geht, *Ljubime*. Es tut mir leid. Morgen komme ich zurück, aber ich glaube nicht, dass du mich überhaupt wahrnehmen wirst."

Shane nahm seine Hand und versuchte, trotz der hämmernden Kopfschmerzen einen klaren Gedanken zu fassen. „Ich werde es wissen", murmelte er undeutlich. „Ich werde es wissen."

Er merkte noch, dass Mikhail sich an dem Handy zu schaffen machte und dann seufzend eine Nummer in den Festnetz-Apparat am Bett eingab. An der

Erleichterung in Mikhails Stimme konnte er erkennen, dass Deacon den Anruf nicht selbst angenommen hatte.

„Benny, ja? Du bist doch Benny? Wir haben uns gestern nicht gesprochen, weil ich geschlafen habe. Es tut mir leid." Mikhail beendete das Gespräch mit Benny und wählte eine neue Nummer. Shane hörte eine leichte Panik in Mikhails Stimme.

„Aber Jeff kommt in einer Stunde … Oh Gott … ich bin nicht hier, wenn sie ihm die erste Dosis geben. Aber es wird jemand hier sein, oder?"

Mikhail legte den Hörer auf. Dann lehnte er sich neben Shanes Kopf aufs Bett, so wie er es gestern gemacht hatte.

„Es wird alles gut", murmelte Shane. „Und du bist hier. Ich weiß es." Er schloss die Augen und für einige Minuten fühlte er nur Mikhails kalte Hand in seiner heißen, dann sang eine gebrochene Stimme ein Lied in einer fremden Sprache.

Mikhails Stimme und Berührung verließen ihn und wurden von einem Albtraum abgelöst. Er schwitzte, ihm war gleichzeitig heiß und kalt, er musste sich übergeben, zitterte am ganzen Leib und wurde von Krämpfen geschüttelt. Ab und zu verlor er für kurze Zeit das Bewusstsein – war das Schlaf? –, wurde aber regelmäßig durch seine Schmerzen wieder geweckt. Seine Wunde schmerzte, sein Kopf schmerzte, sein Bauch und seine Glieder … alles schmerzte. Einmal schrie er so laut, dass er heiser wurde, aber eine ruhige Hand und eine tiefe Stimme beruhigten ihn wieder.

„Das ist schön, Deacon. Du solltest öfters singen."

Leises Lachen war zu hören und dann wuschen ihm starke, kompetente Hände mit einem Schwamm über die Stirn, den Hals und die Brust. Shane erkannte, dass seine Schreie auf die Hitze und die Kälte zurückzuführen waren, und dass die Kälte von dem Schwamm kam, mit dem er am ganzen Körper gewaschen wurde.

„Ist es dir unangenehm?" Er war zu schlapp, um Scham zu empfinden.

„Nein. Ich aktualisiere regelmäßig meine Lizenz als Sanitäter, Perkins. Glaub mir, ich bin ein Profi."

Und das war er. Shane war zu müde, um die Augen länger aufzuhalten, aber er spürte noch, wie er nach dem Schwammbad in ein frisches Nachthemd gekleidet wurde. Deacon sagte kein Wort, wie es seine Art war. Aber weil Shane kaum bei Bewusstsein war, sang Deacon leise vor sich hin. Shane konnte sich später daran erinnern, dass er es für das achte Weltwunder hielt, einen Deacon zu kennen, der singen konnte und einen Mikhail, der tanzen konnte, wo doch seine einzige eigene Begabung darin bestand, Hi-Fi-Anlagen zu installieren und sich danach zu sehnen, auch singen und tanzen zu können.

Sein nächster Schlaf war ruhiger und erholsamer, und als er aufwachte, hatte er nicht mehr das Bedürfnis, schreien zu müssen. Er sah sich im Zimmer um und erkannte verschwommen, dass Crick und Benny auf dem Nachbarbett lagen und schliefen. Deacon saß auf einem Stuhl und schlief ebenfalls. Shane versuchte keuchend, sich aufzusetzen, konnte aber auf seiner verwundeten Seite den Arm nicht bewegen. Stöhnend ließ er sich wieder auf den Rücken fallen. Sofort wurde Benny wach, schwang sich aus dem Bett und kam zu ihm.

„Schh ...", wisperte sie. „Was kann ich für dich tun?"

„Wasser?", krächzte er. Sein Mund fühlte sich an wie die Wüste Gobi.

Benny nickte und holte einen kleinen Krug mit einem Strohhalm. Er trank einige Schlucke, wurde aber schnell wieder müde. Seufzend ließ er den Kopf aufs Kissen fallen.

„Wo ist Mikhail?", fragte er. Benny schüttelte den Kopf.

„Shane, es ist schon Dienstag. Er hat die Stadt gestern verlassen."

Shane schloss die Augen. Mist. Mist. Und er hatte sich nicht von Mickey verabschieden können. „Gott, ich muss telefonieren ... Was meinst du damit – es ist Dienstag?"

Benny lachte müde. „Weißt du eigentlich, wie sehr ich Krankenhäuser hasse?", fragte sie unvermittelt. „Letztes Jahr waren Deacon, Parry Angel und ich für eine Woche im Krankenhaus. Und dann ist Crick zurückgekommen und wir waren eine Woche bei ihm im Krankenhaus in Virginia. Wir haben versucht, ihn nach Hause zu holen. Und jetzt du. Es fühlte sich auch schon fast wieder wie eine ganze Woche an. In sechs Tagen ist Weihnachten. Verdammt, Shane. Ich bin es leid, dass ihr Jungs ständig krank seid. Es ist fürchterlich. Alle meine Männer, meine großen Brüder ... ständig sind sie krank und ich habe Angst, dass ich sie verlieren könnte. Es geht mir langsam höllisch auf die Nerven."

Shane blinzelte verwirrt und versuchte, ihrem Ausbruch zu folgen. „Ich wollte dir keine Angst machen", sagte er schließlich hilflos.

„Hast du aber. Du hast uns allen Angst gemacht. Mikhail ist am Tag vor seiner Abreise mit dem Bus hierhergekommen. Er hat schlimm ausgesehen. Andrew musste ihn nach Hause fahren und ihm beim Packen helfen, so fertig war der Mann. Und die ganze Zeit hat er es geschafft, Deacon und Crick immer knapp zu verpassen. Als er uns wegen deinem Fieber angerufen hat, hat er gar nicht mehr versucht, sie zu sehen. Er ist gekommen, als sie schon gegangen waren. Es war ihm egal. Und er wäre wahrscheinlich durch die Hölle gegangen, um dich nicht hier zurücklassen zu müssen, solche Angst hatte er, dass du ihm wegstirbst."

Shane konnte die Augen nicht mehr offenhalten. „Ruf ihn an", flüsterte er. „Ruf ihn an und sag ihm, dass es mir gut geht."

„Ich schicke ihm eine SMS und sage ihm, dass du aufgewacht bist", erwiderte sie gereizt. „Aber ich sage ihm nicht, dass es dir gut geht, bevor du nicht wieder in der Lage bist, deine verdammten Köter selbst zu füttern. Dieses Riesenkalb will mir ständig das Gesicht ablecken. Es wird Zeit, dass du gesund wirst, verstanden?"

„Wie geht es den Katzen?", fragte er lächelnd. Er vermisste Angel Marie. Er vermisste sie alle.

„Wild", sagte sie schnaufend. „Und geil. Jedes Mal, wenn jemand ins Haus kommt, fallen sie über unsere Beine her."

„Sie sind kastriert", grummelte Shane, aber die Unterhaltung beruhigte ihn trotzdem. Es hörte sich alles so normal an. Wie zuhause.

„Sag das dem Braunen mit den weißen Pfoten ..."

„Orlando Bloom?"

„Von mir aus. Als ich das letzte Mal bei dir im Haus war, hat er meine Wollknäuel vergewaltigt."

Shane musste lachen und fing an zu jammern, weil es höllisch wehtat. „Vergewaltigt?"

Benny war müde und sah älter aus, als ihre sechzehn Jahre. Ihr knallig orange gefärbtes Haar zeigte den braunen Haaransatz und die Reste ihres Make-ups unterstrichen nur die Spuren der Erschöpfung in ihrem Gesicht. Sie musste sich um drei Männer und ein Baby kümmern (vier, wenn man Patrick mitzählte, den Arbeiter). Jetzt kam noch dazu, dass sie Zeit bei ihm im Krankenhaus verbrachte. Trotzdem blitzten ihn ihre Augen vergnügt an.

„Ich möchte es so formulieren: Die Wolle ist nicht mehr jungfräulich", erwiderte sie grinsend und Shane musste wieder lachen.

„Benny", sagte er, weil er es dringend loswerden musste. „Ich liebe dich wie meine eigene Schwester. Es tut mir leid, dass ich euch solche Sorgen verursacht habe."

Sie drückte ihm einen Kuss auf die Stirn. „Das haben wir doch gerne gemacht, du Idiot. Aber sei in Zukunft vorsichtiger. Wir reißen uns nicht nach einer Wiederholung", sagte sie, doch Shane war schon eingeschlafen.

Als er wieder aufwachte, saß Deacon an seinem Bett und las ein Buch über Viehzucht. „Typisch", meinte Shane. Er fühlte sich schon besser und das erste Mal seit Tagen war seine Wunde das einzige, was ihn schmerzte.

Deacon hob den Kopf und lächelte ihn an. Er war auch müde und seine Haare hätten eine Wäsche vertragen können. Und, verdammt, er hatte schon wieder abgenommen. Trotzdem lächelte er strahlend, auch wenn es nicht das gleiche Lächeln war, das er Crick schenkte.

„Was ist typisch?"

„Das du im Krankenhaus ein Buch über Viehzucht liest."

Deacon stand auf und zog den Stuhl näher ans Bett. „Typisch ist auch, dass du uns sechs Tage vor Weihnachten einen solchen Schrecken einjagst."

„Es tut mir leid", sagte Shane. Deacon nickte nur.

„Entschuldigung angenommen. Der Arzt meint, dass du morgen nach Hause kommen kannst. Aber, nur so lange dieses Zuhause *The Pulpit* ist und morgen frühesten morgen Nachmittag. Über die zweite Bedingung verhandeln wir noch. Im Krankenhaus wird niemand richtig gesund. Wir können uns um dich kümmern, Crick und ich."

Shane lächelte erleichtert und einige Tränen liefen ihm über die Wangen. Er musste nicht wieder allein in eine leere Wohnung zurück, die ihm nichts bedeutete. „Danke", sagte er mit erstickter Stimme. Er konnte Deacon nicht in die Augen sehen. „Ich freue mich darauf, bei euch sein zu dürfen. Tut mir leid, dass ihr so viel Arbeit mit den Tieren hattet."

Deacon zuckte mit den Schultern. „Das meiste hat dein Kollege übernommen. Er kann gut mit Tieren umgehen. Sein Sohn ist mitgekommen und hat mit den Katzen gespielt. Das sind die geilsten Biester, die ich jemals erlebt habe."

Shane wollte ihn nach Mikhail fragen, aber in diesem Augenblick kamen Crick und Jon ins Zimmer. Crick warf Shane einen kurzen Blick zu, dann meinte er: „Gott sei Dank. Ich dachte schon, wir müssten die Weihnachtsfeier ins Krankenhaus verlegen. Autsch! Jon, kannst du das bitte lassen? Das ist meine schlechte Seite und ich kann mich nicht wehren."

Jon schüttelte betrübt den Kopf. „Deacon, ich weiß ja, dass du dir alle Mühe gibst. Aber könntest du ihn vielleicht etwas schneller zivilisieren? So können wir ihn wirklich nicht mehr mit in die Öffentlichkeit nehmen."

„Mir gefällt er so", erwiderte Deacon milde und Crick zog eine Grimasse.

„Gefalle ich dir auch noch, wenn ich dich jetzt mitnehme, damit du essen kannst? Los, verabschiede dich von Shane, wir haben eine Verabredung."

„Steak?", fragte Deacon voller Hoffnung. Crick legte ihm den gesunden Arm um die Schultern und gab ihm einen Kuss an die Schläfe.

„Na gut, Steak. Und danach legst du dich direkt ins Bett. Komm jetzt, wir fahren nach Hause." Crick sah Shane kopfschüttelnd an. „Der verrückte Kerl nimmt jetzt auch noch Online-Kurse. Als ob er nicht so schon zu wenig Schlaf hätte."

„Ich brauche die Zulassung als Tierpfleger", grummelte Deacon. „Der Tierarzt will mir sonst nicht erlauben, den Pferden selbst die Spritzen zu geben. Als ob ich nicht wüsste, wie das geht!" Er erwiderte Shanes müdes Lächeln. „Perkins schläft gleich ein", fuhr er fort und seine Schüchternheit verschwand schlagartig, als er wieder die Verantwortung übernahm. „Jon, du übernimmst die nächste Schicht, ja?"

„Jawoll. Ich tue alles, um einem Haus voller Frauen zu entgehen, die Weihnachtsplätzchen backen."

„Feigling", schimpfte Crick schadenfroh. „Wenn du endlich kochen lernen würdest, wie ein echter Mann, dann hätten sie dich nicht rausgeworfen!"

Jon sah ihn von oben herab an. „Der Grund für mein vorübergehendes Exil hat nichts mit meinen Kochkünsten zu tun."

Deacon grinste. „Du hast wieder mit den Kindern rumgetobt, stimmt's?"

Shane musste ebenfalls grinsen. Jons Tochter Lila war noch keine sechs Monate alt, aber er hatte Jon mit ihr auf dem Boden krabbeln sehen und erlebt, wie er mit Parry Angel seine Ringkämpfe ausfocht. Der Mann konnte mehr Chaos verursachen, als die beiden Mädels zusammen. Kein Wunder, dass selbst seine immer gut gelaunte Frau ihn ab und zu aus dem Haus warf.

„Ich habe sie nur wohlwollend von ihrem Mittagsschlaf abgelenkt", erwiderte Jon würdevoll.

Deacon holte aus und versetzte ihm einen Klaps hinters Ohr. „Du Idiot! Was glaubst du wohl, wer ihr heute Abend vorsingen muss, wenn sie zu aufgedreht ist, um einschlafen zu können?"

„Du singst sehr schön", murmelte Shane. Er wurde schon wieder müde, aber er sah noch, wie Crick und Jon sich – sehr zu Deacons Missvergnügen – amüsierte Blicke zuwarfen.

„Das hast du gehört? Mist. Komm Crick, wir verschwinden von hier. Die Pferde brauchen Auslauf und die Ställe misten sich nicht von selbst aus."

Deacon wuschelte Shane freundschaftlich durch die Haare und Crick schüttelte ihm die Hand, dann machten die beiden Männer sich auf den Weg. Der menschliche Kontakt war so unsentimental und doch persönlich, dass es Shane sofort besser ging.

Jon machte es sich mit seinem Science Fiction-Roman in dem Stuhl bequem, den Deacon gerade verlassen hatte. Shane sah ihm amüsiert zu. Er nahm sich fest vor, demnächst die Regale mit den vielen Taschenbüchern genauer zu studieren. *The Pulpit* war voll davon und die ganze Familie versorgte sich hier mit Lesestoff.

„Jon?", fragte er, bevor der sich vollkommen in sein Buch versenken konnte. Jon sah ihn abwartend an. „Kannst du mir bitte mein Handy reichen? Ich muss eine SMS schicken."

Jon nickte kurz, stand aber nicht auf. „Dein Mann weiß, dass es dir besser geht", sagte er bedächtig. Hinter Jons Filmstar-Aussehen verbarg sich manchmal eine unerwartet ernste Seite, die jetzt sichtbar wurde. „Und Deacon weiß immer noch nicht über ihn Bescheid. Es ist das am zweitbesten gehütete Geheimnis meines Lebens. Würdest du mich bitte einweihen, warum jeder – außer Crick – ihn vor Deacon geheim halten muss?"

„Warum weiß Crick nicht darüber Bescheid?"

„Aus dem gleichen Grund, aus dem er nichts über Deacons Alkoholprobleme erfahren hat, als er in Übersee war. Und das war das bestgehütete Geheimnis meines Lebens. Crick kann sehr impulsiv sein und handelt oft, bevor er richtig nachdenkt. Und wenn jemand sich deinem Mann auf die Fersen heftet wie ein Bluthund, dann ist es Crick."

Shane verzog das Gesicht. „Vielen Dank. Ich möchte ihm trotzdem gern eine Nachricht schicken ..." Er wollte den Arm heben, ließ ihn aber stöhnend wieder fallen. „Ich habe keine Ahnung, was zum Teufel sie in den letzten Tagen mit mir gemacht haben. Weißt du mehr darüber?"

„Sie haben dir Sulfonamide gegeben ..."

„Ich bin allergisch gegen Sulfonamide!"

„Das wissen wir. Aber die anderen Medikamente haben nicht gewirkt. Deshalb haben sie dich mit Sulfonamiden behandelt und dann mit Prednison, um die allergische Reaktion zu bekämpfen. Jetzt sind sie am überlegen, wo du besser aufgehoben bist – im Krankenhaus oder auf *The Pulpit*."

"*The Pulpit*", sagte Shane seufzend. "Definitiv auf der Ranch. Kann ich jetzt bitte Mikhail texten? Ich ..." Shane runzelte die Stirn. "Wie habt ihr ihn übrigens erreicht? Sein Handy ist miserabel. Ich wollte ihm ein neues geben, bevor er aufgebrochen ist, aber ..." Wirklich, er war zu schwach, um rot zu werden. Aber es fühlte sich trotzdem an, als wäre er von der Nasenspitze bis zu den Zehen knallrot. "Ich ... ich wollte nicht, dass er mich vergisst."

Jon sah ihn mitleidig an und schüttelte den Kopf. "Mann, darüber musst du dir wirklich keine Sorgen machen. Wir wollten die Hunde füttern und haben dabei das Handy bei den Weihnachtsgeschenken gefunden, die auf deinem Sofa liegen. Sie waren alle beschriftet und teilweise schon eingepackt. Perkins, du bist wirklich verrückt. Das war zwei Wochen vor Weihnachten und auf dem Sofa kein Platz mehr für eine Streichholzschachtel. Meine Tochter wird sich über die fünfzigtausend Geschenke freuen, die du für sie eingepackt hast. Ich hätte nichts dagegen und würde mich auch freuen, aber im Vergleich zu dir komme ich mir wie ein Geizkragen vor."

Shane gab auf und wurde doch rot. Vielleich tat es ihm ja gut und half dabei, das ganze Gift aus seinen Adern zu spülen. Auszuschließen war es nicht, oder? "Ich habe noch nie Geschenke für Kinder besorgt", gestand er nuschelnd. "Das Handy war noch nicht angemeldet und ..."

"Jeff hat alles erledigt. Er hat Mikhail gesagt, es wäre dein Weihnachtsgeschenk für ihn. Wir haben uns alle beschissen gefühlt und er war am Boden zerstört, weil er dich allein lassen musste. Und ..." Jon schnaufte und schüttelte den Kopf. "Es ist nicht so, dass wir ihm Vorwürfe gemacht hätten. Nicht, nachdem wir erfahren haben wohin er reist und warum. Weißt du, Shane ... ich habe keine Ahnung, warum er so eine Heidenangst vor Deacon hat. Aber wir haben ihm alle bei seinem Versteckspiel geholfen, weil wir schnell festgestellt haben, dass er dich verdient hat, ja? Er hat dich sehr, sehr gern. Ich hoffe, du bringst ihn bald zum Abendessen mit und stellst ihn uns offiziell vor."

Shane nickte und ein verträumtes Lächeln breitete sich auf seinem Gesicht aus. "Ich will ihn schon mitbringen, seit ich ihn kennengelernt habe. Aber es war nie der richtige Zeitpunkt. Kannst du ihm einfach ausrichten, dass es mir gut geht? Dass ich aufgewacht bin und an ihn gedacht habe? Sag ihm, dass ich verstehe, warum er gehen musste und ..."

Jon seufzte. "Schon gut, Cyrano." Er zog sein eigenes Handy aus der Tasche – nagelneu und mit allen Schikanen –, fing an zu tippen und murmelte dabei leise vor sich hin. "*Er ist wach. Er vermisst dich. Er hofft, ihr habt eine schöne Reise.* Gut so?"

"Ja ... Sehr gut. Vielleicht kann ich morgen schon nach Hause. Das wäre auch gut." Shane merkte, wie er langsam wieder wegdämmerte. Aber er war erleichtert. "Sag ihm, er soll mich an Weihnachten anrufen, ja?"

Jon sah ihn lachend an und brummte zustimmend. Dann runzelte er angestrengt die Stirn und befasste sich wieder mit seinem kleinen Wunderwerk. „Technische Probleme", murmelte er und tippte hektisch. Shane kämpfte gegen den Schlaf. Das kleine Ding piepste aufgeregt. Jon brummte wieder und fing erneut an, die verschiedensten Tasten zu drücken. Shane war schon fast eingeschlafen, als Jon einen Triumphschrei von sich gab. Er riss die Augen auf.

„Hat er es bekommen?" Prima. Shane war erleichtert. Alles würde gut werden.

„Jawoll. Und er verspricht, anzurufen oder zu texten, ab sofort und bis er wieder zurück ist."

„Wirklich?" Noch mehr gute Nachrichten! „Bist du sicher? Normalerweise ist er widerspenstiger."

Jon lächelte immer noch strahlend und hielt ihm das Handy hin. Shane kniff die Augen zusammen und starrte auf das Display. *Okay. Rufe Weihnachten an. Sag ihm, ich verspreche es.*

Mehr brauchte Shane nicht zu wissen.

AM NÄCHSTEN Tag wurde er dann doch noch nicht entlassen, aber am Tag darauf. Er lag auf Deacons großem Sofa und kam sich überflüssig vor. Alle versicherten ihm, er wäre eine große Hilfe, weil sie sich ungestört um die Weihnachtsvorbereitungen kümmern konnten, während er mit Parry Angel und ihren Puppen spielte. Nach kurzem Zögern beschloss er, ihnen zu glauben. Es machte viel mehr Spaß, sechzehn Stunden am Tag zu schlafen, wenn man mit einem Baby auf dem Schoß eindöste.

„Parry ist dafür absolut perfekt geeignet", stimmte ihm Benny zu, als sie aus der Küche ins Zimmer kam. Sie war gleichzeitig damit beschäftigt, Plätzchen zu backen und Geschenke einzuwickeln. Deshalb lief sie immer hin und her. „Sie sitzt einfach nur da und spielt, ohne sich daran zu stören, dass du eingeschlafen bist. Außerdem bist du ein guter Patient, wenn ich das so sagen darf. Deacon hat immer versucht, aufzustehen und die Pferde zu füttern, als er im letzten Jahr krank war. Und Crick wollte schon die Ställe ausmisten, als er noch gar nicht wieder laufen konnte."

Shane wunderte sich zwar, dass Faulheit jetzt zu einer Tugend erklärt wurde, kam aber nicht dazu, allzu viel darüber nachzudenken, weil er schon wieder eingeschlafen war.

Er lebte für die kurzen Telefongespräche mit Mikhail. Sein Handy hatte einen Zusammenstoß mit der Transportliege im Krankenhaus nicht überstanden, aber Jon hatte aus den Plastiktrümmern die SIM-Karte herausgefischt, die glücklicherweise heil geblieben war. Er hatte Shane nie erklärt, was eigentlich genau passiert war, aber er hatte die Karte in ein neues Handy eingesetzt, dass er für Shane gekauft hatte. Shane wollte es erst nicht annehmen, weil es doch ein Unfall gewesen war. Es war ein hübsches kleines Ding, mit dem sich viel leichter texten ließ, als mit seinem alten Handy. Und ein- oder zweimal am Tag klingelte es, und dann lag er nicht mehr mit seiner Sauerstoffmaske auf Deacons Sofa, sondern war mit Mikhail an einem anderen, aufregenden Ort voller Schönheit.

Der Sonnenuntergang hat hier nicht so viele Farben, aber dafür sind sie viel deutlicher. Und Braun gehört nicht dazu.

Mutti verbringt den ganzen Tag in ihre Decke gewickelt an Deck und hält ihr Gesicht in die Sonne. Sie sieht aus wie ein Filmstar aus den1930ern.

Die Kinder auf der Straße betteln uns um Pesos an. Ich gebe ihnen Münzen, aber man kann mit einigen Tropfen kein ganzes Meer füllen.

Ich sammele Postkarten, weil ich nur Fotos von Mutti mache. Aber ich habe auch ein Bild von mir.

Mikhail hatte das Foto mit dem Handy geschickt. Es war ein Selfie, das ihn am Heck des großen Kreuzfahrtdampfers zeigte, im Hintergrund der Sonnenuntergang, der nicht braun war. Er hatte etwas Sonnenbräune und seine blonden Locken waren so ausgebleicht, dass sie fast weiß wirkten. Der scheue Blick seiner blaugrauen Augen wich der Kamera aus und war typisch Mickey.

Shane sah sich das Bild minutenlang an, bevor er endlich seine Antwort eintippte. *Du siehst glücklich aus. Ich schicke dir auch ein Bild. Aber du musst bis Weihnachten warten, weil ich dann hoffentlich nicht mehr so belämmert aussehe.*

Er musste lachen, als er Mikhails Antwort bekam. *Du hast bestimmt abgenommen. Du musst mehr essen, du unerträglicher Mann. Niemand begrapscht gerne ein Skelett.*

Als Weihnachten dann endlich kam, raffte Shane sich dazu auf, sein Dasein als Sofakissen zu beenden. Er hatte in den vergangenen Tagen ab und zu geduscht, weil in der Dusche immer noch der Plastikstuhl stand, den Crick während seiner Genesung benutzt hatte. Heute hatte er sich ordentlich rasiert, trug eine bequeme Jeans und ein schickes Hemd und hatte tatsächlich seinen Stammplatz auf dem Sofa für die Beschenkung verlassen. Der Weihnachtsmorgen hatte in einer Geschenkorgie geendet, was auch kein Wunder war, wenn eine Handvoll Männer ihre geballten Bemühungen auf ein Baby und einen Teenager konzentrieren. Überall lag Geschenkpapier verstreut und Crick versuchte, wieder etwas Ordnung in das Chaos zu bringen, sodass wenigstens die Möbel wieder zum Vorschein kamen.

Shane hatte sich wieder aufs Sofa zurückgezogen, um sich etwas auszuruhen. Er überlegte, ob er wohl am nächsten Tag fit genug wäre, um nach Hause zu fahren und die Tiere selbst zu füttern. Er fühlte sich so gut, wie seit zwei Wochen nicht mehr. Andrew kam aus der Küche, setzte sich zu ihm aufs Sofa und reichte ihm eine Tasse mit heißer Schokolade.

„Du hast dich schick gemacht, Chef. Hast du heute noch eine Verabredung?"

Shane rollte mit den Augen. „Ich möchte nur wie ein anständiges Mitglied der zivilisierten Gesellschaft aussehen. Ich will nach Hause fahren, die Hunde füttern, Rechnungen bezahlen und die Geschenke holen, die ihr nicht gefunden und mitgebracht habt, weil sie nicht auf dem Sofa gelegen haben." Benny hatte ihn vor einigen Wochen auf einen Markt für Kunsthandwerk mitgenommen, wo er eine wunderschöne Decke für Kimmy gekauft hatte. Er war aber nicht mehr dazu gekommen, sie ihr zu schicken. Ihm fiel ein, dass er Kimmy auch noch nicht über seine Verletzung und den Krankenhausaufenthalt informiert hatte. Shane fühlte sich schuldig und beschloss, sie heute Abend auf jeden Fall anzurufen. Er musste die Geschichte etwas abmildern, weil sie sich sonst auch schlecht fühlen würde.

„Deacon will keine Geschenke", meinte Andrew und Shane wurde rot.

„Pech gehabt. Ich habe ihm schon eins gekauft. Und Crick auch. Ich hatte sie nur noch nicht ausgepackt und in Geschenkpapier gewickelt." Shane hatte ihnen ein Wii besorgt, mit Spielen und allem, was dazugehörte. Es war ein teures Geschenk, aber das war ihm egal gewesen.

„Na ja, ich habe mich über den Hut von dir sehr gefreut, Shane. Aber du bist jetzt wirklich ein Teil von uns, und du musst nicht solche teuren Geschenke kaufen, weißt du? Wir wussten alle, dass es ein mageres Weihnachtsfest wird, aber du hast uns mit deinen Geschenken verwöhnt. Deacon weiß nicht, wie er sich dafür bedanken soll. Jeder, der seinen beiden Mädels so hübsche Geschenke macht, hat bei ihm einen Stein im Brett."

Shane senkte verlegen den Blick. „Ich habe wenig Erfahrung mit Familie", sagte er betreten. „Ich weiß nicht … was angemessen ist. Ich bin einfach nur manchmal dankbar und …"

Andrew nickte und klopfte ihm auf die Schulter. Dann stand er auf. „Und wir sind dir dankbar. Unser schönstes Weihnachtsgeschenk in diesem Jahr war, dass wir alle gemeinsam hier versammelt sind. Crick und Deacon … Es gab Zeiten, da mussten wir befürchten, einen von ihnen zu verlieren. Und als dann endlich alles wieder gut lief, musstest du dich abstechen lassen und die Angst ging von vorne los. Shane … du hast dich vorgestellt und deine Probezeit absolviert. Jetzt hast du den Job, und zwar unbefristet. Du bist ein Teil unserer Familie, das weißt du doch, oder?"

Shane konnte ihm nicht in die Augen sehen. Crick schlief nicht gut. Er wachte jeder Nacht gegen zwei Uhr auf, manchmal hatte er Albträume und schrie, manchmal kam er zu Shane ins Wohnzimmer und schaltete den Fernseher an. Deacon schlief noch schlechter. Er ging zwar mit Crick ins Bett, aber sobald Crick eingeschlafen war, stand er wieder auf und kümmerte sich um die Ranch, lernte für seinen Kurs oder grübelte über ihren Abrechnungen, um – bitte, Gott! – die Ranch doch noch vor dem Ruin zu retten. Dann ging er wieder ins Bett, um Crick trösten zu können, wenn der seine Albträume bekam. Shane mochte jetzt zur Familie gehören, aber er konnte ihnen nicht helfen. Jedenfalls nicht so, dass es etwas Entscheidendes bewirkt hätte. Er konnte nur auf ihrer Couch schlafen und ihr kompliziertes Leben noch komplizierter machen. Und er konnte die Liebe aufsaugen, die dieses Haus erfüllte, so wie eine verdorrte Pflanze in der Wüste das Wasser nach einem langersehnten Regen.

„Also ... ich wünsche dir auch fröhliche Weihnachten." Was hätte er Andrew sonst antworten sollen?

Deshalb kam es ihm alles etwas surreal vor, als sie am Abend zusammen im Wohnzimmer saßen und gerade dabei waren, den Nachtisch zu essen. Zu diesen Menschen, dieser Familie gehörte er jetzt auch. Noch war er nicht viel mehr, als ein Sitzplatz für das Baby, aber das war auch schön. Er mochte Kinder. Ihnen war es egal, wenn er sich tollpatschig anstellte oder eine seiner Spinnereien von sich gab. Sie freuten sich einfach nur vorbehaltlos über die Püppchen und hübschen Kleider und die Holzbauklötze, die sie zu Weihnachten bekamen – auch wenn sie gar nicht durchschauten, von wem die vielen Geschenke kamen.

Trotzdem reichte er Parry Angel an Andrew weiter, als das Handy klingelte. Unbeholfen zog er das Ding aus seiner Hosentasche.

Mikhails Anruf machte ihn so nervös, dass ihm die Hände zitterten.

Jon sah, wie er das Handy hervorzog und beugte sich zu ihm. „Geh in Deacons Zimmer. Dort ist es ruhiger", flüsterte er Shane zu.

Shane nickte dankbar und ging in den dunklen, kühlen Flur, bevor er den Anruf annahm.

„Hallo, Mickey", sagte er in die Stille.

Am anderen Ende holte Mikhail laut Luft, dann war seine Stimme zu hören. Sie klang unsicher und zittrig.

„Es geht dir wirklich besser. Das ist gut. Ich dachte schon, sie machen mir etwas vor, damit ich nicht vom Schiff springe."

Shane lachte. „Nein Mickey. Das hättest du nie getan!"

„Das sagst du so." Mikhail war mehr traurig als amüsiert. „Aber so stark bin ich nicht. Wenn ich stärker und härter wäre, müsste ich dir jetzt böse sein. Und das bin ich nicht."

„Es tut mir leid, was passiert ist", erwiderte Shane betroffen. „Ich wollte nicht, dass du dir solche Sorgen machen musst."

„Ja. Und ich bin immer noch wütend darüber. Ich war sogar für kurze Zeit sehr, sehr zornig auf dich. Aber dafür kann ich dich anschreien. Für die andere Sache kann ich dich nicht anschreien. Ich wollte dir sogar verheimlichen, dass ich es herausgefunden habe. Aber das kann ich jetzt nicht mehr."

Und dann erzählte er Shane, was er damit meinte. Und Shane fühlte sich noch schlechter.

13

„You want it, you take it, you pay the price."
Bruce Springsteen, *Prove it All Night*

DER TAG, an dem sie nach San Francisco aufbrachen, um am Bord des Kreuzfahrtschiffs zu gehen, war einer der härtesten Tage in Mikhails Leben. Er hätte es fast nicht geschafft, an Bord zu gehen, hätte sich beinahe schon nicht ins Auto gesetzt, wären da nicht Shanes Freunde gewesen.

Andrew war zu ihnen nach Hause gekommen, hatte seine Mutter umgarnt und ihnen beim Packen geholfen. Benny hatte das Abendessen mitgeschickt, sodass sie nur noch essen und spülen mussten, und selbst dabei hatte Andrew ihnen geholfen. Jeff hatte ihm ein neues Handy in die Hand gedrückt, mit dem er vom anderen Ende der Welt hätte texten können, und mit einem Tarif, bei dem die Anrufe fast nichts kosteten. Alle wichtigen Nummern waren schon gespeichert, darunter Andrews, Bennys, Jeffs und Jons.

Und natürlich Shanes Nummer.

Also waren sie an Bord gegangen und hatten der Freundin seiner Mutter, die sie nach San Francisco gebracht hatte, zum Abschied zugewinkt. Er hatte Mutti zuliebe gelächelt und sich gefreut, sie hatten der Freundin eine Blume zugeworfen, die Glück bringen sollte, und er hatte das perfekte Gerät in der Tasche, um sein Leben auf den Kopf zu stellen.

Er konnte es nicht verhindern. Er ließ seine Mutter an Deck zurück, eingewickelt in warme Decken und mit einem Glas Fruchtsaft in der Hand. Sie war nachdenklich, aber glücklich. Als er in die Kabine kam, suchte er sofort nach neuen Nachrichten, weil er wissen wollte, ob sein großer, dummer Mann, der ihn so glücklich machte und so wenig von ihm verlangte, überleben würde.

Er fand einen Text von Benny: *Fieber gebrochen, es geht ihm gut.* Erleichtert fiel er auf die Knie und heulte in das weiche Kissen auf seinem schmalen Bett. Und das war der Moment, in dem er endgültig den Verstand verlor.

Er konnte sich kaum daran erinnern, Shanes Nummer zu gewählt zu haben und mit der Mailbox verbunden zu werden. Aber er hielt die wütendste, bösartigste Gardinenpredigt, die die Welt jemals gehört hatte. Er war sich ziemlich sicher, vor allem russisch gesprochen zu haben, und die englischen Teile waren wahrscheinlich zu hysterisch, um einen vernünftigen Sinn zu ergeben. Aber er konnte sich an Flüche erinnern und daran, das er mehr als einmal „Fuck!" gebrüllt hatte. Es ließ sich nicht mehr ändern. Diese Angst … oh Gott, diese Angst. Er hatte am ganzen Leib gezittert und gebebt. Er hatte seiner Mutter zwar gesagt, dass es Shane gut ginge, aber er selbst hatte gewusst, dass es nur eine wohlmeinende Lüge gewesen war. Die Anspannung zwischen Lüge und Wahrheit war kaum auszuhalten gewesen und hatte ihn um den Verstand gebracht.

Er hatte sich danach für seine Mutter zusammengerissen, weil ihm nichts anderes übrig geblieben war. Er hatte sie ins Bett gebracht und ihr die Infusion gegeben, die sie vom Schiffsarzt bekommen hatten. Dann war sie eingeschlafen. Als in der Dunkelheit nur noch ihr leiser Atem zu hören war, brach die Realität mit aller Gewalt über ihn herein.

Oh Gott.

Was hatte er nur alles gesagt.

Am nächsten Tag konnte er nichts essen. Während er für seine Mutter gute Laune zeigte und sich darüber freute, sie in der Sonne sitzen zu sehen, dachte er über die entsetzlichen Dinge nach, die er gesagt hatte. Jedenfalls über den Teil, an den er sich erinnern konnte und den er nicht mehr aus dem Kopf bekam. Wie sollte Shane ihm das jemals vergeben können?

Es blieb Ylena nicht verborgen. „Du bist so traurig, *Ljubime*. Du hast doch gesagt, es geht ihm gut."

Mikhail zuckte mit den Schultern und zog ihre Decke gerade. Sie waren noch nicht sehr weit im Süden und der Meereswind noch kühl. Mutti musste auf ihre Gesundheit achten. „Ich ... ich habe mich daneben benommen, weil ich mir Sorgen gemacht habe. Ich würde mich sehr wundern, wenn er mich überhaupt noch wiedersehen will, Mutti."

Ylena winkt ab, hielt ihr Gesicht in die Sonne und sah in den blauen Himmel. Sie strahlte Ruhe aus und schien sich sehr wohlzufühlen, den Kopf in ihren Turban gewickelt und eine schicke Sonnenbrille auf der Nase. Mikhail musste sie nicht mehr vor seinen Problemen beschützen. Ihr Herz entfernte sich schon von der Welt und war auf dem Weg in andere, strahlende Gefilde, wie ihre Kirche es ihr versprochen hatte.

Mikhail interessierte nur eine strahlende Sache, und die hatte er durch seine eigene Dummheit vermutlich schon wieder verloren.

Er fragte sich, wann Shane ihm wohl einen Text schicken und ihm mitteilen würde, dass er ihn nie wieder sehen wollte. Dann kam ein Text, aber er kam von Jon.

Er ist wach und fragt nach dir.

Oh Gott. Was sollte er jetzt nur sagen? *Ich habe ihm eine fürchterliche Nachricht hinterlassen. Ich war nicht bei Verstand. Er wird mich nie wieder sehen wollen.*

WTF? Ernsthaft, war es denn so schlimm?

Bitte, ich möchte nicht mehr daran erinnert werden. *Ich habe ihn beschimpft und verflucht. Ich war wütend. Ich hatte Angst. Es hat so wehgetan.*

Guter Gott. Er hätte nie gedacht, sich vor einem fast fremden Mann, einem Mann, den er nicht liebte, jemals so bloß zu stellen. Aber Jon und Benny – Shanes ganze Familie – waren so nett gewesen. Er konnte sich Shanes Bitte, mit ihnen zu reden, einfach nicht verschließen. Er schuldete es ihnen. So wenig er an Versprechen glaubte – er hielt auch nichts von Schulden. Er musste mit ihnen reden.

Pass auf. Ich kümmere mich darum. Versprochen. Du warst gestresst, dann kann so was passieren. Er wird die Nachricht nie bekommen und nie davon erfahren.

So dumm es war, aber Mikhail schöpfte wieder Hoffnung. *Geht das? Ich habe es doch versprochen, oder?*

Die Hoffnung nahm beängstigende Ausmaße an. *Wie soll ich ihm danach noch ins Gesicht sehen?*

Jon verlor offensichtlich langsam die Geduld. *Verdammt, Mikhail, reiß dich zusammen. Sonst komme ich mit dem Hubschrauber und hole dich persönlich von dem verdammten Schiff zurück!*

Trotz seiner Panik musste Mikhail lachen. Shane hatte wunderbare Freunde. *Das ist hart.*

Worauf du dich verlassen kannst. Jetzt sag ihm, dass du dich später meldest und ihn an Weihnachten anrufst. Er kann von nichts anderem reden und braucht jetzt seinen Schlaf.

Eine Pause. Eine Chance. Noch eine oder drei oder fünf Wochen, in denen Shane eine gute Meinung von ihm behielt, in denen er sich in dem wärmenden Glanz bewegen konnte, der Shane Perkins hieß und ein Herz hatte, wie es freundlicher und liebenswerter nicht sein konnte.

Na gut. Ich rufe Weihnachten an. Sag ihm, es ist ein Versprechen.

Es war, als wäre er plötzlich aus einem düsteren Kerker entkommen. Er musste das Schiff und den blauen Himmel und den endlosen Horizont nicht mehr allein erleben. Er konnte Shane Nachrichten schicken und Shane war da, um sie zu lesen. Shane würde sich freuen, von ihm zu hören. Noch ein Mensch auf dieser großen Welt, dem Mikhail nicht gleichgültig war. Während Ylena mehr und mehr in ihre glückselige Trance versank und Wärme tankte (Gott sei Dank), wurde Shane zu Mikhails Rettungsanker.

Shane war der Boden unter seinen Füßen.

Ich bin an Land. Die Straßen sind staubig und ich möchte all die billigen Püppchen kaufen, die sie am Straßenrand anbieten. Ich brauche ein Geschenk für dich.

Ich brauche nur dich.

Schöne Worte retten dich nicht vor meinem kitschigen Geschmack. Mikhail entdeckte einen kleinen Laden. Er war bunt bemalt und verkaufte Keramik und handgewebte Textilien. Mikhail betrat den Laden und sah einige Frauen, die alle an etwas arbeiteten. Einige strickten, andere spannen Garn oder webten. In einer Ecke wurde sogar getöpfert.

Es war ein Kollektiv und es gefiel ihm. Die Frauen stellten ihre Waren selbst her, und was sie machten, war von bester Qualität. Er ging durch den Laden und sah sich alles an. Ein Mann sah ihm über die Schulter, als er sich einen Poncho betrachtete. Der Poncho war nicht billig, aber das war Mikhail egal. Er hatte schon zwei Geschenke für Shane zuhause – einen Schal, den Ylena auf seine Bitte hin gehäkelt hatte, um den braunen Schal zu ersetzen, den er nicht mehr hergeben wollte, und eine selbstgebrannte CD mit Liedern, die er für Shane zusammengestellt hatte. Er wollte noch etwas anderes. Er wollte nicht nur immer aufs Geld achten, er wollte etwas kaufen, mit dem er Shane verwöhnen konnte, egal, was es kostete.

„Das ist ziemlich teuer", sagte der Mann hinter ihm lächelnd. Mikhail sah ihn an. Der Mann war einige Jahre älter als er selbst und gut gekleidet. Er hatte braune Haare und blaue Augen, sein Gesicht war glattrasiert. Mikhail zuckte mit den Schultern und sah sich einen anderen Poncho an. Dieser war erdbraun.

„Es ist ein Kollektiv. Die Frauen ernähren ihre Familien mit dem Einkommen, sie arbeiten nicht für einen Hungerlohn. Freie Herzen schaffen schöne Dinge." Er hatte die Informationstafel gelesen, die in Englisch geschrieben war. Er glaubte daran.

Der Mann zuckte mit den Schultern. „Ja. Aber in dem Laden eine Straße weiter gibt es das Gleiche zum halben Preis."

Mikhail schürzte die Lippen. Er war an dem Laden vorbeigekommen. „Das hier ist kein Platz, an dem Kinder arbeiten müssen, die fast nichts verdienen", sagte er barsch. Er wollte etwas Bunteres. Shane trug oft Dunkelrot und Braun. Er hatte braune Haare und braune Augen, diese Farben standen ihm daher gut. Aber es waren nicht die einzigen Farben, die zu ihm passten. Vielleicht ein dunkles Violett mit einem Muster aus warmen Brauntönen?

Er sah sich einen Poncho nach dem anderen an und wollte sich gerade für einen entscheiden, als der Mann mit einem beschwichtigenden Lächeln wieder zu reden anfing. „Merkst du eigentlich, dass du vor dich hin summst und auf den Zehen wippst?"

Mikhail blinzelte ihn verblüfft an. Shane hatte ihm das auch schon gesagt, als sie in dem Buchladen gewesen waren. Aber Shane hatte strahlend gelächelt und kleine Lachfältchen gehabt. Er hatte Mikhail angesehen, als wäre er bezaubernd und wunderschön. Dieser Mann sah ihn an, als würde er ein Lob für seine Aufmerksamkeit erwarten.

„Ja", sagte Mikhail schließlich. „Darauf bin ich schon hingewiesen worden." Und dann zog er den Poncho aus dem Regal und ließ ihn einpacken. Er kaufte auch noch eine Decke für Mutti, obwohl sie beide wussten, dass sie bald ihm gehören würde. Aber heute würde sie Mutti warm halten, wenn sie mit ihrem großen Sonnenhut an Deck saß und glücklich der Ewigkeit entgegensah.

Er hatte nicht erwartet, dass der Mann ihn auf dem Rückweg zum Schiff begleiten würde. Er hatte auch nicht erwartet, dass er ihn wieder in ein Gespräch verwickeln wollte. Mikhail ging unkonzentriert darauf ein, als das Handy in seiner Tasche klingelte.

Na gut, ich will es wissen. Wie kitschig ist es?

Mikhail blieb lächelnd stehen, um darauf zu antworten. *Es ist so kitschig, dass selbst deine Katzen sich nicht die Mühe machen werden, es zu zerbrechen.*

Mikhail musste einige Minuten auf die Antwort warten. Als sie kam, machte sie ihn traurig. *Ich vermisse meine Katzen. Ich hoffe, sie sind noch alle fünf da, wenn ich wieder nach Hause komme.*

Wie viele hättest du denn gerne? Ein Dutzend?

Ich hätte nichts dagegen. Aber dann brauche ich ein größeres Katzenklo. Ich mache es nicht sauber. Ich putze auch keine Fenster.

Mikhail sah kaum auf, als der Mann endlich verschwand. Es war ihm egal. Er hielt die einzige Gesellschaft, die er wirklich brauchte, in der Hand.

Ich erwarte nicht mehr von dir, als etwas Zeit und viel Haut.

Das lässt sich einrichten. Ich könnte dir sogar viel Zeit geben.

Ich kann es abwarten.

Mikhail wurde wieder ernst. Shane wusste es. Sie wussten beide, dass seine Rückkehr ... getrübt wäre. Er hatte erst wieder viel Zeit zu geben, wenn es seiner Mutter besser ging. Und dieser Tag wäre ein schwarzer Tag.

Ich will nicht warten. Auch gestohlene Zeit ist Zeit. Wir haben vielleicht nur Momente, aber ich will sie nicht vergeuden.

Vielleicht können wir sie aufbewahren, wie Bonbons.

Oder wir können sie verschlingen, wie Steaks.

Und so ging es weiter. Erst als Mikhail seine Geschenke in der Kabine verstaut hatte und an Deck gegangen war, um seiner Mutter die Decke zu bringen, wurde ihm klar, dass der aufdringliche Mann versucht hatte, ihn anzumachen. Er überlegte, ob er ihn nach seinem Namen hätte fragen sollen, aber dann erinnerte er sich an das geizige Herz des Mannes. Ein solcher Mann passte nicht zu Shane, Mikhail brauchte den Namen nicht.

Als er Mutti die Decke brachte, war er allerbester Laune. Sie sah ihn überrascht an und streichelte über die Decke.

„Wie wunderbar weich, *Malchik*. Woraus ist sie gemacht?"

„Aus Schafwolle und Alpaka. Sie ist sehr weich und hält dich sogar in einem Schneesturm warm."

Ylena lächelte und zog an dem braunen Schal, den ihr Sohn um den Hals trug. „Aber hier gibt es keinen Schneesturm. Ich weiß, warum ich die Decke brauche. Aber warum trägst du bei Temperaturen von dreißig Grad einen Schal?"

Mikhail wurde rot. „Ich ... ich habe ihn aus Gewohnheit umgelegt. Ich ..." Zum Teufel. Sie war seine Mutter. Wem sollte sie es schon verraten? „Ich vermisse ihn."

Ylena nickte. „Nun ja. Aber es wundert mich, dass du ihn noch hast. Obwohl er damals gesagt hat, dass er ihn nicht mehr braucht."

Mikhail sah sie fragend an und hielt den Schal fest, als ob ihn jemand stehlen wollte. „Damals?"

„Du weißt schon – am Tag, bevor er verletzt wurde. Als er uns das Mittagessen gebracht hat? Er hat den Schal in deinem Zimmer gesucht, aber er konnte ihn nicht finden und hat gemeint, es wäre nicht so wichtig. Er wollte den Schal nicht mehr, weil du ihn so gern trägst."

Mikhail blinzelte überrascht. „Ich wusste nicht, dass er in meinem Zimmer war." Er dachte nach, ob er irgendwelche Peinlichkeiten in seinem Zimmer aufbewahrte, irgendwelche Dinge, die Shane vielleicht verjagen könnten.

Ylena zuckte unter der warmen Decke mit den Schultern. „Wieso? Hast du Angst, er würde dich bestehlen? Das glaube ich nicht. Erstens hast du mehr als genug Geld gehabt, als du es gezählt hast. Zweitens war es Shane. Mach dir keine Sorgen, *Ljubime*. Der Mann will immer nur dein Bestes und dich glücklich machen."

Und in dieser Sekunde fiel bei Mikhail der Groschen.

Er holte zischend Luft und dachte über diesen Tag nach. Er hatte die Scheine einfach nur unsortiert zusammengerollt, so, wie er sie verdient hatte. Aus Aberglauben hatte er sie nie nachgezählt. Als er die Rolle geöffnet hatte, waren sie immer noch unsortiert gewesen und ihm waren auch keine bankfrischen Scheine aufgefallen. Aber jetzt, wo er darüber nachdachte ... Es waren ungewöhnlich viele Scheine dabei gewesen, die einen leichten Blaustich hatten. Er hatte es auf die handgefärbten Kostüme geschoben, die die Besucher der Festivals trugen und die oft abfärbten. Es war ihm nicht ungewöhnlich vorgekommen und – mein Gott – er hatte solche Angst gehabt, dass sein Geld nicht reichen würde. Was wäre gewesen, wenn er sein Versprechen an Mutti nicht hätte einlösen können? Wenn diese wunderbare Reise – die sie so unbeschwert genoss und die sie noch einmal glücklich machte, bevor sie ihn verlassen musste – nicht möglich gewesen wäre?

Aber sie war möglich gewesen, weil das Geld gereicht hatte. Sie war möglich gewesen, weil Shane sie sich genauso gewünscht hatte wie Mikhail selbst.

Für einen kurzen Moment wollte sein Stolz sich einmischen. Für einen kurzen Moment wollte er Shane eine Nachricht schicken, die er nie wieder hätte zurücknehmen können. Aber dann fasste seine Mutter ihn an der Hand und tätschelte sie, und in diesem Augenblick wurde ihm klar, dass sie es von Anfang an gewusst hatte. Sie musste es gewusst haben, sonst hätte sie es nicht angesprochen.

„Du hast es gewusst", sagte er bedächtig.

„Ich habe es vermutet. Ich habe es ihm nicht gesagt, aber ich habe es vermutet. Dein Freund kann nicht sehr gut verbergen, was in ihm vorgeht."

Mikhail musste lachen. Er erinnerte sich an den Tag auf der Ren Faire, als Shane ihn nach seinem Auftritt so bewundernd und voller Verlangen angesehen hatte, dass es jedem aufgefallen war. Wie hätte es Mikhail nicht auch auffallen sollen? Wie hätte Mikhail ihn nicht an der Hand nehmen sollen, um mit ihm diesen Tag zu verbringen und mehr darüber zu erfahren, was hinter dem Mann mit dem Herzen eines Kindes steckte?

Shane musste sich fürchterlich gefühlt haben, als er seinen Plan in die Tat umsetzte und sie austrickste.

„Nein", sagte Mikhail. „Er kann nichts verbergen." Es war, wie er schon im Krankenhaus gesagt hatte – Shane hatte ein Herz, so groß und rein wie der Sommerhimmel. Und Mikhail wollte nicht das Arschloch sein, das einen Pfeil hineinschoss und zusah, wie es Blut regnete. Aber er konnte es auch nicht ganz ignorieren.

Als er Shane am nächsten Tag anrief, war der Rest der Reisenden – seine Mutter eingeschlossen – festlich gekleidet und hatte sich im Speisesaal zu einem Festessen versammelt. Mikhail hatte auch daran teilgenommen und sich gefreut, wie sehr seine Mutter sich amüsierte. Sie konnte die Menschen immer noch bezaubern mit ihrem strahlenden Lächeln. Das neue rote Kleid stand ihr sehr gut und sie hatten extra für diesen Anlass eine blonde Perücke gekauft. Ylenas Krankheit ließ sich auch dadurch nicht ganz verheimlichen, aber sie machte ein stolzes Gesicht und ließ sich ihre Schmerzen nicht anmerken. Sie hatte sich viele Freunde gemacht, während sie an Deck saß, um – wie sie es nannte – mit Stil zu sterben. Nach einiger Zeit ließ Mikhail sie mit ihren Bekannten zurück. Sie würde nicht allein sein.

Als er sich erhob, um den Tisch zu verlassen, hatte sie ihn am Arm genommen. „Richte ihm herzliche Grüße aus und bedanke dich in meinem Namen bei ihm, wenn du es schon nicht für dich selbst tust. Hast du mich verstanden, Mikhail Wassiljewitsch?"

„Ja, Mutti."

Natürlich würde er sich bei Shane bedanken. Er würde ihm erklären, dass es nicht nötig gewesen wäre, aber er würde sich bedanken.

„Hättest du es mir jemals verraten?", fragte er Shane jetzt.

„Ich hatte es nicht vor." Mikhail kam es so vor, als ob Shane sich in einem dunklen Raum aufhielt. Es frustrierte ihn, übers Telefon so mit Shane reden zu können, aber nicht von Angesicht zu Angesicht. Und es kam ihm noch nachträglich unfair vor, dass er den besten Sex seines Lebens in einem Hausflur und einem Bürosessel erlebt hatte.

„Wie konntest du das tun?" Das war es, was Mikhail am meisten störte. „Wie konntest du mir dieses ... dieses unglaubliche Geschenk machen und mir nicht verraten, dass es von dir ist?"

Shane wollte davon nichts wissen. „Es ist nicht alles von mir, verdammt! Du hast das meiste Geld selbst verdient. Es war dein Traum. Dein Versprechen. Dein Wille, verdammt! Ich habe dir nur beim letzten Schritt ausgeholfen. Ist das so schlimm?"

„Aber ich hätte dich doch um Hilfe gebeten!" Oh Gott. Es war die Wahrheit. Er hatte oft daran gedacht, bevor er das Geld gezählt hatte. Er hätte es nicht gern gemacht, aber er hätte Shane um Hilfe gebeten.

„Das hättest du mir nie verziehen", grummelte Shane und Mikhail hielt erschrocken die Luft an.

„Du hast recht", gab er zerknirscht zu. „Gott steh' mir bei, aber du hast recht. Ich hätte es die nie verziehen, aber das ... das kann ich dir verzeihen. Ich habe keine andere Wahl." Er lachte humorlos. „Verdammt, Shane! Für einen Mann, der behauptet, ein Tollpatsch zu sein, ist das eine echte Leistung. Du hast den Walzer mit dem Stachelschwein bis zum letzten Takt durchgehalten."

Schweigen. Mikhail fragte sich, ob er endlich eine Metapher gefunden hatte, der Shane nicht folgen konnte. Aber er hätte es besser wissen müssen.

„Darf ich dich dann zu einem zweiten Tanz bitten?"

„Ja." Mikhail schluckte tief. Er hatte das Gefühl, am Rand eines unendlich tiefen Abgrunds zu stehen. „Jederzeit." Er schloss die Augen und sprang. „Willst du das Lied hören?"

„Springsteen?", fragte Shane so hoffnungsvoll, dass Mikhail lachen musste.

„Springsteen ist zu traurig. Wie wäre es mit U2?"

„Damit kann ich auch leben. Wie sind die Schritte?"

„Ich will der Mann sein. Der Mann, den deine Familie anruft, wenn du krank bist. Der Mann, der endlich dein Haus sieht und den Zaun um die Veranda und das große Loch, das dein verrückter Köter gegraben hat. Ich will sie mindestens einmal zum Abendessen besuchen. Ich ..." Mein Gott. Seine Hände waren schweißnass. Er musste unbedingt aufhören, sonst würde er gleich durch die Korridore rasen wie ein Karnickel auf der Flucht, bis ihm vor lauter Angst vor der eigenen Courage das Herz stehen blieb. „Ich kann dir kein Morgen versprechen. Auch keine nächste Woche. Aber solange du mich anrufst, solange ich weiß, dass du mir am nächsten Mittwoch wieder das Abendessen vorbeibringst, solange du froh bist, mich zu sehen ... solange will ich dieser Mann sein."

Shanes Stimme klang erschüttert. „Okay", sagte er. „Gut. Abrakadabra – du bist dieser Mann. Familienessen bei Deacon, sobald ... sobald du Zeit hast. Du kannst alle kennenlernen. Benny kocht für uns. Sie ist viel besser als ich. Du bist dieser Mann."

„Ist alles in Ordnung mit dir?" Shane hatte sich nicht so angehört. Er hörte sich angespannt und gestresst an. Mikhail hörte einen lauten Plumps, als wäre jemand mit dem Hintern auf den Boden gefallen.

„Ich musste mich setzen", murmelte Shane. „Alles in Ordnung. Gott, Mickey ... Ich hätte nicht erwartet, dass du jemals so viel Vertrauen aufbringen könntest. Fröhliche Weihnachten, Mikhail. Verdammt fröhliche Weihnachten."

Mikhail setzte sich ebenfalls auf den Boden der Kabine. „Dir auch fröhliche Weihnachten, du sturer, irritierender Mann. Darf ich dir jetzt einen Blowjob geben?"

Shane kicherte ins Telefon. „Mann, im Moment wäre ich sogar für Telefonsex. Aber ich sitze im Schlafzimmer von Deacon und Crick, und das wäre mir peinlich."

„*Da*. Ich bin in der Kabine, die ich mit Mutti teile. Das wäre noch schlimmer."

„Was tun wir jetzt?"

Woher sollte Mikhail das wissen? Er kam sich vor wie ein Schmetterling, der sich als Pferd verkleiden sollte. „Vielleicht kannst du mir erzählen, was du heute alles gemacht hast?"

Mehr musste Shane nicht hören. „Das Baby hat die Geschenke geliebt, die wir zusammen ausgesucht haben. Benny auch. Sie hat sich gefreut, dass du mir geholfen hast, sie auszusuchen. Ich glaube, du hast sie wirklich beeindruckt, als es mir so schlecht ging. Hast du schon mal gesehen, wie kleine Kinder Geschenke auspacken? Ich weiß ja nicht, wie andere Kinder es machen ... aber Parry Angel reißt nur das Papier auf und stürzt sich darauf. Benny hat mit ihr Konfetti-Engel gemacht, weißt du ... so wie Schnee-Engel, nur mit dem Geschenkpapier ..."

Als sie das Gespräch beendeten – Shanes Akku hatte gepiepst und er musste Schluss machen –, blieb Mikhail noch auf dem Boden sitzen und legte den Kopf auf die Knie. So fand seine Mutter ihn später vor, als sie in die Kabine zurückkam. Eine ihrer neuen Freundinnen schob den Rollstuhl. Ihr war aufgefallen, dass sie müde geworden war. Jetzt half sie Mutti auch ins Bett, wo sie sich aufs Kissen fallen ließ, während er die Infusion vorbereitete.

„Hast du ihm meinen Dank ausgerichtet, *Ljubime*?", wollte sie wissen, als er ihr die Schuhe auszog.

„*Njet*", erwiderte er abgelenkt. „Das kannst du später selbst machen, Mutti. Er holt uns am Schiff ab, wenn wir wieder in San Francisco eintreffen."

„Geht es ihm denn schon wieder gut genug?", fragte sie aufgeregt und Mikhail blinzelte überrascht. Shane hatte davon erzählt, dass er auf Deacons Ranch war, wo sich seine Freunde um ihn kümmerten. Und dann hatte er angeboten, in anderthalb Wochen eine so lange Autofahrt zu unternehmen.

„Es muss wohl so sein. Er hat es versprochen. Ich glaube nicht, dass er sein Versprechen bricht." Das machte Shane einfach nicht.

„Hat er ein schönes Weihnachtsfest?", hakte Ylena nach. Mikhail lächelte sie an. Er wusste, dass sie noch mehr hören wollte.

„Er hat ein wunderschönes Weihnachtsfest. Ich glaube, ich habe ihm das schönste Geschenk von allen gegeben, Mutti. Deshalb will ich nicht so viel reden. Ich frage mich immer noch, wie ich das tun konnte."

Er setzte sich zu ihr aufs Bett und nahm sie an der Hand. Ihr Körper ließ sie mehr und mehr im Stich, sodass sie den Trost einer menschlichen Berührung brauchte.

„Was hast du denn getan?", fragte sie liebevoll.

„Ich habe ihm versprochen, wichtig zu sein", gab er zu. „Solange es geht, will ich wichtig für ihn sein." Er schluckte. „Es ist ein erschreckender Gedanke für mich. Ich bin für dich wichtig gewesen, und es war nicht immer gut für dich. Ich will diesen Mann nicht genauso verletzen."

Ylena drückte seine Hand. Sie fühlte sich schwach und zerbrechlich an. „Das wirst du aber tun", sagte sie leise. „Nicht unheilbar und nicht absichtlich. Und sicherlich nicht genug, um ihn wieder zu verjagen. Dazu müsstest du dir schon sehr viel Mühe geben oder wirklich versagen. Aber du musst lernen, mit deinen Fehlern zu leben, Mikhail Wassiljewitsch. Du bist ein guter Mann, aber du bist nicht perfekt. Geliebte verletzen sich – es liegt in der Natur der Sache. Mütter verletzen ihre Söhne und Söhne ihre Mütter. Und wenn das Ende kommt, verabschieden sie sich voneinander. Mehr können wir uns nicht erhoffen. Besser können wir es nicht machen."

„Was weißt du über Geliebte, Mutti? Können sie auch bis zum Ende zusammen bleiben? Ich war für Oleg nicht da."

Ylena presste die Lippen zusammen und schloss erschöpft die Augen. „Oleg war kein Geliebter, das weißt du. Er war ein Junge. Ihr wart beide noch Kinder. Ihr wart verloren und habt euch Halt gegeben. Ein wirklicher Geliebter reißt seinen Geliebten nicht mit ins Unglück, weil er Angst hat, allein zu sein. Dieser Mann hat dich allein weggeschickt, weil er dich glücklich sehen wollte. Dieser Mann kann bis zum Ende für dich da sein. Du musst dich nur dazu entscheiden, den Weg mit ihm gemeinsam zu gehen."

Seine Mutter war jetzt sehr müde und Mikhail hatte ein schlechtes Gewissen, weil er sie so lange wach gehalten hatte. Aber er war selbstsüchtig. Es dauerte nicht mehr lange, dann konnte sie für immer ausruhen. Jetzt brauchte er sie noch.

„Ich habe Angst, dass ich es nicht schaffen werde", flüsterte er. Sie war schon eingeschlafen, aber ihr gleichmäßiger Atem war alles, was er hören wollte.

Seine Angst hielt Mikhail nicht davon ab, Shane Nachrichten zu schicken. Sie hielt ihn nicht davon ab, zu feiern, als Shane ihm berichtete, dass er wieder in sein Haus zurückkehren wollte, obwohl er noch recht schwach auf den Beinen war. Sie hielt ihn auch nicht davon ab, seiner Mutter Bilder der Hunde (sie waren furchteinflößend groß) und Katzen (schon besser) und des Zauns zu zeigen, den Shane fertig geschreinert hatte, während er sich von seiner Verletzung erholte. Und sie hielt ihn nicht davon ab, fasziniert die Bilder zu bestaunen, die Shane von der Familie geschickt hatte. Er hatte Parry Angel noch nie gesehen, auch nicht Jons Frau oder ihre kleine Tochter. Er hatte ein lustiges Bild von Jeff mit einem Hut aus Pappe auf der Silvester-Feier. Parry Angel saß vergnügt lachend auf Jeffs Schoß. Er hatte ein Bild von Jon, der mit den Kindern auf dem Boden saß und spielte. Um sie herum lag das Spielzeug verstreut. Auf einem anderen Bild erkannte er in Deacon und Crick die beiden Männer, an denen er im Krankenhaus vorbeigekommen war. Die Liebe der beiden zueinander war selbst auf dem kleinen, körnigen Bild des Handy-Displays unübersehbar.

Das ist Shanes Familie, dachte er voller Wunder und Furcht. Sie würden ihn auch lieben müssen.

Er genoss die Reise und machte viele Fotos, die er später entwickeln lassen wollte, um sie zu behalten. Er vergaß ganz, dass es Shanes Geld war, das er auf der Reise ausgab. In seinen Gedanken wurde es wieder zu seinem Traumgeld. Er kaufte Andenken für Benny, Andrew, Jon, Jeff und die Babys. Er führte lange, ernsthafte

Gespräche mit seiner Mutter. Als das Schiff im dichten Nebel wieder in den Hafen von San Francisco einlief, war er glücklich und zufrieden. Sie hatten über alle wichtigen Dinge im Leben gesprochen. Mutti konnte ihrem Tod entgegensehen, ohne Reue und Schmerz, die ihr das Herz schwer machten.

Als er ihren Rollstuhl über die Rampe schob, sah er Shane am Geländer stehen, wo er sie aufgeregt erwartete. Mikhail hatte nur noch Augen für Shane. Der Mann war dünner und blasser. Er beugte den Oberkörper vor, als hätte er immer noch Schmerzen. Aber als er Mikhail erblickte, strahlte sein Gesicht heller als die mexikanische Sonne.

Seine Mutter tätschelte ihm die Hand. „Bist du glücklich, ihn zu sehen, *Ljubime*?"

Er schluckte und rang um Worte. „Oh Mutti ... ja, ja ich bin glücklich."

„Dann stell mich in eine Ecke und geh zu ihm, um ihn zu begrüßen. Er hat einen Kuss verdient, und wenn es einen richtigen Zeitpunkt gibt, um seine Mutter für einen Augenblick zu vergessen, dann ist es dieser."

Das tat er dann auch. Er stellte den Rollstuhl an einer sicheren Stelle ab und lief los. Shane riss die Augen und den Mund auf. Er sah verletzlich aus und doch stark, wie er da am Geländer lehnte und wartete. Mikhail lachte übers ganze Gesicht. Er hätte Shane fast umgerannt, aber das Geländer verhinderte Schlimmeres. Shane nahm ihn in die Arme und grinste ihn aus seiner unmöglichen Höhe herab an. Sein Lachen vertrieb die Kälte, die der Nebel um sie verbreitete.

„Hast du mich vermisst?", fragte Shane hoffnungsvoll.

„Wenn ich dir das verrate, wirst du unerträglich vor Arroganz. Halt den Mund und küss mich, du fürchterlicher Mann. Ich bin froh, wieder zuhause zu sein."

14

„Close your eyes and try to dream."
Pat Benatar, *We Belong*

MIKHAIL SCHMECKTE nach Sonnenschein und Tee, süß und bitter. Sein Mund war weit geöffnet und seine Zunge aggressiv. Shane stöhnte und küsste ihn noch fester. Ohhh ... Die sehnigen, harten Muskeln fühlten sich so gut an in Shanes Händen und der kleine, aber starke Körper war ein wunderbares Gewicht an seiner Brust. Ihn zu fühlen, war, wie neue Kraft zu tanken, und die konnte Shane gut gebrauchen, denn er hatte Deacon belogen und ihm erzählt, dass er sich schon viel besser fühlen würde. Sonst hätten sie ihm Cricks Auto nicht geliehen.

Mikhail schlang die Arme um Shane und drückte ihn an sich. Shane wimmerte leise vor Schmerz. Mikhail ließ ihn sofort wieder los und sah ihn tadelnd an.

„Du hast abgenommen. Und du bist noch nicht gesund. Ich weiß nicht, welcher Idiot dich von der Leine gelassen hat, aber du hättest zuhause bleiben sollen."

„Und diesen Kuss verpassen?", keuchte Shane. „Nie im Leben!"

Mikhail sah ihn ernst an und nahm sein Gesicht zwischen die Hände. Rechts und links liefen die Menschen an ihnen vorbei, aber Shane nahm sie kaum zur Kenntnis. Sie waren schließlich in San Francisco, da fielen zwei küssende Männer nicht sonderlich auf. Es gab nur sie beide und es war wunderbar – oder wäre wunderbar gewesen, wenn Mikhail ihn nicht plötzlich so ernst angesehen hätte.

„Das wäre fast passiert, nicht wahr?"

Shane zog die Nase kraus und zuckte mit den Schultern. „Aber es ist alles gut gegangen. Ich lebe noch."

Mikhail drehte sich kopfschüttelnd um. Er ließ Shanes Hand nicht los, als er ihn hinter sich her zu seiner Mutter zog.

„Mikhail ...", sagte Shane unglücklich, weil Mikhail sich so aufgeregt hatte. Er war nicht darauf vorbereitet, dass Mikhail herumwirbelte und ihn mit Tränen in den Augen und zitternden Lippen wütend ansah.

„Darüber kannst du keine Witze machen", schnappte er Shane an. „Niemals. Du kannst nicht einfach sagen, dass alles in Ordnung ist, nur, weil du überlebt hast. Es ist immer noch nicht in Ordnung. Es wird nie in Ordnung sein. Du und dein unmöglicher Job! Ich werde jeden Tag Angst um dich haben, wenn du im Dienst bist. Ich werde immer hoffen müssen, dass du in einem Stück zu mir zurückkommst. Nie wieder! Wenn du nur wüsstest, was du mit uns gemacht hast ..." Mikhail schüttelte den Kopf und zog seine Hand zurück. „Wenn du es wüsstest, würdest du nie wieder Witze darüber machen und sagen ‚Ich lebe noch'!"

Shane nahm ihn wieder an der Hand. „Es tut mir leid. Ich habe wirklich nicht damit gerechnet, dass sich dieses Mal so viele Menschen um mich sorgen würden. Ich wollte dir keine Angst machen."

Mikhail zog die Oberlippe hoch und schob die Unterlippe schmollend nach vorne. „Dieses Mal! Pfft." Er spuckte aus und Shane zog tadelnd eine Augenbraue hoch. Mikhail sah ihn herausfordernd an. „Du hast uns aber Sorgen gemacht. Und Angst. Ich war fix und fertig und wollte weglaufen. Ich habe dir eine fürchterliche Nachricht hinterlassen und dich auf Russisch beschimpft, weil ich keine Angst mehr um dich haben wollte!" Er schüttelte wieder mit dem Kopf, aber seine Miene entspannte sich bereits. „Ich bin so glücklich, dass es dir wieder besser geht. Aber wenn ich dich noch ein einziges Mal verletzt oder krank zurücklassen muss, bricht es mir das Herz. Du darfst das nie wieder tun."

„Ich habe es nicht vor", sagte Shane nur.

Mikhail nickte, obwohl es ihm noch sichtbar schwer fiel, Fassung zu bewahren. Sie standen mitten in der Menschenmenge und Mikhail klammerte sich krampfhaft an Shanes Hand. Er biss die Zähne zusammen und schluckte ein- oder zweimal tief. Shane hätte ihn am liebsten hochgehoben und an sich gedrückt. Aber dazu war hier nicht der rechte Ort. Nicht nur, dass Mikhails Mutter sie mit liebevollem Blick beobachtete, es waren auch hunderte von Menschen unterwegs, die mitbekommen würden, wie Mikhail die Fassung verlor. Und das würde ihm gar nicht gefallen.

Mikhail drehte sich schließlich um und zog Shane wieder hinter sich her. „Komm jetzt. Mutti will es zwar nicht zugeben, aber sie ist müde. Wir sollten uns auf den Heimweg machen."

Ylena war sogar mehr als nur müde. Sie saß auf dem Rücksitz von Cricks Wagen, und als sie in Dixon eine kurze Rast einlegten, schlief sie nicht nur, sondern war nahezu bewusstlos. Shane fuhr erst gar nicht zu ihrer Wohnung. Er blieb auf der I-80 und fuhr weiter, direkt nach Roseville ins Krankenhaus.

Als Shane sie aus dem Wagen hob und über den Parkplatz zur Notaufnahme trug, kam sie kurz zu sich.

„Wer hätte das gedacht", nuschelte sie. „Ein großer, starker Mann hält mich in den Armen. Als Mikhail noch ein Kind war, habe ich mich immer nach einem Märchenprinzen gesehnt. Aber ich musste warten, bis er einen Freund gefunden hat, um von den Beinen gerissen zu werden." Sie war so abgemagert, dass Shane ihr Gewicht kaum spürte.

Er lachte leise. „Als ich noch jünger war, hättest du wahrscheinlich gute Chance gehabt. Ich hatte damals eine Schwäche für Femmes fatales."

Ylena lachte mit ihm, aber ihre Stimme war schwach und heiser. „Damals war ich auch noch sehr schön. Heute kann davon keine Rede mehr sein."

Shane blieb stehen und ließ Mikhail den Vortritt, der ihnen die Tür aufhielt und sich auf die Suche nach einem Rollstuhl machte. „Schau ihn dir nur an, Ylena", sagte er. Sie beobachteten Mikhail, der sich entschlossen und selbstbewusst zur Rezeption begab und alle Formalitäten erledigte. Wie ein Löwe sein Rudel, ließ er sie nicht aus den Augen. Sein Blick war nicht kalt – und Shane wusste aus Erfahrung, dass er eiskalt sein konnte –, sondern warm und fürsorglich. „Siehst du, wie dein Sohn dich anschaut? Für ihn bist du immer noch wunderschön."

Ylena legte den Kopf an Shanes Brust und tätschelte ihn schwach. „Und du auch, *Malchik*. Du bist auch wunderschön für ihn."

Sie wurde aufgenommen und bekam sofort Infusionen, sowohl Nährlösungen als auch Schmerzmittel. Glücklicherweise hatte ihr Arzt heute Dienst und konnte sich selbst um sie kümmern. Nachdem er Ylena versorgt hatte, zog er Mikhail und Shane auf dem Flur zur Seite. Es war eines dieser Gespräche, die Mikhail immer gefürchtet hatte. Shane konnte ihm seine Angst deutlich ansehen.

„Sie wissen beide, dass es nicht mehr lange dauert und dass es nicht gut enden wird, nicht wahr?" Der Arzt war etwa Anfang vierzig und machte einen sehr mitfühlenden und zuverlässigen Eindruck. Mikhail schien ihm zu vertrauen und Shane schloss sich ihm an.

Mikhail zog sarkastisch die Augenbrauen hoch. „Wenn man bedenkt, dass Sie mich seit Juni auf ihren Tod vorbereiten, sollte man davon ausgehen. Andernfalls hätten Sie ein Kommunikationsproblem", meinte er trocken und der Doktor lächelte schwach.

„Richtig. Mikhail, es kann einige Zeit dauern, unter Umständen bis zu zwei Wochen. Sie ist sehr krank, aber wir wissen beide, dass sie einen starken Willen hat. Und sie will Sie nicht allein zurücklassen. Haben Sie schon darüber gesprochen, ob sie hier im Krankenhaus oder zuhause …?"

„Ich will sie mit nach Hause nehmen", unterbrach Mikhail. „Wir können ihr auch zuhause die Infusionen und die Schmerzmittel geben. Sie hatte eine Pflegerin, die einmal in der Woche gekommen ist. Kann die auch weiterhin kommen?"

Der Arzt nickte. „Aber es wird nicht einfach, das ist Ihnen doch klar, oder? Sie wird Schmerzen haben und immer öfter das Bewusstsein verlieren. Selbst wenn wir eine Pflegerin bekommen, die sich täglich um sie kümmern kann, wird sie nur acht Stunden im Haus sein. Für den Rest der Zeit müssen Sie die Pflege selbst übernehmen und können die Wohnung nicht verlassen."

„Glauben Sie, das wäre möglich? Dass wir Tagespflege bekommen?", fragte Mikhail hoffnungsvoll. Shane ging in Gedanken bereits seine Kontakte durch, für den Fall, dass nicht alles so lief, wie Mikhail es sich erhoffte.

Der Arzt studierte seine Unterlagen und nickte dann. „Ich bin mir so gut wie sicher, dass ihre Versicherung es übernimmt. Sie sollten auch ein Krankenbett bezahlen, das man verstellen kann und das alle Installationen hat, um die Infusionsgeräte und Monitore anzuschließen. Es dauert einen Tag, um alles vorzubereiten. Wenn Sie wollen, kann sie solange hier im Krankenhaus bleiben."

„Ja. Ich werde mich um alles kümmern", sagte Mikhail und schob entschlossen das Kinn vor. Shane erkannte die Panik, die hinter dieser Fassade lag. Er nahm Mikhails Hand und drückte sie.

„Ich habe in den nächsten Wochen nicht viel zu tun, Mickey. Mach dir keine Sorgen, ich kann dir helfen." Mikhail warf ihm einen dankbaren Blick zu, wie ein Ertrinkender, dem man endlich eine Rettungsleine zuwarf. Der Arzt nickte zustimmend.

„Hervorragend", sagte er zu Mikhail. „Ich bin froh, dass Sie damit nicht allein gelassen werden."

„Die Leute aus Muttis Kirche können auch helfen", meinte Mikhail und klammerte sich so fest an Shanes Hand, dass er fast die Blutzufuhr unterbrach. Shane sagte kein Wort.

„Hier", sagte der Arzt. „Das sind die Informationen der Versicherung, die Sie für Ihre Vorbereitungen brauchen werden." Er reichte Mikhail eine Karte mit Telefonnummern. Zum ersten Mal kam Shane sein kleiner Tänzer mit dem Löwenherz verloren vor.

„Ich … ich kenne mich damit nicht aus", murmelte Mikhail schüchtern. „Ich bin nicht versichert und Mutti hat sich immer selbst um ihre Angelegenheiten gekümmert."

Shane nahm ihm die Karte ab und steckte sie ein, ohne auf Mikhails erstaunten Blick Rücksicht zu nehmen. „Dafür kenne ich mich umso besser aus, Mickey. Alles kein Problem. Wann können wir sie morgen abholen, Herr Doktor?"

Der Arzt blätterte ungerührt in seinen Unterlagen. Es schien ihm nicht das Geringste auszumachen, dass Shane ungebeten die Kontrolle an sich gerissen hatte. Shane hatte damit nicht gerechnet und warf Mikhail einen erstaunten Blick zu. Dann wandten sie sich wieder dem Arzt zu, der ihnen Merkblätter aushändigte und genaue Anweisungen gab, was vor Ylenas Rückkehr nach Hause noch alles zu erledigen war.

ZWEI STUNDEN später hatte Mikhail ausgepackt und die kleine Wohnung durchgelüftet. Shane saß an dem Glastisch im Wohnzimmer und rieb sich den Nacken. Seit sie hier angekommen waren, hatte er das Telefon nicht aus der Hand gelegt. Jetzt war er endlich – *endlich!* – soweit, dass er alles Wichtige erledigt hatte, um die schmächtige Frau wieder nach Hause zu bringen, damit sie ihre letzten Wochen in einer vertrauten Umgebung verbringen konnte.

Seufzend beugte er sich vor und stütze sich mit den Unterarmen auf dem Tisch ab. Er musste die Augen zusammenkneifen, weil die Deckenbeleuchtung kaum ausreichte, um die Schrift auf seiner Liste zu erkennen. Dann ging er sie sicherheitshalber noch einmal durch. Plötzlich spürte er zwei warme, kräftige Hände – noch feucht von der Dusche –, die ihm den Nacken und die Schultern massierten. Er stöhnte genussvoll.

„Gott, Mickey. Das tut so wahnsinnig gut." Er ließ den Kopf auf die Tischplatte fallen und fühlte Mikhails weiche Lippen, die ihm zärtlich über den Nacken glitten. Er schüttelte sich. In seinem Bauch flatterte ein ganzer Schmetterlingsschwarm, der sich langsam nach unten bewegte.

„Und wie ist das?", flüsterte Mikhail ihm ins Ohr, küsste ihn am Kinn und fing an, an seinem Hals zu knabbern.

„Mindestens im oberen Drittel der Wahnsinns-Skala." Mikhail kicherte und sein warmer Atem ließ Shane einen Schauer über den Rücken laufen, der ein tiefes Verlangen nach mehr in ihm auslöste.

Mikhails Mund glitt über Shanes Hals hinter sein anderes Ohr. „Und das?"

Shane wimmerte. Mikhails warme Hände und sein weicher, voller Schmollmund ... „Unglaublich", hauchte er. Und dann, so lange er noch klar denken konnte: „Bist du dir sicher, dass du das jetzt willst? Mit deiner Mutter und allem?"

Mikhail legte einen Arm um ihn und Shane lehnte sich zurück. Hinter seinem Rücken spürte er Mikhails nackten Oberkörper. Shane schluckte. Es half nicht viel. Er versuchte es erneut und überließ sich schließlich mit einem leisen Stöhnen Mikhails Umarmung.

„Soll ich erst ihren Tod abwarten, bevor ich wieder glücklich sein darf? Das kommt mir irgendwie falsch vor, meinst du nicht auch?" Mikhail drückte sich mit dem Gesicht an Shanes Wange und Shane rieb sie zärtlich. „Außerdem habe ich mich testen lassen und bin negativ", fügte er dann auf seine praktisch denkende Art hinzu. „Und du bist mehr oder weniger unberührt. Das ist vielleicht meine einzige Chance auf Sex ohne Kondom. Die lasse ich nicht ungenutzt verstreichen."

Shane lachte prustend. „Ob es die einzige Chance bleibt, werden wir noch sehen", sagte er dann entschlossen. „Aber ansonsten hast du recht. Du solltest jetzt schon glücklich sein."

Er stand auf und drehte sich zu Mikhail um. Mikhail drückte sich an ihn und Shane sah ihm in die Augen, die in dem weichen Licht fast durchscheinend wirkten. Er nahm Mikhails Gesicht zwischen die Hände und senkte den Kopf, um ihn zu küssen.

Und dann war es, als ob sie explodieren würden.

Sie küssten sich hart und voller Leidenschaft. Shanes Atem ging keuchend, als er die Hände auf Mikhails Schultern legte und ihn nach hinten schob, bis sie im Flur von der Wand aufgehalten wurden.

Mikhail schob stöhnend die Hände unter Shanes Pulli und T-Shirt. Shane zog keuchend den Bauch ein und Mikhail wimmerte enttäuscht. Dann unterbrach er ihren Kuss, zog mit entschlossenen Handbewegungen Shane den Pulli und das Hemd über den Kopf und ließ sie achtlos auf den Boden fallen. Er schob Shane an den Schultern einen Schritt zurück und studierte Shanes nackte Brust. Die Narben an der Seite waren immer noch rot und geschwollen.

Mikhail hob die Hand und streichelte sie zärtlich mit den Fingerspitzen. Er fuhr über die lange, unregelmäßige Stichnarbe mit den ausgefransten Rändern, die von der Infektion herrührten, die Shane fast das Leben gekostet hätte. Dann ließ er die zitternden Finger über Shanes Brust gleiten, bis er die Operationsnarben erreichte, die ein unregelmäßiges Muster auf Shanes Brust und Bauch bildeten.

Shane griff mit fester Hand zu und hielt ihn fest. „Hey", flüsterte er. „Es ist gut. Es ist alles wieder in Ordnung. Wirklich."

Mikhail nickt wortlos, beugte sich vor und küsste Shanes nackte Schulter. Er reihte einen Kuss an den anderen, bis er an der anderen Schulter ankam. Shane legte stöhnend den Kopf in den Nacken, zog Mikhail in die Arme und streichelte ihm über den Rücken. Mikhail fuhr mit den Fingern durch die dichten Haare auf Shanes Brust. Mit einem entzückten Stöhnen senkte er den Kopf und legte die Lippen um Shanes Nippel. Er klemmte ihn zwischen die Zähne und fing zu saugen an.

„Ahh …", stöhnte Shane. Mikhail hob den Kopf und sah ihn mit einem flirtenden Lächeln an.

„Vertraust du mir?", flüsterte er mit rauer Stimme. Shane starrte ihn nur an. Er bebte am ganzen Körper und brauchte einen Augenblick, bis Mikhails Frage zu ihm durchdrang.

„Dir vertrauen?", wiederholte er. Gott, er kam sich so belämmert vor. Mikhail fasste ihn am Gürtel und zog ungeduldig daran. Shane dachte, sie würden gleich wieder aneinander fallen und sich berühren, was seinen Verstand erneut aussetzen ließ, weil – Gottohgott – Mickey nur seine Boxershorts trug. Aber dann öffnete Mikhail den Gürtel und schob Shane die Hose nach unten bis an die Knie. Shanes Verstand gab auf und zog sich endgültig in die hinterste Ecke seines Schädels zurück.

„Ja", flüsterte Mikhail und starrte mit großen Augen auf Shanes Schwanz, während er sich mit seiner rosa Zunge genießerisch über die Unterlippe leckte. „Ob du mir vertraust. Dass es nicht bei einem Mal bleibt. Dass das jetzt nicht heißt, dass wir das andere nicht machen." Er riss den Blick von Shanes Unterkörper los und sah ihm in die Augen. „Vertraust du mir, jetzt das zu machen?"

Shane wimmerte leise. Mikhail streckte den Arm aus und fuhr spielerisch mit der Fingerspitze über Shanes Erektion, von der Spitze bis zu den dunklen Haaren an den Lenden. „Oh Gott", stöhnte Shane. „Mickey, ich wünschte wirklich, du würdest das jetzt machen."

Mikhail warf ihm von der Seite einen neckischen Blick zu. „Hat dir schon mal jemand gesagt, dass du einen wirklich enormen Schwanz hast?", fragte er mit Bewunderung in der Stimme. Er nahm den Schwanz in die Hand und schaffte es nicht, sie ganz zu schließen und mit den Fingerspitzen seinen Daumen zu berühren. „Das ist ganz schön viel verlangt von einem, der das seit fast sechs Monaten nicht mehr gemacht hat."

Shane warf den Kopf in den Nacken und lachte mit einem Anflug von Hysterie. Mikhail dirigierte ihn mit seinem warmen, starken Griff zurück an die Wand, ohne ihn auch nur einmal loszulassen. Dann sank er vor Shane auf die Knie.

Shane sah auf Mikhail hinab. Mikhail hielt Shanes Schwanz fest in der Hand und schaute zu ihm auf, während er seine Zunge ausstreckte und ihm von unten bis oben über den Schwanz leckte. Shane schloss stöhnend die Augen. „Vergiss nicht, dass ich das seit fast zwei Jahren nicht gemacht habe", zischte er. „Du hältst eine geladene Waffe in der Hand."

Mikhail öffnete den Mund, legte die Lippen um die Spitze von Shanes Schwanz und leckte ihm über die Eichel. Dann ließ er schmatzend wieder los und sagte: „Dann sollte ich sie vielleicht vorher gut reinigen, bevor sie losgeht, hmm?"

Mikhails Mund war warm und feucht und sehr erfahren. Er glitt mit den Lippen bis ganz nach unten und schluckte dann, bis Shanes Schwanz bis zum Anschlag verschwunden war. Seine Kehle massierte ihn und Shane wäre fast auf der Stelle gekommen. Er gab einen undefinierbaren Ton von sich und krallte sich mit den Fingern in Mikhails wilden Locken fest. Mikhail ließ sich nicht aus der Ruhe bringen und machte das, was er schon lange tun wollte. Er brachte Shane um den Verstand.

Er zog den Kopf zurück und leckte ihm in kreisenden Bewegungen um die Eichel. Dann benutzte er seine Spucke und rieb mit der Hand langsam auf und ab, während seine Zunge und seine Zähne an der Spitze immer noch Wunderdinge verrichteten.

Als er die andere Hand auf Shanes Arsch legte und zudrückte, wäre Shane fast in die Knie gegangen. Mikhails Finger glitten in seine Arschspalte und hätten fast verhindert, dass er wieder Halt fand. Mit letzter Kraft drückte er die Knie durch, weil er diese Finger nicht verlieren wollte, die tiefer und tiefer auf Entdeckungsreise gingen.

Mikhail war absolut schamlos in seinem Unterfangen, Shane um den Verstand zu bringen.

Er zog seine Hand zurück und nutzte aus, dass Shane die Beine gespreizt hatte. Langsam fuhr er mit den Fingerspitzen nach vorne bis zu Shanes Eiern. Dann nahm er sie in die Hand und drückte sanft zu.

Währenddessen war seine andere Hand immer noch mit Shanes Schwanz beschäftigt und seine Zunge spielte, tatkräftig unterstützt durch seine Zähne, mit Shanes Eichel.

Als ein feuchter Finger sich wieder seiner Öffnung näherte, warf Shane den Kopf nach hinten. Er schlug hart an die Wand und sah kleine Sternchen. „Ich komme …"

Mikhail sah ihn von unten mit einem sündhaften, gierigen Blick an. „Ja? Du bist doch clean … Nach all den Tests kannst du mir nicht sagen, dass …,"

Shane verschluckte sich fast an seinem erstickten Lachen. „Ich will dich ficken!", jammerte er.

Mikhail legte wieder die Lippen um den harten Schwanz und schob ihn sich in den Mund, während seine Finger sich hinten in Shanes Arsch schoben. Shane schloss die Augen und zählte die Sternchen, die er sah, bis er kühle Luft an seinem feuchten Schwanz fühlte. Er sah zu Mikhail hinab. Das war der Mann, den er seit Oktober verführen wollte.

Als Mikhail wieder den Kopf hob, um etwas zu sagen, glänzte sein Gesicht von der Spucke. „Dummer Mann", sagte er und sah Shane aus halb geschlossenen Augen neckisch an. „Wenn du wirklich denkst, dass du nach all der Zeit heute Nacht nur einmal kommst, hast du nicht richtig aufgepasst."

Kaum hatte er das gesagt, schob er sich Shanes Schwanz wieder bis zum Anschlag in die Kehle und einen zweiten Finger in Shanes Arsch. Shane spritzte ihm in den Mund, bis seine Knie nachgaben und Mikhail ihn losließ, damit er an der Wand herunterrutschen und sich setzen konnte.

Als er wieder halbwegs klar sehen konnte, lehnte Mikhail sich vor und legte den Kopf auf Shanes Schulter. Selbstvergessen streichelte er über Shanes haarige Brust. Shane wurde rot und hielt seine Hand fest.

„Es ist schön", murmelte Mikhail. „Ich will es anfassen."

„Na gut, du hast gewonnen. Jeder, der mich so schnell und hart kommen lässt, hat sich einige Freiheiten verdient." Shane blinzelte, als ihm aufging, dass er die Arme voll hatte mit einem halb nackten, schwulen Russen, der noch nicht gekommen war. Er legte Mikhail eine Hand hinter den Kopf und vergrub die Finger in den blonden Locken. Mickey schüttelte sich genussvoll und rieb sich an der Hand wie eine Katze.

„War es schön?", fragte er Shane und der musste ihm ins Gesicht sehen, um zu erkennen, dass die Frage ernst gemeint war. Mikhail sah ihn schüchtern an, als wäre es sein sehnlichster Wunsch, Shane gefallen zu haben.

„Ohhh ja", sagte Shane und senkte den Kopf, um ihn zu küssen. Mikhail erwiderte den Kuss und drehte sich in Shanes Armen um, bis er auf seiner Brust lag und sich mit dem Schwanz an Shanes Oberschenkel reiben konnte. Shane spürte, dass sein eigener Schwanz ebenfalls wieder auf die Berührung reagierte. „Mickey, was meinst du … Könnten wir das verlegen und ins Bett gehen? Meine Schulter wird eingequetscht."

Mikhail lachte und sprang schnell auf die Füße. Dann streckte er die Hand nach Shane aus. Der ignorierte das Angebot und kam ohne Hilfe auf die Beine. Im Vergleich zu Mikhail kam er sich alt und unbeholfen vor.

Mikhail verdrehte die Augen. „Ich wollte dir nur die Hand geben. War das so schlimm?"

„So gebrechlich bin ich noch nicht!", protestierte Shane und bückte sich nach der Hose, die er irgendwann weggekickt hatte. Sein Pulli und das Hemd waren im Wohnzimmer gut aufgehoben, aber man wusste nie, wann man seine Hose brauchen konnte.

„Du bist nur zu stolz, das ist es", wies ihn Mikhail zurecht. Dann nahm er ihn an der Hand. Seine Stimme klang so liebevoll, dass Shane es ihm nicht übel nahm. Und da sie sich sowieso schon an der Hand hielten, ließ er sich von Mikhail durch den Flur ins Schlafzimmer führen.

„Ich habe nicht den geringsten Stolz", widersprach er, aber Mikhail knurrte nur leise.

„Du lügst", sagte er dann. „Du bist nicht eitel, das ist wahr. Aber du bist stolz." Er schaltete das Licht in seinem Zimmer an. „Hier sind wir. Das Zimmer eines Mannes, der immer noch bei seiner Mutter wohnt."

Shane lachte und warf seine Hose auf die Kommode, direkt neben die kleine Schatztruhe. „Du bist mit einem Mann zusammen, der mehr Katzen hat, als die meisten Großmütter. Ich denke, wir können uns beide davon verabschieden, jemals als cool zu gelten." Er drehte sich wieder zu Mikhail um und zog ihn in die Arme, um ihn zu küssen. „Aber du bist wenigstens hübsch und kannst tanzen. Damit bist du mir auf der Coolness-Skala um mindestens fünf Punkte voraus."

Mikhail sah ihn nachdenklich an. „Ist das der Grund, warum du mich willst?", fragte er unerwartet ernst. „Weil ich hübsch bin und tanzen kann?"

Shane lächelte und dachte daran, wie er Mikhail das erste Mal gesehen hatte – von der Oktobersonne beschienen und so verführerisch, dass es ihm die Sprache verschlagen hatte. „Das war es, als ich dich das erste Mal gesehen hatte", meinte er. „Aber dann hast du mich an der Hand genommen und wir haben uns unterhalten und ... verdammt. Der ganze Rest ... Es war wie das schönste Geschenk, das man sich vorstellen kann. Und du hast mich auch gewollt." Shane zuckte mit den Schultern und senkte den Blick. Er konnte sich Mikhail nicht verständlich machen, konnte ihm in einfachen Worten nicht erklären, was es ihm bedeutet hatte ... was es ihm bedeutet hatte, dass Mikhail ihn auch begehrte.

Mikhail sah ihn erstaunt an. Ohne ein Wort zu sagen, stellte er sich auf die Zehenspitzen, zog mit zitternden Händen Shanes Kopf zu sich herab und küsste ihn leidenschaftlich auf den Mund. Shane küsste ihn mit dem gleichen Verlangen zurück. Dieses Mal übernahm er die Führung, drehte Mikhail um die eigene Achse und schob ihn zum Bett. Er legte ihm eine Hand auf den Rücken und die andere auf die Brust, wo er mit den goldenen Locken spielte, die in der Mitte wuchsen. Dann spreizte er die Finger und strich über die rosa Nippel. Sie wurden hart unter seiner Berührung.

Mikhail grunzte überrascht, als er mit den Beinen ans Bett stieß. Es war ein hohes Bett mit Schubladen unter der Matratze, in denen er seine Kleidung aufbewahrte. Er entzog sich Shanes Griff und wollte sich umdrehen.

Shane knurrte und hielt ihn an den Schultern fest. Dann drückte er ihn mit dem Rücken aufs Bett.

„Was machst du da?", wollte Mikhail wissen und kniff irritiert die Augen zusammen, während Shane sich neben ihm auf die Matratze warf und anfing, ihn auf den Bauch zu küssen. Er genoss Mikhails leises Stöhnen und das verzweifelte Winden, mit dem Mikhail seinem Mund ausweichen wollte.

„Dich erkunden", antwortete er und spielte mit der Zunge an Mikhails Bauchnabel.

„Mich erkunden?" Mikhail wollte sich aufrichten, aber Shane legte ihm die Hand auf die Brust und stieß ihn auf die Matratze zurück. „Ich will nicht ... ahh ... ahh ..." Shanes Mund folgte der Spur der Haare von Mikhails Nabel nach unten bis zum Bund der Boxershorts. „... erkundet werden", beendete er den Satz mit einem leisen Stöhnen.

„Nein?", fragte Shane lachend und fasste ihn durch die Hose am Schwanz. „Keine Erkundungen?"

„Nein, du dummer Mann!" Mikhail drückte sich gierig an die Hand. „Ich will nicht *erkundet* werden. Ich will *erobert* werden!"

Shane musste seine Erkundungen für einen kurzen Moment unterbrechen und drückte kichernd das Gesicht an Mikhails Bauch. „Erobert? Das machen wir also."

Mikhail konnte sich nicht mehr an seine Rolle halten, weil er ebenfalls lachen musste. „Nein, das machen wir eben *nicht*", sagte er schließlich kichernd. „Aber ich warte darauf, dass es endlich losgeht."

Shanes hörte auf zu kichern, legte den Kopf auf Mikhails Bauch und sah ihn an. „Keine Sorge, Mickey. Es wird alles gut werden. Ich verspreche es."

Mikhail strich ihm die dunklen Haare aus der Stirn. Shane sah so verletzlich aus, wie er da lag und ihn ansah.

„Dieses Versprechen hast du schon so oft gehalten, dass ich es nicht mehr zählen kann", erwiderte er. „Ich kann mir nicht vorstellen, wie es noch besser werden soll."

Shane grinste ihn lüstern an und die ernste Stimmung verflog wieder. Er zog Mikhail die Boxershorts über die Beine nach unten und nahm seinen Schwanz in den Mund. Mikhail schnappte laut nach Luft.

Er schmeckte so gut. Er schmeckte etwas nach Seife und mehr nach reiner Haut – würzig, süß und stark. Shane schloss die Lippen und fing zu saugen an. Mikhail keuchte überrascht auf. Shane rutschte über die Matratze und direkt zwischen Mikhails gespreizte Beine. Er nahm seine Oberschenkel und schob sie nach oben, bis alles an Mikhail offen vor ihm lag, seinen Blicken und seinen Berührungen ausgeliefert.

Mikhail keuchte und wäre fast gekommen. Shane ließ es aus dem Mund laufen und auf Mikhails Bein tropfen. Dann schmierte er es mit den Fingern zwischen Mikhails Beine und nach hinten. Als Mikhail stöhnend mit dem Schwanz in seinen Mund stieß, wusste Shane, dass er alles richtig machte.

„Mickey, hast du Gel in der Schublade?"

„Nimm die Spucke ..."

„Ich ficke dich nicht mit ein paar Tropfen Spucke als Gleitmittel!"

„Schon gut!" Es folgte ein kurzes Wortgewitter auf Russisch, das wahrscheinlich in keinem Wörterbuch zu finden war, während Mikhail sich auf dem Rücken über die Matratze schob und in einer der Schubladen unter dem Bett wühlte. Shane folgte Mikhail und saugte weiter an seinem Schwanz. Auch Shanes Finger ließen ihr Ziel nicht für eine Sekunde entkommen. Kurz darauf wurde ihm eine kleine Flasche Gleitmittel mit solcher Gewalt an den Kopf geworfen, das sie abprallte und fast aus dem Bett gefallen wäre.

„Hey!", rief Shane protestierend, während er die Flasche auffing. Dann öffnete er sie und rieb Mikhail mit dem Gel ein.

„Wenn du mich endlich fickst, bin ich auch wieder nett zu dir", grummelte Mikhail. Shane kroch lachend übers Bett nach oben, legte sich auf Mikhail und sah ihm in die Augen. Dann brachte er sich in Position, um ihm zu zeigen, dass er es dieses Mal ernst meinte.

Mikhail holte tief Luft und hielt absolut still. Er ließ Shane keine Sekunde aus den Augen.

„Du musst dir keine Sorgen machen", flüsterte er Shane zu, als könnte dessen Gedanken lesen. „Ich weiß, was es dir bedeutet."

„Ja", sagte Shane seufzend und stieß zu.

Mikhails war entspannt und locker, sodass Shane keinen Widerstand spürte und das Gefühl hatte, endlich nach Hause zu kommen. Mikhail kam ihm keuchend entgegen und gemeinsam bewegten sie sich, als hätte sie noch nie etwas anderes getan. Shanes Wunden waren noch nicht richtig verheilt und er musste vorsichtig sein, um schmerzhafte Bewegungen zu vermeiden. Aber das war in Ordnung. Mikhail hielt sich bewundernswert lange zurück, streichelte Shane übers Gesicht und küsste ihn am Hals. Jedes Streicheln und jeder Kuss ließ Shane höher und höher steigen, bis die Schmerzen in seiner Seite ihre Bedeutung verloren vor dem unstillbaren Verlangen für den Mann, der unter ihm lag. Mikhail konnte es spüren und stieß härter und fester zurück. Shanes Erregung nahm noch mehr zu und er passte sich Mikhails schnellerem Rhythmus an. Mikhail sah ihm in die Augen und bettelte um mehr.

Shane konnte dem Mann, der ihn von der ersten Sekunde an fasziniert hatte, der sein Herz und jetzt auch seinen Körper besaß, nichts verweigern. Er gab ihm alles, hart und schnell und tief und lang. Mikhail schlang stöhnend die Beine um Shanes Körper und drückte sich mit dem Gesicht an seinen Hals. Sein Arschloch zog sich zuckend um Shanes Schwanz zusammen, bis Shane fast schwarz vor Augen wurde. Laut stöhnend stieß er noch einmal mit aller Macht zu und kam.

Es schien nicht enden zu wollen. Zitternd und bebend klammerte er sich an Mikhail fest, der ihm zärtlich über den Rücken streichelte, bis er sich wieder etwas beruhigt hatte.

So blieben sie lange liegen. Dann rollte Shane sich zur Seite. Er wollte Mikhail nicht erdrücken mit seinem Gewicht. Mickey drehte sich ihm zu und hörte nicht auf, ihn über die schweißgebadete Brust zu streicheln. Shane schüttelte ungläubig den Kopf.

„Bist du sicher, dass dich die Haare nicht stören?"

Mikhail rümpfte die Nase. „Wer immer dir eingeredet hat, sie wären störend, verdient es, erschossen zu werden."

„Nun, ihre genauen Worte waren, dass *ich* vermutlich erschossen würde, sollte ich jemals in einem Wald das Hemd ausziehen. Aber ich höre sowieso lieber auf dich."

„Hast du nicht wenigstens ein einziges Mal Liebhaber gehabt, die keine Narben bei dir hinterlassen haben?", fragte Mikhail traurig.

„Dich", erwiderte Shane wie aus der Pistole geschossen. „Tu mir den Gefallen, es dabei zu belassen."

Mikhail konnte darüber nicht lachen. „Ich werde mir die größte Mühe geben", sagte er ernst.

Danach redeten sie nicht mehr über frühere Liebhaber und Versprechen. Sie machten dumme Witze über schlecht geplante Eroberungen, die an mangelnder Ausrüstung scheiterten, und hörten nicht auf, sich liebevoll zu streicheln und zu küssen. Mikhail fuhr Shane mit dem Finger über die Narben und der gab ehrlich zu, dass sie immer noch sehr schmerzten. Shane streichelte Mikhail über den vernarbten Unterarm mit den alten Einstichwunden, und Mikhail erwiderte Shanes Vertrauen. Sie küssten sich träge, dann weniger träge und schließlich leidenschaftlich, bis Mikhail schließlich seinen Wunsch erfüllt bekam und Shane hinter ihm kniete und ihn fickte. Mikhail stützte sich an der Wand ab, und Shane legte ihm die Arme um die Brust und drückte ihn an sich. Danach schliefen sie ein. Shane lag hinter Mikhail und hielt ihn schützend in den Armen. Gegen elf Uhr wurde Shane wach. So schön es auch war, er konnte nicht hierbleiben.

Er stand leise auf und nahm eine Dusche. Dann ging er ins Schlafzimmer zurück und sammelte auf dem Weg die Kleidungsstücke ein, die in der ganzen Wohnung verstreut auf dem Boden lagen. Mikhail schlief noch, als Shane sich anzog. Er beobachtete ihn einige Minuten, dann küsste er ihn auf die Schläfe und schüttelte ihn sanft. Mikhail sah im Schlaf so jung und unschuldig aus. Shane war sich sicher, den wahren Mikhail zu sehen, denn im Schlaf konnte er niemandem etwas vorspielen.

„Mickey", flüsterte er widerwillig. „Mickey, Baby. Ich muss gehen."

Mikhail schlug verschlafen die Augen auf und zog einen Schmollmund. „Nein", grummelte er.

„Doch", erwiderte Shane zärtlich. „Ich muss die Hunde aus dem Haus lassen und die Katzen hinein. Und dann wieder umgekehrt. Ich muss Cricks Wagen zurückbringen und meinen GTO abholen. Ich würde gerne noch bei dir bleiben, das weißt du. Aber ich kann nicht, weil ich noch tausend Sachen erledigen muss."

Mikhail streichelte ihm seufzend über die Wange. „Ich habe noch nie die Nacht mit einem Mann verbracht", murmelte er. „Ich hatte mich so darauf gefreut."

Shane lächelte und gab ihm einen Kuss. Mikhail schmeckte nach Schlaf und Sex und absolut köstlich. „Aufgeschoben ist nicht aufgehoben. Ich verspreche es. Ich komme morgen zurück, bevor das Bett für deine Mutter geliefert wird. Danach holen wir sie im Krankenhaus ab, ja?"

Mikhail wurde langsam wach. „Danke", sagte er. „Du tust so viel für uns. Vielen Dank."

„Ich würde alles für dich tun, Mickey. Vergiss das niemals, ja?"

Er stand auf und Mikhail ließ seine Hand auf die Decke fallen. Shane gab ihm noch einen letzten Kuss auf die Wange, dann war er verschwunden.

15

„One more mile is all we have. You got nothing to fear."
Tom McRae, *One More Mile*

ALS MIKHAIL wieder aufwachte, war er von Shanes Geruch umgeben und sehr enttäuscht, ihn nicht vorzufinden. Dann klopfte es laut an der Tür. Er zog erschrocken eine Jogginghose an, um sie öffnen zu gehen. Vermutlich waren es schon die Leute mit dem Bett und er hatte verschlafen.

Seine Befürchtungen zerstreuten sich schnell, als er Shane, müde, aber frisch geduscht, vor sich stehen sah. Shane hatte eine Schachtel mit Donuts, zwei Becher Kaffee und zwei volle Einkaufstüten mitgebracht. Mikhail nahm ihm die Donuts und den Kaffee aus den Händen und sie stellten alles auf dem Tisch ab. Shane sah ihn so ernst und liebevoll an, dass Mikhail ihn spontan umarmte.

Shane zischte leise, dann drückte er Mikhail fest an sich und küsste ihn auf den Kopf. Als Mikhail ihn ebenfalls drückte, zischte er wieder. Mikhail ließ ihn los und sah ihn stirnrunzelnd an.

„Du hast dir gestern Nacht wehgetan, nicht wahr?"

Shane zuckte mit den Schultern. „Es kommt vieles zusammen – die lange Fahrt, die letzte Nacht, das Laufen heute früh ..."

„Du bist gelaufen? Hast du gestern Nacht nicht genug Bewegung gehabt?" Mikhail sah ihn böse an, setzte sich aufs Sofa und nahm sich einen Becher Kaffee. Der Kaffee war noch heiß und er nippte vorsichtig, bevor er einen Schluck trank.

„Ich war mit Deacon zum Jogging verabredet." Shane zuckte wieder mit den Schultern. „Er ist mit dem Pontiac gekommen, um die Autos auszutauschen, deshalb wollte ich nicht absagen. Außerdem hätte er dann sofort gewusst, dass ich noch Schmerzen habe. Du hättest keine Chance zur Flucht mehr gehabt, so schnell wäre er hier gewesen, um uns zu helfen."

Mikhail seufzte unglücklich und studierte seinen Kaffeebecher. „Irgendwann werde ich ihn sehen, ich verspreche es."

Shane nickte und setzte sich zu ihm. „Aber nicht heute. Ich weiß."

Mikhail lächelte dankbar, obwohl er ein schlechtes Gewissen hatte. Die Flucht ergreifen? War er wirklich ein solcher Feigling? Shane trank vollkommen unbeteiligt seinen Kaffee und blinzelte, um endlich wach zu werden. Er schien mit Mikhails Feigheit nicht das geringste Problem zu haben. „Ich gehe unter die Dusche. Willst du dich noch kurz hinlegen? Bitte?"

Shane sah an sich herab. Er trug Jeans und ein Kapuzen-Shirt. Offensichtlich überlegte er, welchen Eindruck er damit auf die Lieferanten machen würde, wenn sie Ylenas Bett und die anderen Installationen brachten.

„Ich bin der einzige, der sich für dein Aussehen interessiert", sagte Mikhail brüsk und nahm Shane den Becher aus der Hand. „Und ich will nur sichergehen, dass du nicht zwischen hier und Roseville am Steuer einschläfst." Das war natürlich Unsinn, denn die Fahrt nach Roseville dauerte nicht länger als fünfzehn Minuten. Aber Shane grinste ihn müde an und ließ sich von Mikhails zum Bett führen.

Er trat sich die Tennisschuhe von den Füßen und ließ sich, die blau karierte Decke unter den Arm geklemmt wie ein kleines Kind, rückwärts aufs Bett fallen. Dann sah er lächelnd zu, wie Mikhail sich auszog und zum Flur ging.

„Du weißt hoffentlich, dass ich mich nur hingelegt habe, weil das Bett so gut nach dir riecht, ja?"

Mikhail kam zurück und drückte ihm einen Kuss auf die Schläfe, so wie Shane ihn heute Nacht geküsst hatte, bevor er gehen musste. „Aber sicher", sagte er und stellte überrascht fest, dass sein üblicher Sarkasmus ihn komplett verlassen hatte. Es hörte sich fast liebevoll an.

Mikhail duschte und zog sich wieder an. Dann holte er den Kaffee und einen Donut und ging zurück in sein Zimmer, wo er sich mit seinem Laptop an die Kommode setzte, während Shane schlief. Nach einigen Minuten wurde er neugierig und holte die beiden Plastiktüten, um nachzusehen, was Shane mitgebracht hatte.

In der großen Tüte war eine gestrickte Decke, die wahrscheinlich von Benny stammte und für seine Mutter gedacht war. In der kleinen war ein iPod, viel kleiner als sein alter, aber mit wesentlich mehr Speicher und einem großen Display. Mikhail sah in seufzend an. Shane hatte schon einen, nicht ganz so neu, aber auch mit einem großen Speicher. Dieser iPod war als Geschenk für Mikhail gedacht, da war er sich sicher.

„Verdammt", murmelte er. Shane wurde wach und blinzelte ihn verschlafen an.

„Nimm ihn schon", grummelte Shane ins Kissen. „Der nächste Monat wird beschissen und du brauchst Ablenkung."

Er drehte sich seufzend um und rollte sich zusammen. Mikhail schüttelte den Kopf. Er zog Bennys Decke aus der großen Tüte und legte sie Shane über die Schultern, weil der dumme Mann nur halb zugedeckt und die Wohnung noch ziemlich ausgekühlt war. Danach packte er den iPod aus und spielte damit herum. Er schloss ihn an seinen Laptop an und lud seine gesamte Musik und einige seiner Lieblingsfilme herunter. Es dauerte lange, weil sein Laptop nicht sonderlich schnell war, aber es lenkte ihn ab.

Als der gefürchtete Moment kam und es an der Tür klopfte, schüttelte er Shane leicht am Arm, bevor er das Zimmer verließ und der Ernst des Tages begann.

Shane behielt recht. Der erste Tag allein war erschöpfend und schmerzhaft, aber die folgenden Wochen waren noch schlimmer.

Sie mussten im Wohnzimmer die Möbel umstellen. An der Rückwand wurde das Sofa zur Seite geschoben und durch das Krankenbett ersetzt. Das kleine Zimmer sah jetzt aus, als wäre es für Barbiepuppen gedacht, nicht für erwachsene Menschen. Als Shane Ylena zum Bett trug, lächelte sie nur müde und meinte, jetzt könnte sie endlich so viele Filme sehen, wie sie wollte. Sie versuchten, ihr diesen Wunsch zu erfüllen. Während der nächsten beiden Wochen lief ständig ein Film. Jeden Tag kam die Pflegerin und kümmerte sich um Ylena.

Es sollte Mikhail immer ein Rätsel bleiben, wie Shane das alles schaffte. Der Mann war immer noch nicht ganz von seiner Verwundung genesen, und doch war er immer zur Stelle, wenn Mikhail keine Zeit hatte. Er ging einkaufen, kümmerte sich um die Wäsche und bezahlte – wie Mikhail erst später feststellte – am Monatsende die Rechnungen, ohne dass es jemandem auffiel. Er half der Pflegerin, Ylenas Bett frisch zu beziehen, leistete ihr nachmittags und abends Gesellschaft, wenn sonst niemand da war, und fuhr erst spät nach Hause, um seine eigenen Angelegenheiten zu erledigen. Und er fuhr Mikhail ins Tanzstudio und holte ihn wieder ab, wenn der letzte Kurs beendet war.

Ab und zu sprangen Ylenas Bekannte aus der Kirchengemeinde ein. Mikhail war ihnen dafür dankbar, aber er war auch verbittert darüber, auf sie angewiesen zu sein. Sie kannten seine Vergangenheit und er hatte ihnen nie verheimlicht, dass er schwul war. Sie hatten ihn dafür schon immer bemitleidet oder ihn gemieden. Oft versuchten sie auch, ihn zu bekehren. Dann drehte er sich um und verließ wortlos das Zimmer. Er war es leid – mehr als leid – immer wieder mit anhören zu müssen, wie Ylena ihn vor ihnen verteidigte. Zu Shane waren sie noch unhöflicher. Mikhails gutmütiger, ausgeglichener Geliebter lächelte nur darüber und suchte sich eine andere Beschäftigung, um den steifen, korrekt gekleideten Frauen aus dem Weg zu gehen, wenn sie Ylena besuchten. Mikhail ärgerte sich in den letzten Wochen, die seine Mutter noch zu leben hatte, mehr über diese Leute, als jemals zuvor. Seine unterdrückte Wut lag ihm wie ein Stein im Magen.

Eines Abends konnte Shane ihn nicht, wie versprochen, vom Studio abholen. Mikhail musste zu Fuß gehen. Es störte ihn nicht sehr. Er nutzte die Gelegenheit, Musik zu hören und dabei abzuschalten. Zu seiner Überraschung sah er den GTO an seinem üblichen Parkplatz stehen, als er zuhause ankam.

Er kam in die Wohnung und wollte gerade nach Shane rufen, als seine Mutter ihn sah und den Finger auf die Lippen legte. Shane saß bei ihr am Bett, den Kopf auf den Arm gelegt. Er schlief tief und fest. Neben ihm lag aufgeschlagen ein Fotoalbum. Mikhail erkannte die Bilder. Sie zeigten ihn als Kind auf der Bühne, bei einem seiner ersten Auftritte in St. Petersburg.

„Er ist sehr müde, *Ljubime*", sagte Ylena leise. „Er hat einen neuen Hund aus dem Tierheim adoptiert. Das arme Tier war sehr krank. Er musste mit ihm zum Tierarzt und den Teppich putzen. Außerdem hatte er Papierkram zu erledigen wegen seiner Krankschreibung. Der Vorfall, der zu seiner Verletzung geführt hat, soll offiziell untersucht werden. Er sagt, dass er vielleicht einen Eintrag in die Personalakte bekommt. Kannst du dir das vorstellen?"

Mikhail wollte Ja sagen. *Ja, ich hoffe, dass sie ihn feuern, weil er so ein dämlicher Esel war, sein Leben aufs Spiel zu setzen.* Aber noch mehr wollte er die Idioten in den Arsch treten, die Shane Schwierigkeiten machten.

„Er hat es mir wahrscheinlich nicht gesagt, weil er mir keinen Kummer machen wollte", meinte er stattdessen. Er merkte erst jetzt, wie sehr es ihn verletzte, von Shane nicht ins Vertrauen gezogen worden zu sein.

Ylena streckte seufzend die Hand nach ihm aus. „Genau aus diesem Grund hat er dir nichts gesagt."

Mikhail kam ans Bett und nahm ihre Hand. Es war ihr erster klarer Moment seit zwei Tagen. Der Schmerz und die Medikamente hatten sie immer mehr ihrer Kontrolle beraubt. Sie hatte oft stöhnend im Bett gelegen und auf Russisch vor sich hingemurmelt. Sie hatte nach ihren Eltern gerufen, die beide schon lange tot waren. Mikhail wusste, dass dies vielleicht eine der letzten Gelegenheiten war, mit seiner Mutter zu reden.

„Ich glaube, dass er dich sehr lieb gewonnen hat", sagte er. Trotz der Krankheit und ihrer Erschöpfung lächelte sie ihn strahlend an.

„Das glaube ich auch. Und ich liebe ihn auch. Deshalb müsst ihr beiden mir einen Gefallen tun."

„Hast du Durst, Mutti? Oder Hunger?" Sie hatten ihr püriertes Gemüse und Grießbrei gekocht, aber sie konnte kaum etwas im Magen behalten. Sie lebte fast nur noch von den Infusionen, die sie mit Flüssigkeit und Nährstoffen versorgten.

„Nein. Ich möchte, dass ihr morgen für einen Tag wegfahrt. Du hast doch morgen frei, oder?"

„*Da*. Aber wir können nicht ..."

„Natürlich könnt ihr. Ich verspreche dir, morgen nicht zu sterben. Für übermorgen kann ich keine Garantie übernehmen; aber ich möchte, dass ihr für einen Tag und eine Nacht glücklich seid. Ich kann mich noch erinnern, dass du immer ausgegangen bist. Manchmal bist du drei Tage lang nicht nach Hause gekommen. Und wenn du dann wieder aufgetaucht bist, warst du müde und ausgelaugt. Ich möchte, dass ihr irgendwo hin geht, wo ihr glücklich sein könnt. Ich möchte dich aufgeregt nach Hause kommen sehen, weil du mir unbedingt alles erzählen willst." Sie zeigte auf das Fotoalbum.

„Wenn du aus der Schule gekommen bist, warst du nie aufgeregt und glücklich. Nachdem Shane dich das erste Mal zum Essen eingeladen hat und ihr in dem Buchladen wart ... So glücklich bist du noch nie nach Hause gekommen, Mikhail. Ich will es noch einmal erleben."

Mikhail schluckte und rückte näher zu Shane. Er strich ihm die dunklen Locken aus der Stirn. „Ist es das, worauf du wartest?", fragte er und hasst sich fast für diese Frage. Aber der Februar stand vor der Tür und sie kämpfte immer noch, lebte immer noch. So viele Tage war sie kaum bei Bewusstsein gewesen, gefangen in ihren Schmerzen und in Gedanken in einer Vergangenheit, mit der sie wieder vereint sein wollte. Der einzige Grund, warum seine Mutter noch kämpfte und noch lebte, war er. Er wollte, dass sie endlich Frieden fand, und wenn das hieß, dass sie sterben musste ... Nun, dann wurde es vielleicht Zeit, dass sie sich auf den Weg machte.

„Nein", erwiderte Ylena leise. „Das, worauf ich warte, werde ich wohl nie mehr finden. Aber ich möchte ihm so nah wie möglich kommen, verstehst du?"

Mikhail kniete sich vor dem Bett auf den Boden und legte seinen Kopf neben Shanes aufs Bett. „Für dich. Und für ihn. Ja. Wir werden uns morgen einen unbekümmerten Tag gönnen. Ich werde mir von ihm die Hunde zeigen lassen – der neue ist noch sehr jung. Shane liebt ihn sehr, weil er noch nie einen jungen Hund hatte. Ich werde seine Katzen kennenlernen." Er lachte leise. „Ich mag Katzen, Mutti. Glaubst du, er lässt mich eine von ihnen adoptieren, nur für mich?"

Ylena hatte die Augen halb geschlossen, aber ihre Stimme war klar und deutlich. „Er wird ein ganzes Tierheim adoptieren, nur, um dich lächeln zu sehen."

Später wollte er Shane wecken, wollte ihm sagen, dass er morgen früh auf ihn warten würde, weil sie einen Ausflug machen würden. Später wollte er seinen Geliebten in die Arme nehmen und küssen, wollte ihm all das sagen, was ihm auf dem Herzen lag und was er bisher nicht über die Lippen gebracht hatte. Später wollte er auf dem Sofa einschlafen und dem Geräusch des Herzmonitors seiner Mutter lauschen, der ihn jede Nacht mit seiner Melodie einlullte und in ihm eine unerträgliche Abneigung gegen Techno-Pop ausgelöst hatte.

Aber das war später. Jetzt wollte er Shane den Rücken streicheln und die Hände seiner Mutter in den Haaren spüren. Jetzt wollte er endlich akzeptieren, dass es Dinge gab, die man nicht ändern konnte. Und andere Dinge, die man dringend ändern sollte.

ALS SHANE am nächsten Morgen eintraf, sah er müde, aber glücklich aus. Er hatte eine DVD mitgebracht, damit Ylena sich einen neuen Film ansehen konnte und versprach ihr, Mikhail am späten Abend wieder zuhause abzuliefern. Ylena bestand darauf, dass es der späte Abend des nächsten Tages sein sollte.

„Ihr habt beide ein Telefon. Wir haben eure Telefonnummern. Falls sich etwas ändert, werdet ihr benachrichtigt. Und jetzt geht. Seid glücklich. Bitte."

Sie ließen Ylena widerstrebend in den guten Händen ihrer Pflegerin und einiger Freundinnen zurück. Mikhail merkte, dass Shane noch etwas sagen wollte. „Wenn diese verdammte Frau genau dann stirbt, wenn wir nicht da sind, werde ich ein Medium anheuern, das sie im Jenseits ausschimpft", schnappte er Shane an. Der lachte nur.

„Ich verlasse mich darauf und bezahle die Hälfte", sagte er. Sie sahen sich müde lächelnd an.

Dann stiegen sie in den Pontiac und die Welt lag ihnen zu Füßen.

„Hey, Mickey", meinte Shane, als er den Motor anließ. „Du hast zwei Tage Zeit. Was hältst du davon, wenn wir von hier verschwinden?"

Mikhail blinzelte ihn verblüfft an. „Von hier verschwinden? Was meinst du damit?"

Shane wedelte mit der Hand. „Von hier … aus dem Tal. Aus dieser verdammten Suppenschüssel, Mann!" Es hatte in diesem Jahr nicht viel geregnet, aber der Nebel machte alles grau und diesig. Das war schon so, seit Mikhail und Ylena von ihrer Kreuzfahrt zurückgekommen waren. Mikhail starrte Shane mit weit aufgerissenen Augen an. Die Vorstellung, in den Sonnenschein zu fahren, irgendwohin weit weg von dieser engen Wohnung, an einen Ort mit blauem Himmel und strahlendem Licht, trieb ihm beinahe die Tränen in die Augen.

„Das wäre wunderschön", sagte er. Er hatte Muskelkater im Gesicht. Wahrscheinlich lag es daran, dass er ständig lächeln musste und Muskeln beanspruchte, die zu lange nicht mehr in Gebrauch gewesen waren.

Shane hielt an dem Lebensmittelladen an, wo sie Getränke, Baguettes und Salami kauften, um sich belegte Brote machen zu können. Außerdem legte er noch etwas Obst und Kekse in den Korb. Nebenan bei *Starbuck's* besorgten sie sich noch einige Becher Kaffee. Dann sprangen sie wieder ins Auto, schalteten Shanes iPod an und los ging's.

Als sie Rocklin hinter sich gelassen hatten und auf die I-80 fuhren, kam die Sonne zum Vorschein. Mikhail streckte den Kopf aus dem weit geöffneten Fenster und ließ die Haare im Fahrtwind flattern. Hinter Penryn holte Shane die Sonnenbrille aus dem Handschuhfach und Mikhail lehnte sich mit geschlossenen Augen in seinem Sitz zurück, um ein Sonnenbad zu nehmen.

Er öffnete die Augen erst wieder, als sie den Hügel in Richtung Auburn hinauffuhren. Als er das Hinweisschild zur Bell Road sah, klingelte es in seinem Kopf.

„Wir sind in der Nähe von Grass Valley, nicht wahr?"

„Ja. Warum?", fragte Shane erstaunt. Die Fahrt war in angenehmem Schweigen verlaufen und die Musik – Shane hatte die CD kopiert, die Mikhail ihm zu Weihnachten geschenkt hatte – verbreitete eine aufmunternde Atmosphäre, die gerade die richtige Mischung aus Lebensfreude und Aufmüpfigkeit hatte. Es war eine wunderbare Abwechslung zu der trüben, grauen Stimmung, die in den letzten Wochen geherrscht hatte.

„Ich habe Bekannte, die hier leben!", rief Mikhail aufgeregt. „Sie nehmen mich immer mit, wenn ich auf den Festivals auftrete. Rose und Arlen. Sie sind sehr nett und haben eine Pferdezucht …" Er schloss lächelnd die Augen und überlegte, woran er sich noch erinnern konnte. „Ich glaube, ihre Ranch heißt *Arlen Rose*. Ich frage mich, ob sie wohl ausgeschildert ist."

Shane nahm die Abzweigung zur Bell Road und auf den Highway 49. „Ich weiß, wie wir sie finden können. Halte die Augen auf nach einem Futtermittelvertrieb, ja?"

Mikhail war von Shanes Idee beeindruckt. Und der Verkäufer in dem Futtermittelladen beschrieb ihnen den Weg zur *Arlen Rose*.

Während sie den Highway 49 entlang fuhren, kamen sie durch eine Welt, die Mikhail bisher noch nicht kennengelernt hatte. Auf dem Weg ins Grass Valley und nach Colfax gab es viele Bäume. Es war fast schon wie ein Wald, nur, dass dahinter Dörfer und kleine Städte lagen. Dann bogen sie vom Highway in eine kleine Straße ab, die sich in engen Kurven durch die Landschaft schlängelte. Sie war so schmal, dass sie, als ihnen ein Auto entgegenkam, auf den Seitenstreifen ausweichen mussten, weil sie sonst nicht aneinander vorbeigekommen wären. Mikhail musste daran denken, dass Arlen und Rose diese Straße seit Jahren mit ihrem Pferdeanhänger fahren mussten, wenn sie an den Wochenenden die Festivals besuchten. Sie waren so nette Leute und er wurde blass, als er an die Gefahr dachte, in die sie sich auf dieser Straße regelmäßig begaben. Er teilte Shane seine Gedanken mit, und Shane grunzte nur und klammerte sich noch fester ans Lenkrad.

Dann sahen sie endlich eine Abzweigung mit einem bunten Hinweisschild. Es war an zwei Pfosten genagelt, die kaum in den roten Lehmboden mit seinem Granitschotter eindrangen. Shane bog mit einem erleichterten Seufzen ab. Der Weg war breit und besser zu fahren als die Straße. Über einer Einfahrt auf der linken Seite stand der Name der Ranch auf einem schmiedeeisernen Bogen zu lesen, der sich über den Weg spannte. Sie fuhren durch den Bogen auf den Hof. Mikhail sah Rose in einer der Koppeln, wo sie mit einem riesigen, schwarzbraunen Pferd arbeitete.

Shane hielt an und schaltete die Musik ab. Mikhail sprang erleichtert aus dem Wagen und streckte sich. Es war ein gutes Gefühl, die strahlende Sonne im Gesicht zu fühlen, auch wenn es etwas kühl war. Er holte seinen Schal und die Mütze aus dem Wagen (noch so ein Geschenk von Benny – er musste wirklich demnächst in einen Wollladen gehen und ihr andere Farben besorgen, als immer nur dunkelbraun und marineblau). Dann wartete er, während Shane sich den dunkelgrünen Schal um den Hals wickelte, den Ylena ihm gehäkelt hatte. Mikhail beobachtete ihn dabei und kam sich lächerlich vor, weil er einen Kloß im Hals hatte vor Stolz.

Rose sah sie kommen und nickte ihnen grüßend zu. Sie ließen Rose in Ruhe weiterarbeiten und Mikhail, der sich mit damit nicht auskannte (und seine Angst vor dem riesigen Tier hinter seiner stoischen Miene verbarg), war sehr beeindruckt von ihr. Rose trug Jeans, eine Kapuzenjacke, Lederhandschuhe und Stiefel, die ihre Füße vor dem roten Schlamm schützten. Trotz der grauen Haare und der Falten in ihrem wettergegerbten Gesicht sah sie jünger aus als ihre sechzig Jahre. Aber vor allem wirkte sie glücklich und zufrieden mit ihrer Arbeit.

Als Rose fertig war, tätschelte sie dem schweißgebadeten Pferd den Kopf und belohnte es mit einer Karotte, die sie aus der Jackentasche zog. Dann nahm sie das Tier am Halfter und führte es aus der Koppel.

„Hallo, Mikhail! Wie schön, dich hier zu sehen, mein Junge! Was führt dich denn in diese Ecke der Welt?" Ihre Stimme klang barsch, aber freundlich. Mikhail war froh, dass sie hierhergekommen waren, trotz der grauenhaften Straße und der furchteinflößenden Tiere.

„Hallo, Rose. Mein Freund und ich waren in der Nähe und ich dachte, wir könnten euch besuchen. Ist das in Ordnung?"

Rose lächelte ihnen zu. Dann übergab sie das Pferd einem etwa vierzehnjährigen Jungen, der es zum Striegeln und Füttern in den Stall führte. Sie zog die Handschuhe aus, wusch sich an einem Wasserhahn die Hände und trocknete sie an einem Handtuch ab, das an der Seite hing. Danach kam sie auf die beiden zu und umarmte den verblüfften Mikhail, bevor sie Shane die Hand reichte.

„Ich bin Rosie MacAvoy. Freut mich, Sie kennenzulernen."

Shane lächelte herzlich. „Shane Perkins. Und es freut mich ebenfalls."

„Also Mikhail, was macht ihr hier?"

Sie sah die beiden gelassen an und Mikhail zuckte mit den Schultern. „Wir machen einen Ausflug. Ich habe mich an eure Adresse erinnert, und weil wir kein besonderes Ziel hatten, sind wir jetzt hier. Wie geht es Arlen? Ich wollte ihn Shane auch vorstellen."

Rosies Blick wurde schärfer und richtete sich wieder auf Shane. Dann schaute sie sich die beiden zusammen an und lächelte warmherzig. „Er ist beim Arzt. Es wird ihm sehr leidtun, dass er dich verpasst hat, mein Junge." Sie nickte ihnen einladend zu und machte sich auf den Weg zum Wohnhaus. „Wollt ihr Plätzchen? Meine Tochter hat tonnenweise Plätzchen gebacken, damit Arlen bessere Laune bekommt und den Doktor nicht ärgert. Kommt doch mit rein und setzt euch kurz."

Sie folgten ihr in eine unaufgeräumte Küche, in der überall Reitausrüstung und Post herumlagen. Unter dem Sofa lagen Hunde und dösten vor sich hin. Es war ein Raum, dem man deutlich ansah, dass seine Bewohner mehr Zeit im Freien als mit dem Haushalt verbrachten. Mikhail setzte sich mit einem leichten Lächeln auf den Lippen an den Küchentisch, auf dem Rosie erst Platz schaffen musste. Sie warf die Impfstoffe und das tierärztliche Zubehör auf eine Kommode und servierte ihnen Milch und Plätzchen. Mikhail war froh, dass es hier nicht so perfekt zuging, weil ihm zu viel Perfektion immer ein leichtes Unbehagen einflößte. Shane schien es genauso zu gehen, denn er lehnte sich entspannt in seinem Stuhl zurück und lächelte Rosie dankbar an.

„Dann geht es Arlen also gut?", fragte Mikhail Rosie hoffnungsvoll, weil er es nicht ertragen könnte, in so kurzer Zeit noch einen guten Menschen an einer schweren Krankheit sterben zu sehen.

Rosie zerstreute seine Befürchtungen mit einer abwehrenden Handbewegung. „Oh ja. Er hat sich den Rücken verletzt. Es ist nichts Ernstes, aber schlimm genug, um nach einem neuen Trainer Ausschau zu halten, der die Pferde zureitet."

„Haben Sie schon einen gefunden?", fragte Shane so eifrig, dass Mikhail ihm einen verblüfften Blick zuwarf. „Weil ich nämlich Freunde habe, die verdammt gut sind und neue Aufträge brauchen könnten."

Rosie sah ihn überrascht und nachdenklich an. Dann fing Shane an, ihr alles zu erzählen – die ganze Geschichte von Deacon und Crick und seiner Adoptivfamilie, die er offensichtlich sehr liebte. Rosie wirkte mehr und mehr interessiert.

„Wir würden die Pferde immer noch selbst unterstellen", sagte sie dann bedächtig, als müsste sie die Idee noch in ihrem Kopf sortieren. „Was wir wirklich brauchen, ist jemand, der sie für ungefähr ein Jahr zureitet und trainiert. Er müsste auch die Reiter ausbilden und einarbeiten. Dazu muss man viel Geduld haben und …"

„Dazu ist Deacon genau der richtige Mann", sagte Shane überzeugt. Rosie schüttelte zurückhaltend den Kopf.

„Das hoffe ich, Mr. Perkins. Diese Tiere stehen unter großem Druck, wenn sie auf den Festivals eingesetzt werden – die klirrenden Waffen, die schwere Rüstung, das laute Publikum und die Schlachtmanöver –, es ist alles mit sehr viel Stress verbunden. Eigentlich ist es ein Zweimann-Job. Man braucht einen Ausbilder und einen Reiter. Es stimmt, dass ich über die Ranch Ihrer Freunde viel Gutes gehört habe. Aber in letzter Zeit haben auch üble Gerücht die Runde gemacht, was die Gesundheit der Pferde angeht …"

„Das ist kompletter Unsinn!", rief Shane empört. Rosie blinzelte ihn erstaunt an.

„Tut mir leid", murmelte er mit rotem Kopf und warf Mikhail einen verzweifelten Blick zu. Schon wieder blamiert. Er zuckte mit den Schultern und schluckte es runter. „Diese Männer, ihre ganze Familie … Ich bin einfach so vor ihrer Tür aufgetaucht, um ihre Zeugenaussage zu Protokoll zu nehmen, ja? Bennys durchgeknallter Vater hatte versucht, ihr Baby zu entführen, Crick war gerade erst vor zwei Monaten schwer verletzt aus dem Irak zurückgekommen, und Deacon … Deacon war im Frühjahr zuvor von einem Polizeioffizier *verprügelt* worden und hatte ihn vor Gericht bringen müssen. Ihr ganzes Leben hätte in Scherben liegen sollen. Sie hätten mich *hassen* sollen. Und stattdessen haben sie mich auf eine Tasse Kaffee eingeladen. Sie haben gescherzt und gelacht, und als alles zu viel wurde für Deacon, haben sie ihn einfach gehen lassen, damit er sich wieder beruhigen konnte. Und dann haben sie mich für den nächsten Sonntag zum Abendessen eingeladen. Diese Stadt kann mit Deacon und Crick nicht umgehen, weil die beiden dort aufgewachsen, aber trotzdem anders sind. Doch das ist das Problem der Stadt und ihrer Menschen. Und ich? Ich habe gerade anderthalb Wochen im Krankenhaus gelegen, und sie haben einen Plan ausgearbeitet, sodass immer einer von ihnen bei mir war. Sie wollten mich nicht allein lassen. Ich würde für diese Menschen mein Leben geben. Bitte, Mrs. MacAvoy, geben Sie ihnen eine Chance. Bitte."

Keiner sagte ein Wort, als Shane mit seinem Plädoyer zu Ende war. Dann sah Rosie Shane mit einer Mischung aus Überraschung und – wie Mikhail zu seiner Freude feststellte – stiller Bewunderung an.

„Ich werde mit Arlen darüber reden", sagte sie schließlich. „Wir müssten uns erst genau informieren, wie Deacon arbeitet. Wenn Arlen zustimmt, kommen wir auf der Ranch vorbei. Danach werden wir sehen, was möglich ist. Die meisten unserer Reiter leben in Sacramento. Für sie wäre es sogar günstig, weil für sie nicht mehr so lange fahren müssten, um bei den Pferden zu sein. Aber erst müssen wir Deacon bei der Arbeit erleben. Ich werde die Pferde meiner Freunde nicht jemandem anvertrauen, der sie falsch behandelt. Verstanden?"

Shane nickte bedächtig und ein strahlendes Grinsen breitete sich auf seinem Gesicht aus. Mikhail beobachtete ihn mit einer Mischung aus Stolz und Bitterkeit. *Ich würde für diese Menschen mein Leben geben.* Nun, es war gut, Bescheid zu wissen. Es war gut, zu wissen, wofür Shane sterben würde. Mikhail hoffte nur, dass Shanes in seinem Herzen auch genug Gründe fand, für die es sich zu leben lohnte.

Sie unterhielten sich noch einige Zeit über belanglose Dinge und tauschten ihre Telefonnummern aus, bevor Shane und Mikhail sich auf den Rückweg machten. Nachdem sie die Haarnadelkurven der kleinen Straße endlich hinter sich gelassen hatten, freute Shane sich auf die Heimfahrt und wurde richtig überschwänglich.

Mikhail hatte gar nicht bemerkt, wie düster und gereizt er sich fühlte, bis er mit einer seiner barschen Antworten Shane so sehr vor den Kopf stieß, dass sie beide verletzt verstummten.

„Es tut mir leid", meinte Mikhail nach einigen Minuten.

„Was ist los mit dir?"

„Ich bin dumm. Es war schließlich nur eine Redewendung." Er murmelte vor sich hin, kam sich dumm und kleinlich vor und ärgerte sich über sich selbst, weil er obendrein noch ein Feigling war.

„Ich bin total verwirrt", erwiderte Shane, und dann brach es aus Mikhail heraus wie ein Wasserfall.

„Ich würde für diese Menschen mein Leben geben. Hast du es nicht so gesagt?"

Shane warf ihm einen kurzen Seitenblick zu und konzentrierte sich dann wieder auf die Straße. „Ja. Aber für dich würde ich das Gleiche tun. Das weißt du doch."

Mikhail sah mit tränenden Augen aus dem Seitenfenster. Die Bäume huschten vorbei und wurden von der Nachmittagssonne in ein warmes Licht getaucht. Es würde bald dunkel werden und das Sonnenlicht verbreitete nicht mehr die gleiche Freude wie am frühen Morgen. „Hervorragend", erwiderte er abwesend.

Sie kamen an einer Tankstelle vorbei und Shane verließ den Highway, um zu tanken.

„Komm mit, Mickey. Dann können wir draußen weiterreden, während ich Benzin nachfülle. Okay?"

„Es gibt nichts zu reden", sagte Mikhail und zog einen Schmollmund. Verdammt, er war so sauer auf Shane. Er wusste auch, dass es unfair war, aber … Mein Gott. Scheißmist, verdammter, und zum Teufel aber auch. Mist, Mist, Mist. „Na gut", raunzte er sich und Shane und die Welt im Allgemeinen an.

Er stieg aus, streckte sich und zitterte, weil es hier draußen kurz vor Sonnenuntergang schon empfindlich kalt war. Dann ging er um den Wagen zu Shane, der sich an der Zapfsäule zu schaffen machte.

„Du würdest also für uns alle sterben. Wunderbar", sagte er unvermittelt. „Es wäre ein wirklich überwältigendes Gefühl, wenn du stattdessen für mich leben könntest, weißt du?"

Shane sah ihn verwundert an. „Ich hatte nicht vor ..."

„Halt den Mund. Das sind leere Worte. Du bringst dich an den Rand des Zusammenbruchs, kümmerst dich um meine Mutter, um mich und deine ganze Familie. Du gönnst dir keine Pause und nie schickst du einen von uns weg, wenn es dir zu viel wird. Du ... Warum bin ich nicht genug für dich?" Mikhail hätte sich in tausend Jahren nicht für so kleinlich und egoistisch gehalten. Er schüttelte den Kopf. „Ich bin ein Idiot. Und ich kann dir noch nicht einmal erklären, warum ich so dumm bin. So. Ich setze mich jetzt wieder ins Auto und schmolle wie ein ungezogenes Kind. Du kannst mich einfach ignorieren und ..."

„Nein. Nein!" Shane zog ihn am Arm und Mikhail stolperte unbeholfen über den Benzinschlauch zu Shane, der sich ans Auto lehnte. „Du wirst jetzt mit mir reden!"

„Was gibt es da zu bereden? Ich bin ein egoistisches, eifersüchtiges Arschloch. Ich mache aus einer Mücke einen Elefanten." Mikhail hämmerte verzweifelt mit dem Kopf an Shanes Schulter. Shane lachte nur, und ohne einen einzigen Gedanken an ihr Publikum zu verschwenden, nahm er Mikhail in die Arme und zog ihn an sich.

„Hör mir jetzt gut zu", sagte er ernst. Mikhail hob den Kopf und blickte in die warmen, braunen Augen mit ihren Lachfältchen. Shane musste alles wieder gutmachen, weil Mikhail selbst nicht die Kraft dazu hatte. Darauf vertraute er.

„Die Sache ist die ... Du hattest deine Mutter. Ich weiß, dass sie nicht mehr lange für dich da sein wird, und das ist schlimm. Aber du hast sie gehabt. Als du wirklich einen Menschen gebraucht hast, der für dich da war, hast du sie gehabt. Wenn ich als Kind in deiner Situation gewesen wäre ... Mickey, dann wäre ich jetzt tot. Ich hätte niemanden gehabt, der mich da raus holt. Niemanden, für den es sich gelohnt hätte, dass ich mich selbst da raus hole. Und diese Leute, sie wollen mich. Sie wollen, dass ich an ihrem Tisch sitze und ... Zum Teufel, Mickey! Sie wollen, dass *du* an ihrem Tisch sitzt. Ich weiß, dass du dich schon gut mit Jon und Benny verstehst. Mit Jeff und Drew auch. Du hast nur eine Scheißangst vor Deacon, weil ich ihn so sehr respektiere. Ich kann daran nichts ändern, aber ich kann dir sagen, dass diese Angst überflüssig ist. Hilft dir das?"

„Ich bin ein Arschloch", murmelte Mikhail mit belegter Stimme. Shane lachte und drückte sich Mikhails Kopf an die Brust.

„Ja. Ja, das bist du. Aber ich liebe dich."

Mikhail schnappte erschrocken nach Luft und versuchte, sich aus Shanes Umarmung zu befreien. Aber Shane zog ihn nur noch fester an sich. „Lass das,

Mickey. Hör auf, dich zu wehren. Du kannst mir deine Antwort geben, wenn du sie kennst und es soweit ist."

„Du hast so viel Vertrauen in mich", flüsterte Mikhail. Shane sagte kein Wort. Sie stiegen wieder in den Wagen. Dieses Mal war das Schweigen zwischen ihnen angenehmer und fast hoffnungsvoll. Aber die Musik war trotzdem ein Segen, denn sie machte es leichter.

16

„Softly you whisper, you're so sincere ..."
Journey, *Open Arms*

SHANE WUSSTE nicht so recht, was er tun sollte. Mickey war eifersüchtig und Shane war sich sicher, dass Mickey wusste, wie irrational diese Eifersucht war. Wahrscheinlich mussten sie einfach damit leben.

Jedenfalls so lange, bis Mikhail sich überwinden konnte, Deacon zu besuchen. Dann würde er schnell erkennen, dass Deacon der letzte Mensch war, der ihn jemals verurteilen oder ablehnen würde.

Shane hörte der Musik zu und ließ die kühle Nachmittagsluft den Nebel und die Düsternis aus ihren Herzen blasen, die sich in den letzten Wochen dort angesammelt hatten. Es würde alles gut werden. Es musste einfach gut werden. Mickey brauchte es, aber sie konnten es nicht alleine schaffen.

Als sie in Roseville ankamen, war der Nebel wieder zurück und es wurde dunkel. Sie kamen zu dem Viehgatter vor Shanes Haus und er war erleichtert, endlich wieder hier zu sein.

Er hatte sein Zuhause in den letzten Wochen vermisst, obwohl er sich bemüht hatte, Zeit mit den Tieren zu verbringen. Er hatte die Hunde ausgeführt und die Katzen gestreichelt, hatte das junge Hündchen trainiert und Krallen geschnitten, Reparaturen im Haus vorgenommen und die Hecken im Vorgarten gestutzt. Wenn er dann zu Mikhail gefahren war, um sich um Ylena zu kümmern, hatte er sich nach Häuslichkeit gesehnt, und wenn er von dort wieder abgefahren war, nach Trost. Und jetzt sehnte er sich nach dem vielen hin- und herpendeln nur nach Ruhe und Frieden.

Etwas Arbeit hörte sich fast schon gut an. Und wenn es dabei ab und zu einen Grund zum Lachen gab, konnte das auch nicht schaden.

Als sie vor dem Gatter anhielten, stieg Mikhail aus und öffnete das Tor, sodass Shane durchfahren konnte. Er hatte das verdammte Ding gerade wieder geschlossen, als Angel Marie angerannt kam, um Shane zu begrüßen. Mikhail war froh, dass das Tor schon zu war, denn er hatte das Riesenbiest kaum gesehen, da schrie er schon wie eine hysterische Jungfrau und brachte sich bei Shane in Sicherheit. Bevor Shane sich versah, krabbelte Mikhail an ihm hoch wie an einem Baum, während Shane sich in letzter Sekunde an seinem Wagen abstützte, um nicht mitsamt Mikhail auf den Hintern zu fallen.

„Guter Gott, was ist das für ein Monster?", schrie Mikhail und klammerte sich an Shane fest. Angel Marie freute sich, einen neuen Freund zu finden. Er stellte sich auf die Hinterbeine und legte die Pfoten auf Shanes Schultern. Dann leckte er Shane sabbernd übers Gesicht, weil er endlich dem neuen Freund vorgestellt werden wollte. Shane musste so heftig lachen, dass er Seitenstechen bekam. Mit Mikhail auf den Schultern und Angel Marie, der von vorne gegen ihn drückte und ihm das Gesicht mit Sabber bedeckte, konnte er sich kaum noch aufrecht halten.

„Mikhail … Verdammt, Angel … Mikhail … Sitz, Angel, du Spinner … Verdammt, Mikhail! Kannst du nicht aufs Autodach klettern oder so …" Und dann, weil keiner der beiden auf ihn hörte: „Aua! Autsch, autsch, autsch …", fiel Shane nach vorne auf ein Knie. Mikhail sprang in einer olympiareifen Einlage von seinen Schultern und über den Hund, der den Vorteil ihrer neuen Position sofort ausnutzte und Shane noch mehr zusabberte. Dann kamen laut kläffend die anderen Hunde angerannt, weil sie mitspielen wollten. Shane krümmte sich lachend auf dem Boden und verschwand fast vollständig unter den Fellknäueln. Verzweifelt klammerte er sich an Angel Maries Hals und ließ sich von ihm wieder hochziehen, während gleichzeitig von rechts und links der Rest der Meute sein Bestes gab, Shanes Rettungsversuche zu verhindern. Als er wieder auf den Beinen war, griff er nach dem erstbesten Gegenstand (ein Stück Schur mit Knoten an den Enden) und warf es so weit wie möglich von sich weg. Es landete auf dem Hausdach.

Die Hunde liefen der Schnur mit aufgeregtem Bellen hinterher. Shane stützte sich keuchend am Auto ab. „Schnell, Mickey! Lauf zur Veranda, so lange sie noch abgelenkt sind. Ich hole unser Gepäck und komme nach. In spätestens drei Minuten haben sie herausgefunden, dass sie an das Ding nicht drankommen, dann sind sie zurück für die zweite Runde."

Mikhail starrte ihn mit erschrocken aufgerissenen Augen an. „Mein Gott, Shane. Was war das für ein Monster?"

Shane musste wieder lachen, krümmte sich dann zusammen und hielt sich die Seite. „Das war Angel Marie, mein Hund. Erinnerst du dich? Ich habe dir doch Fotos gezeigt."

Von der anderen Seite des Hauses war enttäuschtes Wimmern zu hören und Mikhail lief schnell auf die Haustür zu. „Was du nicht sagst! Das war kein Hund, das war ein Drache!"

„Nee", sagte Shane kichernd und holte Mikhails Rucksack und die Einkaufstüten mit den Lebensmitteln aus dem Auto. „Aber selbst wenn es ein Drache wäre, müsstest du dir keine Sorgen machen. Er frisst dich nicht auf."

Mikhail sprang die die Stufen zur Veranda hoch und blieb neben der Bank stehen, die Shane gezimmert hatte. Er schüttelte sich vor Angst, dass die Monster jederzeit zurückkommen könnten. „Er frisst mich nicht? Woher willst du das wissen?"

Shane kam mit dem Schlüsselbund in der Hand nach und grinste ihn an. „Du weißt doch, Mickey … Drachen fressen nur unschuldige Jungfrauen!"

Mikhail sah ihn mit so tief empfundener Entrüstung an, dass er beinahe vergessen hätte, sich vor den zurückkehrenden Hunden in Sicherheit zu bringen.

Kaum waren sie im Haus und hatten die Tür hinter sich geschlossen, fielen die Katzen über sie her.

Mikhails Reaktion auf die Katzen war das genaue Gegenteil seiner Reaktion auf die Hunde. Er setzte sich auf den Boden der Küche und fing an, sie zu streicheln und mit ihnen zu spielen, während sie um ihn herumstrichen und sich schnurrend an ihm rieben.

„Oh ja, meine Schöne. Schnurrst du für mich, wenn ich dich am Hintern kraule, ja? Natürlich machst du das. Du bist ein Kätzchen auf der Suche nach einem hübschen Hintern, nicht wahr? Ja, das bist du ..."

Shane stelle Mikhails Gepäck bei der Couch ab und holte einige Dosen Katzenfutter aus dem Schrank. Er öffnete sie und verteilte ihren Inhalt auf mehrere Schälchen. Das Meer von Fell um Mikhail teilte sich und ließ ihn allein auf dem Fußboden zurück. Fragend sah er Shane an.

„Dosenliebe", meinte Shane schulterzuckend und hielt ihm die Hand hin, um ihn hochzuziehen. Mikhail fasste zu und sah, wie Shanes Gesicht sich durch die Anstrengung schmerzhaft verzerrte. Shane hätte sich am liebsten selbst in den Hintern getreten, als Mikhail ihm sofort das Hemd hochschob, die Wunde inspizierte und erschrocken einen Schritt zurücktrat.

„Du *blutest!*" Der erschrockene Gesichtsausdruck war kaum auszuhalten.

Shane warf ebenfalls einen Blick auf die Wunde. Sie war noch nicht richtig verheilt gewesen und die spielenden Hunde – nicht zu reden von hundertfünfzig Pfund russischem Tänzer auf dem Rücken – hatten es geschafft, sie wieder leicht aufzureißen. „Kannst du dir das anschauen?", fragte er grinsend, weil er diesen erschrockenen Ausdruck aus Mikhails Gesicht vertreiben wollte. „Das war es wert gewesen", sagte er dann kichernd. „Mann, du kreischt wie ein Mädchen. Ich habe noch nie jemanden so kreischen gehört."

Mikhails Mienenspiel war unglaublich. Wie im Zeitraffer schwankte es zwischen Entrüstung und Selbstvorwurf, Wut und Empörung. Shane überlegte gerade, wie er ihn wieder aufmuntern könnte, als Mikhail sich offensichtlich für Verachtung entschied. Shane war erleichtert. Alles würde gut werden.

„Wenn das ein Versuch war, eine Jungfrau für dein Monster in die Falle zu locken, wundert es mich, dass der arme Kerl noch nicht verhungert ist. Warte hier, ich hole ein Pflaster und verarzte dich."

„Nein, ich will erst das Essen vorbereiten und duschen. Du kannst mich verarzten, falls es danach immer noch blutet."

Mikhail nickte. Er schien aber noch etwas wackelig auf den Beinen zu sein. Shane lehnte sich an den Schrank und zog Mikhail am Hosenbund an sich. „Es tut mir leid wegen der Hunde, Mickey. Ich vergesse manchmal, wie überwältigend sie auf andere wirken müssen."

Mikhail schüttelte lachend den Kopf, musste aber immer noch um Fassung ringen. „Du bist wirklich ein außergewöhnlicher Mensch, das ist dir hoffentlich klar."

Shane schnaubte. „Ach was." So viel Lob war ihm unangenehm und er fing an, verlegen in der Küche zu werkeln, obwohl er gerne noch bei Mikhail geblieben wäre. „Was hältst du von Käsenudeln mit Würstchen?"

Unglücklicherweise war die Küche nicht sehr groß. Zwischen Spülbecken und Herd waren kaum zwei Meter Platz. Shane fütterte die Katzen, deren Schälchen in der Nähe der Tür standen. Wer immer das Haus betreten wollte, musste erst einen Slalomparcours zwischen den Fressnäpfen und Wasserschalen hinter sich bringen. Es war nicht gerade optimal, aber Shane merkte die Enge erst, als Mikhail ihn am Arm fasste und verhinderte, dass er im Schrank nach einer Pfanne suchte.

„Erstens werde *ich* heute kochen. Ich habe Besseres vor, als den Rest des Abends auf der Toilette zu verbringen." Shane richtete sich mit der Pfanne in der Hand auf und sah ihn beleidigt an. So schlimm waren seine Kochkünste doch wirklich nicht, oder? Mikhail nahm ihm die Pfanne ab und stellte sie auf den Herd. Er wirkte sehr entschlossen.

„Und zweitens bist du wirklich außergewöhnlich. Ich meine es ernst. Zucke nicht einfach so gleichgültig mit den Schultern, als ob es nichts wäre. Du bist wunderbar. Und unersetzlich. Und sehr, sehr schön. Es ist mir wichtig, dass du das weißt. Ich bin ein fürchterlich angepisster, eifersüchtiger und temperamentvoller kleiner Kerl. Glaub nicht, dass ich es nicht wüsste. Du bist der einzige Mensch, der das jemals in etwas Gutes umgewandelt hat. Was auch immer ..." Mikhail verstummte für einen Augenblick und blickte zu Boden. Shane war ihm dafür dankbar, denn so viel Lob machte ihn immer nervös. Dann nahm Mikhail ihn am Kinn und sah ihn mit seinen blaugrauen Augen an. Shane brach der Schweiß aus.

„Was auch immer passiert und aus uns beiden wird, du wirst das nie wieder vergessen. Du wirst nie wieder vergessen, dass du nicht einfach den Helden spielen kannst, ohne den Menschen, die dich lieben, Angst zu machen und sie zu verletzen. Du ... verdammt, du wirst das nächste Mal besser auf dich aufpassen. Bitte. Wenn dir etwas passiert, wirst du eine Leere hinterlassen, die kein Fellmonster und keine noch so geile Katze wieder füllen kann. Hast du mich verstanden?"

Shane verging das Grinsen, als er die ehrliche Wut sah, die in Mikhails Augen blitzte. Sie hatten seit San Francisco nicht mehr über dieses Thema gesprochen und Shane hatte vermutet, dass es abgehakt und vergessen wäre. „Ich werde vorsichtiger sein", versprach er aufrichtig, aber Mikhail schüttelte den Kopf.

„Gott, Shane, du verstehst immer noch nicht, was ich meine. Sag mir eins ... Die Pillen auf dem Küchenschrank, wofür sind die?"

Shane sah über die Schulter auf die Schachtel mit den sieben Fächern für die verschiedenen Medikamente, die er im Laufe der Woche einnehmen musste. „Es sind Vitamine und Antibiotika. Und entzündungshemmende Mittel. Und Benadryl oder so. Aber das ist so stark, dass ich es nicht nehme. Und Schmerzmittel. Verschiedene Sorten Schmerzmittel. Die mag ich auch nicht sonderlich."

Er drehte sich wieder zu Mikhail um. Mikhail hatte die Lippen zusammengepresst und sah ihn kopfschüttelnd an. „Geh. Geh jetzt duschen. Geh duschen und ich kümmere mich ums Abendessen. Und wenn ich mich soweit beruhigt habe, dass ich dir nicht mehr in den Arsch treten will, werde ich dir einen Vortrag halten. Ich werde dir – wie eine richtige russische Mutter – erklären, warum du ein verdammter Idiot bist und ich dir die Bratpfanne über den Schädel hauen sollte für das, was du mir antust."

„Komm schon ..."

„Geh jetzt, habe ich gesagt!"

Shane ging. Er hatte nie wirklich eine Mutter gehabt, aber er hatte den Eindruck, dass er aus Mikhails Perspektive vermutlich einen Tritt in den Hintern verdient hatte.

Als sie etwas später am Küchentisch saßen und Käsenudeln mit grünen Bohnen aßen, versuchte Mikhail, mit Shane darüber zu reden. Shane seufzte verwirrt. „Pass auf, Mickey. Ich verstehe dich. Du machst dir Sorgen. Ich verspreche dir, alle Tabletten zu nehmen, von denen mir nicht schlecht wird. Können wir jetzt das Thema vergessen und ich darf dich umarmen? Ich habe einen neuen Film besorgt ... *Wolkig mit Aussicht auf Fleischbällchen*."

Mikhail spitzte die Ohren und ließ sich gerne ablenken. Der Rest des Abends verlief sehr viel angenehmer. Der Film war bezaubernd und das Beste daran war, dass Shane sich in eine Ecke des Sofas setzte und Mikhail mit dem Rücken an seine Brust zog. So hatten sie nie zusammengesessen, wenn sie bei Mikhail Filme sahen. Auch vor Mikhail hatte Shane selten eine so behagliche und vertrauensvolle Atmosphäre genießen können. Brandon hatte nie gerne geschmust und Shanes ehemalige Freundinnen konnten einem gemeinsamen Abend auf der Couch vor dem Fernseher auch nie viel abgewinnen. Mikhail hingegen war durch und durch ein Profi. Er legte den Kopf an Shanes Brust und knuddelte sich entspannt an ihn, während sie sich von dem Film gefangen nehmen ließen. Shane wurde erst jetzt bewusst, wie angespannt er gewesen war. Nach dem Abspann drückte er Mikhail die Fernbedienung in die Hand und überließ es ihm, ein neues Programm zu wählen. Irgendwann schlief er dann ein, während im Fernseher noch *CSI: New York* lief.

Er wurde durch einen kühlen Luftzug auf dem Bauch geweckt. Entschlossen Hände waren dabei, ihm die Jogginghose über die Hüfte nach unten zu ziehen.

„Oh, hallo", murmelte er verschlafen. Dann nahm Mikhail Shanes schlaffen Schwanz in seinen warmen, feuchten Mund. „Oh, hal-*lo*", wiederholte Shane, dieses Mal mit mehr Nachdruck.

Mikhail kicherte um Shanes Schwanz, und plötzlich war er nicht mehr schlaff und Shane kam es vor, als würde ihm der Verstand aus dem Kopf gesaugt. Aber es war sein Schwanz, der gesaugt wurde und der so hart war, dass sein Verstand wegen Blutmangels sowieso die Funktion eingestellt hatte. Dann wurde Mikhail Mund zu klein (oder Shanes Schwanz zu groß?) und brauchte die Unterstützung von Mikhails schlanker, geschickter Hand. Shane drückte stöhnend den Kopf ins Sofakissen.

Plötzlich hörten Mikhails Bewegungen auf und Shane hob erstaunt den Kopf, um zu sehen, was da unten los war. Aber dann bewegte die starke Hand sich wieder und Mikhail sah ihm in die Augen. Als Mikhail langsam den Mund öffnete und ihm über die Eichel leckte, vibrierte Shanes am ganzen Leib wie eine zu straff gespannte Gitarrensaite.

„Ich liebe das", flüsterte Mikhail. „Früher war es so was wie Berufsehre, verstehst du?" Er legte die Lippen um Shanes Schwanz und saugte. Shane keuchte und wimmerte. Ohne ihn aus den Augen zu lassen, hob Mikhail den Kopf und ließ Shane mit einem leisen Plopp aus dem Mund rutschen. „Ich wollte wenigstens gute Dienste liefern für mein Geld, und das war ein gutes Gefühl." Er wiederholte seine Bewegungen und Shanes Reaktion nahm an Fahrt auf. Mikhail hörte nicht auf zu reden.

„Und als wir dann hierher gekommen sind, habe ich so weiter gemacht, weil ich es nicht anders kannte. Es war immer noch eine Art Transaktion." Seine rosa Zunge kreiste um Shanes Eichel und erkundete den empfindlichen Schlitz. „Ich habe geliefert, und wenn ich gut war, musste ich nicht allein sein. Und ich dachte, es wäre in Ordnung so."

Er senkte den Kopf und bewegte seine Hand. Shanes Schwanz verschwand tief in Mikhails Kehle und Mikhail schluckte. Shane krallte sich in Mikhails Locken und schloss die Augen so fest, dass er Sternchen sah. Mikhail richtete sich etwas auf und die kühle Luft brachte Shane wieder zu sich. Er öffnete die Augen und konzentrierte sich mühsam darauf, was Mikhail ihm zu sagen hatte.

„Aber mit dir …", fuhr Mikhail fort und leckte ihn neckisch, „… ist es anders. Ich könnte das …" – leck – „… die ganze Nacht …" – leck – „… machen …" – saug – „… nur um dich so zu hören. Um dich dabei zu beobachten. Um dich zu schmecken, wenn du kommst." Seine Hand bewegte sich schneller und sein Griff wurde fester. Er nahm Shane wieder in den Mund und fuhr mit der anderen Hand nach unten. Shane spürte, wie sich ein feuchter Finger in ihn schob und er biss sich stöhnend auf die Unterlippe. Er wollte noch nicht kommen – nicht, solange Mikhail noch mit ihm redete, aber … oh Gott. Oh Gott, er …

„Jetzt, Shane?"

Oh Gott. Jetzt? Was? „Jetzt? Mickey, ich …" Dieser hinterhältige Finger und sein Bruder dehnten ihn und diese Zunge wollte keine Ruhe geben. Shanes Verstand wollte sich verabschieden, aber er erkannte, dass Mikhail etwas von ihm brauchte.

„Kommst. Du. Jetzt. Für. Mich?"

Also das … konnte er. „Ohhh … *ja*!"

Dann erfüllte er Mikhails Wunsch.

Es sollte nicht der einzige Orgasmus dieser Nacht bleiben. Auch nicht der einzige der nächsten Stunde. Aber er war für Shane ein wichtiges Teilchen zu dem Puzzle, das Mikhails Gedanken für ihn darstellten. Er grübelte noch darüber nach, als sie schließlich nackt und befriedigt zusammen im Bett lagen und vor sich hin dösten.

Shanes Bett war anders.

Zum einen war es größer, und das machte mehr Spaß. Zum anderen war es kein Kinderbett mit Schubladen und es waren auch keine Eltern im Haus. Für Mikhail war das etwas Besonderes, und da Shane das erste Mal jemanden mit in dieses Haus gebracht hatte, war es auch für ihn ein besonderer Anlass. Es war ein Schritt zu dem Leben, dass er sich wünschte – im Gegensatz zu dem Leben, das er seit Jahren führte.

Und außerdem hatten sie trotzdem Gesellschaft. Sobald die Matratzen zu quietschen aufhörten und auch die anderen merkwürdigen Geräusche nachgelassen hatten, waren die Katzen aufs Bett gesprungen, hatten ihnen den Schweiß vom Gesicht geleckt, sich zwischen ihnen zusammengerollt und es sich für die Nacht gemütlich gemacht. Mikhail schnurrte und spielte mit ihnen. Besonders Kirsten Dunst hatte einen Narren an ihm gefressen. Die beiden hatten minutenlang genäselt, während sie mit ihren Pfoten das Kopfkissen bearbeitete.

Nach einiger Zeit war Shane aufgestanden und hatte die Hunde ins Haus gelassen. Die Katzen waren bei Mikhail im Bett geblieben, offensichtlich hochzufrieden, dass ihr neuer Lieblingsmensch nicht die Seiten gewechselt und zu den Kaniden übergelaufen war. Jetzt lagen Shane und Mikhail wieder zusammen unter der Decke und genossen das Gefühl von nackter Haut an nackter Haut. Shane drückte das Gesicht in Mikhails Nacken und meinte: „Ich glaube, ich habe es kapiert." „Was?", fragte Mikhail verwirrt.

Shane kicherte ihm ins Ohr. „Ich habe es kapiert. Ich weiß jetzt, warum du dich so vor Deacon fürchtest. Der Mann ist einfach nur ein Mann. Er hat nichts Erschreckendes an sich. Sicher, er ist für seine Familie da und beschützt sie. Aber in deinem Kopf ist er dadurch zu einem ehrfurchtgebietenden Patriarchen geworden, der dich zum Teufel jagt, weil du nicht gut genug für mich bist. Und ich weiß jetzt, warum du das denkst."

Mikhail knurrte und zog Kirsten Dunst an sich. Sie leckte ihm den Hals ab. Shane hielt das für ein Zeichen von Aufmerksamkeit und kämpfte sich weiter durch seine Gedankengänge.

„Du hattest natürlich deine Mutter, das weiß ich. Aber die einzigen Männer in deinem Leben haben sich immer nur für deinen Körper interessiert."

„Ich hatte meinen Tanzlehrer und den Choreografen", erwiderte Mikhail unerwartet und ein weiteres Puzzleteil fand seinen Platz in Shanes Überlegungen.

„Wie waren die beiden?"

Mikhail lachte humorlos. „Absolute Arschlöcher."

Ja, das passte. „Siehst du? Alle Männer in deinem Leben waren Arschlöcher und haben dich ausgenutzt. Es gab keinen, der dich vor diesen Arschlöchern und Ausbeutern in Schutz genommen hätte. Deine Mom hatte alle Hände voll zu tun, dich vor dir selbst zu beschützen. Deshalb erwartest du, dass auch Deacon entweder ein Arschloch oder ein Ausbeuter ist. Er ist kein Geliebter, aber er ist auch nicht unbedeutend. Und du hast keine andere Schublade, in die er passt."

„Benny sagt, er wäre beängstigend", widersprach Mikhail. Shane musste wieder lachen.

„Benny ist erst sechzehn. Sie verehrt ihn. Sie hat einen Beschützer gebraucht. Ich habe sie an dem Tag kennengelernt, als ihr Dad ihr das Baby wegnehmen wollte. Er ist ein absolut durchgeknallter Idiot. Und sie ist nur schwanger geworden, weil ein anderer durchgeknallter Idiot sie besoffen gemacht und vergewaltigt hat. Verstehst du es nicht? Sie brauchte Deacon, weil er sie vor diesen Kerlen beschützt hat, und Deacon hat ihrer Erwartungen erfüllt. Natürlich sieht sie ihn als ehrfurchtgebietenden und beängstigenden Menschen – aber den *anderen* Menschen gegenüber. Sie ist noch ein Teenager, deshalb ist ihre Reaktion verständlich. Du bist ein erwachsener Mann, Mickey. Bei dir wird es langsam lächerlich."

Shane küsste ihn zärtlich auf die Schulter und an den Hals. Mikhail hielt den Blick fest auf die Katze gerichtet.

„Warum ist das auf einmal so wichtig?", wollte er schließlich wissen.

Shane atmete seufzend aus. „Weil deine Mom will, dass du bis morgen Abend bleibst. Morgen ist der Erste des Monats, Mikhail. Morgen trifft sich die Familie und muss entscheiden, ob sie hier in Levee Oaks bleiben können oder die Ranch verkaufen müssen. Wir sind uns einig, dass wir gemeinsam die Stadt verlassen, falls es soweit kommt. Ich weiß, wie dumm sich das anhört. Wir sind alle erwachsene Menschen. Wir sollten nicht alles stehen und liegen lassen, wenn einige von uns wegziehen. Aber wir sind eine Familie, und das wollen wir nicht aufgeben."

Mikhail erstarrte, als ihm die Bedeutung von Shanes Worten bewusst wurde. Sie trafen ihn hart.

„Du würdest wegziehen?", fragte er mit banger Stimme.

Shane fasste ihn um die Brust und zog ihn an sich. Als Mikhail zu zittern begann, drückte er ihm einen Kuss aufs Kinn. „Für dich würde ich bleiben, Mickey. Aber es wäre mir lieber, wenn ich mich nicht zwischen euch entscheiden müsste."

„Du würdest bleiben? Für mich?" Mikhail klang immer noch ängstlich und eingeschüchtert. Shane hasste es. Er nahm Mikhail an den Schultern und drückte sich mit der Wange an seinen Kopf.

„Hast du etwa daran gezweifelt?"

„Ich hätte es nicht tun sollen", flüsterte Mikhail. „Ich hätte nicht zweifeln sollen." Er nahm Shanes Hand und zog sie an die Lippen. Shane hätte schwören können, Mikhails Tränen auf dem Handrücken zu fühlen, aber er wollte es nicht ansprechen.

Am nächsten Tag kamen sie zu spät zu dem Familientreffen. Shane und ein nervöser Mikhail waren schon auf dem Weg zum Auto gewesen, als Mikhails Handy klingelte. Es war Rosie. Während Mikhail mit ihr sprach, sprang Shane aufgeregt auf und ab wie ein kleines Kind. Rosie wollte Deacon eine Chance geben.

Oh Gott, sie hatten sich solche Sorgen gemacht, und jetzt hatte *The Pulpit* vielleicht doch noch eine Chance. Während Mikhail und Rosie einen Termin ausmachten, ließ Shane den Motor an, um sofort losfahren zu können und die paar Kilometer zur Ranch hinter sich zu bringen.

Deacon stand auf der Terrasse und erwartete sie mit besorgter Miene. Shane wollte zu ihm laufen und ihm die gute Nachricht verkünden, rutschte aber in seiner Hast im Schlamm aus.

Dann erzählte er Deacon alles. Das strahlende und glückliche Lächeln, das sich auf Deacons Gesicht ausbreitete, wärmte Shane bis in die Zehenspitzen. Er lief schnell ins Haus, um zu verhindern, dass die anderen über die Ranch abstimmten. Ihre Entscheidung könnte Deacon das Herz brechen. Dieses Risiko wollte Shane nicht eingehen.

Shane war schon in der Küche, als ihm auffiel, dass er Mikhail mit dem Grund für seine tiefsten Ängste allein auf der Terrasse zurückgelassen hatte. Doch dann kam Deacon auch schon ins Haus. Crick streckte im letzten Moment den Arm aus und konnte gerade noch verhindern, dass Deacon vor lauter Aufregung den Küchentisch umrannte. Hinter ihm kam Mikhail in die Küche geschlurft. Er sah aus, als hätte er sich für den Rest des Abends am liebsten in einer dunklen Ecke verkrochen. Aber Benny sah ihn kommen, sprang kreischend von Stuhl auf und rannte auf ihn zu, um ihn zu umarmen.

Der Ausdruck in Mikhails Gesicht war unbeschreiblich. Benny plapperte ihm unablässig ins Ohr, als wäre er der große Bruder, den sie sich immer gewünscht hatte, hätte das Schicksal sie nicht mit Crick gestraft. Shane wurde bei ihrem Anblick leichter ums Herz. Oh ja, Mikhail liebte Shanes Familie und hatte sie seit Dezember offensichtlich sehr vermisst.

Jon, Andrew und Jeff kamen jetzt ebenfalls auf Mikhail zu und schüttelten ihm die Hand. Sie waren genauso erfreut wie Benny, ihn endlich hier zu begrüßen. In den nächsten zehn Minuten herrschte das reine Chaos und alle redeten wild durcheinander. Dann verschaffte Amy sich mit lauter Stimme Gehör.

„Benny! Du wirst hier gebraucht! Ich glaube, Parry hat dein Make-up entdeckt und das Baby geschminkt."

Benny ließ Mikhail erschrocken los und stürmte aus dem Zimmer. Mikhail sah ihr wie benebelt nach. Als er sich wieder gefangen hatte, sah er Deacon und Cricks nachdenkliche Blicke auf sich gerichtet. Die beiden konnten ihre Erleichterung über die Rettung ihres Zuhauses kaum verbergen.

„Also", meinte Deacon und sah sich in der Runde um. „Mikhail, du bist hier offensichtlich nicht allen unbekannt, wie mir scheint."

Mikhail wurde rot. „Nein. Wir haben uns kennengelernt, als Shane im Krankenhaus gelegen hat. Sie waren alle sehr nett zu mir und haben mit geholfen, Shane besuchen zu dürfen."

Deacon nickte bedächtig. „Wie lange seid ihr beiden noch mal zusammen?" Dieses Mal sah er Shane an, der ebenfalls errötete. Ja, es war wirklich, als hätte er einen großen Bruder, auch wenn dieser große Bruder einige Jahre jünger war.

„Seit Oktober", murmelte Shane verlegen. „Willst du mich verarschen?", platzte es aus Crick heraus und Deacon brachte ihn mit einer Handbewegung zum Schweigen. „Schh, Crick." Aber auch Deacons Stimme war anzuhören, dass er sich verletzt fühlte.

„Es ist alles meine Schuld", mischte Mikhail sich mit einem misslungenen Lächeln ein. „Ich ... Ihr ... Eure Familie bedeutet Shane sehr viel und ich ... ich dachte, ich könnte eure Erwartungen nicht erfüllen." Mikhail stand immer noch in der Tür und hatte weder seine Jacke noch seine Mütze oder den Schal abgelegt.

Deacon nickte. „Auf der Terrasse hat sich das anders angehört." Als Mikhail ihn erschrocken ansah, hob Deacon beschwichtigend die Hand und lächelte ihm zu. „Egal. Jetzt komm rein und mach die Tür hinter dir zu. Crick, nimm ihm die Jacke ab. Willst du das Baby sehen, Mikhail?"

Shane wundert sich nicht über die Erleichterung und Dankbarkeit in Mikhails Miene. „Ich liebe Babys. Ich unterrichte Tanz und Ballett. Die Kleinen sind meine Lieblingsschüler!" Mikhail wurde rot und blickte zu Boden, als wäre ihm seine Begeisterung peinlich.

Shane wäre am liebsten zu ihm gegangen und hätte ihn an der Hand genommen. Er wollte nicht riskieren, dass Mikhail die Flucht ergriff und ihm das Herz brach. Aber Deacon reagierte schneller. „Den Flur runter und immer dem Lärm nach. Ich bin sicher, Benny und Amy freuen sich über jede Hilfe, die sie bekommen können."

Mikhail schenkte Deacon das strahlende Lächeln, für das Shane sich immer so anstrengen musste. Dann zog er die Jacke aus und gab sie Crick, zusammen mit der Mütze und dem Schal. Als er an Shane vorbeikam, drückte er ihm kurz die Hand, bevor er durch den Flur verschwand und sich bei den Kindern in Sicherheit brachte.

Und Shane stand Deacon allein gegenüber.

„Er hat sich davor gefürchtet, mich kennenzulernen?", fragte Deacon ungläubig. „Mich? Du hast seit Monaten einen Freund und verheimlichst ihn mir, weil er sich vor mir fürchtet?"

Shane wurde feuerrot. „Na ja, er hat so viel über dich gehört und ..."
Deacon sah ihn scharf an.

„Es war nur die Wahrheit!", rief Shane. „Und er hat es nicht nur von mir gehört!"

Etwas verlegen meldete sich jetzt auch Andrew zu Wort. „Die Sache ist die ... Shane lag im Krankenhaus und wir wollten Mikhail erklären, warum er dich kennenlernen sollte."

Jetzt mischte sich Jeff ein. Er wirkte für seine Verhältnisse ziemlich unbeholfen und warf Shane unsichere Seitenblicke zu. „Verdammt, Deacon ... du weißt doch, welche Angst wir um Shane hatten. Und Mikhail ging es noch viel schlimmer. Dann war da noch die Scheiße mit seiner Mutter und ... Wie geht es ihr eigentlich, Shane?", fragte er besorgt.

Jetzt war es Shane, der verlegen zu Boden blickte. „Es dauert nicht mehr lange", sagte er mit belegter Stimme. „Sie hat uns mehr oder weniger aus dem Haus geschmissen. Ich habe ihr gesagt, dass ich Mikhail heute Abend zurückbringe. Sie hat uns versprochen, nicht vorher zu sterben."

„Seine Mutter?", hakte Deacon nach und Shane nickte. Er hatte einen dicken Kloß im Hals.

„Ja. Sie ist eine gute Frau."

Deacon legte ihm die Hand auf die Schulter. „Das tut mir leid. Aber ... mein Gott, du hättest uns Bescheid sagen sollen. Kein Wunder, dass du so beschissen aussiehst. Wir wären für dich da gewesen, ja?"

Shane zuckte mit den Schultern. „Es war nicht meine Angelegenheit, darüber zu reden. Außerdem habt ihr euch doch um mich gekümmert und habt für meine Hunde gesorgt. Ihr hattet doch eure eigenen Probleme. Ich wollte euch nicht noch mehr zumuten."

Deacon boxte ihn an die Schulter. „Du gehörst zur Familie, du Idiot", sagte er barsch.

Shane rieb sich über die Schulter und grinste verlegen. „Mann, das hat wehgetan. Und da wunderst du dich, wenn die Leute sich vor dir fürchten."

„Das ist doch Unsinn!", protestierte Deacon schockiert. In diesem Augenblick kam Mikhail mit Parry Angel an der Hand in die Küche zurück. Sie sah Deacon mit ihren großen, blauen Augen an, der von ihrem süßen runden Gesicht und ihrem unschuldsvollen Lächeln vollkommen hingerissen war. Parry Angel ließ Mikhails Hand los und drehte sich mehrmals um die eigene Achse, um ihr Tutu vorzuführen. „Diek-Diek!", rief sie dabei und winkte ihm stolz zu. Er winkte zurück. Die Kleine war dem Zorn ihrer Mutter allein Kraft ihrer überwältigenden Niedlichkeit entkommen.

„E-ehrlich?", stammelte er und wurde rot, weil alle Augen auf ihn und Parry Angel gerichtet waren. „Wieso sollte sich jemand vor mir fürchten?"

Crick hatte ihren Wortwechsel verfolgte, während er Mikhails Jacke zur Garderobe brachte. „Na ja, Baby. Du bist ein Killer", meinte er und zog eine Grimasse.

„Leck mich, Crick. Ich meine es ernst. Der Mann hat eine solche Angst vor mir gehabt, dass ihr mir seine Existenz verschwiegen habt? Was habe ich nur getan, um das zu verdienen?"

Crick warf die Hände in die Luft. „Hey, ich wusste auch nichts von ihm. Was auch nur gut ist, weil ... Verdammt, Shane, was hast du dir dabei nur gedacht?"

Shane wurde rot. „Ich habe gedacht, dass er die Beine in die Hand nimmt und sich auf die Flucht nach Citrus Heights begibt, wenn ihr noch ein Wort sagt.

Gott, Leute! Seid ihr mal auf den Gedanken gekommen, dass es in diesem Haus einfach zu viel Testosteron gibt für einen Mann, der noch bei seiner Mutter lebt?"

Jon und Jeff sahen sich an und brachen in lautes Gelächter aus. Crick warf ihnen einen bösen Blick zu. „Du hörst jetzt sofort auf zu lachen, du Hetero!", sagte er zu Jon. Der streckte ihm die Zunge heraus.

„Macht er nicht!", rief Jeff prustend. „Jeder heterosexuelle Mann, der sich bei seinen schwulen Freunden wohler fühlt als bei allen anderen, hat das Recht, über sie zu lachen, bis er sich in die Hose pinkelt. Er ist nur einer von zwei Heten in einem Zimmer voller Käthen und … Hey! Was habe ich denn gesagt?"

Shane starrte ihn mit offenem Mund an und den anderen ging es nicht viel anders.

Jon hob beschwichtigend die Hand. „Mann, das hat *er* gesagt, nicht ich! Ich schwöre, ich …" Er verstummte, holte tief Luft und hielt sich die Hand vor den Mund. In diesem Augenblick fing *Deacon* zu kichern an und alles war aus. Mikhail, der Parry Angel gerade einen Ballettschritt erklärte, sah fragend auf. Shane konnte vor Lachen nur den Kopf schütteln. „Später!", sagte er tonlos.

Später konnte er versuchen, Mikhail die Situation zu erklären. Später konnte er ihm über Benny erzählen und warum sie über Deacon redete, als wäre der arme Mann Wyatt Earp und der Terminator in einer Person. Später konnte er ihm erklären, dass sie nur Deacon aufmuntern wollten, der sich verletzt gefühlt hatte. Im Moment schaffte er es gerade noch, Jon etwas Halt zu geben, der sich hilflos kichernd an ihm festhielt, während Deacon und Crick sich lachend in den Armen lagen. Andrew wischte sich die Lachtränen aus dem Gesicht und Jeff stand mit hilflos ausgestreckten Armen mitten in der Küche. „Was ist denn? Ich schwöre, es ist alles wahr!", rief er feixend und löste eine neue Runde Gelächter aus.

17

„No blinding light or tunnels to gates of white ..."
Death Cab For Cutie, *I Will Follow You Into the Dark*

SHANE BEMÜHTE sich auf der Heimfahrt vergebens, Mikhail ihr Gelächter zu erklären.

„Heten und Käthen. Was soll daran komisch sein?"

Shane streichelte ihm mit den Knöcheln sanft über die Wange. „Gar nichts, Mickey. Es war nur das Timing. Deacon war sehr verletzt und Jeff hat einfach nur Unsinn geschwätzt, als wir alle eine Aufmunterung gebraucht haben, um diese Kränkung wieder vergessen zu können. Glaub mir, lachen war die bessere Alternative."

Mikhail seufzte leise und drehte sich zu ihm um, soweit der Sicherheitsgurt es zuließ. „Es tut mir leid, dass ich deine Familie verletzt habe. Du hattest recht. Sie sind sehr nett. Ich hätte schon mit ihnen reden sollen, als du krank warst. Mit allen, meine ich. Die Babys sind so entzückend."

Shane nickte eifrig und Mikhail konnte im Licht der Straßenlampe das glückliche Lächeln in seinem Gesicht erkennen. „Gut. Ich bin wirklich froh darüber, weißt du? Wenn jetzt noch mal so was passiert ..."

„Halt den Mund, du verdammtes Arschloch." Mikhail meinte es ernst, sehr ernst. Er war kurz davor, auf Russisch zu fluchen, so undenkbar war das, was Shane hatte sagen wollen.

„Ich sage ja nicht, dass ich ..."

„Aber ich sage, dass ich es jetzt nicht hören kann, sonst raste ich aus. Bitte?" Mikhail schämte sich, den bettelnden Tonfall in seiner eigenen Stimme zu hören. Nein, da war nicht mehr viel von dem Eismann zu erkennen. „Bitte, *Ljubime*. Es war ein so schöner Tag ..." Er verstummte. Es war wirklich wunderschön gewesen, oder nicht? Alles war wunderschön gewesen – der Ausflug gestern, die wunderbaren Momente in Shanes starken Armen, die schnurrenden Katzen ... Heute früh war er aufgewacht und Shane hatte auf dem Bauch an seiner Seite gelegen, den Arm über Mikhail gelegt, während er schlief. Er hatte sich in dem unbekannten Zimmer umgesehen und festgestellt, dass er noch nie in seinem Leben mit einem solchen Gefühl aufgewacht war – mit dem Gefühl, dass nichts und niemand ihn verletzen konnte, dass er sicher und behütet war. Vielleicht hatte es vor vielen Jahren, bevor er mit dem Tanzen angefangen hatte, solche Tage gegeben. Aber an diese Zeiten konnte er sich nicht mehr erinnern, sie lagen schon zu lange zurück.

„Bitte. Ich möchte nur an diesen schönen Tag denken."

„Natürlich", erwiderte Shane leise. Mikhail schloss die Augen, als er die Aufrichtigkeit und das Verständnis in Shanes Stimme hörte. Shane gönnte ihm diese Zeit von ganzem Herzen und Mikhail war ihm unendlich dankbar dafür. Ihm fiel auf, dass sie nicht ein einziges Mal über seine Mutter gesprochen hatten. Sicher, sie hatten beide an sie gedacht, aber sie hatten sich ihre gemeinsame Zeit nicht durch düstere Gedanken stehlen lassen.

Es war wunderschön gewesen.

Als sie ankamen, stieg Shane mit ihm aus. Mikhail fragte ihn nicht nach dem Grund. Shane hatte Ylena versprochen, Mikhail zurückzubringen, an dieses Versprechen hielt er sich. Vor der Wohnungstür fasste Shane ihn an den Hüften, drehte ihn zu sich um (ohne Probleme – er war ein so starker Mann!) und sah ihm in die Augen.

„Sag mir, dass es dir etwas bedeutet hat", flüsterte Shane und Mikhail nickte.

„Es hat mir etwas bedeutet."

„Sag mir, dass es dir genauso viel bedeutet hat wie mir", bat Shane ihn mit rauer Stimme und Mikhail konnte ihm nicht widersprechen.

„Es hat mir die Welt bedeutet, *Ljubime*. Wenn du mir sonst nichts glaubst, aber das musst du mir glauben."

Shane schloss für einen Moment die Augen, um die Freude besser genießen zu können, die er bei Mikhails Worten empfand. Dann öffnete er sie wieder und beugte sich zu Mikhail herab. Es war ein kurzer, süßer Kuss und ihre Zungen berührten sich kaum, aber er ließ sie die Leidenschaft spüren, die darunter schwelte. Er war Versprechen und Dank gleichzeitig, eine Erinnerung daran, dass sie nicht mehr allein waren, auch dann nicht, wenn sie es sich nicht bestätigen konnten, weil sie nicht allein waren.

Als sie sich wieder trennten, fuhr Mikhail Shane zärtlich mit der Hand über die Wange. Er liebte Shanes braune Augen, die in der Dunkelheit noch tiefer und unergründlicher wirkten. Dann öffnete er die Tür und sie betraten die Wohnung. Ylena blickte ihnen lächelnd entgegen.

„*Malchiki*, ich bin so froh, dass ihr es geschafft habt", flüsterte sie so leise, dass man sie kaum verstehen konnte.

Shane ging zu ihr ans Krankenbett, während Mikhail sein Gepäck in sein Zimmer brachte, wo er die beiden nicht hören konnte. Er hatte einen kleinen Werbezettel in der DVD von *Wolkig mit Aussicht auf Fleischbällchen* gefunden, den er aufbewahrt hatte. Mikhail öffnete seine Zedernholzkiste, in der er immer noch Erinnerungsstücke an jede einzelne Verabredung mit Shane sammelte. Durch die vielen Fotos von der Kreuzfahrt wurde der Platz langsam knapp, aber Mikhail befürchtete insgeheim immer noch, dass ihre Zeit zusammen irgendwann zu einem Ende käme. Als er ins Wohnzimmer zurückkam, stand Shane über das Bett gebeugt bei seiner Mutter. Die Frau von der Kirchengemeinde, die bei Ylena geblieben war, stand steif dabei und unterhielt sich leise mit ihr.

Die Frau sprach russisch, irgendwas in der Art von „Wir sehen uns morgen", drehte sich dann um und verschwand grußlos. *Wie schade*, dachte Mikhail traurig. Die Frau konnte nicht mehr sehen, wie Shane seiner Mutter über die Wange streichelte und ihr einen höflichen Handkuss gab. Die Frau verpasste durch ihre Vorurteile auch, wie Ylena Shane voller Bewunderung und Zuneigung anlächelte. Sie verpasste die Liebe, die zwischen zwei guten Menschen wachsen konnte.

„Wir sehen uns bald, Ylena", sagte Shane mit rauer Stimme und sie tätschelte ihm müde die Wange.

„Verlass dich nicht zu sehr darauf, *Ljubime*. Aber ich würde mich sehr darüber freuen. Und fahr vorsichtig, mein Sohn hat schon genug Kummer."

„Versprochen, mein Herz." Shane küsste sie noch auf die Wange und drehte sich dann um. Mikhail brachte ihn zur Tür, wo Shane ihn zum Abschied zurückhaltend, aber liebevoll auf die Stirn küsste. Mikhail liebte ihn dafür umso mehr.

„Ich gehe morgen früh joggen, aber zwischen neun oder zehn Uhr sollte ich hier sein", sagte Shane, den Türgriff schon in der Hand.

Mikhail nickte und sah ihm voller Sehnsucht nach. Er war unglücklich, weil ihm nicht die richtigen Worte eingefallen waren. Irgendwas, um den Abschied weniger trübsinnig zu machen, um Shane mitzuteilen, dass – sterbende Mutter oder nicht – Mikhail nur darauf wartete, dass diese Tür sich wieder öffnete und er wieder frei atmen konnte.

Aber ihm fiel nichts ein. Er konnte nur wortlos Shanes Hand nehmen und ihm seinen eigenen kleinen Handkuss geben. Er konnte nur wortlos zusehen, wie Shane errötete und sich ein Lächeln in seinem Gesicht ausbreitete, bevor er verlegen – und wahrscheinlich auch erregt – den Kopf senkte und Mikhail zum Abschied ein letztes Mal zunickte.

Als sich die Tür hinter Shane geschlossen hatte, seufzte Mikhail leise und ging dann zu seiner Mutter, um sich auf den Stuhl an ihrem Bett zu setzen.

„War es schön, *Ljubime*?", fragte sie. Er stützte das Kinn auf die Hände und sah sie mit glänzenden Augen an.

„Es war wunderschön, Mutti. Soll ich dir davon erzählen?"

„Bitte."

Und er erzählte ihr alles. Er erzählte ihr, wie sie das Tal verlassen hatten und das Sonnenlicht die Wälder von Grass Valley zum Strahlen brachte. Er erzählte ihr von Rosie und Arlen und den riesigen Pferden, die sie trainierten und die kraftvoll und majestätisch durch die Koppel trabten. Er erzählte ihr von Shanes Fellmonstern, die zur Begrüßung über sie hergefallen waren. Er erzählte ihr, wie er aus Angst an Shane hochgeklettert war und sich auf seine Schultern gesetzt hatte, als wäre Shane eine Kletterstange. Mikhail schloss dankbar die Augen, als er ihr leises Lachen hörte.

„Ein Hund von Shane kann gar nicht böse sein!", protestierte sie und jetzt musste auch Mikhail lachen, obwohl ihm seine Reaktion nachträglich immer noch peinlich war.

„Aber er war mindestens so groß wie ich, Mutti!"

„Weil du so klein bist, *malenkij Malchik*."

Er nahm ihr Hand und küsste sie. Als ob man ihn *daran* erinnern müsste!

Mikhail fuhr fort und erzählte ihr von den Katzen und Shanes hübschem, kleinen Haus. Die Fußböden waren aus Holz und die Möbel einfach – ein Ledersofa, blaue und grüne Webteppiche, cremefarbene Wände. Mikhail hatte sich über den zurückhaltenden Stolz gefreut, den Shane auf sein Heim hatte. „Er hat die Wände selbst gestrichen und den Boden verlegt. Er hat nicht damit angegeben, weil das nicht seine Art ist, Mutti. Aber es ist ein richtiges Zuhause. Er ist handwerklich unglaublich geschickt. Die Veranda hat er auch selbst gebaut."

Das ist wunderschön, Shane. Du kannst das wirklich sehr gut.

Es geht. Kein Grund zur Angabe.

Das war es aber doch, dachte Mikhail, als er die Geschichte seiner Mutter erzählte. Es war ein Grund zur Angabe, weil alles an dem Mann gut und fürsorglich war. Alles an ihm war viel zu gut für Mikhail, aber damit wollte er seine Mutter jetzt nicht belasten.

Danach erzählte Mikhail ihr von Shanes Familie.

„So viele, Mikhail? Das hört sich ja an, wie eine ganze Kirchenversammlung."

Mikhail musste an die ausgelassenen Kerle und ihre ungehobelten Witze denken. Er lachte. „Nein. Aber es waren viele Freunde da. Sie ... sie halten zusammen. Die kleinen Mädchen – ein Baby und ein Krabbelkind – haben immer im Mittelpunkt gestanden. Parry Angel – das ist die Ältere – tanzt gerne. Ich liebe es, die Kleinen tanzen zu sehen. Es kommt mir vor, als wäre das Tanzen dafür erfunden worden."

Seine Mutter streichelte ihm über den Kopf. „Als Kind warst du beim Tanzen immer so glücklich, *Ljubime*. Ich bedauere oft, was danach geschehen ist, aber diese Erinnerung tröstet mich. Du hast als kleiner Junge so viel Freude ausgestrahlt. Du musst mir versprechen, das Tanzen niemals aufzugeben. Auch wenn du es nur zuhause tust oder mit deinem Geliebten – du darfst es niemals aufgeben."

Mikhail lächelte ihr zu. Er wusste nicht, woran es lag, aber er kam sich vor, als hätte sie ihm Absolution erteilt für das, was er am besten konnte. „Ich verspreche es, Mutti."

„Diese Babys haben also Mütter?"

Mikhail erzählte ihr von der zierlichen, mütterlichen Amy und der lebhaften, temperamentvollen Benny. Schließlich erzählte er ihr auch von Deacon, der eine so unglaubliche Ruhe ausstrahlte und ein so anständiger Mensch war.

„Dann ist er nicht furchteinflößend, dieser Patriarch?" Ylena hörte sich besorgt an.

Mikhail schüttelte den Kopf. „Nein. Er ist stark, Mutti. Du kannst dir nicht vorstellen, wie stark er ist. Sein Mann, Carrick, der ist etwas beängstigend. Aber das liegt nur daran, dass man sofort erkennt, dass er sich von nichts abbringen lässt, wenn er es für richtig befunden hat. Wenn Crick wütend wird, duckt man sich besser weg. Aber Deacon … Deacon ist nur Kraft und Selbstbeherrschung und Liebe. Sie sind gute Menschen. Sie sind …" Es fiel ihm schwer, weiterzureden. „… sie sind es wert, Shanes Familie zu sein. Sie haben ihm zugehört. Es ist mir sofort aufgefallen. Ich habe viele von ihnen schon kennengelernt, als Shane im Krankenhaus war. Aber ich habe sie nie zusammen erlebt. Als Gemeinschaft sind sie … sie sind wunderbar, Mutti. Ich bin sehr froh, sie besucht zu haben."

Ylena lächelte schwach. Sie war offensichtlich müde, aber sie tätschelte seine Wange und bat ihn, ihr mehr zu erzählen. Mikhail berichtete ihr über die Ranch und erzählte ihr von Jeffs Witzen – den über die Heten und die Käthen ließ er dabei wohlweislich aus. Er erzählte ich auch vom Zimmer des Babys, das so rosa eingerichtet war, dass es in den Augen schmerzte, und von dem Kuchen, den Benny extra für Deacon besorgt hatte. „Er ist viel zu mager, Mutti. Ich verstehe jetzt, warum Shane sich um ihn sorgt. Es ist erschreckend, was die Probleme mit der Ranch und die Angst um seine Familie aus diesem starken Mann gemacht haben."

„Ja, Mikhail. Schau dich nur selbst an. Du hast in den letzten Monaten auch abgenommen und bist ständig müde. Wenn das alles vorbei ist, wirst du wieder sorgenfrei sein und die Liebe unbeschwert genießen können."

Mikhail blinzelte. „Ich hatte gar nicht daran gedacht, dass Shane dann immer noch da ist", murmelte er.

Ylena schien darüber nicht allzu überrascht zu sein. „Was hast du denn erwartet? Eine vorübergehende Liebelei? Denk doch nach, *Ljubime*. Shane ist kein Mann für Techtelmechtel, er ist ein Mann mit Familie. Sie werden dir guttun."

Mikhail dachte darüber nach. Irgendwie hatte er es schon immer gewusst, aber er war sich nicht sicher, wie er damit umgehen sollte. Glücklicherweise gab es noch anderen Gesprächsstoff und er erzählte ihr leise von den kleinen Momenten, die er mit Shane geteilt hatte. Nach einiger Zeit verstummte er und schlief am Bett seiner Mutter ein, den Kopf neben dem ihren aufs Kissen gelegt.

Irgendwann in der Nacht wurde er kurz geweckt. Es war Ylena, die den Monitor abschaltete, der mit seinem leisen Piepsen ihren Herzschlag und ihre Atmung anzeigte. „Ich kann nicht schlafen bei dem Lärm, *Ljubime*. Gute Nacht."

Als er wieder aufwachte, war sein einsamer, dröhnender Herzschlag das einzige Geräusch in der morgendlichen Kälte des Zimmers.

RÜCKBLICKEND SOLLTE Mikhail sich noch oft fragen, wie er diese Zeit ohne Shane durchgestanden hätte. Shane versicherte ihm dann zwar regelmäßig, dass er es schon geschafft hätte, aber die Zweifel blieben.

Er rief an diesem Morgen sofort Shane an und hinterließ eine Nachricht, als sein Anruf nicht angenommen wurde. Minuten später erhielt er eine SMS: *Verständige den Leichenbeschauer. Die Nummer liegt auf dem Kühlschrank.* Und wirklich, auf den Kühlschrank lag ein Zettel in Shanes Handschrift. Mikhail konnte sich nicht erinnern, wie er dorthin gekommen war, konnte sich auch nicht daran erinnern, warum er den Leichenbeschauer verständigen musste und nicht einfach den Notarzt rufen konnte, aber das spielte auch keine Rolle, weil Shane Bescheid wusste. Und Shane stand auch schon vor der Tür, noch bevor der Leichenbeschauer eintraf.

Er kam in Shorts (im Winter!) und T-Shirt in die Wohnung gestürmt und sah verweint aus, obwohl seine Augen jetzt wieder trocken waren. „Es wird ein langer Tag werden und du musst ihn erst hinter dich bringen, bevor du dich damit auseinandersetzen kannst. Ich warte jetzt vor der Tür auf den Leichenbeschauer und halte ihn auf, damit du dich von deiner Mutter verabschieden kannst, ja? Es ist das letzte Mal, dass sie nur dir gehört. Du musst dir das klar machen und diese Zeit nutzen, sonst wirst du es nie überwinden können. Verstehst du mich? Kannst du mir vertrauen?"

Mikhail nickte und vertraute ihm. Er klammerte sich an Shanes Hand und wollte nie wieder loslassen, aber Shane übernahm es für ihn und drehte ihn vorsichtig um. Mikhail sah seine Mutter auf dem Bett liegen. Von dem strahlenden Stern, der sie in seinem Leben gewesen war, waren nur noch Haut und Knochen übrig geblieben.

„Auf Wiedersehen, Mutti", sagte er leise und kam sich dabei fürchterlich dumm vor. Er wusste genau, dass sie nicht mehr in diesem toten Körper steckte. Hatten sie sich vor ihrem Tod nicht schon alles gesagt? „Du hast mir ein gutes Leben geschenkt und als es fast vorbei war, hast du es mir ein zweites Mal gegeben. Ich will versuchen, dem gerecht zu werden. Mehr kann ich nicht tun." Er schwieg einen Moment und wischte sich die Tränen aus den Augen. „Glaubst du wirklich, dass er mich noch will, wenn er mich so sieht? Ich kann deine Antwort hören, alte Frau. Du hast recht, es ist eine dumme Frage und ich denke nur an mich. Ich hoffe, dass du mich nie verlässt und mir immer die Meinung sagst, wenn ich Unsinn rede. Du bist das einzige in meinem Leben, an das ich jemals geglaubt habe."

Er verstummte, bevor er sich noch länger über dieses Thema auslassen konnte. Dann beugte er sich übers Bett und küsste sie auf die Wange. Ihre Haut fühlte sich kalt an unter seinen Lippen. Ihre Schönheit, ihr Charme und ihr Verstand – nichts war davon übrig geblieben. Ihr Gesicht war weder glücklich noch traurig, es war nur still und tot.

„Vergiss meine Probleme, Mutti. Du hast deine Pflicht erfüllt. Jetzt muss ich es selbst übernehmen, das ist alles. Ich liebe dich. Das darfst du nie vergessen. Auf Wiedersehen, *Ljubime*. Merk dir alles, was du jetzt erlebst. Wenn ich nachkomme, können wir unsere Erfahrungen austauschen."

Auf der Treppe waren laute Schritte zu hören. Shane kam ins Zimmer, gefolgt von schwarz gekleideten Männern mit einer Bahre. Er legte Mikhail den Arm um die Schultern und besprach alles Nötige mit den Männern. Mikhail musste Formulare unterschreiben, aber mehr wurde von ihm nicht erwartet. Zitternd stand er da und hielt die Tränen zurück, weil er sie den fremden Männern nicht zeigen wollte.

Es ging die ganze Woche so weiter. Shane redete mit den Leuten von Ylenas Kirchengemeinde, mit den Versicherungsvertretern und dem Bestattungsunternehmen. Zu Mikhails Überraschung hatten Shane und Ylena schon vieles vorab besprochen und geregelt. Sie hatte Shane vertraut, ihm alle offiziellen Dokumente übergeben und die Rechnungen bezahlt.

Es gab nur eine Sache, die Mikhail selbst übernehmen musste, und die würde bei jedem für Empörung sorgen, nur nicht bei Shane.

„Nun, Mr. Bayul, ihre Mutter war schon sehr krank, als sie diese Verfügung in ihr Testament geschrieben hat. Ich bin sicher, dass niemand von Ihnen erwartet …" Der Anwalt, der ebenfalls aus Russland stammte und der auf die Vertretung seiner Landsleute spezialisiert war, hörte sich sehr verständnisvoll an und reagierte deshalb umso erstaunter, als Mikhail wegen der bizarren Klausel im Testament seiner Mutter keinerlei Überraschung zeigte.

„Sie hat es von mir erwartet", sagte er nur. „Und als sie es mir vorgeschlagen hat, war sie noch nicht so krank. Sie haben diese Frau nicht gekannt, jedenfalls nicht sehr gut. Sie hat geschworen, dass sie mich heimsuchen wird, wenn ich ihr diesen Wunsch nicht erfülle. Und ich glaube ihr."

„Aber … Sie werden … Sie will, dass Sie das auf ihrem Grab tun!" Der Anwalt warf Shane einen verzweifelten Blick zu, aber der zuckte nur mit den Schultern.

„Ich habe die Dame auch gekannt, mein Herr. Ich würde es nie wagen, ihren letzten Wunsch zu ignorieren."

Mikhail sah ihn dankbar an und drückte ihm die Hand, ohne die missbilligenden Blicke des Anwalts zu beachten. Danach hatten sie nichts mehr zu besprechen.

So kam es, dass Shane den Gettoblaster in den Händen trug, als Mikhail zur Musik von Tschaikowsky auf dem Grab seiner Mutter tanzte.

Am Anfang war er noch nervös. Er sah in das Meer von Gesichtern um sich herum, die ihn missbilligend anstarrten, wie er da in seinen schwarzen Hosen, den Tanzschuhen und dem weißen Hemd auf dem Grab stand und versuchte, ihr Verständnis zu gewinnen.

„Wenn ihr meine Mutter gekannt hättet …", sagte er auf Russisch, „Wenn ihr sie *wirklich* gekannt hättet, würdet ihr verstehen, warum sie das für eine gute Idee hielt und ihren Spaß daran hatte."

Eisiges Schweigen in der Trauergemeinde. Aus dem Hintergrund winkte Shane ihm grinsend zu. Hinter Shane hielten mehrere Wagen, aus denen Deacon, Crick und der Rest der Familie stiegen und sich auf den Weg zu ihm machten.

Mikhail wechselte zu Englisch.

„Aber ihr werdet sie nie so kennen, wie ich sie gekannt habe. Und deshalb werde ich ihren Wunsch erfüllen." Er sah in den grauen Februarhimmel und hoffte inständig, dass die Sonne noch lange genug scheinen und der verdammte Wind sich zurückhalten würde, dann gab er Shane das Zeichen für seinen Einsatz.

Während die Eröffnungsklänge der Hornbläser über den Friedhof schallten, ging Mikhail in die fünfte Position und begann seinen Tanz.

Er hatte an der Choreografie gearbeitet, seit seine Mutter ihren Wunsch das erste Mal geäußert hatte. Sie hatte es ernst gemeint und er hatte sie ernst genommen. Seine Choreografie war professionell und erforderte alle Fähigkeiten eines erstklassigen Tänzers, der Wunder vollbringen konnte.

An diesem diesigen Februartag auf einer rutschigen Plattform aus Sperrholz vollbrachte Mikhail diese Wunder.

Sein Knie hielt durch und seine Muskeln brannten, aber sein Einsatz kam punktgenau und jede Bewegung, jeder Schritt saß perfekt. *Tanz wie ein Engel*, hatte sie zu ihm gesagt und er hatte es ihr versprochen.

Er hielt dieses Versprechen mit jeder Zelle seines Körpers ein. Als die Musik zu einem fulminanten Finale anschwoll, sprang und drehte er sich auf der improvisierten Bühne, dass ihm die Schweißtropfen aus den Haaren flogen. In diesem Augenblick war er frei, frei von Sorgen, Schmerz und Trauer, frei von jedem Zwang und allen Grenzen. Dann verhallte der letzte Ton. Mikhail sank keuchend auf ein Knie und sah sich in der Gemeinschaft um, die eigentlich die seine sein sollte.

Aber sie war es nicht. Seine einzige Verbindung zu diesen Menschen war seine Mutter gewesen, und als er in ihre ablehnenden Gesichter blickte, wusste er, dass auch diese Verbindung endgültig gerissen war.

Nur Shane und seine Familie strahlten ihn an. In ihren Gesichtern standen Stolz, Freude und Bewunderung. Sie waren auch Mikhails Familie, er musste sie nur annehmen.

Er senkte den Kopf und der Schweiß tropfte ihm aus dem Gesicht auf das Sperrholz der Bühne. Würde er es auch können?

18

„Come down on your own and leave your body alone …"
Blind Faith, *Can't Find My Way Home*

YLENA HATTE ihn vorgewarnt. Es würde sein, wie damals mit seiner Heroinsucht, hatte sie zu Shane gesagt. Erst würde Mikhail ihn von sich stoßen, endgültig und mit aller Macht, weil er glaubte, die Schmerzen zu brauchen, um überleben zu können. Und dann, danach, würde der Verlust ihn zerbrechen und er würde nicht wissen, wie er den Schaden wieder beheben sollte.

„Er wird dich wegstoßen, wenn ich von euch gegangen bin, *Ljubime*", hatte sie gestern Abend gesagt, als Mikhail nicht im Zimmer war. „Es wird sehr schlimm werden und dir das Herz in tausend kleine Stücke reißen. Ich weiß es, weil ich auch die Stücke meines Herzens wieder auflesen und zusammenflicken musste, weil ich ihn trotz der Schmerzen, die er mir zugefügt hat, weiter lieben wollte. Kannst du das auch schaffen?"

Shane hätte fast der Mut verlassen. Gott, musste denn jeder Mann, in den er sich verliebte, auf seinem Herzen herumtrampeln, als ob es ein Fußabstreifer wäre?

Ylena bemerkte sein Zögern. „Ich schwöre dir, er wird es wert sein."

„Natürlich kann ich es schaffen", hatte Shane schließlich geantwortet. „Ich verspreche es dir. Er wird nicht allein sein, wenn du nicht mehr bei ihm bist."

Am nächsten Morgen war Mikhails panische Botschaft eingetroffen: *Sie atmet nicht mehr, Shane. Sie ist tot.* Da hatte er es gewusst.

Es hatte begonnen.

In der folgenden Woche war Mikhail nur dankbar gewesen. Er hatte sich oft und aufrichtig bei Shane bedankt und es gab keinen Zweifel an seinen Gefühlen. Sie hatten sich nicht geliebt, auch dann nicht, wenn alle anderen wieder nach Hause gegangen und sie allein waren. Mikhail hatte nur in Shanes Armen gelegen und in die Dunkelheit gestarrt. Shane spürte, wie Mikhail sich mental schon auf die kommende Einsamkeit vorbereitete. Manchmal, wenn Shane beschäftigt war und plötzlich aufsah, fand er Mikhails blaugraue Augen auf sich gerichtet. Ihr Blick war gequält und kalt. *Ich will dich, aber ich kann dich nicht haben.* Shane hätte ihn am liebsten gehörig durchgeschüttelt. *Doch, verdammt! Du kannst mich haben, du musst es nur versuchen!*

Am Tag der Beerdigung, als sie von der wunderbaren Frau Abschied nahmen, die Ylena Bayul gewesen war, erkannte Shane in Mikhails Augen die Angst, mit der er die Familie ansah, die ihn so gerne in ihren Kreis aufnehmen wollte. *Oh*

Gott, ich kann das nicht! Wie kann ich zu ihnen gehören? Mikhail hatte mit einer so erschreckenden Endgültigkeit den Kopf gesenkt, dass Shane leise seufzte.

Deacon sah ihn verblüfft an. „Zum Teufel, was war denn das? Nicht der Tanz, der war in Ordnung. Wieso hat er dich so angesehen?"

Shane seufzte wieder. „Das war Mickey, wenn er sich auf die Flucht vorbereitet."

Deacon knurrte. „Oh ja. Stimmt. Ich sollte diesen Blick langsam kennen."

Auf seiner anderen Seite knurrte Crick ebenfalls. „Das solltest du in der Tat. Ich frage mich, wie du es übersehen konntest."

„Ich habe es nicht übersehen", grummelte Deacon. „Ich habe es verdrängt." Er drehte sich zu Shane um. „Wie sieht dein Plan aus?"

„Na ja, als erstes will ich abwarten, bis er mit mir Schluss gemacht und den ganzen Dampf abgelassen hat, der sich in der letzten Woche angesammelt hat. Danach wird er endgültig davon überzeugt sein, dass er mich nicht verdient hat und ich ohne ihn besser dran bin."

Deacon zuckte zusammen. „Hört sich lustig an. Und was passiert, nachdem wir dich wieder vom Boden abgekratzt haben?", fragte er mitfühlend.

Shane lächelte entschuldigend. „Dann rufe ich die Reservetruppen zur Hilfe und zeige ihm, dass ich mich nicht so leicht abschütteln lasse."

„Oh Gott", knurrte Crick. „Babysitter für Shanes Freund spielen. Ich freue mich jetzt schon darauf."

„Er liebt Kinderfilme", erklärte Shane hilfreich. „Das ist doch ein Lichtblick, oder?"

Cricks Miene hellte sich sofort auf. Seine Schwäche für Spongebob war schon legendär. „Na ja, wenn das so ist …"

Dann war die Beerdigung vorbei und Shane stand pflichtbewusst hinter Mikhail. Als er ihn zufällig an der Schulter streifte, zuckte Mikhail zurück. Shane holte tief Luft und wappnete sich. Er hatte es Ylena versprochen und, wenn man es recht bedachte, auch Mikhail. Er hatte ihm gesagt, dass er ihm alles verzeihen könnte, und das musste auch jetzt gelten.

Aber Shane machte sich keine Illusionen darüber, was ihm noch bevorstand.

Er brachte sie zurück zu Mikhails Wohnung, wohl wissend, dass Deacon und Crick hinter ihnen fuhren. Crick suchte einen Parkplatz und Shane nahm an, dass die beiden auf ihn warten wollten, um sicher zu sein, dass alles in Ordnung war.

Shane wiederrum war sich sicher, dass nichts in Ordnung sein würde.

Sie hatten die Wohnung kaum betreten, da sagte Mikhail mit einem lässigen Schulterzucken: „Du musst dich nicht an mich klammern wie eine Klette, weißt du? Ich habe mein eigenes Leben. Du kannst jetzt gehen."

Shane nickte. „Ja, Mickey, das kann ich. Es stimmt, ich wollte für dich da sein. Aber ich muss nicht bleiben."

Mikhail kniff die Augen zusammen und sah ihn verächtlich an. Es passte so wenig zu ihm, dass Shane sich einen Seufzer nicht verkneifen konnte. Jetzt ging's los. „Weißt du, das ist wirklich erbärmlich. Du läufst mir nach wie ein herrenloses Hündchen. Sie war schließlich nicht *deine* Mutter."

Autsch. „Nein, das war sie nicht. Aber sie war eine gute Frau und ich mochte sie. Ich wollte ihrem Sohn nur helfen."

„Nun, jetzt hast du ihm geholfen. Du kannst gehen."

„Sicher. Ich will nur erst sicher sein, dass es dir gut geht. Ist das okay?" Shane ging zum Kühlschrank und sah nach, ob Mikhail genug Vorräte für die nächsten beiden Wochen hatte. Er hatte sich ausgerechnet, dass zwei Wochen lang genug waren. Der Kühlschrank war voll mit Eintöpfen und anderen Mahlzeiten, die Shane und Benny in Plastiktüten verpackt und eingefroren hatten. Shane war zufrieden. Das würde reichen.

„Willst du etwa noch essen? Du bist fett genug, du hast es nicht nötig."

Shane hätte beinahe mit den Augen gerollt. Ja, sicher. Als ob es das erste Mal wäre, dass ein Mann ihn als fett bezeichnete. „Da hast du recht, Mickey. Ich bin zu fett. Ich wollte nichts essen." Er schloss die Kühlschranktür und hielt Mikhail die leeren Hände hin. „Siehst du?"

Für einen kurzen Augenblick zeigten sich in Mikhails Fassade Risse und es sah aus, als wäre er den Tränen nahe, weil Shane sich so demütigte. Aber dann war es wieder vorbei. „Welcher Mann lässt sich schon so behandeln? Du bist kein Mann. Du bist ein Schlappschwanz. Wenn ich die Hose runterlasse und mit dem Arsch wackele, hast du keine Ahnung, was du damit anfangen sollst."

Shane musste tief durchatmen, um nicht die Beherrschung zu verlieren. Es war nicht einfach, sie befanden sich auf vermintem Gelände. Wenn Shane jetzt einen falschen Schritt machte, würden ihm seine eigenen Worte um die Ohren fliegen.

„Doch, das wüsste ich sehr wohl", erwiderte er ruhig. „Ich würde ihn dir nach Strich und Faden versohlen, weil du dich aufführst wie ein ungezogenes Kind."

„Jetzt bin ich also ein Kind, weil du mir auf die Nerven gehst? Ist es das? Du gehst wahrscheinlich der ganzen Welt auf die Nerven … ständig bringst du Geschenke, du Versager … Wer braucht schon deine Geschenke? Und wer braucht dich?"

Du, du verdammter Idiot! „Meine Familie", sagte Shane. „War das jetzt alles? Bist du fertig oder hast du noch eine Bosheit, die du mir unbedingt an den Kopf werfen musst? Ich will sicher sein, dass du alles losgeworden bist, bevor ich gehe. Dann kannst du endlich wieder zu Verstand kommen."

„Warum? Weil ich verrückt sein muss, wenn ich mir einen Fang wie dich entgehen lasse?" Mikhail stand mitten im Zimmer, allein und verletzlich und – aber das merkte er selbst wohl nicht – weinend. Shane musste sich zwingen, nicht zu ihm zu gehen und ihn zu trösten. Aber er hatte auch seinen Stolz und Ylena hatte recht behalten. Es war sinnlos, mit Mikhail zu reden, so lange er in dieser Stimmung war und nichts anderes wollte, als die ganze Welt und alle, die ihn liebten, zum Teufel zu jagen.

„Ich habe immer gewusst, dass du zu gut bist für mich, Mickey." Shane ging das Risiko ein, näher zu kommen und ihm mit dem Daumen eine Träne von der Backe zu wischen. „Du hättest jeden anderen Mann haben können. Warum musstest du dich ausgerechnet für mich entscheiden?"

Mikhail starrte ihn fassungslos an. Shane senkte den Kopf und küsste ihn auf seinen Schmollmund – erst sanft und dann, als er Mikhails Reaktion spürte, hart und aggressiv, denn Mikhails Worte hatten ihn tief verletzt. Plötzlich fing Mikhail an, an seiner und Shanes Kleidung zu zerren. Er schob sich die Hose nach unten, drehte sich um und beugte sich über die Sofalehne.

„Komm schon, großer Mann. Wenn du mich so sehr willst, dass du dir das alles von mir gefallen lässt ... dann komm und nimm mich! Fick mich! Zeig mir, dass du genauso bist, wie die anderen Arschlöcher auch! Mach schon!"

Shane brachte etwas Abstand zwischen sich und seinen verrückten Geliebten. Dann rieb er sich mit beiden Händen übers Gesicht, um sich wieder unter Kontrolle zu bekommen. „Ich habe dir doch gesagt, dass es so nicht funktioniert."

Mit diesen Worten drehte er sich um und verließ die Wohnung. Das war's. Es reichte. Er durfte keine Sekunde länger hier bleiben, sonst würde er nie wieder zurückkommen. Er könnte es einfach nicht.

Shane schlug die Tür so laut hinter sich zu, dass es sich endgültig anhörte. Dann ließ er sich in seinem guten Anzug auf den Boden fallen und lehnte sich mit dem Kopf an die geschlossene Tür. Auf der anderen Seite hörte er Mikhails laute Schreie, die kurz darauf abbrachen und – von einem Sofakissen? – erstickt wurden. Danach war nur noch verzweifeltes Schluchzen zu hören.

Shane wusste nicht, wie lange er hier schon saß, als Deacon an seiner Seite auftauchte und ihn vom Boden hochzog. Während er die Treppen hinabgeführt wurde, rieb er sich mit dem Ärmel seines Anzugs die Tränen aus den Augen.

„So schlimm?", fragte Deacon leise und schob ihn auf den Beifahrersitz seines GTO. Er streckte die Hand aus und Shane reichte ihm wortlos den Autoschlüssel. Hinter ihnen fuhr Crick los und Shane wunderte sich, wie schwer es seinem Freund wohl fiel, wieder selbst zu fahren.

„Schlimm genug", beantwortete er Deacons Frage und rieb sich wieder über die Augen.

„Wie war noch mal der Plan?"

Shane holte tief Luft und atmete zitternd aus. Er durfte sein Ziel nicht aus den Augen verlieren. „Die Reservetruppen schicken."

AM NÄCHSTEN Tag erledigte Shane einige Dinge, die er lange vernachlässigt hatte. Es machte ihm nicht besonders viel Spaß. Als Benny vorbeikam – sie lief jetzt auch regelmäßig auf dem Weg, den Deacon im letzten Herbst angelegt hatte – war er gerade dabei, den Katzen die Krallen zu trimmen und ihnen ihre Medizin gegen Würmer zu verabreichen. Zum Schutz trug er feste Lederhandschuhe.

Benny setzte sich an seinen kleinen Küchentisch und trank einen Schluck Wasser. Sie sah kopfschüttelnd zu, wie Shane Maura Tierney in eine alte Decke wickelte, bis nur noch ein braun-beige gescheckter Kopf mit blauen Augen zu sehen war, der sie wütend anfauchte.

„Und warum machst du das noch mal?"

„Das Wurmmittel geben? Für ihre Gesundheit. Die Krallen schneide ich ihnen für *meine* Gesundheit." Er klemmte sich die eingewickelte Katze unter den Arm und steckte ihr eine Pille ins Maul, die sie nach einiger Gegenwehr widerstrebend schluckte. Ein tiefes Grollen war zu hören, das Shane schreckliche Vergeltung androhte. Wenn die zehn Pfund Tier ihn jemals allein erwischten, würde er das Gefühl kennenlernen, als Katzenfutter zu enden.

Shane seufzte. Jetzt kam der wirklich schwere Teil. Mit einigem Fluchen und etwas mehr Mühe schaffte er es, die Katzenmumie so einzuwickeln, dass auch ihr Kopf größtenteils hinter der Decke verschwand (weil diese Biester wirklich *beißen* konnten) und nur noch die Vorderpfoten herausragten. Er klemmte sie wieder unter den Arm und griff nach der Krallenzange. Dann ging er sehr, sehr vorsichtig zu Werke, um Maura Tierney nicht zu verletzen.

„Nein, das nicht", meinte Benny. „Ich wollte wissen, warum du uns zu dem Kerl schickst, damit wir auf ihn aufpassen, obwohl er dir das Herz in tausend Stücke gebrochen hat."

Maury Tierney fauchte wieder und strampelte ihr Hinterbein frei. Shane fluchte wie ein Rohrspatz, als die Katze ihre Krallen durch das Sweatshirt in seinen Unterarm bohrte und ihn bis zum Handgelenk aufkratzte. Immer noch fluchend – und blutend – zog er die Decke wieder um sie zusammen, und da ihr Hinterbein schon mal frei war, schnitt er ihr dort die Krallen. Benny war klug genug, zu schweigen, bis er die Katze wieder unter Kontrolle hatte und alle Krallen geschnitten waren.

Seufzend setzte Shane Maura Tierney auf dem Boden ab. Sie befreite sich aus der Decke und verschwand wie der Blitz aus der Küche. Benny zischte mitleidig und ging zum Schrank mit dem Verbandsmaterial.

„Ich verarzte das für dich … keine Sorge!", unterband sie Shanes vorhersehbaren Protest. „Ich kann das. Deacon boxt regelmäßig alle paar Monate gegen irgendeine unschuldige Wand, kugelt sich den Daumen aus oder lässt sich von einem Gaul auf den Fuß treten. Glaub mir, er hat mich in solchen Sachen bestens ausgebildet."

Shane gab nach und ließ sich den Kratzer von ihr behandeln. Aber Benny war ein sehr aufmerksames junges Mädchen und hatte keineswegs vergessen, worüber sie sich vor dem Unfall mit der Katze unterhalten hatten.

„Du hast meine Frage nicht beantwortet", sagte sie, als sie ihm den Handschuh auszog und den Kratzer an seinem Arm mit einem Desinfektionsmittel betupfte.

„Warum ihr das für Mickey tut?"

„Ja. Versteh mich nicht falsch – ich mag ihn. Aber du gehörst zu uns und er hat dich fürchterlich behandelt. Ich fühle mich verpflichtet, ihm dafür böse zu sein."

Shane kicherte über ihre Wortwahl und verzog dann schmerzhaft das Gesicht, weil sie ihren Job wirklich gut beherrschte und die Wunde sorgfältig reinigte. „Nun, dann sag es ihm doch. Aber vergiss nicht, dass du ständig auf einen von uns sauer bist, ohne ihn deswegen aus der Familie zu verstoßen."

„Und er gehört jetzt zur Familie?" Sie hörte sich skeptisch an und Shane konnte ihr dafür keinen Vorwurf machen.

„Ich hoffe immer noch, dass ich ihn irgendwie an uns gewöhnt habe", erklärte er ihr. „Wir sind gewissermaßen das Gegenteil von Drogen, aber mit einer ähnlichen Wirkung. Familienrausch, verstehst du?"

Benny zog eine Grimasse und konzentrierte sich auf ihre Pflichten als Sanitäterin. „Und warum machst du das hier?", fragte sie abgelenkt. „Diese Viecher reißen dich noch langsam in Stücke."

„Na ja, ich habe es noch immer überlebt. Ich muss mich um sie kümmern, weil ich mir nicht sicher bin, ob sie selbst es können."

„Aber du wirst nie wütend auf sie. Du machst das einmal im Monat, und nie wirst du wütend. Wie hältst du das aus?" Benny sah ihn traurig an und er wusste, dass sie nicht nur über Maura Tierney und den Kratzer an seinem Arm sprachen.

Shane beugte sich zu ihr nach unten – sie war ziemlich klein, weil ihr Vater lange nicht so groß gewesen war wie Cricks – und gab ihr einen Kuss auf die Stirn. „Sie meinen es nicht böse", sagte er beruhigend. „Ich kann so wütend werden, wie ich will, deshalb meinen sie es immer noch nicht böse. Sie lieben mich. Wenn ein Tier in die Enge getrieben wird, kann es manchmal nicht mehr unterscheiden, wer auf seiner Seite steht und wer nicht. Dann hält es jeden für seinen Feind. Man darf sie dann nicht allein lassen in ihrer Angst, nur weil ihr Instinkt sie täuscht und sie sich gegen die falschen Menschen wehren. Jedenfalls dann nicht, wenn man sie auch liebt, verstehst du?"

Benny schlang in einem hinterhältigen Angriff – darin war sie wirklich gut – die Arme um ihn und drückte ihn an sich. Er erwiderte dankbar ihre Umarmung.

„Du fährst also heute mit Andrew zu ihm, ja?"

Sie lachte leise. „Wir sind planmäßig an der Reihe. Zwei Wochen lang einmal täglich abends, so war doch die verschriebene Dosis, nicht wahr?"

„Sonntags frei", sagte Shane und nickte zufrieden. „Und ihr habt die kleinen … Dinger?"

Benny ließ ihn kopfschüttelnd los. „Das kann ich nun beim besten Willen nicht verstehen. Warum sollen wir das tun?"

Shane seufzte resigniert. „Das kann ich dir nicht sagen, Schätzchen. Es ist ein Geheimnis, über das ich offiziell nicht Bescheid wissen darf."

Benny stand auf und packte das Verbandsmaterial wieder ein. Er stellte es in den Schrank zurück und sie spülte ihr Glas. „Ich muss mich jetzt beeilen. Ich habe noch einiges zu erledigen, wenn wir pünktlich sein und ihn fahren sollen. Glaubst du wirklich, dass er schon wieder arbeiten will?"

Shane nickte grimmig. „Schätzchen, er wüsste nicht, was er sonst tun sollte."

19

„The consequences that I've rendered. I've gone and fucked things up again."
Staind, *It's Been A While*

DIE KINDER waren ein wahrer Segen. Anna war nicht sehr erfreut gewesen, ihn so früh wieder im Studio zu sehen. Sie stellte ihre Bedenken erst zurück, als sie ihn mit den Kindern sah. Anna war auch auf der Beerdigung gewesen – sie war wahrscheinlich die einzige russische Seele, die Ylenas letztem Wunsch nicht mit Unverständnis begegnet war –, aber jetzt wollte sie alles über die fremden Leute wissen, die später eingetroffen waren.

„Sie haben sehr nett ausgesehen. Mann, sie waren wahrscheinlich die einzigen, mit denen ich mich verstanden hätte. Die anderen – mein Gott, was für ein humorloser Haufen. Man hätte fast meinen können, jemand wäre gestorben."

Damit entlockte sie Mikhail ein Lächeln, wenn auch nur ein kleines. „Sie sind wunderbare Menschen. Aber ich glaube nicht, dass ich sie wiedersehe. Niemals." Es war kurz vor seinem letzten Tanzkurs für heute und er hatte es bisher geschafft, jeder Diskussion über „den tollen Kerl mit dem Gettoblaster" und seinen „amerikanischen Freunden" aus dem Weg zu gehen. Jetzt hoffte er, dieses Thema endgültig beendet zu haben.

Aber genau in diesem Moment tauchte Benny mit Parry Angel im Schlepptau auf. Anna begrüßte sie erfreut und sein ganzer Plan ging vor die Hunde. Offensichtlich war Parry Angels Tanzlehrer in Levee Oaks ein alter Bekannter von Anna. Davon hatte Mikhail bisher nichts gewusst.

„Jawohl, Bayul. Ich rühre in vielen Töpfen. Warum wundert dich das so?" Anna lächelte ihn selbstzufrieden an und Mikhail fragte sich, ob Benny vielleicht vorher alles mit ihr abgesprochen hatte. „Und da behauptest du, du würdest sie niemals wiedersehen!"

Benny hatte ihn freundlich angelächelt und Parry begeistert gewinkt. „Wir dachten, es wird Parry Freude machen, wenn sie einmal in der Woche zu ihrem Lieblingstanzlehrer kommen kann. Sie liebt Mikhail. Das lässt sich doch einrichten, Anna, nicht wahr?"

Anna durchschaute die Situation sehr wohl, aber sie grinste Mikhail nur an und ignorierte ihn.

„Das ist wunderbar, meine Kleine. Mikhail wird sie gerne unterrichten. Ja, *Malchik*, ich weiß – es ist nicht die gleiche Altersgruppe. Ich habe sie tanzen sehen. Sie wird zuhören und ihr Bestes geben. Mehr verlangst du nicht von ihnen, also mach dir keine Sorgen."

Damit verließ Anna sie und Mikhail blieb mit seinem Kurs zurück. Parry Angel saß auf seiner Hüfte und half ihm, Anweisungen zu geben. Dann wollte sie runtergelassen werden, um mit den größeren Mädchen zu tanzen.

Sie war bezaubernd und während er unterrichtete, vergaß er vorübergehend, was sie für ihn bedeutete. Nach dem Kurs blieben Benny und Andrew – der sie und Parry Angel nach Citrus Heights gefahren hatte – noch zurück und boten ihm an, ihn nach Hause zu fahren.

Mikhail wollte das Angebot ablehnen, aber Benny schob ihm Parry in die Arme, die den Kopf an seine Brust legte und schmuste. Damit war dieses Thema erledigt. Auf dem Weg in seine Wohnung wandten sie die gleiche Taktik an und als sie vor der Tür ankamen, musste Benny dringend die Toilette benutzen und Mikhail ließ sie eintreten.

Benny wühlte im Tiefkühlfach und fing an, das Abendessen vorzubereiten. Parry schaute Zeichentrickfilme und Andrew fragte ihn, ob er Hilfe brauchte, das Krankenbett und Ylenas alte Möbel auseinanderzunehmen, damit man sie einlagern konnte. Bevor Mikhail sich versah, waren zwei Stunden vergangen und er war immer noch nicht dazu gekommen, ihnen zu sagen, dass er mit Shane Schluss gemacht hätte und sie sich nicht mehr um ihn kümmern müssten.

Er konnte es nicht. Mikhail würde sein abscheuliches Verhalten Shane gegenüber sein Leben lang bereuen. Aber er wollte es nicht noch schlimmer machen, indem er sich auch Shanes Freunden gegenüber wie ein jammerndes, unerträgliches Biest verhielt.

Er schluckte tief und sagte sich immer wieder, dass jetzt alles vorbei wäre. Dies war der endgültige Abschied von dem Mann, den er liebte und den er nicht verdient hatte, weil er ein wertloser Bastard war. Es war ein passender Abschied – er rief Mikhail noch einmal in Erinnerung, wie sein Leben hätte aussehen können, wenn er es denn verdient hätte.

Er sah ihnen nach und es war fast (aber nicht ganz) so schlimm, wie Shane gestern endgültig gehen zu sehen. Danach lief er ziellos durch die leere Wohnung. Er war untröstlich, bis er die kleine Mütze mit der blauen Blume und dem Schleifchen fand, die Parry Angel liegengelassen hatte. Er hob sie behutsam auf und legte sie in seine Zedernholzkiste. Dann legte er sich aufs Bett und hörte sich auf dem iPod wieder und wieder Shanes Lieder an, bis er schließlich einschlief.

Als Mikhail am nächsten Morgen aufwachte, waren seine Augen verklebt und sein Schädel brummte. Er wollte nicht über die Ursachen für sein Unwohlsein nachdenken und nahm sich vor, Shane und seine Familie niemals wiederzusehen.

Mikhail konnte nicht ahnen, dass nach der Arbeit Jeff auftauchen würde, um mit ihm zum Spiel der Kings zu gehen.

Er wollte erst ablehnen, aber Jeff rollte nur mit den Augen, nannte ihn eine Prinzessin und schob ihm die Eintrittskarte in die Jackentasche. Dann stellte er Mikhail vor die Wahl – entweder ins Auto zu steigen und zu erleben, wie das schlechteste Basketballteam der Welt gegen die Phoenix Suns verlor, oder zuzusehen, wie die Eintrittskarte sich in einer Stunde in einen wertlosen Fetzen Papier verwandelte. Mikhail hatte nicht wirklich eine Wahl.

Er war noch nie bei einem Basketballspiel gewesen. Was konnte es also schaden?

Später musste er sich eingestehen, dass es ihm in vielerlei Hinsicht geschadet hatte. Jeff erzählte ihm, dass Shane von einer Katze zerkratzt worden war und am nächsten Tag wieder seinen Dienst aufgenommen hatte. Er sagte auch, dass Shane müde und unglücklich aussah und weder genug aß, noch ausreichend schlief. Und er erinnerte Mikhail daran, dass der ein Idiot wäre und sich alles regeln ließ, Mikhail müsste sich nur endlich in den Hintern treten und zugeben, wie viel ihm an dem großen Mann lag. Und wäre er bitte so gut, ihn demnächst anzurufen?

Das letzte sagte er nur Sekunden, bevor er Mikhail wieder vor dessen Wohnung absetzte. Mikhail nickte stumm und ignorierte Jeffs Sarkasmus, dann ging er in sein Zimmer und legte die Eintrittskarte in seine Holzkiste. Er überlegte, wer von ihnen wohl morgen vor der Tür stehen würde.

Wie sich herausstellte, war am nächsten Tag Jon an der Reihe, der sich sofort vor den Fernseher setzte und ein weiteres Basketballspiel schaute. Die Kings verloren schon wieder. Jon packte einige Flaschen Limonade in den Kühlschrank und drängelte Mikhail, die restlichen Chips aufzuessen. Außerdem ließ er den Spielplan der Basketball-Liga für die nächsten Monate zurück. Er endete ebenfalls in Mikhails kleiner Schatzkiste.

Am Abend darauf war es Crick, der wissen wollte, ob Mikhail mit ihm einkaufen gehen würde. Er brauchte einen neuen Rahmen für ein Bild, das er gemalt hatte und das er Deacon in einigen Monaten zum Geburtstag schenken wollte. Er zeigte Mikhail seinen Skizzenblock und ließ versehentlich eine Porträtzeichnung von Shane auf dem Tisch zurück. Mikhail überlegte, ob er sie zusammenfalten und in die kleine Kiste stecken oder lieber an die Wand hängen sollte. Er entschied sich für die Holzkiste, weil er Shane nicht verdient hatte und außerdem nicht ständig daran erinnert werden wollte, was er verloren hatte.

Am nächsten Tag kam Deacon mit seinem Truck und bot Mikhail an, Ylenas Möbel in eine Lagerhalle in der Nähe von Levee Oaks zu bringen. Crick hätte ihm gesagt, sie wären immer noch in der Wohnung. An diesem Abend wurde Mikhail endlich – endlich! – klar, welche Botschaft Shane ihm vermitteln wollte. Er hatte sie nicht verloren. Er war nicht allein.

„Wer kommt morgen vorbei?", fragte er, nachdem sie die Möbel nach Levee Oaks gefahren und eingelagert hatten. Als Deacon den Kopf schüttelte, sah Mikhail ihn verwirrt an.

„Morgen ist Sonntag, Mikhail. Familiendinner. Wenn du willst, kannst du gerne vorbeikommen." Deacon sah ihn von der Seite an und Mikhail wurde rot.

„Das wäre keine gute Idee", grummelte er und hoffte, Deacon würde den Hinweis verstehen.

„Warum? Weil du ihn nur sehen musst, um zu merken, dass es nicht funktioniert? Dass niemand eine Insel ist?", fragte Deacon mit einem leichten Lächeln auf den Lippen und Mikhail wurde noch röter.

„Ich habe fürchterliche Dinge zu ihm gesagt, Deacon", gestand er schuldbewusst. War Deacon nicht der richtige Mann für eine Beichte? Das Familienoberhaupt? War jetzt nicht der Augenblick gekommen für die Standpauke, die ihn daran erinnerte, was er für ein dämlicher Idiot gewesen war, Shane absichtlich zu vergraulen, anstatt sich von ihm helfen zu lassen?

„Du warst traurig. Es hat geschmerzt", erwiderte Deacon leise. Er fuhr an einem Imbiss vor und fragte Mikhail, ob er auch etwas wollte. Mikhail entschied sich für eine Limonade und Deacon bestellte ihm noch einen Cheeseburger, Sandwich mit Hühnchen – ohne Mayo – für sich selbst und zwei *Happy Meal Toys* für Parry.

„Warum bekomme ich den großen Hamburger und du das Hühnchen ohne Mayo?", wollte Mikhail wissen.

Deacon zuckte mit den Schultern. „Weil mein Daddy an einem Herzanfall gestorben ist. Er war noch keine fünfzig, und ich musste Crick versprechen, dass ich alles tue, um nicht das gleiche Schicksal zu erleiden. Ich esse Steaks, wenn ich damit durchkomme. Aber Käse esse ich nur noch im Salat und Mayo ist komplett vom Speiseplan gestrichen."

„Wie alt warst du damals?", fragte Mikhail leise.

Deacon sah ihn an. „Zweiundzwanzig."

„Und deine Mutter?"

„Ist gestorben, als ich fünf Jahre alt war."

Mikhail schluckte. „Wie hast du das ausgehalten? Wie bist du mit all dem zurechtgekommen?"

Deacon bezahlte seine Bestellung. Die junge Kassiererin sah ihn hingerissen an, aber er nahm sie kaum zur Kenntnis. Dann reichte er den Hamburger und die Limonade an Mikhail weiter. Sie fuhren wieder los und als sie auf die Straße kamen, rechnete Mikhail nicht mehr damit, eine Antwort auf seine Frage zu hören.

„In den ersten beiden Jahren hatte ich Crick. Aber dann hat er mich sitzenlassen wie einen Idioten, und ich dachte, ich wäre allein. Ich bin gar nicht damit zurechtgekommen. Ich habe drei Monate damit verbracht, mich zu Tode zu saufen."

Mikhail hielt erschrocken die Luft an. Dieser Mann? Dieser Mann war so verletzlich gewesen? So schwach?

„Wieso hast du wieder damit aufgehört?"

Deacon biss in sein Sandwich und steuerte den Truck mit einer Hand die Elkhorn Road entlang. „Aus zwei Gründen", meinte er, nachdem er geschluckt hatte. „Zum einen war Crick nicht tot, sondern im Irak. Er hat mich darum gebeten, dass ich mich besser um mich kümmere. Ich konnte gar nicht anders. Der zweite Grund war Benny. Sie hatte Probleme und brauchte mich, aber besoffen und halb unzurechnungsfähig konnte sie nichts mit mir anfangen. Das konnte ich nicht zulassen, oder?"

Seine Familie hatte ihn gebraucht. „Ich verstehe", meinte Mikhail und biss in seinen Hamburger. Er schmeckte überraschend gut, wahrscheinlich deshalb, weil Mikhail in letzter Zeit nur unregelmäßig gegessen hatte. Sie kamen an eine Ampel und mussten anhalten. Deacon sah ihn von der Seite an.

„Crick und ich haben viel Zeit damit verbracht, uns zu entschuldigen. Er, weil er mich verlassen hatte; ich, weil ich so schwach gewesen war. Irgendwann muss man diese Scheiße vergessen und verzeihen. Wenn es das wert ist. Wenn man eine Familie ist."

Mikhail entfuhr unbeabsichtigt eine Art Wimmern. Er war froh, dass der laute Motor und die Musik aus dem Radio es übertönten.

Danach redeten sie nicht mehr viel. Deacon schien die Stille zu genießen und lächelte vor sich hin. Mikhail warf ihm immer wieder Blicke zu. Deacon war wirklich ein schöner Mann mit seiner kleinen Nase, den hohen Wangenknochen, den hübschen grünen Augen und dem einladenden Mund. Aber Mikhail fiel auch auf, dass er ein sehr zurückhaltender und schüchterner Mann war. Selbst in der Dunkelheit war zu sehen, dass Deacon rot geworden war, als er über sich selbst, seine Vergangenheit und seine Fehler gesprochen hatte. Er hatte sich Mikhail geöffnet, der praktisch ein Fremder war. Es musste sehr schmerzhaft für ihn gewesen sein, aber er hatte es getan, weil es ihm wichtig war. Weil (und das war der Aha-Moment, den Mikhail seit Wochen verdrängt hatte) seine Familie ihn darum gebeten hatte.

Als Deacon ihn an seiner Wohnung absetzte, bat er Mikhail, die leeren Verpackungen mitzunehmen, um sie zu entsorgen. Er nahm die Plastiktüte mit und entleerte sie in eine Mülltonne. Dabei fiel ihm auf, dass sie noch eines der Spielzeuge für Parry enthielt, einen kleinen Stoffbären mit einem Regenbogen-T-Shirt. Mikhail hielt ihn in der Hand und fragte sich, ob er Parry am Montag wiedersehen würde. Den Sonntag verbrachte der Bär auf der Kommode, während Mikhail in dem abgedunkelten Zimmer vor dem Fernseher saß und darüber sinnierte, wo er jetzt stattdessen sein könnte, wenn er den Mut aufgebracht hätte, Shane nicht wegzuschicken. Wenn er selbst gut genug wäre, um ab und zu etwas Gutes in seinem Leben verdient zu haben.

Er nahm den kleinen Bär mit in sein Zimmer und packte ihn in die Zedernholzkiste. Sie war ziemlich voll und er verbrachte einige Zeit damit, seine Schätze zu sortieren, um mehr Platz zu schaffen. Er schnürte die Fotos zusammen und überlegte, ob er sich ein Album anschaffen sollte, so wie die Fotoalben, die Ylena ihm hinterlassen hatte. Die anderen Erinnerungsstücke an die Familie packte er neben die Fotos und legte die Andenken an die Babys ganz nach oben. Was er von Shane behalten hatte, bewahrte er gesondert in den kleinen Fächern oben in der Kiste auf.

Mikhail hatte immer noch Shanes Schal. Er trug ihn jeden Tag. Er zog die kleine, schon halb leere Ölflasche aus dem Fach und tröpfelte etwas Duftöl auf die braune Wolle. Sie war schön weich und durch das viele Tragen hatten sich kleine Knötchen gebildet. Als er ins Bett ging, legte er den Schal neben sich aufs Kissen, um ihn riechen zu können und davon zu träumen, dass Shane bei ihm wäre.

Aber er träumte etwas anderes. Er sah ihm Traum Shanes Gesicht vor sich, als er zu Mikhail sagte: „Ich habe dir doch gesagt, dass es so nicht funktioniert", bevor er sich umdrehte und die Wohnung verließ.

Mikhail wachte auf. „Hätte es nicht doch funktionieren können? Wenigstens einmal? Damit ich dich gehasst hätte und dich vergessen könnte?", grummelte er vor sich hin.

Den ganzen Morgen verbrachte er damit, schlecht gelaunt sein sauberes Badezimmer zu putzen und ziellos durch die Wohnung zu laufen. Jetzt, da seine Mutter nicht mehr lebte, sollte er sich endlich ein Hobby zulegen, um sich die Zeit zu vertreiben, wenn er nicht arbeiten musste.

Trotzdem, er freute sich auf die Arbeit. Und als Benny und Parry Angel – diesmal begleitet von Crick – am Montag wieder ins Tanzstudio kamen, freute er sich noch mehr. Sie verbrachten den Abend wieder bei ihm. Benny und Crick hatten ihre Stricksachen dabei. Als Mikhail sie darauf ansprach, murmelte Crick etwas von „Therapie für meine Hand" vor sich hin und zog eine Grimasse. Benny meinte, sie würde einen neuen Schal für Shane stricken und warf dabei einen bedeutungsvollen Blick auf den braunen Schal an der Garderobe, den Mikhail einfach nicht loslassen konnte.

„Ich ..." Er schluckte und zwang sich, weiterzureden. „Ich sollte vielleicht ..." Mist. Er war versucht, den Schal vom Haken zu nehmen und an die Brust zu drücken. Benny schüttelte lachend den Kopf.

„Mach dir keine Gedanken, Mikhail. Er will, dass du ihn behältst."

Und dabei beließen sie es.

Am nächsten Tag kamen Jon und Amy mit der kleine Lila Lisa vorbei. Er verbrachte den ganzen Abend vorm Fernseher und wippte das Baby auf den Knien. Am Abend danach war es wieder Andrew, der Mikhail mitnehmen wollte, um in der Einkaufsgalerie in Lincoln einige Sachen zu besorgen. Sie bummelten eine Stunde durch die exklusiven Geschäfte und fragten sich, woher das ganze Geld kam, das die vielen Teenager hier ausgaben. Dann entschied Andrew, dass er seine Einkäufe besser in der Sunrise Mall erledigte, die in der Nähe von Mikhails Wohnung lag. Aber vorher gingen sie noch in ein Bistro, um etwas zu essen. Andrew kaufte ein edles Schaumbad für Benny und dann machten sie sich auf den Heimweg.

Am folgenden Abend kam Crick allein und versuchte erst gar nicht mehr, sich eine Entschuldigung für sein Erscheinen auszudenken. Er stand einfach vor der Tür, beladen mit chinesischem Essen und einer *Spongebob Squarepants*-DVD, und sah Mikhail hoffnungsvoll an, weil er nicht rausgeworfen werden wollte.

Mikhail ließ ihn resigniert eintreten und Crick sagte nur kurz „Hallo", dann ging er mit der DVD direkt zum Fernseher und schaltete ihn ein.

Mikhail deckte den Tisch – es gab Hähnchen Orange mit Nudeln, sein Lieblingsgericht – und setzte sich zu Crick aufs Sofa. Crick warf ihm einen dankbaren Blick zu und Mikhail seufzte leise.

„Wie geht es ihm?"

„Er arbeitet wieder."

„Das wusste ich schon. Wie geht es ihm?"

„Er ist müde. Er ist gestern nach dem Dienst bei uns gewesen und konnte sich kaum noch rühren. Deacon hat ihm die Autoschlüssel abgenommen und seine Tiere gefüttert. Shane hat auf unserem Sofa übernachtet. Geht es dir jetzt besser?"

„Nicht im geringsten."

Mikhail starrte stumpf auf den Bildschirm. Ab und zu warf er Crick einen Seitenblick zu, wenn der über den Film lachte. Mikhail verstand nicht, was daran so lustig war. Der kleine gelbe Kerl auf dem Bildschirm ging ihm langsam auf die Nerven.

„Du hast Deacon verlassen?", fragte er in einer Pause zwischen zwei Filmen. Crick sah ihn verblüfft an, aber dann schien er die Frage zu verstehen.

„Es war das mit Abstand dämlichste, was ich jemals getan habe." Er streckte seinen vernarbten Arm aus und bog die Finger durch, die immer noch steif waren und sich nicht richtig bewegen ließen. „Und ich habe die Narben, die mich den Rest meines Lebens daran erinnern werden."

„Warum hast du es getan?", wollte Mikhail wissen. Deacon – Deacon, der so schön und stark und (wie Mikhail erfahren hatte) verletzlich war. *Wie konntest du Deacon verlassen?*

Crick seufzte. „Ich hasse diese Geschichte", sagte er unvermittelt. „Deacon erzählt sie öfter als ich. Er kann es auch besser. Und weil er es hasst, mit Leuten zu reden, kannst du dir vorstellen, wie unangenehm es mir erst sein muss. Ich schäme mich entsetzlich dafür."

„Du musst es mir nicht sagen", erwiderte Mikhail. Er war kein guter Lügner. Die Enttäuschung war ihm deutlich anzuhören.

Crick schnaubte. „Den Teufel muss ich nicht. Dein großer, dämlicher Bulle von Freund leidet an gebrochenem Herzen. Du musst die Geschichte hören, damit die Scheiße endlich ein Ende hat."

Mikhail zuckte mit den Schultern, um sich nicht anmerken zu lassen, dass Cricks Worte Salz in seine Wunde streuten. „Dann erzähl sie mir", meinte er betont gleichgültig.

Crick schaltete mit einer ungeduldigen Handbewegung den Fernseher aus und drehte sich zu Mikhail um. Er sah ihm direkt ins Gesicht. „Gut. Dann wirst du sie hören. Meine Familie hat mich mein ganzes Leben lang wie ein Stück Scheiße behandelt. Ihr Lieblingsspiel war ‚Schlag den Mex'. Deacon und sein Vater waren die einzigen Menschen, bei denen ich mich sicher fühlen konnte. Ich war mir so verdammt sicher, dass ich es verdient gehabt hätte und dass die Zeit mit Deacon und Parish, die Zeit, die ich in einer richtigen Familie verbrachte, nur gestohlene Zeit war. Also habe ich noch mehr gestohlen, aber diesmal richtig. Ich habe Deacons Liebe gestohlen. Und dann – mitten in unserem trauten Glück – macht Deacon den Mund auf, um etwas zu sagen. Er wollte mir – und jetzt hör gut zu – meine Zukunft auf einem silbernen Tablett servieren. Meine Zukunft mit einem Mann, den ich seit meinem neunten Lebensjahr geliebt habe. Er machte den Mund auf und wollte sagen: ‚Du kannst studieren und wir können trotzdem zusammen sein'. Das wäre perfekt gewesen, nicht wahr?"

Mikhail nickte nur wortlos, weil Crick redete wie ein Wasserfall und ihm keine Chance ließ, Fragen zu stellen.

„Also fängt er zu reden an und sagt: ‚Du kannst studieren ...' oder so ähnlich, und bevor er weiterreden kann, unterbreche ich ihn, weil ich denke, er will mit mir Schluss machen. Und dann bin ich Idiot weggelaufen und habe mich bei der verdammten Armee verpflichtet, bevor er mir mein verdammtes Herz brechen konnte."

Mikhail blinzelte ungläubig. „*Deshalb* bist du zum Militär gegangen?" Er blinzelte wieder und versuchte, die Ereignisse in eine sinnvolle Reihenfolge zu bringen. Crick ließ sich seufzend zurückfallen und schüttelte den Kopf.

„Ja, aber mach dir keine Mühe, es zu verstehen. Es ist nicht zu verstehen, weil nichts daran einen Sinn ergibt. Es war eine vollkommen idiotische Idee, und als ich wieder einen klaren Kopf hatte – und Deacon von seiner Gehirnerschütterung zu sich gekommen ist, weil er einen Autounfall hatte, weil der Kerl mich so gut kennt wie niemand sonst und weil er mich aufhalten wollte – war es schon zu spät."

Zu spät? Mikhail starrte ihn an. „Und *das* hat er dir verziehen?"

Crick hatte braune Augen, wie Shane auch. Aber sie hatten manchmal einen abwehrenden, harten Ausdruck, den Crick bei Shane noch nie gesehen hatte. Jetzt war das nicht der Fall. „Es war so unglaublich, dass ich es kaum glauben konnte. Er hat mir verziehen. Er hat sich selbst verziehen. Er musste es tun, weil ich es gebraucht habe. So einfach war das. Ich würde lieber sterben, als ihn jemals wieder so zu verletzen."

Mikhail holte tief Luft und nickte. Irgendwann ging Crick wieder. Mikhail blieb mit einem extra Paar Essstäbchen und einem flauen Gefühl im Magen zurück. Das viereckige gelbe Ding und seinen dämlichen rosa Freund hasste er mittlerweile von ganzem Herzen.

Er war gerade dabei, die Essstäbchen in seiner Zedernholzkiste zu verstauen, als er merkte, was dieses Gefühl im Magen war.

Es fühlte sich an wie Hoffnung.

Am nächsten Abend kam Jeff mit einem Puzzle vorbei. Es war ein schwuler, pornografischer Comic. Einer der Männer war groß, mit einer breiten Brust und Unmengen brauner Haare – überall. Mikhail sah sich das Bild säuerlich an. „Willst du mir damit etwas sagen?"

„Ich hatte gehofft, es macht dich so geil, dass du mit dem Mist endlich aufhörst. Verdammt – vermisst du ihn nicht auch?"

„Würdest du es nicht vermissen, wenn du nicht mehr atmen könntest?", schnappte Mikhail ihn an. „Ich habe fürchterliche Dinge gesagt. Er ist ohne mich besser dran."

Jeff wedelte abwehrend mit der Hand. „Schätzchen, du sagst fürchterliche Dinge, und er ist wie dazu gemacht, sie sich seinen großen, behaarten Buckel runterrutschen zu lassen …"

„Sein Rücken ist nicht haarig!"

„Wie auch immer. Er hat dir vergeben. Er hatte dir schon vergeben, bevor du diese fürchterlichen Dinge überhaupt gesagt hast. Er wartet nur darauf, dass du sie dir selbst verzeihen kannst."

Jeff ließ eines der bedeutsameren Puzzleteile liegen, als er wieder ging. Mikhail verdrehte resigniert die Augen, als er es in seine Kiste packte.

Benny und Amy brachten die Kinder mit, als sie am nächsten Tag auftauchten. Es war Mikhails freier Tag und sie gingen gemeinsam in den Zoo. Mikhail durfte den Kinderwagen schieben und die Babys hochheben, um ihnen die Tiere zu zeigen.

Es war ein wunderschöner Tag. Mikhail fragte sich, wie wunderbar er wohl erst gewesen wäre, hätte Shane sie begleitet. Er nahm einen Plan des Zoos mit nach Hause. Es gab nur einen Ort, an dem er ihn aufbewahren konnte.

Am Tag darauf war wieder Sonntag. Mikhail wartete vergebens auf das Klopfen an der Tür. Erst um acht Uhr fiel ihm ein, warum die Familie ihn heute nicht besuchen konnte. Sie hatten ihr Familienessen und er war hier allein, weil er ein verdammter Idiot war. Es hatte nichts damit zu tun, dass sie ihn hassten und er es nicht besser verdient hatte.

Aber am nächsten Abend kam auch niemand. Es konnte ein Zufall sein, aber vielleicht war es auch der Anfang vom Ende. Vielleicht fing die Familie an, ihn zu vergessen. Vielleicht läutete es das Ende seiner Chance ein, zu einer Gruppe von Menschen zu gehören, denen wirklich etwas an ihm lag. Punkt.

Er zog mindestens sechs Mal sein Handy aus der Tasche und steckte es wieder weg, nur, um es doch wieder hervorzuziehen. Dann rief er Benny an und versuchte es mit einer feigen Ausrede.

„Ich wollte nur sicher sein, dass es dem Baby gut geht", murmelte er. Benny seufzte erschöpft.

„Es geht ihr gut, danke für die Nachfrage. Aber wir bekommen Fohlen und Deacon, Crick und Andrew stecken bis zu den Achseln in Nachgeburt, Plazenta und Scheiße. Ich glaube, sie haben seit zwei Tagen kein Auge zugemacht. Wie auch immer, sie werden hier gebraucht und ich kann nicht Auto fahren … Tut mir leid. Ich hätte dich anrufen sollen …"

„Nein, nein, meine Kleine. Es ist schon gut. Ich habe mir nur Sorgen gemacht. Vielleicht sollten wir beide uns um einen Führerschein kümmern, was meinst du?"

Benny klang plötzlich wieder wach. „Mann, Mikhail! Das ist die beste Idee aller Zeiten! Ich bin endlich alt genug und … Mann, das wäre eine Hilfe für die Jungs. Jetzt, wo wir wieder Geld verdienen, kann sich Deacon auch die Versicherung leisten. Deshalb habe ich ihn nämlich bisher nicht gefragt, weißt du? Genial. Ich warte, bis sie wieder halbwegs ausgeruht sind. Aber …" Sie hörte sich jetzt unsicher an und er wurde daran erinnert, wie jung sie noch war. „Es kann sein, dass wir dich für den Rest der Woche nicht besuchen können. Aber keine Angst, wir kommen wieder. Es ist nur …"

„Schon gut, Benny", sagte er ruhig. „Ich verstehe es. Ich verstehe, dass ihr nicht verschwindet. Du hörst dich müde an und ich kann Parry quengeln hören. Kümmere dich um deine Familie und richte ihnen meine besten Grüße aus."

Dann legte er auf und setzte sich aufs Sofa. Es kam ihm vor, als hätte er eine göttliche Eingebung gehabt.

Er hatte eine Familie. Ob mit oder ohne Shane – er hatte eine Familie. Und er war ihnen nicht egal. Er hatte Freunde, Menschen, die für ihn da waren und die sich nicht so einfach verjagen ließen.

Mit zitternden Händen wählte er die nächste Nummer und dankte allen Göttern, dass er niemanden erreichte und auf die Mailbox sprechen konnte.

„Shane … Pass auf. Ich weiß, dass ich fürchterlich war. Es war unverzeihlich. Ich erwarte keine Vergebung von dir. Aber ich halte es nicht eine Minute länger aus. Ich muss dir sagen, wie leid es mit tut. Das war's. Es tut mir leid. Es wird mir immer leidtun."

Er legte auf und starrte auf das Telefon in seiner Hand. Er machte sich nicht die Mühe, sich über die Augen zu reiben oder so zu tun, als ob sie nicht tränen würden. Es war niemand hier in seiner kleinen Wohnung, der es sehen könnte oder den es kümmern würde. Nach einiger Zeit stand er auf und ging in sein Zimmer. Dort schaute er sich seine Zedernholzkiste an. Er öffnete sie nicht, schaute sie nur nachdenklich an.

Sie war schon ziemlich voll. Die meisten Menschen packten die Momente mit ihren Geliebten wahrscheinlich nicht in eine Holzkiste, weil … Kisten wurden voll und dann war kein Platz mehr. Die meisten Menschen bewahrten diese Augenblicke in ihren Herzen auf. Herzen füllten sich auch, aber sie machten immer wieder Platz für neue Erinnerungen, neue Erlebnisse und Momente, in denen … jemand ihnen die Hand hielt, sie umarmte oder einfach nur bei ihnen auf dem Sofa saß, um einen Film anzusehen.

Wenn seine Zedernholzkiste schon so voll war, sollte er vielleicht langsam damit aufhören, mehr Andenken hineinzupacken. Vielleicht war es an der Zeit, sein Herz mit Menschen zu füllen.

Er wollte die Kiste gerade öffnen und das Fläschchen mit dem Duftöl herausholen, um ein letztes Mal heute Shane zu riechen, als es an der Tür klopfte.

Mikhail öffnete die Tür und sah Shane leibhaftig und in seiner Uniform vor sich stehen. Shane war offensichtlich die Treppe hochgerannt, denn er konnte kaum

Luft bekommen. Mikhail sah in die ernsten, braunen Augen und sein Herz pochte wie wild.

Er wollte sich nichts anmerken lassen, aber Shane grinste ihn an und kam einfach durch die Tür, schob Mikhail vor sich her nach hinten und immer weiter nach hinten. „Das kannst du nicht zurücknehmen, Mickey. Ich lasse es nicht zu."

„Was kann ich nicht zurücknehmen? Meine Entschuldigung? Ich will sie nicht zurücknehmen..."

„Gut. Aber das habe ich nicht gemeint."

„Umpf..." Mikhail stieß mit dem Rücken an die Wand. „Worüber redest du eigentlich?", fragte er hilflos und sah Shane an, der ihn mit den Augen verschlang. Shane kam ihm müde vor – und so scharf in seiner Uniform. Er sah irritiert und zerzaust aus, aber vor allem lieb und teuer. Mikhail fragte sich, was er wohl in den letzten beiden Wochen geatmet hatte. Luft konnte es jedenfalls nicht gewesen sein, denn die Luft war auf einmal so rein und klar, jetzt, wo Shane wieder hier war.

Zwei große, warme Hände legten sich um Mikhails Gesicht und ein Ausdruck von Ruhe und Zufriedenheit breitete sich auf Shanes Gesicht aus. „Schau dich nur an", sagte er sanft. Sie standen Brust an Brust zusammen und ihre Herzen schlugen verwirrt durcheinander. „Das kannst du nicht zurücknehmen, Mickey. Das hast du ernst gemeint. Du hast dich gefreut, mich zu sehen. Ich habe dich noch nie so glücklich gesehen. Du kannst es nicht mehr zurücknehmen. Ich lasse es einfach nicht zu."

„Das will ich auch gar nicht", grummelte Mikhail. Er schloss die Augen und rieb die Nase an Shanes stoppeligem Kinn. „Ich will gar nichts zurücknehmen. Oh Gott, *Ljubime*. Ich glaube, mein Herz kann keine Minute mehr ohne dich schlagen."

Shane küsste ihn. Es war ein gründlicher Kuss, rückhaltlos und bedenkenlos. Mikhail erwiderte ihn mit aller Kraft, stöhnte und forderte mehr. Er wollte gerade die Knöpfe an Shanes Hemd öffnen, da zog Shane sich fluchend zurück.

„Gott ... das können wir nicht tun. Nicht jetzt", murmelte er. „Mickey, ich bin im Dienst. Zumindest in der Mittagspause. Ich ... ich habe deine Nachricht gehört und musste dich einfach sehen. Hier und jetzt." Shane kannte sich aus der Zeit, die er mit Ylena verbracht hatte, in der Wohnung aus. Er ging zu dem kleinen Schrank im Flur und öffnete ihn. Dann kam er mit einem Koffer zurück, den er Mikhail in die Hand drückte. „Pack jetzt deine Sachen. Und beeil dich. Sie wissen, dass ich kurz Pause mache, und ich habe noch eine Stunde Zeit. Aber ich will Calvin nicht zu lange allein lassen. Wir sind heute Nacht nur zu zweit. Ich muss so schnell wie möglich wieder nach Levee Oaks, ja?"

Mikhail schaute verwirrt auf den Koffer in seiner Hand. „Warum bist du dann hier? Was soll ich mit dem Koffer?"

Shane zog irritiert die Nase hoch. „Ich bin hier, um dich nach Hause zu holen, verdammt. Du wirst nicht eine Nacht länger allein hier bleiben. Könntest du dich jetzt bitte beeilen?"

Ein Lächeln breitete sich auf Mikhails Gesicht aus, das er weder verhindern konnte noch verhindern wollte. „Natürlich", sagte er nur und verschwand in Rekordgeschwindigkeit im Flur. „Du glaubst doch nicht etwa, dass ich deine Katzen unbeaufsichtigt mit diesem Monsterhund allein lasse, wenn ich es irgendwie vermeiden kann, oder?"

20

„And I'd give up forever to touch you."
Goo Goo Dolls, *Iris*

SHANE WAR vollkommen platt, als er um sechs Uhr morgens von seiner Schicht nach Hause kam. Auf der Rückfahrt von Citrus Heights hatten sie sich unterhalten und Mikhail hatte festgestellt, er sähe müde aus und hätte abgenommen. Shanes Bemerkung, er wäre sowieso zu fett gewesen, hatte ein spannungsgeladenes Schweigen zur Folge gehabt.

„Bitte, Shane. Du musst vergessen, dass ich das jemals gesagt habe", meinte Mikhail schließlich mit erstickter Stimme. Shane hatte nur ein Scherz machen wollen und war über diese Reaktion überrascht.

„Ich habe es doch nicht ernst gemeint ..."

„Lass das." Mikhail schniefte und Shane verfluchte innerlich, dass er keine Zeit hatte, um darüber zu reden und dieses Thema endgültig ad acta zu legen.

„Na gut, ich ..."

„Ich habe es ernst gemeint!", fuhr Mikhail ihn an. Shane warf ihm einen erschrockenen Blick zu. Es war dunkel und nur ab und zu schien eine Straßenlampe ins Auto, aber er konnte erkennen, dass Mikhail den Tränen nahe war. „Ich habe fürchterliche Dinge zu dir gesagt. Damit muss ich leben. Aber du darfst sie nicht glauben. Das darfst du einfach nicht. Ich halte es nicht aus, wenn du sie glaubst und mich ständig daran erinnerst. Ich habe dich nur fett genannt, weil du mir gesagt hast, andere hätten das vor mit getan. Ich habe es benutzt, um dich loszuwerden. Ich habe es nicht ernst gemeint. Ich habe es niemals ernst gemeint. Ich habe es selbst nie geglaubt. Ich habe das alles nur gesagt, um dich zu verjagen und wegzustoßen. Ich weiß, dass du das auch weißt. Aber du musst es auch glauben. Ich halte es nicht aus, wenn ich dich ansehe und du denkst, ich wüsste nicht, was für ein wunderbarer Mann du bist. Ich begnüge mich nicht mit dir, ich will dich für mich gewinnen. Das ist ein Unterschied. Du bist ein Mann, für den es sich lohnt."

Shane hatte genickt und es ebenfalls mit Ehrlichkeit versucht. „Ich bin nicht so stark", hatte er sich entschuldigt. „Ich ... ich kann das einmal durchhalten. Was du gesagt hast ... Ich habe es erwartet, aber es hat mich trotzdem verletzt. Du musst ehrlich zu mir sein, Mickey. Du kannst mir sagen, ich soll dich in Ruhe lassen oder dass du mich einige Zeit nicht sehen willst. Du kannst mir sagen, dass du beschissene Laune hast und ich dir besser aus dem Weg gehen soll. Aber ich kann so etwas nie wieder hören. Ich *kann* es einfach nicht, okay? Wenn du willst, dass ich es wirklich vergesse, dann ..."

Er schluckte. Jetzt kam der Teil, der vielleicht dazu führen würde, dass er umkehren und Mikhail wieder nach Citrus Heights bringen musste. Und dann wäre alles vorbei. Endgültig.

„Ich glaube, du musst es mir versprechen." Mikhail zuckte zusammen und Shane fuhr seufzend fort: „Ich muss darauf vertrauen können, dass du nicht auf diese Weise mit mir Schluss machst. Nie wieder. Jede andere Art ist in Ordnung, verstehst du? Du kannst mir sagen, dass wir nicht zusammen passen oder du mich nicht mehr liebst, dass ich dir nicht ehrgeizig genug bin oder ein Spinner. Was auch immer. Aber ... nicht so."

Mikhail gab einen merkwürdigen Ton von sich, wie eine Mischung aus Entsetzen und Lachen. „Mein Gott, du hast wirklich kein glückliches Händchen mit deinen Liebhabern. Ja. Ja, ich verspreche dir, es nie wieder zu tun. Und wenn ich es nur deshalb tue, damit du nicht wieder mit so einem grauenhaften Kerl endest, der noch schlimmer ist als ich."

Shane holte tief Luft. „Hey, Mickey?" Mikhail drehte sich zu ihm und Shane fragte sich, ob ihm seine Nervosität und Aufregung anzusehen war. Er konnte sich vor Freude kaum beherrschen, mit Mikhail zusammen in seinem GTO zu sitzen und ihn wieder zu sich nach Hause zu bringen.

„*Da?*"

„Ich will dich auch für mich gewinnen, vergiss das nicht."

„Dass du das so sagen kannst ..."

„... ist der beste Beweis dafür, dass sich mein Geschmack gebessert hat."

Das lag jetzt einige Stunden zurück. Shane hatte Mikhail zu sich nach Hause gebracht, ihn leidenschaftlich geküsst (Gott, ihm kochte immer noch das Blut in den Adern von dem Geschmack und dem berauschenden Gefühl, Mikhail in den Armen zu spüren, so nah und warm und hart) und dann war er gegangen. Noch während er aus der Ausfahrt fuhr, hatte er sich zum Dienst zurückgemeldet und Calvin Bescheid gesagt, dass er wieder offiziell erreichbar wäre.

Es war eine interessante Nacht gewesen. Eine Schlägerei in einer Bar, einige häusliche Auseinandersetzungen, ein ziemlich schrecklicher Autounfall – alles in allem mehr, als Levee Oaks an einem normalen Abend erlebte. Shane hatte sich immer noch nicht ganz erholt. Er war so müde und erschöpft, dass er leicht zitterte, als er das Tor öffnete und über das Viehgitter fuhr. Dafür fiel es ihm leicht, sich ins Haus zu schleichen. Er war zu schwach auf den Beinen, um fester aufzutreten. Als er in sein Zimmer kam, sah er zu seiner Erleichterung Mikhail friedlich schlafend im Bett liegen, die lila-braune Decke bis über die Schultern gezogen. Shane zog die Schuhe von den Füßen, verstaute seine Dienstwaffe im Safe und zog sich aus, um eine Dusche zu nehmen.

Es war definitiv eine Verbesserung zur letzten Woche, als er mehr als einmal bekleidet mit dem Gesicht nach unten ins Bett gefallen und am Morgen mit blauen Flecken aufgewacht war, weil er die Waffe noch am Gürtel hatte.

Shane wusste, dass er nach seiner Verwundung zu früh wieder im Dienst erschienen war. Aber er hatte nicht zu Hause bleiben wollen, wo er viel zu viel Zeit damit verbrachte, sich um Mikhail zu sorgen und über eine Zukunft ohne ihn nachzudenken, sollte sein sorgfältig ausgeklügelter Plan sich in Luft auflösen.

Deshalb hatte er dem Arzt etwas vorgespielt und sich die richtigen Antworten zurechtgelegt, als er gefragt wurde, ob er sich schon besser fühlte oder noch Schmerzen hätte. Danach war er in die Wache gefahren und hatte sich wieder zu seinen üblichen Einsätzen einteilen lassen. Der Captain hatte einige Bemerkungen über den Vorfall gemacht, aber Shane hatte ihn nur verständnislos angesehen.

„Bekomme ich einen Aktenvermerk?"

„Nein."

„Werde ich gefeuert?"

„Nein."

„Muss ich eine Fortbildung machen, damit ich das nächste Mal, wenn Kinder in Gefahr sind, anders oder doch genauso reagiere?"

„Wenn du das bis jetzt nicht gelernt hast ..."

„Wie wäre es dann, wenn ich mich jetzt einfach an den Schreibtisch setze und mit dem Papierkram für die Schicht beginne? Der Arzt hat mich arbeitsfähig geschrieben, mein Dienstwagen ist nicht von einem anderen übernommen worden ... Alles in bester Ordnung, oder?"

„In bester Ordnung" in dieser Nacht bedeutete, dass er einen Kinnhaken verpasst bekam und ihm ein Ellbogen in seine verwundete Seite gerammt worden war, als er nicht aufpasste. Calvin hatte ihn besorgt angesehen, als sie sich nach dem Dienst abmeldeten, um nach Hause zu gehen.

„Mein Gott, Perkins ... du siehst beschissen aus. Ich hatte gehofft, du hättest die freie Stunde wirklich dazu benutzt, um dich auszuruhen. Sieht aber nicht so aus."

Shane zuckte mit den Schultern. „Ich musste Mickey abholen", sagte er barsch. Calvins Reaktion war mehr als überraschend.

„Oh, Gott sei Dank", hatte er mit einem erleichterten Lächeln geantwortet. „Verdammt ... Ich will immer noch nicht behaupten, dass ich das alles verstehe. Aber wenn sich jetzt endlich jemand um dich kümmert, werde ich mich definitiv wohler fühlen, dich wieder im Dienst zu sehen."

Shane schob schmollend die Unterlippe vor. Er konnte es nicht verhindern, obwohl es kindisch war. „*Ich* kümmere mich um *ihn*", hatte er gesagt, weil er es einfach klarstellen musste.

Calvin hatte die Augenbrauen hochgezogen und ihn nachsichtig angegrinst. Shane fragte sich, wann sein schlaksiger, jungenhafter Partner so erwachsen geworden war. Calvin war fast ein richtiger Mann, auf jeden Fall aber ein Freund geworden. „Ich denke, ihr kümmert euch beide umeinander. Aber das geht nur, wenn du zuhause bist. Verschwinde jetzt. Ich rede mit dem Captain und sehe, ob du morgen frei bekommen kannst …"

Shane schüttelte den Kopf. „Der Captain glaubt sowieso, ich sollte noch nicht wieder arbeiten."

„Er hat recht."

„Ja. Aber ich arbeite gerne."

„Warum?", fragte Calvin mit ehrlichem Erstaunen. Sie verließen das Büro und machten sich auf den Weg zu ihren Autos, die hinter dem Haus auf dem Parkplatz standen. „Ich weiß, du bist gut. Jedenfalls dann, wenn du dich nicht gerade erschießen lässt. Aber ich glaube nicht, dass du die Arbeit wirklich liebst."

„Ich liebe es, Menschen zu helfen", erwiderte Shane ernst. Dagegen konnte Calvin nichts einwenden.

„Und darin bist du auch gut. Du bringst die Obdachlosen in eine Unterkunft und findest einen Platz für Ausreißer. Dem Jungen, dem du den Job als Automechaniker besorgt hast, geht es jetzt wieder gut. Aber das kannst du auch in einem anderen Job machen, dazu musst du kein Bulle sein. Diese Arbeit ist schmutzig und hart. Sie kann sehr schmerzhaft sein. Ich liebe sie, aber du bist nicht mit dem Herzen dabei, Perkins. Du bist ein guter Kerl und du hast ein gutes Herz. Das ist in unserem Job vergeudet, und ich hasse das."

Sie waren bei ihren Autos angekommen und Calvin war davongefahren, bevor Shane ihm hatte widersprechen können – wenn er überhaupt gewusst hätte, was er dazu sagen sollte. Aber das Gespräch war ihm nicht aus dem Kopf gegangen und auch jetzt, während er unter der Dusche stand, dachte er noch darüber nach. Er verdrängte es und widmete sich einem näherliegenden Problem. Woher sollte er nur die Kraft nehmen, ins Bett zu kriechen und die Erwartungen des Mannes zu erfüllen, der dort auf ihn wartete?

Als Shane in sein Zimmer zurückkam, brannte das Licht und Mikhail saß, umgeben von den Katzen, im Bett. Shane musste lächeln, als er die Flasche mit dem Gleitgel sah, die Mikhail optimistisch auf den Nachttisch gestellt hatte. Gott, er konnte nur hoffen, dass sie zum Einsatz kam!

„Du siehst müde aus, *Ljubime*", meinte Mikhail besorgt. „Und du hast schon wieder blaue Flecken auf dem Bauch und an der Seite." Shane wühlte knurrend in der Kommodenschublade und zog mit zitternden Händen eine Unterhose hervor. Mikhail schien nichts zu entgehen, denn er war mit einem Sprung aus dem Bett und kam auf Shane zu. Dann rieb er ihm über die Hände, die noch feucht waren von der Dusche. „Was ist los mit dir? Hast du nichts gegessen?"

„Oh ja", murmelte Shane. „Das wäre eine gute Idee gewesen."

Mikhails Hände fühlten sich sooo gut an auf den Schultern, waren so warm und stark, als sie ihn mit sicherem Griff zum Bett schoben. „Hier. Du bleibst jetzt hier, du dummer Mann. Ich hole dir etwas zu essen."

Shane grummelte protestierend vor sich hin, als er auf die Matratze gedrückt wurde, dort, wo sie noch warm und gemütlich war von Mikhails Körperwärme. Dann schlief er ein. Und wurde – umgeben von den Katzen – wieder wach, als Mikhail mit einem Teller aufgewärmter Dosensuppe und einigen Scheiben Toast zurückkam.

Es war seine Lieblingssuppe – Muschelcreme – und der Geruch weckte ihn genug, um sich hinzusetzen, den Teller auf das Handtuch zu stellen, das ihm Mickey auf den Schoß legte, und herzhaft zuzuschlagen. Nach einigen Bissen fühlte er sich schon fast munter und löffelte glücklich vor sich hin.

„Du weißt hoffentlich, dass du so gut wie nichts in der Küche hast, außer dem Katzenfutter, ja?", fragte Mikhail missbilligend. Shane nickte und schluckte.

„Ich habe zwei Achtstunden-Schichten und dann acht Stunden frei, da kommt man nicht zum Einkaufen, verstehst du? Und wenn ich dann einen ganzen Tag frei habe, will ich nur noch schlafen."

„Nun, das ist ein absolut dämlicher Dienstplan. Vor deiner Verwundung hast du den noch nicht gehabt. Warum ist das jetzt anders?"

Shane zuckte mit den Schultern, weil er der Frage gerne ausgewichen wäre. Er war sich ziemlich sicher, dass der neue Dienstplan damit zu tun hatte, dass Deacons Familie ihn so auffällig oft im Krankenhaus besucht hatte. „Am meisten nervt mich, dass Calvin die gleiche Schicht übernommen hat", sagte er unglücklich. „Es ist nicht leicht für ihn. Er hat eine Frau und zwei Kinder. Aber er weiß, dass ich den anderen nicht vertraue."

Mikhail schüttelte wortlos den Kopf und nahm Shane den leeren Teller ab. „Morgen gehen wir einkaufen. Ich bereite etwas vor und stelle es in den Ofen, bevor du mich zur Arbeit fährst. Dann hast du eine warme Mahlzeit, wenn du wieder vom Dienst nach Hause kommst."

Shane lächelte verlegen. „Das wäre schön. Ich mache gegen zehn Uhr abends Schluss. Soll ich dich danach abholen? Oder ich kann ganz lieb bitten, ob dich jemand von *The Pulpit* abholt."

„Ich will euch keine Mühe machen. Ihr habt schon genug zu tun", erwiderte Mikhail mit einem Augenrollen. „Aber ich würde dich morgen gerne sehen. Und übermorgen auch." Er beugte sich frech grinsend vor und leckte einen Rest Suppe von Shanes Mundwinkel. Ein lautes Fauchen war zu hören. Mikhail hatte keinerlei Gewissensbisse, als er Maura Tierney hochnahm und zur Seite schob, um Shane in die Arme nehmen und richtig küssen zu können.

Shane war sofort dabei, als Mikhails nackte Brust sich an ihn drückte und ihm einen Schauer über den Rücken jagte. Verdammt ... oh ja ... das fühlte sich so verdammt gut an. Ihre Lippen drückten sich aneinander und ihre Zungen fingen zu tanzen an. Shane zog die Decke zurück (und warf damit einige der Katzen auf den Boden) und rollte Mikhail unter sich, sodass sie sich weiter küssen konnten.

Zu mehr schien er nicht mehr in der Lage zu sein.

Shane hatte ein dringendes Bedürfnis, an Mikhails 'interessantere Körperteile' zu gelangen, aber der lag so hingebungsvoll und nachgiebig und so, so süß unter ihm. Und Mickeys Hände waren überall – an Shanes Gesicht, seinem Hals und seinen Schultern. Sie klammerten sich an seinen Rücken und zogen ihn näher und näher, bis Shane sich an ihm rieb und Mickey ihm die Beine um die Hüften schlang und sich fest an ihn presste. Mehr wollten sie sich anscheinend beide nicht bewegen.

Dann fühlte Shane Mickeys Hände auf der Brust und sie wollten sich sogar zwischen ihre Körper schieben, um irgendwo zuzufassen und zu streicheln oder so. Aber dazu hätten sich ihre Körper trennen müssen, und als Shane es versuchte, wimmerte Mickey nur und zog ihn wieder an sich. Shane versuchte sogar, über Mikhails Kinn und Hals seinen Weg nach unten zu küssen, in der Absicht, härtere und steifere Körperteile zu erreichen. Mikhail nahm Shanes Gesicht zwischen die Hände und zog ihn – kaum dass er am Schlüsselbein angelangt war – wieder nach oben, um ihn weiter auf den Mund zu küssen.

Der Kuss wollte nicht enden. Ihr Verlangen wuchs und schwoll an, zusammen mit bestimmten Körperteilen, die immer empfindlicher wurden. Shanes Schwanz – immer noch von einer dünnen Schicht Baumwolle bedeckt – fand eine neue Heimat direkt neben Mikhails Schwanz, der schon ihre Unterhosen mit seiner Vorfreude tränkte. Mikhail stieß erregt mit den Hüften zu und Shane erwiderte seinen Stoß, während ihre Lippen und Zungen sich um die lebenswichtigen Dinge kümmerten und dafür sorgten, dass sie sich nie, nie wieder trennen mussten.

Dann wurden Mickeys Stöße erregter und fanden ihren Rhythmus, Shanes Schwanz wurde irgendwo dort unten eingeklemmt und er rieb sich, schneller und härter und mit nur noch einem Ziel und … oh Gott … oh ja …

„Verdammt, Mickey …" keuchte Shane. „Verdammt, ich …"

„Aaahhhhh …", stöhnte Mickey unter ihm, bog den Rücken durch und zuckte zusammen. Shane fühlte die warme, klebrige Feuchtigkeit, die sich zwischen ihnen ausbreitete und durch den Stoff ihre nackte Haut bedeckte. Die Vorstellung, diesen Mann – diesen argwöhnischen, verschlossenen Mann – so zu erleben, wie er nur von einem Kuss und etwas Trockensex in Shanes Armen kam und …

„Ich … ich komme, ich …" Shane schloss die Augen und presste sich stöhnend mit dem Gesicht an Mikhails Hals. Dann erfüllte er sein Versprechen und kam und kam und kam.

Sie blieben keuchend zusammen liegen und brachten ihren langen, intensiven Kuss zu Ende. Nach einiger Zeit ließ Shane sich zur Seite und aus dem Bett rollen, weil Mikhail sein Gewicht zu viel wurde. Mikhail blieb liegen und hielt sich kopfschüttelnd die Hand vors Gesicht.

„Ich kann es nicht glauben", murmelte er vor sich hin. Shane lachte leise und zog dann seinem Geliebten die eingeweichte Unterhose vom Leib, was ihm einen empörten Blick Mikhails einbrachte.

„Was kannst du nicht glauben? Dass du davon gekommen bist?" Shane schüttelte den Kopf, knüllte ihre Unterhosen zusammen und warf sie in die Wäschetruhe am Ende des Betts. „Na ja, ich habe das seit meiner Schulzeit auch nicht mehr gemacht. Es war schon außergewöhnlich."

Er ging ins Badezimmer und kam mit einem feuchten Tuch zurück. Vorsichtig rieb er erst Mikhail, dann sich selbst damit ab, damit er sich wieder ins Bett legen und an Mikhail kuscheln konnte, ohne dass sie zusammenklebten. Er warf das Tuch ebenfalls in die Wäschetruhe, dann setzte er sein Vorhaben in die Tat um.

„Rutsch rüber, Mickey. Ich will nicht aus dem Bett fallen." Das Bett war recht groß, aber Mikhail lag genau in der Mitte. Immer noch leicht benebelt, erfüllte Mikhail ihm seine Bitte. Dann drehte er sich in Shanes Armen um, damit sie sich ansehen konnten.

Shane griff über ihn und schaltete das Licht aus. „Ich habe das noch nie gemacht. Ich habe noch nie einfach nur ... nur ...", flüsterte Mikhail und erschauerte in Shanes Umarmung. „Mein Gott, *Ljubime*. Was machst du nur mit mir? Ich dachte, ich wüsste alles über Sex. Ich bin schließlich auf den Strich gegangen, um Himmels willen!"

Mikhail bebte immer noch. Shane rieb ihm sanft über den Rücken und flüsterte ihm Zärtlichkeiten zu, bis er sich wieder etwas beruhigt hatte. Nach einiger Zeit konnte Mikhail wieder regelmäßig atmen und lag wie ein kleines, warmes Bündel in Shanes Armen. Shane überlegte angestrengt, was er intelligentes – oder zumindest halbwegs zusammenhängendes – sagen könnte, um Mikhail wieder aus seinen Gedanken zu reißen.

„Weißt du, Mickey, es gibt Orte, da essen die Menschen sogar Katzen."

Mikhails Kopf schoss in die Höhe. Er sah Shane erschrocken an. „Wie kannst du so etwas Ekelhaftes sagen!"

„Ja, ich weiß." Mist. „Aber ich erkläre es dir gleich, dann verstehst du, was ich damit meine. Sie essen die Katzen also, und aus ihrem Pelz machen sie Handschuhe oder Mützen, soweit ich weiß ..."

Nachdem Mikhail aufgehört hatte, am ganzen Leib zu zittern, hatte Orlando Bloom sich auf seiner Hüfte niedergelassen. Mickey streichelte ihn fürsorglich. Shane konnte sich, trotz seiner Erschöpfung, ein Lächeln nicht verkneifen.

„Und?"

„Und diese Menschen kennen Katzen in- und auswendig. Sie wissen alles über sie. Sie benutzen sie als Nahrung und um sich warm zu halten. Aber weißt du was?"

Shane bemerkte sofort, als bei Mikhail der Groschen fiel. Mickeys Augen glänzten und ein ironisches Lächeln breitete sich auf seinem Schmollmund aus. „Was?", fragte er leise.

„Diese Menschen lieben die Katzen nicht."

Mikhail hörte auf, Orlando zu streicheln. Er legte die Hand auf Shanes Brust. „Du bist ein sehr weiser Mann, *Ljubime*."

„Ich gebe mein Bestes."

Damit waren Shanes geistige Kapazitäten für den Moment erschöpft und er schlief ein.

UNGEFÄHR FÜNF Stunden später weckte Mikhail ihn und sie fuhren nach Natomas, um Lebensmittel einzukaufen. Der kleine Laden in Levee Oaks fiel aus offensichtlichen Gründen aus, und außerdem war er sowieso zu teuer.

Als sie wieder zurück waren, kochte Mikhail Fertignudeln (nachdem er einen großen Topf Chili fürs Abendessen vorbereitet hatte) und sie unterhielten sich noch eine halbe Stunde. Danach fuhr Shane ihn ins Tanzstudio, bevor er sich selbst auf der Wache zurückmeldete. Eine Stunde vor Dienstschluss hinterließ ihm Mikhail eine Nachricht auf dem Handy.

Mikhail war mit dem Bus nach Levee Oaks gefahren und gut gelaunt über den Elkhorn Boulevard zu Shanes Haus gelaufen. Shane blieb fast das Herz stehen, als er die Botschaft bekam und nicht sofort antworten konnte, weil er sich um eine häusliche Auseinandersetzung kümmern musste, die ein betrunkener Vater ausgelöst hatte. Dass es ausgerechnet auch noch Cricks Stiefvater (und Bennys Vater) sein musste, machte die Sache nicht angenehmer. Noch weniger angenehm war, dass Stief-Bob (wie sie ihn nannten) auf dem Weg in die Zelle Blut gekotzt hatte und sie ihn deshalb ins Krankenhaus nach Stockton bringen mussten. Als Shane endlich Zeit fand, um Mikhail anzurufen und sich davon zu überzeugen, dass er heil angekommen war, war Shane selbst schon auf dem Weg nach Hause und Mikhail hatte ihm eine zweite Nachricht von dort geschickt.

„Gott, Mickey", rief Shane, als er ins Haus stolperte. „Das kannst du nicht machen!"

„Was kann ich nicht machen?", fragte Mikhail. Er saß auf dem Sofa und sah sich einen Film an. Shane sah einen Stapel DVDs auf dem Tisch liegen, die Mikhail offensichtlich von zuhause mitgebracht hatte. Er freute sich darüber, aber – verdammt! – er hatte einen Grund für seine Besorgnis.

„Du kannst nicht im Dunkeln allein durch die Felder laufen. Kannst du dir vorstellen, wie viele besoffene Psychos in dieser kleinen Stadt leben?" Shane ging direkt in die Küche, aus der ein appetitlicher Geruch kam. Dann füllte er sich einen Teller mit Chili. Er hatte gerade die Tüte mit Crackers aufgerissen, als Mikhail in die Küche kam und sie ihm mit einem missbilligenden Blick abnahm.

„Ihm Kühlschrank sind Käse, Maisfladen und Zwiebeln. Wenn ich schon für dich koche, solltest du meine Künste mit etwas mehr Respekt behandeln."

„Käse?" Shane ging sofort zum Kühlschrank und suchte nach der versprochenen Köstlichkeit. Der Käse war schon gerieben. Außerdem fand er geschnittenen Lauch und schnappte sich auch noch eine Flasche Milch aus der Tür. Mikhail nahm ihm alles ab und scheuchte ihn zu dem kleinen Küchentisch, wo der

Teller mit dem Chili mittlerweile auf einem Platzdeckchen stand, das Shane schon seit Monaten nicht mehr gesehen hatte.

„Das ist viel zu nobel", knurrte er.

„Du wirst von einem schwulen Mann bedient, der bis vor Kurzem noch mit seiner Mutter zusammengewohnt hat. Es gibt Dinge, an die musst du dich einfach gewöhnen. Und dazu gehört auch, am Tisch zu essen."

„Ich war schon bei euch eingeladen. Deine Mutter hat auch immer im Wohnzimmer vor dem Fernseher gegessen." Shane setzte sich trotzdem gehorsam an den Küchentisch.

„Weil sie krank war. Davor haben wir abends immer den Esstisch benutzt. Zum Frühstück und mittags haben wir getrennt gegessen. Aber abends? Nur am Esstisch und mit Platzdeckchen. Für Mutti war es fast so etwas wie ein religiöses Ritual."

Shane nahm einen Löffel Chili und stöhnte verzückt. „Ich könnte mich ihrer Religion anschließen", gab er zu. „Was nun die fünf Kilometer dunkle Landstraße zwischen Levee Oaks und hier angeht ..."

Mikhail zuckte mit den Schultern. „Ich bin als Kind allein in den Straßen von St. Petersburg unterwegs gewesen. Was sollte es hier schon geben, das ich nicht überleben kann?"

Shane runzelte die Stirn. „Nur weil du es *über*lebt hast, heißt das noch lange nicht, dass ich es *er*leben möchte. Außerdem hattest du nur Glück. Mehr als Glück sogar. Du bist ein verdammtes Wunder, und ich will nicht, dass mein Wunder als Vorlage für die nächste Folge von *CSI* endet, ja?"

Mikhail verschränkte seufzend die Arme vor der Brust. Dann kam er zu Shane an den Tisch und deutete auf den Suppenlöffel. „Du isst jetzt deinen Chili und gehst unter die Dusche, damit wir ins Bett kommen."

„Mickey ...", wollte Shane widersprechen, aber er hatte den Mund schon voll und musste erst schlucken. Mikhail kniff sich seufzend den Nasenrücken.

Dann zuckte er schnippisch mit einer Schulter, eine Geste, die Shane mehr und mehr an ihm liebte. „Wenn du schon Wunder verlangst, dann wünsche dir lieber ein besseres Bussystem. Es ist nämlich fürchterlich hier. Ich war eine Ewigkeit unterwegs."

Shane verdrehte lächelnd die Augen. „Ich werde es mir merken. Aber können wir uns bis dahin darauf konzentrieren, das Wunder, das ich schon habe, nicht als Kriminalfall enden zu lassen?" Er wurde ernst. „Ich habe solche Szenen schon mehr als einmal erlebt. Ich könnte es nicht überleben, wenn du so da draußen gefunden wirst."

Mikhail legte ihm seine warme, starke Hand in den Nacken und massierte ihn sanft. „Na gut", brummte er. „Das nächste Mal lasse ich mich von der Bushaltestelle abholen. Einverstanden?"

Shane ging es sofort besser und er aß erleichtert den Rest der Suppe. Mikhail ließ ihn in Ruhe und hob Jensen Ackles vom Boden auf, der ihm um die Beine geschlichen war. Er legte ihn auf den Arm und kraulte ihm mit der anderen Hand den Bauch, bis der Kater zufrieden schnurrte. Nach einiger Zeit sah er Shane mit einem katzenhaften Ausdruck an.

„Shane?"

„Hmmpff?"

„Wenn der besoffene Psycho von Levee Oaks über mich herfällt ... Was meinst du wohl, was er aus mir macht? Handschuhe oder eine Mütze?"

Shane hätte sich fast an seinem Chili verschluckt, schaffte es aber noch (mit freundlicher Hilfe eines großen Schluckes Milch), ihn in die Speiseröhre zu befördern. „Er würde aus dir einen Lendenschurz mit passender Börse machen. Mein Gott, du Spinner! Wie kannst du so etwas fragen?"

„Ja", meinte Mikhail zufrieden. „Weil der besoffene Psycho von Levee Oaks mich nicht liebt, nicht wahr?"

Shane wischte sich mit der Serviette über den Mund und grinste ihn an. Dann rieb er sich mit der Zunge die letzten Chilireste von den Zähnen. „Komm her, verdammt", verlangte er. Mikhail setzte grinsend den Kater auf den Boden zurück und folgte der Aufforderung.

Die Transportfrage blieb eine andauernde Belastung und ging ihnen ziemlich auf die Nerven. Mickey und Benny lernten gemeinsam für ihren Führerscheintest, aber das war ein mittelfristiges Ziel und löste die aktuellen Probleme nicht. Es war jedes Mal ein unglaublicher Aufwand, wenn Mikhail Shane besuchen wollte oder wieder nach Hause musste. (Außerdem hatte Mikhail eingestanden, dass seine Schulausbildung nicht die beste war. Seine Schrift war krakelig und kaum lesbar, und beim Lesen – im Gegensatz zum Reden – stolperte er oft über die Aussprache oder die Bedeutung der Wörter. *Und das liegt daran, dass dein Wunder kaum den Schulabschluss geschafft hat*, Ljubime. *Es ist eine Schande, aber das Beste am Englischunterricht waren die Geschichten, die uns der Lehrer vorgelesen hat.*)

Shane war außerordentlich erfreut darüber, dass Mikhail ihn so oft besuchen wollte. Er kam mehr als einmal nach Hause, in der Absicht, schnell zu duschen, sich umzuziehen und Mikhail in Citrus Heights abzuholen, nur um festzustellen, dass Deacon oder Crick oder Jeff oder Jon ihm die Fahrt abgenommen hatte. Aber seine Freunde hatten ihr eigenes Leben und es wurde Mickey langsam peinlich, sich immer auf ihre Hilfsbereitschaft verlassen zu müssen, wenn er bei Shane schlafen wollte.

„Ich kann aber in meinem eigenen Bett nicht mehr gut schlafen", beschwerte er sich eines Abends mürrisch, als sie darüber sprachen.

Shane musste ihm recht geben. Er kam bei seinem Dienstplan kaum zum Ausschlafen, und wenn Mikhail ihm nachts nicht Gesellschaft leisten würde, hätte er außerdem noch schlecht geschlafen.

„Du könntest bei mir einziehen", grummelte er, als sie sich abends am Telefon unterhielten. Er war frustriert, müde, hatte einen beschissenen Tag hinter sich und nur sechs Stunden Zeit, dann fing die nächste Schicht an. Er schaffte es einfach nicht, in der kurzen Zeit Mikhail abzuholen und wieder nach Hause zu bringen.

Am anderen Ende der Leitung schnappte Mikhail laut hörbar nach Luft. Shane hätte sich am liebsten selbst in den Hintern getreten, weil er um Mikhails Beziehungsängste wusste und ihm trotzdem – auf seine typische Art – dieser Vorschlag rausgerutscht war. Er packte den Stier bei den Hörnern.

„Ich habe noch ein Zimmer, das ich nicht benutze und in dem nur Bücherregale stehen. Du könntest dein Bett dort reinstellen, müsstest keine Miete bezahlen und könntest für ein Auto sparen und …" Er verstummte, weil der Job immer noch ein Problem war und … Mist, Mist, Mist. Vermutlich hatte er jetzt den Karren endgültig in den Dreck gefahren.

„Das wäre eine Lösung", meinte Mikhail verschlossen. „Ich … ich denke darüber nach", versprach er dann und legte auf.

Shane legte mit einem erleichterten Seufzen ebenfalls auf. Er hatte sich ziemlich ungeschickt verhalten, aber Mikhail schien es ihm nicht nachzutragen. Shane war erleichtert, dass Mikhail nicht den Hörer aufgeknallt und davongerannt war. Erst am nächsten Abend wurde ihm klar, dass ihre Unterhaltung nicht ohne Konsequenzen geblieben war. Als er an Mikhails Wohnung ankam, war der nicht zu Hause. Shane rief ihn an und wurde direkt an die Mailbox weitergeleitet. Frustriert fuhr er nach Levee Oaks zurück. Es regnete und war schon stockdunkel. Shane war nervös und aufgeregt, weil … Oh Gott, er hatte Mikhail einen Schrecken eingejagt mit seinem Vorschlag. Mikhail war entweder weggelaufen oder hatte sich unter dem Bett verkrochen, weil er Shane nicht sehen wollte, oder … oder …

Oder er war zu Fuß zwischen der Bushaltestelle und Shanes Haus auf der Landstraße unterwegs, klatschnass und mit einem riesigen, in eine Decke gewickelten Bündel unterm Arm. Mitten im schlimmsten Regensturm des ganzen Jahres.

Shane fuhr sofort an den Seitenstreifen, hielt an und öffnete die Wagentür. Dann zog er Mikhail auf den Beifahrersitz. Als er Mikhail ansah, fiel es ihm schwer, angemessen wütend zu sein. Mikhail trug eines von Shanes Kapuzenshirts über seiner Jeansjacke und zitterte vor Kälte. Das Wasser lief von ihm ab und sammelte sich auf dem Boden vor dem Sitz. Shane holte tief Luft und versuchte es trotzdem.

„Was zum Teufel …"

„Ja", sagte Mikhail zähneklappernd. „Ja, ich habe mein Versprechen gebrochen. Aber ich hatte gehofft, dass du es mit verzeihen kannst, weil es einem guten Zweck dient und ich dir ein besseres geben möchte."

Shane drehte die Heizung und den Ventilator auf volle Kraft, weil die Scheiben von der Feuchtigkeit schon beschlagen waren.

„Mikhail, verdammt! Ich hoffe nur, du hast eine sehr, sehr gute Erklärung für diesen Leichtsinn! Ich war bei dir zuhause und habe dich überall gesucht. Ich war fast verrückt vor Angst!"

Mikhail nickte und schob den Sicherheitsgurt unter seinem Bündel durch, um sich anzuschnallen. „Ja, ich weiß. Und es tut mir leid, aber mein Handy hat während der Busfahrt den Dienst eingestellt." Er zog sich die Kapuze vom Kopf. Seine lockigen Haare standen in alle Himmelsrichtungen ab und umgaben ihn wie ein Heiligenschein. Obwohl er sich alle Mühe gab, niedergeschlagen zu wirken, konnte er seine Freude nicht verbergen.

Shane seufzte. „Und?", fragte er und fuhr los. „Verrätst du mir jetzt, was los ist?"

„Was soll ich dir verraten?"

Shane warf ihm einen Seitenblick zu und verdrehte die Augen, als er das Grinsen in Mikhails Gesicht sah. Er konnte ihm wirklich nicht länger böse sein. „Also gut. Verrätst du mir, warum du hier zu Fuß unterwegs warst, obwohl es saukalt ist und in Strömen regnet? Und mach jetzt keine dummen Witze, sonst halte ich sofort wieder an und du kannst den Rest des Weges zu Fuß nach Hause laufen, verdammt!"

Mikhail kicherte leise und sein Grinsen wurde noch breiter. „Ja. Genau. Genau das würde ich tun. Ich würde nach Hause laufen! Verstehst du? Ich rede davon, dass ich bei dir einziehe."

Shane fuhr gerade durch eine Pfütze und wäre fast ins Schleudern geraten. Er verlangsamte das Tempo und brachte seinen zitternden Fuß auf dem Gaspedal wieder unter Kontrolle. Dann sah er seinen verrückten russischen Freund an. „Einziehen?"

„Jawoll." Mikhails Gesichtsausdruck erinnerte Shane an eine seiner Katzen, nachdem sie sich aus dem Haus geschlichen hatte, um auf die Jagd zu gehen und ihre Beute auf der Veranda zu präsentieren. „Ich bin heute nach Hause gekommen und mir ist klar geworden, dass mich nur noch die Erinnerungen an Mutti dort halten. Aber sie ist tot." Mikhails Stimme wurde zum ersten Mal ernst. „Und du lebst und bist hier. Du willst, dass ich glücklich werde. Ich bin glücklich, wenn ich bei dir bin. Also bleibe ich bei dir, bis du einen besseren findest. So einfach ist das."

Shane schluckte. „Wirklich?" Verdammt. „So einfach?" Er holte tief Luft und versuchte, das idiotische Grinsen zu unterdrücken, das sich auf sein Gesicht stehlen wollte.

„*Da*", erwiderte Mikhail selbstgefällig. „Ich habe mir die Wohnung angesehen, bevor ich heute zur Arbeit gegangen bin. Und ich dachte mir: ‚Er hat recht gehabt, mein Bett passt gut in sein Gästezimmer'. Und meine Lieblingsklamotten sind schon bei dir. Den Rest können wir am Wochenende holen." Er hob das Bündel auf seinem Schoß hoch. „Nur das hat noch gefehlt, deshalb habe ich es mitgebracht. Hiermit bin ich offiziell eingezogen."

„Aber dein Job ..." Shane musste nicht mehr fragen, was das Bündel enthielt, aber er wollte sich später eine persönliche Führung durch den Inhalt geben lassen.

Mikhail nickte. „Darum habe ich mich schon gekümmert. Ich habe heute Abend mit Anna gesprochen. Sie sagt, ich kann mit der jungen Tanzlehrerin tauschen, die in Levee Oaks unterrichtet. Sie wohnt in Citrus Heights und wir haben beide einen Vorteil davon. Wenn unsere Schüler nicht wechseln wollen, werden sie die paar Kilometer fahren. Das hat Anna gesagt und ich hoffe, dass sie recht behält. Wie auch immer ... Ich werde immer noch unterrichten und ich kann immer noch tanzen. Aber ich habe jetzt ein Zuhause mit vielen Katzen, die mich lieben."

„Und mit mir", meinte Shane verträumt.

Mikhail wurde noch eine Spur ernster. „Du *bist* mein Zuhause, *Ljubime*. Eine beschissene Wohnung kann ich jederzeit finden. Aber die Zeit mit dir ist unersetzlich und nicht garantiert."

Shane schnaubte und wollte Mikhail gerade erklären, dass die Zeit mit ihm sehr wohl garantiert und unbefristet wäre, als sie zum Gatter kamen. Mikhail legte sein Bündel vor den Sitz und stieg aus, um das Tor zu öffnen. Die Hunde hatten sich unter dem kleinen Unterstand versammelt, den Shane an der Hauswand für sie gezimmert hatte. Er war mit alten Decken, Futter und Wasser ausgestattet, um ihnen an Tagen wie diesem Schutz vor dem Wetter zu bieten. Heute Nacht war es ihnen zu kalt und ungemütlich, um ihn zu verlassen und ihre Lieblingsmenschen zu begrüßen. Shane und Mickey mussten sich keine Sorgen machen, von einem Rudel nasser Hunde überrannt zu werden.

Als sie im Haus waren, wickelte Mikhail die Zedernholzkiste aus und stellte sie auf Shanes Kommode. Unter der nassen Decke war sie noch in eine Lage Plastiktüten gehüllt. Als Shane ihn fragte, warum er die Tüten nicht *über* die Decke gewickelt hatte, sah Mikhail ihn nur verlegen an und meinte: „Weil ich nicht immer der Hellste bin, wie du siehst."

„Die Kiste ist ziemlich schwer geworden", meinte er dann und schüttelte seine verkrampften Arme aus. Shane zog ihm die nassen Tennisschuhe und Socken von den Füßen und schälte ihn aus der Jeans. Mikhail ließ es mit einem frechen Grinsen über sich ergehen. „Dafür muss ich dir danken."

Shane ließ sich seufzend auf den Hintern fallen. „Ich wollte nur nicht, dass du uns vergisst. Das ist alles."

Mikhail schob mit dem Fuß seine Jeans und die Unterhose zur Seite. „Selbst wenn die Kiste in einen Brunnen gefallen oder in die Luft gesprengt worden wäre ... ich könnte dich niemals vergessen."

Shane sah ihn von seiner unvorteilhaften Position auf dem Boden an. „Du sagst immer dann die nettesten Sachen, wenn ich mir wie der größte Idiot vorkomme. Woher kommt das?"

Mikhail zog sich Shanes Kapuzenshirt über den Kopf. Dann zog er seine Jeansjacke und die drei Hemden aus, die er darunter trug. Alles war klatschnass und durchgeweicht.

„Das kann ich dir auch nicht sagen. Warum kommst du nicht mit mir unter die Dusche und fickst mich dann, bis wir alles andere vergessen?" Mikhail zitterte immer noch vor Kälte, aber seine blau angelaufenen Lippen lächelten so einladend, dass Shane sofort auf die Füße sprang. Während er die Uniform auszog und die Pistole wegschloss, drehte Mikhail in der Dusche schon das Wasser auf.

Shane kam nach, und als er seinen anschmiegsamen Geliebten in den Armen spürte, wusste er, dass Mickey recht hatte. Manchmal waren Worte wirklich überflüssig.

21

„Lost track of how far I've gone ... How far I've gone, how high I've climbed."
Bruce Springsteen, *The Rising*

SPÄTER SOLLTE Mikhail noch froh darüber sein, dass sie sein altes Bett ins Gästezimmer gestellt hatten. Nicht, dass er selbst jemals darin schlafen würde, aber es machte das Zimmer gemütlicher und sollte sich noch als praktisch herausstellen.

In der Zwischenzeit machte er die erfreuliche Entdeckung, dass es einfacher war, mit Shane zu leben, als jemals ohne ihn gelebt zu haben. Es war sogar so einfach, dass er fast an seinem Verstand zweifelte. Aber wer war schon so dumm, ein solches Geschenk zu hinterfragen?

Das hieß nicht, dass er sich keine Sorgen machte.

An Shanes kräftezehrendem Dienstplan hatte sich nichts geändert. Die langen Schichten und der Schlafmangel forderten ihren Tribut. Mikhail hatte sogar schon Calvin angerufen und ihn gefragt, ob der einen Grund für diese fürchterliche Diensteinteilung wusste.

Calvin hatte geseufzt. „Was glaubst du wohl? Es ist nicht gerade ein Geheimnis, dass du mit ihm zusammenlebst. Ich will damit sagen, dass Shane ein guter Mann und ein guter Polizist ist. Aber niemand hält das auf Dauer durch. Mann, ich war kürzlich einen Tag krank und hatte die ganze Zeit Angst, sie würden ihn zu irgendeinem Einsatz schicken und dann im Stich lassen."

Mikhail seufzte ebenfalls. Es fiel ihm wirklich schwer, Calvin danach zu fragen. Aber es ließ sich nicht vermeiden. „Und wenn ich nicht hier leben würde?"

„Vergiss das, Mann", hatte Calvin ins Telefon geknurrt. „Du bist das einzige, was ihn noch auf den Beinen hält."

Danach hatte Mikhail vorsichtig versucht, Shane auf das Thema anzusprechen. „Nun, was soll ich denn dagegen tun, Mickey? Kündigen und mich geschlagen geben?"

„Na ja, du könntest ... Ich weiß auch nicht. Jon und Amy haben Deacon rechtlich vertreten und ..."

Shane schüttelte den Kopf und wandte den Blick ab. Er verbrachte seine kurze Dienstpause damit, die Hundescheiße im Hof aufzusammeln. Die sechs Hunde machten so viel Schmutz, dass er sich täglich darum kümmern musste, sonst würde sie in der Scheiße ersticken.

„Das machen sie nur, weil Deacon an die Ranch denken muss. Ich bin auf meinen Job nicht angewiesen. Sie schikanieren mich, aber mehr tun sie nicht. Und ich habe schon einmal eine Abfindung kassiert, weil ich schwul bin. Ich brauche ihr Geld nicht. Ich will nur in einem Job arbeiten, auf den ich stolz sein kann!" Shanes Stimme war immer lauter geworden, aber selbst Mikhail konnte erkennen, wie müde der Mann war. Er seufzte resigniert und nahm Shane die Schaufel ab.

„Zieh die Stiefel aus und leg dich hin", sagte er leise. „Ich erledige das für dich. Du kannst in der Zwischenzeit davon träumen, wie du dich am besten bei mir dafür bedankst."

Shanes wollte protestieren und Mikhail wurde daran erinnert, dass der Mann auch seinen Stolz hatte und man ihn respektieren musste. Um Shane den Wind aus den Segeln zu nehmen und eine männliche Ego-Demonstration zu vermeiden, stellte Mikhail sich auf die Zehenspitzen und küsste ihn.

Shane schloss die Augen und öffnete den Mund, dann überließ er sich Mikhails Umarmung. Der nutzte die Gunst des Augenblicks und schob Shane sanft ins Haus.

„Weißt du", meinte Mikhail, als sie durch die Haustür torkelten, „es gibt auch noch andere Jobs auf dieser Welt, in denen du glücklich werden kannst."

Shane sah ihn so erstaunt an, dass Mikhail sich für einen Moment fragte, ob er gerade Russisch gesprochen hatte.

„Welche Jobs sollen das denn sein?", frage Shane verständnislos. Mikhail schüttelte frustriert den Kopf.

„Streng dich nicht zu sehr an, großer Mann. Wir reden später darüber."

Später war dann um zwei Uhr nachts, und um diese Zeit hatten sie Besseres zu tun, als ihren Mund zum Reden zu benutzen. Aber Mikhail ging am nächsten Tag, wie so oft, wenn er nicht arbeiten musste und Shane im Dienst war, zu Benny, um mit ihr darüber zu reden. Der kleine Pfad zwischen ihren Häusern war viel begangen und Mikhail konnte die Hunde, die sich über den Auslauf freuten, bis zum Tor mitnehmen. Er hatte aus der Not heraus einige Tricks gelernt, um die Meute im Griff zu behalten. Als erstes musste man immer einen Stock zur Hand haben, den man weit werfen konnte. Als zweites empfahl sich, einige Leckerlis in der Tasche zu haben. Marie Angel war schon mehr als einmal auf ihn zugestürmt wie der Allmächtige Drache des Schicksals. Dann warf er eine Handvoll Leckerlis auf den Boden und kletterte auf den nächstbesten Zaun oder was auch immer, um sich vor den sabbernden Ungeheuern in Sicherheit zu bringen. Trotzdem hatten sie ihn oft erwischt und von oben bis unten mit Hundehaaren und Sabber bedeckt. Aber mittlerweile hatte Mikhail zumindest so etwas wie taktischen Gleichstand erreicht, worüber er sehr froh war.

Mikhail ließ die Fellmonster hinter dem Gatter zurück und schlug die Richtung zu Deacons Ranch ein, um mit Benny die Sorgen zu teilen, die er sich um seinen großherzigen Bullen machte.

Benny, die immer von einer kleinen Armee männlicher Beschützer umgeben war, hatte eine besondere Zuneigung zu dem zierlichen Mikhail entwickelt. Trotz des Altersunterschieds behandelte er sie immer wie eine Gleichgestellte, und sie revanchierte sich bei ihm durch ihre bedingungslose Freundschaft.

Außerdem verband die beiden die qualvolle Erfahrung, sich auf die Führerscheinprüfung vorbereiten zu müssen.

„Ich will ihn gar nicht mehr darum bitten, mir Fahrstunden zu geben", sagte Mikhail eines Sonntags voller Bedauern. „Er würde es tun, weißt du? Aber er ist immer so müde, und wenn wir dann im Auto sitzen, klammert er sich die ganze Zeit am Oh-Scheiße-Griff fest. Es ist schlimm."

Sie saßen zusammen auf der Veranda und sahen zu, wie Parry Angel – in eine warme Jacke gepackt, weil an diesem sonnigen Märztag ein heftiger Wind wehte – im Hof herumtapste und sich dabei an einem Plastikgestell festhielt, das sie dort extra für die Kleine aufgebaut hatten. Benny legte ihre Strickarbeit zur Seite und sah ihn schief grinsend an.

„Ich wusste nicht, dass der GTO einen Oh-Scheiße-Griff hat. Cricks Toyota ist anders gebaut. Er hat einen Oh-Gott-Griff. Meinst du, das ist das Gleiche?"

Mikhail brach in lautes Gelächter aus. „Der Unterschied ist wahrscheinlich rein theoretisch. Aber es ist nicht gut für die Moral, wenn sie sich während der Fahrstunde an dem Ding festhalten. Es macht mich nervös; besonders dann, wenn seine Knöchel ganz weiß werden."

Benny prustete vor Lachen. „Sei froh, wenn es nur die weißen Knöchel sind. Mir ist schon fast das Trommelfell geplatzt. Ich stehe mit Crick auf dem Beifahrersitz an der Kreuzung und warte darauf, endlich losfahren zu können, da dreht er sich plötzlich um und schreit: ‚Worauf wartest du denn, zum Teufel? Auf ein Zeichen Gottes?'" Sie schüttelte sich. „Er hat mich so erschreckt, dass ich nach rechts ausgeschert bin … Dann ist dort ein Auto gekommen und das musste nach links ausweichen und ist auf die Gegenfahrbahn geraten. Kurz und gut … ich hätte fast einen Riesenunfall verursacht, nur weil Crick so ein dämlicher Idiot ist." Benny beugte sich vor und legte das Gesicht in die Hände. „Und als ich das letzte Mal mit Jeff geübt habe, musste Deacon ihn anschließend nach Hause fahren."

Mikhail starrte sie an. „War es denn so traumatisch?"

Benny schüttelte den Kopf. „Nein. Aber er hatte einen Flachmann dabei. Als wir zurückgekommen sind, war er stockbesoffen."

Mikhail sah sie entgeistert an. Dann fing er an zu kichern. Als Benny genervt aufstand, um Parry Angel vom Hof zu holen, lachte er schon so laut und herzlich, dass ihm die Tränen über die Wangen liefen.

„Jetzt halt' aber den Mund!", rief Benny und ging mit dem Baby auf der Hüfte ins Haus, weil es Zeit für einen Snack war. Mikhail nahm ihre Stricksachen vom Tisch und folgte ihr. Benny hatte Parry Angel mittlerweile die Jacke und die schmutzigen Stiefel ausgezogen und setzte sie in den Hochstuhl.

„Warum übst du nicht mit Deacon?", wollte Mikhail wissen. Er musste sie wieder versöhnlich stimmen, weil es heute die kleinen, gelben Kekse gab, die er so gern aß.

Benny seufzte. „Wir haben es versucht. Er ist ein guter Lehrer. Wenn wir nach Hause kommen, klopft er mir immer auf den Rücken und sagt: ‚Gut gemacht,

Shorty!' Aber Crick hat mir verraten, dass er sich danach vor Nervosität übergeben hat. Ich schwöre dir, *so* schlecht bin ich nicht!"

„Ich glaube dir ja." Benny konnte fast alles, wenn sie es nur wollte. Es gab keinen Grund, warum das beim Autofahren anders sein sollte. „Aber warum fällt es ihnen so schwer, uns Fahrstunden zu geben?" Die arme Benny. Ihre Erlebnisse machten Shanes weiße Knöchel und zusammengebissene Zähne beinahe zu einem Sonntagsspaziergang.

Benny seufzte und nahm mit der einen Hand eine Banane aus dem Obstkorb, während sie mit der anderen Mikhail die Kekse reichte. Mikhail lächelte glücklich und bediente sich.

„Ich vermute, es liegt daran, dass sie alle Ersthelfer sind oder waren. Verstehst du?"

Mikhail blinzelte verblüfft. Sein Englisch war nicht schlecht, aber dieses Wort hatte er noch nie gehört. „Ersthelfer?"

„Nana!", unterbrach Parry sie fröhlich und Benny wandte sich ihrer Tochter zu.

„Willst du sie dieses Mal auch essen? Oder willst du sie wieder nur zermatschen?"

„Nana! Essen Nana!"

„Versprochen?"

„Versbochen!"

Benny lächelte liebevoll, aber Mikhail hätte sein Geld nicht darauf gesetzt, dass die Kleine ihr Versprechen hielt.

„Was wolltest du sagen?", fragte er, als Parry wieder still war. Kaum hatte sie die Banane in der Hand, jagte sie damit den Keks über das Essbrett an ihrem Hochstuhl. Es war ein faszinierender Anblick, aber Mikhail war trotzdem froh, danach nicht fürs Sauber machen zuständig zu sein.

„Ein Ersthelfer ist jemand, der als Erster bei einem Unfall eintrifft und Hilfe leistet", erklärte Benny. „Deacon und Crick haben als Sanitäter gearbeitet und Crick … Mein Gott, er hat das sogar im *Irak* Jahre lang gemacht. Sie haben ziemlich üble Geschichten erlebt, weißt du? Jedes Mal, wenn ich einen kleinen Fehler mache, sehen sie mich in Gedanken schon in dem zerbeulten Auto vor sich, mit den Fußzehen als Halskette. Und Jeff hat ständig damit zu tun, die Folgen solcher Unfälle zu behandeln. Deshalb ist Shane wahrscheinlich auch so ängstlich. Obwohl, wie ich ihn kenne, lächelt er nur und lobt dich, während er innerlich aufschreit. In dieser Beziehung gleicht er Deacon. Aber es macht die Sache nicht leichter, wenn man ihr Verhalten verstehen kann."

Mikhail sah sie an und kaute auf seinem Keks. Er kam sich unglaublich dumm vor. Natürlich hatte Benny recht. Der arme Shane stellte sich wahrscheinlich die schlimmsten Dinge vor, während er selbst nur das Fahren genoss. Und Shane hatte sich nie etwas anmerken lassen.

„Weißt du", sagte er, nachdem er den trockenen Keks geschluckt hatte. „Vielleicht sollten wir tauschen. Du weißt schon … Shane unterrichtet dich und einer deiner Männer …" Deacon. Bitte, lass es Deacon sein! „… unterrichtet mich. Um mich machen sie sich bestimmt weniger Sorgen, und Shane kann sich sehr gut beherrschen und bleibt ruhig. Dann schaffen wir es vielleicht doch noch, vor dem Herbst unseren Führerschein zu machen."

Benny war im Februar siebzehn geworden. Im Juni endeten die Kurse, mit denen sie ihren Schulabschluss nachholte. Sie hatte vor, gleich im kommenden Herbst ihr Studium aufzunehmen. Dazu brauchte sie den Führerschein. Ohne Auto konnte sie während des Semesters nicht nach Hause kommen und die Familie besuchen. Mikhail hoffte auch, bis zum Beginn der Festival-Saison im April seinen Führerschein zu haben. Er und Shane hatten von Kimmy gehört, die einen angespannten und verstörten Eindruck auf sie gemacht hatte, obwohl sie offensichtlich nicht high gewesen war. Sie hatten sich nur unglücklich angesehen und Kimmy eingeladen, demnächst zu Besuch zu kommen. Solange Kimmy nicht um Hilfe bat, konnten sie wenig tun. Das hieß allerdings nicht, dass sie sich keine Sorgen um sie machten. Kimmy hatte angedeutet, dass Kurts Arm noch nicht verheilt war. Sie hatte zu Mikhail gesagt, dass er auch in der kommenden Saison wieder in ihrer Truppe willkommen wäre. Ihre genauen Worte waren gewesen: „Kurt ist nicht in der Lage, zu tanzen." Das verhieß nichts Gutes. Wie auch immer, Mikhail hatte wieder einen Job für den Sommer, und zwar dieses Mal durchgehend, wenn man von einigen Proben für den Auftritt der Kinder in Annas Tanzstudio absah, für die er gebraucht wurde.

„Wir schaffen das", meinte Benny aufgeregt. „Aber erst nach dem Picknick in drei Wochen. Bis dahin ist noch zu viel zu tun."

Mikhail nickte. Er hatte immer noch nicht recht verstanden, was an diesem Picknick so außerordentlich wichtig war. „Also gut", sagte er. „Es ist ein Picknick mit Essen und Tanzen und … Vertragsabschlüssen?"

Benny verdrehte die Augen. „Nein, du Dummkopf. Es ist eine Hochzeit!"

Mikhail schüttelte verwirrt den Kopf. „Es ist eine Hochzeit", wiederholte er langsam. „Aber wir können Deacon nicht verraten, dass es eine Hochzeit ist. Obwohl es *seine* Hochzeit ist."

Benny lachte und goss etwas Milch in Parrys rosa Plastiktasse. „Genau."

„Ich verstehe nicht, warum wir es Deacon nicht sagen können. Sollte er nicht vorher informiert werden, dass er heiraten wird?"

„Er *ist* schon verheiratet", erklärte Benny mit glänzenden Augen. Es war so romantisch. „Er und Crick sind schon seit drei Jahren *richtig* zusammen. Wenn Crick nicht den Verstand verloren hätte und zur Armee gegangen wäre … Es ist ein ganz normaler Eigentumsvertrag. Aber im Wesentlichen ist es doch ein Ehevertrag. Er legt fest, dass Crick die Hälfte von allem gehört, wie bei einem Ehepaar. Aber sie können in Kalifornien nicht heiraten. Deshalb haben wir das Picknick, um die Vertragsunterzeichnung zu feiern. Und die Rettung der Ranch und …" Benny wurde rot. „… einige andere Dinge. Crick will Deacon einiges sagen, und das will er vor Zeugen machen. Du verstehst schon … Und weil wir Deacon wieder auf die Beine gebracht haben, nachdem Crick ihn verlassen hatte, meint Crick, wir sollten auch dabei sein, wenn er Deacon sein Versprechen für ein Happy End gibt."

Mikhail war sprachlos. Versprechen. Bindende Versprechen. Unauflösbare Versprechen. Er schluckte tief. „Das ist wunderbar", murmelte er gerührt.

„Ja", gab ihm Benny recht und weihte ihn in ihre Pläne für die Dekoration und Kleidung ein. Sie erzählte ihm auch von Cricks geheimnisvollem Geschenk für Deacon. Mikhail hörte ihr wie benebelt zu. Er musste an die Versprechen denken, die er selbst Shane so gerne geben wollte. Dann ging Benny mit dem Baby ins Bad, um es zu waschen und anschließend für seinen Mittagsschlaf ins Bett zu bringen. Mikhail wollte sowieso bis zum Abend bleiben und bot ihr daher an, die Küche aufzuräumen und mit der Vorbereitung für das Abendessen zu beginnen. Benny nahm seine Hilfe dankbar an und er fing an, Parry Angels Hochstuhl von den Resten der Bananenjagd zu befreien.

Er unterbrach seine Arbeit, als ihm unvermittelt einfiel, dass er Shane nichts versprechen konnte. Es würde mit seinen Plänen kollidieren, und die sahen vor, dass er Shane wieder aufgab, sobald ein besserer Mann als er selbst auf der Bildfläche erschien.

Anfangs hatte dieser Plan sich recht gut angehört – Shane war viel zu gut für Mikhail, daran gab es nichts zu deuteln. Aber jetzt war Mikhail plötzlich nicht mehr so überzeugt davon. Wer würde sich so gut um Shane kümmern wie er selbst? Wer würde ihn ins Bett schicken, wenn er müde und erschöpft nach Hause kam? Wer würde sich um die Fellmonster kümmern und die Katzen so lieben, wie Mikhail sie liebte?

Wer würde Shane im Bett um den Verstand bringen?

Mikhail wurde von einer mittleren Panik erfasst. Niemand. Es gab einfach niemanden, der sich so gut um Shane kümmern konnte wie er selbst. Andererseits hatte er sich versprochen … Ja, er hatte sich versprochen, Shane niemals zur Last zu fallen mit seinen Fehlern, seinem Temperament und seiner gebrochenen, aufgebrachten Seele.

Shane wischte den Hochstuhl ab und dachte an das kleine Mädchen, das ihren Keks mit der Banane über das Essbrett gejagt hatte. Es gab Versprechen, die waren dazu gemacht, gebrochen zu werden. Er hatte seine Versprechen an Shane, nachts nicht allein die Landstraße entlang zu laufen, schon oft gebrochen. Er war nicht hilflos und konnte sehr gut auf sich selbst aufpassen.

Aber das hieß nicht, dass er sein Versprechen brechen würde, Shane nie wieder mit seinen grausamen Worten von sich zu stoßen. Er würde nie wieder Salz in Shanes Wunden streuen, so wie er es nach Muttis Beerdigung getan hatte. Lieber wollte er sterben. *Dieses* Versprechen musste er halten, mehr als alle anderen.

Aber … was genau bedeutete dieses Versprechen eigentlich?

Mutti, dachte er, *jetzt brauche ich eine weise Antwort von dir. Etwas wie „Weniger sinnlose Poesie und mehr russische Sachlichkeit,* Ljubime.*" Etwas, das mit erlaubt, ihn zu behalten.*

Aber seine Mutter war seit mehr als einem Monat tot, und so sehr Mikhail die Wortspiele genoss und vielleicht – vielleicht! – auch an ein Jenseits glaubte, an Geister glaubte er bestimmt nicht. Noch während er Muttis Stimme in seinem Kopf zu hören vermeinte, wusste er, dass es nur seine Erinnerung war und der Wunsch nach Bestätigung, weil er sich nichts mehr ersehnte, als mit Shane glücklich zu werden.

Er durfte nicht auf diese Stimme hören. Sie war der Stimme seines Herzens zu ähnlich, und sein Herz war noch nie sehr vertrauenswürdig gewesen.

Mikhail ging zur Ablage und begann damit, das Gemüse zu schneiden. Sie wollten ein Rezept mit Hühnchen ausprobieren, das Benny in einem Kochbuch gefunden hatte. Mikhail freute sich schon darauf. Außerdem war heute Sonntag und Jeff kam vorbei, dann Jon und Amy mit dem Baby. Kurz darauf machten auch Deacon, Crick und Andrew Feierabend und spülten das Geschirr. Benny kam mit dem Baby zurück, das nach seinem Mittagsschlaf bester Laune war. In kürzester Zeit hatte sich die Küche mit Menschen gefüllt, die sich freuten, ihn zu sehen und die ihm halfen, alle Gedanken an Versprechen für einige Zeit zu vergessen.

Jedenfalls vergaß er sie bis nach dem Essen, als er sich an den Tisch setzte und den Bananenkuchen aß, den es zum Nachtisch gab. Dafür war Jeff verantwortlich, der sich an seine Seite setzte und sich mit ihm unterhalten wollte.

„Wo hast du deinen großen, dämlichen Freund gelassen?"

Mikhail warf ihm einen scharfen Blick zu. „Sei nett, oder ich sage meinem großen, dämlichen Freund, er soll dich vermöbeln. Er würde sich nie dagegen verteidigen, aber wenn ich ihn darum bitte, wird er es für mich tun. Sieh dich vor!"

Jeff lachte vergnügt. „Oh Gott, Schätzchen! Du bist ja so süß! Aber du hast meine Frage nicht beantwortet. Wo steckt er?"

Mikhail seufzte und der Bananenkuchen verlor seinen Reiz. „Er arbeitet. Er kommt gegen zehn Uhr kurz vorbei, um Hallo zu sagen und mich abzuholen. Und wenn wir dann nach Hause kommen, wird er nur noch ins Bett fallen und einschlafen, weil er in sieben Stunden wieder Dienst hat."

Jeff fluchte leise. „Scheiße. Verdammte Scheiße! Sie wissen, dass er schwul ist, nicht wahr?"

Mikhail zog eine Grimasse. „Calvin meint, sie sind einfach davon ausgegangen, nachdem ihr alle im Krankenhaus aufgetaucht seid und ihn besucht habt. Aber der arme Kerl passt auf ihn auf. Lässt sich für die gleichen beschissenen Schichten einteilen und fährt immer mit ihm Patrouille. Es ist nur so …"

„… zum Durchdrehen", ergänzte Jeff. „Es ist nicht fair. Nicht Shane gegenüber. Mann, Shane will doch nichts anderes, als ein Held zu sein."

Mikhail stützte niedergeschlagen das Kinn auf die Hände. Shane war *sein* Held. Vielleicht wäre das ja ausreichend, wenn sie nur einen anderen Job für ihn finden könnten.

Jeff klopfte ihm aufmunternd auf den Rücken. „Das ist bestimmt nicht sehr förderlich für euer Liebesleben, mein Zuckerpüppchen."

Mikhail sah ihn nur wortlos von der Seite an. Es ging ihnen gut. Mehr als gut sogar. Aber Jeff hatte recht. Wenn Shane nicht immer so müde wäre, hätten sie bestimmt mehr Sex. Und besseren Sex.

Jeff zog ironisch eine Augenbraue hoch und verschränkte die Arme vor der Brust. Mit einem breiten, verständnisvollen Grinsen in seinem hübschen Gesicht sah er Mikhail abwartend an.

Nach einiger Zeit konnte Mikhail die Stille nicht mehr ertragen und sagte: „Ich will nicht, dass er sich um unser Liebesleben Sorgen macht. Er braucht Ruhe, wenn er nach Hause kommt. Sex ist für ihn Arbeit, Arbeit, Arbeit. Mir ist es wichtiger, dass er genug Schlaf bekommt."

Jeff rümpfte die Nase. „Na ja, es ist doch nicht so, als ob du ihm die Arbeit nicht abnehmen könntest. Du machst das doch ab und zu, oder nicht?"

Mikhail fühlte sich an seiner Berufsehre gepackt, anders konnte man es nicht formulieren. Er setzte sich gerade auf und schnaubte verächtlich. „Davon habe ich gelebt, verdammt! Meine Blowjobs waren die besten im Umkreis von sechs Querstraßen", erklärte er und Andrew, der sich mit seinem Kuchen zu ihnen gesetzt hatte, sah ihn mit großen Augen an und zuckte erschrocken zurück.

„Sorry, Jungs, aber hier muss ich die Reißleine ziehen und mich wieder verabschieden!"

Mikhail sah ihm mit rot angelaufenem Gesicht nach und Jeff brach in hysterisches Kichern aus. „Oh. Mein. Gott. Bitte sag mir, dass ich die Geschichte weitererzählen darf! Mann, das ist noch besser, als Cricks vertrauliche Unterhaltung mit dem Doktor."

Mikhail sah seinen Freund (ja, sie waren jetzt Freunde) entrüstet an. „Von mir aus kannst du es erzählen, wem auch immer du willst", schnappte er Jeff an. „Von mir aus kannst du der ganzen Welt erzählen, dass ich als Stricher gearbeitet habe, als ich noch jünger war als Benny jetzt ist. Poste es doch einfach auf Facebook, wenn du willst."

Jeff wurde sofort wieder ernst. „Tut mir leid, Mikhail", sagte er beschämt. „Ich wusste nicht ... Ich war ein Idiot und habe nicht richtig zugehört. Ich habe es nicht verstanden. Mach dir keine Sorgen, die Geschichte wird Deacons Küche nicht verlassen, ja?"

Mikhail schüttelte sich seufzend, dann hatte er sich wieder im Griff. „Ich bin dir nicht böse. Es ist mir auch egal, wer es erfährt. Ich will nur Shane helfen, damit er sich gut fühlt und sich wieder auf die Straßen wagen kann, ohne erstochen oder erschossen oder zusammengeschlagen zu werden ... oder was auch immer diese Kerle mit ihm vorhaben, weil sie boshafte Arschlöcher sind und er ein guter Mann."

Jeff senkte die Stimme und sah Mikhail bedeutungsvoll an. „Also dann. Hast du mal über eine mehr ‚führende Position' nachgedacht?"

„Führende Position?" Mikhail sah in Gedanken Shane mit einem Hundehalsband vor sich. Er schüttelte sich. Das konnte Jeff nicht gemeint haben, oder?

„Du weißt schon … führend. Aktiv. Toppen. Oben sein." Jeff hörte sich sehr selbstbewusst an, aber seine Finger spielten nervös mit den perfekt gestylten Haaren. Ganz so selbstverständlich schien die Sache für ihn auch nicht zu sein.

„Oben sein?" Jetzt sah er sich mit einer Fiedel auf dem Dach tanzen.

Jeff fuhr sich verzweifelt mit den Händen übers Gesicht. „Weißt du … für einen Mann, der mir gerade gestanden hat, auf der Straße gelebt zu haben, hast du erstaunlich wenig Ahnung von Sex. Hast du jemals daran gedacht, die Angelegenheit selbst in die Hand zu nehmen?"

Mikhail runzelte so angestrengt die Stirn, dass er die Falten wahrscheinlich nie wieder loswerden würde. „Ich beherrsche zwei Sprachen und ich könnte schwören, dass wir gerade eine davon sprechen. Aber ich habe keine Ahnung, was du mir sagen willst."

Jeff sah sich verstohlen um. Mikhail machte es ihm nach. Offensichtlich hatte Andrew ein Beispiel gesetzt, denn der Rest der Familie hielt gebührenden Abstand zu ihnen, während er und Jeff am Küchentisch saßen und verschwörerisch die Köpfe zusammensteckten. „Also, Mikhail, äh … geben anstatt empfangen? Der Penetrierende sein anstatt der Penetrierte? Dein Würstchen in Shanes …"

„Oh Gott! Ich glaube, ich verstehe dich jetzt. Du kannst damit aufhören. Bitte!" Mikhail spürte, wie er langsam feuerrot anlief. Er saß wie festgenagelt am Tisch und musste einige Male blinzeln, bevor er den Faden wieder fand.

„Ich, äh …" Jeff wurde jetzt ebenfalls rot. „Ich nehme an, du hast noch nie …?"

Mikhail schob schmollend die Unterlippe vor und schloss die Augen. „Wenn ich dir erlaube, die Geschichte weiterzuerzählen … würdest du dann bitte das Thema wechseln?"

Jeff legte ihm mitfühlend die Hand auf die Schulter und drückte sie. „Aber sicher, Zuckerschnute. Worüber würdest du denn gerne reden?"

„Wie wäre es, wenn du mir Fahrunterricht gibst?", fragte Mikhail hinterhältig. Jeff belohnte ihn, indem er leichenblass wurde.

„Mann, du kannst mich mal. Verdammt, jetzt brauche ich einen Drink."

Sie wechselten zu unverfänglichen Themen und unterhielten sich mit ihren Freunden, aber Jeffs Ratschlag ging ihm nicht aus dem Kopf.

Schließlich traf Shane ein, um ihn abzuholen. Er kam noch kurz ins Haus und begrüßte die Familie, aber er sah sehr müde aus. Sein Gesicht war bleich und angespannt und er hatte tiefe Falten um die Augen. Er umarmte Benny und sie fing an, ihm begeistert über ihren Plan für die Fahrstunden zu erzählen. Deacon nutzte die Gelegenheit, um sich mit Mikhail zu unterhalten.

„Die Arbeit macht ihn ziemlich fertig, nicht wahr?"

Mikhail nickte unglücklich.

„Sag uns Bescheid, wenn wir euch irgendwie helfen können ..."

„Ihr könntet ihn davon überzeugen, dass er den Job nicht nötig hat. Oder dass es besser wäre, sich einen anderen zu suchen. Oder dass wir ihm, wenn es so weiter geht, auch gleich das Herz ausreißen um zum Frühstück braten können. Du weißt schon ... nichts allzu kompliziertes."

Deacon lächelte bitter und Mikhail fühlte sich wieder etwas besser. Deacon verstand ihn und war auf ihrer Seite.

Auf der Heimfahrt grübelte er immer noch über Jeffs Worte nach. Er fragte sich, ob ... Shane unter die Dusche stellen, ihm den Rücken waschen und seine müden Schultern massieren, dann langsam mit den Händen nach unten wandern, tiefer und tiefer und ...

Nur weil er es noch nie gemacht hatte, musste das nicht heißen, dass es nicht funktionieren würde, oder?

Die Vorstellung erregte ihn. Sie erregte ihn sogar sehr. In diesem Moment bog Shane in die Einfahrt ab und die Wirklichkeit holte ihn wieder ein.

„Ich sammle noch schnell die Hundescheiße ein, ja?"

Oh Mist. Mist, Mist, verdammter Mist.

„Ich habe mich schon um das Katzenklo gekümmert", sagte Mikhail zerknirscht. „Und die Tiere gefüttert und aufgeräumt ..." Er hatte ihnen sogar die Krallen gestutzt, bevor er am Nachmittag zu Deacon aufgebrochen war. Nur die dämliche Hundescheiße hatte er vergessen. Wie toll.

Shane sah ihn dankbar an. „Kein Problem, Mickey. Danke für deine Hilfe, das war wirklich lieb von dir. Aber ich wollte nicht, dass du bei mir einziehst, nur um mir die Scheißarbeit abzunehmen. Meine Tiere sind nicht dein Problem."

Mikhail lächelte ihn liebevoll an. „Das ist doch keine große Sache." Was ja auch stimmte. „Und außerdem ... die Katzen gehören mir."

Zu seiner Überraschung brach Shane in lautes Gelächter aus. Als sie vor dem Viehgatter anhielten, fasste er Mikhail mit seiner großen, warmen Hand am Kopf, zog ihn zu sich heran und gab ihm einen dicken, glücklichen Kuss. Mikhail ergab sich stöhnend dem Gefühl von Shanes warmen Lippen auf seinem Mund. Er legte die Hand auf Shanes Brust und vergaß alles, was mit Top und Bottom zu tun hatte. Nur noch Shanes Geschmack zählte und ... Oh, Mikhail fühlte ein Kribbeln in den Zehenspitzen und ... Oh Gott, ihm wurde sooo heiß und ...

Shane hob den Kopf und drückte keuchend seine Stirn an Mikhails. Sie blieben eine Minute so sitzen, bis sie wieder einigermaßen Luft bekamen. „Ah, Mikhail. Ich glaube, die Hundescheiße kann auch bis morgen warten ..."

„Ich kümmere mich morgen früh um alles", versprach Mikhail ihm eifrig. „Lass mich jetzt das Tor aufmachen, dann bereite ich die Dusche für dich vor ... Bitte?"

„*Da*", flüsterte Shane und lächelte ihn an. Mikhail schoss davon wie der geölte Blitz.

In dieser Nacht kam er nicht zum Toppen. Shanes Verlangen war zu übermächtig. Sie standen unter der Dusche und seiften sich gegenseitig ein, ließen genießerisch ihre schlüpfrigen Hände über die nackte Haut gleiten. Shane stand hinter ihm und zog ihn an seinen harten, muskulösen Körper. Er ließ sich alle Zeit der Welt, Mikhails anschmiegsamen Körper von Kopf bis Fuß – und überall dazwischen – mit dem Badeschwamm einzuschäumen. Vor allem überall dazwischen war es einfach ... Ja, genau so.

Dann war der warme Schwamm plötzlich verschwunden und wurde durch Shanes starke Hand abgelöst, die sich auf Mikhails steifen Schwanz legte. Mikhail war so erregt, dass er sich kaum noch auf den Beinen halten konnte. Er beugte sich nach vorne und stützte sich an der Wand ab, um sich ganz Shanes Händen zu überlassen. Es war so gut ... so verdammt gut, sich einfach nur hinzugeben und diesem wunderbaren Mann zu vertrauen, der ihn glücklich machen wollte. Die schlüpfrige Hand umfasste Mikhails Schwanz und drückte leicht zu, erst unten, dann oben und dann wieder unten. Hinten fuhr ihm eine zweite schlüpfrige Hand über den Hintern, schob seine Arschbacken auseinander und ein feuchter Finger presste sich ihn, ohne dass auch nur der geringste Widerstand zu spüren war.

Mikhail legte den Kopf an seine Unterarme und stöhnte so laut, dass es von den Wänden der Duschkabine widerhallte. Dann fing er zu stammeln an.

„Bitte ... oh, bitte ... *Mischka*, mehr ... verdammt, bitte ...", bettelte er, weil er wusste, dass er Shane vertrauen konnte. Nur Shane würde ihm seine Wünsche erfüllen. Nur er *konnte* ihm seine Wünsche erfüllen.

Shanes schaumbedeckter Schwanz – steif und hart und riesig – presste sich an Mikhails Öffnung, und als er in ihn eindrang, hätte Mikhail fast geweint vor Erleichterung. Oh Gott ... Nichts war besser. Und es war noch besser, weil er Shanes starke Brust an seinem Rücken fühlen konnte und Shanes große, sanfte Hände – eine lag auf Mikhails Brust und hielt ihn aufrecht, die andere rieb ihm über den harten Schwanz. Mikhail fing an zu wimmern, weil er noch nicht kommen wollte, noch nicht ...Bitte, lass es noch nicht enden, nur noch etwas länger ...

Es blieb bei diesem Wunsch, denn in diesem Augenblick hörte er Shanes tiefe Stimme, die ihm ins Ohr flüsterte.

„Gefällt es dir, Mickey? Ist es gut, mich in dir zu spüren? Soll ich dich an die Wand ficken?"

„Oh Gott, jaaa ..." Shane war so groß und so leidenschaftlich und so zärtlich und ... diese Stimme ... Es war wie Sex hoch zehn.

„Du gehörst mir ... ich fick dich und hör nicht mehr auf, bis du ... oh Gott, wie gut ... so verdammt gut ..."

„Bitte ... bitte, Shane ..."

In Shanes Dusche lag eine rutschfeste Gummimatte und an der Wand war ein Metallgriff. Er ließ Mikhails Brust los und fasste nach dem Griff, seine Hüften schnappten vor und zurück und Mikhail ... oh, er ... er ... oh ...

„Gooott ...", schrie Shane und biss ihn in die Schulter. Der kurze Schmerz ließ Mikhail in den Abgrund stürzen und er kam im gleichen Moment wie Shane, der sich stöhnend in ihm ergoss.

Als es vorbei war, sackte Mikhail kraftlos zusammen. Shane fasste ihn um die Brust und hielt ihn aufrecht, sonst wäre er in die Knie gegangen. Mikhail konnte Shanes Gesicht spüren, das sich in seinen Nacken presste. Dann wurde das Wasser abgedreht, er wurde in ein Badehandtuch gewickelt und sanft abgetrocknet. Er überließ sich Shanes zärtlicher Fürsorge, und als sie beide trocken waren, wurde er zum Bett – zu *ihrem* Bett – geführt und sie schlüpften nackt unter die Decke.

Shane legte die Arme um ihn. Mikhail drehte sich auf die Seite und rieb sich mit dem Gesicht an Shanes Brust. Shane lachte leise und kurz darauf schlief er ein.

Mikhail lag noch lange im Dunkeln und dachte nach. Er dachte darüber nach, wie sehr er Shane vertraute. Er dachte darüber nach, welche Versprechen man halten musste und welche nicht. Er dachte über Shanes Ehrlichkeit und Zuverlässigkeit nach und darüber, was diesen großen, lieben, wunderbaren Mann so unvergleichlich und einmalig machte. Um nichts in der Welt wollte er diesen Mann enttäuschen.

Dann dachte er darüber nach, wie gut es war, wenn man einen Menschen hatte, der für einen da war. Und auch darüber, welche Verantwortungen man übernehmen musste, wenn man selbst für einen anderen Menschen da sein wollte.

Es gab vieles, über das er nachdachte, aber er kam zu keinem Ergebnis. Er lag in den Armen des Mannes, ohne den er nicht mehr leben wollte. Sanft fuhr er mit der Fingerspitze über Shanes eingefallenen Wangen. Eines war ihm zumindest klar geworden. Er musste nur oft genug hierher zurückkommen und nachdenken, dann würde er eines Tages wissen, was er zu tun hatte. Mikhail vertraute fest darauf, dass dieser Tag kommen würde. Bald.

22

„And when I awoke, I was alone; this bird had flown."
The Beatles, *Norwegian Wood*

FÜR SHANE war die Hochzeit von Crick und Deacon einer der wunderbarsten Augenblicke seines Lebens – nur noch übertroffen davon, morgens beim Aufwachen Mikhail in seinem Bett vorzufinden.

Er war in diesem Sommer schon am Schwurstein gewesen. Die Familie machte oft Ausflüge dorthin. Shane gefiel die Schwimmstelle mit ihren hohen Eichenbäumen und dem Felsvorsprung, von dem man ins Wasser des kleinen Flusses springen konnte. Crick und Deacons Hochzeit war im April, deshalb war der Wasserstand noch hoch. Der Wind wehte sanft und die Sonne schien noch nicht so brutal heiß, wie schon einen Monat später im Mai. Der Himmel war hellblau und auf den umliegenden Weiden blühten Blumen in gelb und orange. Aber nicht nur deshalb war es ein wunderbarer Platz.

Der Anblick von Deacon und Crick, die sich, umgeben von ihren Freunden, verliebt ansahen, ließ Shane fast das Herz stillstehen.

„Frag mich noch einmal, Deacon."
„Ich liebe dich. Bitte, bleib bei mir."
„Natürlich bleibe ich bei dir. Welcher Idiot würde das nicht tun?"

Shane wusste nicht alles über die beiden Männer, aber wenn dieser Ort ihnen heilig war, dann galt das auch für ihn. Der Schwurstein – die Kirche seiner Familie.

Nachdem dem Gelöbnis versammelten sich die Familie und ihre Freunde um die Tische mit dem Essen, um Deacon und Crick einige Minuten der Zweisamkeit zu gönnen. Im Gegensatz zu einer offiziellen Hochzeit ging es hier nicht um Bilder und die Eindrücke, die die frisch Vermählten bei den Gästen hinterließen. Hier ging es nur darum, ihre Liebe zu feiern. Die Gäste waren es zufrieden, die beiden allein zu lassen und ihnen die Chance zu geben, ihre Fassung wiederzuerlangen.

„Hast du dir Deacon angesehen?", fragte Mikhail leise. „Ich glaube beinahe, er hatte Angst, dass Crick Nein sagen würde."

Shane küsste ihn lächelnd hinters Ohr. „So etwas darf man nie für gegeben hinnehmen. Mickey. Was meinst du wohl, woher ich das weiß?"

Mikhail sah ihn nachdenklich an. „Nein, du kannst mich nicht für gegeben hinnehmen. Das stimmt. Aber du vertraust mir doch und weißt, dass ich da bin, ja?" Er lächelte hoffnungsvoll, als würde Shanes Antwort ihm sehr viel bedeuten.

„Ja", erwiderte Shane pflichtgemäß. Und er glaubte es auch. Fast. Aber es gab immer noch einen Rest von … Fluchtinstinkt in Mikhail. Shane konnte nicht vergessen, wie Mikhail es vor einiger Zeit formuliert hatte: *... bis du einen besseren findest.*

Mikhail kniff die Augen zusammen und schüttelte Shanes Arm ab. „Das glaube ich dir erst, wenn du es selbst auch glaubst", schniefte er. Shane sah ihm kopfschüttelnd nach, wie er auf Jeff zu schlenderte und ihn in ein Gespräch verwickelte.

„Du hast alle Hände voll zu tun mit ihm, nicht wahr?"

Shane drehte sich um und sah Judy vor sich stehen, die schon einige Male sonntags zum Dinner auf die Ranch gekommen war. Soweit er sich erinnern konnte, hatte Mikhail sie noch nicht kennengelernt.

„Aber er ist es wert", erwiderte er. Er war viel zu verliebt in Mikhail, um sich Gedanken darüber zu machen, wie er mit seinem vernarrten Grinsen auf andere wirkte. Er konnte Mikhail nicht aus den Augen lassen.

Judy warf lachend den Kopf in den Nacken. Die dunklen Locken umrahmten ihr Gesicht und ihr hübsches, gelbes Kleid flatterte ihr im Wind um die Beine. Shane fragte sich, ob sie Mikhail wohl das Wasser reichen konnte, zweifelte aber daran. Und so hübsch sie auch war – sie war keine Konkurrenz für Mikhail, deshalb hielt er sich mit diesem Gedanken nicht länger auf.

Es schien fast, als könnte Judy Gedanken lesen. „Mir scheint, dein Herz hat seine Chance wahrgenommen. Ich gebe meinen Platz in der Warteschlange wohl besser auf und ersetze ‚Für den Fall' in meinem Adressbuch mit ‚Shane'."

Shane drehte sich zu ihr um und zuckte verlegen mit den Schultern. „Er ist einfach wunderbar", meinte er. Dann fiel ihm ein, dass er auf seine Freunde nicht allzu psychopathisch wirken wollte, und er zog seine geballte sozialen Kompetenzen aus dem Ärmel. „Wie geht es dir? Hast du Begleitung mitgebracht?"

Sie schüttelte den Kopf und rollte selbstkritisch mit den Augen. „Es gibt niemanden, der es wert gewesen wäre", sagte sie leise. „Es war wunderschön, nicht wahr? Wie ein Gemälde oder ein Gedicht oder so ähnlich."

„Oder ein Lied", erwiderte Shane begeistert. „Ein Lied von Springsteen oder Journey oder Nickelback. Etwas in der Art eben."

Anstatt zu lachen – wie fast jeder außer Mickey es getan hätte – nickte Judy nur mit dem Kopf. „Ja, genau so. Ich mag ja Death Cab For Cutie und konnte im Hintergrund beinahe *Marching Bands of Manhattan* spielen hören."

„Ich habe im Kopf *Gypsy Biker* gehört", gab Shane zu.

Cricks frühere Kunstlehrerin antwortete mit einem leisen „Ohhh", und fuhr fort: „Ein schönes Lied. Oder *Faithfully* von Journey."

„Da gibt es ein Lied, das habe ich in der Serie über diese Highschool gehört …"

„*Glee*?", unterbrach sie ihn und Shane nickte. Die Unterhaltung machte ihm immer mehr Spaß. Es war fast so gut wie mit Mikhail, ohne die ständige Ablenkung durch die sexuelle Spannung, die zwischen ihm und Mickey herrschte.

„Wir lieben diese Serie!", rief er. „Mickey und ich verpassen keine Folge. Man muss die Jungs einfach lieben, mit all ihren Problemen. Die Mädels natürlich auch. Sie sind alle so verloren und suchen verzweifelt nach ihrem Weg."

Judy wurde unerwartet ernst. „Wem sagst du das", flüsterte sie und warf Crick einen Blick zu. Shane fiel ihr Stimmungswechsel sofort auf. Er musste an eine Frage denken, die ihn schon lange umtrieb und für die er noch keine Antwort gefunden hatte.

„Wenn ein Junge – oder ein Mädchen – von zuhause ausreißt und schafft es irgendwie, einen Job und eine Wohnung zu finden ... Welche Möglichkeit gibt es dann, wieder in die Schule zu gehen oder einen Abschluss nachzuholen?"

„Redest du von einem bestimmten Fall?", fragte sie interessiert.

Shane zuckte mit den Schultern. „Ich kenne einige. Ich habe ihnen Jobs besorgt, einen Platz zum Schlafen und so. Aber sie brauchen einen Schulabschluss, wenn sie ein besseres Leben haben wollen, verstehst du? Es gibt niemanden, der ihnen hilft. Sie haben Angst, wieder in die normale Schule zu gehen, weil sie dann nach Hause zurück müssten. Die meisten von ihnen würden lieber auf der Straße leben, als das in Kauf zu nehmen." Er dachte an Carly, ein zierliches Mädchen, dem er einen Aushilfsjob im Tierheim besorgt hatte, wo sie für einen Mindestlohn die Käfige und Ställe reinigte und in einem Hinterzimmer übernachten konnte. Carly liebte ihre Arbeit, aber würde sie es nicht noch mehr lieben, eine Ausbildung als Tierpfleger und eine eigene Wohnung zu haben?

Judy nickte. „Das ist ein Problem, für das es keine einfache Lösung gibt. Wenn sie nicht in einem anerkannten Heim leben, wird normalerweise das Sozialamt eingeschaltet. Es ist sehr schwer für Minderjährige, die Genehmigung für einen eigenständigen Haushalt zu bekommen. Und wenn sie dann alt genug sind, um sich darüber keine Sorgen mehr machen zu müssen ..."

„... sind sie zu alt für eine kostenlose Schulausbildung", beendete Shane grimmig den Satz. Sie seufzten resigniert.

„Eine Unterkunft ist eine gute Idee", mischte sich in diesem Augenblick überraschenderweise Deacon in ihr Gespräch ein. „Shane bringt mir ständig neue Stalljungs vorbei, aber ich weiß nicht, wo ich sie unterbringen soll. Andrew hat schon sein Zimmer im Stall frei gemacht und ist vorübergehend auf die Couch im Wohnzimmer umgezogen. Wir überlegen, ob wir ihm ein kleines Haus bauen sollen. Dann wäre das Zimmer dauerhaft frei. Hallo, Mrs. Thompson. Schön, dass Sie gekommen sind."

Judy Thompson legte den Arm um ihn und drückte ihn an sich. „Es war schön, dass du mich eingeladen hast, Deacon. Ich habe dich schließlich nie unterrichtet, weil du schon abgegangen warst, als ich an der Schule angefangen habe. Warum nennst du mich immer noch Mrs. Thompson?"

Deacon wurde rot und Judy sah Shane fragend an. Der Mann war so stark, und doch auch so unglaublich schüchtern und bescheiden.

„Crick nennt dich immer so", murmelte Deacon. Judy musste lachen und machte eine Bemerkung über Cricks Hochzeitsgeschenk an Deacon. Shane hatte es gesehen, aber noch nicht unterzeichnet. Es zeigte ihren Lieblings-Pferdetrainer in unterschiedlichen Situationen und so, wie sie ihn alle kannten und liebten.

Shane bemerkte, dass Deacon nie offen mit der netten Frau reden würde, solange er selbst dabei stand. Er entschuldigte sich mit der Begründung, noch auf dem Bild unterschreiben zu müssen. Als er an dem Tisch ankam, auf dem es lag, studierte er es in allen Details – Deacon beim Zureiten, Deacon schlafend auf dem Sofa, Deacon Nase an Nase mit einem Pferd, das ihn offensichtlich verehrte. Die einzelnen Szenen umgaben ein Porträt von Deacon, das Crick gezeichnet haben musste, als Deacon ungefähr achtzehn Jahre alt war. Er wirkte noch schlaksig, war aber trotzdem schon ein sehr schöner Mann und zeigte alle Anzeichen der Stärke und Verletzlichkeit, die seine Familie so sehr an ihm schätzte.

„Es ist ein wunderschönes Bild", sagte Mickey, der Shane gefolgt war. Shane nahm den angebotenen Filzstift und unterzeichnete am Rand des Bildes, dann gab er ihn an Mikhail weiter. Mikhail sah ihn etwas überrascht an, kritzelte aber verlegen seine fast unleserliche Unterschrift neben die von Shane.

„Man erkennt auf den ersten Blick Cricks Liebe für Deacon", erwiderte Shane. Er kam sich etwas dumm vor, aber es war die Wahrheit, und besser konnte er es nicht ausdrücken. Mikhail war offensichtlich nervös und zum ersten Mal, seit sie sich kannten, sahen sie sich verlegen an.

„Hier, Jungs", sagte Amy und gab ihnen die anderen Dokumente, die sie noch unterschreiben sollten. Auf dem einen mussten sie bezeugen, dass Crick und Deacon jetzt gemeinsame Eigentümer der Ranch waren, auf dem anderen, dass Benny das Sorgerecht für Parry Angel mit Deacon teilte. Während Crick im Irak war, hatte das Sozialamt versucht, Parry Angel der Familie abzunehmen. Benny war fest entschlossen, das nie wieder zuzulassen und allen klar zu machen, dass ihre Tochter zu Deacons Familie gehörte.

Shane unterschrieb das erste Dokument und gab den Stift an Mikhail weiter. Mit dem zweiten machten sie es genauso. Amy fiel das Schweigen zwischen den beiden auf und sie sah Shane fragend an. Der zuckte nur mit den Schultern. Er wusste auch nicht, was mit Mikhail los war. Amy zuckte ebenfalls mit den Schultern und ging, mit ihrer kleinen Tochter auf den Hüften, auf die andere Seite des Tisches, um sich zu Jon zu gesellen. Sie wollten den beiden etwas Zeit geben, ihre Probleme zu lösen.

„Sie kann dich nicht haben", murmelte Mikhail so leise, dass er über den Stimmen der anderen Gäste und dem Rauschen des Windes in den Eichenbäumen kaum zu hören war.

„Wie bitte?", fragte Shane verblüfft.

Mikhail schüttelte den Kopf und nahm ihn an den Händen. Dann zog er ihn hinter sich her auf die abgewandte Seite des Schwursteins, wo sie allein waren und die unerbittliche Aprilsonne alles in ihr gleißendes Licht tauchte.

„Sie kann dich nicht haben", wiederholte Mikhail und sah Shane direkt in die Augen. Shane hatte keine Ahnung, worum es ging. Er hatte Mikhail noch nie so erlebt – den Unterkiefer trotzig vorgeschoben, die Stirn in Falten gelegt und die blaugrauen Augen entschlossen funkelnd.

„Oookay", sagte Shane und nickte bedächtig. „Sie kann mich nicht haben."

„Ich weiß, dass sie ein besserer Mensch ist als ich. Aber sie kann dich nicht haben."

„Sie ist *kein* besserer Mensch als du, aber sie kann mich trotzdem nicht haben."

„Verdammt, ich meine es ernst!" Mikhail hatte plötzlich Tränen in den Augen. Er hatte bei der Beerdigung seiner Mutter kaum geweint, auch nicht bei ihrem Tod. Aber jetzt flossen ihm die Tränen übers Gesicht. Sein Anblick brachte Shane vollkommen aus dem Gleichgewicht. Er nahm den kleinen, zähen Mann, den er mehr liebte als sein Leben, in die Arme und zog ihn an sich, um ihn zu beruhigen. Mikhail klammerte sich bebend und zitternd an ihn.

„Ich weiß doch, dass du es ernst meinst", flüsterte Shane. „Ich weiß zwar nicht, *was* du ernst meinst, Mickey, aber du musst mir glauben, dass ich dich immer ernst nehme."

„Du verstehst es nicht", murmelte Mikhail an seine Brust.

„Nein, ich verstehe es wirklich nicht."

„Ich wollte dich zurückgeben."

„*Was* wolltest du?" Shane war wie vor den Kopf geschlagen. Er nahm Mikhail an den Armen und schob ihn von sich weg, um ihm ins Gesicht sehen zu können. Er konnte nicht glauben, was er da gerade gehört hatte.

Mikhail zeigte keinerlei Anzeichen von Reue. „Du warst nur ausgeliehen", sagte er nickend. „Bis du jemanden findest, der besser ist als ich. Ich dachte mir, ‚Vielleicht ist der oder die besser für ihn'. Aber sie waren alle nicht gut genug, deshalb konnte ich dich noch behalten. Und dann habe ich dich weggeschickt und du hast mich immer noch gewollt. Da dachte ich, dass vielleicht *niemand* gut genug für dich wäre und ich könnte dich behalten, weil ich … weil du …" Mikhail kämpfte mit den Worten. Sein Akzent war überdeutlich zu hören und seine Stimme klang belegt. Shane wollte sich nicht vorstellen, was Mickey ihm sagen wollte.

„Mangels Alternative?", schlug er schließlich erschüttert vor.

„Ja!", rief Mikhail nickend. Dann rieb er sich an seinem schönen, blauen Leinenhemd die Augen trocken. „Ich konnte dich behalten mangels Alternative. Niemand war gut genug für dich, deshalb konntest du mir gehören und …" Mikhail sah ihn mit einem Blick an, der so verwundbar und unglücklich, aber gleichzeitig auch so voller Trotz war, dass Shane die Worte fehlten, um ihn wieder zu beruhigen. Er hätte Mickey am liebsten an den Schultern gepackt und gehörig durchgeschüttelt. *Zum Teufel, was hast du dir nur dabei gedacht?*

„Sie kann dich nicht haben!", schnappte Mikhail ihn an. Vermutlich war er so gereizt, weil er geweint hatte und damit nicht umgehen konnte. „Sie kann dich einfach nicht haben. Sie ist perfekt, sie ist lustig und nett. Ich habe euer Gespräch mitbekommen. Es gefällt ihr, was du getan hast. Ihr beide habt gute Ideen und viel gemeinsam. Sie ist sogar sehr schön." Er schniefte, konnte aber seine Geringschätzung nicht ganz verbergen. „Jedenfalls, wenn man auf so was steht. Aber sie kann dich nicht haben."

Mikhail biss die Zähne zusammen. Sein entschlossener Blick wurde leidenschaftlich, wild und ... respekteinflößend. Aber das war in Ordnung, denn genau so liebte Shane ihn.

„Sie kann dich nicht haben, weil du mir gehörst. Es ist mir egal, wie perfekt sie für dich wäre. Du hast sie kaum angesehen, als du mit ihr gesprochen hast. Du hast *mich* beobachtet. Weil du *mir* gehörst."

Er warf sich in Shanes Arme, und dem blieb nichts anderes übrig, als ihn aufzufangen und an sich zu drücken. „Natürlich gehöre ich dir", flüsterte er. „Was dachtest du denn? Dass ich einem anderen gehören will? Mein Gott, Mickey. Selbst, wenn du es wolltest ... mich wirst du nicht mehr los."

Mikhail schniefte wieder und zuckte lässig mit der Schulter. Gott, Shane liebte diese Geste. Dann hob Mikhail den Kopf und sah ihn grimmig an. „Ich wollte es. Ich habe es versucht. Es hat nicht funktioniert. Aber ich habe meine Lektion gelernt. Es wird nie wieder vorkommen."

Shanes Herz fand zu einer Ruhe zurück, die er lange nicht mehr in sich gespürt hatte. Das war es also, was Mickey zurückgehalten hatte. Das war es, was diese Zweifel ausgelöst hatte. Mikhail hatte nicht daran geglaubt – bis jetzt nicht –, dass Shane ihm gehörte, nur ihm. Er hatte nicht daran geglaubt, dass Shane ihn niemals verlassen würde, selbst wenn Mickey ihm die schönsten Frauen (oder Männer) der Welt auf einem Silbertablett servierte.

Sie standen hinter dem Schwurstein im gleißenden Sonnenlicht und hielten sich in den Armen, bis die Musik zu spielen begann. Es war *Open Arms* von Journey. Sie hielten sich immer noch in den Armen, aber jetzt tanzten sie.

Als die Sonne unterging, fuhren Shane und Mikhail wieder nach Hause. Sie hatten noch beim Aufräumen geholfen und waren dann mit den anderen Gästen zusammen aufgebrochen. Nur Crick und Deacon waren am Schwurstein zurückgeblieben. Mit dem Pick-up und einem Schlafsack als einziger Gesellschaft saßen sie zusammen im Licht der untergehenden Sonne und sahen ihren Freunden nach. Flitterwochen für die arbeitende Bevölkerung.

Mikhail schloss hinter ihnen das Tor. „Ich habe die Hundescheiße heute früh schon eingesammelt. Du musst nichts mehr tun. Geh ins Haus und nimm eine Dusche, ja?", sagte er, als Shane aus dem Auto stieg.

„Kommst du mit?", fragte Shane hoffnungsvoll.

„*Njet.*" Shane wusste, dass Mikhail absichtlich das russische Wort benutzte. Es war reizend.

„*Njet?*"

„*Njet.* Ich dusche nach dir. Es dauert nur zwei Minuten. Bei dir dauert es ewig."

„Das ist nicht wahr!", widersprach Shane vehement. Dann kam er in die Dusche und fand einen nagelneuen Badeschwamm vor und ein Duschgel, das köstlich nach Eukalyptus und Minze duftete. Na gut. Er brauchte fast zwanzig Minuten, bevor er es schaffte, die Dusche wieder zu verlassen. Und er musste zugeben, dass er mindestens fünf Minuten nur damit verbracht hatte, den Schwamm einzuschäumen und daran zu schnüffeln, so gut roch es.

„Hey, Mickey! Was ist das für ein Zeug?", fragte er während er sich in ein Badetuch wickelte. Mikhail wich Shanes grapschender Hand aus und ging unter die Dusche.

„Gefällt es dir?", fragte er zufrieden und stellte sich unter das prasselnde Wasser.

„Ja. Es hat so einen ganz besonderen Duft. Irgendwie faszinierend. Woher hast du es?"

Mikhail brummte erfreut. „Crick und ich waren letzte Woche zusammen einkaufen, während du gearbeitet hast."

Shane zog den Vorhang zur Seite und sah ihn erstaunt an. „Wirklich? Das hast du mir nicht gesagt!"

Mikhail hatte sich gerade die Haare gewaschen. Er blinzelte sich das Wasser aus den Augen und grinste Shane breit an. „Nimm ein Handtuch mit und leg es aufs Bett. Dann zeige ich dir, was ich noch alles für dich habe, jetzt, wo du sauber bist." Shane konnte sich nicht zurückhalten. Mikhail hatte diese kleinen, goldenen Löckchen auf der Brust, die ihn so faszinierten. Genauso, wie die knackigen, straffen Muskeln, die Mikhails Bauch, Brust und Oberschenkeln Kontur verliehen und ... Mikhail schlug Shanes suchende Hand zur Seite.

„Du sollst gehen!", rief er lachend. Shane drehte sich seufzend um und verließ das Badezimmer. Er schlug die Bettdecke zurück und breitete ein frisches Handtuch auf dem Laken aus. Dann legte er sich hin und schob sich die Hände unters Kinn. Er musste eingenickt sein, denn das nächste, was er spürte, war Mikhail, der sich über seinem nackten Körper auf die Matratze hockte. Shane wollte sich umdrehen, aber Mikhail legte ihm eine Hand auf den Rücken und hielt ihn fest.

„Nein, nein. Du bleibst so liegen." Mikhails Hände – hart und kräftig vom Tanzen und den regelmäßigen Gymnastikübungen – massierten Shanes Schultern. Shane stöhnte genussvoll.

„Kein Problem", murmelte er. „Liegen bleiben. Nicht bewegen. Gott, tut das gut!"

Mikhail schnurrte zufrieden vor sich hin. „Gut. Es tut also gut. Dann weißt du jetzt, dass meine Absichten mit dir sündhaft sind, aber doch nicht schmerzhaft. Das ist ein guter Anfang."

Mikhails Hände massierten ihn unermüdlich, bis Shanes ganzer Körper zu kribbeln anfing.

„Ein Anfang ... mmmmm ... Verdammt, Mickey – das ist fast besser als Sex."

Das brachte ihm einen klatschenden Schlag auf die Schulter ein. „Autsch!", rief er.

„Wie kannst du das sagen. Sex mit mir ist sehr, sehr gut!", sagte Mikhail empört, ohne seine Massage zu unterbrechen.

„Es ist sogar wunderbar ..."

„Mir zu sagen, dass eine harmlose Rückenmassage besser ist ..."

„Es ist aber eine wunderbare Rückenmassage ..."

Shane konnte hören, wie eine Flasche geöffnet wurde. Als er Mikhails Hände wieder auf dem Rücken spürte, waren sie glitschig und warm. Jetzt war es Shane, der zufrieden schnurrte.

„Es ist eine wunderbare Rückenmassage", sagte Mikhail herablassend. „Aber es ist kein Sex. Der Sex ist noch besser. Du kannst mir vertrauen."

Mikhails unvergleichliche Hände hörten mit ihren Wohltaten nicht auf. Im Zimmer breitete sich der gleiche Duft nach Eukalyptus und Minze aus wie unter der Dusche. Und Shane vertraute ihm. Er vertraute ihm auch, als Mikhail nach unten rutschte (und dabei seinen steifen Schwanz über Shanes Arsch gleiten ließ. Es war nicht so, als ob ihm das entgangen wäre ...) und sich auf Shanes Oberschenkel hockte, um ihm den Hintern, die Beine und alles andere zu massieren.

Shane hob die Hüften an, weil er Platz für seine Erektion schaffen musste. Es war nicht sehr angenehm, wenn sich alles unter seinem Körper zusammenquetschte. Mikhail kicherte.

„Siehst du? Rückenmassage, Sex ... Es führt zum gleichen Ergebnis."

„Im Moment führt es zu ...Oh ... Oh Gott ..."

Mikhail zog mit den Daumen Shanes Arschbacken auseinander und fuhr ihm mit der Handkante durch die Spalte. Shanes träge, fast beiläufige Erregung verwandelte sich innerhalb kürzester Zeit in eine Leidenschaft, die ihm den Atem nahm.

„Mein Gott ..."

„... ist nicht hier. Aber ich." Mikhail senkte den Kopf, um ihn besser erkunden zu können. Shane spürte die feuchte Zunge, die ihm über die linke Arschbacke leckte. Dann hörte er ein genussvolles Schmatzen und Mikhails Kommentar: „Oh, das ist gut. Es stimmt, was auf dem Etikett steht. Ich hatte befürchtet, dass es ekelhaft schmeckt, aber das stimmt nicht. Es ist fast wie Mundspray."

„Ich wusste nicht, dass du vorhattest, mich zu ... Oh ... Mann ..."

Mikhails Hände nahmen ihre Tätigkeit wieder auf und wurden jetzt noch intimer. Eine von ihnen schob sich unter Shanes Körper und streichelte ihn sanft, bis Shanes Eier von der zärtlichen Berührung hart wurden und sich zusammenzogen. Die andere Hand war damit beschäftigt, ihm den Hintern zu massieren und ihn wieder zu spreizen. Dann fühlte er einen Finger, der sich versuchsweise in ihn schob. Shane krallte sich stöhnend mit beiden Händen ins Bettlaken.

„Mickey ..."

„Ja, ich. Nicht Gott."

Shane hätte fast über Mikhails Wortspiele gelacht, wäre er nicht in diesem Augenblick gedehnt worden. Es brannte etwas, weil sein letztes Mal so lange zurücklag. Aber es fühlte sich auch gut an. Mikhails andere Hand suchte jetzt nach Shanes Schwanz und fing an, ihn zu streicheln. Shane hob die Hüften und stützte sich auf die Knie, um Mikhail mehr Platz zu geben. Mikhail passte seine Position ebenfalls an und kniete sich hinter ihn. Dann fasste er Shane um die Hüfte und zog ihn hoch, bis Shane den Arsch in die Luft reckte und mit dem Gesicht ins Kissen gedrückt wurde. Es hätte ihm vielleicht peinlich sein und er hätte sich verwundbar fühlen sollen, aber dann spreizten Mikhails Hände wieder seine Arschbacken und ...

„Ohhh ... Gott, Mickey ..."

Die kleine, spitze Zunge fand ihr Ziel und Shane wäre fast gekommen. Er riss sich zusammen, hätte aber trotzdem fast laut geschrien, so gut fühlte es sich an. Und es hörte nicht auf. Shane stöhnte und fluchte und bettelte, aber die Zunge und die Finger hörten nicht auf, ihn zu quälen. Schließlich erhob er sich auf alle Viere.

„Mikhail, bitte ... *bitte* ..."

„Bitte was?", keuchte Mikhail, aber er kniete schon hinter Shane und drückte ihm die Schultern auf die Matratze, bis Shane wieder mit dem Kopf auf dem Kissen lag. Dann brachte Mikhail sich in Position. Shane konnte spüren, wie Mikhails harter Schwanz sich an sein Loch presste, aber nicht mehr und ... Gott, Shane wollte mehr, er wollte so viel mehr.

„Fick mich ... bitte ... oh bitte, bitte ... mein Gott ..."

Dann war Mikhail in ihm und bewegte sich, erst in langsamen, unsicheren Stößen, dann sicherer, als er seinen Rhythmus fand. Shane schrie seine Erregung in das Kissen unter seinem Gesicht.

„Fass dich an", keuchte Mikhail. „Ich kann dich nicht ficken und gleichzeitig ..."

Shanes wedelte erst unkoordiniert mit der Hand, aber dann machte sich die Routine bemerkbar und er fand sein Ziel. Ein Mann wusste eben instinktiv, wie er im Dunkeln seinen eigenen Schwanz fand. Er griff zu und drückte und Mikhail stieß in ihn hinein und Shane rieb fester und ... Seine Hand war viel rauer als Mikhails, aber das konnte ihn nicht aufhalten, weil ... oh Gott ... oh Mann ... oh ... ohhh ...

„Aaahhhhh ..." Es wollte nicht enden. Strahl um Strahl spritzte er in seine Hand und auf seinen Bauch. Ihm wurde schwarz vor Augen, aber es wollte immer noch nicht enden, bis Mikhail ihm schließlich zum Höhepunkt folgte, noch einmal tief in seinen Arsch stieß und dann über ihm zusammenbrach.

Shane konnte es fühlen. Er fühlte Mikhails Höhepunkt, fühlte Mikhails Samen heiß und klebrig in seinem Körper. Shane ließ sich auf die Matratze fallen und Mikhail rollte auf die Seite. Als Mikhails Schwanz aus seinem Körper glitt, wäre Shane – wenn er noch ein winziges Quäntchen Kraft in sich gehabt hätte – fast wieder hart geworden, als er fühlte, wie Mikhails Samen aus ihm herausfloss und ihm über die Schenkel lief.

Sie lagen keuchend auf dem Bett. Nach einigen Minuten öffnete Shane die Augen und sah Mikhail vor sich, der ihn glücklich anlächelte.

„Gott."

„Ich habe dir doch gesagt, dass er nicht hier ist", sagte Mikhail und blinzelte verträumt.

Shane hob schwerfällig die Hand und streichelte ihm über den Arm mit seinen Einstichnarben. „Ich glaube doch", flüsterte er. „Ich glaube, er ist in allem, was du tust."

Mikhail sah ihn mit großen Augen an. „Das ist Blasphemie."

Shane zuckte mit den Schultern. „Oder Heiligkeit. Wie bist du eigentlich auf den Gedanken gekommen …" Wenn er noch die Energie dazu gefunden hätte, er wäre rot geworden.

„Die Führung zu übernehmen?", fragte Mikhail mit hochgezogenen Augenbrauen.

Shane schaffte es unter Aufbietung aller Kräfte, ihn anzugrinsen. „Ja. Die Führung. Du hast es bisher noch nie gewollt."

„Ich wollte es noch nie", erwiderte Mikhail ernsthaft. „Niemand hat mir jemals genug vertraut. Ich habe auch niemals jemandem genug vertraut. Ich habe mir selbst nicht vertraut."

Mikhail streichelte ihm mit den Fingerspitzen über die Wange. Shanes Grinsen wurde weich und zärtlich. „Ich vertraue dir", sagte er. „Und ich liebe dich. Ich hoffe, du weißt das."

„Es ist das einzige, woran ich glaube", sagte Mikhail leise. Dann beugte er sich zu Shane hinab und küsste ihn. Shane ließ sich glücklich von ihm führen.

23

„There she sits buddy justa gleaming in the sun, there to greet a working man when his day is done ..."
Bruce Springsteen, *Cadillac Ranch*

SHANES VERTRAUEN in Mickey war eine gute Sache. Sonst hätte er nämlich einen Monat später (und zwei Wochen, nachdem Mikhail, von Benny heiß beneidet, seinen Führerschein bekam) ihre Beziehung ernsthaft gefährden können.

Andererseits hätte in dieser Situation wohl jeder den Verstand verloren, deshalb konnte Shane stolz auf sich sein. Es war beinahe ein Beweis dafür, dass sie wirklich füreinander bestimmt waren.

Die ganze Sache begann damit, dass Shane vom Dienst nach Hause kam und ein alter Chevy hinter dem Viehgatter in ihrer Einfahrt parkte. Die Originalfarbe des Lieferwagens war kaum noch zu erkennen, weil er überall rot oder grau überlackiert war. Dahinter stand Mikhail, der sich die Rostlaube stolz betrachtete und abwesend Angel Marie den Kopf tätschelte, während das junge Hündchen an seinem Hosenbein knabberte.

Die Stoßdämpfer waren durchgerostet, die Scheiben schwarz verdunkelt und – Shane hätte Geld darauf gewettet – das ganze Ding sah aus, als würde es nur noch durch einige Rollen strategisch geschickt platzierten Klebebands zusammengehalten. Sonst hätte es wahrscheinlich die Fahrt aus dem Vorgarten von Wem-auch-immer in Shanes Einfahrt nicht überlebt.

Kein Vater oder keine Mutter hatte sein (oder ihr) Kind bei dessen Schulabschluss jemals so stolz angesehen, wie Mikhail dieses Rostmonster, das allein durch seine Anwesenheit den Grundstückswert von Shanes Anwesen wahrscheinlich um die Hälfte senkte.

Shane parkte, stieg aus dem Wagen und ging auf die Liebe seines Lebens zu. Er legte Mickey eine warme Hand auf die Schulter. „Äh, wow."

Mikhail drehte sich mit einem strahlenden Lächeln im Gesicht zu ihm um. „Ist er nicht wunderbar? Ich kann damit auf die Festivals fahren und du musst dir keine Sorgen mehr machen, wenn ich unterwegs bin."

Vor wenigen Sekunden war Shanes Magen noch ein einfacher, aber perfekt funktionierender Teil seines Bauchs gewesen. Jetzt hatte er sich in einen zehn Pfund schweren Säure-Schnellkochtopf verwandelt, gefüllt mit Glasscherben und rostigen Nägeln.

„Äh, das Festival am Wochenende? In Nevada City?" Guter Gott. Das war nur noch vier Tage und knapp hundert Kilometer entfernt.

„Ja", sagte Mikhail und nickte aufgeregt. „Kimmy hat angerufen. Wir haben schon alles geregelt."

Shane schluckte. „Wunderbar, Mickey. Das Auto muss vielleicht, äh ... Kann es sein, dass es erst überholt werden muss, bevor es wieder straßentüchtig ist?"

Mikhail sah ihn mit großen Augen an. Sein Blick war so vertrauensvoll und unschuldig wie das Kind, das er nie gewesen war. „Es sollte nicht viel Arbeit sein. Er ist auf der Herfahrt nur dreimal abgesoffen."

Oh Gott. Jetzt wusste Shane, wie ein Vater sich vorm Nikolaustag fühlte. „Natürlich. Selbstverständlich. Hervorragend. Ich sehe ihn mir gleich an, ja?"

„Wo gehst du denn hin? Ich wollte ihn dir noch von innen zeigen. Er hat ein Bett!"

Shane fügte seiner Liste von schrecklichen Dingen, die er zur Schadensbegrenzung brauchte, in Gedanken noch Bleiche und Polsterreiniger hinzu.

„Eine Minute, Mickey. Ich will mich erst umziehen und mir ist gerade eingefallen, dass ich noch Deacon anrufen muss."

Es dauerte vier Tage, bis das Ding halbwegs betriebsbereit war. Und sie *alle* arbeiteten Seite an Seite die vier Nächte in der Garage durch, bei elektrischem Licht und Musik aus dem Gettoblaster, mit Schmiere unter den Fingernägeln und aufmunternden Worten wie „Verdammtesmistding – stirb, stirb, stirb du Scheißrostlaube, stirb! *Gib auf!*" (Letzteres kam von Crick, als der Motor nicht ausgehen wollte, obwohl sie das Starterkabel durchgeschnitten hatten. Niemand wusste, wie das möglich war. Aber bei Cricks sprichwörtlichem Geschick mit allem, was auch nur ansatzweise mit Mechanik zu tun hatte, beschlossen sie, dass er sich von da an nur noch darum kümmern durfte, die Scheiben von ihrer schwarzen Beschichtung zu befreien, damit man beim Fahren die Straße sehen konnte).

Jeff war der einzige, der sich an ihrer Rettungsaktion nicht direkt beteiligte. Dafür passte er in Shanes Haus auf die Kinder auf, während Amy und Benny Mikhail dabei halfen, die zerfetzten purpurroten Polster rauszureißen und eine Sitzbank einzubauen (mit Sicherheitsgurten!), die man zu einem Bett ausklappen konnte. Dahinter blieb noch Platz, um einen zusätzlichen Schlafsack auszurollen.

„Gut", sagte Shane und besah sich ihr Werk. „Das sieht hier hinten schon nicht mehr ganz so aus, wie eine Bong-mit-Maisöl-Party." Natürlich hatte dazu auch nicht allzu viel gehört.

Am dritten Tag kam auch Calvin dazu. Selbst Deacon musste mittlerweile zugeben, dass der Motor eine nicht unbeträchtliche Herausforderung war. Amy und Benny hatten sich nach getaner Arbeit in die Küche zurückgezogen und bekochten die Impromptu-Mechaniker und den Rest der Familie. Shane rief sie ab und zu alle ins Haus, wo es appetitlich nach Stew und Tacos oder anderen Köstlichkeiten roch und – siehe da! – wie von Zauberhand erschienen besagte Köstlichkeiten auf dem Tisch. Calvins Sohn, der zwei Jahre alte Amos, hatte zu Parry Angel sofort eine spontane Hass-Liebe entwickelt (und umgekehrt), sodass sie viel Zeit damit verbrachten, die beiden kleinen Streithähne wieder zu trennen und ihnen zu helfen, sich wieder zu versöhnen, nachdem sie sich wieder beruhigt hatten und versprachen, von jetzt an ganz brav zu sein.

Calvin selbst war am Anfang noch etwas unsicher. Aber er merkte bald, dass keiner der hart arbeitenden Männer auch nur das geringste Interesse an ihm hatte, von seiner Hilfe bei den Reparaturen abgesehen. Deshalb entspannte er sich schnell und genoss ihre Gesellschaft. Er war etwas überrascht darüber, dass es kein Bier gab und er sich mit Limonade begnügen musste. Aber ansonsten hatte er viel Spaß dabei, Deacon mit dem Motor zu helfen, die durchgebrannten Zylinderkopfdichtungen zu ersetzen und den Vergaser wieder in Ordnung zu bringen. Unter vier Augen gestand er Shane, dass er sich vor Deacon etwas fürchtete.

„Der Kerl ist so schweigsam, als wäre er bei einem Sonderkommando oder so."

Shane verriet ihm nicht, dass Deacons Verhalten nur an seiner Zurückhaltung gegenüber Fremden lag. Er dachte bei sich, dass Calvin es schon selbst herausfinden würde, wenn er nur oft genug mit ihnen zusammen war.

Am vierten Abend fuhren sie eine extra lange Sonderschicht, weil Mikhail am nächsten Morgen nach Nevada City aufbrechen musste. Shane besorgte bei *Starbuck's* Kaffee und mehrere Tüten mit Bonbons und Nüssen, um die Crew wach zu halten. Die Sonne ging gerade unter und Aprilnebel lagen über dem Land, als Mikhail ihm das Gatter öffnete.

„Komm her, ich nehme dir das ab." Mikhail schnappte sich die Tüten und Shane kämpfte mit den sechs extra-großen Bechern mit Kaffee/Latte/Cappuccino, die er für alle mitgebracht hatte.

Er stellte die Becher aufs Autodach und drehte sich zu Mikhail um, der ihn wortlos beobachtete. Es war schon nach acht Uhr und der Abendhimmel hatte diese typische Farbe – eine dunkles Lila, das irgendwo zwischen Blau und Schwarz lag. Eine leichte Brise wehte vom Fluss her und ließ Shane erschauern. Mikhails Blick hatte etwas Beunruhigendes an sich.

„Davon hast du nichts gesagt", meinte Mikhail leise.

„Stimmt. Äh ... wovon habe ich nichts gesagt?" Shane blinzelte. Er hatte sich in den letzten Tagen nicht freigenommen und brauchte dringend einen Kaffee.

„Davon, dass mein Auto für alle eine ... eine solche Last werden würde." Mikhail warf einen unglücklichen Blick auf seinen Chevy, der aus Shanes Garage herausragte und von Dutzenden von Ersatzteilen und Werkzeugen umgeben war, die sie vor vier Tagen noch nicht besessen hatten. Crick war gerade damit beschäftigt, die Reifen abzunehmen und die Bremsen zu überprüfen. Während sie ihm zusahen, rutschte er mit dem Kreuzschlüssel ab und schlug sich die Knöchel seiner kranken Hand auf. Er fluchte so laut, dass der Himmel vor Schreck noch einige Stufen dunkler wurde. Sofort war Deacons Stimme zu hören.

„Verdammt, Carrick – lass mich sehen. Mist. Mist, Mist, Mist. Komm, wir gehen ins Haus. Shane hat Desinfektionsmittel und Verbandskram in der Küche."

„Deacon, es ist nur ein Kratzer ..."

„Und der muss verbunden werden und wir müssen den Dreck abwaschen …"

„Deacon, ich bin nicht aus Porzellan …"

„Halt den Mund und komm mit ins Haus, verdammt. Wenn es verbunden ist, kannst du dich immer noch um den dämlichen Reifen kümmern!"

„Jawoll, Sir!", schnappte Crick ihn an und salutierte zackig.

Andrew streckte kichernd den Kopf unter dem Auto hervor, wo er irgendwas an der Karosserie reparierte. „Lass das, Lieutenant. Geh rein und lass dich von ihm verarzten. Er ist unser zweitbester Mechaniker und wir brauchen ihn noch."

„Nur der Zweitbeste?", fragte Deacon beleidigt.

„Shane ist besser", meinte Calvin und unterbrach seine Arbeit am Motor. „Ich wusste natürlich, dass er den GTO selbst wieder in Schuss gebracht hat, aber … Mann, ich hätte nicht gedacht, dass er ein solches Genie ist, wenn es um Autos geht."

„Scheiße." Shane wurde rot. Dann fiel ihm ein, dass er Mikhail noch eine Antwort schuldig war. „Du warst so stolz auf die alte Rostschüssel, Mikhail. Ich wollte dir das nicht nehmen. Und schau dir die Kiste jetzt an … Morgen ist sie fertig, ja? Jon und Amy haben gesagt, sie würden hinter dir herfahren und darauf achten, dass alles gut geht. Sie freuen sich schon auf das Festival."

Mikhail stellte sich auf die Zehenspitzen und drückte Shane einen Kuss auf den Mund. Shane war darüber so überrascht, dass er automatisch den Mund öffnete und den Kuss erwiderte. Sie hatten in der letzten Woche nicht viel Zeit für sich selbst gehabt. Mikhails Kuss fühlte sich so gut an, dass Shane leise stöhnte.

„Spiel es nicht herunter", flüsterte Mikhail, ließ die Einkaufstüten fallen und presste sich an ihn. „Tu nicht so, als ob es nichts gewesen wäre. Das machst du ständig. Du vollbringst all diese großen und kleinen Wunder, und dann tust du so, als ob es selbstverständlich gewesen wäre und jeder so gehandelt hätte. Niemand hätte das für mich getan, was du getan hast. Es ist riesig. Du und deine Familie – ihr habt das Unmögliche für mich wahr gemacht. Nur für mich. Wie sollte ich dich dafür nicht lieben?"

Shane lehnte sich überrascht ans Auto. „Wirklich? Das tust du?"

Mikhail trat einen Schritt zurück und schüttelte irritiert den Kopf. „Und wie konnte ich so lange warten und dir das nicht früher sagen? Du schaffst Wunder für mich und ich schaffe es nicht, diese drei Worte zu sagen? Mir wird langsam klar, warum das noch nie jemand für mich getan hat. Ich habe es nicht verdient …"

Shane brachte ihn sofort zum Schweigen. Irgendwann mussten sie ihren Kuss dann unterbrechen, weil sonst der Kaffee kalt geworden wäre. Aber Shane hielt Mikhails Worte die ganze Nacht fest in seinem Herzen eingeschlossen. Sogar das ganze Wochenende über, denn er musste arbeiten und konnte Mikhail und Kimmy nicht auf dem Festival besuchen.

Es fiel ihm schwer, dem *lila* Lieferwagen nachzusehen, der langsam aus der Einfahrt fuhr und verschwand. Mickey wollte ihn eigentlich rosa lackieren und „Queermobil" nennen, aber Calvin hatte dagegen Einspruch erhoben. „Oh ja. Und dann wird unsere eigene Polizei sich euer Haus vornehmen und mit faulen Eiern und Klopapier bewerfen."

Mikhail hatte sich darüber aufgeregt und Shane hatte Calvin entrüstet angesehen. „Mickey", sagte er. „Lass dir von meinem Job nicht das Leben bestimmen. Du kannst das verdammte Ding anmalen, wie immer du willst."

Mikhail hatte geschmollt. „Ja, dein verdammter Job. Sie werden einen lila Stein in ihren Reihen niemals tolerieren, nicht wahr?" Dann hatte er aufgesehen und in seinen Augen lag ein unheiliger Glanz.

„Nein", sagte Shane kategorisch.

„Oh doch."

„Mickey ..."

„Du hast gesagt, ich könnte es in jeder Farbe anmalen. Also benenne ich ihn nach dir."

Zehn Dosen lila Lack (und eine Dose schwarzen) später hatte er einen lila Lieferwagen mit der Aufschrift „The Purple Brick" auf der Seite.

Crick hatte die Aufschrift freihändig angebracht und Deacon meine anschließend, sie wäre wesentlich besser geworden, als die auf dem Wasserturm. Crick war feuerrot geworden. „Leck mich, Deacon", hatte er gesagt, aber Deacon hatte ihn nur angegrinst. Es war schon drei Uhr nachts und sie waren alle so übermüdet gewesen, dass sie in hysterisches Gelächter ausbrachen.

Sechs Stunden später war Mikhail aufgebrochen. Zwei Stunden später rief er schon an, um Shane mitzuteilen, dass er pünktlich angekommen wäre. Kurz danach meldete sich Jon, der Shane beruhigte. Mickey wäre ein guter Fahrer, sagte er. Sie müssten sich keine Sorgen um ihn machen. Da Jon und Shane mittlerweile für Bennys Fahrunterricht zuständig waren, verließ Shane sich auf Jons Urteil und entspannte sich sichtlich.

Noch mehr entspannte er sich freilich, als Mickey rechtzeitig zum sonntäglichen Dinner wieder zuhause vorfuhr. Während sie mit ihrer Familie zusammensaßen und Bennys köstlichen Braten aßen, erzählte Mikhail ihnen von seinem Wochenende auf dem Celtic Cross Festival und wie schön Shanes Schwester gewesen war, als sie zusammen tanzten. Shane freute sich, dass Kimmy noch tanzen konnte, aber er hörte auch die Untertöne in Mikhails Geschichte. Mikhail sah ihn schulterzuckend an. Kimmy hatte immer noch Probleme, aber sie würde nicht um Hilfe bitten, auch wenn sie darüber nicht sehr glücklich waren. Wenigstens war Mickey wieder zuhause, und das war fantastisch. Mickey war so aufgeregt und überschäumend vor Freude über seine neue Unabhängigkeit und die Möglichkeit, auf der Bühne zu stehen und zu tanzen, dass Shane vor Stolz die Brust schwoll. Es war wunderbar für ihn, seinen Geliebten so glücklich zu sehen. Shanes Brust war nicht das einzige, das anschwoll, und als sie wieder nach Hause kamen, zog er Mikhail aus und beugte ihn übers Bett. Dann liebte er ihn hart und schnell.

Mikhail kam so stark, dass er zehn Minuten kein Wort reden konnte. Als er wieder einigermaßen klar im Kopf war, schob Shane ihn aufs Bett und küsste ihn.

„*So* sehr habe ich dich vermisst!", sagte er dann und Mikhail grinste ihn an. „Also nicht allzu sehr?", fragte er frech zurück.

Shane nahm einen zweiten Anlauf, sich verständlich zu machen. Dieses Mal war Mikhail zufrieden.

Danach hörte er von Mickey jede Nacht „Ich liebe dich", und nach einiger Zeit konnte er es auch glauben.

Deshalb überraschte es ihn so sehr, als er im Krankenhaus – in das er wegen einiger gebrochener Rippen eingeliefert worden war, die er sich bei dem Versuch zugezogen hatte, einen betrunkenen und randalierenden Stief-Bob und dessen Freunde festzunehmen – nur von Deacon besucht wurde.

„Hast du das Vicodin?", fragte er Deacon, der für ihn zur Apotheke gegangen war, um die Schmerzmittel zu besorgen. Verdammt, die ganze linke Seite tat ihm höllisch weh. Deacon nickte, schraubte eine Flasche Mineralwasser auf und gab ihm eine Tablette. Shane schluckte sie und spülte mit dem Wasser nach.

„Wo ist Mickey?" Er wollte ihn wirklich sehen. So verwöhnt war er mittlerweile schon.

„Interessante Frage", meinte Deacon, nachdem er sicher war, dass Shane die Tablette geschluckt hatte. „Die habe ich Benny auch schon gestellt, nachdem die Polizei bei uns angerufen hat."

Shane nahm sich vor, Mikhail auf seine Notfallliste setzen zu lassen. Er wollte nicht, dass Mickey übergangen wurde und sich verletzt fühlte. „Was hat Benny geantwortet?"

„Sie meinte, er wäre mit Crick auf dem Weg nach Monterey."

Shane wollte auf die Füße springen, aber der plötzliche, stechende Schmerz in seiner Brust warf ihn wieder aufs Bett zurück. „Monterey? Warum zum Teufel …?"

„Offensichtlich hat deine Schwester angerufen, während ich in der Stadt war, um Futtermittel zu holen. Sie müsste weg, und zwar sofort. Wie auch immer … Als ich nach Hause kam, waren sie schon unterwegs und ich bin gerade noch rechtzeitig gekommen, um den Anruf deiner Kollegen anzunehmen und zu erfahren, dass du mal wieder zusammengeschlagen worden bist."

„Sie hatten ein Bleirohr", knurrte Shane und versuchte, Deacons Katastrophenmeldung zu verarbeiten.

Deacon fasste sich brummend an die Narbe an seinem Haaransatz. „Damit hatte ich auch schon das Vergnügen", meinte er.

Oh Gott. Wenn Kimmy angerufen hatte, konnten nur ernste Probleme mit Kurt dahinterstecken. „Scheiße … Meine Schwester muss ihr Arschloch von Freund verlassen haben." Shane stand vorsichtig auf und torkelte zur Tür. Hoffentlich wirkte das Vicodin bald und er konnte wieder klar sehen. „Und Mickey und Crick sind zu ihr gefahren? Mein Gott. Bei dem Temperament, das die beiden haben, hätte es nicht schlimmer kommen können."

Er blieb an der Tür stehen und stützte sich am Rahmen ab. Dann war Deacon an seiner Seite und hielt ihn aufrecht. „Jeff war auch bei uns, als der Anruf kam. Er ist mitgefahren."

„Oh Mist ..." Shane humpelte los.

„Brauchst du nicht erst die Entlassungspapiere?", wollte Deacon wissen, aber Shane ließ sich nicht aufhalten. „Die interessieren mich einen Scheißdreck!"

Es dauerte eine Stunde, bis sie endlich aufbrechen konnten. Sie mussten erst noch Shanes Wagen auf der Wache abholen, weil Deacons Truck nicht mehr als achtzig Stundenkilometer schaffte. Shane atmete schwer. Er war schweißgebadet, als Deacon ihn anschnallte und ihm eine große Flasche Wasser und zwei Schachteln mit Schmerzmitteln in die Hand drückte. Dann zog Deacon die Autoschlüssel aus der Tasche und setzte sich hinters Steuer.

„Du kannst sie ruhig nehmen", knurrte er, als Shane die Tabletten misstrauisch musterte.

„Aber ..."

„Glaub mir – sie vertragen sich mit Vicodin. Ich mache dir nichts vor und wir haben eine lange Fahrt vor uns."

Shane befolgte Deacons Ratschlag und schloss erleichtert die Augen. Deacon hatte recht. „Mein Gott. Wir schaffen es nicht mehr, sie rechtzeitig einzuholen, oder?"

Deacon zuckte mit den Schultern und ließ den Motor an. Als er Gas gab, lag auf seinem sonst so reservierten, hübschen Gesicht ein Hauch jungenhafter Freude. „Wir sind nicht sehr weit hinter ihnen. Ich habe gesehen, wie dein Freund fährt. Sobald er die achtzig erreicht hat, tuckert er nur noch vor sich hin." Schwungvoll lenkte Deacon den Wagen mit der linken Hand vom Parkplatz auf die Straße. „Ich fahre meistens nur in der Stadt. Wieviel schafft der Wagen auf dem Highway?"

Shane hätte gern gelacht, aber das hielten seine Rippen nicht aus. „Ich habe zwischen L.A. und Las Vegas voll aufgedreht und bis zum Anschlag beschleunigt. Keine Ahnung, wieviel schneller ich danach noch gefahren bin."

Deacon hörte sich so überschwänglich und draufgängerisch an, dass Shane, wäre er nicht von den Schmerzmitteln total high gewesen, sich vermutlich gewundert hätte, wie das zu dem sonst so braven Deacon passte. „Ich glaube nicht, dass wir auf dieser Strecke schneller als zweihundert fahren können", überlegte Deacon, während er grinsend zwei andere Autos überholte. „Aber man soll die Hoffnung nie aufgeben."

Fünf Minuten später war Shane eingeschlafen, was wahrscheinlich ein Segen war, denn nach zweieinhalb Stunden Fahrt kamen sie schon in Monterey an. Er wollte sich gar nicht vorstellen, wie Deacon gefahren sein musste, um es in so kurzer Zeit zu schaffen.

Shane kannte den Weg zu Kimmys Haus nicht, aber auch darum hatte sich Deacon schon gekümmert. Als er wieder zu sich kam, total groggy von den Tabletten und immer noch mit schmerzenden Rippen (wie ungerecht!), telefonierte

Deacon gerade mit Benny, die offensichtlich Kimmys Adresse in den Computer eingegeben hatte und ihm jetzt die Richtung durchsagte. Sie fuhren durch eine Wohngegend mit hübschen, zweistöckigen Häusern, die eng zusammen standen und kleine Vorgärten hatten. Deacon fluchte leise und Shane konzentrierte sich mühsam auf ihre Umgebung. Dann sah er den *Purple Brick* vor einem der Häuser stehen. Der Menschenauflauf vor dem Haus erinnerte an einen privaten Flohmarkt. Die halbe Wohnungseinrichtung und mehrere Koffer standen auf dem Rasen. Sie kamen näher und erkannten Kurt, der mit der Faust ausholte und Crick einen Kinnhaken versetzte.

„Oh nein! Verdammt!" Der GTO kam mit quietschenden Bremsen zum Stehen. Shane wurde mit aller Macht nach vorne geschleudert. Der Sicherheitsgurt fing ihn auf, aber er drückte sich so fest in seine Brust, dass ihm vor Schmerz die Tränen in die Augen stiegen. Bevor er wieder klar sehen konnte, war Deacon schon aus dem Wagen gesprungen und schwang sich über die Kühlerhaube.

Shane befreite sich ungeschickt aus dem Gurt und stieg vorsichtig aus. Mikhail kniete bei Kimmy auf dem Boden. Jeff war ebenfalls an ihrer Seite und wischte ihr mit einem feuchten Tuch übers Gesicht.

„So, mein Schatz. Wie fühlst du dich jetzt?"

„Stoned", nuschelte Kimmy undeutlich. „Dieses Arschloch ... Ich schwöre, ich habe es nicht absichtlich getan. Ich schwöre es, Mikhail! Ich habe nur an Weihnachten etwas genommen, weil ich so allein war. Aber seitdem nicht mehr. Ich war clean. Ich schwöre es ..."

„Wir haben dich verstanden, du dumme Kuh-Frau", unterbrach Mikhail sie barsch und strich ihr sanft über die Haare. Shane erkannte auf den ersten Blick, wie sehr Mickey sie liebte. „Jetzt halt den Mund, damit der hübsche Mann dir seine Fragen stellen kann. Er ist wie ein Arzt, nur ohne die scharfen und spitzen Instrumente. Und er will sichergehen, dass dein armes Herz nicht explodiert, weil sich das nicht gehört."

„So ist es", knurrte Shane und hockte sich zu ihnen. „Wir haben die lange Fahrt schließlich nicht gemacht, um dich hier zu lassen."

Kimmy sah ihn mit Tränen in den Augen an. Shane erkannt, dass ihr ganzes Gesicht mit Koks bestäubt war und ihre Nase blutete. Stark blutete.

„Shaney ..." Sie fing zu schluchzen an. „Gott, Shaney. Ich wollte ihn verlassen. Ich schwöre es, das wollte ich. Du hast gesagt, du wärst zuhause und ich wollte nach Hause kommen. Aber wir waren hier draußen und das Arschloch hat mich mit dem Gesicht in das Koks gedrückt ... hat gesagt, nur so könnte er mich behalten ..."

„Mein Gott ..." Shanes Herz klopfte so wild, dass es ihm fast aus der Brust sprang. Und durch seine gebrochenen Rippen. Er sah Jeff an, der mittlerweile das Koks aus Kimmys Haaren gewischt hatte und ihr den Puls fühlte.

„Er schlägt ziemlich schnell", meinte Jeff ruhig. „Aber sie kann noch reden und wird bei Bewusstsein bleiben."

„Willst du meinen Wagen nehmen und sie zum Arzt fahren?", bot Shane ihm an, aber Jeff schüttelte den Kopf.

„Falls ihr wirklich eine Dichtung durchbrennt, dann irgendwo auf der Strecke zwischen hier und dem Krankenhaus. Bei Kokain passiert so was in der Regel recht schnell. Wir haben alles abgewischt und wenn wir sie ruhig halten können, sollte ihr Blutdruck sich bald wieder normalisieren. Wir wollen deinen Blutdruck doch nicht aufregen, nicht wahr, Shanes Schwester?"

„Du bist wirklich nett", murmelte Kimmy. „Und so hübsch."

„Du weißt doch, wie solche Geschichten enden, Schätzchen", sagte Jeff freundlich. Sie knurrte nur und legte den Kopf an Mikhails Schulter.

„Du bist stockschwul, ich weiß schon", kicherte sie. Jeff streichelte ihr lächelnd über den Kopf.

„Jawoll. Tut mir leid, Baby. Du bist das bedauerliche Opfer einer Schwulen-Invasion."

In diesem Augenblick war ein lauter Schrei zu hören. Sie schauten auf und sahen, dass Deacon – der die ganze Zeit heldenhaft gekämpft hatte – Kurt einen heftigen Tritt ans Schienbein versetzt hatte, dem er jetzt noch einen wohlplatzierten Kinnhaken folgen ließ.

„Mein Gott", fluchte Crick und legte Deacon seinen gesunden Arm um die Brust, um ihn zurückzuhalten. „Ich brauche eure Hilfe, verdammt! Ich kann ihn nicht mehr halten."

Deacon war offensichtlich auf Blut aus. Shane erhob sich mühsam auf die Beine und ging zu ihnen. Er war der größte und stärkste von ihnen, deshalb konnte er Crick noch am besten helfen.

„Komm schon, Mann", sagte er nicht sehr überzeugend. „Du willst doch nicht, dass hier die Bullen auftauchen. Du weißt doch, dass sie alle Arschlöcher sind."

Deacon nahm ihn kaum wahr. Er fluchte vor sich hin und versuchte immer noch, sich Cricks Griff zu entwinden. Ab und zu gelang es ihm, Kurt noch einen Tritt zu versetzen. Kurt grunzte vor Schmerz bei jedem Treffer. Dann gelang es Deacon, einen Arm zu befreien und er rammte – beinahe! – Shane den Ellbogen in die Rippen. Shane zischte präventiv, konnte aber noch ausweichen. Sofort gab Deacon seinen Kampf auf.

„Mist. Habe ich dich erwischt?"

Shane trat kopfschüttelnd einen Schritt zurück und legte sich die Arme um die Brust. „Nein. Aber wenn ich gewusst hätte, dass ich auf diese Weise zu dir durchdringe, hätte ich es schon früher versucht."

Sie holten tief Luft und sahen Kurt zu, der versuchte, wieder auf die Beine zu kommen.

„Ihr Arschlöcher", röchelte Kurt, dessen Nase einen ziemlich gebrochenen Eindruck machte. „Ihr verdammten, schwulen Arschlöcher! Ich mach' euch alle fertig! Ihr seid sowieso nur Weicheier und Schlappschwänze!"

Crick schnaubte verächtlich und ließ Deacon los. Dann hockte er sich vor Kurt auf den Boden und legte ihm die gesunde Hand auf die Brust. „Wir wissen beide sehr gut, wer die Oberhand hatte, bevor Deacon hier eingetroffen ist", meinte er in lockerem Plauderton. Kurt zuckte zusammen. „Und jetzt, wo Deacon hier ist, wäre es in deinem besten Interesse, wenn du dich einfach wieder hinlegst und dich etwas erholst. Uns ist es egal, ob du wieder aufstehst oder nicht. Aber ich nehme an, dass du das anders siehst, oder?"

„Leck mich doch!", fluchte Kurt. Crick wich ihm aus und Deacon versetzte ihm einen Tritt. Kurt fiel jammernd wieder auf den Rasen. Die drei Männer drehten sich um und gingen zu Kimmy, um sich davon zu überzeugen, dass es ihr gut ging.

„Wir wollten ihre Sachen in den Lieferwagen packen", erklärte Crick und Jeff nickte bestätigend. „Kimmy war an der Tür, als Kurt nach Hause gekommen ist. Er hat sie angebrüllt, sie wäre …" Crick warf Kimmy einen Blick zu und errötete. Shane wurde zu seinem Erstaunen Zeuge, wie Crick, der taktloseste Mensch des Universums, seine Worte zensierte, um Kimmys Gefühle nicht zu verletzen. „… auch nicht besser als er selbst. Dann hat er … Mist. Er hatte drei Tütchen dabei. Er hat Kimmy einfach am Hals gefasst und ihre Nase in das Koks gedrückt. Dann seid ihr gekommen … Es tut mir leid, Deacon. Ich schwöre, der Kerl hat uns keine andere Wahl gelassen …"

Deacon hörte mit weit aufgerissenen Augen zu. Dann drehte er sich abrupt um und Crick musste ihn wieder festhalten.

„Ich bring' ihn um", fauchte Deacon. „Ich bringe dieses Arschloch um. Ich schieb' dem Kerl eine Kanone in den Arsch und blase ihm das Hirn raus …"

„Deacon! Deacon! Beruhige dich!"

Crick stellte sich vor ihn und schob ihn von Kurt weg. Shane sah sprachlos zu. Er ahnte, dass mehr hinter Deacons Verhalten stecken musste, als auf den ersten Blick sichtbar wurde.

Jeff fiel Shanes verwirrter Blick auf und er fasste ihn am Arm. „Jemand hat mit Deacon etwas ähnliches gemacht", erklärte er. „Wir lassen die beiden besser allein. Es sieht nicht so aus, als ob der Schweinehund in akuter Lebensgefahr schwebt. Ich würde gerne von hier verschwinden, bevor deine Leute auftauchen …"

Shane blinzelte. „Meine Leute?" Deacon sah Kurt verbittert an. Crick nahm ihn an beiden Händen und presste sie sich an die Brust. Dann redete er beruhigend auf Deacon ein. Es sah aus, als hätte er die Lage unter Kontrolle. Shane riss sich zusammen und schaute sich auf dem Rasen nach leichteren Sachen um, die er mit seinen malträtierten Rippen in den Wagen räumen konnte.

„Die Bullen, großer Mann. Wir wollen hier nichts mit den Bullen zu tun haben. Hier war bis kurz vor eurem Eintreffen alles friedlich. Ich nehme an, wir haben ungefähr fünfzehn Minuten, um alles zu packen und uns aus dem Staub zu machen, richtig?"

„Bitte?", bettelte Kimmy, die weinend den Kopf auf die Knie stützte. „Bitte, Shaney? Können wir einfach losfahren? Du hast mir ein Zuhause versprochen. Ich will nach Hause."

Shane hockte sich stöhnend vor ihr auf den Rasen. Er musste kurz die Augen schließen, weil ihm schwindelig wurde. Dann streichelte er ihr sanft über die langen, hübschen Haare. Er erinnerte sich daran, wie schön sie gewesen war, als sie auf dem Festival in der Sonne getanzt hatte. „Ja, Baby. Ich und Mickey. Wir bringen dich nach Hause. Es wird dir gefallen. Mickey hat sogar Tischdeckchen, passende Handtücher und was weiß ich noch alles gekauft."

Mikhail bedeckte Shanes Hand mit seiner eigenen. Shane drehte die Hand um und drückte zu. „Wir haben sogar schon ein Bett für dich, weißt du? Aber jetzt bringen wir dich erst mal ins Auto, mein Schatz. Du nimmst den Rücksitz, ja? Dort liegen Decken und du kannst es dir gemütlich machen."

Mikhail sprang auf die Füße und Jeff half Kimmy, ebenfalls auf die Beine zu kommen. Shane holte tief Luft und bereitete sich innerlich aufs Aufstehen vor. In diesem Augenblick tauchte Mikhails Hand vor ihm auf und er griff dankbar zu. Nachdem Mikhail ihn hochgezogen hatte, warf er Shane einen besorgten Blick zu.

„Du bist mir nicht böse?", fragte er. Shane schüttelte den Kopf.

„Ich wünschte nur, du hättest vorher angerufen und Bescheid gesagt, Mickey. Aber ich bin dir nicht böse. Du hast die Familie verständigt. Das ist alles, was zählt, nicht wahr?"

„Ich wollte dich nicht damit belasten", flüsterte Mikhail. Er schob Shanes T-Shirt hoch und schaute auf den Verband. „Ich wollte dich nicht noch mehr belasten, weil dein verdammter Job schon alles tut, um dir das Leben zur Hölle zu machen. Ich wollte nicht, dass es eine so große Sache wird. Aber du musstest ja trotzdem kommen und uns holen. Und jetzt schau dir an, was du angerichtet hast. Du bist schon wieder verletzt, du erbärmlicher Mann. Wieso kannst du nicht einmal ein Jahr durchhalten, fast ohne erstochen oder erschossen oder ... Was war es eigentlich dieses Mal?"

Shane lachte gequält. „Ein Bleirohr."

„Das ist nicht komisch", schnappte Mikhail ihn an. „Es ist überhaupt nicht komisch und ich kann darüber nicht lachen. Du ... setzt dich jetzt vorne ins Auto. Deshalb ist Deacon gefahren, nicht wahr?"

Shane nickte und Mikhail schniefte nur.

„Nun, das ist gut. Mein Wagen ist nicht bequem genug für dich. Ich ..."

„Crick kann den Lieferwagen fahren", mischte Jeff sich von hinten ein. Er hatte Kimmy zum Auto gebracht und war jetzt dabei, die Kleider aufzulesen, die aus einem Koffer gefallen waren und überall auf dem Rasen verstreut lagen. „Kimmy ist ziemlich verwirrt und durcheinander. Sie braucht bekannte Gesichter. Und da Shane vorne sitzen muss, bist du ausgedeutet worden, Mikhail. Du fährst bei ihr auf dem Rücksitz mit."

Shane nickte und Mikhail half ihm auf den Beifahrersitz. Er murmelte auf Russisch vor sich hin. Seine Hände waren sanft und zärtlich, als er Shane beim Einsteigen stützte und ihn anschnallte. Shanes gebrochene Rippen schmerzten höllisch und er kam sich vor, wie ein Wrack aus Fleisch und Knochen. Er fragte sich, wann er die nächste Schmerztablette nehmen konnte, wollte sich aber nicht wie ein Jammerlappen aufführen. Er hatte schließlich schon Schlimmeres durchgehalten.

Mikhail beugte sich zu ihm herab und küsste ihn auf die Schläfe. „Ich liebe dich, großer Mann. Ich liebe dich so sehr, dass ich gar nicht mehr weiß, wie ich vorher ohne dich leben konnte. Aber wenn wir nach Hause kommen, werden wir beiden einen großen, schlimmen, lautstarken russischen Bärenkampf austragen über deinen beschissenen Job. Ich will, dass du ihn sofort kündigst. Bereite dich schon darauf vor. Wir werden uns nicht trennen, aber ich muss eine Grenze ziehen. Und du wirst mir zuhören, verstanden?"

„Morgen?", bettelte Shane jämmerlich. Mikhail hatte Mitleid mit ihm und gab ihm noch einen Kuss. Dieses Mal auf die Lippen.

„Spätestens übermorgen."

„Gut", murmelte Kimmy auf dem Rücksitz. „Weil Kurt deine Adresse an Brandon gegeben hat, und das hat bei mir das Fass zum Überlaufen gebracht, Shaney. Ich glaube, dass er morgen bei dir vorbeikommen will, weil er Geld braucht."

Shane schloss die Augen und legte stöhnend den Kopf zurück. „Scheiße", murmelte er.

„Nicht, bevor du nicht wieder gesund bist", sagte Mikhail barsch und ging zum Rasen zurück, um beim Einsammeln von Kimmys Sachen zu helfen.

Kimmy kicherte verheult. „Als Schwager ist er mir noch lieber", meinte sie. „Und wenn ich nicht so high wäre, würde ich ihn dafür fürchterlich hochnehmen."

„Ist alles in Ordnung mit dir?", fragte Shane besorgt. *So viele Menschen*, dachte er benebelt. *So viele Menschen, um die ich mich kümmern muss und die mich brauchen.* Und jetzt stand ihm auch noch ein russischer Bärenkampf bevor. Gott, wie lange noch bis zur nächsten Schmerztablette?

„Bringst du mich nach Hause, Shaney?"

„Ja, Baby. Ich habe es dir doch gesagt – es wird dir gefallen."

„Dann ist alles gut. Du kannst es mir glauben. Alles ist gut." Sie saßen mit geschlossen Augen im Auto und hörten zu, wie Shanes Familie den Lieferwagen belud. Shane bemerkte plötzlich, dass man von hier das Meer riechen und hören konnte.

„Es ist schön hier", sagte er mit ehrfurchtsvoller Stimme. Er fragte sich, wie Kimmy einen so schönen Ort verlassen konnte, an dem die Luft nach Ozean und Kräutern roch.

„Nichts ist schön, wenn man ständig in Angst lebt", erwiderte Kimmy. Danach sagten sie nicht mehr viel.

Die Heimfahrt verlief sogar teilweise amüsant. Während sie Kimmy von ihrem Rausch runterbrachten, pumpten sie Shane mit Schmerzmitteln voll. Zuhause angelangt, halfen Mikhail und Deacon dem vollkommen zugedröhnten Shane ins Bett. Sie legten ihn einfach auf die Bettdecke und schoben ihm ein Kissen unter den Kopf. Deacon überzeugte sich davon, dass der Stützverband um Shanes Brust noch richtig saß. Dann fuhr er ihm freundschaftlich durch die Haare. Shane legte sich erleichtert zurück und war froh, endlich halbwegs bequem liegen zu können.

„Tut mir leid, dass du da reingezogen worden bist", murmelte er. Deacon lachte nur. Seine Knöchel waren immer noch blutverschmiert und er wirkte ziemlich bedrohlich.

„Du bist Familie, Perkins. Ich bin stolz darauf, dass ihr uns angerufen und auf uns gezählt habt. Sag deiner Schwester, sie soll uns besuchen, wenn es ihr wieder besser geht. Okay?"

Soviel zu Deacons bedrohlicher Wirkung, dachte Shane. Dann kam Mikhail ins Zimmer, gab ihm die letzte Schmerztablette für die Nacht und setzte sich zu ihm, bis er eingeschlafen war.

24

„Anyone perfect must be lying. Anything easy has its cost."
Bare Naked Ladies, *Falling For The First Time*

ALS SHANE endlich eingeschlafen war, ließ Mikhails mühsam aufrechterhaltene Beherrschung nach. Vor Kurt hatte er keine Angst gehabt – solche Typen kannte er aus seiner Zeit auf der Straße. So klein Mikhail auch war, in einer Schlägerei wusste er sich durchaus zu behaupten. Aber er hatte Angst gehabt, erst um Kimmy gehabt, später auch um Crick und Deacon. Deacon war erschreckend in seiner Wut und hätte Kurt leicht zu Brei schlagen können, und das wäre sehr, sehr schlecht gewesen.

Dann hatte er Shane gesehen mit seinem leichenblassen Gesicht, der sich kaum aufrecht halten konnte vor Schmerzen. Shane war verletzt, hatte Angst und machte sich große Sorgen. Mikhail hatte es kaum ertragen können. Nicht Shane, nicht sein wunderbarer Geliebter, der alles gegeben hatte, um Mikhails Leben so glücklich zu machen. *Verdammt*, hatte er schreien wollen, *Verdammt, lasst ihn in Ruhe!*

Er hob Shanes Hand an den Mund und küsste sie. Er fluchte nicht, er machte keine Drohanrufe und schimpfte den schlafenden Shane nicht aus. Er hielt nur Shanes Hand an den Mund und war froh, den sanften Pulsschlag an den Lippen spüren zu können.

Nach einiger Zeit fiel ihm Kimmy wieder ein, die immer noch high und wahrscheinlich ziemlich verwirrt war. Sie musste sich einsam fühlen. Mikhail stand auf und ging in ihr Zimmer. Es war kaum sieben Uhr abends und er hatte sich für die nächsten Tage frei genommen. Am Wochenende mussten er und Kimmy entscheiden, was sie auf den Festivals tun würden. Sie waren professionelle Tänzer und die die Show musste weiter gehen.

Doch Mikhail hatte jetzt eine Familie und wusste nicht, ob er so weitermachen konnte, wenn Shane an Körper und Seele verletzt war. Außerdem würden sie auf dem Festival diesen schrecklichen Ex von Kimmy treffen, und der konnte Shane und Kimmy noch mehr verletzen, ohne sich um die Konsequenzen zu kümmern.

Oh Gott. Mikhail wusste, dass Shane diese Bedenken in den Wind schlagen und auf sich keine Rücksicht nehmen würde. Er würde einfach annehmen, dass seine Wunden irgendwann wieder heilten. Aber wenn Shane sich selbst nicht verteidigte, musste Mikhail eben für ihn einspringen. Es gab keinen anderen Weg.

„Wie geht es dir, du Kuh-Frau?", fragte er Kimmy. Sie lag mit einer der Katzen auf dem Bett und lächelte ihn leicht benebelt an. Um sie herum lagen die bunten Decken, die sie aus Monterey mitgebracht hatten. Viele von ihnen waren handgewebt oder handgestrickt – wahrscheinlich von Freunden – und sehr farbenprächtig und wunderbar weich. Mikhail fragte sich, ob sie für Kimmy die gleiche Rolle spielten, wie die Hunde und Katzen für Shane, ob sie auch ein Herz wärmen sollten, dass in der Kindheit fast zu Tode erfroren wäre. Wenn man bedachte, dass Shane sein Herz bis vor Kurzem noch in einer Holzkiste aufbewahrt hatte, konnte er den beiden wirklich keinen Vorwurf machen.

„Ich bin immer noch high und ziemlich unruhig. Aber ich habe Hunger", erwiderte sie aufrichtig. Mikhail grinste. Bei Kimmy musste man nie zwischen den Zeilen lesen und konnte sich immer darauf verlassen, die Wahrheit zu hören – direkt und ohne Umschweife.

„Nun, dann komm mit in die Küche. Ich kann einige Reste aufwärmen. Wir können sie auf dem Sofa essen und fernsehen. Wir haben auch DVDs, wenn dir das lieber ist."

Kimmy setzte sich auf. „Sieht Shane immer noch die Kinderfilme? Ich habe mir gerade *Coraline* gekauft und es noch nicht sehen können."

Sie knuddelten sich auf dem Sofa zusammen. Ihre Anwesenheit tröstete Mikhail und er wusste, dass es umgekehrt genauso war. Sie war so nervös und hibbelig, dass sie ohne ihn wahrscheinlich die Wände hochgegangen wäre. Sie sahen den Film ohne die 3-D-Brille (Kimmy meinte, das würde sie nach der Dosis Koks nicht überleben) und er gefiel Mikhail sehr gut.

„Sehr schön", meinte er nach dem Abspann. „Mir hat besonders gefallen, dass ein Mensch, der zu gut ist, um wahr zu sein, auch nicht wirklich existieren kann."

Kimmy seufzte. Mikhail hatte in der letzten halben Stunde bemerkt, dass ihr Kreislauf sich wieder einigermaßen normalisierte. Die Wirkung des Rauschgifts ließ offensichtlich nach. „Nur Shane gibt es wirklich", sagte sie leise.

„Aber selbst der hat seine Fehler", gab Mikhail säuerlich zurück. Kimmy drehte sich in seinen Armen um und versuchte, gegen die Müdigkeit anzukämpfen, die dem Drogenrausch folgte.

„Was ist denn passiert?"

„Dieses Mal? Dieses Mal ist er mit einem Bleirohr zusammengeschlagen worden. Von einem verdammten Redneck. Deacon sagt, dass er einige gebrochene Rippen hat und das Krankenhaus unerlaubt verlassen hätte, um uns zu helfen." Mikhail schüttelte den Kopf. „Erbärmlicher, unbelehrbarer, dickköpfiger ..."

„Dieses Mal?", unterbrach ihn Kimmy. Sie hörte sich müde und verwirrt an. Mikhail riss sich zusammen und unterdrückte seinen Ärger.

„Ja, dieses Mal. Im Gegensatz zu ‚letztes Mal'."

„Als er mich zu Weihnachten angerufen hat, sagte er, dass er krank wäre. War das wegen seinem Job?"

Mikhail sah zu Boden. „Oh Gott", murmelte er. Ja, es stimmte. Wirkliche Menschen waren nicht perfekt. Selbst sein geliebter Shane nicht.

„Mikhail?" Kimmy befreite sich aus seinen Armen und kniete sich zu ihm aufs Sofa. „Mikhail, was ist mit ihm passiert?"

Mikhail seufzte. „Ja, er war krank. Er war krank, weil eine Messerwunde sich entzündet hat und sie ihn mit Antibiotika vollpumpen mussten, gegen die er allergisch ist, die aber das einzige Mittel gegen seine Blutvergiftung waren." Mikhails schüttelte sich. „Ich … ich musste abreisen, bevor wir wussten, ob er es überlebt. Es war die schlimmste Woche meines beschissenen Lebens – und das schließt die Woche mit ein, in der meine Mutter gestorben ist und ich mit ihm Schluss gemacht habe, weil ich ein selbstsüchtiges, feiges Arschloch war."

Kimmy presste das Gesicht in die Hände. „Scheiße, Mikhail … Warum hat er mir nichts davon gesagt?"

Mikhail kam zu ihr und nahm sie in die Arme. „Er wollte nicht, dass du dir noch mehr Sorgen machst, Kleine …"

Kimmy schniefte verächtlich. Es hörte sich für Mikhail merkwürdig bekannt an. „Kleine? Was ist aus der Kuh-Frau geworden?", wollte sie wissen. „Es hat mir besser gefallen."

Mikhail küsste sie lachend auf den Kopf. „Na gut, ich nenne dich wieder Kuh-Frau. Er wollte nicht, dass du dir Sorgen machst, weil es ihm immer gut geht. Er erwartet immer das Schlimmste und ist froh, wenn es nicht eintrifft, verstehst du? Er erwartet, dass die Welt einen Eimer Scheiße über ihm ausleert. Dann spannt er einfach seinen Schirm aus guter Laune und Gutmütigkeit über sich auf in der Hoffnung, dass alles von ihm abprallt."

Kimmy stöhnte frustriert. „Oh Gooott, das sieht ihm so ähnlich!" Sie kuschelte sich seufzend fester in Mikhails Arme. Er war jetzt genauso ihr Bruder wie Shane, dachte Mikhail amüsiert. „Brandon hat angerufen und irgendeine Scheiße über Shanes Entschädigungszahlung geredet. Ich habe ihm gesagt, er soll es sich abschminken. Aber Kurt … Er konnte es einfach nicht lassen. Hat mir eine Ohrfeige gegeben …" Sie fuhr mit den Fingern über die Prellung an ihrer Wange. Es war nur eine von vielen. „Er hat mich eine Hure genannt und mir das Telefon abgenommen. Dann haben sie Pläne geschmiedet. Deshalb habe ich gepackt und wollte weg. Ich habe dich vom Hof aus angerufen. Ich …" Sie unterbrach ihre ausschweifende Erklärung und sah ihn an. „Ich konnte es aushalten, so lange es nur mich getroffen hat, verstehst du? Aber ich konnte nicht zulassen, dass Shane ihnen in die Hände gerät."

Mikhail schnaubte. „Oh, Kuh-Frau. Dir ist so viel entgangen. Du bist genau wie er. Du fluchst nur mehr."

Kimmy sah ihn mit gerunzelter Stirn an. Mikhail schüttelte nur den Kopf und brachte sie ins Bett, wo er sie mit ihren bunten Decken zudeckte. Orlando Bloom und Kirsten Dunst kamen zu ihr aufs Bett gesprungen. Die beiden kleinen Schlampen schliefen mit *jedem*, der nicht gerade Sex hatte oder sich im Bett einen Ringkampf lieferte.

Mikhail nahm noch eine Dusche, dann legte er sich zu Shane ins Bett. Shane, der wach immer so stoisch und ruhig war, murmelte im Schlaf vor sich hin und stöhnte leise, wenn er verletzt oder krank war. Mikhail kannte das noch aus dem Krankenhaus. Dieses Mal war es jedoch anders, denn dieses Mal konnte er Shanes Hand nehmen und streicheln, während er beruhigend auf ihn einflüsterte – auf Russisch, da Shane ihn sowieso nicht verstehen konnte. Er versicherte Shane, dass er ihn niemals verlassen würde. Dieses Mal nicht und nie wieder, weil er es versprochen hatte.

Als Mikhail wieder aufwachte, war Shane schon unter der Dusche. Mikhail setzte sich auf und sah ihm zu, als er zurück ins Zimmer kam und sich mit einer Hand auf der Kommode abstützte, während er mit der anderen Hand versuchte, sich die Boxershorts anzuziehen. Nach einigen Sekunden stand Mikhail kopfschüttelnd auf und nahm ihm die Shorts ab, um ihm zu helfen. Er half ihm auch mit der Jogginghose und dem T-Shirt. Dann holte er ein Paar bequeme Hausschuhe aus dem Schrank, die Shane noch nie getragen hatte, weil der Sturkopf selbst im Winter lieber barfuß ging. Demonstrativ stellte er sie vor Shane auf den Boden.

Shane schlüpfte in die Schuhe und sah ihn schief grinsend an. „Für einen erklärten Einzelgänger hast du einen bemerkenswerten Mutterinstinkt, weißt du?"

Mikhail erwiderte sein Grinsen grimmig. „Willst du wissen, wie sehr ich meiner Mutter ähnlich bin? Dann warte nur ab, bis wir unseren großen Bärenkampf haben."

„Du hast mir noch einen Tag Aufschub versprochen!", protestierte Shane und wollte abwehrend die Hand heben, verzog dann aber das Gesicht vor Schmerz. Er hatte seine Tabletten noch nicht genommen. Mikhail runzelte die Stirn.

„Das kommt ganz auf meine Stimmung an, großer Mann. Und im Moment steht sie auf der Kippe."

Shanes gute Laune bekam einen Dämpfer und er machte ein langes Gesicht. „Warst du gestern nicht froh, uns zu sehen?", fragte er jammernd. Mikhail gab sofort nach.

„Doch. Ich war sogar mehr als froh. Eure Hilfe kam zum richtigen Zeitpunkt." Vorsichtig schlang er die Arme um Shanes Hüfte und legte den Kopf an seine Brust. Sie passten so gut zusammen. Bevor Mikhail das erste Mal in Shanes Armen gelegen hatte, hatte er immer bedauert, so klein zu sein. „Aber ich würde es nicht sehr schätzen, wenn ich dich nicht mehr sehen könnte, verstehst du? Dieser große Kampf, den wir bald haben werden … Davon hängt alles ab. Vergiss das nicht, wenn es soweit ist."

Shane küsste ihn seufzend auf den Kopf. Er wollte etwas sagen, änderte dann aber seine Meinung, um etwas anderes zu sagen. Seufzend ließ er auch das bleiben.

„Wenn wir es sowieso aufschieben, sollten wir vielleicht nicht darüber reden", meinte er schließlich. Mikhail hatte schon einen Plan.

„Lass uns darüber reden, was wir dir zu essen machen, damit du deine Tabletten nehmen kannst. Wie wäre es damit?"

„Volltreffer", erwiderte Shane trocken. Der große Kampf wurde damit um exakt eine Stunde und achtzehn Minuten verschoben. Mikhail wusste das so genau, weil er auf die Uhr geschaut hatte. Es war neun Uhr und er hatte nur darauf gewartet, wann diese Arschlöcher auftauchen und noch mehr Ärger machen würden.

Mikhail war nicht sehr glücklich, als Shane nur etwas Müsli essen wollte. Er stellte die Milch in die Mikrowelle. Kimmy wachte ebenfalls auf und machte sich am Kühlschrank auf die Suche nach Eiern. Das gab Mikhail die Chance, Omeletts zu braten und dadurch etwas Stress abzubauen. Shane würdigte die Omeletts keines Blickes und Mikhail wusste sofort, dass er sich wieder schlechter fühlte, was auch seiner eigenen Laune einen erneuten Dämpfer versetzte.

Während Shane den Rest seines Müslis verstohlen an die Hunde verfütterte, klingelte das Telefon. Mikhail nahm den Anruf an. Es war Calvin.

„Wie geht es ihm?"

„Er hat Schmerzen", knurrte Mikhail. „Was ist los?"

„Es war nicht seine Schuld, Mikhail. Wirklich. Wir wollten Bob Coates festnehmen. Plötzlich ist so ein anderes Arschloch mit dem Bleirohr aufgetaucht. Ehrlich, wir haben ihn nicht kommen sehen. Er hatte sich hinter der Garage versteckt und war noch besoffener als Bob. Aber er kannte Shane oder wusste zumindest über ihn Bescheid. Er hat rumgebrüllt, dass diese ‚verdammten Schwuchteln Amerika ruinieren' würden oder so." Calvin schnaufte heftig. „Dämlicher Idiot. Wie auch immer – Shane hat ihn außer Gefecht gesetzt, aber der Kerl hat auch einige Treffer gelandet. Die Verstärkung war noch vor dem Haus, als der Kerl das Bleirohr ausgepackt hat. Gut, dass Shane so schnell reagiert und sich geduckt hat."

Mikhail wurde übel und er schloss resigniert die Augen. „Danke", sagte er matt. „Willst du noch mit ihm sprechen?"

„Ja. Es hat Probleme gegeben, weil er das Krankenhaus zu früh verlassen hat. Ich wollte ihn vorwarnen."

Mikhail gab das Telefon an Shane weiter und hörte grimmig zu, wie Shane Calvin abwimmelte. „Ja, es war ein familiärer Notfall ... Nein, meine Schwester. Sie ist jetzt bei mir ... Ja, die Fahrt nach Monterey war ziemlich übel. Fast so schlimm wie ein Kater ... Gut. Sag ihm, er kann mich am Arsch lecken. Ich habe noch sechs Wochen Krankenzeit ... Frag doch den Arzt. Ich bringe euch morgen die Krankmeldung." Shane seufzte. „Ja, ich weiß, dass ich dann wieder ins Krankenhaus zurück muss." Er verzog das Gesicht. „Übermorgen wäre besser, ja? Nein, es war nicht die beste Idee." Pause. „Ja, es war den Ärger wert. Sie brauchen mich."

Shanes letzte Worte trugen viel dazu bei, Mikhail wieder besser zu stimmen. *Aha*, dachte er. *Damit kann ich arbeiten.* Er warf Kimmy durch die Küche einen bedeutungsvollen Blick zu und erkannte sofort, dass sie auf den gleichen Gedanken gekommen war wie er.

Shane beendete das Gespräch mit Calvin und Mikhail nahm ihm das Handy ab. Dann hob der die leere Müslischüssel vom Boden auf und brachte beides in die Küche. Er kam mit einem Glas Milch und den Schmerztabletten zurück, die Shane gehorsam schluckte. Zufrieden machte Mikhail sich daran, Kimmy alles über die Hunde und ihre tägliche Routine zu erklären.

„Wir lassen sie morgens raus und holen sie wieder ins Haus, wenn wir abends von der Arbeit kommen oder wenn sie bellen und es Beschwerden von den Nachbarn gibt", sagte er.

„Und was ist mit den Katzen?", wollte Kimmy wissen. Sie kraulte Orlando Bloom, der sie zu seiner persönlichen Lieblingsmenschin auserkoren hatte. Kimmy wollte ihn gar nicht mehr gehen lassen.

„Die Katzen bleiben meistens im Haus", erklärte Mikhail. „Besonders tagsüber, wenn die Hunde draußen sind. Außerdem gibt es hier Kojoten und Shane meint, dass sie ab und zu nichts gegen eine Muschi einzuwenden hätten. Deshalb sind sie im Haus sicherer." Mikhail musste lächeln, als er an Shanes Worte dachte. Ja, sein Shane war gut mit Wortspielen. Daran würden sie in Zukunft noch viel Spaß haben.

Er drehte sich zu Shane um und sah, dass das Glas Milch leer war. „Was machen deine Rippen?", fragte er freundlich. Shane lächelte.

„Schon besser, danke. Ich kann mich bald wieder um die Hundescheiße kümmern."

Mikhail nickte höflich und sich zog einen Stuhl heran. Dann setzte er sich Shane direkt gegenüber und sah ihn an. „Gut. Aber erst haben wir eine weniger angenehme Aufgabe zu erledigen. Wann kündigst du deinen beschissenen Job?"

Shane riss die Augen auf. „Oh Gott. Jetzt kommt der große Kampf, nicht wahr?"

„Er hat recht, Shaney", mischte sich Kimmy ein. Sie setzte Orlando Bloom auf dem Boden ab und stand von ihrem Stuhl auf. „Du hast den Job nicht nötig. Und außerdem ... verdammt, ständig passiert dir was und du landest im Krankenhaus!"

Shane wollte mit der Schulter zucken, gab aber dann mit schmerzverzerrtem Gesicht auf. „Das ist ein Berufsrisiko, und das wisst ihr auch."

„Nein", widersprach Mikhail. „Es gibt normale Berufsrisiken und es gibt *deine* Risiken. Du gehst Risiken ein, denen du aus dem Weg gehen könntest. Und jetzt ist es nicht mehr nur deine Angelegenheit, es ist auch unsere. Und es ist inakzeptabel."

Shane runzelte die Stirn und zog die Nase hoch. Er wusste offensichtlich nicht, wie er mit dieser offenen Revolte umgehen sollte. „Mickey ... das hast du von Anfang an gewusst. Du wusstest, wo ich arbeite und ..."

„Ja, ich weiß, wer du bist. Du bist ein guter Mann. Du bist freundlich und stark und tapfer ..." Mikhail musste den Blick abwenden. „Sehr tapfer." Er musste jetzt ebenso tapfer sein und sah Shane direkt in die Augen. „Aber du bist mehr als dein Job. Es ist nicht deine Arbeit, die das Herz in deiner Brust schlagen lässt und derentwegen du morgens aufstehst."

Shanes schiefes Grinsen war unwiderstehlich. Fast. „Na ja, Mickey ... Du kannst mich schließlich nicht dafür bezahlen, dass ich dich den ganzen Tag nur liebe, oder?"

„Wozu brauchst du das Geld überhaupt?", fragte Kimmy wütend. Mikhail war ihr dankbar, weil er dieses Thema nicht selbst ansprechen wollte. „Shane!

Mann, du hast eine siebenstellige Entschädigung von der Versicherung bekommen, die nichts anderes tut, als auf der Bank zu liegen und sich zu vermehren! Und das ist nur die Hälfte von dem, was du bekommen hast. Das weißt du doch, oder? Das du noch das Treuhandkonto hast? Warum musst du dann ausgerechnet diesen Job machen, diesen beschissensten aller beschissenen Jobs, den du noch nicht einmal besonders liebst ... Ich werde das nie verstehen!"

Shane wich ihren Blicken aus. „Ich wusste nicht, dass ich das Konto noch habe", murmelte er entschuldigend.

„Glaubst du, sie hätten es einfach aufgelöst?", fragte Kimmy überrascht. „Es ist in einer Steueroase angelegt, das hat mir Hadley selbst gesagt."

„Wer ist Hadley?", wollte Mikhail wissen.

„Unsere Mutter", antworteten Shane und Kimmy in einem Atemzug. Mikhail sah zwischen den beiden hin und her und erkannte zu ersten Mal, dass ... Ja, sie waren wirklich Zwillinge.

„Dann ist es also nicht das Geld", hakte Mikhail nach, um sie wieder zum Thema zurückzubringen. „Du machst diesen Job nicht des Geldes wegen und du liebst ihn nicht ..."

„Ich würde nicht sagen, dass das Geld so egal ist", gestand Shane widerwillig ein. „Ich ... ich habe diesen Traum, weißt du? Ich möchte das Geld für eine Stiftung verwenden. Für ein Heim für obdachlose Jugendliche, die auf der Straße gelandet sind und nicht wissen, wo sie hin sollen ..." Shane sah Mikhail an. Seine braunen Augen baten um Verständnis. „Diese Kinder, zu denen du auch gehört hättest, wenn deine Mutter nicht ein Wunder bewirkt hätte, verstehst du?"

Mikhails Herz stolperte fast über sich selbst. Gott. Da hatte er sich solche Mühe gegeben, den Hardliner zu spielen. Und dann kam dieser elende Kerl daher und nahm ihm mit wenigen Worten den Wind aus den Segeln.

„Ich habe mir gedacht, wenn ich mein Geld dafür verwende, wäre da eben immer noch mein Job, in dem ich ... na ja, in dem ich gebraucht werde und so." Shane richtete sich auf und seine Entschlossenheit kam zurück. Mikhail verfluchte ihn innerlich, als er sah, wie Shane das Kinn vorschob und seine Augen stolz glänzten.

„Gebraucht?", fragte er nach einigen Sekunden bitter. „Du wirst *hier* gebraucht, verdammt. Wenn du unbedingt gebraucht werden willst, dann schau dir deine Schwester an! Sie hat dich gebraucht und du warst für sie da ..."

„*Du* warst für sie da!", rief Shane. Er wollte aufstehen, so erregt war er. Aber sein Körper dachte anders darüber und Mikhail grinste grimmig, als er sich wieder hinsetzen musste. „Und ich bin dir verdammt dankbar dafür", fuhr Shane etwas versöhnlicher fort. „Aber ich bin ihr großer Bruder, ihre Familie. Es wäre *meine* Aufgabe gewesen ..."

„Wir wissen beide, dass das Unsinn ist!", fuhr Kimmy ihn an. „Wo wir aufgewachsen sind, hat das nie eine Rolle gespielt, Shaney. Aber du hast ein neues Leben begonnen, als du erwachsen geworden bist. Du hast dein Leben verändert und hast es ernst genommen, nur deshalb spielt es für dich eine Rolle. Und jetzt hast du diese Unmengen Geld und kannst endlich tun, was du schon immer tun wolltest ..."

„Die Unmengen Geld machen mich nicht zum Helden!", brüllte Shane zurück. Er war wütender auf sie, als er auf Mikhail jemals sein könnte, und der war dafür nicht gerade undankbar.

„Ein Held?", fragte er und ihm fiel die Geschichte ein, die Shane ihm erzählt hatte. *Dieses eine Mal war ich nicht der Clown, sondern konnte den Helden spielen.* „Darum geht es also? Du willst den *Helden* spielen?", rief er erregt.

Shane drehte sich zu ihm um und wurde rot, als er Mikhails wütende Stimme hörte und ihm in die Augen sah. „Ich glaube nicht, dass ich wirklich ein Held bin", murmelte er, aber Mikhail nahm es ihm nicht ab.

„Nein, das glaubst du wirklich nicht. Und genau das ist dein Problem, du verdammter, dämlicher Mann. Du glaubst, ein Held kann man nur sein, wenn man *tot* ist!"

„*Das stimmt nicht!*" Shane brüllte wieder. „Das ist nicht wahr! Ich will doch nur, dass mein Leben einen Sinn hat, verdammt!" Er sah erst Kimmy an, dann Mikhail. Sein breites, hübsches Gesicht sah so verzweifelt aus, dass es einem das Herz brechen konnte. „Versteht ihr das nicht?" Er zuckte mit den Schultern und murmelte vor sich hin.

„Nein. Natürlich versteht ihr es nicht. Schaut euch doch an. Ihr bewegt euch und es ist Poesie. Ihr steht vor eurem Publikum und alles was die Menschen sehen, ist Schönheit. Atemberaubende Schönheit. Und ich ... ich gehe bei Prügeleien in einer Bar dazwischen und rufe: ‚Beruhigen Sie sich!' Und dann fangen sie an, mich zu beschimpfen. Ich bin nicht der Mensch, den sie ernst nehmen. Ich bin nicht der Mensch, der allein durch seine Schönheit der Welt etwas geben kann. Ich bin nur ich – ein unbeholfener, tollpatschiger Spinner. Aber wenn ich schon nicht mehr bin als das, will ich wenigstens etwas tun, was von Bedeutung ist. Versteht ihr das nicht? Ich will, dass mein Leben etwas bedeutet! Ich will nicht nur auf meinen Unmengen Geld hocken und Atemluft verbrauchen. Ich will ..." Er verstummte, sah wild um sich und lachte dann über seine eigenen Worte, kaum hatte er sie ausgesprochen.

„Ihr habt recht. Ich will ein Held sein. Vorzugsweise ein lebender Held, aber trotzdem ein Held."

Schweigen. Mikhail und Kimmy suchten verzweifelt nach den richtigen Worten, um ihm zu erklären, wie sehr er sich täuschte und wie falsch er sich einschätzte. Kimmy liefen die Tränen über die Wangen und Mikhail schniefte unterdrückt. Sie war ein Mädchen, sie konnte sich ihre Tränen leisten. Das Biest.

„Ich kann nichts mehr sagen ...", schniefte sie. „Verdammt ... ich ... ich weiß nicht, was ich sagen soll, Shaney. Wie kann der beste Mann auf dieser ganzen beschissenen Welt nur so falsch liegen, wenn es um etwas so Wichtiges geht ..."

Shane war verletzt und konnte sich kaum rühren, aber Mikhail konnte es tun. Er kniete sich vor Shane auf den Boden und nahm ihn an den Händen. Sein Stolz hatte ihn komplett verlassen, weil nur noch Shane zählte.

„Mein Gott … *Ljubime*, kannst du es denn nicht sehen? Kannst du es wirklich nicht sehen? Du *bist* ein Held! Du bist *unser* Held! Du bist Bennys Held. Du bist der Held der armen Kinder, die du von der Straße holst. Du bist mein Held. Du siehst einen unbeholfenen Spinner? Ich sehe den wunderbarsten Menschen der Welt. Ich … ich bin weiß Gott kein guter Mann. Ich bin kaputt und biestig und eine Nervensäge. Du hast die ganze Welt um mich herum umgekrempelt, um mich glücklich zu machen. Du hast Leben zurückgebracht, wo es kein Leben mehr gab. Du umgibst dich mit Liebe und Freude und versuchst, sie weiterzugeben. Du gibst dieses Geschenk an jede verlorene Seele weiter, an jedes Fellmonster und an jede streunende Katze, die du findest. Und das soll kein Wunder sein?" Mikhail drückte die Hände an die Augen, um diese dämlichen Tränen zurückzuhalten, aber es half nicht.

„Schau mich an", forderte er Shane auf. „Schau mich an. Ich habe selbst bei Muttis Beerdigung nicht geweint. Du bist der einzige Mensch, der mir so das Herz brechen kann, du Bastard. Und du merkst es noch nicht einmal. Du bist perfekt. Du bist wunderschön. Du willst ein Held sein? Dann bau dein Heim für die Jugendlichen, sei ein Teil davon. Sei ihr Ratgeber und ihr Lehrer. Ich helfe dir dabei. Kimmy hilft dir auch. Dein Leben hat Bedeutung, weil du die Gebrochenen wieder heilst – deshalb kannst du morgens aufstehen. Deshalb kann dein Herz schlagen. Deshalb bist du ein Held. Bitte … bitte, *Ljubime* … wir brauchen dich so sehr. Die Welt braucht dich. Wirf dein Leben nicht weg, um etwas zu werden, was du schon bist."

Shane sah ihn ungläubig an und schien noch nicht aufgeben zu wollen, aber zumindest hatte er zugehört. In diesem Augenblick standen die Hunde auf und fingen zu bellen an. Draußen waren Motorengeräusche zu hören, dann ein Scheppern, als würde das Viehgatter geöffnet. Sie bekamen Besuch.

„Mist", knurrte Shane und rieb sich über die Augen. „Ich hätte nie gedacht, dass ich Brandon jemals als willkommene Unterbrechung sehen würde."

Mikhail stand auf. Er fühlte sich plötzlich voller Spannung und Energie. „Ich gehe ihm entgegen", sagte er grimmig. Oh ja. Er wollte den Mann kennenlernen, der Shane erst den Wölfen zum Fraß vorgeworfen hatte und jetzt kam, um die Reste der Mahlzeit für sich zu beanspruchen.

„Nein", murmelte Shane und stützte sich auf dem Tisch ab, um ebenfalls aufzustehen. „Das ist meine Angelegenheit, Mickey. Und er ist ein Bulle. Wir können nicht einfach über ihn herfallen, ja?"

Shane sah ihn nicht an – sah auch Kimmy nicht an –, als er mit quälend ruhigen Schritten zur Tür ging. „Kim, halte die Hunde im Haus zurück, ja?", bat er höflich. „Dämlicher Idiot", grummelte Kimmy, stand aber auf und ging ebenfalls zur Tür, um die Hunde zurückhalten.

Mikhail half ihr dabei. Nachdem Shane auf der Veranda angekommen war, schlängelten sie sich ebenfalls aus der Tür und schlossen die bellenden Hunde ein, die dringend Auslauf brauchten und über die Fremden herfallen wollten (in dieser Reihenfolge wahrscheinlich).

Es war das Beste so. Aber während die Hunde im Haus wirklich besser aufgehoben waren, traf das auf Mikhail und Kimmy nicht zu, die sich nichts entgehen lassen wollten.

Shane stand am Geländer der Veranda und sah zu, wie ein sehr schöner Mann das Viehgatter hinter sich schloss. Der weiße Hyundai war vor dem Tor stehen geblieben. Am Steuer saß Kurt, der einen ziemlich angeschlagenen Eindruck machte. Shane salutierte ihm zackig und ließ den Mittelfinger ausgestreckt.

Mikhail sah den Mann mit großen Augen näher kommen. „Mist", murmelte er. Da gab es nichts zu leugnen. „Der sieht viel besser aus als ich!"

„Mach dir nichts draus", beruhigte ihn Kimmy. „Er ist sogar schöner als *ich*! Mein Gott, Shaney – *das* ist dein Ex?"

Shane drehte sich zu ihnen um und grinste schief. „Ja. Aber die Betonung liegt auf *Ex*. Stimmt's. Mickey?"

Mikhail schluckte. „Danke", murmelte er.

„Keine Sorge, ihr beiden. Er ist nur schöner als einer von euch", feixte Shane zweideutig und ging die Treppe hinab. „Brandon, du Scheißkerl! Was willst du in meinem Vorgarten?"

„Er hat dich gemeint, weißt du?", flüsterte Kimmy. Mikhail verdrehte die Augen.

„Das glaubst auch nur du." Aber eigentlich war es ihnen auch egal, wen Shane gemeint hatte. Was ihnen nicht egal war, war der Schaden, den dieses hübsche Gift anrichten konnte, bevor es von ihrem Grundstück verjagt wurde. Brandon lächelte fröhlich und wollte Shane umarmen. Als Shane ihn fauchend abwehrte, sah Brandon ihn verletzt und todtraurig an.

„Kuh-Frau?", meinte Mikhail nachdenklich. „Kannst du uns einen Gefallen tun?"

„Was willst du?"

„Geh ins Haus und hol das Handy. Deacon ist die erste Nummer, die einprogrammiert ist."

„Der Actionheld?"

„Genau der. Er kann in weniger als fünf Minuten hier sein."

Brandon redete herzlich und wie ein alter Bekannter auf Shane ein. Dann wollte er ihm auf die Schulter klopfen. Shane trat schnell einen Schritt zur Seite und verzog schmerzhaft das Gesicht, als seine Rippen sich bemerkbar machten. Brandons Stimme war deutlich zu hören, obwohl sie in der Mitte der Hofs standen.

„Mein Gott, Shane. Immer noch der alte Tollpatsch, was?"

„Fünf Minuten?", fragte Kimmy und kniff die Augen zusammen.

„Ja", sagte Mikhail entschieden. „Aber beeil dich. In spätestens drei Minuten musst du mich von diesem Arschloch wegzerren."

Kimmy verschwand im Haus und Mikhail beobachtete aufmerksam, wie Shane sich immer weiter von dem Mann entfernte, als hätte der Krätze, Wundbrand und Syphilis gleichzeitig.

25

„I don't see what anyone can see in anyone else but you …"
Kimye Dawson, *Anyone Else But You*

BRANDON WAR ein wunderschöner Mann. Schlank, jung und braungebrannt. Er war in Shanes Alter, aber man sah ihm die Jahre nicht so sehr an. Nein, an Brandon Ashford waren sie abgeprallt.

„Mann, versuch es erst gar nicht", schnappte Shane Brandon an, als der ihn umarmen wollte.

„Was ist los, Shane? Freust du dich denn nicht, mich zu sehen?"

Shane rollte mit den Augen. „Ich dachte eigentlich, ich hätte mich das letzte Mal deutlich genug ausgedrückt."

Brandon zuckte mit den Schultern und sah ihn mit gespielter Verlegenheit an. „Also das … Weißt du, du hast recht gehabt. Ich hätte dich wirklich im Krankenhaus besuchen sollen. Aber ich habe mich so schlecht gefühlt, verstehst du? Und ich wollte nicht, dass jemand denkt …" Gewinnendes Grinsen. „… dass ich auch …"

„Dass du auch schwul bist?"

Oh, wie schön. Jetzt versuchte Brandon es mit Schüchternheit. „Na ja, wir beide mögen Männer."

Shane nickte geduldig, als würde er einem Zweitklässler gegenüberstehen. „Ja, Brand, das stimmt. Aber ich mag *dich* nicht mehr. Warum verschwindest du nicht einfach?"

„Du siehst gut aus, Shane", meinte Brandon und sah ihn von oben bis unten an. „Du hast abgenommen. Es steht dir. Wenn du dir jetzt noch die Haare auf der Brust entfernen lässt, kannst du bei *Showtime* auftreten."

Shane sah auf seine Brust, wo sich unter dem dünnen, grauen T-Shirt die dichten Haare abzeichneten. Er wurde rot. Mikhail mochte seine Haare. „Ich wiederhole – was willst du hier?"

„Sei doch nicht so, Shane. Nach allem, was wir uns bedeutet haben …"

„Ja. Du hast mich auf jede denkbare Art verarscht, nicht wahr?"

„Redet man so mit dem Mann, dem man seine Unschuld geschenkt hat?"

Brandon wollte ihn am Arm fassen und Shane wich ihm wieder aus. Es war abstoßend.

„Gott, Brandon, das sagst du bestimmt zu allen sechzehnjährigen Mädchen. Was willst du?" Autsch. Es war nicht mehr so einfach wie früher, Brandon abzuwimmeln. Shane legte sich schützend den Arm vor die Brust, aber sein Blick sprach Bände.

Brandon schien endlich kapiert zu haben, dass seine überschwängliche Wiedersehensfreude nicht auf fruchtbaren Boden fiel. Er versuchte es jetzt mit Charme. „Bist du schon wieder verletzt worden? Mein Gott, Shane. Immer noch der alte Tollpatsch, was? Wie auch immer. Ich hatte ein kleines Problem mit unseren alten Kumpels vom Polizeidezernat. Es war besser, dass wir uns getrennt haben, verstehst du?"

„Wen hast du dieses Mal im Umkleideraum gefickt?", fragte Shane und merkte sofort, dass er ins Schwarze getroffen hatte. Brandon grinste.

„Mann, sie war eine ganz heiße Nummer", erzählte er begeistert. „Der süßeste Arsch, den du dir nur vorstellen kannst. Und ich war gerade dabei, ihn zu bearbeiten, als dein alter Freund durch die Tür kommt und ... Na ja, er hat uns schneller gefeuert, als wir Hallo sagen konnten. Meine Familie redet nicht mehr mit mir und ich dachte ... Ich könnte etwas Geld brauchen, um wieder auf die Beine zu kommen. Da habe ich an dich gedacht."

Shane strich sich nachdenklich übers Kinn. Er hatte keine Lust gehabt, sich zu rasieren und er konnte den zwei Tage alten Stoppelbart fühlen. Für den Bruchteil einer Sekunde überlegte er, ob er Brandon das Geld geben sollte, nur um ihn schneller wieder loszuwerden. Dann sah er Brandons selbstzufriedenes Grinsen und die beschissene Ausrede von einem Mann, die hinter dem Steuer des Hyundai saß. Shane wollte verdammt sein, wenn er jemals wieder für solche Arschlöcher den Narren machte. Lieber fraß er rostige Nägel, als sich von Brandon Ashford auf die Schulter klopfen zu lassen.

„Das Geld ist schon verplant", sagte er wahrheitsgemäß. Mikhail und Kimmy hatten sich so über die Idee gefreut und er hatte endlich einen Plan für seine Unmengen von Geld ... Das würde er sich von diesem Idioten doch nicht verderben lassen! „Ich will ein Heim für obdachlose Jugendliche bauen. Dafür brauche ich das Geld bis zum letzten Cent. Du wirst also lernen müssen, für deinen Lebensunterhalt zu arbeiten, nicht wahr, Brandon?"

Brandon zischte böse und sah auf einmal gar nicht mehr so hübsch aus. „So wie du? Mann, ich wollte es dem Freund von deiner Schwester gar nicht glauben, als er mir gesagt hat, dass du immer noch arbeitest. Welcher Idiot arbeitet schon – noch dazu als Bulle –, wenn er genug Geld hat, um das Leben zu genießen? Wo es wärmer ist und die Kerle geiler?" Brandon sah sich verächtlich im Hof um. Der Schlamm des Winters war zu einer harten Lehmschicht eingetrocknet. Shane und Mikhail wässerten ab und zu, um die Feuergefahr zu verringern. Sie hatten auch das Unkraut entfernen lassen, und das war schon ein guter Anfang. Es gab zumindest keine Disteln mehr. Aber ansonsten wirkte es ziemlich ausgedörrt und braun. Die Hundescheiße war seit zwei Tagen nicht mehr eingesammelt worden, was immer etwas unangenehm war. Dafür war das Haus in Schuss, obwohl es recht klein und bescheiden war. Sie hatten es kürzlich erst frisch gestrichen. Die Veranda hatte den Winter auch gut überlebt und das Holz sah noch hell und frisch aus.

Aber das Beste an allem war Mikhail, der auf der Veranda stand und Brandon mit harten Augen musterte. Gott, wie hatte Shane nur jemals denken können, Brandon wäre ein schöner Mann? Wie hatte er jemals denken können, dieses leere Herz wäre ein Risiko wert?

„Hier ist mein Zuhause", sagte er nur. „Hier ist meine Familie. Wie kannst du es wagen, nach zwei Jahren hier aufzutauchen und sie in den Schmutz zu ziehen? Und auch noch zu erwarten, dass ich dir Geld gebe? Mein Gott, Brandon – wenn du mich für so blöd hältst, ich frage mich wirklich, warum du dich jemals mit mir abgegeben hast."

Brandon sah ihn verächtlich an. „Weil du einen Schwanz hast wie ein Gaul, Shane. Wieso hätte ich da Nein sagen sollen? Du warst es, der immer von ‚Respekt' und ‚Familie' gefaselt hat. Mann, wenn du nicht so ein Spinner gewesen wärst, hätten sie dich nie feuern können!"

Und das war der Augenblick, in dem Mikhail über das Geländer sprang wie ein kleiner Tornado aus Muskeln und Wut. Seine ausgestreckte Faust wurde erst von Brandons perfekter Nase gestoppt.

„Er ist kein Spinner!"

Brandon fiel auf den Rücken und einhundertfünfzig Pfund russischer Wut schlugen auf sein perfektes Gesicht ein. Shane war mit seinen gebrochenen Rippen nicht in der Lage, Mikhail aufzuhalten.

„Kimmy! Verdammt, Kimmy! Hilf mir!"

„Oh nein." Shane sah auf und erblickte seine Schwester, die mit verschränkten Armen auf der Veranda stand und die Show genoss. Aber Brandon war nicht ganz hilflos. Er schlug zurück und traf Mikhail auf die Nase. Dann rappelten die beiden sich auf und standen sich in Shanes Hof gegenüber wie zwei Preisboxer.

„Kimmy, er wird ihm wehtun!"

Shane dachte darüber nach, Mikhail von hinten wegzuziehen und vor Brandon in Sicherheit zu bringen. Er musste Mickey nur packen und sich umdrehen. Dann würde Brandon ihn wahrscheinlich in den Rücken boxen und ihm noch einige Rippen mehr brechen, aber Mickey wäre in Sicherheit. Shane hatte seinen Entschluss gerade gefasst, als Mikhail einen kräftigen Kinnhaken landete. Brandons Kopf flog zur Seite und seine Knie gaben nach. Shanes kleiner, drahtiger Geliebter sprang laut jubelnd auf und ab.

„Nimm das!", rief er und spuckte einen Mund voll Blut auf den Boden. „Du nutzloses Arschloch! Verschwinde von hier und lass diesen Mann in Ruhe!"

„Shabe!", bettelte Brandon. „Hil'bir!"

Shane zuckte zurück. „Mann, wenn du Hilfe brauchst, dann verschwinde aus meinem Hof, setz dich ins Auto und fahr zum Arzt!" Und weil Brandon sich aufrappelte und Mikhail ansah, als wollte er gleich auf ihn losgehen, fügte Shane sicherheitshalber noch hinzu: „Aber eines schwöre ich dir, Brandon ... wenn du ihn noch ein einziges Mal anfasst oder ihm auch nur zu nahe kommst, reiß ich dir die Eier ab. Verstanden?"

Brandon drehte sich wütend zu ihm um, aber Shane ignorierte ihn. Er ging auf Mikhail zu und winkte ihn zu sich.

„Komm, Baby. Er hat dich an der Nase erwischt."

Mikhail spuckte wieder Blut und sah ihn mit einem breiten, wilden Grinsen im Gesicht an. Shane hätte sich fast geschämt, so sehr erregte ihn Mikhails Anblick in diesem Augenblick. Sein Retter. Sein Ritter in glänzender Rüstung. Verdammt, Shane hätte nie gedacht, das so sehr zu brauchen.

„Er wird dich nie wieder anfassen", sagte Mikhail, warf Brandon einen verächtlichen Blick zu und spuckte wieder aus. „Hast du mich gehört, *Mudak*? Er gehört mir! Nicht dir! Wenn du ihn noch einmal anfasst, schlage ich dir sämtliche Zähne aus und lege sie in meine Schatzkiste wie ein verdammtes Halsband!"

Shane musste wider Willen ebenfalls lächeln. Mikhails Knöchel waren wund und blutig. Shane hasste es, dass Mikhail verletzt worden war, aber er liebte es, ihn so glücklich zu sehen. Und es schien ihn ausgesprochen glücklich zu machen, Brandon in die Finger bekommen und vermöbelt zu haben.

„Wir müssen ihn in sein Auto zurückgehen lassen", flüsterte Shane Mikhail zu und fuhr etwas lauter, damit auch Kimmy ihn hören konnte, fort: „Und wenn er sich bei ‚Fünf' nicht auf den Weg gemacht hat, lässt Kimmy die Hunde los und Angel Marie wird sich um ihn kümmern, verdammt!"

Brandon war schon unterwegs zum Tor, als lauter Hufschlag ertönte.

Deacon und Crick waren eingetroffen. Bevor sie etwas unternehmen konnte, war Brandon durch das Tor geschlüpft und hatte es hinter sich zugezogen. Deacon sprang vom Pferd und lief auf Shane und Mikhail zu. Er sah Brandon mit verächtlicher Miene nach.

„Wer ist dieses Arschloch, das von oben bis unten voll Hundescheiße ist?", fragte er im gleichen Moment, als von der anderen Seite des Gatters Kurts Schrei zu hören war: „Oh mein Gott! So steigst du mir nicht ins Auto!" Sie brachen in Gelächter aus. Dann erkannt Kurt Deacon und riss erschrocken die blau geschlagenen Augen über seiner gebrochenen Nase auf. „Steig ein, verdammt! Wenn der Kleine dich schon so zugerichtet hat, wird dich der Große zu Brei schlagen!"

Shane versuchte verzweifelt, sein Lachen zu unterdrücken, weil er jede einzelne Rippe fühlen konnte. Dann fing Crick, der sich hinter ihm um das Pferd kümmerte, wieder zu lachen an. „Guter Gott ... wir sind das schwule Einsatzkommando!" Deacon lachte noch lauter, drehte sich zu Crick um und stützte sich auf ihn. Er zuckte und bebte vor Gelächter am ganzen Körper.

Brandon zog seine Designerjeans und das teure, lila Hemd aus. „Du hältst das wohl für lustig, Perkins!", schrie er.

„Aber klar!", rief Shane um Atem ringend.

„Wir schön für dich! Dann wirst du sicher noch mehr lachen, wenn ich bei deinem Captain anrufe und ihm erzähle, dass dich ein Mann im Umkleideraum gefickt hat! Er weiß bestimmt nicht, dass du deshalb aus L.A. weggegangen bist, oder?"

Shane war wütend, lachte aber immer noch. „Das ist nicht der Grund, warum ich L.A. verlassen habe, du Arschloch! Das ist der Grund, warum ich ohne Verstärkung in einer dunklen Gasse zusammengeschossen worden bin. Und dass du es warst, der mich zu dem Fick überredet hat, ist das einzig Lustige an der Sache."

Deacon und Crick hörten auf zu lachen und sahen Shane fragend an. Dann drehte Deacon sich zu Mikhail um, der immer noch auf und ab sprang und aussah, als würde er Brandon am liebsten nachlaufen, um sich eine Zugabe zu gönnen.

„Gott", murmelte Deacon. „Dein Geschmack hat sich wirklich gebessert."

Shane zuckte verlegen mit den Schultern. Brandons Oberflächlichkeit war so offensichtlich, dass Shane selbst nicht mehr erklären konnte, was er jemals in diesem Mann gesehen hatte. Er wollte ihn nur noch loswerden. Als er zum Tor humpelte, um seinem Wunsch Nachdruck zu verleihen, war sofort Mikhail an seiner Seite und stützte ihn. Auf der anderen Seite tauchte Deacon auf. Crick folgte ihnen und war mit seinem großen Wuchs und seiner breiten Brust ebenfalls eine willkommene Ergänzung.

„Brandon", sagte Shane, während Brandon seine Klamotten in eine Plastiktüte packte, die ihm Kurt aus dem Auto gereicht hatte. „Gib dir keine Mühe. Sie wissen hier über mich Bescheid. Und sie haben es mich spüren lassen, aber ich habe es überlebt. Und weißt du was? Ich halte dich nicht zurück. Aber ich rate dir, mit Kurt zu reden, bevor du zur Wache fährst. Man weiß nie, wieviel Dope er im Auto hat. Ich rufe nämlich jetzt dort an und bereite sie auf eure Ankunft vor."

Brandon wurde blass. „Wie bitte?", fragte er Kurt.

„Ja", rief Kimmy, bevor Kurt reagieren konnte. „Und er hat mindestens sechs verschiedene Verstecke. Du wirst niemals alles finden!"

„Halt's Maul, du Biest!", brüllte Kurt. Brandon packte ihn am Hals und schüttelte ihn durch.

„*Was* hast du im Auto?", schrie er.

„Ein nackte Schwuchtel, du Idiot!", brüllte Kurt zurück. „Jedenfalls so lange, bis wir wieder im Hotel sind! Eine nackte, verdammte Schwuchtel ohne einen Cent Geld!"

Kurt gab sich alle Mühe, aber seine Angst war mit Händen greifbar. Brandon hatte ihn an die Windschutzscheibe gedrückt und sah in seiner Wut unberechenbar und gefährlich aus. Aber nicht so gefährlich, wie Deacon oder Crick oder Mikhail.

Shane zog die Augenbrauen hoch. „Na dann. Ich wünsche euch noch eine schöne Heimfahrt. Und, Kurt ... falls er sein Benzingeld mit einem Blowjob bezahlen will, würde ich mir an deiner Stelle ein Kondom überziehen. Man weiß nie, wo er zuletzt war."

Sie blieben stehen, bis Brandon die Plastiktüte in den Kofferraum gepackt hatte und eingestiegen war. Dann sahen sie dem Auto nach, als es davonfuhr.

Shane holte tief Luft – was schwerer war, als es sich anhörte. „Kimmy!", rief er. „Kannst du bitte die Hunde aus dem Haus lassen, bevor sie die Küche vollscheißen?"

„Klar, Shaney", rief sie zurück und Mikhail meinte: „Verdammt. Deacon, halt ihn fest!" Dann hielt er die Hunde zurück, die Shane von allen Seiten anspringen und ablecken wollten.

Sie halfen Shane ins Haus und er legte sich aufs Sofa. Für heute hatte er seine gute Tat vollbracht. Kimmy bot Deacon und Crick noch etwas zu trinken und ein Frühstück an. Die beiden nahmen das Angebot an und Shane hörte ihrer Unterhaltung zu. Sie schienen sich gut zu verstehen. Shane war zufrieden. Sein Leben hatte sich im vergangenen Jahr zum Besseren gewendet. Kimmy war etwas deprimiert, nur von gut aussehenden, schwulen Männern umgeben zu sein, aber – wie sie zu Deacon sagte – das war vermutlich auch gut so, weil sie sich von den anderen erst mal fernhalten wollte, bis sie ihr eigenes Leben wieder im Griff hatte.

Mikhail hatte den Hof gereinigt und kam noch rechtzeitig ins Haus zurück, um sich von Deacon und Crick zu verabschieden. Er bedankte sich bei ihnen für die Hilfe und bot ihnen Karotten für das Pferd an, obwohl er bei dem Anblick des riesigen Tieres, das am Geländer der Veranda festgebunden war, laut aufgeschrien hatte. Dann war er am anderen Ende der Veranda übers Geländer geklettert, weil das Tier zu nahe bei der Treppe stand.

Deacon und Crick ritten zurück zur Ranch und die drei blieben allein im Haus zurück. Mickey setzte sich zu Shane aufs Sofa und Kimmy auf den bequemen Sessel schräg gegenüber. Shane streichelte Mikhail über die zerschlagenen Knöchel an den Händen.

„Das war verdammt eindrucksvoll", meinte er glücklich und Mikhail grinste ihn zufrieden an.

„Na ja", sagte er stolz. „Das passiert eben, wenn man sich für den besseren Mann entscheidet."

„Daran habe ich nie gezweifelt", erwiderte Shane und Mikhail drückte ihm die Hand.

„Ich schon", sagte er wahrheitsgemäß. „Und deshalb bin ich jetzt so entschlossen, dich nie wieder gehen zu lassen."

Shane schloss die Augen und lehnte sich zurück. Nach dem anstrengenden Tag gestern und den Schmerztabletten, die er nehmen musste, war er müde. Die Konfrontation hatte einen Adrenalinschub ausgelöst, der jetzt langsam wieder verflog. Er wandte den Kopf und sah Mikhail an.

„Sozialarbeit ist auch nicht sicher", sagte er bedächtig. „Ich kann immer noch zusammengeschlagen werden oder jemand schießt auf mich, wenn ich auf der Straße unterwegs bin, um nach den Kindern zu sehen. Das weißt du doch, oder? Du hast Erfahrungen mit der Straße. Es wird für mich nicht sicherer sein."

Mikhail schüttelte den Kopf. „Doch. Doch, das wird es. Es wird sicherer sein, weil du deine eigenen Entscheidungen fällen kannst. Es wird sicherer sein, weil du nicht mehr diesen idiotischen Dienstplan hast oder in gefährliche Gegenden geschickt wirst, die du nicht betreten willst. Es wird sicherer sein, weil du an deine Arbeit glaubst. Ich weiß, dass es nicht perfekt ist, Shane. Es wird eine schwere Arbeit sein. Aber sie wird dich glücklich machen. Und wenn du glücklich bist, fällt es dir vielleicht leichter, in Deckung zu gehen, nicht wahr?"

Shane nickte. „Das war heute schon das zweite Mal in zwei Tagen, dass ich alles getan habe, um nicht die Polizei verständigen zu müssen. Ich glaube, ich will nichts mehr mit ihnen zu tun haben. Ich will nicht mehr zu ihnen gehören."

Wow. Nach dem großen Kampf hatte es noch anders ausgesehen. Aber dann musste Mikhail nur ein einziges Mal zu Shanes Rettung auftauchen wie ein Schutzengel, und schon konnte Shane ihm recht geben. Er musste nicht mehr den Helden spielen. Er hatte seinen eigenen, persönlichen Helden, der ihn verteidigte. War das nicht Wunder genug?

Mikhail lächelte ihn schüchtern an. „Du gehörst jetzt zu uns. Wird das ausreichen?"

„Mikhail?", fragte Shane verträumt. Nachdem der große Kampf endlich vorbei war, wollte er nur noch hier liegen und einschlafen. Als Mikhail ihn an der Hand nahm, vergaß er sogar den pochenden Schmerz in seinen Rippen.

„Ja, *Ljubime*?"

„Wo hast du all die schönen Worte gelernt?"

„Durch die Filme, großer Mann. So, wie du gelernt hast, ein Held zu sein."

„Mmm. Du hast mir nie verraten, was dein Lieblingsfilm ist."

„*Die Unglaublichen*. Was dachtest du denn? Schlaf jetzt. Wenn du wieder aufwachst, wirst du anrufen und kündigen. Dann springen die Kuh-Frau und ich wie kleine Kinder auf und ab vor Freude, weil du es nicht kannst."

„Ich liebe dich, Mikhail."

„Ich liebe dich, Shane."

Und so kündigte Shane seinen Job bei der Polizei.

Es war nicht einfach. Shane musste wieder die Schulbank drücken, aber er hatte auch Spaß dabei. Er belegte Kurse in Sozialarbeit und Sozialrecht und – weil er schon mal dabei war – auch Literatur, denn das hatte er schon immer geliebt.

Kimmy rief ihre Mutter an, die widerstrebend Shanes Treuhandfonds freigab (auf den er schon seit seinem einundzwanzigsten Geburtstag einen Anspruch gehabt hätte). Damit hatte Shane genug Geld, um ein Heim nicht nur zu bauen, sondern es auch für einige Jahre zu finanzieren. Ihr Ziel war, dass das Heim mit der Zeit seinen Betrieb selbst finanzierte. Sie wollten den jungen Leuten beibringen, für sich selbst zu sorgen. Trotzdem wusste Shane, dass er sich bald um private Geldgeber und staatliche Mittel bemühen musste. Aber für den Anfang reichte das Geld, sowohl für das Heim als auch den Unterhalt der Familie, und darüber war er sehr erleichtert.

Kimmy besuchte einige der Kurse mit Shane. „Es gibt keine besseren Berater für Jugendliche, als jemand, der selbst süchtig war", erklärte sie. Shane war stolz auf sie und sie arbeiteten so gut zusammen, wie noch nie zuvor.

Mikhail überließ diese Sachen Kimmy und Shane, weil er mit der Papierarbeit nichts zu tun haben wollte. Er wollte sich mehr um die praktischen Dinge kümmern und das tun, was er am besten konnte – zuhören. Er war, wie Shane ihm oft sagte, ein guter Zuhörer, und allein das war schon hilfreich.

Sie kauften ein unbebautes Grundstück direkt neben Deacons Ranch, worüber Deacon sehr froh war. Zum einen deshalb, weil das verwilderte Grundstück voller Unkraut und Schlangen war, die auf seine Weiden kamen. Besonders die Schlangen hatten ihm schon viele Probleme bereitet.

Aber vor allem freute sich Deacon darüber, dass seine Stalljungen endlich ein Zuhause bekamen und er, wenn sie den Absprung in die Selbstständigkeit schafften, in dem Heim immer jemanden finden konnte, der einen Job brauchte. Sie verbrachten lange Nächte damit, alle Details zu planen. Die Jugendlichen brauchten Zimmer, die ihnen Privatsphäre garantieren, aber es musste auch Gemeinschaftsräume geben, die zentral gelegen sein sollten. Vor allem ein gemütliches, großes Wohnzimmer, in dem sie zusammensitzen und gemeinsam essen konnten.

Über den Namen für das Heim waren sie sich schnell einig, denn eigentlich kam nur einer infrage: *Promise House.*

Es war ein wunderbarer Traum und Shane konnte kaum glauben, wie viele Menschen diesen Traum mit ihm teilten. Und sie halfen alle nach besten Kräften mit, ihn zu verwirklichen.

Kimmy und Mikhail zahlten Kurt aus und übernahmen mit Brett zusammen die Tanztruppe, mit der es ebenfalls weiterging. Sie hatten den ganzen Sommer über Auftritte und Shane besuchte sie, bis im September seine Collegekurse begannen. Danach besuchte er die Festivals noch manchmal an den Wochenenden. Dann brachte er seine Bücher mit und lernte in den Pausen. Und dann hatte er auch Gelegenheit, das prachtvolle Kostüm zu tragen, das er mit Mikhail gekauft hatte, nachdem er ihn vor einem Jahr an einem goldenen Oktobertag das erste Mal auf der Bühne gesehen hatte.

Es war immer noch ein atemberaubendes Erlebnis für ihn, Kimmy und Mikhail tanzen zu sehen. Shanes konnte sich ein Leben ohne die beiden nicht mehr vorstellen.

Es war ein Sonntagabend im Herbst, als Mikhail mit seinem *Purple Brick* vor dem Haus vorfuhr. Eine Stunde später lagen sie auf dem Boden vor den Schubladen von Mikhails altem Bett. Sie lagen auf dem Bauch, das Kinn in die Hände gestützt. Kimmy hatte sich aufs Bett gelegt und ließ den Kopf über den Rand der Matratze hängen.

Sie erlebten das Wunder einer Geburt.

Einer von Shanes Schützlingen hatte aus dem Tierheim angerufen. Das Mädchen war in Tränen aufgelöst, weil ihre Lieblingskatze immer noch kein Zuhause gefunden hatte und eingeschläfert werden sollte. Mikhail hatte nur einen kurzen Blick auf das zierliche, trächtige Kätzchen mit dem langen, schwarz-weißen Fell geworfen, hatte sie Angelina Jolie genannt und adoptiert.

„Ich würde sie ja Britney Spears nennen", meinte er abschätzend. „Aber Angelina schafft es, ein Baby nach dem anderen zu bekommen und trotzdem noch ihren Stil zu wahren."

Als sie heute vom Festival zurückgekommen waren, hatte Angelina sich in einer von Kimmys Sockenschubladen eingerichtet und war dabei, ihren Nachwuchs zu bekommen.

Sie waren fasziniert. Es war zwar ziemlich eklig, besonders, als Angelina die Nachgeburt von einem der kleinen Wesen ableckte, dich es war auch faszinierend. Nachdem Angelina das letzte Junge ausgepresst hatte, lag sie, von vier kleinen, säugenden Fellknäueln umgeben, erschöpft auf der Seite. Ab und zu leckte sie der Form halber einem der Fellknäuel über den Kopf.

„Mmm ...", brummte Mikhail und hob den Kopf, um besser sehen zu können. Er sah aus wie eine Teenagerin vor dem Fernseher – auf die Unterarme gestützt, die Beine angezogen und die Füße an den Knöcheln verschränkt. Außerdem trug er noch sein Festivalkostüm. Shane sah ihn liebevoll an. Er musste morgen früh erst um zehn Uhr wieder im College sein. Kimmy hatte sich mittlerweile auf dem Bett zusammengerollt und war eingeschlafen. Sie hatten also noch genug Zeit für heißen Sex, mit Kostümen und allem.

„Sie war wirklich eine kleine Schlampe", meinte Mikhail und nickte Shane grinsend zu. „Schau sie dir nur an. Gut für dich, Angelina, dass du deinen Spaß gehabt hast. Oh ja. Weil sich das schneller ändern wird, als du mit deinem süßen Arsch wackeln kannst. Wir werden schon dafür sorgen, mein Schätzchen."

Shane kicherte. „Wie gemein von dir, ihr so alle Träume zu zerschlagen", meinte er. Mikhail zuckte ungerührt mit der rechten Schulter und Shane spürte die ersten Schmetterlinge in seinem Bauch flattern.

„Sie wird es überleben. Wir sind uns doch einig, dass es nicht sehr schön ist, wenn sie in Hitze kommt und nach jedem Kater in der Nachbarschaft schreit. Glaubst du, ich darf die Kleinen schon streicheln?" Shane nickte.

„Ja. Aber nur, weil du ihr Liebling bist. Streck den Finger aus und warte ab, wie sie reagiert. Wenn sie sich daran reibt, ist alles okay."

Mikhail streckte den Finger nach Angelina aus und sie rieb sich mit der Schnauze daran. Dann legte sie sich schnurrend wieder zurück. „Ahh ... die offizielle Anerkennung", sagte Mikhail zufrieden.

„Ja. Jetzt riecht dein Finger nach ihr und es macht sie nicht nervös, wenn du ihre Babys anfasst. Mach schon. Aber nur der eine Finger."

Vorsichtig streckte Mikhail den Finger wieder aus und streichelte voller Ehrfurcht einem der Kätzchen über Kopf. Dann zog er die Hand wieder zurück und sie blieben noch einige Zeit liegen, um die junge Familie zu beobachten.

„Du weißt, wie man Streunern ein neues Zuhause gibt, nicht wahr, großer Mann?", unterbrach Mikhail leise die Stille.

Shane zuckte mit den Schultern, aber so gut wie Mikhail konnte er es nicht. Dann stützte er sich wieder mit dem Kinn auf die Hände. „Man muss ihnen nur das Gefühl geben, dass sie Macht über ihr eigenes Leben haben", meinte er nachdenklich. „Wenn sie sich selbst entscheiden können, entscheiden sich die meisten für Loyalität und Freundschaft."

Mikhail legte sich flach auf den Boden und sah ihn mit seinen blaugrauen Augen ernsthaft an. „Das habe ich auch getan", sagte er mit einem Lächeln.

„Du warst kein Streuner", widersprach Shane stirnrunzelnd. „Du warst wie ... wie eine mächtige Raubkatze. Ich musste nur einen Blick auf dich werfen und ... verdammt. Ich wollte nur noch dich. So war das. Obwohl du mir mit deinen Krallen fast das Herz ausgerissen hast."

„Das hätte ich fast getan", stimmte Mikhail ihm leise zu. Shanes Lächeln kam zurück und war jetzt strahlend und voller Liebe.

„Ja. Aber der Erfolg war es wert."

Mikhail schluckte blinzelnd, ließ Shane aber nicht aus den Augen. „Wir sollten auch ein Versprechen ablegen", sagte er wie nebensächlich.

„Versprechen? Das haben wir doch schon getan."

„Nicht so. Vor unseren Freunden und der Familie. Du weißt schon – wie eine Hochzeit. Falls es das zwischen zwei Männern gibt. Vielleicht lassen Deacon und Crick uns den Schwurstein benutzen."

„Eine Hochzeit?" Die Idee gefiel Shane. Sie gefiel ihm sogar sehr, obwohl er feuerrot wurde. „Meinst du, wir könnten dazu unsere Kostüme tragen? So wie jetzt?" Mikhail sah in seinem Kostüm so perfekt aus. Es war eine bezaubernde Vorstellung, dass ihre Freunde und die Familie ihn auch so erleben würden, wie Shane ihn jetzt sah.

Mikhails Miene war unbezahlbar. „Wenn wir einen neuen Rekordwert auf dem Gay-O-Meter erreichen wollen. Sicher, *Ljubime*. Wir können in unseren Kostümen heiraten." Er schüttelte verträumt den Kopf. „Aber wir sollten es bald tun."

„Wann?", fragte Shane, dem die Idee immer besser gefiel.

„Im Februar", entschied Mikhail. „Dann ist es hoffentlich zu kalt für die Kostüme ..." Er rollte mit den Augen. „... aber wenn wir Tschaikowsky spielen, kann uns Mutti vielleicht hören", fuhr er leise fort und sein Blick war melancholisch in die Ferne gerichtet. „Vielleicht kommt sie dann zu Besuch und sieht uns zu. Sie hat dich sehr gern gehabt, weißt du?"

„Ich habe sie auch geliebt", gab Shane zu. Mikhails Mutter war ein wunderbarer Mensch gewesen, genauso, wie ihr Sohn. „Das ist eine großartige Idee, Mickey. Ich würde dich gerne heiraten."

„Ein Versprechen ablegen", korrigierte Mikhail. „Hochzeiten sind für die Sentimentalen und Romantiker."

„Und wir sind nicht im geringsten sentimental oder romantisch", erwiderte Shane mit todernster Stimme und grinste ihn dann an.

„Lass das, du irritierender Mann. Ich weiß sehr gut, was du jetzt denkst."

Shane rutschte näher an Mikhail heran, bis sich ihre Körper leicht berührten und er Mikhails Wärme spüren konnte. Dann stützte er sich wieder auf die Ellbogen und wollte Mikhail gerade einen Kuss auf die Wange geben, als der den Kopf drehte. Ihre Lippen trafen sich und der vertraute Geschmack Mikhails durchflutete Shanes Sinne. Er seufzte leise und gab sich Mikhails Kuss hin. Nach einigen Minuten trennte sie sich wieder und beobachteten Angelinas junge Familie.

„Können wir ein Kätzchen behalten?", fragte Mikhail glücklich.

„Mann, *du* musst die Katzenklos reinigen."

„Ja, *Mischka*. Du hast recht. Wir werden eines behalten."

„Mickey? Was heißt *Mischka*? Du nennst mich schon seit Monaten so."

Mikhail warf ihm einen listigen Blick zu, ganz wie die Raubkatze, mit der Shane ihn verglichen hatte. „Wenn du nachher im Bett ganz besonders lieb zu mir bist, verrate ich es dir vielleicht."

Shane stand grinsend auf, um unter die Dusche zu gehen. Er streckte die Hand nach Mikhail aus und zog ihn hoch. Mikhail ließ sich glücklich in Shanes Arme fallen.

„Ich bin im Bett immer besonders lieb zu dir", versicherte Shane und Mikhails Lächeln wurde ernst.

„Nicht nur im Bett, mein Geliebter. Ich bin so froh, dass ich dich gefunden habe."

Shane wurde rot. „Ja, ich auch. Können wir jetzt zum Sex übergehen?"

Mickey grinste frei und unbeschwert. Es war perfekt. „Auf jeden Fall."

Sie machten sich schweigend auf den Weg in ihr Schlafzimmer, als Mikhail unvermittelt sagte: „Ich liebe dich, Shane."

„Ich liebe dich auch, Mickey."

Es war das einzige Versprechen, dass sie wirklich brauchten.

Unvergessene Versprechen

Amy Lane

Buch 1 in der Serie - Keeping Promise Rock

Carrick Francis besaß schon immer die zweifelhafte Gabe, Ärger und Probleme jeder Art wie ein Magnet anzuziehen. Das einzige, was ihn vor Haftstrafen oder Schlimmerem bewahrte, ist seine unverbrüchliche Freundschaft zu Deacon Winters. Deacon war seine Rettung und half ihm, seine unglückliche Kindheit und die Misshandlungen durch seinen Vater zu überstehen. Crick würde alles tun, um für immer bei Deacon bleiben zu können. Deshalb schiebt er seine Studienpläne auf als Deacons Vater stirbt. Er springt ein und hilft seinem Freund, so wie der ihm geholfen hat.

Deacon wünscht sich nichts mehr, als dass Crick seinen schlechten Erinnerungen und ihrer kleinen Stadt entflieht und eine strahlende Zukunft findet. Aber nach zwei Jahren, in denen seine Gefühle für seinen Freund immer tiefer werden, kann er der Versuchung nicht mehr widerstehen und gibt Cricks Annäherungsversuchen nach. Der schüchterne Deacon gibt endlich zu, dass er ein Teil von Cricks Leben werden möchte.

Aber Crick wartet nur darauf, von Deacon wieder verstoßen zu werden – so wie er in der Vergangenheit von seiner Familie verstoßen wurde. Eine seiner typischen, spontanen Fehlentscheidungen lässt ihn weit weg von zuhause enden. Deacon bleibt allein zurück. Er ist am Boden zerstört und muss hart kämpfen, bis er sein gebrochenes Herz wieder heilen und er in einer Welt überleben kann, in der Cricks Liebe ein ewiges Versprechen ist, das vielleicht niemals in Erfüllung gehen wird.

www.dreamspinner-de.com

AMY LANE ist vierfache Mutter und strickt wie besessen. Außerdem schreibt sie, weil die Stimmen in ihrem Kopf nicht aufhören wollen, ihre Geschichten zu erzählen. Sie liebt Katzen, Chi-was-wie-nochs, Socken stricken und heiße Männer. Sie hasst Motten, Katzenstreu und dickköpfige MacSpazz-Matronen. So gut wie nie erwischt man sie beim Kochen, Putzen oder anderer Hausarbeit. Dann schon eher beim Stricken von Mützen/Decken/Socken, die sie für jeden passenden Anlass und manchmal auch ganz ohne bestimmten Grund in Massen anfertigt. Sie schreibt unter der Dusche, im Fitness-Studio und wenn sie ihre Kinder zum Fußball/Tanzen/Sport/Konzert-wie-cool! fährt. Aus reiner Notwendigkeit hat sie gelernt, rasend schnell zu tippen. Sie lebt in einem von Spinnen heimgesuchten, abgewrackten Haus in einer schäbigen Wohngegend und verlässt sich darauf, dass ihr geliebter Mann Mack sie wieder auf den Boden der Tatsachen zurückholt, falls es nötig werden sollte. Und dass er ihr Handy regelmäßig auflädt. Sie ist seit über zwanzig Jahren mit ihm verheiratet und glaubt immer noch an die Wahre Liebe mit großem W und großem L. Und sie hat bisher noch keinerlei Veranlassung gehabt, daran etwas zu ändern.

Besuchen Sie Amys Website unter http://www.greenshill.com oder schreiben Sie ihr eine E-Mail an amylane@greenshill.com.

Von Amy Lane

Aufs Spiel gesetzt
Klar wie Kloßbrühe
Talker

FISCHE AUF DEM TROCKENEN
Fische auf dem Trockenen

KEEPING PROMISE ROCK
Unvergessene Versprechen
Erhoffte Versprechen

Veröffentlicht von Dreamspinner Press
www.dreamspinner-de.com